MÉDICO DE HOMENS E DE ALMAS

Obras da Autora Publicadas pela Editora Record

O grande amigo de Deus
Os servos de Deus
Médico de homens e de almas
Um pilar de ferro

MÉDICO DE HOMENS E DE ALMAS

Taylor Caldwell

Tradução de Aydano Arruda

2ª edição

EDITORA RECORD
RIO DE JANEIRO • SÃO PAULO
2024

CIP-BRASIL. CATALOGAÇÃO NA FONTE
SINDICATO NACIONAL DOS EDITORES DE LIVROS, RJ.

C152m
Caldwell, Taylor, 1900-1985
  Médico de homens e almas / Taylor Caldwell ; tradução Aydano Arruda. – 2. ed. - Rio de Janeiro : Record, 2024.

  Tradução de: Dear and Glorious Physician
  ISBN 978-65-5587-598-0

  1. Lucas, Evangelista, Santo - Ficção. 2. Ficção americana. I. Arruda, Aydano. II. Título.

22-79270
CDD: 813
CDU: 82-3(73)

Meri Gleice Rodrigues de Souza - Bibliotecária - CRB-7/6439

Título em inglês:
Dear and Glorious Physician

Copyright © by Reback and Reback.

O contrato celebrado com a autora proíbe a exportação deste livro para Portugal e outros países de língua portuguesa.

Texto revisado segundo o Acordo Ortográfico da Língua Portuguesa de 1990.

Todos os direitos reservados. Proibida a reprodução, no todo ou em parte, através de quaisquer meios. Os direitos morais da autora foram assegurados.

Direitos exclusivos de publicação em língua portuguesa somente para o Brasil adquiridos pela
EDITORA RECORD LTDA.
Rua Argentina, 171 – Rio de Janeiro, RJ – 20921-380 – Tel.: (21) 2585-2000, que se reserva a propriedade literária desta tradução.

Impresso no Brasil

ISBN 978-65-5587-598-0

Seja um leitor preferencial Record.
Cadastre-se no site www.record.com.br e receba informações sobre nossos lançamentos e nossas promoções.

Atendimento e venda direta ao leitor:
sac@record.com.br

Prefácio

Este livro levou quarenta e seis anos para ser escrito. A primeira versão foi escrita quando eu tinha doze anos de idade, a segunda, vinte e dois, a terceira, vinte e seis, e durante todos esses anos o trabalho em relação a ele não cessou.

A última versão teve início cinco anos atrás. Foi impossível completá-la, como tinha sido impossível completar as outras versões, até que meu marido e eu visitamos a Terra Santa, em 1956, e ele me pôde dar as informações para o último terço do livro, bem como sua assistência.

Desde a minha primeira infância, Lucano, ou Lucas, o grande apóstolo, obcecou minha mente. Foi ele o único apóstolo que não era judeu. Jamais viu Cristo. Tudo quanto está escrito em seu eloquente mas limitado Evangelho foi adquirido através de pesquisas, ouvindo testemunhas, a mãe de Cristo, os discípulos e os apóstolos. Sua primeira visita a Israel teve lugar quase um ano depois da Crucificação.

Ainda assim, tornou-se ele o maior dos apóstolos. Como Saulo de Tarso (mais tarde Paulo, o apóstolo dos gentios), ele acreditava que Nosso Senhor viera não apenas para os judeus, mas também para os gentios. Tinha muito em comum com Paulo, porque também este jamais vira Cristo. Cada um deles tivera uma revelação individual. Aqueles dois homens encontraram dificuldades com os primeiros apóstolos, porque estes últimos acreditaram, obstinadamente, durante muitíssimo tempo, mesmo depois de Pentecostes, que Nosso Senhor tinha encarnado e morrido apenas para a salvação dos judeus.

Por que São Lucas foi uma obsessão para mim, e por que sempre o amei, desde a infância? Não sei. Só posso, em tal assunto, citar Friedrich Nietzsche: "Ouvimos — não procuramos; não perguntamos quem dá — eu jamais tive escolha nesse sentido."

Este livro trata de Nosso Senhor apenas indiretamente. Não há romance nem livro histórico que possam transmitir a história de Sua vida tão bem quanto a Santa Bíblia. Assim, a história de Lucano, ou São Lucas, é a história da peregrinação de todos os homens através do desespero e das trevas da vida, através do sofrimento e da angústia, através da amargura e da tristeza, através da dúvida e do cinismo, através da rebelião e da desesperança até os pés e a compreensão de Deus. Essa busca de Deus e da revelação final é a única significação na vida dos homens. Sem essa busca e essa revelação, o homem vive apenas como um animal, sem conforto e sem sabedoria, e sua vida é inútil, seja qual for seu grau de poder e nascimento.

Um padre, que nos ajudou a escrever este livro, disse de São Lucas: "Ele foi o primeiro trovador de Nossa Senhora." Somente para Lucas Maria revelou o *Magnificat*, que contém as mais nobres palavras de qualquer literatura. Ele amou-a acima de todas as mulheres que chegou a amar.

Meu marido e eu lemos literalmente mais de mil livros sobre Lucas e seus tempos, e recomendamos todo tipo de leitura relacionada. Se o mundo de Lucas parecer espantosamente moderno a algum leitor, e com implicações modernas, realmente isso se verifica.

Este livro pode não ser o melhor do mundo, mas foi escrito com amor e devoção pelo nosso próximo, e assim é entregue finalmente em vossas mãos, pois que ele se relaciona com toda a humanidade.

Quase todos os acontecimentos — o cenário do início da vida de São Lucas, a idade adulta e a busca, bem como a família e o nome do pai adotivo — são autênticos. Devemos ter sempre presente na lembrança que São Lucas foi, antes de tudo, um grande médico.

Quando eu tinha doze anos, encontrei um grande livro, escrito por uma freira que então vivia em Antioquia, e que continha muitas lendas sobre São Lucas, lendas que não se encontram nos livros históricos que a ele se referem, nem na Bíblia. A autora narrava as lendas e algumas obscuras tradições a respeito de Lucano, incluindo os muitos milagres, de início desconhecidos para ele próprio, que realizou antes de ir para a Terra Santa. Algumas dessas lendas são do Egito, outras da Grécia, e estão incluídas neste romance; Lucas não sabia, naquela ocasião, que era um dos escolhidos de Deus, nem que chegaria à santidade.

O poderoso e esplêndido Império Babilônico (ou Caldeia) não é familiar para muitos leitores, bem como não o são os estudos de medicina, os tratamentos médicos ali feitos pelos sacerdotes-médicos e sua ciência — que egípcios e gregos herdaram totalmente. Os cientistas babilônios conheciam as forças magnéticas e se utilizavam delas. Tudo isso constava dos milhares de volumes da maravilhosa Universidade de Alexandria, incendiada pelo imperador Justiniano vários séculos mais tarde, num acesso de errôneo zelo. A medicina e a ciência modernas estão começando a redescobrir essas coisas. A época atual ficou mais pobre, em consequência do fervor de Justiniano. Se a ciência e a medicina da Babilônia nos tivessem chegado intactas, nosso conhecimento do mundo e do homem seria muitíssimo mais avançado do que é atualmente. Ainda não descobrimos como os babilônios iluminavam seus navios à noite com "um fogo frio, mais brilhante do que a lua", e como iluminavam seus templos com esse mesmo fogo frio. Aparentemente, eles tinham alguma forma de utilizar a eletricidade, forma essa desconhecida para nós e diferente da nossa maneira atual e tosca. Conta-se que eles usavam "veículos de terra" sem cavalos, iluminados à noite, e atingindo grande velocidade. (Ver o livro de Daniel.) Conta-se, também, que usavam estranhas "pedras", ou uma espécie de minério, para a cura do câncer. Eram hábeis no emprego do hipnotismo e na medicina psicossomática. Abraão, um residente da cidade de Ur, na Babilônia, levou aquele tratamento de medicina psicossomática aos judeus, que o usaram através de séculos. Os magos, "Os Homens Sábios do Oriente", que levaram dádivas ao Menino Jesus, eram babilônios, embora aquela nação tivesse sofrido um grande declínio muito tempo antes.

Onde as autoridades têm pontos de vista diferentes sobre alguns dos incidentes relatados neste livro, ou sobre o cenário, adotei a decisão da maioria. Aqui é usado exclusivamente o Evangelho de São Lucas, e o que aparece nos Evangelhos de São Mateus, São Marcos e São João não está incluído.

Quero, agora, agradecer ao Dr. George E. Slotkin, de Eggertsville, Nova York, famoso urologista e professor emérito da Escola de Medicina de Buffalo, Nova York, a inestimável assistência no terreno da medicina, tanto antiga como moderna.

Taylor Caldwell

Primeira Parte

"Seguramente Deus escolhe seus servos ao nascerem, ou talvez antes mesmo do nascimento."

EPICTETO

1

Lucano nunca soube com certeza se gostava ou não de seu pai. Seria possível admirar homens simples e despretensiosos. Seria possível honrar homens sábios. Mas seu pai não era simples nem sábio, embora se considerasse pertencente à classe destes últimos.

Guarda-livros e arquivistas tinham sua importância na vida especialmente se fossem diligentes e soubessem o seu valor como guarda-livros e arquivistas, sem pretender sugerir que possuíam maiores dons. Não era agradável ouvi-los falar em "homens inferiores", tomando para isso ares superficiais e altamente cultos. A mãe de Lucano, porém, sorria tão terna e tão misericordiosamente, quando o marido dava voz aos seus ridículos preconceitos, que a luz da sua compaixão abrandava o coração do filho.

Eneias lavava as mãos em leite de cabra, pela manhã e à noite, esfregando cuidadosamente o rico fluido em cada ruga, rachadura e junta. Pelo que conhecia, aos dez anos de idade, Lucano compreendeu que o pai não estava apenas tentando amaciar e branquear as mãos, mas que pretendia apagar as cicatrizes de sua antiga servidão. Aquilo irritava Lucano, pois já então sabia que o trabalho, não importava de que espécie, não degradava ninguém, a não ser que parecesse degradante ao espírito do trabalhador. Enquanto Eneias sacudia muito delicadamente as mãos, para enxugá-las ao ar ameno da Síria, Lucano podia ver as regiões desfiguradas de suas palmas e a comprida e feia cicatriz que havia nas costas da fina mão direita; e um fluxo de vago amor e piedade surgia nele. Mas sua compreensão real era ainda infantil.

Eneias mostrava-se sob seu melhor aspecto exatamente antes da refeição da tarde, quando servia a costumeira libação aos deuses.[1*] Lucano o contemplava, então, com uma veneração sem palavras. A voz de seu pai, habitualmente tão fina, seca e orgulhosa, tornava-se humilde e hesitante. Eneias sentia-se grato aos deuses que o libertaram e tornaram possível a casa pequena e agradável, com seus jardins de palmeiras, flores, árvores frutíferas. Que o tinham levantado do pó e lhe haviam outorgado autoridade sobre outros homens. O fato mais solene, para Lucano, porém, era quando Eneias tornava a encher a taça de vinho e, com uma nova reverência, derramava o líquido vermelho, lenta e cuidadosamente, e dizia com brandura quase inaudível: "Para o Deus Desconhecido."

As lágrimas enchiam os grandes olhos azuis daquele Lucano de dez anos. O Deus Desconhecido. Para Lucano, a libação era não só um velho costume dos gregos mas, ainda, uma saudação mística, um rito universal. Lucano ficava a olhar a queda das gotas de rubi, e seu coração apertava-se com emoção quase insuportável, como se estivesse testemunhando o derramar-se de sangue divino, a oferenda de um Sacrifício inescrutável.

Quem era o Deus Desconhecido, sem nome? Eneias respondia ao filho: era um costume dos gregos oferecer-lhe aquele ritual, e fazia-se necessário manter os costumes civilizados da Grécia quando se vivia entre romanos bárbaros, embora fossem os bárbaros que governassem o mundo. Suas mãos marcadas de cicatrizes cruzavam-se num gesto inconsciente de homenagem, e seu rosto estreito, tão insignificante e comum, adquiria distinção e gravidade. Era nessas ocasiões que Lucano tinha certeza de amar seu pai.

Sobre os deuses Lucano fora cuidadosamente instruído pelo pai, que lhes dava seus nomes gregos e não os nomes toscos que os romanos lhes atribuíam. Mesmo assim, com seus nomes poéticos e adoráveis, eles eram, para Lucano, simplesmente homens que se tornaram gigantescos e imortais, donos de toda a crueldade, rapacidade, luxúria, ódio e malícia do homem. O Deus Desconhecido, entretanto, parecia não possuir os atributos do homem, nem seus vícios nem suas pequenas virtudes.

---

[1] Diante do altar dos deuses, ou antes de tomar alguma bebida — especialmente vinho —, os povos da Antiguidade costumavam derramar algumas gotas do líquido, previamente, em honra das suas deidades. O vinho era considerado o "sangue da uva", por isso mais usado do que o leite, o mel e o azeite, que também tinham seu uso nos sacrifícios.

*As notas numeradas em arábico referem-se às observações do tradutor, e as destacadas por asterisco são da autora. (N. do E.)

— Os filósofos ensinaram que Ele não deve ser compreendido pelo homem — dissera Eneias a seu filho, certa vez. — Mas Ele é poderoso, onisciente e onipresente, e ainda assim está impregnado em cada partícula de quanto existe, seja árvore, ou pedra, ou humanidade. Assim dizem os pensadores imortais de nossa gente.

"O rapaz é sério demais para sua idade — dissera Eneias certa vez à sua esposa, Íris. — Entretanto, devemos recordar que seu avô, meu pai, era um poeta, portanto não devo ser demasiado severo no meu julgamento.

Íris sabia que o avô poeta era uma das mais patéticas ficções de seu marido, mas concordou, com um movimento de cabeça.

— Sim, nosso filho tem alma de poeta. Apesar disso, eu o vejo e ouço a brincar com grande vivacidade, em companhia da pequena Rúbria. Correm juntos atrás dos carneiros e escondem-se um do outro entre as oliveiras. Às vezes, sua linguagem infantil é impetuosa e barulhenta.

Olhava meigamente para seu marido, ao vê-lo erguer a cabeça comprida, com importância, numa tentativa para mostrar-se carrancudo. Em seu pobre coração aquele homem sentia-se lisonjeado, apesar de todo o seu desdém pelos romanos.

— Espero que não esteja negligenciando suas lições — dissera ele. — Com todo o respeito que devo ao meu patrão, é duro esquecer que se trata de um bárbaro romano e que sua filha não pode oferecer a meu filho qualquer divertimento intelectual. — E acrescentou, rapidamente: — Contudo, temos de nos lembrar que ele tem apenas dez anos, e que a pequena Rúbria é ainda mais nova. Dizes, minha querida, que eles brincam juntos constantemente? Não o tinha reparado. Também, estou sempre ocupado, de manhã à noite, na casa do tribuno.[2]

— Lucano ajuda Rúbria nas lições dela — contou Íris, afastando da testa um caracol de seus cabelos dourados. — É uma pena que o nobre tribuno Diodoro Cirino não te empregue para ensinar a filha.

Eneias suspirou e tocou a fronte da esposa com seus lábios agradecidos.

— Mas quem tomaria conta dos negócios dele em Antioquia? Quem manteria os arquivos e supervisionaria os capatazes dos escravos? Ah! Esses ávidos, esses sugadores romanos! Roma é um abismo no qual toda a

---

[2] Magistrado encarregado de defender os interesses do povo, na antiga Roma.

fortuna e todo o trabalho do mundo mergulham sem ruído, um abismo do qual não sobe nem jamais subiu qualquer música.

Íris absteve-se, muito consideradamente, de recordar Virgílio a seu marido. Ele costumava compará-lo, desdenhosamente, com Homero.

Eneias sentia-se ofendido por ser seu patrão apenas um rude tribuno e não um augustal.[3] Na verdade, muitos dos tribunos romanos eram augustais, mas não Diodoro, que odiava patrícios[4] e cujo herói era Cincinato.[5] Diodoro tinha considerável instrução e muito intelecto, era filho de sólida e virtuosa família de muitos soldados, mas assumia a atitude de escárnio do militar pelos homens que preferiam as coisas do espírito. Apertava contra o peito suas virtudes fora de moda, afetava ignorar coisas que sabia, e falava com o rude e simples acento de um soldado para o qual os livros eram desprezíveis. À sua maneira, tinha tanta afetação quanto Eneias. Ambos eram uma fraude — dizia Íris consigo mesma, tristemente —, porém piedosas fraudes. Que Eneias se mostrasse condescendente para com o soldado cujo pai o libertara, e que Diodoro usasse deliberadamente má gramática e exibisse más maneiras, isso não importava.

O pai de Diodoro Cirino, um homem moral, de nobres qualidades, comprara o jovem Eneias de um conhecido, notável pela sua extrema crueldade para com seus escravos, crueldade que se tornara infame até mesmo para as pessoas mais duras e cínicas. Dizia-se que nem um só de seus escravos deixava de ter cicatrizes, desde os que trabalhavam em seus campos, vinhedos e olivais, até as mais jovens escravas de sua casa. Apesar das leis, ele não desistia de matar caprichosamente, quando bem entendesse, qualquer dos escravos que o tivesse desagradado, e usava invenções próprias de tortura e assassínio que lhe davam imenso prazer. Augustal de família orgulhosa, se bem que decadente, e de imensa riqueza e poder, era também senador, e dizia-se que até mesmo César o temia.

Houve apenas um homem em Roma que ousou escarnecê-lo publicamente: o virtuoso tribuno Prisco, pai de Diodoro, amado pelas turbas romanas, que, sendo elas próprias aviltadas e viciosas como seus senhores,

---

[3]Magistrado religioso, instituído por Augusto, primeiro em Roma, depois em todo o Império.
[4]Membros das velhas famílias predominantes de cidadãos da antiga Roma.
[5]Lúcio Quinto Cincinato, senador romano, cônsul, depois por duas vezes ditador, que deixou um nome proverbial pela austera simplicidade que usou no poder.

ainda assim honravam-no pela sua integridade e pelas suas qualidades militares. As turbas admiravam-no mesmo pela sua bondade e justiça em relação aos seus escravos e isso era paradoxal num povo para o qual o escravo era pouco menos do que um quadrúpede.

Eneias, o escravo grego, fora um dos trabalhadores das terras do senador, e ninguém sabia com certeza de que forma Prisco o adquirira, a não ser ele próprio, que jamais falava nisso. Prisco, porém, levara o jovem, machucado e ferido, para sua casa, chamara seu médico, para que o tratasse; dera-lhe um lugar entre seu pessoal doméstico, exigindo dele apenas obediência.

— Estamos todos sujeitos à obediência — tinha dito Prisco severamente a seu novo escravo. — Eu obedeço aos deuses e às leis de meus pais, e há orgulho nessa obediência, porque ela é voluntária e exigida de todos os homens honrados. O homem sem disciplina é um homem sem alma.

Eneias era iletrado, mas rápido e respeitoso, dotado de mente arguta e metódica. Prisco, que acreditava dever todo homem, mesmo um escravo, desenvolver-se até o máximo de sua capacidade, permitira que Eneias se sentasse a um canto do quarto onde seu jovem filho recebia instrução. Num espaço de tempo espantosamente curto Eneias alcançara Diodoro: sua memória era extraordinária. Não se passou muito tempo e Eneias, com ordens de Prisco, estava ocupando uma extremidade da mesa onde Diodoro se sentava com seu mestre.

— Temos aqui um erudito grego? — perguntou Prisco ironicamente ao mestre.

O mestre, porém, replicou com sagacidade que Eneias não era um verdadeiro erudito e sim um jovem de mentalidade inteligente.

Quando Eneias completou vinte e cinco anos estava administrando as propriedades romanas de seu senhor, Prisco, enquanto Diodoro assumira sua profissão de soldado e assistia o procurador em Jerusalém. Apaixonara-se, também, por uma outra escrava, a jovem Íris, criada de quarto da esposa de Prisco, jovem e bela grega, a querida do pessoal doméstico, educada pessoalmente por Antônia, que lhe devotava afeto maternal. Prisco e Antônia presidiram o casamento dos jovens, dando-lhes muitos presentes, inclusive a dádiva inestimável da liberdade.

Diodoro Cirino, voltando para casa depois da morte de seus pais, ficara satisfeito com o liberto Eneias, pois as propriedades romanas estavam em excelente ordem. Lembrava-se de seu antigo colega de estudos como de um indivíduo comum, sem brilho particular, mas reconheceu suas qualidades e honestidade, embora se aborrecesse com sua petulância e com as pequenas arrogâncias que exibia para com os escravos sob suas ordens. Mas sendo Diodoro extremamente inteligente, e secretamente piedoso, compreendera que daquela maneira Eneias se estava compensando pelos anos de escravidão.

O solitário e jovem romano, que tinha agora vinte e sete anos, cinco menos do que Eneias, depressa casava-se com uma moça de vigorosa família romana, que tinha suas próprias e robustas qualidades, mas não sua inteligência. Logo depois disso Diodoro foi nomeado governador de Antioquia, na Síria, e levou consigo Eneias e Íris. Ali, Eneias encontrou campo mais amplo para seus talentos de meticulosidade, gerência, escrituração e precisão, e pela primeira vez teve sua casa própria em certa propriedade, num subúrbio de Antioquia. Durante as noitadas ele sonhava seus sonhos dos gloriosos homens da velha Grécia, identificava-se com eles, lia poemas de Homero,[6] e declamava-os em voz alta para a mulher e o filho. Seus conhecimentos, intelectualmente, permaneciam pequenos e escassos. Fazia-se loquaz, falando de Sócrates,[7] mas os *Diálogos* ficavam para além da sua verdadeira compreensão. Sabia muito pouco sobre os gigantes menores da Grécia, e quase nada sobre os estadistas de sua nação. Servia seus deuses com o mesmo senso de dever com que servia Diodoro. Talvez para Eneias eles representassem a Grécia. Talvez em sua beleza, delicadeza e esplendor, trouxessem-lhe à memória que seus equivalentes romanos eram grosseiros, lascivos, abrutalhados, além de toda a sutileza e graça, simples sombras aumentadas dos próprios romanos. Em seus deuses, Eneias encontrava refúgio contra as lembranças da amarga escravidão; neles encontrava orgulho para si próprio, pois mesmo os romanos os reverenciavam, construíam-lhes templos e começavam a fazer distinções entre eles e suas próprias deidades.

---

[6] Poeta grego do século IX, considerado autor da *Ilíada* e da *Odisseia*, os mais célebres poemas de sua língua.
[7] Ilustre filósofo grego, mestre de Platão, igualmente célebre, que em seus *Diálogos* expôs a filosofia de Sócrates, pois este último nada deixara escrito. Também as obras de Xenofonte divulgam as ideias de Sócrates, que, acusado de impiedade pelos seus concidadãos, foi condenado ao suicídio, através da cicuta. Morreu com a mesma digna altivez com que vivera. É considerado o criador da ciência moral. (468-400 ou 399 a.C.).

Eneias teria preferido Roma a Antioquia, pois embora desdenhasse a população romana, gostara do movimento das ruas repletas, da excitação da cidade e da atmosfera de poder. Antioquia, para ele, era "estrangeira" demais, pois era constantemente invadida por embarcadiços rudes, que vinham de centenas de anônimas e suspeitas regiões bárbaras. Tinha por eles uma aversão clara, e afastava-se de seu contato, em melindroso estremecimento. Mas possuía uma pequena casa, agradável, com soalhos frescos de pedra e brilhantes cortinas de lã, arcos e jardins, longe bastante da casa maior de Diodoro para dar-lhe a ilusão de que era um senhor de terras, com seu direito próprio. Muito de seu prazer, entretanto, era arruinado frequentemente quando tinha contato com Diodoro e se via forçado a ouvir em silêncio os expletivos e a crua linguagem militar do romano.

Diodoro sentia-se ainda mais solitário na Síria do que o fora em Roma. A esposa Aurélia — jovem gorducha e alegre, devotada ao lar, aos escravos, ao marido e à filhinha — era piedosa e virtuosa, à maneira das velhas matronas romanas; mas não tinha instrução, sendo apenas esperta, e tão naturalmente destituída de polimento quanto o marido era secretamente refinado. Tagarelava sobre os escravos, a filha, as modas mais recentes de Roma, falava de esbanjamentos na cozinha, do clima, da saúde da família e dos pratos que ela própria inventava sob os olhos das cozinheiras. Não havia dúvida de que se tratava de uma mulher estimável, um tantinho gorda demais, mas ainda assim tinha certa beleza no rosto rosado e redondo, nos grandes olhos castanhos e no luxuriante cabelo preto. Diodoro ouvia-a afetuosamente, depois metia-se em sua biblioteca, de onde retirava livros surrados pelo uso, e lia até meia-noite, muito tempo depois de todos da casa se haverem recolhido. Deleitava-se, especialmente, com poesia, história e filosofia. Murmurava para ele mesmo um poema inteiro, com uma espécie de caprichoso abandono ao ritmo das frases e dos cantos.

Nunca lhe ocorria, como romano moral anacrônico, procurar algum divertimento sexual nos apinhados bordéis de Antioquia, nem considerava próprio reunir-se a alguns companheiros romanos da cidade para jogar, assistir a rinhas de galos ou manter simples camaradagem. O lugar de um homem, depois de seu trabalho, era no lar, segundo pensava Diodoro, por mais insignificante que fosse a conversa da esposa. Bebia muito pouco à mesa e acreditava ser a embriaguez um dos pecados maiores. Assim, sua única evasão estava no trabalho.

Aurélia tinha amigas entre as famílias romanas de Antioquia, mas eram tão virtuosas e comuns quanto ela própria. Reunidas, tagarelavam sobre algumas mulheres mais emancipadas, de seu conhecimento, e deploravam-lhes as atitudes com arrepios de horror. Eram todas completas e inocentemente inconscientes da depravação de seu país, de sua corrupção e de sua moral viciosa, de suas maneiras e costumes licenciosos. E criticavam outras mulheres por um comportamento que, em Roma, era comum e admitido. Seus lares e penates eram as coisas mais importantes em suas vidas, e sua tagarelice mostrava-se tão excitante como uma tigela de feijões cozidos. Sentiam-se felizes; tinham maridos, filhos, jardins, eram diligentes e devotadas.

Era entre os soldados mais simples de Antioquia que Diodoro encontrava algum descanso, e com eles conversava facilmente sobre assuntos militares, para sufocado vexame de seus oficiais subalternos. Os próprios oficiais consideravam-se exilados naquele lugar, e suspiravam pelos deleites, alegria e vícios de Roma, pensando em seu oficial superior com espanto e secreto escárnio. Jamais duvidaram da moralidade dele, mas isso não lhes inspirava respeito: ao contrário, achavam-no um tolo. Mesmo sua severa justiça, que nunca era impulsionada pelo capricho ou mesquinhez do momento, parecia-lhes algo de inumano. Diodoro punia um oficial com a mesma presteza com que punia um soldado raso da infantaria, sem se preocupar com sua família ou sua categoria em Roma. Eneias solidarizava-se com eles, e os oficiais piscavam-lhe um olho ao ouvir alguma ordem rígida de Diodoro, quando, então, Eneias fingia pomposamente esconder um sorriso afetado.

Os fatos tinham sido particularmente complicados e desagradáveis naquele dia. Diodoro, rodeado de seus oficiais, observava o embarque por escravos, num navio romano, de frutos da Síria, mel, azeitonas e azeite e muitas outras coisas. Embora estivessem em dezembro, e a festa das Saturnais[8] se aproximasse, o sol mostrava-se quente demais para a estação, o ar trazia umidade, as águas gordurosas luziam como que cobertas de graxa

---

[8] Festas romanas em honra de Saturno, que de início constavam de regozijos públicos, nos quais os escravos podiam vestir-se como os senhores e censurarem-nos pelas suas faltas. Com o decorrer dos tempos tais festas transformaram-se, tanto em duração como em caráter, passando mesmo a constituir orgias coletivas.

ardente. Os gritos dos capatazes tinham sido excepcionalmente irritantes, e o estalido dos chicotes soara constantemente contra a muralha de ar úmido. Os escravos, entretanto, suando profusamente, mostravam-se apáticos. De súbito, com uma blasfêmia impaciente, Diodoro deixara a mesa das docas onde Eneias ia meticulosamente registrando os fardos e as barricas, e agarrara pessoalmente uma caixa das maiores sobre os ombros, com tanta facilidade como se se tratasse de um cordeirinho. Caminhara pelo pranchão do navio e atirara a caixa, com precisão rápida, sobre as outras. Depois, ficara ali, de pé, sorrindo de contentamento.

Os oficiais estavam boquiabertos. Eneias, diplomaticamente, olhava para o outro lado. Os soldados tinham os olhos fixos, e capatazes e escravos pareciam petrificados. Mas Diodoro flexionara os músculos, respirara profundamente, e dissera:

— Oh! Como isto faz bem à alma de um homem!

Eneias, o grego, partilhava com todos os gregos o desdém e a aversão ao trabalho manual, e sentia-se escandalizado até o coração. E ele e os outros ficaram ainda mais escandalizados quando ouviram Diodoro gritar aos escravos:

— Vocês são homens ou vermes doentes? Isto tem de ser carregado antes que o sol se ponha. Quando não, terão de trabalhar à noite, à luz de tochas. Vamos, tratemos de nos mexer como homens que têm um propósito, e acabar com isto! — De novo curvara-se, agarrara uma barrica e rolara-a pelo pranchão. E seus músculos avultavam nos ombros, pernas e braços. Era evidente que se estava divertindo. Os escravos, estimulados pelos chicotes, voltaram correndo ao trabalho e, inspirados por Diodoro, apressaram seus movimentos. Ele começou a cantar, com voz rouca, num ritmo embalador, e os escravos riram-se e cantaram com ele. Muito antes do pôr do sol, o navio estava carregado. Nem um só oficial ajudara, nem mesmo um soldado raso da infantaria, pois Diodoro indicara, com um olhar desdenhoso, que repudiava sua assistência.

Diodoro, então, ficou de pé entre seus oficiais, limpando o suor com o lenço que um deles lhe ofereceu e sorrindo amplamente a contemplar o navio. O comandante aproximou-se dele, com respeitoso temor, e Diodoro gritou:

— Dize àqueles homens-damas impotentes de Roma que Diodoro Cirino, filho de Prisco, ajudou pessoalmente a carregar este navio! Dize-lhes, enquanto eles se perfumam com nardo e óleo de rosas, e ouvem alaúdes, e mergulham línguas de rouxinol no mel, que viste hoje um romano trabalhar como os romanos outrora trabalharam, e que eles devem trabalhar de novo, se quiserem que Roma sobreviva e não morra para sempre entre vasos, flores, jovens cantoras, vinhos e elegâncias.

Depois, voltara-se para seus oficiais — que coravam de vergonha por ele —, blasfemara em voz alta e gritara, novamente:

— Onde estão vossas cicatrizes, vossos músculos, vossos ombros morenos, ó pelintras? Sabeis o que é a guerra, o trabalho, o que é a força dos corpos que vivem sobriamente e com resolução? Para o Hades[9] convosco! Todos! Por Mercúrio,[10] sois menos homens do que estes pobres escravos!

Aquilo fora imperdoável. Os escravos tinham sufocado o riso entre eles, e os rostos dos oficiais romanos ensombraram-se ominosamente. Não ousaram responder, entretanto. Diodoro era bem capaz de esbofetear abertamente um rosto atrevido; fizera isso muitas vezes, mesmo diante de soldados rasos e escravos.

Infelizmente, o tribuno não havia terminado. Correra os olhos, colérico, pelos seus homens, continuando:

— Cincinato deixou seu arado para salvar Roma e não se deteve sequer para lavar as mãos manchadas ou calçar sandálias nos pés sujos de terra. Nenhum de vós, porém, deixaria os braços de uma prostituta síria para salvar a vida de um homem, ou para manter, em vossa jurisdição, a lei de Roma.

Afastara-se deles, num repelão, e caminhara pesadamente pelas docas, até seu cavalo, pondo-se a galope a caminho de sua casa do subúrbio. Deixara sua biga, que um oficial teria de levar para as suas cavalariças, e Eneias seguiu nela com o oficial. Uma vez em casa, Eneias contara todo o horrível episódio a Íris, que o escutara em silêncio. Esperava ver a esposa horrorizada, mas ouviu sua voz meiga, com seu sorriso adorável:

---

[9] Lugar para onde iam os mortos, na mitologia grega. Deus do Inferno.
[10] Mensageiro dos deuses, deus ele mesmo da eloquência e do comércio.

— O nobre tribuno foi, outrora, meu companheiro de folguedos, na casa de Prisco. Sempre foi um rapaz ativo e às vezes carregava-me às costas, dizendo ser Júpiter em seu disfarce de touro, e eu Europa.[11]

Observando a expressão horrorizada do marido, por um instante, acrescentara, docemente:

— Ah! Éramos crianças nesse tempo, meu querido.

Havia ocasiões em que Eneias não podia entender Íris. Disse então, pomposamente:

— Vejo que não percebes a maior implicação do incrível episódio de hoje. Diodoro está constantemente falando de disciplina, entretanto ridiculariza publicamente seus oficiais, diante de seus homens e dos escravos. Isso engrandece a sua autoridade?

Íris compreendia que a cólera de Diodoro não fora lançada tanto sobre os homens que ali estavam em derredor quanto sobre os modernos costumes e a corrupção de Roma, que ele não podia suportar. Esse tinha sido o fato que precipitara e aliviara a raiva crônica e sufocada do tribuno. Suspirou e disse ao marido:

— Tenho certeza de que ele nunca mais fará isso.

Severo, Eneias replicou:

— Ninguém pode ter certeza quando se trata de um homem caprichoso. Confesso que nunca o entendi.

A furiosa exaltação de Diodoro durara através da refeição noturna. Contara tudo a Aurélia, e ela fizera um gesto de assentimento, como esposa sensata, embora o assunto estivesse inteiramente fora de sua compreensão. Deixou que se seguisse uma pequena pausa, e depois disse, ansiosa, como se seu marido de nada lhe tivesse falado:

— A pequena Rúbria está de novo cuspindo sangue e queixa-se de dores nos braços e pernas. O médico receitou fumigações na garganta e nas juntas, e ela está dormindo, finalmente, embora tenha o rosto ainda enrubescido. Que tristeza ver uma criança sofrer, uma criança que nunca

---

[11]Júpiter, deus maior do politeísmo antigo. Dizem que, se apaixonando por Europa, filha de Agnor, rei da Fenícia, transformou-se em touro para a roubar, atravessou o mar com ela sobre o dorso e trouxe-a para a parte do mundo que tomou o nome da donzela raptada. Os gregos davam-lhe o nome de Zeus. Jove é uma outra forma de seu nome.

foi saudável, e quanto mais triste é, meu querido esposo, eu te ter dado apenas aquele cordeirinho frágil e não filhos fortes.

Diodoro esqueceu imediatamente sua cólera, tomou a esposa nos braços e beijou-a. Ela não se revoltou contra o odor acentuado de seu suor, antes encontrou conforto nele. Passou-lhe os braços em torno do pescoço e disse:

— Mas tenho só vinte e cinco anos e ainda pode ser que os deuses nos concedam filhos. Preciso ir a Antioquia muito em breve e fazer um sacrifício especial a Juno.[12]

A criança, Rúbria, era o coração do coração de Diodoro, embora ele acreditasse ser o único a saber disso. Sem ruído, subiu a escadaria de pedra branca que levava ao apartamento dela e, silenciosamente, afastou para um lado os pesados reposteiros de seda escarlate. A menina estava deitada em sua cama, na frescura do início da noite. Dormia, com a ama vigilante a seu lado. A janela pequena era um quadrado carmesim, e sombras arroxeadas suspendiam-se pelos cantos do aposento. Seria uma reflexo do pôr do sol que avermelhava assim o rostinho dela ou seria aquela febre sinistra e desconhecida? Diodoro curvou-se sobre a filha, e seu indômito coração fremiu diante de tanta fragilidade. Longos e espessos cílios pretos palpitavam, inquietos, sobre o rosto fino e brilhante: a bonita boca infantil queimava. Tão doce e tão querida criatura, cheia de risos e alegria, mesmo quando estava sofrendo, uma pombinha tão terna! A mão nodosa de Diodoro tocou a massa negra de cabelos que se espalhava pela brancura do travesseiro, e ele suplicou, desesperadamente, a ajuda de Esculápio.[13]

— Suplico-te, Mestre Médico, filho de Apolo,[14] que mandes Mercúrio a esta criança, nas asas da compaixão, pois ela me é mais preciosa do que a minha vida, e que tua filha, Higia,[15] cuida dela com ternura. Mercúrio, apressa-te a vir ter com ela, pois não é ela igual a ti, rápida como o fogo, veloz como o vento, mutável como uma opala?

Prometeu sacrificar um galo a Esculápio, que preferia aquele sacrifício, e um par de bois brancos a Mercúrio, com argolas de ouro nos focinhos.

---

[12]Na mitologia romana era esse o nome dado a Hera dos gregos, filha de Cronos (Saturno) e Reia, a esposa e irmã de Júpiter, ou Zeus.
[13]Nome latino do deus da Medicina, Asclépio, filho de Apolo.
[14]Um dos grandes deuses da Grécia, personificação do Sol. Chamavam-no, também, Febo.
[15]Filha de Esculápio, adorada como deusa da saúde.

O terror apoderou-se dele quando tocou o cabelo de Rúbria e viu o tremor das mãozinhas sobre o lençol. Sem dúvida, honrara os deuses por toda a sua vida, e eles não iriam tirar-lhe a vida de seu coração. "Jamais temi espada ou lança, homem ou coisa, contudo o medo me torna fraco, hoje", disse ele, consigo mesmo. "Não que esta doença seja qualquer coisa de novo, mas minha alma estremece, como sob um pressentimento."

Renovou suas preces e acrescentou uma a Juno, a mãe das crianças. Para eles, os deuses de Roma jamais tinham sido depravados, nem mesmo Júpiter, apesar de todas as suas propensões referentes às donzelas. Ficou a cogitar se devia pedir a Marte,[16] sua deidade especial, padroeiro dos soldados. Resolveu o contrário: Marte não entenderia um soldado que considerasse uma criança mais preciosa e importante do que uma guerra. Tal prece que lhe fosse enviada poderia provocar-lhe a cólera. Diodoro rapidamente tornou a implorar a Mercúrio, com suas sandálias aladas e seu bastão de serpentes.

Quando tornou a se reunir a Aurélia, encontrou-a na antecâmara do próprio quarto, fiando diligentemente lã fina para tecê-la e do tecido fazer um *capitium*[17] para sua filha. Era a perfeita encarnação de uma matrona da velha Roma, ali sentada, o pé movendo-se ritmicamente sobre o pedal, a mão na roda, o cabelo preto severamente trançado em torno da cabeça, o rosto rosado sério e absorto. Suas vestes brancas flutuavam em torno do corpo cheio, tombando em pregas modestas, e tinha os braços voluptuosos cobertos a meio pelas mangas. Para Diodoro, aquela era uma figura tranquilizadora. Em vez de choramingar futilmente pela sua filha, fiava um bom agasalho para ela. Diodoro tocou-lhe afetuosamente a cabeça com a mão e depois com os lábios. O pé ativo e a mão que se movia não pararam, mas Aurélia sorriu:

— Por que não vais andar pelo jardim, ao pôr do sol, meu bem-amado? Ficarás confortado ali, como sempre. — A voz dela era firme e calma.

Diodoro pensou em seus livros. Recebera naquele dia, por um mensageiro especial, um rolo contendo a filosofia de Filo[18] que, dizia-se, era con-

---

[16] Deus da Guerra.
[17] Capuz (em latim no original).
[18] Filósofo helenístico de origem judaica, nascido em Alexandria no ano 20 a.C. que viveu até o ano 54 da nossa era.

siderado superior a Aristóteles.[19] Nisso Diodoro não acreditava, mas sentia-se ao mesmo tempo excitado e curioso. De súbito, porém, veio-lhe um peso de languidez ao coração, e resolveu fazer o que a esposa lhe sugerira. O livro podia esperar; sentia-se inquieto demais para dar-lhe a sua integral e considerada atenção.

Saiu para o pátio. Um vermelhão escuro fluía através das frondes das palmeiras e o perfume do jasmim subia em nuvens para a atmosfera tépida. As laranjeiras e limoeiros ornamentais estavam envolvidos em frutos verdes e dourados. Insetos zumbiam, com o som de delgados arames, e subitamente um rouxinol cantou para o céu avermelhado. As pedras brancas colocadas entre os canteiros de flores exóticas estavam mergulhadas em sombras cor de heliotrópio, e luz de um azul fosco enchia os arcos da colunata que rodeava o pátio. Uma fonte, sobre a qual se erguia um fauno de mármore, sussurrava docemente, misturando sua canção frágil à canção do rouxinol. As tonalidades púrpura e escarlate do poente luziam na bacia da fonte, a que peixes brilhantes e pequenos davam vida. Agora, as palmeiras farfalhavam sob o vento refrescante, vindo do mar distante, e através das frondes em movimento Diodoro pôde ver a brilhante radiosidade da estrela vespertina. Os troncos das árvores, plantadas ao longo das altas paredes do pátio, pareciam espectros acinzentados.

Não vinha ruído algum do maciço alto e quadrado que era a casa que ficara atrás de Diodoro; as colunas tremeluziam na meia-luz, como que feitas de algo insubstancial e não de mármore. Diodoro sentiu que o silêncio se fazia de repente opressivo: a voz do rouxinol não o seduzia como de costume. Era uma voz que não trazia consolo em si, apenas melancolia, e a fonte murmurava sobre tristezas que não eram humanas. Diodoro, de novo assaltado pela solidão, pensou em Antioquia e nas comemorações que ali se iniciavam em louvor de Saturno. Terminariam em deboche geral, como de costume, mas pelo menos ali haveria ruídos de homens e mulheres. Pensou em cavalgar de volta a Antioquia e convocar alguns de seus oficiais que lhe eram menos repulsivos. Sabia, porém, que não poderia suportá-los: eles quereriam participar da tumultuosa alegria e sua presença

---

[19] Filósofo grego, nascido em Estagiros, chamado, por isso, o Estagirista. Exerceu grande influência no pensamento europeu durante a Idade Média (384 a.C.-322 a.C.).

só iria inibi-los. Se ao menos tivesse um companheiro, pensava o solitário tribuno. Se ao menos houvesse apenas um com quem eu pudesse falar, para afogar em mim a voz do medo, um que comigo partilhasse uma taça de vinho e discutisse as coisas que para mim são importantes. Um filósofo, talvez, ou um poeta, ou apenas um homem sensato.

Ouviu um movimento levíssimo, quase um sopro, e voltou-se de novo para a fonte. O sol poente brilhou por um momento acima das copas farfalhantes das palmeiras e veio cintilar sobre a cabeça loura de um menino que se reclinava contra a bacia de mármore da fonte, em completo encantamento, inconsciente da presença de Diodoro.

Caminhando silenciosamente, Diodoro avançou para junto da criança, que se sentara no áspero gramado verde e erguia os olhos para as janelas de Rúbria. Quando chegou ao lado oposto da ampla e rasa bacia, Diodoro pensou: "Ora essa, este é o jovem Lucano, filho do meu liberto Eneias." Seu coração palpitou com uma nostalgia ignota, e ele pensou em Íris, sua antiga companheira de folguedos, Íris com seu cabelo áureo, seus maravilhosos olhos azuis, sua macia carne branca, seu rosto cheio que fazia covinhas, e seu fino nariz grego. Ouviu, como se viesse de corredores compridos e ensombrados, o som de seu riso de criança, o tom interrogador da sua voz ao chamá-lo. Íris, para ele, não existira nem mesmo como companheira de brinquedos que se recorda, depois de seu casamento com aquela empertigada e precisa mediocridade de um Eneias. Agora, porém, recordava-se que quando ele estivera fora, em suas campanhas, antes da morte de seus pais, Íris tinha brilhado como estrela em sua mente, doce, sensata Íris, a jovem escrava de sua mãe, a criada de quarto mimada, que para ela fora como uma filha.

Ele, um tribuno, jovem e ambicioso, atlético, de família impecável, chegara mesmo a sonhar em casar-se com Íris. Seus pais, acreditava ele, apesar do afeto que nutriam por ela, teriam morrido de humilhação se seu filho tivesse descido a uma escrava, se ela tivesse dito: "Onde estiveres tu, Caio, estarei eu, Caia." Ainda assim, ao saber da morte deles, enquanto ainda estagiava em Jerusalém, seu primeiro pensamento, depois da angústia da primeira dor, tinha sido para Íris. Voltara a encontrá-la não só liberta, mas casada e grávida, e afastara-a severamente de seus pensamentos.

Com certeza, então, sua solidão tivera início, e ele a tomara como um desejo de voltar à sua vida ativa no Oriente.

Todo o pátio encheu-se de doces sombras esverdeadas, nas quais a cabeça recostada de Lucano era como a lua cheia amarela. Diodoro, que podia ver-lhe apenas o perfil delicado, pensou: É a face do filho de Íris. Jamais se sentira interessado pelas crianças, a não ser pela filha Rúbria e, embora desejasse filhos, pensava neles como em jovens soldados, como seus herdeiros. Agora fixava os olhos em Lucano, forçando-os através da meia-luz colorida, e de novo seu coração estremeceu e encheu-se de ternura.

Lucano estava sentado em silêncio, imóvel, ainda contemplando o quadrado, que se apagava, da janela de Rúbria. Usava leve túnica branca, suas pernas longas eram tão pálidas que se assemelhavam ao alabastro e dobravam-se sob seu corpo. Em suas mãos havia uma pedra grande, de feitio e colorido pouco comuns, que à luz nublada inquietava. Toda a atitude de Lucano era de arrebatamento religioso, e ainda assim ele estava absolutamente imóvel. Seus lábios rosados entreabriam-se e seus olhos mostravam-se repletos de estranha tonalidade azul. Era como se ele estivesse ouvindo algo, e Diodoro, supersticioso como todos os romanos, observava-o com uma espécie de medo, nervoso, a pele arrepiando-se.

Falou, de repente, em voz alta:

— És tu, Lucano?

O menino não se sobressaltou. Moveu-se um pouquinho, apenas, e voltou para Diodoro seu rosto extasiado. Não saltou sobre os pés; apenas ficou ali sentado, a pedra nas mãos. Era como se não estivesse de forma alguma vendo o tribuno.

Diodoro ia falar de novo, mais asperamente, quando o menino sorriu e pareceu vê-lo pela primeira vez.

— Eu estava rezando por Rúbria — disse, e a voz era a da jovem Íris.

Diodoro deu a volta à fonte, hesitou, depois acocorou-se e olhou com firmeza para o menino, diante dele sentado, em tão absoluto repouso de músculos e em tão absorto enlevo. O tribuno despira suas pesadas vestes militares quando voltara para casa. Usava agora uma túnica branca, solta, com um cinturão de couro simples, que trazia incrustações de prata. Sob aquele material ligeiro, seu corpo moreno era robusto e rijo, e suas pernas espessas mostravam músculos salientes. Cruzou os braços fortes em torno dos joelhos e contemplou Lucano, que lhe sorria com serenidade simples.

Lucano não se mostrava nem atemorizado nem tomado de respeito pelo soldado. Olhava o altivo rosto moreno, agudo e severo, tão tranquilamente como teria olhado para seu pai. Aquele queixo áspero e saliente não o alarmava, como não o alarmavam os olhos negros e penetrantes, acomodados sob sobrancelhas escuras e fartas. Diodoro, porém, confrontado com a verdadeira imagem da criança que outrora conhecera, sentiu-se consciente de sua própria cabeça redonda, coberta de cabelo preto e rígido, tosquiado e sem brilho, e da força bruta de seu corpo disciplinado.

O menino nada tinha a fazer naquele pátio, pensou, automaticamente. E então ficou envergonhado, recordando-se de Íris. Mas que dissera ele? "Eu estava rezando por Rúbria." As duas crianças eram companheiras de brinquedos, tal como ele e Íris o foram.

Diodoro abrandou sua voz rascante.

— Estás rezando por Rúbria, menino? Ah! Ela bem precisa de tuas preces, a pobrezinha.

— Sim, senhor — respondeu Lucano, seriamente.

— A que deus estás rezando? — perguntou Diodoro. Com certeza, pensou ele, os deuses ficam especialmente enternecidos com as orações dos inocentes. E um pouco de sua dor foi aliviada.

Lucano disse:

— Ao Deus Desconhecido.

Os olhos escuros de Diodoro faiscaram, surpreendidos. Lucano continuou:

— Meu pai ensinou-me que Ele está em toda parte e em todas as coisas. — Estendeu para Diodoro a pedra que tinha nas mãos, e disse simplesmente: — Encontrei isto hoje. É muito bonita. Achas que Ele está aqui, e que me ouve?

2

Diodoro tomou a pedra nas mãos, ainda acocorado. Mal podia vê-la agora, pois a escuridão se acentuara, mas sentiu que era quente. Volveu-a nos dedos e a pedra cintilou de uma forma curiosa, apagadamente, em muitas cores que refletiram as últimas luzes.

Estava quente, provavelmente por ter ficado muito tempo nas mãos do menino. Mas o calor não diminuía, embora o ar estivesse esfriando rapidamente. Ao contrário, crescia de intensidade. O supersticioso Diodoro quis deixar cair a pedra, mas seria um gesto embaraçoso diante da criança.

— Achas, senhor, que Ele está aí, e que Ele me ouve? — repetiu Lucano. Tinha uma voz clara e firme, sem servilismo, a voz de um patrício pelo nascimento.

— Quem? — perguntou Diodoro. De novo volveu a pedra nos dedos, firmando os olhos nela.

— O Deus Desconhecido — respondeu Lucano, pacientemente.

Diodoro sabia tudo sobre o Deus Desconhecido. Outrora, num templo grego, tinha-Lhe feito sacrifícios, embora os gregos acreditassem que Ele não desejava sacrifícios. Quem era aquele Deus que não tinha nome? Quais eram os Seus atributos? De que homens era Ele o padroeiro? Não havia imagens Dele em parte alguma. Poderia ser o Rei dos Judeus, do qual Diodoro tanto ouvira falar em Jerusalém? Mas soubera que eles, os judeus, sacrificavam-Lhe pombas e cordeiros, em um festival a que chamavam Páscoa, na temporada da primavera. Os judeus chamavam-No Senhor, e pareciam conhecê-Lo muito bem. Com os olhos da mente, Diodoro podia ver o grande templo de mármore pálido e dourado, que se erguia contra o céu azul-pavão de Jerusalém. Lucano era grego, não judeu. Seria possível que os gregos tivessem ouvido falar no Deus Judeu e, não sabendo o Seu nome, chamassem-No o Desconhecido.

Diodoro sacudiu a cabeça. Uma grande lua, como uma vasilha repleta de fogo macio, ia, agora, erguendo-se por trás das palmeiras. Encheu o pátio com uma torrente de raios cambiantes, e as sombras das palmeiras tombaram, bem recortadas, sobre as pedras brancas e as paredes alvas da casa, insinuaram-se pela colunata, que começara a reluzir como se as colunas fossem feitas de mármore amarelo. O perfume do jasmim ergueu-se em ondas em torno do homem e do menino, e grilos cricrilaram na relva e entre as flores destituídas de seu colorido. Algures, fora do alcance da visão, um animal de carapaça passou raspando pelas pedras.

Diodoro recordou-se do nome que ouvira de um principezinho judeu: Adonai.[1] E disse a Lucano:

— Seu nome é Adonai?

— Ele não tem nome que os homens conheçam, senhor — replicou o menino.

— Seja como for, creio lembrar-me de que esse nome significa "Senhor" — disse Diodoro, abstraidamente. — É o Deus dos judeus.

— Mas o Deus Desconhecido é o Deus de todos os homens — falou Lucano, animadamente. — Ele não é Deus apenas dos judeus, mas dos romanos e dos gregos, dos pagãos, dos escravos, dos césares e dos homens selvagens das florestas e das terras ainda desconhecidas.

— Como sabes disso, criança? — indagou Diodoro, com um ligeiro sorriso.

— Eu sei. Eu sei no meu coração. Ninguém me disse — falou Lucano, com simplicidade.

Diodoro ficou estranhamente comovido. Recordou-se de que os deuses dão às crianças, de preferência, a sua sabedoria, pois elas não têm as mentes deformadas e torcidas pela vida.

— Um dia — disse Lucano — eu O encontrarei.

— Onde? — perguntou Diodoro, tentando ser indulgente.

Mas Lucano erguera o rosto para o céu e seu perfil ficou banhado pela luz dourada do luar.

— Não sei onde, mas eu O encontrarei. Ouvirei a Sua voz, e O conhecerei. Ele está em toda parte, mas eu hei de conhecê-Lo em particular, e Ele falará comigo, não só na lua e no sol, nas florestas e nas pedras, nos pássaros e no vento, nas auroras e nos poentes. Eu O servirei, e darei a Ele meu coração e minha vida.

Havia júbilo na voz do menino e de novo Diodoro sentiu um frêmito de superstição.

---

[1] Senhor, Soberano, Mestre, nome dado a Deus pelos judeus.

— E rezaste para Ele pedindo por Rúbria? — perguntou.
Lucano voltou o rosto para o homem e sorriu:
— Sim, senhor.
— Mas que nome Lhe dás, menino, quando rezas?
Lucano hesitou. Olhou firme para Diodoro, como se suplicasse.
— Chamo-O Pai — respondeu, em voz baixa.
Diodoro estava estupefato, apanhado que fora de surpresa. Ninguém chamara jamais Pai a qualquer dos deuses. Aquilo era ridículo. Seria afrontar os deuses, dirigir-se-lhe o homem insignificante de maneira tão familiar. Se aquele menino falava assim ao Deus Desconhecido, quem sabia se, em Sua cólera divina, Ele não golpearia o objeto de tais preces? Rúbria!
Diodoro disse, severamente:
— Homem algum, nem mesmo os filhos dos deuses, jamais ousaram chamar Pai a um deus. É ultrajante. É verdade que muitos deuses têm filhos e filhas através de homens e mulheres mortais, mas mesmo assim...
— Senhor, tu falas colericamente — disse Lucano, não com voz de medo ou servilismo, mas com a voz arrependida de quem ofendeu sem o desejar e pede perdão. — O Deus Desconhecido não se zanga quando um de Seus filhos chama-O Pai. Ele fica satisfeito.
— Mas como sabes isso, menino?
— Eu sei em meu coração. E assim, quando eu O chamo Pai e peço-Lhe que cure Rúbria, sei que Ele ouve delicadamente e vai curá-la, porque Ele a ama.
Um deus delicado. Isso era absurdo. Os deuses não eram delicados. Tinham zelo de sua honra, eram vingativos, distantes e poderosos. Diodoro fixou os olhos em Lucano, tomando uma nota mental no sentido de dizer a Eneias que castigasse seu presunçoso filho. As palavras de fria censura já estavam em seus lábios quando a lua iluminou em cheio o rosto de Lucano, que se tornou soberbamente radioso.
Diodoro, então, lembrou-se do que aquele menino dissera: "Ele a ama." Os deuses não "amam" os homens. Pedem adoração e sacrifícios aos homens, mas o homem, como tal, é uma coisa sem valor para os deuses.
"Ele a ama." Poderia o Deus Desconhecido ter como um de Seus atributos a qualidade de amar os homens? Oh! Que absurdo! Que presunção!

E que estava fazendo ele, Diodoro, ali, ao luar, conversando com uma criança, com o filho de um infeliz liberto como um homem da nobreza pode conversar com seu igual?

Diodoro levantou-se bruscamente, num forte e flexível movimento.

— Vamos, menino, é tarde, eu te levarei para junto de teus pais.

Ficou espantado com suas próprias palavras. Que lhe significava aquela criança, o filho de Eneias? Que importava se ele encontrasse ou não o seu caminho, ou errasse pela escuridão até o amanhecer? Mas aquele era o filho de Íris, e imediatamente Diodoro desejou ver sua antiga companheira de brinquedos. Havia também perigo na distância embalsamada, mas ameaçadora, que corria entre a casa grande e as menores.

Lucano levantou-se e, ao luar, Diodoro viu que o menino sorria timidamente.

— Senhor, quererás levar esta pedra para Rúbria e colocá-la junto do travesseiro dela, esta noite, pois que parte do Deus Desconhecido está nela?

A pedra, a pedra dotada de sentidos. Pulsava ela realmente em sua mão, pensou Diodoro, como lento e meditativo coração, cheio de mistério? De repente, ele sentiu que já não tinha medo da pedra. Disse consigo mesmo, com certo acanhamento: É uma coisa bonita e nada comum, e pode divertir a pequena Rúbria, que gosta de coisas estranhas. Colocou a pedra na bolsa que pendia de seu cinturão de couro. Mas Lucano lhe estava oferecendo uma pequena sacola. Diodoro tomou-a. Dela emanava selvagem e intenso odor.

— São ervas — disse Lucano. — Eu as apanhei hoje nos campos, como se assim me tivessem indicado. Senhor, manda um escravo as pôr de infusão em vinho quente, e faze Rúbria beber a mistura, pois sua dor passará.

— Ervas! — exclamou Diodoro. — Criança, como podes saber se algumas delas não são venenosas?

— Não são venenosas, senhor. Para ter certeza, entretanto, eu próprio comi uma porção, há algumas horas, e a dor de cabeça que estava sentindo desapareceu.

Diodoro estava intrigado. Levou a mão rude ao queixo de Lucano e ergueu-lhe a cabeça, a fim de estudar-lhe o rosto, meio a rir. O menino, porém, falara com autoridade. Dissera: "como se assim me tivessem indicado". Era possível que o próprio Apolo, que poderia possuir um rosto assim, uma testa assim límpida, tivesse instruído o menino diretamente. Não podia haver mal algum em fazer o que Lucano lhe sugeria e Diodoro meteu a sacola em sua bolsa.

— Ela beberá a mistura à meia-noite, hora em que habitualmente acorda — prometeu.

Tomou a mão de Lucano na sua, como faz um pai, e juntos caminharam através da meia-luz dourada, mantendo-se cuidadosamente no caminho de terra, receosos das cobras. Diodoro pensava: Este não é um menino comum, mas um menino inteligente, desassombrado e pensador. Não há dúvida que está sendo preparado por Eneias para seguir-lhe os passos como guarda-livros. De certa forma aquilo contrariava Diodoro.

— És muito jovem, menino — disse ele —, mas com certeza pensas frequentemente em ti próprio como adulto. Quais são os teus projetos?

— Encontrar o Deus Desconhecido, senhor, e servi-Lo — respondeu Lucano. — Posso servir melhor o homem como médico, que é o meu caro desejo. Estive no porto e vi os homens doentes nos navios, e os moribundos que vêm de toda parte do mundo. Rezei para poder ajudá-los. Conheço os filósofos e médicos da Grécia, li seus livros de remédios para os males dos homens, tanto mentais como físicos, muitos dos quais eles receberam dos egípcios. E visitei muitas vezes as casas dos médicos de Antioquia, e eles não me expulsaram, antes agradaram-me e explicaram-me muitas coisas. Estou aprendendo outras línguas, inclusive o egípcio e o aramaico, de forma a poder conversar com os sofredores em suas próprias línguas.

Diodoro sentia-se vastamente espantado. Apertou a mão de Lucano e disse, pensativamente:

— Há uma grande escola de medicina em Alexandria, da qual ouvi falar muito.

— Irei para lá — falou Lucano, simplesmente. — Também eu, senhor, ouvi falar dela, pois os médicos de Antioquia referem-se àquela escola com reverência. Vai custar-me muito dinheiro, mas Deus proverá.

— Com que então temos um Deus que não só deixa de possuir um nome ou atributos compreensíveis, ou rosto, ou forma, que está em toda parte simultaneamente, mas é também banqueiro! — disse Diodoro, com um sorriso esquisito. — Achas que ele exigirá juros também, meu filho?

— Com toda a certeza — respondeu o menino, com voz grave e cheia de segurança. — Toda a minha vida, toda a minha devoção.

Diodoro pensou que se um homem lhe falasse assim ele o acreditaria louco. Ele, Diodoro, ouvira muitas vezes os judeus falando dos homens sábios, nos portões, que nada pensavam e nada falavam a não ser em seu Deus. Mas os judeus eram um povo que ninguém poderia compreender nunca, e ainda menos do que todos um romano, embora César Augusto, sendo homem tolerante e além disso supersticioso, tivesse ordenado que em Roma o Deus dos judeus recebesse alguma recognição, quando mais não fosse, para persuadi-Lo e amolecer os pescoços duros e o sombrio ressentimento de Seu povo contra os romanos, e assim tornar menos difícil governá-los. Diodoro começou a rir consigo mesmo, docemente. Lembrava-se de que, como jovem tribuno, oferecera-se para colocar uma estátua do Deus judeu no templo romano de Jerusalém, e quanto o grão-sacerdote ficara horrorizado e como erguera as mãos, sacudindo-as violentamente no ar, como se implorasse a seu Deus que fulminasse o tribuno de morte, ou o amaldiçoasse silenciosamente. Diodoro, estupefato, percebera que incorrera em um erro imperdoável, mas como e por quê, jamais pudera compreender, deduzindo das abafadas imprecações do sacerdote. Tentara argumentar com o santo homem: como era possível que uma estátua do Deus judeu num templo romano O ofendesse, e por que desprezaria ela a honraria do romano? O grão-sacerdote apenas arrancara a barba e rasgara as vestes, olhando para Diodoro com olhos tão terríveis que o pobre jovem tribuno despedira-se rapidamente. Aquilo confirmara sua crença hesitante de que os judeus eram loucos, especialmente seus sacerdotes.

Lucano, porém, era grego, não judeu, embora falasse em devotar sua vida ao Deus Desconhecido do mesmo modo que os judeus falavam em devotar as suas ao seu próprio Deus. Diodoro recordava-se como nas ruas de Jerusalém vira homens chamados rabis, seguidos de multidões humildes, que ouviam com ansiedade as suas palavras de sabedoria. Havia alguns com fama de milagreiros, e aquilo interessara Diodoro, que acreditava fervorosamente em milagres divinos. Mas não acreditou naqueles homens, porque quase sempre andavam descalços, andrajosos e eram desesperadamente pobres, apesar de seus olhos fulgurantes e de suas palavras estranhas e incompreensíveis. Andando em direção a Lucano, ele balançou a cabeça.

— Devias visitar o templo dos judeus em Antioquia — disse divertido.

— Eu o visito, senhor — respondeu, serenamente, Lucano.

— Sim! — exclamou Diodoro, afastando um galho de arbusto espinhoso do menino, como teria feito com sua filha. — E o Deus deles é o Deus Desconhecido?

— Sim, senhor, estou certo de que é.

— Mas Ele não ama todos os homens. Ama apenas os judeus.

— Ele ama todos os homens — disse Lucano.

— Estás enganado, rapaz. Ofereci-me para colocar uma estátua Dele no templo romano de Jerusalém, e a estátua foi recusada. — Diodoro riu e continuou: — Os judeus não fazem objeção a que entres em seu templo? Ah! Agora recordo. Em Jerusalém o templo tinha um lugar chamado o Pátio dos Gentios. Mas eles não podiam entrar no santuário interno dos judeus.

— Eu presto culto no Pátio dos Gentios, na sinagoga de Antioquia — disse Lucano.

Que menino estranho! Mas Diodoro começava a pensar na escola de medicina de Alexandria. E disse:

— Penso que o Deus Desconhecido arranjou uma forma de poderes estudar medicina, Lucano.

E riu de novo, penosamente. Era homem justo, às vezes caridoso, mas, tal como os "antigos" romanos, prudente no que se referia a dinheiro, acreditando que duas moedas de ouro deviam voltar para um homem acompanhadas de duas outras.

Tinham agora alcançado uma clareira diante dos jardins da casa de Eneias. Altas palmeiras estendiam-se contra a lua, e o ar da noite estava cheio dos perfumes das flores. No meio delas levantava-se, brilhante, a casa branca do guarda-livros, pequena, baixa e compacta, marcada com as sombras das palmeiras. Uma luz fulgurava, vinda da porta aberta, e quando Diodoro e Lucano se aproximaram dela o portal recortou a figura bem modelada de uma jovem mulher, cujos cabelos soltos se tornaram uma nuvem dourada contra o resplendor de luz que vinha por trás dela. Estava vestida com o traje branco, simples, da mulher que passa seu tempo em casa, e chamou ansiosa:

— Lucano? És tu, querido?

— Sou eu, mãe — respondeu Lucano.

Íris desceu para o relvado, depois parou, vendo quem estava acompanhando seu filho.

— Meus cumprimentos, Íris — disse Diodoro, a voz grossa e baixa em sua garganta. Pensava nas palavras de Homero: "Filha dos deuses, divinamente alta e divinamente loura."

— Meus cumprimentos, nobre Diodoro — respondeu Íris, hesitante. Ele se dirigira a ela com a delicadeza com que um homem se dirige à esposa de um de seus pares, e ainda assim a delicadeza chegou-lhe ansiosamente, com uma tonalidade de esperança. Por uma razão qualquer os olhos de Íris arderam com as lágrimas e ela recordou o companheiro de brinquedos de sua infância. Fora um rapaz tão cândido e corajoso, tão verdadeiro e bom, tão honrado, tão cheio de afeição por ela. A moça não o vira, a não ser de longe, desde muito tempo e, a partir do momento em que se casara com Eneias, ele mal tomara conhecimento de sua existência.

Eneias apareceu no limiar da porta, e depois desceu os degraus. Vendo Diodoro, inclinou-se:

— Bem-vindo sejas ao nosso pobre lar, senhor — disse ele, com a voz trêmula de um homem que se sente dominado.

— Isto não é uma casa "pobre" — falou Diodoro, irascivelmente. — Era a casa do antigo legado de Antioquia, antes que a minha casa fosse construída, e ele não a considerava sem valor.

Empurrou Lucano em direção de seu pai, e disse em voz áspera:

— Trouxe teu menino para casa. Estava em nosso jardim e poderia ser mordido por uma cobra ou por um escorpião, depois que o sol desceu.

Eneias era todo confusão e abjeto medo. Ofendera Diodoro e a cólera dele voltava-se agora contra seu filho.

— Não te parece importante que tua mãe tenha estado aflita por tua causa, pronta para ir procurar-te pela escuridão? Não te parece importante teres afrontado o nobre tribuno.

— Ele não me afrontou — interrompeu Diodoro. A luz que saía da porta vinha de esguelha sobre o rosto bonito e desconsolado de Íris. Diodoro desejava poder colocar no ombro dela a mão consoladora. — A pequena Rúbria é sua companheira de brinquedos. Encontrei-o no jardim rezando embaixo das janelas dela, pois a menina está doente. Tenho motivo para lhe ser grato. — Olhou para Íris e viu que ela começara a sorrir, em agradecido alívio. E falou ao trêmulo Eneias, lutando para manter um tom mais natural: — Um menino bem pouco comum, este teu, Eneias, e foi um privilégio conversar com ele. — Hesitou: — Tenho a garganta seca. Posso tomar um copo de vinho?

Eneias estava novamente estupefato. Mal podia acreditar em seus próprios ouvidos. Olhou para Lucano com respeito. Aquele era o filho do qual o tribuno falara! E era por causa daquele filho que o tribuno condescendera em pedir vinho na casa de seu liberto. Eneias sentia-se estonteado. Pôde apenas murmurar algo, e afastar-se para um lado, até Diodoro entrar em sua casa. Olhou rápida e estupidamente para Íris, mas ela passara o braço no pescoço do filho e o levava para a frente. Eneias seguiu-os, os joelhos trêmulos. O tribuno trouxera o menino para casa, quando lhe bastaria expulsá-lo de seus jardins ou, se estivesse bondosamente disposto, mandar um escravo com ele, pela escuridão!

Diodoro recuperara seu bom humor. Ficou de pé na pequena mas de forma alguma humilde sala e examinou-a expansivamente. Sobre a mesa havia flores numa vasilha e espalhadas em vasos pelo soalho, que era de mármore. As portas que davam para as cozinhas e os quartos tinham cortinas de lã de alegres coloridos, drapejando à brisa da noite, que entrava pelas janelas pequenas e pela porta. Aqui e ali Diodoro reconheceu, entre o mobiliário deixado pelo antigo administrador, cadeiras e mesas da casa de seu pai, dadas a Eneias quando de seu casamento com Íris. Diodoro olhou, em particular e com prazer, para uma cadeira. Era de ébano, marchetada de marfim, e fora uma das prediletas de seu pai. Havia uma pequena mesa de limoeiro precioso, reluzindo à luz da lâmpada, e que pertencera a Antônia. Sobre ela ficava a lâmpada de prata, com sua língua brilhante de chama.

— O escravo que designei para ti faz bem o seu trabalho — disse Diodoro, cada vez mais satisfeito. Sentou-se na cadeira de ébano e estendeu as pernas morenas e musculosas diante de si, com toda a atitude natural de um soldado. E Eneias, de pé diante dele, incerto, formalmente vestido com comprido traje branco, ele, o guarda-livros, parecia mais o patrício, com suas feições finas, e face e cabeça estreitas, do que o franco tribuno sem-cerimônia metido em sua túnica ocasional, curta. Ora essa, pensou Diodoro, a pobre criatura até mesmo possui uma toga para usar no seio secreto da família.

— Não tenho vinho digno de vós, senhor — disse Eneias. Íris, porém, deslizou graciosamente para trás da cortina e trouxe uma bilha e duas taças de prata, que Diodoro também reconheceu como de sua infância. Movendo-se como adorável estátua animada, colocou os copos na mesa de limoeiro e serviu o vinho. A luz rosada refletiu em seu rosto, vindo do líquido, e Diodoro pensou numa donzela feita de mármore que a luz do poente banhasse. Desejava tocar seu cabelo miraculoso, que com tanta facilidade tocara na meninice. Podia sentir de novo seu sedoso comprimento, e todo ele era desejo. Pensou que sua mãe, Antônia, devia ter se oposto com mais vigor ao casamento de Íris com Eneias.

— Não sou especialista em vinhos, graças aos deuses — disse Diodoro. — Para mim, uma vindima ou outra são o mesmo.

Estendeu a mão para a taça, e Íris deu-lha com seu sorriso inefável, pois Eneias ainda estava estonteado demais para ter movimentos voluntários.

— Que é isso, não vai beber comigo? — perguntou Diodoro em tom enfático.

Eneias agarrou a taça e algum vinho derramou-se sobre seus dedos trêmulos.

Lucano, obedecendo a um leve gesto materno, inclinou-se diante de Diodoro e, respeitosamente, desejou-lhe boa-noite. O tribuno deu um sorriso grave e o menino deixou a sala. Diodoro fez uma pequena libação aos deuses, e Eneias, ainda muito pálido, também fez uma libação. O tribuno ficou a observar enquanto o grego derramava mais vinho, seus lábios movendo-se reverentemente.

— Ah! Sim — disse Diodoro. — O Deus Desconhecido.

— É um costume grego — falou Eneias, como quem se desculpa.

— Excelente costume — disse Diodoro, e seu rosto altivo tornou-se quase afável. Voltou a cabeça e viu que Íris acompanhara o filho. Sentiu-se profundamente desapontado mas, como um "antigo" romano, aprovou isso também.

— Dize-me, Eneias — falou —, estou interessado por esse teu filho. Quais são as tuas esperanças para o futuro dele?

— Posso sentar-me, nobre Diodoro? — perguntou Eneias. Sentou-se rigidamente numa cadeira, a alguma distância de seu hóspede. Pensou nas palavras de Diodoro e tornou a ficar estupefato e submisso diante daquela condescendência. — Eu tinha pensado, senhor, que ele me seguiria a seu serviço.

— Tratar de livros e de registros, esse menino? — perguntou Diodoro, zombeteiramente. — Ah! Não! Ele não te fez confidências com referência ao desejo que tem de ser médico?

Eneias, ainda mais pálido, apenas continuou olhando para o tribuno. Com certeza, o menino dissera aquilo a ele e Íris, mas Eneias repelira severamente o pensamento presunçoso, e sentira-se ofendido.

— Vejo que sim — disse Diodoro, com um movimento afirmativo de cabeça. — Bem, meu bom Eneias, então ele será um doutor. — Tornou a hesitar, melancolicamente: — Eu próprio o mandarei para a escola de medicina em Alexandria, quando tiver mais idade. Nesse meio-tempo, ele tomará lições com o preceptor de Rúbria.

Lágrimas correram dos olhos de Eneias. Antes que Diodoro pudesse mover-se, ele saltara sobre seus pés e prostrara-se diante das sandálias empoeiradas do tribuno. Não conseguia falar, sequer, mas apenas murmurar estonteadamente sua gratidão e incredulidade.

— Vamos, vamos, homem — disse-lhe Diodoro, que nunca tolerava que lhe agradecessem alguma coisa. — Não tenho filho meu, e esse é o rapaz que eu devia ter tido. Será médico. Levanta-te, Eneias. Não és escravo. E esqueceste que também tomaste tuas lições comigo?

Ele sabia exatamente quais eram as pretensões de Eneias, e como ele considerava seu senhor um bárbaro, e a si próprio um filósofo exilado de um país que jamais vira; e sabia que mentalidade pequena, embora honesta, aquele homem possuía. Jamais chegaria Eneias a esquecer que fora escravo? Diodoro olhava, escarnecedoramente, o homem vestido de branco que tinha a seus pés. Moveu-os, como que temeroso de que Eneias quisesse beijá-lo em seus extremos de maravilha e gratidão, e isso, vindo do marido de Íris, ser-lhe-ia insuportável.

Eneias sentou-se de novo em sua cadeira, enxugando as lágrimas. O tribuno desviou os olhos para o lado, e seu olhar tombou sobre um rolo de papel. Viu que continha o tratado de Aristóteles sobre Democracia e Aristocracia. Sentiu-se imediatamente interessado. E disse:

— Entregaram-me hoje alguns dos livros de um filósofo, Filo. Há muita excitação em torno dele, e eu desejava compará-lo com Aristóteles.

Durante um momento a esperança acordou no tribuno solitário. Sabia, pelas rápidas conversas que antes mantivera com Eneias, que o liberto, embora pudesse citar com exatidão grandes trechos de Platão e Aristóteles, e em grego, era incapaz de qualquer compreensão sutil. Ainda assim, Diodoro ficou esperando.

— Filo? — murmurou Eneias, com voz fraca. Um esgar de desdém, totalmente involuntário, repuxou-lhe a boca. Então, temeroso de haver novamente ofendido Diodoro, apressou-se a dizer: — Deve ser um grande filósofo, com certeza.

Diodoro encolheu os ombros.

— Há gente demais em Roma a aclamá-lo. Se um homem pode ser julgado pelos inimigos que faz, também pode ser julgado pelos indivíduos que o louvam. Filo, ainda tão jovem, já recebeu honrarias demais, para que valha grande coisa. — Calou-se. Sob certos aspectos, César Augusto se parecia aos esquecidos "velhos" romanos, pois que se dizia ser ele um homem moral comparado aos que se aglomeravam em sua corte. Tentava respeitar o Senado, e se não podia respeitar os senadores, a culpa não era dele. — Ouvi dizer — continuou Diodoro — que o próprio César tem conversado muito com Filo. Bem, depressa saberei se Filo é merecedor de uma tal consideração.

Cruzou os braços curtos, mas sólidos, sobre o peito, e fixou os olhos em Eneias.

— Aristóteles... — prosseguiu, meditativo. — Gosto das suas Definições. É filósofo superior a Platão, em vários aspectos, porque Platão, embora julgando-se um realista, ainda assim velava-se em misticismo. Embora ensinasse que o universal tem existência objetiva, envolvia-se em poesia apesar de toda a sua *República*, que, na minha opinião, é um trabalho etéreo. Que disse Aristóteles de Platão? "Amo Platão, mas amo ainda mais a verdade."

Eneias, para quem Platão era a própria essência da verdade revelada, apenas pestanejou. Lutava desesperadamente para seguir Diodoro, que não acreditava capaz de compreender absolutamente os filósofos gregos. Não conseguindo encontrar palavras, contentou-se em fazer solenes movimentos de afirmação com a cabeça.

Diodoro suspirou. Percebia que Eneias não o estava seguindo, mas, pelo menos, a pobre criatura possuía um remoto conhecimento das palavras dos filósofos. O tribuno tornou a estender o corpo em sua cadeira.

— Platão, embora herdasse de Sócrates, seu mestre, a maneira de definir termos, não tinha realmente consciência da sua verdadeira conotação — disse Diodoro, inflamando-se à proporção que desenvolvia o assunto. — Não tinha essa consciência, mas tudo quanto escreveu e disse foi subjetivo. Aristóteles é o verdadeiro pai da lógica. O particular absoluto foi o único particular que ele reconheceu. Era completamente objetivo. — Meditou por um momento, as sobrancelhas carregadas, e depois continuou: — Platão foi um paradoxo: exigindo precisão, tropeçou, finalmente, no mar de suas generalidades. É interessante recordar que Aristóteles foi outrora um soldado, e um soldado sabe que há absolutos, tais como disciplina, honra, obediência, patriotismo e respeito pela autoridade.

— Evidentemente, há absolutos — confirmou Eneias complacente. Em nome dos deuses, que viriam a ser esses "absolutos"?

Os olhos ferozes de Diodoro reluziram quase amavelmente, voltando-se para o seu liberto. Bocejou, bebeu até a última gota de seu vinho e recomeçou:

— Também é interessante recordar que Aristóteles pertenceu à fraternidade médica de Asclepíades.[2] Isso me leva de novo a Lucano. Penso que ele será um filósofo, além de médico. Não lhe negues o acesso aos teus preciosos manuscritos, Eneias.

Eneias esqueceu quem era por alguns momentos, e disse, com orgulho:

— Ele já tem esse acesso. Eu lhe dou lições, pessoalmente, senhor.

— Muito bem.

Diodoro esticou o corpo e levantou-se. Eneias saltou sobre os pés. Deus proteja o pequeno dos confusos ensinamentos de seu pai, pensava Diodoro. Despediu-se amavelmente de Eneias, depois fez seu solitário caminho de volta a casa, sob o luar que se tornava alvo e forte. Começou a pensar sombriamente em suas frustrações. O coração doeu-lhe e ele recordou Íris. Mesmo que desejasse comportar-se como os suínos imundos da moderna Roma, sabia que tal coisa estava além de suas possibilidades. Íris, antiga escrava, esposa de um liberto, não ousaria negar-se-lhe. Se ainda o recordasse com amor ele não poderia violar tal amor. Além disso, tratava-se de uma virtuosa matrona. Olhara para ele, naquela noite, com olhos úmidos e sorrira-lhe como lhe seria impossível sorrir para o marido, sem dúvida.

---

[2]Família ou corporação de médicos gregos, que pretendem descender de Asclépio.

Diodoro pensava na criada de quarto de sua mãe com ternura reverente, o que era algo tão diferente de seu amor por Aurélia que ele não poderia acusar-se de licenciosidade mesmo em pensamento. Comparava Íris com Diana,[3] a inviolada, a eternamente pura.

Olhou para a lua e, em sua profunda simplicidade, implorou à deusa que protegesse aquela grega que ele tinha amado e que ainda amava. Sentiu com aquilo algum conforto.

Não se lembrou do menino, de Lucano, até o momento em que entrou em casa e encontrou Aurélia tomada de ansiedade pouco comum nela. A pequena Rúbria havia acordado, e gemia de dor, chamando pelo pai.

3

Juntos, de mãos dadas, subiram a escadaria e entraram no quarto da menina. Duas lâmpadas ardiam num pequeno cômodo sobressalente, e aumentavam o calor que ali se estagnava. Diodoro sentiu-se abafado, quase sufocado, depois do frio ar noturno que encontrara lá fora. Havia ali um estranho e desagradável odor. O tribuno olhou para a janelinha que ficava bem alto, na parede branca, sobre a qual sombras grotescas dançavam, pois que o médico escravo da casa, Keptah, e a ama, rondavam o leito. As cortinas de seda tinham sido corridas pesadamente sobre a janela, e Diodoro caminhou instantaneamente para elas, abrindo-as rudemente.

— Ufa! — exclamou ele. — Isto acaba asfixiando a menina! E de onde vem este mau cheiro que estou sentindo?

As faces rubicundas de Aurélia empalideceram. Como obediente matrona, raramente censurava o marido, muito menos na presença de escravos. Disse, apenas:

— Diodoro, o ar da noite é perigoso nesta época do ano. Eu mandei que fechassem a janela.

---

[3]Também chamada Ártemis, pelos gregos, filha de Júpiter e de Latona, obteve de seu pai a graça de jamais se casar e foi feita rainha dos bosques. Sua ocupação principal era a caça.

Mas Diodoro estava respirando profundamente a frescura do ar novo. Apanhou as cortinas e abanou-as, impelindo assim para o meio do quarto a brisa que entrava.

— Se a menina já não está asfixiada, isto a fará reviver — disse. Fez sinal à ama para que continuasse sacudindo as cortinas e ela, com os olhos dilatados de susto, tratou alvoroçadamente de obedecer. Diodoro aproximou-se da cama. Rúbria sorriu-lhe, lá de seu travesseiro. Mas um sorriso doloroso, e a menina sacudia a cabeça escura, inquieta, estendendo a mãozinha para o pai. Ele a tomou, fortemente, entre suas firmes palmas morenas, e embora seu coração alterasse o ritmo ao verificar aquele calor, disse, resolutamente: — O que é que há, minha filha? — Seus olhos perscrutavam o rostinho dela, notando-lhe os contornos definhados, os lábios quentes e secos. A febre estava consumindo aquela criatura, a mais querida entre todas. Sob sua carne enrubescida, o tom cinzento da morte se insinuava, como furtiva maré sob águas avermelhadas pelo sol. O terror torceu o coração de Diodoro, comprimindo suas aurículas e trazendo com aquilo uma angústia puramente física.

Keptah dizia, mansamente:

— Senhor, esfreguei um linimento nos membros da menina, gordura de abutre, misturada com vesícula biliar de abutre. Por isso o cheiro é tão irritante. Mas aprendi que este é o tratamento mais eficaz para juntas e tendões doloridos.

Diodoro ouviu a respiração lenta e difícil que vinha dos pulmõezinhos de Rúbria. Via, à luz vacilante das lâmpadas, o pulsar de artérias torturadas na garganta da menina e em suas têmporas. Ainda segurando a mão dela, colocou a mão direita sobre o peito da filha. A vibração do coração foi sentida, rápida e frenética. A doença misteriosa que assim aflige os tenros tendões de seu corpo alcançara o coração inocente e o estava estrangulando.

Diodoro curvou-se sobre a menina, que, pequena como era, percebendo o medo do pai e desejando apenas tranquilizá-lo, sussurrou fracamente:

— Estou muito melhor, meu pai. A dor não é tão forte agora.

O pai afagou-lhe os longos cabelos pretos que se espalhavam sobre o travesseiro, com dedos trêmulos: eles estavam úmidos de suor. Afagou a face ardente, a curva delicada do pescoço. E disse consigo mesmo: Que eu morra, mas que minha filha seja poupada. Torcei meu corpo e atirai-o no pó, mas que minha filha seja poupada. Para mim o fogo e a espada de todas as maldições dos deuses, mas que minha filha seja poupada. Um grande e terrífico silêncio tombou sobre ele.

O médico estava misturando uma poção num cálice, e um momento depois chegava-o aos lábios de Rúbria. Ela, porém, teve náuseas. Diodoro fez sinal ao médico para que se afastasse e tomou o cálice na mão. Obedientemente, então, e controlando as náuseas, a menina bebeu, lentamente, gota a gota, parando com frequência para respirar, em haustos. Aurélia começou a fazer massagem nas partes inchadas das perninhas e dos bracinhos bonitos, pacientemente, com firmeza, e Diodoro observava-a, enquanto mantinha o cálice junto dos lábios da filha. Quanto era calma a sua esposa! Se sentia terror, não o revelava. Rúbria agora suspirava, sob o tratamento que lhe dava a mãe, e os espasmos tornavam-se menos frequentes. A ama continuava a abanar as cortinas, e Keptah movera-se, afastando-se do leito, imperscrutável e silencioso.

Aurélia mergulhava sem cessar os dedos na vasilha de prata do linimento à proporção que ia fazendo a massagem. Seus dedos curtos e brancos tinham força e propósito. Ela parecia saber quando fazer pressão, quando erguer delicadamente a mão. Era como alguém que, confiante e destemida, se movesse com firmeza contra um inimigo. O corpo de Rúbria afrouxou a rigidez, polegada por polegada, tornou-se menos tenso de agonia, menos rijo de sofrimento.

— Ah! Ah! — exclamava Aurélia, em voz baixa e confortadora. — Nós vamos mandar isto embora. Não vamos?

Os músculos de seus braços, de suas mãos gorduchas, erguiam-se e abaixavam-se visivelmente, e a luz das lâmpadas ondulava sobre eles. Ela combatia, mas não havia sinais de combate em seu rosto plácido, em seus olhos serenos e sorridentes. Minha Aurélia pode não ter muita imaginação, mas é uma mulher e a tenacidade está nas mulheres como a força está no exército, pensou Diodoro, com humildade nova. Rúbria agarrava-se à mão do pai, mas voltava-se inconscientemente para sua mãe, como o faz um recém-nascido. O vestido de Aurélia era decotado, e Diodoro podia ver o rico intumescimento de seu peito, aquele peito imperturbado e sem agitação. Reluzia de suor, mas não havia respiração ansiosa a erguê-lo e baixá-lo.

Sem interromper sua tarefa, Aurélia levantou os olhos para o marido, e seu sorriso era cheio de amor. Seus olhos castanhos diziam-lhe: Eu salvarei esta pequenina para ti. Não te tortures, meu querido. Não havia ciúmes em seu olhar. O que importava era apenas que a Diodoro fosse poupado um desgosto esmagador. As faces rechonchudas de Aurélia luziam com seu calmo esforço e seus lábios cheios curvavam-se. Tinha soltado os cabelos para a noite e eles derramavam-se em negra cascata por sobre seus jovens ombros rotundos.

O medo de Diodoro, agora, diminuiu. Voltou-se para Keptah, o médico. Tratava com muita atenção aquele escravo, e emprestava-o com frequência a seus amigos quando estes adoeciam. Prisco o mandara para a grande universidade de Alexandria, reconhecendo muito cedo que o rapaz tinha talento para a medicina. O pai de Diodoro gostava dele como pessoa e fizera Diodoro prometer que quando Keptah alcançasse os quarenta e cinco anos de idade seria libertado e receberia ouro bastante para garantir-lhe a segurança. Diodoro tinha a intenção de cumprir tal promessa, mas, embora tivesse respeito pelo escravo como médico, não gostava dele como homem. Em Diodoro não havia paciência para o sutil, o ambíguo, o secretamente sorridente, o sombriamente enigmático, o suavemente cético e silencioso.

Pois Keptah, aos quarenta anos, era tudo isso. Jamais alguém soubera qual a sua origem racial, mas havia algo de egípcio em seu rosto magro, tão remoto, misterioso e moreno, com seu nariz cinzelado, adunco, com seus olhos oblíquos e secretos, sua boca de delgado recorte. Seu cabelo, tão curto quanto o de Diodoro, parecia pintado com pincel negro sobre um crânio comprido e frágil. Era alto, quase descarnado, e sob suas vestes os ombros ossudos mostravam-se largos. Tinha mãos morenas, longas e flexíveis, com unhas pálidas e juntas grandes. Diodoro acreditava que aquelas juntas revelavam o filósofo, mas se Keptah tinha filosofias, ocultas e místicas, que Diodoro gostaria de descobrir, furtava-se agilmente às sondagens de seu senhor:

— Não sei, senhor — murmurava com sua voz macia e de acento curioso. — Não passo de um escravo.

Aquela altaneira paródia de humildade jamais deixava de irritar o tribuno, intelectualmente faminto como estava e que se sentia repelido como soldado rude e estúpido. Diodoro suspeitava, também, que Keptah ria-se dele. Não se podia negar, entretanto, que se tratava de homem sensato e grande médico.

Diodoro, olhando agora para ele, que estava de pé ali ao lado mas de certa forma ausente, lembrou-se de um acontecimento estranho que se passara naquela casa havia apenas alguns meses.

O vigilante do pavilhão dos escravos estivera comemorando seu aniversário naquele pavilhão. Diodoro, bom senhor que era e reconhecedor dos servos fiéis, dera ordens para que excelente comida e vinho de sua mesa fossem usados naquela noite. Como presente pessoal, dera ao capataz uma bolsa de moedas de ouro. Não houvera restrições para as comemorações e assim Diodoro, que ia abrindo caminho lentamente, mas com segurança através de um obscuro tratado sobre ética, pusera de lado o pergaminho e franzira as sobrancelhas. Em sua biblioteca tudo era silêncio à luz da lâmpada, mas o tumulto na instalação dos escravos fazia-se clamor ruidoso no ar tépido. Diodoro, então, sorrira, num esforço de indulgência. Teodoro, um velho, não teria muitas oportunidades para a hilaridade e os festejos. Que as moças bonitas dançassem diante dele, e os jovens pinoteassem, e o vinho corresse, e os ossos fossem atirados no piso de mármore, e a música batesse contra as paredes da casa.

O ruído, porém, ia ficando cada vez mais desenfreado. A pequena Rúbria seria perturbada e também Aurélia, que se levantava antes de suas escravas. Havia um limite para tudo, mesmo para festas de aniversário. Diodoro não confessou a si mesmo que o som de alegre vida humana sob a lua o arrastava; pois não era um romano austero, que detestava a frivolidade? Resmungou consigo mesmo que precisava deter aquele alarido, mas seu passo ia leve e rápido quando ele se encaminhou para o pavilhão dos escravos.

As festividades haviam transbordado do pavilhão para o perfumado pátio dos escravos. Lâmpadas foram colocadas em mesas trazidas do pavilhão e faiscavam contra as palmeiras, as flores, e as humildes estátuas em cantos distantes. O luar e a luz das lâmpadas misturavam-se para mostrar uma cena da desenfreada e devassa festividade. As moças escravas, particularmente aquelas que tinham deliciosos corpos rosados, estavam quase nuas, os cabelos saltando em torno delas, enquanto dançavam de maneira espantosamente licenciosa, os rostos brilhantes de lascívia, juventude e vinho. Tranças castanhas, negras e louras saltavam como flâmulas sobre seios despidos e membros arredondados. Os rapazes, vestidos como faunos e sátiros, saltavam no meio das moças, em gestos escandalosos. E a música se esganiçava e erguia-se, dançava e ria, incitava, seduzia e guinchava. Refestelado como o próprio amo num macio divã, Teodoro observava tudo com alegria e impotente sensualidade, enquanto sua cabeça branca marcava o ritmo da música, os dedos retorcidos estalando o compasso.

A fragrância das flores, das ervas, do vinho, do suor, das carnes assadas e quentes, bem como do pão, fazia-se um nevoeiro no ar. As lâmpadas, elas próprias como que inspiradas, ardiam com brilho maior, e a luz e a sombra perseguiam-se como dardos embriagados, através do pátio. Diodoro ficou aterrado. Naquela casa tão correta e decorosa, como haviam aprendido as moças e rapazes tais danças vergonhosas, tais gestos licenciosos, tais canções, tais gritos obscenos? Era uma bacanal! Tal coisa não devia ser permitida! Metido nas sombras profundas, o tribuno sentiu-se corar. Precisava ter uma conversa com Aurélia, na manhã seguinte. Mas, com toda a certeza, Aurélia também devia estar ouvindo todo aquele barulho. Por que não chamara uma escrava, severamente, e não dera ordem para que se pusesse fim em tudo aquilo?

Hesitou. Teodoro estava agora cantando com sua voz rachada e trêmula. Tinha começado a bater palmas. Para estupefação de Diodoro, o velho incitava as moças e os rapazes para fantasias ainda mais selvagens, com frases que seu amo nem sequer acreditaria que ele conhecesse. Tais palavras, pelos deuses!

Mais habituado, agora, à escuridão, à luz das lâmpadas e ao luar, Diodoro correu os olhos pela cena. Através do pátio viu um movimento confuso, depois o brilho de um traje branco. Reconheceu a figura alta e majestosa de Keptah, o médico. Diodoro ficou ainda mais estupefato. Keptah jamais se reunia aos outros escravos. Não obstante, lá estava ele também observando, como Diodoro. Também ele devia sentir-se solitário.

Subitamente, Keptah saiu da sombra, revelando-se em seu traje branco e longo de médico, ereto, e ainda incompreensível. A luz da lâmpada brilhou por inteiro sobre seu rosto, e Diodoro mal o reconheceu, tão estranho estava, tão cintilante, tão secreto, e tão contido. Keptah ficou ali a observar os corpos saltitantes, as pernas e braços enlaçados, os cabelos revoltos, o ritmo da carne quente, o jubiloso abandono da juventude voluptuosa e ébria. Os pés dançantes rodopiavam e rodopiavam, aproximando-se dele cada vez mais. Às vezes sua figura era obscurecida pelas moças e depois elas tornavam a recuar, aproximavam-se e afastavam-se, sempre dançando, rapazes e meninos seguindo em perfeito ritmo, as mãos agarrando-se e avançando para seios e braços amorosos, ou atirando os cabelos para cima. Keptah, porém, não se movia nem recuava. Começava a sorrir e, vendo aquele sorriso, Diodoro franziu as sobrancelhas. A luz no rosto de Keptah cintilou.

Então, Keptah levantou a mão direita. Se pensa que vai detê-los, é louco, pensou Diodoro. Só um corisco produziria efeito.

Keptah manteve a mão erguida, e Diodoro podia ver a palma rasa e trigueira. Não era um gesto de comando. O polegar dobrava-se para a palma de forma curiosa, e os dedos afastavam-se. O tribuno estava tão absorvido observando seu médico que só alguns momentos depois teve consciência de que o mais profundo silêncio havia tombado ali. Mesmo os músicos tinham cessado de tocar sua música selvagem.

Diodoro teve um sobressalto. Olhou ao seu redor, incrédulo, e então a estupefação o dominou. Os dançarinos tinham se detido em posição de dança. Os alaudistas, flautistas e harpistas como que se haviam congelado, as mãos imóveis no ar. A cabeça de Teodoro tombara sobre o peito de ancião. Havia agora apenas o mais profundo silêncio no pátio, exceto pelo silvo das lâmpadas, o chilro dos insetos noturnos, os gritos distantes dos pássaros, o remoto ladrido de um cão. O luar banhava o pátio e as lâmpadas baixavam suas flamas, morrendo. Os dançarinos estavam ali, pernas erguidas, braços arremessados para a frente, rostos brancos e enlevados. Aquilo podia ser uma cena de um mural, ou um pátio repleto de estátuas, bacanal esculpida por um artista louco.

Diodoro não podia acreditar no que via. De boca aberta e olhos fixos, esfregava os olhos e tornava a fixá-los ali. A noite estava muito quente, mas de repente ele sentiu um frio de morte. Algo farfalhou e um passo levíssimo se fez sentir. Diodoro deu um salto, subitamente assustado, e voltou-se. Keptah estava a seu lado, sorrindo sombria e respeitosamente; depois, curvando-se, murmurou:

— Eles te estavam incomodando, senhor.

Diodoro estremeceu e deu um ou dois passos. Sussurrou:

— Que fizeste?

Os olhos insondáveis contemplaram-no seriamente, mas em suas profundezas havia uma faísca avermelhada.

— Eu, senhor? — disse o médico, levantando as sobrancelhas oblíquas como que surpreendido por uma infantilidade. — Isto não é nada. Eu te vi através do pátio e era evidente que estavas aborrecido. Assim, mandei que esses malucos parassem e eles me ouviram.

— Que fizeste? — repetiu Diodoro, e agora, apesar de seu tremor, a voz saiu-lhe áspera e forte.

Mais uma vez Keptah estudou-lhe o rosto, com zombeteira surpresa.

— Isto é algo que aprendi como médico, senhor.

Voltou-se um pouco e contemplou a terrível cena diante dele. O luar, aqui e ali, banhava um jovem seio marmóreo, o movimento imobilizado de um braço, a curva de um joelho.

— Isto te está alarmando, senhor? — perguntou Keptah, como que espantado. — Mas não é nada.

Diodoro levantou o braço num gesto involuntário de horror e ameaça.

— Liberta-os imediatamente! — exclamou, afastando-se num recuo do médico, todas as suas superstições a arrepiar-lhe a pele.

— Para o abandono e o ruído, senhor? — Keptah parecia perplexo. — Logo amanhecerá.

— Liberta-os, maldito! — berrou Diodoro. Estava terrivelmente amedrontado.

— Para mais decoro, talvez? — urgia a voz insidiosa, em tom ansioso.

Diodoro ficou em silêncio. Keptah parecia refletir sobre a frustração de seu amo. Ergueu então os ombros. Levantou de novo a mão, murmurando algo para si mesmo.

A cena não se modificou subitamente. Mas, lentamente, os braços e pernas começaram a se mover, a tombar, relaxados. Os corpos tornaram-se vivos, embora frouxos. Como que se movendo em sonhos, cabeças voltaram-se, pés começaram a andar, não na dança, mas em encantamento. O luar, frio e imóvel, brilhava sobre ombros pesados, membros entorpecidos. Um por um os escravos deslizaram para fora do pátio, sem falar, sem se olhar, completamente inconscientes uns dos outros. Era como que observar uma cena de total exaustão e de inconsciência animal. Para Diodoro, aquilo era um terrível e insondável pesadelo.

Agora, o pátio estava vazio. Ficaram somente as lâmpadas, as mesas cobertas de objetos, as cadeiras vazias. Os instrumentos dos músicos estavam sobre as pedras, como se ali tivessem sido arremessados em fuga. As lâmpadas, no último faiscar, apagaram-se. A lua desceu lentamente e as palmeiras farfalharam.

Keptah falou, e pareceu a Diodoro que ambos estiveram ali por um tempo infinito.

— Eles esquecerão, senhor. Acreditarão que foram dormir depois de uma noite feliz, de festança e regozijo. — Suspirou: — Como são felizes, tendo um amo assim indulgente!

As roupas de Keptah tombavam ao longo de seu corpo em pregas angulosas. O luar ganhava as cavidades fundas de suas faces, acentuava as cavernas em torno de sua boca.

— Pensaste que eu era mau, senhor — disse ele. — Mas tenho conhecimento. Há uma lenda antiga que diz que o mal e o conhecimento são uma coisa só. Não é bom saber. É muito melhor ser um animal inocente. — Olhava agora para Diodoro, e no lugar de seus olhos havia covas de trevas sem fundo. — Mas — continuou ele — quem existe, entre nós, que preferisse não ter conhecimento do bem e do mal? Não saber é não ser homem. Ou os deuses — acrescentou, ainda mais baixo.

Afastou-se, e não houve som em torno dele.

Fora aquilo que ele dissera. Quando Diodoro, pela manhã, indagara cautelosamente junto de Teodoro sobre as festividades da noite, o escravo respondera alegremente:

— Graças a ti, senhor, foi uma noite gloriosa! Nunca teus servos se sentiram mais felizes!

Dobrou os joelhos, que estalavam, e beijou as mãos de Diodoro. O sol brilhava em seu rosto murcho.

— Nunca nos esqueceremos — disse ele.

Diodoro, então, mandara chamar Keptah, que veio ter com ele com pés que pareciam deslizar.

— Falaste comigo em bem e mal, na noite passada, e também em conhecimento — disse ele. — Tua linguagem foi muito obscura.

Diodoro fez uma pausa. Fixou os olhos em Keptah, não como um amo olha para o escravo, mas como um homem olha para outro.

— Estudaste os trabalhos de Aristóteles durante teus anos em Alexandria. Lembras-te que o sábio falou sobre absolutos. Acreditas em absolutos?

Keptah não estava perplexo. Sabia que Diodoro pensara longamente na conversa da noite. Sabia tudo quanto se podia saber sobre o tribuno.

— Não, senhor, eu não acredito.

— E por quê?

— Porque, senhor, não há absolutos, a não ser Deus.

— Mas Aristóteles era um grande filósofo! Estás tendo a pretensão de contradizê-lo?

Diodoro voltou-se em sua cadeira, ofendido.

Keptah sorriu, seu sorriso sutil:

— A sabedoria terminou com Aristóteles?

Diodoro franziu as sobrancelhas, mas sentia-se abalado.

— Então, a última palavra ainda não foi dita?

— Não, senhor, ainda não foi dita.

Diodoro assumiu aspecto ainda mais ameaçador:

— Não há absolutos! Não há a última palavra!

Estava desanimado. Já era bastante desagradável que a política fosse sempre tão instável e a vida tão caprichosa. Mas a filosofia, com certeza, e filosofia como a de Aristóteles, era uma coisa eterna e imutável. A que se agarraria um homem num mundo imprevisível, a não ser na filosofia, na memória de seus pais, nos templos de seus deuses, e na sabedoria? Levantou os olhos para Keptah e percebeu que seus olhos eram estranhos e distantes e que seus lábios exangues tinham um contorno obscuro.

— Dize-me — perguntou o tribuno —, que fizeste aos escravos na noite passada?

— Apenas uma forma de hipnotismo, senhor — respondeu o médico. — Uma ilusão, isso foi tudo.

— Ilusão de quem?

Diodoro estava encolerizado.

Keptah ergueu delicadamente os ombros.

— Quem sabe, senhor?

Diodoro, irritado, mandara que ele se retirasse. Os pensamentos que as palavras de Keptah despertaram nele eram demasiadamente perturbadores e, assim, ele os suprimiu o mais depressa possível. Não se havia lembrado mais deles, até aquele momento.

E, agora, olhava para Keptah e estava mais convencido do que nunca de que o escravo o considerava, a ele, o poderoso tribuno, um indivíduo simplório. Era simplicidade, então, acreditar na virtude, no patriotismo, na moralidade, na honra, no dever? Diodoro suspeitava que para Keptah, o misterioso, tal simplicidade era absurda. Mas, com certeza, um homem que não acreditava em absolutos era um corrupto! Estaria direito que tal homem cuidasse de Rúbria? Mas quem, em Antioquia, ou mesmo em Roma, era médico tão dotado quanto Keptah?

Foi então, por uma razão qualquer, para ele desconhecida, que Diodoro subitamente lembrou-se de Lucano.

Levou sub-repticiamente a mão à bolsa e tateou a pedra e o saquinho de ervas. Viu que Kepath o observava, embora sem demonstrar. E disse, como estudante tímido:

— Eu tenho um amuleto aqui.

Keptah ergueu suas aladas sobrancelhas negras e disse polidamente:

— Um amuleto? Ah! Amuletos às vezes possuem propriedades sobrenaturais.

Diodoro franziu o cenho. O homem estaria novamente zombando dele? Keptah, porém, mostrava-se muito sério e esperava cortesmente. Ele quase empurrou a estranha pedra na mão do médico.

Keptah estudou-a. E então, com a expressão mais enigmática, passou-a sobre o próprio rosto. Voltara as costas para a lâmpada, de forma que ficara na sombra, e Diodoro espiou por cima do ombro dele. Nas mãos de Keptah, na obscuridade, a pedra luzia como que ardendo com um fogo intenso e inextinguível. Lançava uma claridade ligeira, mas firme, sobre os compridos dedos morenos de Keptah.

— Que vem a ser isso? — perguntou Diodoro, impaciente.

Keptah, com aquele ar secretamente divertido que lhe era habitual, contemplou o alarma do amo e seu rosto subitamente congestionado.

— Deram-me esta noite — acrescentou Diodoro —, e quem a deu foi o filho do meu liberto, o pequeno Lucano, para a senhora Rúbria. Disse-me que a encontrara e declarou-me que os deuses, ou Deus, estava nela.

O rosto de Keptah modificou-se:

— Lucano? — perguntou ele.

Ficou refletindo. Sabia do afeto que ligava o jovem grego à mais jovem Rúbria — um afeto tão inocente e tão gentil. Sabia, também, qual o tremendo poder da sugestão. Dirigiu-se ao leito, e, imperativamente, como se fosse o senhor e Aurélia uma escrava, fez-lhe sinal para que se afastasse. E ela, instintivamente, obedeceu. Rúbria estava chorando baixinho, mas agora olhava para Keptah, como que amedrontada. Ele sorriu para a menina, e mostrou-lhe a pedra, que não era comum, mas não possuía outras qualidades além de sua beleza.

— Isto — disse ele — é uma pedra mágica que foi achada pelo teu companheiro de brinquedos, Lucano. Os deuses devem tê-lo dirigido para ela. Isto te ajudará, senhorazinha, se acreditares nela, pois não foi Lucano que a encontrou para ti?

Rúbria olhou para a pedra e tocou-a timidamente com um dedo frágil. Começou a sorrir. Keptah mudou-a de posição, rápida e habilmente; apertou os contornos arredondados da pedra contra o flanco esquerdo da menina, na região do seu fígado inflamado.

— Aqui ela deve ficar — disse ele, aos pais e à ama — durante vários dias, até que a menina recupere a saúde.

Olhou firme para Rúbria, com um olhar imperioso, e a menina bem como seu pai e sua mãe pareceram tomados de respeitoso temor.

Diodoro esfregou o queixo: podia ser supersticioso, mas também era homem de razão e de lógica. Curvou-se sobre a filha e estudou a pedra, vendo-a faiscar e refletir. Um tanto desconfiado, então, tornou a levantar os olhos para Keptah, que teve dificuldade para manter sua gravidade.

— Não acredito em magia — resmungou o tribuno.

— Senhor, há muita magia no mundo. Basta acreditar nela para encontrá-la.

O tribuno achou aquilo ambíguo e franziu as sobrancelhas, mas Keptah parecia muito sério. Bem, pensou Diodoro, é possível que eu não saiba tudo; não sou médico nem faço mágicas, como esse charlatão.

Sua atenção voltou-se rapidamente para Rúbria e ele sacudiu a cabeça.

— Que será que faz mal a esta criança? — perguntou. — Não foste definitivo, bem ao contrário, foste evasivo, Keptah. O sangue, derramamento nas juntas, regiões contundidas da carne, dificuldade de respirar, gengivas com filtração, crescimentos nas glândulas...

Keptah desviou os olhos.

— Não é uma condição rara — falou, suavemente —, embora seja difícil... de curar.

Era impossível para ele dizer àquele pai que a menina tinha a doença branca, invariavelmente fatal. Em seu coração havia piedade.

— Mas a pequena Rúbria viverá? — indagou Diodoro, e seus olhos abateram-se ao simples pensamento da morte da menina.

Keptah olhou-o por um longo momento antes de responder:

— Não está ordenado que ela morra agora, senhor, ou em um futuro imediato.

Rúbria, ao contato da pedra de Lucano contra sua pele jovem, sentia que tudo acabara, e isso Keptah notou. A força do espírito, refletiu ele, muitas vezes mantém a morte a distância, e a fé às vezes realiza o impossível.

Diodoro não estava satisfeito e o medo acelerava seu coração.

— Falas de forma evasiva. O amuleto não a curará inteiramente?

— Não sei, senhor.

Os olhos emboscados olhavam para Diodoro com uma expressão que o romano não reconheceu como distante compaixão.

— Então — disse Diodoro, com irado frenesi — ela morrerá no futuro, com certeza?

— Não é esse o fado de todos nós, senhor?

Diodoro deixou que sua cabeça tombasse sobre o peito, e apertou os lábios contra os dentes. Pensou, então, no saquinho de ervas que recebera daquele menino altamente impenetrável, Lucano, e com dedos trêmulos retirou-o da bolsa, entregando a Keptah com repentina rigidez.

— Lucano também me deu isto, e disse que deve ser misturado em vinho quente e dado à senhora Rúbria.

Esperava nova zombaria de Keptah, mas o médico apanhou o saquinho com leve e delicada rapidez. Abriu-o. Imediatamente o quartinho aquecido foi invadido por um odor forte, amargo, ainda assim agradável. Keptah levou o saquinho ao nariz, fechou os olhos e inalou.

— Onde, senhor, o menino encontrou estas ervas, e como as escolheu?
— Não sei! — gritou freneticamente Diodoro. — Nos campos, foi o que ele disse. Não me falou como as escolheu! Deuses! Não haverá fim para este mistério? Que existe nesse saquinho?

Keptah sorriu e fechou cuidadosamente o saquinho.

— Ervas que eu próprio não consegui encontrar, embora as tenha procurado longa e infinitamente. — Pousou os dedos ossudos na boca, como para aquietá-los. Deu o saquinho à ama, ordenando que as ervas fossem misturadas ao vinho quente, imediatamente. Voltou-se sobre os calcanhares, em silêncio, dirigiu-se para a cama, e olhou para Rúbria com a expressão de alguém que se visse diante de um milagre.

Diodoro agarrou o braço do médico.

— O menino, Lucano, disse que deseja estudar medicina e eu lhe prometi... — Parou, seus olhos altivos apertados em conjetura e pensamento, e sua mente frugal acelerada.

— Sim, senhor? — perguntou Keptah, outra vez o escravo altaneiro parodiando a humildade.

— Eu lhe prometi que podia estudar com a senhora Rúbria, e que mais tarde... mais tarde... seria possível que ele fosse estudar... — Diodoro parou, as sobrancelhas ferozes reunidas. — Tu o ensinarás, Keptah, se acreditares que ele tem capacidade para se tornar um médico, e então... — respirou fundo e abandonou heroicamente a precaução: — ...eu o mandarei para Alexandria.

Esperava que Keptah se mostrasse incrédulo e divertido. Mas este curvou a cabeça, seriamente.

— Senhor, o que disseste está prescrito.

— Agora, em nome do Hades, que queres dizer com isto? — perguntou Diodoro, perplexo. — Penso que está de novo falando nos Fados. Mas Aristóteles e Sócrates não falaram na livre escolha do homem, ridicularizando o que está prescrito?

— Muitos filósofos não são sábios em todas as coisas — disse com calma o irritante Keptah. — Se um homem tivesse de viver apenas através das teorias dos filósofos ele não sobreviveria nem conservaria sua sanidade mental. — Sorriu amplamente para Diodoro, como um pai magnânimo sorri para um filho jovem e obstinado.

A ama trouxe um cálice de prata com vinho quente, e Keptah misturou nele, habilmente, as ervas que recebera. Os gemidos da menina eram agora mais baixos, embora fosse evidente que ainda sofria grandes dores. Keptah entregou o cálice a Aurélia, que o levou aos lábios da filha com um sorriso amoroso. A menina bebeu obedientemente, entre profundos haustos de dor. Keptah ficou junto do leito, observando-a atentamente por alguns momentos.

Os gemidos tornaram-se menos frequentes, os olhos da menina dilataram-se maravilhados e tranquilos. Sua cabeça descansava sobre os joelhos maternos, como que surpreendida com a diminuição da angústia. Então pôs-se a respirar, um hausto depois do outro, lento e profundo, como suspiros.

— Ah! Deuses! — murmurou Diodoro, as pálpebras umedecidas pela gratidão.

Como se fosse rubra maré, o surto de febre recuou das faces de Rúbria e de seus lábios, substituído por uma palidez fantasmal. Para seus pais aquilo era excelente, pois se haviam esquecido de que aquele mesmo palor precedera sua última crise aguda da doença, havia semanas já, despertando sua ansiedade. Keptah assentiu para si mesmo, com melancolia.

— A menina está dormindo! — exclamou Aurélia, muito delicadamente. E Rúbria realmente adormecera, branca como se estivesse morta sobre as madeixas escuras de seus cabelos.

— Sacrificarei não um galo, mas dois, a Apolo! — exclamou Diodoro, que o alívio tornava fraco. — E ao seu mensageiro, o glorioso Mercúrio de pés ligeiros, duas hecatombes.[1]

Atirou-se para o médico e, esquecendo que era o senhor daquele escravo imperscrutável, agarrou-lhe a mão, pestanejando para conter as lágrimas.

---

[1] Expressão grega que se referia ao sacrifício (homenagem) feito aos deuses, para atrair-lhes os favores ou agradecer-lhes uma graça concedida, sacrifício feito, solenemente, com cem bois, ou, por extensão, cem animais quaisquer. Figuradamente, usamos a expressão para nos referirmos à morte de um grande número de pessoas.

— Ah, Keptah, pede o que quiseres! E terás o que pedires instantaneamente, pelo seu trabalho desta noite!

Keptah ficou calado, enquanto Diodoro lhe apertava a mão. Refletia que só um oportunista tiraria proveito do que não lhe pertencia. Mas os escravos não têm escolha, a não ser o expediente. E disse, tão baixinho que seus lábios mal se moviam:

— Minha liberdade, senhor.

Diodoro foi apanhado de surpresa. Comprimiu a boca, relanceou um olhar furibundo sobre o escravo.

— Ah! — disse, com voz ameaçadora. — Queres tirar vantagem da minha emoção, natural num pai?

Keptah encolheu os ombros.

— Foste tu que sugeriste isso, senhor, não fui eu — respondeu ele.

O cabelo curto de Diodoro arrepiou-se com aquela sua repentina cólera. Em seu nariz adunco as narinas dilataram-se. A desconfiança reluziu em seus olhos.

— Que velhaco lisonjeiro és tu, Keptah! Sabes que foi prometido a meu pai que eu te daria a liberdade quando tivesses quarenta e cinco anos, bem como ouro bastante para que vivesses bem. Quererás que eu quebre a promessa que fiz a meu pai?

Keptah não pôde conter um sorriso diante desse sofisma e, vendo o sorriso, Diodoro sentiu-se ainda mais encolerizado e consideravelmente encabulado. Sacudiu para longe a mão de Keptah, levantou os ombros, pesadamente, até a altura das orelhas, e manteve-se obstinadamente, como um touro pronto a atacar. Tentou fazer o escravo baixar os olhos, sombriamente. Keptah, entretanto, manteve-se em tranquila dignidade, tocando com os dedos uma prega de seu traje.

Diodoro por um momento esqueceu a filha adormecida e berrou:

— Muito bem, então, tratante! Que seja. Dentro de alguns dias irás comigo à casa do pretor. — Sacudiu um dedo espesso diante do rosto de Keptah: — Mas com a condição de que te conserves voluntariamente comigo até que eu te despeça.

— Pensaste que eu iria deixar-te, senhor? — perguntou Keptah, como que estupefato. — Além disso, não está prescrito que eu fique nesta casa e ensine o filho de Eneias?

Diodoro, porém, não se acalmou. Fervia de indignação, tentando intimidar o outro. Keptah não estava intimidado.

— O pretor e tu, senhor, sem dúvida concordarão com um estipêndio que eu preferiria sugerir.

Diodoro estava para estourar mais uma vez quando sentiu os dedos de Aurélia em seu braço suarento. Ela sorriu para o marido, as faces de novo rubicundas, uma covinha brincando ao lado da boca. Parecia uma menina, sentada à beira da cama da filha, os cabelos tombando em caracóis úmidos por sobre a testa e os ombros.

— Nunca se dirá que o nobre Diodoro rompeu uma promessa — murmurou ela.

Sua aparência e seu amor comoveram o coração secretamente sensível de Diodoro. Mas era necessário não trair tal fraqueza pouco militar. O homem atirou para a frente as mãos, num gesto de raivosa capitulação.

— Eu o disse, portanto que seja! — exclamou. — Direi também que desprezo o homem exigente, seja ele amo ou escravo. Keptah, eu te respeitei: agora sinto desdém por ti.

— O desdém de um homem como tu, senhor, vale a honraria concedida por todos os demais homens — falou Keptah, e Aurélia riu alto, como que encantada.

Keptah esperou que o mandassem embora, e quando o fizeram ele curvou-se profundamente diante de Diodoro e Aurélia, dirigindo-se em seguida para sua própria farmácia, fechada a chave, onde compunha suas poções e linimentos, e onde conservava os corpos reduzidos a pó de animais e insetos, bem como estranhas ervas, flores secas e substâncias inorgânicas que nenhum outro médico conhecia, a não ser os que com ele se ombreavam.

Aquela farmácia fazia parte de seus próprios aposentos, afastados dos aposentos dos outros escravos. Não era necessário adverti-los para que se mantivessem a distância: eles tinham pavor de Keptah, de sua majestade e de seu ar abstruso. Tinham ainda pavor maior da magia que havia por trás daquela porta fechada. Cochichavam que ele visitava o crematório e retirava o sangue dos mortos antes da cremação, usando-o em seus remédios. Cheiros nauseantes flutuavam em torno dele, como uma aura, e às vezes havia luzes ardendo até bem depois da meia-noite, através de sua janela. Alguns dos escravos juravam que não eram luzes de lâmpadas, mas faíscas movediças como estrelas, e que aquelas faíscas muitas vezes suspendiam-se sobre o peitoril da janela, como fogos-fátuos.

Keptah preparou determinado líquido, que era cor de ferrugem e tinha um cheiro sobrenatural. Derramou-o numa pequena bilha e então manteve-a na mão. De pé em sua farmácia, com as prateleiras e jarros espectrais ao seu redor, fez-se imóvel como uma pedra, os olhos subitamente fixos no céu, para além da janela. Seu coração saltou, acelerado, tal cordeiro fugitivo, depois parou e começou a trabalhar.

— Chegou — sussurrou, audivelmente. E então, exultante, repetiu, com voz trêmula: — Chegou! Bem-aventurados sejam meus olhos que viveram para ver isto!

Tateou no peito, procurando um pequeno objeto, que dali retirou. Era feito de ouro, o desenho simples. Apertou-o de encontro aos lábios, e curvou-se várias vezes, dizendo:

— Santo! Santo! Santo!

Tombou de joelhos, a cabeça inclinada sobre o peito, mal parecendo respirar, tomado de um encantamento que ficava além da compreensão do mundo. O objeto que retirara de sob a veste balançava-se diante dele, pendurado a uma corrente de ouro, e aumentava diante dos olhos deslumbrados de Keptah, até dar a impressão de que abarcava o universo.

A lua era apenas pálida sombra nebulosa, bem distante no céu, quando Keptah saiu daquela sua porta particular para o pátio. As palmeiras, porém, interferiam com o firmamento, e ele deslizou para mais longe, para dentro da treva, que se mostrava tremulamente misteriosa, com sombras prateadas. O homem precisava de espaços abertos, os quais pudesse contemplar. Perguntava a si mesmo, muitas e muitas vezes, com o coração pulsando fortemente nos ouvidos: Eles me deixarão ir? Eles deixarão que meus olhos vejam? Depressa serei um liberto, e não há nada que impeça a minha ida durante algum tempo. Bateu convulsivamente com as mãos no peito, e rezou para que Eles consentissem.

Caminhou através dos jardins emaranhados até bem para além da casa, e notou de novo como cada folha, cada fio de relva fremia, sob luz prateada, sobrenatural. Aquilo, para ele, era um reflexo sagrado; às vezes, parava para sorrir e tomar uma folha espessa e reluzente, e então levantava os olhos para o céu. Aqueles astrônomos, que não eram caldeus como ele próprio, deviam estar falando agora, medrosamente, de cometas, embora não se esperassem cometas. Mas sua Fraternidade sabia. Desejava ir juntar-se a ela. Tinha rezado, outrora, para que se a Estrela viesse durante a sua existência ele pudesse estar entre os de sua Fraternidade, nessa ocasião. A Estrela viera, e havia uma longa distância a pé, de Antioquia até onde a Fraternidade deveria estar em jubilosa vigília, os olhos escuros cheios de mistérios e de ações de graças. Tinham mantido tal vigília tão longamente que seu início se perdia no tempo, desde os dias de Ur, desde os dias do florescimento de Bit Yakin, desde os dias em que tinham vindo de algum deserto longínquo, quando ainda eram um povo de sacerdotes — os *kalu* — antes que os judeus os chamassem babilônios. "Nem aos mais sábios entre nós é dado saber a hora: só Ele sabe", haviam ensinado a Keptah. "Nem mesmo os Santos do céu o sabem, mas só o Santo dos Santos, abençoado seja Seu Nome."

Keptah alcançou um lugar aberto nos grandes jardins, e ali estava na margem baixa de um estuário do rio Orontes. O estuário era estreito, mas rápido, e agora ainda mais rápido, como se apressasse, privado de fôlego, a levar as notícias ao rio, e depois aos mares que banhavam o mundo. As margens estavam escuras, embora longas lanças de luz de mercúrio fulgurassem através delas. Mas a corrente estreita brilhava com uma luz mais forte do que a do luar. Sua superfície rugosa, em preto e branco, girava e cintilava. Sua voz era como a do tambor e da flauta, misturadas, embora não houvesse vento.

E agora, Keptah, na margem, suas roupas e seu rosto inescrutável inundados de radiosidade, levantava os olhos para o céu aberto. A Estrela estava nos céus, quase tão brilhante quanto o sol, seus raios agudos lançando-se com firmeza na treva silenciosa que a rodeava. Fora profetizado que ela se moveria, que ela apontaria o caminho. Ainda estava fixa. Então, pensou Keptah, Eles ainda não escolheram os que a devem seguir.

Observando a Estrela, que era tão imensa e que ardia tão friamente, começou a rezar com humildade, tombando de joelho:

— Oh! Tu por Quem o mundo esperou tanto tempo, abençoado sou eu, pois me foi dado ver o Teu Sinal! Abençoada é a terra que Te recebeu. Abençoada é aquela que Te trouxe ao mundo, num lugar que não conheço. Abençoado é o homem porque Tu redimiste o homem. Porque agora os lugares trevosos serão resgatados, as regiões secretas serão reveladas e as portas da Casa do Senhor se abrirão de par em par até o fim do tempo, e não mais haverá morte.

Uma sensação súbita de incrível doçura veio ter a ele, êxtase intenso, como se alguém profundamente adorado lhe tivesse sorrido, e reconhecido, enviando-lhe sua mensagem de amor. Lágrimas rolaram pelas suas faces trigueiras e ele ergueu as mãos para o céu, num gesto de adoração e de arrebatada humildade.

Murmurou, audivelmente:

— Fui limpo. Fui salvo. O que havia de mau, de zombaria ou de dúvida em mim foi destruído. Banhei-me nas águas da vida. Desta hora em diante eu nasci. Abençoado seja o Nome do Senhor!

Uma grande quietude e uma imobilidade se apoderaram dele, como uma bênção. Paz imensa envolveu-o. Não importava não ter sido escolhido para ver com seus próprios olhos Aquele que nascera nessa noite. Porque O que nascera estava com todos os homens, em todos os lugares da terra, naquela hora, e jamais tornaria a partir.

A Estrela era brilhante demais para que pudesse ser contemplada por muito tempo, e os olhos de Keptah abaixaram-se. Conservou-se de joelhos, inteiramente quieto, observando como se fazia mais rápida a corrente iluminada que corria diante dele. Seus olhos, então, perceberam um levíssimo movimento, e houve um brilho maior não longe dele, na descida da margem do estuário. Dirigiu sua atenção para aquilo, e viu que se tratava de uma cabecinha loura que a luz da Estrela fazia quase incandescente.*

Agora, podia ver o delicado perfil da criança que estava sentada na margem do estuário, um perfil que se erguia para o céu. O belo nariz apolíneo, a delicada curva da face e do queixo, a queda dos cabelos dourados, mostravam-se inteiramente, desenhados, como se uma luz interior brilhasse através de alabastro. É o menino, é Lucano, pensou Keptah, maravilhado.

---

*Esta Estrela foi vista em todo o mundo conhecido.

Levantou-se e encaminhou-se em silêncio pela margem abaixo, parando junto do menino que nada via, observando como estava a Estrela. Seus olhos azuis refletiam-lhe a radiosidade, e ele sorria, as mãos cruzadas sobre os joelhos. Estava muito quieto, como que encantado, sem pestanejar, o pescoço branco, limpo e liso, como que de mármore.

Então, Keptah falou baixinho, para não sobressaltar a criança:

— Lucano, por que estás fora de tua casa a esta hora tão tardia?

Lucano voltou vagarosamente a cabeça e sorriu:

— És tu, Keptah? Eu não podia dormir, por isso esgueirei-me para fora do quarto, pois tinha visto a Estrela pela minha janela. Foi como se ela me chamasse, e eu não pudesse desobedecer.

Sua voz era serena e sem receio, e ele contemplava-o com seu respeito habitual, embora Keptah ainda fosse um escravo.

— Não podias desobedecer, com certeza, criança — disse Keptah, sentando-se ao lado de Lucano. Juntos, contemplaram a Estrela. Não é possível que ele saiba, dizia Keptah consigo mesmo, perguntando-se, ainda: Devo dizer-lhe o que significa? Esperou pela resposta, que veio, calada e firme: Não. Mas havia também uma ordem, e um conhecimento, seguindo aquela palavra. Curiosamente, Keptah examinou o menino. Lembrou-se de que Lucano tinha uma forma particular de silenciar seus passos, aparecendo, sem que se soubesse de onde, quando ele tratava os escravos doentes; e de que observava os tratamentos de Keptah do limiar de uma porta, por trás de uma cortina, ou de uma distância tímida e ansiosa. Sua presença muitas vezes o irritara. Os meninos costumam ser animaizinhos indagadores, gostando de ver violência ou dor, alguma selvageria primitiva animando-os e excitando-os. Keptah considerava Lucano dessa forma, até aquela noite. — É uma Estrela estranha, não é mesmo? — esperou, atentamente, a resposta.

— Sim — disse Lucano. — É estranha! E bela! Acho que ela nos está dizendo algo. — Sua voz era a de um jovem, e não a de uma criança, e Keptah, que raramente o ouvira falar antes, teve consciência daquela voz pela primeira vez.

— E que achas, Lucano, que ela nos esteja dizendo?

Lucano ficou silencioso. Suas sobrancelhas douradas contraíram-se.

— Não sei. Mas sei que um dia o que ela diz será revelado.

Keptah teve um gesto de assentimento para si próprio. Pôs a mão morena no alvo ombro do menino, e apertou-o:

— Isso eu sei — murmurou. Voltou Lucano para si, e o menino, surpreendido, olhou para ele, tímida e atentamente. Keptah estudou a serena e bela face, os contornos fortes sob a delicadeza, a curva ardente da boca, a paixão nos olhos azuis. — Eu vou ser teu professor — disse ele, e sorriu.

— Assim foi ordenado esta noite pelo grande Diodoro. — O rosto de Lucano irradiou alegria e espanto. — E então — continuou Keptah, com delicadeza — serás mandado pelo amo para Alexandria, a fim de que ali continues os estudos.

Lucano agarrou a mão do escravo e beijou-a com veemência.

— Sou teu escravo, nobre Keptah! — exclamou, e apertou aquela mão morena contra seu peito, num gesto comovente de enlevo. Keptah pôs sua outra mão sobre a cabeça do menino, como se o abençoasse.

— Nunca tiveste medo de mim, Lucano?

— Não. — O rosto do menino expressava admiração, quando continuou: — Eu tenho apenas honrado tua pessoa em meu coração, senhor.

Keptah sorriu, tristemente:

— Não me chames senhor, Lucano. O nobre Diodoro não aprovaria. Ele tem um senso imenso da propriedade.

Pensou em Diodoro, penalizado e não com seu divertimento habitual. É verdade, pensou, que há coisas maiores e mais eternas do que suas absurdas e férreas realidades. Mas eu errei, fui cruel na noite em que os escravos dançavam com tamanha algazarra, tentando desiludi-lo. Ainda bem que não o consegui.

A Estrela brilhava, resplandecente, seus raios alargando-se e apagando todas as outras estrelas e todos os outros planetas menores, fazendo-os correr através da curva do céu, rumo à aurora. Keptah tornou a contemplá-la, esquecendo Lucano, e este, fixando os olhos naquele perfil recortado, moreno e oriental, perguntou:

— Quem és tu, Keptah?

Keptah ficou silencioso por um longo momento, como se perguntasse coisas a si próprio e recebesse respostas. Depois, sem olhar para Lucano, começou a falar:

— Sou um caldeu. Isto contaram-me há muitos anos, embora eu não o soubesse antes, tendo vindo para a casa de Prisco como uma criancinha, e escrava. Meu pai era um *kalu*, que quer dizer sacerdote, mas até hoje não sei quem era a minha mãe. Há, contudo, uma viagem na qual eu ainda estava nos braços de minha mãe. Meu pai sabia coisas misteriosas e estava a caminho... de um país distante. — Seus olhos não se moviam da Estrela, enquanto continuava: — Ele acreditava, erroneamente, estar prescrito que lhe caberia ver... — Calou-se, e moveu-se, inquieto.

"No caminho para o tal país a caravana na qual ele e minha mãe viajavam foi atacada por ladrões e escravagistas. Meus pais foram mortos. Eu, uma criança, fui vendido com os demais homens e mulheres, como escravo, e Prisco comprou-me e levou-me para sua casa de Jerusalém, depois para Roma.

Lucano esperou que ele continuasse, mas Keptah ficou silencioso. Seu rosto enigmático mostrava-se majestoso, tomado de frio e recolhido desgosto.

— Quem te contou isso, Keptah, se nem mesmo o nobre Diodoro o sabe? Keptah olhou rapidamente para o menino, e riu, com ternura.

— Ah! Estiveste interrogando o amo, na minha ausência! — Seu riso cessou bruscamente: — Não te mostres tão embaraçado, menino. Não estou ofendido. — Suspirou: — Que isto seja o suficiente para ti, Lucano: contaram-me, mas quem me contou eu não te posso revelar. Posso falar-te, entretanto, sobre a Caldeia, ou a Babilônia, e sobre meu povo e isso me foi permitido contar-te, embora não esteja ainda clara para mim a razão disso.

"Nós somos um povo tão antigo, que os próprios judeus, que dizem ser muito antigos, não têm sequer uma lenda relacionada com nossa origem. Mas demos um Abraão aos judeus, que agora o chamam Pai Abraão. Viemos para a terra de Ur, procedentes de lugar que não ficou registrado, e tivemos outrora a mais florescente, sábia, urbana e madura capital que desde então houve sobre a Terra. Seu nome era Bit Yakin. É possível chegar a tamanha sabedoria, mas, se tal sabedoria não tiver Deus, tomba-se na corrupção... Por que te sobressaltas assim, menino?

— Nada — sussurrou Lucano. Keptah, porém, deu-lhe uma ordem com seus olhos cavos, e o menino disse, hesitante: — Eu estava pensando no Deus Desconhecido dos gregos.

— Ah! Sim! É o mesmo — disse Keptah, abstraído. Continuou: — No começo e durante séculos, Bit Yakin lembrou-se de Deus, floresceu e foi poderosa, e vinham sábios de todos os lugares para estudar com os seus *kalu*, aprendendo alguns dos mistérios que lhes eram cautelosamente ensinados, bem como discernimento. E os sábios levavam aqueles conhecimentos para seus países. Um deles foi o Egito, e um homem chamado Moisés tomou conhecimento de tais mistérios através do *kalu* que recebera ordens para ir ao Egito e ensinar o jovem príncipe egípcio para além daquilo que os sacerdotes egípcios já sabiam. Ouviste falar em Moisés, Lucano?

— Sim, os judeus me contaram, em Antioquia. Ele trouxe aos homens os Mandamentos de Deus.

Keptah suspirou, e disse, ironicamente:

— E há séculos os homens se têm ocupado assiduamente em transgredi-los todos!

Lucano receou que Keptah o tivesse esquecido, pois que ficou silencioso durante muito tempo. Então, tornou a falar:

— Porque os homens são homens, tornam-se orgulhosos, especialmente quando adquirem fama. Mesmo muitos dos *kalu* tornaram-se orgulhosos, e quando isso aconteceu eles perderam sua sabedoria, pois que haviam esquecido de onde lhes vinha o conhecimento dos mistérios. Assim, tornaram-se charlatães, em vez de sacerdotes, e necromantes, já que se recordavam das palavras ocultas da magia. E usaram-nas para ganhos e maus fins. Tais sacerdotes, tão empenhados em crua magia, já não eram astrônomos, médicos, cientistas e sacerdotes. Eram homens maus, ocupados em vaticínios vulgares, que passavam a seus filhos. E, se um clero se torna decadente, o povo também se torna decadente, e toda a Caldeia, traída pelos seus sacerdotes, foi lentamente devorada pela corrupção. E anulou-se, caindo nas mãos de inimigos. Se uma nação não tem Deus, terá de cair, mas se uma nação tem Deus, nem todos os poderes do mal, nem todos os exércitos podem sacudir seus fundamentos. Não. Nem mesmo que o mundo inteiro se organize contra ela.

Keptah olhava para a Estrela, e seus lábios moveram-se silenciosamente durante alguns instantes.

— Assim, os bons *kalu*, e bem poucos deles havia, deixaram a Caldeia chorando e foram para muitos países com os seus segredos. Nesses países eles são os magos do Oriente, e médicos, astrônomos, vaticinadores para os eleitos, astrólogos, cientistas e metafísicos. Só eles saberão sempre quem são. Porque se tornaram desconfiados em relação à humanidade, e pelas mais excelentes razões. Formam uma Fraternidade oculta, e escolhem os que nela devem entrar.

Agora, Keptah estava dando sua inteira atenção a Lucano, e pensava consigo mesmo: Por que estive tão cego? E então falou, e a voz era áspera e imperiosa:

— Esta não é uma história que irás aprender em Alexandria, e devo dizer-te que não a repitas para ouvidos moucos, Lucano.

— Não a repetirei, mas não a esquecerei — disse Lucano, simplesmente.

Keptah abrandou-se:

— Eu sei, criança. Não há corrupção em ti. Mas deixa-me continuar. Tão corrupta e orgulhosa tornou-se a Caldeia, ou Babilônia, que já não reverenciava os *kalu*, e não mais dava a si própria o nome de terra dos sacerdotes sábios, mas olhava cobiçosamente para seus vizinhos, desejando ouro, escravos e terra. E começou a dar-se o nome de Kaldi-Kasdi, que quer dizer "conquistadores". E assim guerreou, conquistou, escravizou e oprimiu e, como todas as nações que guerreiam devem morrer, a Caldeia morreu, pois a guerra, acima de todas as coisas, é a mais imunda, a mais abominável aos olhos de Deus, a mais odiosa, pois que destrói o que o Santo criou em Seu amor, e degrada o homem ao nível da formiga sem pensamento, que obedece sem saber por que obedece e combate sem saber por que combate. Pois, na verdade, na guerra o homem se bate por coisa nenhuma.

Olhou longamente para Lucano, que estava sério e meditativo. Depois, como se lhe fosse ordenado, retirou um objeto de ouro, que as vestes encobriam sob seu peito, e manteve-o na palma da mão aberta.

— Olha, menino, e dize-me o que é isto.

Lucano fixou os olhos no objeto que estava na mão de Keptah, e estremeceu:

— É uma cruz, o sinal da infâmia, pois que nela os romanos executam os criminosos da mais baixa espécie.

A cruz de ouro empalidecia na palma de Keptah, tornava-se branca e brilhante à luz da Estrela. Parecia possuir uma incandescência própria.

— Isto é a Luz do Mundo — disse Keptah. — Um dia saberás.

"Durante séculos, tantos que os homens os esqueceram, e eles estão recobertos de pó, este Sinal foi conhecido pelos *kalu* pelo que é. Não te posso contar a significação dele, pois é proibido. Os *kalu* usavam-no ao peito, antes que os judeus fossem uma nação ou um povo, antes que o Egito tivesse um faraó, antes que a Grécia nascesse, antes que Rômulo e Remo tivessem sido amamentados por uma loba.[2] Alguns dos sábios do Egito levaram-na consigo da Caldeia para o seu país sem conhecer seu significado, e ele pode ser visto nas pirâmides até hoje, sinal oculto compreendido apenas pelos eleitos caldeus. Os sacerdotes da Grécia conheceram-no vagamente, embora sem o compreender, mas sob sua influência levantaram altares ao Deus Desconhecido.

Certa emoção sem nome agitou subitamente Lucano. Os olhos encheram-se de lágrimas. A cruz pareceu expandir-se na palma de Keptah. Lucano estendeu a mão e tocou-a com um dedo trêmulo, ficando imediatamente impregnado de uma sensação de indescritível doçura e amor.

— Olha! — exclamou Keptah, e Lucano teve um sobressalto. Keptah apontava para o céu. A grande e adorável Estrela movia-se para o lado do Oriente, inflexivelmente, como que levando um propósito. Lucano ficou a olhar, tomado de respeito e temor. O brando tom rosado da aurora estendia-se sob ela, como um lago, e recebia-lhe os raios, tornando-se fulgurante. Keptah chorava: — Os escolhidos foram escolhidos — disse, baixinho. — Estão a caminho. Eu não fui escolhido.

Ficaram a olhar até que a Estrela desceu lentamente, mergulhando no mar róseo da manhã, e perdeu-se para eles, e eles se sentiram desolados.

— Foi-se — lamentou Lucano.

— Não — respondeu Keptah, enxugando os olhos na manga —, jamais ela se perderá, jamais, até o fim dos tempos. — Contemplou a cruz na palma de sua mão, e pensou: E sobre isto escarrarão, e isto será ignorado, ridicu-

---

[2] Fundadores lendários de Roma, irmãos alimentados por uma loba. Rômulo assassinou o irmão e reinou, segundo a tradição, entre 753 e 715 a.C. Era detestado pela aristocracia e desapareceu, arrebatado por um temporal, durante uma revista às suas tropas, conforme diz a lenda.

larizado e blasfemado, mas nunca será esquecido, nunca explicado, nunca desvanecido, apesar da violência das raças ainda por nascer, apesar da guerra, da morte, da agonia, do sangue e da treva e fogo dos últimos dias e da última e desvairada fúria dos homens.

Voltou-se para Lucano, e por um momento sentiu a inveja. Abençoada és tu, criança, disse consigo mesmo. E depois pensou: Abençoado sou eu, que devo ensinar-te.

Uma fria austeridade voltou ao rosto de Keptah. A aurora translúcida, cor de papoula, erguia-se por trás das grandes árvores e das palmeiras que farfalhavam à brisa matinal.

— Rúbria sofre da doença branca e jamais alcançará a idade adulta. Ouve! Não chores tão alto e não te impressiones tanto. Por que choras? A vida não é coisa tão bela para a grande maioria. Nascemos obscuramente, vivemos obscuramente e morremos obscuramente. Mas o que te disse não deve ser contado ao tribuno Diodoro, para que seu coração não se despedace antes do tempo.

Lucano cobriu o rosto com as mãos e Keptah, compassivo, sacudiu a cabeça. Para os jovens a morte é impossível, a morte é o supremo e inacreditável horror. Olhou para o céu aperolado, onde a Estrela estivera, e suspirou.

— Precisas dizer-me onde encontraste as ervas que suavizaram as dores da senhora Rúbria.

— Encontrei-as nos campos e à margem dos regatos e sabia que elas eram boas, Keptah.

A voz do menino era apenas um sussurro de medo.

— São boas. Precisas encontrar mais para mim, a fim de evitar-lhe sofrimento, e eu as secarei e reduzirei a pó para destilar-lhes a essência, pois são preciosas.

Levantou, alto e distante, e Lucano levantou-se com ele.

— Já é manhã — disse Keptah. — Tua mãe deve ter estado à tua procura. Vai, menino, e não fales do que te falei, porque, se o fizeres, nada mais te ensinarei.

4

— Bem, agora estás livre — disse Diodoro, mal-humorado, depois que ele e Keptah regressaram da visita ao pretor, em Antioquia. — Mas não tenho a obrigação de te dar aquela grande soma de ouro enquanto não fizeres quarenta e cinco anos. A essa parte da promessa feita a meu pai hei de ser fiel.

O dia estivera quente, a cidade particularmente ruidosa e demasiadamente colorida para um romano moral. Diodoro agora estava sentado em seu vestíbulo de mármore branco e bebericava, amuado, um copo de vinho frio, engolindo, zangado, figos maduros que tirava de uma vasilha de prata colocada a seu lado.

— Ora, esse vinho grego resinoso! — exclamou. O mau humor era evidente. — Ainda estou certo de que te aproveitaste de um momento de fraqueza e me obrigaste a agir. Mas deixemos isso, deixemos isso, seu espertalhão! Já estou bastante ofendido com a quantia que exigiste como remuneração. Logo estarás tão rico quanto os levantinos dos bazares, e sem dúvida alguma terás teu próprio estabelecimento e comprarás teus próprios escravos, e eu terei de suplicar tua indulgência para vires atender doentes em minha própria casa.

Keptah escondeu um sorriso. Estava de pé diante de Diodoro e olhava-o sombriamente e divertido.

— Senhor — disse ele —, jamais deixarei de ser grato a ti, e de estar pronto a atender teu chamado. Aonde fores, eu irei, e minha vida ainda te pertence, quando a quiseres.

— Belas palavras — resmungou Diodoro. Os olhos faiscaram, irados, sobre seu liberto. Mas disse: — Acho que precisamos comemorar o fato. Que o Hades te devore! Ali, naquela mesa, há outro copo. Se posso mandar, como dizes, mando que partilhes comigo deste vinho, e podes comer um ou dois figos.

— Senhor, eu prefiro os vinhos romanos, e peço-te que me dispenses da obrigação de beber vinho grego.

Diodoro praguejou baixinho, mas não se irritou totalmente. Lançou um olhar furioso para o copo.

— Esta coisa é mesmo péssima — disse ele. — Respeito teu gosto. Mas o próximo navio trará bom vinho, e — acrescentou sarcasticamente — confio em que me permitirás mandar algumas garrafas aos teus aposentos, para que te deleites com elas.

Retiniu as solas ferradas de suas sandálias sobre o piso alvo como a neve e ficou a olhar para Keptah sob suas fartas sobrancelhas pretas.

— Come um figo — disse.

Keptah curvou graciosamente o corpo comprido e apanhou uma das frutas. Languidamente, Diodoro meteu outro na boca.

— Por Pólux,[1] esta cidade é detestável — disse ele. — Um monte de refugo que vem de todas as sarjetas do mundo. Se eu não tivesse um senso tão grande de dever, pediria para ser exonerado. Mas quem poderia arranjar-se tão bem com essa massa rastejante de gusanos?

— Ninguém a não ser tu, nobre Diodoro.

Diodoro o examinou outra vez, desconfiadamente.

— Tens a voz tão untuosa. Escorre, reluz e cheira mal. Ácido misturado com mel.

— Lamento não te agradar, senhor — disse Keptah, tornando a sorrir.

— Não poderias agradar menos a Plutão[2] — retrucou Diodoro, ainda enfático.

Apanhou outro figo e chupou os dedos.

— Mandarei que deem um sestércio[3] a cada escravo, em tua honra. Que arrogante cão és tu, com toda a tua humildade fingida! Na tua opinião, não há ninguém tão sábio como tu.

Keptah manteve a dignidade, apesar da vontade de rir.

— Sem dúvida alguma vais te dar ainda maiores ares do que de costume, mas eu te previno para que não uses novamente os teus truques para com os pobres escravos.

Keptah estudou-o. Deveria contar a verdade a Diodoro? Dizer-lhe que, na realidade, não havia hipnotizado os escravos, mas apenas o tribuno? Resolveu não o fazer. Diodoro jamais o perdoaria. Inclinou-se e disse:

---

[1] Pólux, irmão de Castor, e citados sempre juntos como os Dióscoros, eram heróis mitológicos, filhos de Júpiter e Leda. Transportados para o céu, ali se tornaram a constelação dos Gêmeos.
[2] Rei dos Infernos e deus dos mortos, filho de Saturno e de Reia, esposo de Proserpina. É o Hades grego.
[3] Moeda de prata dos antigos romanos, o grande sestércio, valia 1.000 sestércios comuns.

— Prometo, senhor, que não farei mais truques. E agora, se me despedires, eu devo ir ter com a senhorita Rúbria.

O rosto de Diodoro clareou.

— Ah! Ela está muito melhor, não está? Já pode sair da cama e seu rosto tem um ligeiro colorido, que não é de febre e sim de saúde. Quando pensas que ela estará curada?

Keptah hesitou:

— Penso, senhor, que daqui a alguns dias ela poderá deixar a casa pelo jardim e quinze dias depois estará em condições de recomeçar os estudos, com o professor que também dará aulas a Lucano, filho de Eneias. Depois dessas lições, segundo compreendi, ele estudará comigo?

— Por uma remuneração extra? — perguntou Diodoro, novamente zangado.

— Não, senhor, eu ensinarei ao menino tudo quanto sei, por gratidão para contigo.

Diodoro resmungou e ficou contemplando a sombra comprida de seu liberto esgueirar-se pela parede de mármore, enquanto Keptah deslizava entre ela e o sol que fluía através das colunas baixas da direita. Sou acomodado demais, disse Diodoro consigo mesmo, depois de tomar um gole do vinho resinoso. Trato meus libertos como iguais e meus escravos como libertos. Não admira que não me respeitem. Preciso ser mais rigoroso com isto e trazer um pouco de disciplina militar a esta casa. Mas em seu coração sabia que era incapaz de se mostrar injusto ou brutal, assim como seus estimáveis pais o tinham sido, respeitando as vidas e as pessoas, mesmo os mais humildes homens. Diodoro começou a cogitar de novo sobre a moderna Roma e fez uma careta.

Os generais de gabinete, que podiam dirigir, petulantemente, as campanhas de comandantes calejados em campos distantes e inventar táticas e estratégias como se alguma coisa entendessem sobre elas! Os pálidos e indulgentes senadores com as togas colantes, comprando e vendendo em suas bolsas de ações, depois de uma longa manhã nos banhos, refazendo-se de uma noite de devassidão e parcialmente revigorados por escravos hábeis que, com mãos lubrificadas, massageavam seus flácidos músculos! Comprando e vendendo — os obesos patifes — aquilo que outros homens tinham dado a vida a fim de obter para Roma, e sacudindo lenços perfumados diante do rosto, enquanto regateavam e faziam lances, cada um tentando ser mais esperto do que o outro. E, entre lances, contavam as últimas obscenas murmurações da cidade! Suas mulheres prostituídas, suas concubinas, suas depravadas esposas que usavam os mais nobres nomes de Roma e cometiam adultério como se fosse passatempo da moda... o que realmente era. Os parasitos, os augustais, que entravam e saíam do Palatino,[4] tão aristocráticos como estátuas, com podridão em seus corpos e harpias nas mentes e traição e assassínio em suas almas astuciosas! As liteiras douradas, os jovens escravos, tratados com mimos e mantidos com propósitos vergonhosos, a rapina e a licenciosidade de uma sociedade que fora outrora disciplinada, parcimoniosa, modesta e heroica, o lento desaparecimento de uma classe média sólida, um desaparecimento deliberadamente planejado! A cidade resplandecente, a amante do mundo, tornada um sumidouro de corrupção, traição, avidez, prazeres e decadência, uma fedentina de imundície da qual emanavam as febres, as loucuras e as moléstias que poluíam os mais remotos pontos do Império!

E as turbas romanas de muitas raças! Mesmo Júlio César as temera, com razão, e diante delas se acovardava, lisonjeando-as e aclamando-as. As turbas romanas, volúveis, sanguissedentas, impiedosas, ávidas, providas de muitas línguas! Quando outrora tinham vivido em sóbria e próspera cidadania, orgulhosas de seus antepassados fundadores, zelosas de sua República, encontrando sua integral razão de ser no trabalho, na família e em seus deuses, em seus lares tranquilos e nas sombras de suas árvores, agora viviam como variegada e rapace canalha das ruas, prontas a aclamar, prontas a matar, prontas a discutir e, da mesma forma, desprovidas de senso, prontas a aplaudir, aglomeradas em casas de muitos andares que pareciam desaguadouros, odiando o trabalho e preferindo mendigar, apelando permanentemente para o Estado, a fim de que ele as mantenha, bajulando políticos vis que lhes davam vantagens e ameaçando os poucos homens honestos que se lhes opunham, pelo bem de Roma, e mesmo para seu próprio bem, pedindo perpetuamente pão e circo, procurando prazeres mesquinhos, adorando gladiadores estúpidos e prestando culto ao

---

[4] Uma das sete colinas da Roma antiga, na qual, segundo a tradição, as primeiras construções se ergueram. Ali os imperadores tiveram sua residência.

maior corredor ou ator, ou discóbolo, como se fossem eles os maiores homens, devorando, em sua ociosidade, as taxas esmagadoras impostas sobre homens mais dignos, taxas destinadas a mantê-las, quando o mundo bem poderia livrar-se delas pela fome ou pela pestilência — ah! as turbas romanas, as malditas turbas, senhores e escravos adequados de seus patronos, de seus políticos, dos arrecadadores de seus votos!

Não era de admirar que houvesse tão poucos bons artesãos, comerciantes, trabalhadores e construtores, em Roma. O governo monstruoso sugava o fruto de seu labor sob a forma de taxas destinadas a uma canalha vociferante, devoradora, ociosa, mantida pelo Estado. Que importava ao homem da rua, ao homem abjeto, de olhos exorbitados e boca aberta, ter ele destruído o esplendor de Roma, difamado seus deuses, atirado excremento sobre as estátuas de seus antepassados? Não podia ele, agora, uivando e marcando paredes durante a noite, conseguir suas vasilhas repletas de mais feijão, mais sopa e mais pão, ou não podia assistir a espetáculos mais sangrentos no Circo Máximo? Os senhores valiam tanto quanto os escravos, e os escravos eram bem dignos de seus senhores.

Ali estava, no Palatino, aquele soldado que envelhecia César Augusto, um homem severo e moral. Que podia ele fazer, porém, rodeado como estava de senadores e estadistas corruptos, eleitos pela canalha das ruas ainda mais corrupta? Diodoro recordou-se, de súbito, de uma carta que recebera algumas semanas antes, vinda de um de seus amigos, cuidadosamente lacrada e enviada por mensageiros de confiança. (Quanto tempo passara desde que os homens honestos tinham começado a lacrar suas cartas para evitar os olhos indiscretos e vingativos dos espias empregados pelo Estado?) O amigo escrevera: "Receio que Roma esteja morrendo. Eu, como tu, caro amigo, acreditei durante demasiado tempo, suplicando para que isso acontecesse, na possibilidade de que as velhas virtudes ainda florescessem na cidade, como excelentes e belas flores em jardim esquecido, preparando sementes que novamente seriam cultivadas nos lugares abandonados. Mas o jardim não existe! Foi pisado e transformado em lama pelas turbas e pelos seus senhores acovardados, que vivem dos favores dessas turbas."

Diodoro, mergulhado em desânimo e desesperança, como jamais sentira antes, pensava nos deuses de Roma. Outrora, eles haviam personificado trabalho honroso, amor, a santidade do lar e da propriedade particular, liberdade, graça, bondade, as qualidades militares de devotamento e dever, o carinho para com os filhos, o respeito entre empregados e empregadores, o patriotismo, a obediência aos decretos divinos e imutáveis e o orgulho e dignidade de cada um. Mas o que fizera Roma desses deuses? Tornara-os réplicas indizíveis e venais dela própria em todos os seus aspectos.

Diodoro atirou para longe o copo, que se espatifou de encontro à parede de mármore. Saltou sobre os pés e pôs-se a caminhar de cá para lá sobre o piso branco e solitário, as sandálias martelando-o como o rufar frenético de um tambor.

Recordava-se de como o amigo terminara a carta que lhe tinha enviado: "A única esperança para Roma será o retorno aos valores religiosos..."

Não um retorno aos deuses poluídos... Mas a quê? A quem? Ao "Deus Desconhecido" dos gregos? Mas quem era Ele? Onde estava Ele? Ele, o Incorruptível, o Pai, o Amoroso, o Justo? Por que estava Ele silencioso, se existia? Por que não falava Ele à humanidade, e reorganizava o mundo enfumaçado, trazendo paz aos que a tinham perdido; esperança aos desesperançados; amor aos dele privados; abundância aos que tinham fome da retidão? Se Ele vivia, aquela era a hora em que devia manifestar Sua Presença, antes que o mundo ficasse sufocado pela montanha de seus próprios excrementos, ou morresse por sua própria espada.

Diodoro sentia-se latejante de selvagem ânsia e impaciência. Parou entre suas colunas brancas e olhou para o céu do poente, acima das árvores e das palmeiras. Durante um momento sua dor cessou. Jamais vira antes arrebol tão glorioso, tão cheio de luz rosada e flechas de ouro, tão brilhante e tão puro que as moitas de árvores, as frondes trêmulas das palmeiras, as colunas da casa luziam com radiosidade própria e refletiam as cores do céu. Delicadeza e majestade irradiavam dele, como se Voz poderosa tivesse outorgado bênção ao mundo inteiro, como se Mão poderosa se houvesse erguido, com ternura e amor. O rosto violento de Diodoro abrandou-se, tornou-se quase infantil. Sua mente disciplinada disse-lhe que aquilo não passava de um poente de resplandecência rara. Sua alma disse-lhe que uma Palavra fora pronunciada.

Ele se recordou, então, dos desvairados falatórios ouvidos em Antioquia durante aquele dia. Uma Estrela particularmente brilhante, mais fulgurante do que a mais fulgurante lua, aparecera no céu na noite anterior e fora vista por muitos, mesmo durante as mais vergonhosas horas da Saturnal. Houvera muito terror, e turbas tinham corrido cegamente através das ruas, em pânico, suas roupas festivas arrastando-se atrás delas. Mas Diodoro fora informado por um sacerdote do templo de Mercúrio que se tratava apenas de um cometa, ou de um meteoro, do qual falava com indulgência.

— Mas onde estavas, que não a viste pessoalmente? — indagara Diodoro. O sacerdote respondera:

— Eu estava dormindo, nobre tribuno.

Diodoro procurou a Estrela onde lhe tinham dito que ela aparecera. Não havia nada ali, a não ser a estrela vespertina, cintilando docemente. De repente, entretanto, acreditou que realmente houvera uma Estrela. Seu coração ergueu-se num poderoso impulso de júbilo, e ele sentiu-se confortado, embora não pudesse explicar o que sentia.

Os jasmins de floração noturna acordaram numa onda de fragrância, e Diodoro respirou-a, como se fosse incenso. Sentiu-se humilde e calmo, cheio de força.

Posso fazer o que puder, viver segundo os valores e verdades nos quais fui educado, nas virtudes e justiça que conheço, e seguramente Ele se lembrará de mim, embora o mundo se torne louco.

Caminhou entre as colunas ao longo da passagem de mármore, em direção ao compartimento das mulheres. Então, encontrou dois de seus oficiais no pátio, jovens de quem ele gostava e que treinara pessoalmente, e nos quais confiava por causa de seus rostos honestos, seus olhos cândidos, seu devotamento por ele e suas velhas virtudes. Eles se perfilaram ao vê-lo, saudando-o com elegância, e Diodoro parou, tentando compor um ar severo, mas gostando demais deles para isso.

— Vamos, meninos, por que não voltastes para Antioquia? — perguntou, bruscamente. Jamais mantivera guarda de corpo em sua casa, como outros militares em comando faziam, pois confiava em seu próprio braço direito e não apreciava grandes exibições de militarismo.

— Nobre Diodoro, ouvimos boatos alarmantes em Antioquia no dia de hoje — respondeu um dos soldados. — Há gente da população que está a gritar que a Estrela que pretendem ter visto na noite passada indica a queda de Roma e a cólera dos deuses contra todos os romanos. Dizem que a Estrela se moveu em direção do Oriente, afastando-se da Cidade Imperial, e isso indica, segundo declaram, que Roma está para cair. E quando um império cai, raciocinam eles, é tempo de um país submetido levantar-se e golpear.

— Ficai à vontade, Sexto — disse Diodoro, pondo a mão sobre o ombro do jovem capitão. — Vamos, vamos, não estais com medo por mim? Foi por isso que ambos desobedecestes minhas ordens expressas? Eu vos digo, se Roma cair, será por lhe faltar mentes disciplinadas.

— Ainda assim, nobre tribuno, preferimos permanecer de guarda durante algumas noites — disse o jovem Sexto, obstinadamente, mas com seus devotados olhos suplicantes.

Diodoro calou-se. Desviou o olhar de Sexto para o centurião e viu a obstinação de ambos. Se lhes der ordens para voltar a Antioquia, pensou, eles permanecerão de alcateia nos jardins, longe de meus olhos, sem dormir e sem comer, e isso será duro. Seria justo fazer-lhes isso, em troca do que estão considerando como de seu dever? E disse, comovido:

— Bem, então, seus dois jovens malucos de cabeça dura, ficai aqui o tempo que quiserdes. Mandarei arrumar instalações para vós, bem como alimentos, e marchareis em torno da casa e guardareis as portas, apenas para que fiqueis satisfeitos. Não que me desagradasse o que quereis fazer — disse, rapidamente, por amor da disciplina. — E quando estou em casa não sou um soldado, e sim apenas um pacífico cidadão.

Dirigiu-se às instalações das mulheres e procurava uma escrava que chamasse a senhora Aurélia, quando ela própria apareceu, acompanhada de Íris. Vinham rindo baixinho, juntas, como duas irmãs, e a mão de Aurélia descansava levemente no braço de Íris, que jamais parecera tão bela aos olhos de Diodoro. Foi para ela que olhou e, como se houvesse algo de terrivelmente revelador em seus olhos sobressaltados, o rosto da jovem obscureceu-se e seus olhos azuis enevoaram-se, como se toldados por desgosto ou angústia.

Para a "velha romana" Aurélia a esposa de um liberto não era objeto de desdém, embora tivesse sido outrora uma escrava. Se merecia amor, recebia amor, se merecia respeito, recebia respeito. Aurélia e Íris eram ternas amigas. Mas Diodoro não sabia que Íris visitava frequentemente sua casa, durante a sua ausência. Aurélia ficou surpreendida e feliz ao vê-lo.

— Estou atrasada, Diodoro? — perguntou, caminhando para ele e tomando-lhe a mão. — O sol ainda não desceu completamente.

— Eu é que estou adiantado — respondeu ele. Desejava beijar-lhe o rosto moreno e corado, apertar a boca contra seus lábios cheios. Ela era um refúgio contra algo que o ameaçava.

Aurélia começou a tagarelar alegremente, como era de seu costume.

— Íris esteve me ajudando a tecer os linhos e lãs para o inverno. Olha para meus dedos! Estão calosos, quase sangrando.

Abriu as mãos diante dos olhos dele, e riu. O cabelo, penteado sem formalidade, tombava-lhe sobre o ombro em duas tranças negras e reluzentes, que desciam bem abaixo de sua cintura; havia em seu rosto uma umidade luzidia na região das têmporas, e pequenas gavinhas de obscura juvenilidade enroscavam-se nas frontes e nas faces.

Íris ficara de lado, tão inabalável quanto uma ninfa de mármore, os cabelos dourados arranjados à moda grega, suas madeixas enroladas em torno da cabeça com fitas brancas. Fitas iguais rodeavam-lhe também a cintura esbelta, acima da qual se erguia o busto perfeito. O poente, tombando sobre ela, dava translucidez à sua carne, e Diodoro pensou: Não a Diana, mas a Ártemis grega. Os braços, pescoço e faces de Íris tornaram-se tais uma rosa, e a expressão de seu rosto, a delicada dignidade de sua figura eram as de uma estátua sonhadora, embebida em pensamentos remotos que nada tinham a ver com a humanidade. Aquele aspecto fez Diodoro pensar, apesar da presença da esposa: Eu sou como Acteão,[5] e com certeza é proibido olhar para ela!

Aurélia percebeu a fixidez no rosto de Diodoro enquanto ele olhava para a jovem liberta, e suspirou. Foi então Íris, depois de profunda reverência, quem se afastou. Sua figura alta e bem-feita perdeu-se nas sombras das árvores sonhadoras. Diodoro ficou a olhar, enquanto ela desaparecia. Aurélia tomou-lhe carinhosamente o braço. Não havia ciúmes em seu coração. Amava demais Diodoro e conhecia muito bem a virtude de Íris. E, se era permitido que um homem olhasse para uma mulher, sua esposa deveria ter dignidade e respeito próprios bastante grandes para não se sentir constrangida.

---

[5] Caçador que, tendo surpreendido Diana no banho, irritou-a a ponto de a deusa transformá-lo em cervo, fazendo-o estraçalhar pelos seus cães.

Foram juntos para casa, Diodoro queixando-se de sua guarda de corpo. Mas Aurélia sentiu-se aliviada. Ouvira de suas escravas os rumores correntes em Antioquia.

— Precisamos arranjar instalações e alimentos para esses devotados soldados — disse ela, placidamente.

Encantava-a saber que também eles gostavam de Diodoro. Desejava mostrar ao marido o maravilhoso progresso de saúde de sua filha Rúbria, e embora Diodoro insistisse nas perguntas sobre o estado da menina, Aurélia apenas sorria e movia misteriosamente a cabeça. Diodoro, seguido por Aurélia, foi rumorosamente subindo a larga escadaria de pedra e dirigiu-se para o quarto de Rúbria. A ama ali estava, bem como Keptah e o menino Lucano, mas Diodoro viu apenas sua filha, sentada na cama e rindo. Havia cores recentes nas faces infantis; seus olhos escuros dançavam; os cabelos negros e compridos tinham sido afastados do rosto e presos atrás com uma fita dourada. As mãos pequenas seguravam uma boneca que Lucano fizera, toda de cores brilhantes e alegres, com braços e pernas de madeira flexíveis. A menina fazia a boneca dançar sobre seus joelhos, levando-a a adotar atitudes grotescas. Lucano contemplava-a com um sorriso rígido e ansioso, e Keptah misturava uma poção numa taça de vinho.

Vendo Diodoro, Rúbria empertigou-se na cama e exclamou, excitadamente:

— Vê se não é uma maravilha, pai! Lucano trouxe-a hoje para mim!

Beijou rapidamente Diodoro, desejosa de voltar ao brinquedo, e o pai ficou a estudá-la, carinhosamente. Ah! a pequenina fora arrancada dos próprios limites dos Campos Elísios.[6] Viveria, seria o encanto do coração do pai, com um bom casamento, mais tarde, dando-lhe netos que faria saltar sobre os joelhos. Mas precisavam voltar para Roma, era o que o tribuno pensava. Aquele clima não servia para uma criança. Levaria a família para a sua propriedade rural nos arredores de Roma, onde o ar era excelente e seco; seria um lavrador e esqueceria a cidade podre, regozijando-se com sua família. E poderia, mesmo, ter filhos.

Olhou para Lucano. O menino surpreendeu-lhe o olhar e disse, timidamente, mas com orgulho:

---

[6]As almas dos justos vivem, depois da morte, segundo a mitologia greco-romana, num lugar privilegiado, os Campos Elísios.

— Rúbria esteve sentada na cadeira hoje, durante duas horas, senhor.

Depois riu com a menina diante dos gestos cômicos da boneca, e foram ambos crianças que se divertem juntas. Pela primeira vez Diodoro pensou nas despesas com a Universidade de Alexandria sem sentir uma ferroada em sua bolsa. O menino viria a substituir Keptah, eventualmente, quando este último estivesse velho demais. Ficaria com a família, que gostava dele, e iria para onde a família fosse. Já que Lucano nascera livre, poderia casar-se com pessoa de família sólida e virtuosa, a família de um negociante próspero, talvez, uma família romana. Lucano e sua esposa (que seria escolhida por Diodoro com um olho em seu dote e virtudes, bem como na sua capacidade de se tornar mãe sadia) teriam um lar em sua fazenda. A alma paternalística do tribuno romano expandiu-se. Em sua velhice teria os risos e vozes de crianças em torno dele, e a visão dos campos e florestas, e o mugido agradável do gado, e árvores de fruta e sombra, e os ruídos de um rio veloz.

Feliz como há muito não se sentia, Diodoro ordenou que Lucano ficasse para o jantar, e disse à sua ama que mandasse um escravo à casa de Eneias a fim de informar aos pais do menino que ele chegaria mais tarde em casa. Lucano corou, pois nunca antes o convidaram a comer à mesa do tribuno e sua senhora, mas não fez objeções. Rúbria pediu, imediatamente, que a carregassem lá para baixo, e Keptah fez um movimento afirmativo, respondendo ao olhar interrogador de Diodoro. Este tomou a filha nos braços, e sentia o coração tão leve que nem percebeu a fragilidade dela. Tinha consciência, apenas, de que a filha ria ainda, e de que aninhara a cabeça em seu peito.

O salão de jantar era de ladrilhos coloridos, e havia um tapete persa no piso. As janelas davam para as palmeiras, cujas pontas mostravam-se tingidas de escarlate pelos últimos raios do sol. A fragrância dos jasmins e das rosas enchia o ar tépido. Tudo estava tão imóvel e sereno que se podia ouvir a voz do rio. Keptah, em suas novas honras de liberto e prezado médico, sentava-se longe, na outra extremidade da mesa, mas Lucano sentou-se ao lado de Rúbria. Ele é como meu filho, pensou Diodoro, subitamente amando o rosto de Lucano, tão semelhante ao de Íris, e reparando na nobreza de sua fronte. Afinal, pensou, para atenuar sua repentina democracia e violação das propriedades, nós, romanos, sempre concedemos superioridade aos gregos, inclusive entre os filósofos. Esse menino, sem dúvida alguma, teve ancestrais patrícios, provavelmente muito mais antigos do que os meus.

A refeição foi uma surpresa para Lucano, pois a mesa de seu pai era muito mais pródiga e os vinhos melhores. Veio um prato de carneiro assado, frio, sem grande capricho nos temperos, e demasiado gorduroso. Veio uma bandeja de pão grosseiro e vários queijos não muito finos. O vinagre e o azeite usados nos rabanetes e pepinos eram de variedade ordinária, devido às economias de Diodoro e à sua falta de apreciação. Lucano viu que o tribuno e Aurélia não tinham paladar: eram, na verdade, pessoas simples e cordiais, preferindo alimentos simples e cordiais, que comiam com prazer. Lucano teve saudades da mesa de seu pai: Íris sabia temperar um prato de humildes feijões de tal forma que aquilo se tornava um deleite epicuriano.[7]

Keptah, admitido pela primeira vez à mesa do tribuno, torcia seu nariz moreno e aquilino. Aquilo era comida para porcos, não para homens. Diodoro roía um ossinho e havia ali um odor pungente de alho. Um homem civilizado pode distinguir-se da plebe pela quantidade de alho em sua comida, foi o que pensou Keptah, contentando-se com um pedaço de queijo, outro de pão, e um dos vinhos menos revoltantes. Apesar disso, sentia bastante afeição por Diodoro.

Rúbria cansou-se, subitamente, e sua voz jovem e vivaz tornou-se mais morosa. Diodoro levou-a pela escadaria até seu quarto. Os escravos acendiam lâmpadas pela casa toda. Lucano acompanhou o tribuno, e Rúbria suspirou de satisfação, ao recostar-se em seus travesseiros. Estendeu a mão para Lucano, que a tomou, beijando-lhe delicadamente os dedos. Rúbria fechou os olhos e sorriu, adormecendo imediatamente.

Estava escuro, agora, e Diodoro informou Lucano de que ele, e não um escravo, iria levá-lo a casa. No caminho, através da noite que se fechava com rapidez, Diodoro falou eruditamente sobre Alexandria, onde estivera. O colégio médico, só em si próprio, era vasto, e a biblioteca representava

---

[7]Por uma interpretação falsa, a palavra epicuriano é usada para tendências ou prazeres sensuais. Epicuro, o célebre filósofo grego (341-270 a.C.), ensinava que os homens devem procurar o prazer, que é o grande bem da vida, mas com isso não se referia aos prazeres grosseiros e, sim, à cultura do espírito e à prática das virtudes.

uma das maravilhas do mundo. Lucano devia sentir-se adequadamente humilde, ao pensar que iria ser um estudante ali. O menino confirmou gravemente com a cabeça.

— Custará muito dinheiro — disse Diodoro, cautelosamente, tentando ver o rosto de Lucano à luz frágil das estrelas e da lua que se erguia. — Não sou rico, Lucano. Tuas despesas serão pagas, mas deves ser sóbrio.

Lucano conteve um sorriso.

— Senhor — disse ele —, eu agradecerei um enxergão no piso de um estábulo e minhas necessidades serão pequenas. Em troca, suplico que me permitas servir-te. Ou, se não for assim, pagarei o que gastares quando receber meus salários de médico.

Diodoro ficou satisfeito com aquela austeridade. Tomara a mão de Lucano, e agora apertava-a.

— Tolice, tolice — disse ele, magnaninamente. — Só quero que aprecies as vantagens que vais ter. Naturalmente, depois que te diplomares, permanecerás com a família. Keptah estará mais velho, também gozará de generoso estipêndio próprio, que lhe foi deixado por meu pai Prisco. Que homem estranho e enigmático!

Atrás dele, sem que o soubesse sequer o soldado de ouvidos agudos, seguia um jovem centurião, escondido entre as árvores, a distância, a espada desembainhada pronta à proteção. Finalmente, surgiu aos olhos deles a casa de Eneias, e Lucano pediu a Diodoro que não fosse mais adiante. Correu então para a casa, parando por um momento para acenar timidamente ao seu benfeitor, que o saudou, indulgente, em resposta. Ah! Sim, disse Diodoro consigo mesmo, este é o filho que eu devia ter tido. Por um momento, quedou-se melancólico.

Demorou-se ali. Lucano entrou em casa correndo. Agora, tudo era silêncio, a não ser pelo trilar agudo dos grilos e o misterioso sussurro das folhas das palmeiras. Diodoro não sabia por que se retardava, e por que havia em seu coração aquela desolação súbita. A única lâmpada da casa de Eneias crepitou. A porta, então, abriu-se e Íris saiu, sozinha. O luar dava um aspecto de prata flutuante ao seu vestido branco e simples. Caminhou como uma deusa até uma árvore, contra a qual se reclinou, sem saber da presença próxima de Diodoro. Seu cabelo dourado tombava-lhe, solto, sobre os ombros.

Diodoro reteve o fôlego. Mal podia ver o perfil da jovem, na luz difusa e argêntea. Mas viu que ela olhava em direção de sua casa, e estava imóvel como uma estátua, a mão sobre a árvore. O braço nu, estendendo-se dela, era perfeito e esbelto, e mais branco e radiante do que a própria lua.

Nos ouvidos de Diodoro havia um ruído trovejante. Um momento passou-se e Íris ainda olhava em direção da casa do tribuno. Estava tão imóvel que Diodoro pensou numa aparição. Depois, sentiu o ruído ligeiro de um choro abafado, e sobressaltou-se. Íris cobria as faces com as mãos.

Diodoro deu um passo, um só, na direção dela, e então parou. Desejava chamar, e não podia. Bastava-lhe ir até junto de Íris, tomá-la nos braços, e por isto sua carne sentia terrível desejo. Podia sentir o corpo dela contra o seu, e suas mãos nos cabelos maravilhosos, cabelos com os quais brincara tão descuidadamente quando rapaz. Seriam como seda dourada, e perfumados de flores frescas.

Mas não se moveu, apesar de toda a avidez apaixonada que fazia tremer seus braços e seu coração pulsar ansiosamente. Baixou a cabeça e, sem ruído, recuando passo a passo, retirou-se para entre as árvores e se foi embora.

5

O professor grego de Rúbria e Lucano era um jovem ativo e pequeno, de rosto moreno e malicioso e maneiras bizarras. Escravo, era muito valorizado pelos seus conhecimentos. Custara a Diodoro quinhentas peças de ouro, uma extravagância que só ocasionalmente causava um frêmito de arrependimento ao tribuno. Seu nome era Cusa, o que para Diodoro soava como nome pagão, nem grego nem romano, e tinha as feições de um sátiro jovem e língua apimentada e impudente. Não temia nada nem ninguém, a não ser Diodoro, e embora fosse brincalhão e não desdenhasse pregar peças e dizer gracejos grosseiros, tinha mente brilhante e o dom das artes poéticas. Além disso, odiava o analfabetismo e a estupidez, e atacava-os em linguagem suja, que fazia Diodoro rir, mesmo quando censurava seu escravo.

— Por todos os deuses — dissera ele, uma vez —, pensei que, como soldado, conhecia todas as palavras, mas teu espírito inventivo, meu Cusa, melhorou meu vocabulário.

Cusa ressentiu-se da presença de Lucano desde o início. Como rapaz feio, invejava do menino sua beleza apolínea. Na condição de escravo, considerava Lucano, filho de antigos escravos, como que se impondo sobre ele. Mas o senhor era homem caprichoso, e suas ordens tinham de ser obedecidas. Nem por isso Cusa deixou de se armar de um pequeno chicote, que usava em Lucano mais do que o necessário, quando em sua opinião o menino estava demonstrando uma estupidez irredutível. Fazia isso longe dos olhos de Rúbria e de qualquer outro que fosse contar ao tribuno o que se passava, e Lucano, embora indignado e dolorido, não se queixava. Um dia, porém — o menino prometia a si próprio —, tomaria aquele chicote e o usaria sobre os ombros de Cusa, com bons resultados. Cusa percebia o brilho nos olhos azuis do orgulhoso menino, e fazia uma careta risonha. Pois é, pensava ele, sou pequeno de estatura, e tu tens meia cabeça a mais do que eu, meu belo ignorante, apesar da tua idade, mas aqui quem manda sou eu!

A sala de aulas era pequena, com uma única mesa e três cadeiras, e uma estante cheia de rolos, que eram livros. Cusa mantinha a porta aberta, e às vezes, por gentileza e em deferência para com Rúbria, levava os alunos para a relva e permitia-lhes sentar-se nela, Rúbria numa almofada para protegê-la da umidade.

— Os filósofos perambulavam entre as colunatas — dizia ele — e reclinavam-se sobre pedras. — Mandava que Lucano se empoleirasse numa pedra particularmente desconfortável, e dizia insinuantemente: — Devemos aprender a ser estoicos: é excelente para a alma e uma disciplina para a mente.

E, como não era um estoico, estendia sobre a relva seu manto de lã carmesim, onde instalava suas próprias nádegas.

Uma vez, disse a Diodoro:

— Senhor, peço-te que não te sintas desapontado. Este menino pode ser bonito, mas tem a cabeça como o mármore ao qual se parece.

— Pois então ensina-lhe a ser carne e cérebro — disse Diodoro, compreendendo Cusa. — Advirto-te. Tens de prepará-lo para Alexandria, e o mais depressa possível.

Aquilo fez com que Cusa detestasse Lucano mais do que nunca. Ah! Era bastante ter cabelos amarelos e pele branca para atrair um benfeitor, dizia consigo mesmo, maliciosamente. Tu, meu bom Cusa, pareces-te a um camelo ou a um macaco, e essa é a tua desgraça.

Apesar disso, durante o decorrer dos longos momentos, horas, semanas e meses, até alcançar dois anos, acabou, relutantemente, por olhar com respeito a rapidez dos progressos de Lucano, sua ponderação e sua compreensão quase miraculosa do conhecimento. O menino possuía mente devoradora: fatos, poesias, línguas, tudo ele recebia, assimilava e fazia seu. Aparentemente, nada esquecia. Suas declamações eram maravilhosas. Havia já muito tempo que deixara Rúbria para trás, e ela o contemplava com admiração, aplaudindo-o. Como se tratava de uma menina, não se esperava que tivesse uma inteligência fora do comum: seu pai desejava que adquirisse apenas o conhecimento necessário para apreciar a poesia e os livros menos exigentes. Diodoro, ouvindo os relatórios sobre os progressos de Lucano, dizia:

— Bem, agora aquele patife do Cusa está começando a valer o dinheiro que gastei com ele.

Relutantemente, Cusa começou a sentir prazer nas lições que dava a Lucano. O menino mantinha-o alerta, e as horas de ensino já não o enfadavam, como acontecia quando Rúbria era sua única aluna. Tentou alcançar os limites de Lucano dando-lhe lições intrincadas, muito para além da idade do menino, mas Lucano estava sempre um passo à frente delas, e sem dificuldade. Cusa, um verdadeiro professor, tinha orgulho constrangido e secreto daquele aluno, embora sua língua ferina e seu sarcasmo não traíssem tal coisa.

— Serás um esplêndido guarda-livros — dizia ele, frequentemente. — Mas que fantasia é essa tua de estares convencido de que serás médico um dia? Nada sabes, senão de cor, e eu choro pelos teus futuros pacientes. — O chicote continuava sempre pronto.

Dentro de dois anos Lucano podia discutir com Diodoro os poetas e os filósofos maiores, para satisfação do tribuno. Diodoro abriu-lhe sua preciosa biblioteca, e Lucano ali ia estudar, depois das horas que passava com seu professor. E só o escurecer o arrancava do lugar. Havia também as horas com Keptah, e essas eram as que Lucano considerava mais compensadoras.

Os dois jamais falavam da morte inevitável de Rúbria quando estavam juntos. Era verdade que o corpo jovem da menina se ia fazendo arredondado, com a doçura da puberdade que se aproximava, embora ela fosse dois anos mais moça que Lucano. Também era verdade que seu bonito rosto moreno estava mais cheio e alerta com a alegria de ser jovem e querida, e que seu apetite melhorara, podendo ela, em curtos intervalos, brincar vigorosamente com Lucano. Mas sua doença mortal, Keptah o sabia, permanecia latente. Para Lucano, era bastante estar junto de Rúbria, tocar-lhe a pequena mão quente, trocar com ela olhares divertidos, à custa de Cusa, correr pela grama e apanhar uma flor imensa, vermelha e úmida, para colocar atrás da orelha da menina. Atiravam bolas um ao outro, rindo e gritando. Imitavam o chamado dos pássaros, e olhavam com respeito e amor os pequeninos animais selvagens da floresta. Havia momentos em que ficavam tão dominados por uma alegria inenarrável, que apenas podiam olhar nos olhos um do outro, com radiante gozo e timidez. Dia a dia, Rúbria fazia-se mais bela, mais amada pelo seu companheiro de brinquedos. Às vezes, ele pensava: Com certeza Deus não levará de mim este tesouro, esta querida, esta irmã, este coração do meu coração. Sem Rúbria não haverá canções, nem alegria no sangue, nem ternura, nem razão para existir. Brincava com os cabelos de Rúbria, como Diodoro havia brincado com os cabelos de Íris, e regozijava-se com suas madeixas sedosas, tão impregnadas de frescura e do pungente odor da vida. Às vezes, sem se falarem, beijavam-se, e a sensação da face de Rúbria encostada à face de Lucano dominava o menino em fervorosa beatitude. Tomava a companheira nos braços e sentia manter ali o mundo, e toda a beleza e doçura.

Vendo aquilo, Keptah já não advertia Lucano quanto à inevitável desolação. Ele próprio acreditava na presença de algo sagrado e iluminado pela inocência. Havia ocasiões em que se entristecia, e perguntava: Deus dá apenas para retomar? Rouba apenas a fim de voltar para Si o coração humano?

Cusa veio ter com Lucano e Rúbria, uma tarde, depois de terem terminado suas aulas. Lucano tecia uma guirlanda de folhas e flores para Rúbria, e ela o observava, com intenso prazer. No ombro da menina pousava um pássaro domesticado, todo escarlate e jade, que pipilava em seu ouvido. De vez em quando, ela voltava a cabeça e beijava-lhe o bico amarelo. O professor, sempre pronto a uma frase cáustica para censurar a perda de tempo, ficou abruptamente silencioso. Olhou-os de longe, e sentiu-se tomado de melancolia. Os deuses ressentiam-se da juventude, da beleza e da alegria entre os mortais. Ali estava um rapaz como Febo, deus do sol, e uma donzela de tímida virgindade e doçura. Cusa, tomado por pressentimentos, voltou-se e saiu dali. Cético como era, nem por isso deixou de rezar, naquela noite, para que os deuses não invejassem aquela beleza, aquele ingênuo dulçor. Na manhã seguinte, disse a Lucano, zangado:

— Se quiseres ser um erudito e um médico, advirto-te de que não folgues com meninas, tão descuidadamente. Isso é para a plebe e para os vulgares. Atenção! Vamos repetir esta manhã os diálogos de Sócrates. És singularmente obtuso no que a eles se refere.

Aquele foi um verão delicioso. Tudo era serenidade. O pedido de Diodoro, a fim de passar para Roma e para a sua propriedade rural, ainda não tivera resposta, mas ele esperava que fosse favorável. Cultivava assiduamente as horas com sua esposa, e alguma tranquilidade fez-se nele. Evitava Eneias o máximo possível, e nunca mais levou Lucano de volta a casa. Íris demorava-se em sua mente com a lembrança da manhã, mas ele evitava severamente encontrar-se com a moça. Era um sonho, e devia ser recordada como um sonho. Se um homem não pudesse controlar estritamente seus pensamentos, então não era um homem e, particularmente, não era um romano. A vida exigia disciplina tanto da mente como do corpo e, especialmente, do coração. Recebia livros de Roma, e mergulhava neles. Tinham agora para ele uma significação especial aquelas filosofias de homens ascéticos, cheios de sabedoria, que soavam a nota de paciência e fortaleza quando os homens faziam soar sinos solenes e sonoros. Mergulhado na filosofia eterna, esqueceu a corrupção de Roma e seu fétido e clamoroso presente. Que o mundo todo tombasse. A verdade era imortal. "Os imbecis correm para Roma", citava ele, para si próprio, "mas o homem encontra refúgio nas verdades."

Rúbria alcançou a puberdade, e Aurélia regozijou-se. Houve solenes sacrifícios no templo predileto de Aurélia, o templo de Juno. Ela recomendou sua filha à esposa de Júpiter, a guardiã da lareira, da família e das crianças. Olhou dentro dos olhos luminosos de Rúbria, tão puros e inocentes, e sonhou com netos. Havia ainda em Roma famílias que tinham filhos jovens e vigorosos, devotados aos deuses e à sua pátria. Era possível ter netos, mesmo quando não se teve filhos homens. Trançava os cabelos de Rúbria com fitas e aconselhava-a a que fosse modesta. Ensinou-lhe as artes domésticas e da cozinha, e como uma mulher pode agradar mais seu marido. Escreveu a amigos, em Roma, e comentou a beleza e a maturidade crescentes de Rúbria.

— Estás apressando as coisas — disse-lhe Diodoro, certa noite. — A menina tem apenas onze anos.

Tinha ciúmes do jovem que viria tomar-lhe a filha, gozar de seus risos e doçura, separá-la dele, e fazê-la esquecer o pai.

Murmurando sobre uma tabuinha encerada na qual escrevia a uma amiga querida, mãe de filhos atléticos, Aurélia disse, abstraidamente:

— Qual será o dote de nossa filha? Diodoro, esquece teus bancos, peço-te. Precisamos considerar o futuro de Rúbria. Ela estará pronta para o casamento em menos de três anos.

Três anos. Sou um velho, pensou Diodoro, ressentido. E disse:

— Estás apressando as coisas. A pequena diverte-se a correr pela relva; é ainda uma criança.

Naquela noite embalou Rúbria em seus braços e cantou para adormecê-la. Depois, ficou contemplando as sombras de seus cílios lançadas sobre as faces cor-de-rosa, e a doce curva de sua boca. Minha querida, pensou, querida do meu coração. Com certeza jamais houve donzela tão adorável e tão inocente, tão tépida de carne e tão querida. Uma Hebe,[1] nascida para servir os próprios deuses. Desviou o pensamento, com um súbito sentimento de terror. Que os deuses arranjassem outros servidores! Eram deuses, e tinham multidões, mas ele possuía aquela filha.

Uma tarde, Keptah entrou na sala de aula e disse, laconicamente, a Lucano:

— Vem.

Cusa lançou-lhe um olhar furioso e disse:

— O menino está estudando Platão neste momento.

— Vem — repetiu Keptah a Lucano, ignorando o professor, que, afinal, não passava de um escravo. E Lucano, sem uma palavra, ergueu-se e dei-

---

[1] Hebe, deusa da juventude, filha de Júpiter e de Juno. Foi a esposa de Hércules, o Héracles grego, semideus da mitologia latina que, em consequência dos seus conhecidos doze trabalhos, tornou-se o símbolo da força e da coragem. A referência, aqui, é o fato de ser Hebe a encarregada de servir aos deuses o néctar olímpico.

xou o quarto com o médico. Mas, no limiar, parou para fazer uma reverência a Cusa, compreendendo que escravos e servos são muito sensíveis.

Diodoro tinha posto um burro a serviço de seu liberto, Keptah.

— Um animal desprezível — disse o médico, um tanto mortificado. — Mas ouvi dizer que os burros são frequentemente mais inteligentes do que os homens e têm senso de humor.

Pediu um burro emprestado para Lucano.

— Hoje vamos a Antioquia — disse ele. — Ah! Aqui está teu animal, que vem das cavalariças. Ainda bem que não pedi cavalos, pois ficaríamos desapontados. Para um romano, nosso senhor não se deixa impressionar pela carne equina, e todas as suas criaturas estão picadas de pulgas. Que adianta o dinheiro se não o gozamos? Mas há alguns homens que gozam a ideia de seus cofres mais do que o pensamento de tirar proveito deles.

Sua má disposição fez Lucano sorrir. Os burros estavam gordos, bem tratados a almofaça, e fitavam o médico e o rapaz com arrogância.

— Eles também não se sentem impressionados a nosso respeito — comentou Keptah, montando.

Suas pernas compridas e ossudas pendiam quase até o chão, e Lucano sorriu. Saltou sobre o animal que lhe fora indicado, acariciou-lhe o pescoço e o burro fechou os olhos, como que entediado. Começaram, então, a trotar pela estrada de Antioquia, mantendo Keptah um silêncio fora do habitual. Tinha puxado o capuz sobre a cabeça, menos no esforço de se proteger contra o sol escaldante do que para se retirar em solidão. Às vezes, Lucano chicoteava o animal para que ele saísse a galope, regozijando-se com o sol e com o vento, que não crestavam sua pele alva. Seu cabelo louro esvoaçava para trás, e o menino cantava. Não sabia onde Keptah o estava levando, mas era bastante estar livre à luz do dia, ser jovem e ver vastidões azuis, flores selvagens, escarlates e roxas, ao longo da estrada estreita. Ele tinha os seus sonhos.

Antioquia, como sempre, era um turbulento lodaçal de cor, calor e fedentina. Novas frotas vindas do Oriente e de outras terras estranhas mantinham-se no porto azul e fulgurante, suas velas brancas e vermelhas palpitando contra o céu. As ruas estreitas, curvas e empinadas, retumbavam de vozes estrangeiras, e em todas as portas, em todas as passagens e becos calçados de pedras, apareciam rostos morenos e vorazes, soavam palavreado profano, gritos, risos e exclamações. As lojas fervilhavam. Os gritos dos mercadores deixavam os demais ensurdecidos. Camelos queixavam-se, bigas passavam em disparada ruidosa, asnos zurravam, e havia um cheiro quente de carne assada, vinhos, acidez, e de especiarias em bolsas aquecidas, ao longo das ruas. Judeus, sírios, sicilianos, gregos, egípcios, tessalonicenses, negros, gauleses, bárbaros de várias procedências e metidos em roupagens estranhas caminhavam ou esbarravam uns nos outros por todas as ruas, levantando nuvens de espessa poeira branca que a luz do sol tocava. Havia, aqui e ali, discussões acaloradas e brigas, e edifícios pálidos e brilhantes salientavam-se no ar. Crianças brincavam nos caminhos de veículos e animais, xingavam os que os conduziam ou montavam, e pediam esmolas, suas faces impertinentes bronzeadas de sol.

Lucano gostava da cidade fulgurante e ela o excitava. Viu homens e mulheres entrando em pequenos templos de coluna, com pombas e cabritinhos sob o braço. Viu as flâmulas brilhantes e sentiu o cheiro do feno aquecido e a pungência do pó. Teve esperança de que Keptah o levasse à taverna favorita do médico, mas este passou por ela sem sequer lhe dirigir um olhar. Soldados romanos namoriscavam moças vestidas de cores vivas, e sentiam-se particularmente atraídos pelas que usavam véu no rosto. Pilheriavam com as jovens, e olhos escuros relampagueavam à luz do sol. O ruído era uma presença palpável no ar quente e picante, que trazia em si um odor de alho e excrementos. Diodoro falava em Roma, da Cidade Imperial, mas Lucano pensava que cidade alguma poderia ter aquele cheiro e aquela sedução. As mulheres debruçavam-se nas sacadas e de dentro de algumas casas vinha o tanger de liras e risos, vinha o cheiro das flores de laranjeiras e das rosas dos jardins que ficavam atrás das altas paredes.

Keptah lá se ia trotando em seu asno, presença recolhida e secreta, para Lucano até depressiva, em todo aquele colorido. Um grupo de marinheiros, usando tangas, e com grandes argolas de ouro nas orelhas, estava discutindo numa esquina, os rostos escuros altivos e violentos, os gestos veementes. As vozes estranhas, falando uma língua que Lucano não reconheceu, gritavam no calor, e uma faca reluziu. Keptah continuou seu caminho como se estivesse a sós. Lucano suspirou. Havia mais vida do que filosofia. Corpos quentes apertavam-se em torno de seu burro, e havia por toda parte um cheiro ácido de suor. Palmeiras secas, que a poeira recobria, espalhavam-se pelas ruas. Vendedores ambulantes, levando tabuleiros de doces, sobre os quais as moscas voejavam, apregoavam agudamente suas mercadorias e corriam atrás do rapaz e do homem com seus pés nus e escuros. Depois, desapontados, gritavam-lhes maldições. Mendigos sentavam-se contra as paredes, gemendo, batendo em suas tigelas, as barbas emaranhadas e sujas. Mulheres ofereciam flores em cestas, e velhos, com bastões, andavam pelo meio do lodaçal, como se não enxergassem, como se aquele já não fosse o seu mundo. Um grupo de cabras, conduzido por um menino, bloqueou momentaneamente a passagem, os animais gemendo, zombando, dançando. Como sempre, Lucano estava encantado. Riu de um macaco insolente trepado nos ombros de um homem, e desejou inspecionar uma loja de papagaios.

As ruas foram se fazendo mais quietas e mais sombrias, e Lucano percebeu que havia menos pedestres e menos veículos. Agora, os edifícios, velhos e decrépitos, tinham aspecto soturno. Os ruídos da cidade ficaram abafados. Os uivos dos cães diminuíram. Lucano, deprimido, trotava ao lado de Keptah:

— Para onde vamos? — perguntou. — Nunca estive aqui antes.

— Fica quieto — disse Keptah, em voz fraca e rouca que veio de dentro de seu capuz. — Esperei muito tempo pela resposta a uma mensagem e ela só chegou hoje.

O ar era mais fresco ali, as pedras redondas estavam úmidas como se houvesse chovido, as paredes das casas mostravam-se intransponíveis e sombrias. As ferraduras dos asnos levantavam ecos e poeira adstringente. Um riachozinho, proveniente de águas de valetas, corria sobre as pedras, escuro e lodoso. Produzia um ruído rouco e cheirava mal. Paredes de pedra de um rosado escuro erguiam-se de cada lado da rua fechada, e não vinham vozes delas. Mas, por uma ou duas vezes, Lucano ouviu o miado brando de gatos invisíveis, e pensou em Íris, a deusa branca do egípcios, e nos rituais secretos, e nos mistérios do Oriente. O menino estremeceu: a umidade do suor esfriou em sua carne, e ele desejou ter trazido um manto.

Keptah, então, abruptamente, freou seu asno cinzento e fez um gesto para o menino. Parara diante de uma alta parede de basalto, preta e lisa. Não havia janelas recortadas em sua forte e impressionante lisura. Não vinha som de vida de trás de sua altura. Apenas uma portinha surgia em sua fachada repelente. Keptah desmontou e, deprimido, Lucano seguiu-o. Sem falar, o médico bateu na porta, como que dando um sinal. A batida ecoou de parede a parede. Keptah esperou, depois tornou a bater. Dessa vez houve um tinir de correntes, e o som de ferrolhos retirados. A porta abriu-se, com um queixume dos gonzos. A abertura alargou-se, e um velho vestido com grosseira túnica cinzenta ali estava, incrivelmente pequeno, com longa barba branca e os olhos castanhos mais brilhantes que Lucano tinha visto em sua vida — os olhos de uma criança sorridente e maravilhada. Havia chaves retinindo em seu cinto de cânhamo, e trazia os pés descalços.

Falou com Keptah numa língua incompreensível, rápida e em tom de boas-vindas, e curvou-se profundamente. Durante todo o tempo lançava olhares curiosos sobre Lucano. Abriu a porta para trás, tornou a inclinar-se e afastou-se para um lado.

Lucano pestanejou, estonteado. Atrás daquela porta havia um jardim de relva sedosa, tamareiras, árvores brilhantes, fontes, canteiros de rosas e lírios, e toda espécie de flores. O jardim fruía o sol como se fosse um outro mundo. Maciços de salgueiros agitavam-se como cataratas verdes, ao mais doce e mais silencioso dos ventos. As fontes cantavam e as árvores respondiam. A uma certa distância, naquele brilho e perfume, ficava um edifício retangular, baixo e radioso, feito de mármore branco, e para além dele levantava-se um outro edifício de granito cinzento, com janelas em arco, que fechavam, repelindo a luz, e tão silencioso quanto um sepulcro.

Passagens de pedras amarelas serpeavam pelos jardins, e bancos de mármore ficavam espalhados aqui e ali, em pontos de sombra claro-escura, protegidos do sol. Jamais Lucano vira tal beleza e tranquilidade, e ainda assim havia um ar de dignidade e reserva naqueles jardins e em torno dos edifícios. O silêncio não era perturbado sequer por uma voz, nem se via alguém nos terrenos, no edifício de mármore, ou no outro edifício. O rapaz estava estupefato. Ficou a olhar, estonteado, enquanto a porta se fechava atrás dele e de Keptah, e não teve consciência do cuidadoso correr dos ferrolhos e do tilintar das correntes.

— Vem — disse Keptah, e Lucano seguiu-o sobre a relva macia. Pássaros coloridos fitavam-nos, das ramas douradas. As fontes sussurravam. As rosas balançavam e exalavam tépida fragrância. Os lírios erguiam seus cálices alvos, espalhando seu perfume sagrado, enquanto abelhas suspendiam-se sobre eles, introduzindo os corpos dourados, profundamente, naquelas taças. E, pela primeira vez, Lucano percebeu um som que antes não ouvira: era um ruído que o ouvido mal interceptava, não uma canção, não um cântico, mas apagada combinação de ambos. Fazia parte do ar luminoso, parte das fontes, parte do vento e, contudo, era uma voz humana.

Keptah conduzia Lucano, em silêncio, através do relvado e em direção ao edifício retangular de mármore, que não tinha janelas nem pórtico. Uma porta de bronze esculturada com estranhas figuras, que reluzia em toda aquela brancura, abriu-se.

— Entra — disse Keptah. Lucano, mesmo em seu estonteamento, teve um sobressalto. Mão alguma abrira a porta, que, aparentemente, movera-se por si mesma, sem ruído de gonzos. Lucano ficou no limiar e hesitou antes de entrar ali. Keptah murmurou: — Nada fales, nada perguntes. Eu vou te deixar por alguns momentos.

A porta fechou-se diante do rosto dele, e Lucano ficou sozinho.

Embora não houvesse janelas nem porta aberta, a nua alvura do amplo aposento estava impregnada de uma luz flutuante e aperolada que se acentuava, reluzia, desmaiava, depois tornava a reluzir. Era impossível ver a nascente daquela luz, que pulsava como um coração pacífico. Trazia com ela um toque como que de incenso, que vinha de toda parte, e de parte alguma. Lucano percebeu, imediatamente, que estava num templo, mas não sabia de que espécie e, sem que pudesse explicar por quê, começou a tremer.

Notou, então, que no centro do aposento estava a mais estranha de todas as coisas; não um altar, mas algo que lançou um medo impulsivo na alma do rapaz. Sobre a ampla plataforma central de três degraus baixos de mármore branco levantava-se o grande símbolo da coisa mais infamante do mundo, o símbolo da mais vil criminalidade e morte. Era uma Cruz imensa, que parecia feita de alabastro transparente, e que se erguia quase até o teto raso, de pedra lisa. O medo de Lucano transformou-se em temor respeitoso e espanto. A Cruz elevava-se, solitária, e nada mais havia no templo a não ser sua simples mas terrífica majestade; nenhum som, mas absoluto silêncio.

A luz pulsava e desvanecia-se, e a Cruz esperava. Lucano, entretanto, ficou de pé, longamente, a contemplá-la, o coração batendo audivelmente em seus ouvidos. Poucas, muito poucas vezes, ele vira um homem crucificado nas colinas dos arredores de Antioquia, e sentira-se comovido até as lágrimas, tomado de uma cólera a que não saberia dar nome. Depois vira a cruz de ouro na mão de Keptah, na noite da Estrela, havia já dois anos. Tinha quase esquecido.

Timidamente, caminhando devagar como que para não perturbar aquele silêncio santificado nem aumentar a maré da radiação flutuante, aproximou-se da Cruz e ficou na base dos degraus rasos e brilhantes, levantando os olhos para ela. Seus braços poderosos estendiam-se bem acima dele. Ela mostrava uma qualidade sobrenatural de espera, fria e interrogativa. Seu corpo era fixo e poderoso, ainda assim leve como luz. Parecia agora, ao rapaz, menos do que pedra, mas algo sensível e eterno, inalterável em sua vastidão, esculpida em grandeza.

Lucano olhava para ela, e seu olhar não podia desviar-se. Nada havia agora nele, a não ser uma antecipação sem nome. Sua garganta pulsava. Sem volição sua, seus joelhos dobraram-se e ele ajoelhou-se no primeiro degrau, juntando as mãos, sem retirar os olhos da Cruz. Ela agigantava-se por sobre o rapaz, que sentiu ali alguma horrível presciência, mas, ainda assim, era como se braços se suspendessem sobre ele, protetoramente. Agora, a luz do templo aumentava, como o reflexo da lua em asas amplas.

Não havia pensamento em Lucano, nem consciência da carne, apenas um profundo encantamento e algo como júbilo tocado de dor. Esteve ajoelhado, longamente, seus olhos azuis levantados bem alto para a Cruz, as mãos postas.

Não soube em que momento a Cruz começou a brilhar; em que momento a própria Cruz começou a ondular com leves sombras rosadas. Era como se a sua alma se tornasse consciente disso antes da sua mente, e assim ele não se alarmou. Estava, também, sonhadoramente consciente de uma Presença invisível, com a Cruz, com a luz, com ele próprio. A Presença era como que um feixe da mais profunda luminosidade, repleta de enorme ternura masculina. Lucano disse, com seus lábios pálidos:

— O Deus Desconhecido.

Durante os dois últimos anos, sua juventude e a abundância de sua vida, seu gozo apaixonado do conhecido, suas ambições, seu muito caro amor por Rúbria, sua sensação de pertencer ao mundo e àqueles que o amavam, sua dedicação pela medicina e sua preocupação com Keptah, a própria alegria e alvoroço de sua idade, sua saúde saltitante e seu deleite em todas as coisas, tinham obscurecido, tornado apagado e ilusório o que ele tinha conhecido ou sentido quando criança. Mesmo o Deus Desconhecido se tornara um dos do Panteão, e os aspectos, relatos e benevolências dos deuses tinham intrigado seu coração jovem como uma tremenda fantasia de beleza. Seus dias, durante aqueles dois anos, corriam como um rio colorido e vivaz, atrás e diante dele, cheio de promessas. Cusa era um cético e Lucano viera a examinar as coisas sob tom humorístico, mesmo os sonhos e mistérios que conhecera quando criança. Como se soubesse, Keptah também falara cada vez menos no Deus Desconhecido e se limitara às lições de medicina. Às vezes seu rosto concentrado e secreto fizera Lucano sentir uma constrangedora impressão de culpa.

E agora, naqueles momentos, sua vida tornou-se uma ilusão, a vida de uma criança muito nova, e ele estava de novo na presença do grande Milagre, que não o repreendia, antes lhe dava as boas-vindas. Lucano não compreendia a significação da Cruz com a sua mente; apenas seu coração compreendia e ainda assim não tinha palavras.

Sentia-se repleto de êxtase como se, diante dele, visões se abrissem magníficentes, contudo dolorosas por um sofrimento sobrenatural, que ficava para além da compreensão dos homens.

O faiscar da Cruz tornou-se mais profundo em colorido e mais intenso, de forma que as paredes brancas, o teto e o piso empalideceram como nuvens, parecendo tão tênues quanto elas. Lentamente, de forma sincrônica, o colorido rosado e inquieto tomou a aparência de flutuantes sombras de sangue, empoçando, tombando e derivando dos braços e descendo por todo o enorme corpo da Cruz. A luminosidade aperolada que flutuava pelo templo moveu-se mais rapidamente, como se presenças etéreas se estivessem reunindo em maior concentração. O menino estava consciente de que não sentia medo, apenas um assombro crescente e um amor tão profundo que seu corpo mal podia conter. Os reflexos escarlates vindos da Cruz reluziam em seu rosto, em sua túnica branca, em suas mãos postas, em seus olhos, em seus joelhos dobrados.

Vagarosamente, arrastado como que por um encanto, ele ergueu-se e subiu os degraus rasos, pondo-se em nível com a Cruz. Era uma árvore onde se misturavam o vermelho e o branco, palpitando com força desconhecida para ele. Ousou estender a mão, e tocá-la; sentiu-a fria sob seu toque, ainda assim vibrando lentamente. Súbito, Lucano foi dominado por uma paixão que ia além do arrebatamento: sentia-se arrastado para o próprio coração da Cruz. Suas pernas enfraqueceram e ele deslizou sobre a plataforma, envolveu o tronco da Cruz com os braços e encostou o rosto contra ela, sem a mais leve consciência de que seu corpo tremia de adoração, e com a paz mais profunda que ele já conhecera. Fechou os olhos: estava no âmago do universo.

A porta de bronze abriu-se silenciosamente, como que tocada por mão invisível, e quatro homens apareceram no limiar, e um deles era Keptah. Conservaram-se na abertura e viram o rapaz prostrado, os braços circundando o pé da Cruz, o rosto contra seu fuste. Três dos homens, muito mais altos e de ombros mais largos do que o do próprio Keptah, sorriram com ternura, olhando uns para os outros. Aproximaram-se da plataforma com pés que pareciam calçados de veludo, e ali ficaram, sem uma palavra, contemplando a Cruz por muito tempo. Depois, os quatro ajoelharam-se, inclinaram a cabeça sobre o peito e fecharam os olhos. Seus lábios moviam-se em oração.

Três dos homens estavam vestidos como reis solenes, pois na verdade eram reis. Suas túnicas e seus mantos reluziam em tonalidades carmesins, azuis e brancas, e um tom jade dos mais delicados. Cinturões de ouro trabalhado, incrustados com joias reluzentes, rodeavam-lhes a cintura. Turbantes da mais pura seda branca envolviam-lhes a cabeça, constelados de pedras preciosas que brilhavam com resplendor celeste. Traziam ao pescoço imensos colares largos de ouro e prata, cada um mais comprido do que o outro, franjados de metais nobres e intrincadamente trabalhados com pedras preciosas de muitas cores. Os braços morenos e nus ostentavam largos braceletes incrustados de gemas, logo abaixo dos ombros e em torno dos pulsos, e os pés calçavam sandálias douradas. Os rostos orientais mostravam-se morenos pelo sol do deserto, e as barbas curtas eram viris e reluziam com óleos perfumados. De sob espessas sobrancelhas pretas seus olhos orientais cintilavam como fortes estrelas escuras, e seus narizes eram de águias, aduncos e poderosos, mais do que um tanto selvagens, como o eram seus lábios vermelhos.

Lucano não saberia dizer quando teve consciência da presença de Keptah e dos estranhos. Mas não lhe pareceu esquisito que ali estivessem, e olhou-os com aceitação tranquila, esperando, os braços ainda rodeando a Cruz. Quando se levantaram, Lucano não se moveu, pois foi como se eles o tivessem esquecido ou não o tivessem visto. Deixaram o templo, e Lucano tornou a dormitar ou dormir, e aquilo foi algo que mais tarde não soube explicar a si próprio. Sentia a mais profunda relutância em deixar a Cruz. Enquanto ali estava, sentia segurança, paz e a realização de todos os desejos.

Keptah ficou de pé, separado dos estrangeiros, no jardim, enquanto eles se comunicavam uns com os outros, voltando-se para o que falava, com a mais profunda gravidade, e depois confirmando com um gesto de assentimento. Falavam uma língua que nem Keptah conhecia, mas que tinha ressonâncias familiares, como se ouvisse ecos de vozes de sua infância.

Afinal, como que chegando a uma conclusão, sorriram afetuosamente para Keptah, e um dos estrangeiros aproximou-se dele, e quando Keptah ajoelhou-se, o outro colocou-lhe a mão sobre a cabeça, abençoando-o. Falou então, de forma que Keptah pudesse entender.

— Não te enganaste, meu irmão — disse ele. — Estás verdadeiramente certo. O rapaz é um de nós. Mas não pode ser admitido na Fraternidade, e eu não ouso dizer-te o porquê. Há um outro caminho e uma outra luz para ele, através de longos e áridos lugares, cinzentos e desolados, e ele terá de encontrá-los. Porque Deus tem trabalho para ele realizar antes que chegue à sua última viagem, e uma mensagem única para lhe dar. Não te sintas desapontado, não chores. Fizeste bem, e Deus está contente contigo. Muitos serão chamados dos cantos mais remotos da terra, e quando e como são escolhidos não está em nossas mãos, mas nas mãos de Deus, apenas. Ensina-lhe o que puderes ensinar-lhe, depois deixa-o ir, mas podes estar certo de que não se extraviará nas sombras e de que voltará de novo para a Cruz.

Um deles contemplou meditativamente os jardins, como se visse uma visão longínqua.

— Chegará até ela, e sentará em seus joelhos — murmurou. — Ela lhe falará das coisas que ponderou em seu coração e sobre as quais não falará a outro homem. Tem poucos anos mais do que o próprio Lucano, e também terá de sofrer sua angústia, que aceitou na noite da anunciação angélica. Ele verá sua beleza e doçura e ouvirá sua meia-voz. Mas isso será no futuro, não está prescrito para agora.

— Eu desejei vê-la, tocar seu manto — disse Keptah, a voz trêmula. — Sonhei com a visão do menino recém-nascido em seus braços.

— Tu a verás — disse um dos estrangeiros, em voz baixa. — Se não a vires aqui, hás de vê-la no céu.

— Misteriosos são os caminhos de Deus — disse ainda outro. — Nós só podemos obedecer.

— Eu nada tenho a dar — disse Keptah.

— Estás dando tua vida. És fiel e cheio de conhecimento.

Keptah levantou-se, depois inclinou-se e beijou a barra do manto dos estrangeiros, os olhos nublados pelas lágrimas. Eles ergueram-no, beijaram-no e deixaram-no, dirigindo-se para o edifício de granito que ficava a distância.

— Dai-me sabedoria — murmurou Keptah quando eles se afastaram.

Lucano surgiu, passando pela porta que ficara aberta, deslumbrado, pestanejando, e encontrou Keptah sozinho. O rapaz e o homem contemplaram-se mutuamente, demasiado repletos de pensamentos para poderem falar durante algum tempo. Depois, Lucano disse:

— Quem eram aqueles homens? Parecem reis.

— São reis — disse Keptah, delicadamente. — São os Reis Magos.*

Tomou a mão fria de Lucano e conduziu-o para a saída, dizendo:

— Não faças perguntas porque eu não posso responder. Não me é permitido falar.

6

— Um dos nossos maiores sacerdotes da Babilônia, ou Caldeia, declarou, certa vez, que se um homem se priva das coisas boas do mundo, coisas permitidas pelo mundo e por Deus, será chamado severamente a prestar contas disso — falou Keptah. — Isso é algo que esses moralistas

---
*Mateus 2:1.

ascéticos, de rostos compridos, os judeus fariseus intelectuais, negariam. E, possivelmente, também nosso bom senhor, o tribuno, o negaria. Entretanto, é a verdade. É uma filosofia que não pode ser desafiada pela declaração de um Sócrates dizendo que desejar o mínimo possível é fazer aproximação mais chegada de Deus. Isso vem a ser, como sempre te digo, meu jovem Lucano, uma interpretação individual, e o que para um homem é felicidade, bondade e moralidade, pode ser odioso para outro homem.

Lucano riu:

— Não admira, Keptah, que Diodoro esteja sempre se queixando de que és um sofista, e de que qualificas uma declaração agradável com outra desagradável, sendo ambas verdadeiras por igual.

— Meu gregozinho — falou Keptah, com indulgência —, eu te disse: sou homem tolerante, por isso pareço complexo e tortuoso aos simples, não merecendo a confiança deles. Para ser homem de conhecimento é preciso que se saiba não só os próprios argumentos, mas também os argumentos dos outros. Agrada-me que compreendas ser uma declaração repulsiva à crença de alguém possivelmente tão verdadeira quanto uma que é agradável a esse alguém. Tudo isso, com certeza, relaciona-se apenas aos negócios do mundo, que eu acho infinitamente divertidos.

Estavam sentados na taverna predileta de Keptah, muito frequentada por homens de negócios, estudantes, eruditos, mercadores, das muitas raças que existiam em Antioquia. A rua, lá fora, calçada com pedras escuras, reluzia com luz ofuscante, sua estreiteza varrida por espessas nuvens de pó quente e branco, e retumbante de queixas dos camelos e dos burros, das vozes dos homens rudes, bem como do roçar pelo piso dos pés apressados dos passantes, e do rumor das rodas. Do lado oposto, os edifícios de um branco-amarelado devolviam a luz, como espelhos palpitantes, diante dos quais passavam homens e mulheres vestidos de vermelho, azul, preto, amarelo, verde e escarlate. Mas a taverna estava fresca, tranquila e ensombrada, cheia de odores do vinho, dos bons queijos e da excelente pastelaria pequena e quente. Tigelas de madeira, onde se amontoavam as azeitonas da Judeia, pequeninas e salgadas, uvas dos vinhedos locais — arroxeadas, opalescentes e brilhantes mesmo na sombra —, romãs que pareciam globos de fogo vermelho, outras frutas, e cachos de tâmaras douradas, destilando sua gota de mel, estavam sobre as mesas brancas, bem esfregadas. As paredes ásperas da taverna foram decoradas por um artista da terra que, embora mostrasse crueza, falta de treinamento e delicadeza na composição, compensava essas falhas pela criação de um colorido vivaz pela inocente lascívia. O chão de ladrilhos vermelhos era de uma frescura agradável para os pés de Keptah e seu aluno, assim como o eram para seus lábios as taças de vinho bem frio.

A cabeça de Lucano formava um halo de esplendor na sombra refrescante da taverna, o que atraiu a atenção dos homens escuros, nas outras mesas. Um homem alto, moreno, com turbante à maneira oriental, ficou particularmente encantado. Seu rosto estreito, astuto, mas vigoroso, iluminado por um par de olhos extraordinariamente brilhantes, e terminando numa barba rala e curta, não podia desviar-se da contemplação do jovem grego. Seu vestuário, de um roxo sombrio e verde pálido, garantia a quem quer que o visse tratar-se de homem de posição, o mesmo confirmando os muitos anéis que cintilavam em seus dedos. Seus servos, armados com adagas, estavam de pé junto à porta aberta, bebendo copinhos de vinho. Exibiam aspecto disposto, suas fortes pernas morenas reveladas vigorosamente por baixo das túnicas coloridas que usavam.

O estrangeiro, finalmente, inclinou-se para Keptah, em seu comprido manto de linho pálido, e falou em grego, com sotaque execrável:

— Estive ouvindo o que dizias, senhor, com muito interesse. Permita-me apresentar-me: sou Lino, o mercador de Cesareia, na Judeia, e negocio com sedas, jades e marfins de Cathay.[1] Minha caravana está a caminho de Roma.

Falava com Keptah, mas seus olhos inquietos estavam voltados, com encanto, para Lucano, que, reparando no homem pela primeira vez, corou inexplicavelmente sob aquele olhar atento, que o percorria. O rapaz mexeu-se na cadeira, constrangido.

Keptah estudou Lino fria e deliberadamente, observando em particular a contemplação hipnótica de Lucano. Meditou. Não era cedo demais, resolveu, para dar a oportunidade de Lucano conhecer alguns dos aspectos mais sombrios e mais pungentes da vida. E disse, com cortesia:

— E eu sou Keptah, médico do tribuno Diodoro, procônsul da Síria. — Hesitou e continuou depois: — Vens da Judeia, disseste? És judeu, senhor?

---

[1] Cathay (no original), ou Cataio, como usam os portugueses, é a designação antiga da China.

O rosto de Lino modificou-se, momentaneamente, quando teve conhecimento da posição erudita de Keptah. O procônsul tinha fama que desagradava muito os mercadores ao longo do Grande Mar, e aquele Keptah era seu médico. Lino compôs as feições, dando-lhes expressão de respeito, que não era de todo fingida. Além disso, estava satisfeito. Aquele menino de cabelos de sol seria, estava evidente, o escravo do médico, e assim as coisas poderiam vir a ser negociadas, conforme ele desconfiara.

— Posso oferecer-te uma garrafa de vinho, senhor Keptah? — perguntou Lino. — Com os meus cumprimentos?

— Se beberes conosco — disse Keptah, gravemente.

Lino levantou-se, alegremente, e mostrou-se um homem gracioso, alto, ágil. Abrindo de leve suas vestes, Keptah viu que ele usava um colar bem largo, de ouro intrincadamente trabalhado, à maneira egípcia, mas que agora estava sendo adotado por alguns dos jovens modernos, entre os romanos. Lucano, ainda corado e constrangido, sem saber por quê, afastou um pouco sua cadeira a fim de dar lugar para o mercador e, ao fazer isso, sentiu um leve beliscão em seu joelho. Percebeu que se tratava de uma mensagem de Keptah. O médico lançou-lhe, também, um rápido olhar que, interpretado, era ordem para que segurasse a língua, fosse em que circunstância fosse.

Não parecia estranho para Lino o fato de um escravo sentar-se tão familiarmente com seu senhor, quando o rapaz era, evidentemente, o querido bem-amado de seu dono, o mimado e acariciado, usado para certos propósitos. Agora que estava mais perto dele, Lino sentia-se cada vez mais seduzido. Conhecia exatamente um senador romano que acharia aquele garoto uma beleza, e que não discutiria o preço dele. Mil sestércios não seriam demais. Lino sorriu, e a brancura canina de seus dentes foi um clarão entre o moreno de seu rosto ladino e inteligente.

— Não, senhor Keptah, não sou judeu — disse ele. — Que Ball[2] não o permita! Sou de raça mais antiga, um babilônio, embora outras raças igualmente esplêndidas do Oriente tenham contribuído para o meu sangue.

Lucano olhou para Keptah, que tornou a beliscá-lo sob a mesa.

— Muito interessante — disse o médico, imperturbável. O taverneiro aproximou-se da mesa e Lino ordenou-lhe, com maneiras senhoris, que

---
[2] Divindade da religião fenícia.

trouxesse o melhor vinho, enquanto Keptah, num gesto aprovador, dizia:

— O Abraão dos judeus era babilônio. Talvez tenhas ouvido falar nele, senhor Lino?

— Ah! Sim — disse Lino, despreocupadamente. Tornou a sorrir: — Quando estou na Judeia sou judeu, quando estou na Síria sou sírio, quando estou em Roma sou romano, e quando estou na Grécia sou grego. — Riu, alegremente.

Keptah serviu-se de algumas minúsculas azeitonas pretas, e disse:

— E quando estás na África, sem dúvida, és negro.

O sorriso de Lino apagou-se abruptamente. Sua mão carregada de anéis saltou para a adaga. Keptah cuspiu serenamente seus caroços de azeitona na palma escura, depois atirou-os ao chão.

— Um homem inteligente é como o camaleão — disse ele, com admiração excessiva. — Tem todas as coisas de todos os homens. Vejo que és um filósofo como eu o sou, quando não estou destilando poções e atendendo a família do ilustre Diodoro. — Olhou para cima, e seus olhos enigmáticos fixaram-se no mercador, cuja mão ia lentamente se afastando da adaga. — Penso que te disse ser o médico da casa do procônsul da Síria, o romano de grande virtude e influência? E particularmente entrosado com a disciplina e a espada.

Lino, cujas atividades menos horrorosas já chamara duas vezes a atenção de Diodoro, sorriu sedutoramente:

— Imagino que ele deva pagar-te bem — disse, com insinuação. O rosto de Keptah manteve-se inescrutável.

— Ah, sim! Tanto quanto um cavalheiro sóbrio se permite, e meu senhor é famoso pela sua sobriedade. Um dos "velhos" romanos. Conservo-me com ele porque sinto afeição pela família, embora tenha recebido excelentes ofertas de outros.

Lino relaxou, recostando-se em sua cadeira em atitude graciosa. Tornou a olhar para Lucano com intensidade. Este achava aquela conversa atordoante. O taverneiro chegou com uma garrafa de excelente vinho velho, mantendo-a reverentemente nas mãos, com toda a sua poeira, e curvando-se. Keptah e Lino inspecionaram com olhos críticos a garrafa, fizeram um gesto de que a aceitavam, e o vinho foi servido em taças de prata adequadas à sua importância e raridade. Keptah serviu um pouquinho a Lucano, e o rapaz sentiu a delicada e fina fragrância da bebida.

— Não tomarás um vinho deste em casa de Diodoro, que os deuses abençoem sua bolsa magra e sua língua bárbara — disse Keptah.

Lino, que tinha pungentes e memoráveis lembranças do procônsul, pensou perceber desdém e escárnio na voz de Keptah e ficou mais à vontade do que nunca.

— Apesar disso — disse Keptah, com um olhar furtivo e dominador para Lucano —, ele cuida muito dos que o servem, principalmente de seu médico. Temos respeito mútuo, e apreciamos o valor um do outro. Por isso ele me forneceu quatro escravos bem armados para minha proteção. Esperam apenas pelo som de minha voz, na rua que fica aí atrás, e onde eles estão guardando a minha liteira.

Os lábios vermelhos de Lucano abriram-se em estupefação diante daquela inverdade, mas Keptah agora estava bebericando seu vinho com o ar de um epicurista satisfeito. As sobrancelhas negras de Lino levantaram-se, em surpresa, mas o homem não duvidou das palavras do médico nem por um instante. Aqui está, pensou ele, um homem de importância, que tem ar elegante e seguro, ar que apenas as pessoas muito estimadas adquirem. O taverneiro, em honra do vinho, trouxe uma tigela polida e uma bandeja para a mesa.

— Ah! — disse Keptah, com ar apreciador —, corações de alcachofras em vinagre e óleo, com um toque discreto de alcaparras e alho-poró. Há alguns pratos romanos que eu aprecio. — Mergulhou um pedaço de pão na tigela e comeu elegantemente o que tinha ali pescado. — É verdade que os romanos não são civilizados, mas, às vezes, têm inspirações.

Lino estava ficando impaciente. Era um mercador e, portanto, homem de decisão. Estalou um dedo na direção de Lucano e disse:

— Senhor Keptah, este moço é com certeza um grego? Esse cabelo dourado, essa pele branca, esses olhos azuis, o contorno de suas feições são encantadores... e gregos.

— Viste muitos como ele na Grécia? — perguntou Keptah, demonstrando surpresa. — Não. Os gregos são uma raça de pequena estatura e de pele morena. Adoram o que é claro, por causa disso, e imortalizaram tais coisas em suas estátuas. Podes estar certo de que o ideal dos homens não se parece a eles próprios, mas apenas aos seus senhores. Apesar disso, o rapaz é grego, embora, sem dúvida, seus antepassados tenham entrado na Grécia vindos das frias regiões do Norte, ou Gália, onde os homens usam peles de bichos e chifres de animais, e vivem em florestas primitivas. Não é ele de considerável beleza, mas também de infantil virilidade?

Lucano não podia compreender seu mentor e mestre, e estava indignado e humilhado. Agora não só temia Lino, achando-o desagradável, mas detestava-o.

A maneira de falar de Keptah, como se Lucano não fosse humano e pudesse ser discutido como se discutem cavalos ou bons cães, confirmou para Lino a ideia de que se tratava de um escravo, e servo de Keptah.

— Um belo rapaz — disse ele, com abafado encantamento. — Como se chama ele, senhor Keptah, e que idade tem?

Keptah bebericou seu vinho, olhos fechados, em reverência. Lino esperou. Suas joias reluziam nas sombras azuis da taverna.

— Tem treze anos — disse Keptah —, embora seja alto, como todos os pagãos. Mas é gracioso, não é?

Lino estava mais satisfeito do que nunca. O menino tinha treze anos, portanto ainda não alcançara a puberdade. O velho senador de Roma ficou esquecido. Havia damas patrícias, cansadas de seus maridos e amantes, mulheres de grande fortuna, que achariam prazeroso levar aquele menino à puberdade, e depois às suas camas, para iniciar sua inocência nas artes do amor. Era bem possível que pagassem dois mil sestércios por um tesouro daqueles, para iludir seu tédio. A esposa dissoluta de um dos augustais mais notáveis, por exemplo, agora em seus quarenta anos, e que tinha tendência para rapazes assim! Ela ficaria fascinada com aquela beleza e não resistiria à compra. Lino reclinou-se confidencialmente para o lado de Keptah e disse em voz baixa, mas que não escapou aos ouvidos de Lucano:

— O nobre tribuno é um homem notável, como disseste, pela sua sobriedade. Conservas-te com ele por motivos virtuosos, tais como seja devotamento e lealdade para com a sua família. Este rapaz não é um dos escravos dele?

— Não — disse Keptah. — De certa forma, ele me pertence. O tribuno entregou-o às minhas mãos, como recompensa daquilo que tu bondosamente chamaste minhas virtudes.

Os lábios de Lucano tornaram a abrir-se em nova indignação e logo o rapaz pestanejava, sob o beliscão de Keptah. Lino sorria beatificamente.

— Talvez, Keptah, possamos chegar a um certo acordo. Tenho clientes em Roma que dariam valor a este rapaz.

— De verdade? — indagou Keptah. — Um senador, talvez, ou uma dama que explorou muitos deleites e sente-se entediada? — Voltou-se para Lucano e perguntou, afetuosamente: — Gostarias de ir para Roma, Lucano?

— Não — disse Lucano.

Lino, porém, estava dizendo-lhe, peremptoriamente, com um estalido de dedos:

— Levanta-te, rapaz! Quero examinar-te melhor.

Lucano, incrédulo diante daquele tom com o qual ninguém jamais se lhe dirigira antes, e sentindo-se ultrajado, agarrou-se às bordas de sua cadeira e dirigiu um olhar furibundo para Keptah. E este, indefinível e enigmático como só ele podia ser, devolveu-lhe o olhar de uma forma sombria, que nada disse. Foi aquela expressão que confundiu completamente Lucano, e levou-o a levantar-se, menos em obediência à ordem de Lino do que num primeiro movimento de fuga. O rosto de Keptah não se modificou. Atirou o braço longo e emaciado por sobre o encosto de sua cadeira, e as pregas do linho cinzento-claro tombaram daquele braço como pano que caísse sobre desenho de ossos.

Lino aproximou-se de Lucano, e os outros mercadores, incluindo estudantes e eruditos que estavam na taverna, deram sua franca atenção e curiosidade ao rapaz. Por Vênus!, pensou um homem que comerciava com óleos e perfumes, aqui está em verdadeiro Adônis,[3] com cabelos que parecem de sol, e olhos tão azuis como o céu setentrional no inverno! Assemelha-se a uma estátua, com a doce rigidez da juventude em seu rosto e a delicada severidade da inocência em sua boca. E que fronte aquela, como mármore maciço, pés arqueados como pequenas pontes, e uma altura que seguramente vem dos deuses.

O próprio Lino surpreendeu-se com a estatura de Lucano, e ficou um tanto desconfiado. Mas a túnica branca e curta do rapaz estava orlada com

---

[3] Divindade fenícia, jovem de imensa beleza, mortalmente ferido por um javali. Vênus transformou-o em anêmona. Seu nome tornou-se o símbolo da beleza efeminada.

o roxo pálido da pré-adolescência,[4] e aos olhos astutos de Lino, depois de um momento de observação, ficou evidente que apesar de sua estatura e de seus ombros largos, o rapaz era verdadeiramente muito jovem. Lucano teve violento sobressalto quando Lino estendeu suas mãos morenas e ergueu-lhe a túnica, apalpando-lhe depois as nádegas. Seus olhos azuis faiscaram de cólera, mas ainda assim um orgulho novo o mantinha agora imóvel, rígido como pedra.

— Ah! — murmurou Lino, pensativamente. — Eu estava pensando em certo califa rico como Creso, se as nádegas fossem mais macias e mais arredondadas. Mas este rapaz é, evidentemente, o feto de um homem, e não um brinquedo para um cavalheiro da Pérsia. — Manejava Lucano com o grosseiro interesse de um homem que examina um belo animal que lhe ofereceram à venda.

Lucano, apesar do embaraço e cólera que lhe subiam à mente, conscientizou-se, pela primeira vez na vida, de profunda e inenarrável depravação, e de inteira repugnância. Ouviu as palavras murmuradas por Lino, que continuava a inspeção, e sua carne branca arrepiava-se e fazia-se fria, e ele não se poderia ter movido mais do que o mármore — ao qual se assemelhava — poderia fazê-lo por sua própria vontade. Mas seu coração fremia e seu espírito sofria náuseas por aquele terror. Percebia profundezas nunca antes pressentidas, abismos, escuras e ardentes obscenidades do espírito humano. Jamais encontrara tais coisas no lar do virtuoso tribuno, nem sequer com elas sonhara. Não que estivesse integralmente consciente das insinuações ou que as compreendesse por completo. Era como uma criança que, correndo e rindo para uma gruta verde e secreta, esbarrasse com uma cena de licenciosidade e, sem compreender inteiramente, sentisse que ali havia alguma coisa de libertino e vergonhoso, e ficasse aterrorizada.

As mãos pesquisadoras, beliscadoras e tateantes de Lino tinham monstruoso efeito hipnótico sobre o rapaz. Ele se sentia degradado, mas incapaz de repelir a degradação. Sentia sua humanidade insultada, sua integridade assaltada. Ainda assim, como vítima destituída de voz, não tinha o poder de resistir. Apenas podia olhar, sem ver, para Keptah, sen-

---

[4] A toga era o vestuário habitual do romano. Os rapazes até os 17 anos usavam a toga branca, debruada com uma barra de cor roxa, a chamada *toga praetexta*. Daí por diante passavam a usar a toga dos adultos, isto é, a *toga virilis*.

tir náusea diante daquela traição incrível, e o fogo da ignomínia mesclado à cólera furiosa, em seu peito.

Lino, sorrindo rapidamente, atirou-se de novo à sua cadeira.

— Quinhentas peças de ouro — disse ele a Keptah.

Tirou uma bolsa dos grandes discos de ouro que formavam o cinturão acima de sua cintura esbelta, e dela derramou um monte faiscante de ouro:

— Sejamos breves. Tu compreenderás, senhor, que eu não posso escoltar esse rapaz através das ruas à luz do dia. — Tossiu, e sorriu de forma forçada para o enigmático médico. — Já houve alguns pequenos aborrecimentos com os malditos soldados do procônsul, e eu não desejo me encontrar de novo com eles. Aqui estão cem sestércios. Entrega-me o rapaz esta noite, na hospedaria da Estrada das Virgens, e receberás as quatrocentas peças restantes.

Toda a carne de Lucano ardia como se tivesse sido crestada com fogo, e as veias de suas têmporas pulsavam visivelmente. Um dos comerciantes exclamou:

— Quinhentos sestércios! Isso é roubo, senhor. Eu ofereço mil. — E fez menção de se levantar de sua cadeira, ansiosamente.

Então Keptah falou, calmamente:

— O rapaz não está à venda.

Lino corou profundamente e debruçou-se para ele:

— Não está à venda? — repetiu. — Este escravo não está à venda... por uma fortuna? Estás louco?

— Mil sestércios! — gritou o outro comerciante, aproximando-se da mesa.

Os demais que estavam na taverna aplaudiram, assobiaram, protestaram, riram. Ouvindo o alvoroço, o taverneiro correu para a sala, trazendo uma bandeja com pastelaria nova e quente. Keptah chamou-o com um gesto do dedo e disse:

— Meu bom Sura, queres ir, por favor, até a próxima rua, imediatamente, e dizer ao jovem Capitão Sexto, que Keptah, o médico do nobre tribuno Diodoro, requer sua rápida presença aqui?

O taverneiro curvou-se e saiu correndo para a rua. Lino saltou para trás, blasfemando. Sacudiu o punho diante do nariz imperturbável de Keptah. Os outros fizeram silêncio, boquiabertos.

— Maldito egípcio! — gritou Lino. — Cortarei tua garganta!

Sacudia-se de fúria, e seus servos aproximaram-se dele imediatamente, facas em punho.

Keptah não se abalou.

— Não sou egípcio, meu bom homem de muitos, abomináveis e desconhecidos sangues. Nem sou homem que deseje o sangue alheio. Apressa-te e parte já, antes que o capitão chegue com seus homens. Não compreendeste. Este rapaz é a menina dos olhos do procônsul, é para ele como um filho, e nasceu livre na casa de Diodoro.

Os outros correram para fora da taverna, trepidantes, não desejando estar presentes quando os soldados chegassem, temerosos de brutalidades. Lino ficou sozinho com seus servos. Olhou para Lucano, suas mãos finas fizeram inconscientes movimentos de rapina, como se quisesse agarrá-lo e levá-lo imediatamente. Começou a respirar pesadamente e depois girou nos calcanhares, suas ricas vestes roxas e verdes flutuando em torno do corpo. Saiu da taverna como um vendaval, os servos correndo atrás dele. Keptah e Lucano ficaram sozinhos, e o rapaz sentou-se lentamente, o suor descendo-lhe pelo rosto lívido, os olhos amargos e frios fulgindo nas cavidades com tonalidades rancorosas.

Keptah, despreocupado, apanhou um cacho de tâmaras e mastigou-as apreciativamente. A pilha de moedas de ouro estava sobre a mesa, e reluzia na sombra azulada. Keptah teve a atenção atraída para ela, e então sorriu.

— Aquele comerciante velhaco não ficou para pagar sua conta — comentou ele. — Entretanto, deixou sua bolsa, generosamente, e eu pagarei o que ele ficou devendo e guardarei o resto. Sem dúvida, foi sua graciosa intenção que isso se fizesse, e eu não sou homem para recusar um presente desses.

— Como ousaste! — exclamou Lucano, e agora estava de novo muito jovem, e próximo das lágrimas. — Não és apenas um mentiroso, Keptah, mas também um ladrão e um velhaco!

Chorava e repelia as lágrimas com as costas da mão. Keptah ficou a olhá-lo pensativamente. Afinal pousou o cacho de tâmaras, seu rosto modificou-se severamente e seus olhos enigmáticos ficaram frios e indiferentes.

— Tu me traíste! — soluçava o menino. — Tu me envergonhaste e me degradaste! E eu pensava que fosses meu amigo, bem como meu professor!

— Ouve-me, Lucano — disse Keptah, num tom firme e calmo, e Lucano tirou as mãos dos olhos e ficou olhando para o médico. — Já não és mais criança, pois viste, ouviste e sentiste o mal. É bom que o tivesses conhecido, pois o conhecimento do mal traz virilidade e aversão. Agora, estás armado.

Empurrou algumas moedas com o dedo fino.

— Nasceste livre, numa estimável casa, onde os escravos são tratados com bondade. Jamais os viste serem tratados com crueldade, apenas com justiça. Isto é das coisas mais raras: a casa de Diodoro não é como a maioria.

Um violento e frio reflexo escapou de sob suas pálpebras descidas.

— Foste degradado, tua humanidade tratada ignominiosamente, tua dignidade de homem foi insultada. Viste cicatrizes nas mãos de teu pai, que foi outrora escravo, e as aceitaste serenamente, como uma criança, considerando-as naturais. Perguntaste algum dia a teu pai o que significa ser escravo, ser tratado como menos do que um homem, menos, mesmo, do que um cavalo de valor ou um bom cachorro? Tu lhe perguntaste sobre sua própria jovem ignomínia, sua própria vergonha, sua própria amargura, quando sua humanidade era rebaixada? Sabes o que é ser escravo?

Lucano ficara inteiramente imóvel. Algumas lágrimas reluzentes permaneciam em suas faces pálidas. Então, disse, em voz baixa:

— Não. Não. Perdoa-me. Eu não compreendi. Eu era uma criança, e não compreendi. Tu me ensinaste.

Keptah sorriu, melancolicamente.

— O conhecimento vem com lágrimas, desgosto e dor. Isso é justo, pois o homem não pode compreender Deus quando é jovem, feliz e ignorante. Só pode conhecer Deus através do desgosto: do seu próprio desgosto e da agonia e desgosto dos outros.

— Homem algum, daqui por diante, será um escravo a meus olhos, mas um homem de dignidade, e odiarei a escravidão com toda a minha alma, com todo o meu coração! — disse Lucano, a voz trêmula.

Keptah pôs a mão sobre o ombro do rapaz, delicadamente:

— Eu te expus ao mal para que não continuasses a ser indefeso. Eu te expus ao ar vil da escravidão para que nunca mais a aproves. E agora aí está nosso bom Sexto, com seus dois bons soldados. Ah! Sexto, por favor, espera um momento e bebe conosco um pouco deste excelente vinho. Fomos incomodados por uma pessoa desprezível, e estamos de certa forma em perigo. Desejamos tua escolta. Nossos burros estão amarrados a pequena distância daqui e, sem dúvida, estarão impacientes os pobres animais.

— Que velhacaria desmanchaste agora? — perguntou o jovem capitão, com bom humor e algum cinismo. Serviu-se de uma taça de vinho que bebeu num só gole. A boca de Keptah torceu-se, em reprovação:

— Bebes esse vinho como se ele não tivesse sido destilado das vinhas do próprio céu — disse ele — e como se fosse apenas o vinho tinto barato do teu quartel.

Sexto estalou a língua, pensou um pouco, inclinou seu elmo para um lado da cabeça e declarou:

— Não percebo qualquer sabor excelente ou especial! Tu és um charlatão, Keptah. — Piscou para Lucano, depois ficou preocupado com a palidez do rapaz. — Esse menino está doente? — indagou.

— Muito doente — falou Keptah, levantando-se. — Mas não morrerá disso.

O taverneiro aproximou-se, timidamente, e Keptah, com ares de grandeza, somou sua conta com a de Lino e deixou mais uma peça de ouro como gratificação. O taverneiro ficou encantado.

— Bom senhor — disse ele —, lamento que tenhas sido perturbado. Prometo-te que isso não tornará a acontecer.

— Não faças promessas temerárias — disse Keptah. — Esta foi uma tarde muitíssimo esclarecedora. — Encheu sua bolsa com as moedas de ouro que sobraram e disse: — E agora, Lucano, vamos embora.

7

Diodoro Cirino acordou e tomou conhecimento de três fatos desoladores: o marido da irmã mais velha de Aurélia, o senador Carvílio Ulpiano, era hóspede indesejável em sua casa. Chegara na noite anterior, e mostrara-se afetuosamente complacente, tendo, ao que parecia, esquecido de que, embora fosse membro de família muito nobre e antiga, casara-se com Cornélia pelo dinheiro dela. Esse dinheiro não só lhe servira para fazer-se senador — apenas por suborno, era o que Diodoro dizia, selvagemente — mas possibilitara que se entregasse à sua paixão pela arte egípcia. Ouvira falar em alguns vasos excelentes e em estatuetas que datavam da Segunda Dinastia, e estava a caminho do Egito, para negociá-los.

O segundo fato infeliz, com o qual Diodoro se confrontava naquela manhã, era ser aquele o dia do mês em que devia reunir-se com os magistrados sírios no Palácio da Justiça, e ouvir as queixas dos nobres, proprietários e caudilhos locais, sobre as taxas extorquidas às províncias, e especialmente a eles próprios, e ouvir os relatórios dos velhacos coletores de taxas, que Diodoro detestava mais do que qualquer outra espécie de homem. Para Diodoro, um coletor de taxas, embora aparentemente necessário naquela época degenerada, era mais imundo do que o mais imundo chacal, e tinha algo dos hábitos de um chacal. Sobre isso, Diodoro discorria em altas vozes, com as mais profanas expressões militares. Tal coisa entusiasmava, invariavelmente, as vítimas dos coletores de taxas.

O terceiro era estar com dor de cabeça. Conhecia aquelas dores de cabeça, que o atormentavam habitualmente naqueles dias em particular, e mesmo todo o saber de Keptah não era suficiente para aliviá-las. Acordara com o temeroso e súbito fulgor da luz diante dos olhos, depois com a náusea consequente, a seguir com agudo seccionamento da visão e a temporária diminuição da vista, tudo rematado com a maldita hemicrania. O fato de Keptah poder dizer-lhe, eruditamente, que se tratava de uma enxaqueca e que Hipócrates[1] escrevera um longo e precioso tratado sobre isso não eliminava as náuseas, não retirava o martelo que batia de um lado de sua cabeça, nem a sensação de que a morte estava próxima e não seria de todo mal recebida.

— Que o Hades engula o teu Hipócrates! — dizia enraivecido, a Keptah. — Não, não, não quero mais tuas poções e efusões malcheirosas.

Submetia-se quase sempre às efusões e às poções, e então vomitava triunfantemente diante de Keptah, e dirigia-lhe olhares furibundos e acusadores. A enxaqueca não o abandonava até a noite. Bastava que deixasse Antioquia e fosse para casa, que ela desaparecia, deixando uma fraqueza

---

[1] Considerado o maior médico da Antiguidade, nascido mais ou menos em 460 a.C.

desagradável que antecipava o tratamento e a preocupação da amorosa Aurélia. Gozando ambas as coisas, ele dizia a Keptah:

— Estás vendo, a mão de uma mulher é mais sábia do que a de qualquer médico, seu charlatão. — A isso, Keptah respondia apenas com um sorriso. Uma vez dissera a Diodoro que as suas dores de cabeça eram seu protesto contra os magistrados e coletores de taxas, que ele detestava, mas Diodoro ficara tão zangado com aquela insinuação de debilidade feminina, que Keptah nunca mais repetiu a indiscrição.

Diodoro, o virtuoso romano, acreditava que o pessoal doméstico responsável levantava-se antes do amanhecer. O senador não se levantava ao amanhecer, e Aurélia, que tinha afeição até mesmo pelo seu cunhado, não permitia aos escravos seu assalto habitual e ruidoso às colunas, pisos e paredes com esfregões e vassouras, enquanto o senador não chamasse para que lhe levassem ao leito a primeira refeição. Isso, para o tribuno, era empilhar degradação sobre degradação. Casa suja, e primeira refeição na cama! Sem dúvida, coisa típica da Roma moderna. O séquito do senador, escravos mimados e secretários (estava sempre escrevendo cartas, mesmo quando visitava Diodoro — "para ter certeza de que seus clientes não se esquecerão de manter-lhe os cofres cheios durante a sua ausência"), recebia invariavelmente os melhores aposentos, nas instalações dos escravos da casa. O senador costumava trazer com ele duas belas escravas, aumentando a cólera de Diodoro, que enclausurava as moças, sombriamente. "Não haverá orgias nesta casa!", dizia ele ao senador, que sorria com indulgência, e se surpreendia sempre ao ver que as bonitas escravas daquela casa bárbara jamais chamavam a atenção de seu dono.

Além disso, o senador usava nardo e essência de rosas, e Diodoro dizia em voz alta:

— Não apenas uma casa suja e primeira refeição na cama, mas também perfumes! — Fingia considerar extraordinário o senador, o que convencia este último de que Diodoro devia permanecer na Síria, apesar de suas cartas para Roma. Aquele era um assunto sobre o qual o senador ainda não falara com seu hospedeiro. Sentia que necessitava primeiro de um repouso prolongado. Enjoara durante toda a viagem até Antioquia. E Diodoro era um homem difícil.

A dor de cabeça fora extraordinariamente forte naquela manhã, e Keptah, misturando poções enquanto seu senhor urrava negativas, percebeu que Carvílio Ulpiano acrescentava uma tortura extra à aflição. Deu a taça a Diodoro, e disse, maciamente:

— Um estudante de Hipócrates uma vez perguntou ao grande médico: "Assassínio permitido não aliviaria as dores da vítima?" Ao que Hipócrates respondeu: "Com certeza."

— Estás querendo insinuar que se eu pudesse matar alguém, ao acaso, sem escrúpulo, isso melhoraria a minha dor de cabeça? — perguntara Diodoro, ultrajado, sentando-se na cama.

Keptah anuiu. Diodoro começou a blasfemar, depois sorriu pensando em seu cunhado.

— Essência de rosas! — murmurou. — Puf! — Tornou a tombar sobre os travesseiros e entregou-se a uma agradável fantasia. A enxaqueca aliviou um pouco e daquela vez Diodoro não vomitou a poção. Ainda assim, sentia-se mal e de mau humor quando saiu da casa para a manhã fresca e reluzente, sem tomar qualquer refeição, pois não podia comer quando se sentia assim aflito. Aquele filho de uma raça inteira de porcos podia ao menos ter trazido Cornélia, pensou ele, para visitar minha esposa, em vez de trazer apenas cartas. Cornélia, porém, tão simples, robusta e destituída de imaginação quanto Aurélia, teria inibido de certa forma as diversões do senador. Diodoro consolou-se pensando que as visitas do cunhado eram poucas e bem espaçadas.

A enxaqueca, depois de reduzir um pouco a visão, sempre fazia Diodoro enxergar clara e rapidamente demais, de forma que enxergar já era em si doloroso. Aquela possibilidade aumentada de ver deprimia-o. Ouviu alguém sorrir, pestanejou, levando a mão à cabeça. Quem podia rir quando o dono da casa estava morrendo em pé e temendo o rumor, a agitação e o ribombar da biga que depressa chegaria para levá-lo a Antioquia? Resmungando palavras que ele jamais usava diante de alguém, a não ser dos coletores de taxas, deixou o pátio externo e foi para os jardins. Sua filha Rúbria e Lucano estavam jogando bola com duas jovens escravas e fazendo ruído bastante para acordar os mortos ou, foi o que pensou Diodoro, o bastante para acordar qualquer um, menos o fragrante senador, com os seus óleos.

Aquela donzela de olhos negros, faces vermelhas e cabelo preto flutuando vestida com uma comprida túnica rosada a correr para apanhar a bola que Lucano — ou uma das escravas — arremessava era uma bela visão. Em contraste, Lucano parecia um jovem e dourado deus, complementando-a, e as moças escravas, vestidas tão simplesmente como sua jovem senhora, e tão encantadoras quanto ela, assemelhavam-se a ninfas, seus pés brancos molhados de orvalho, as tranças ruivas e castanhas cascateando atrás delas como flâmulas. Em torno daqueles jovens todo o jardim parecia ter saído recentemente das mãos de Ceres,[2] as palmeiras agitando-se e curvando-se sob o vento perfumado, as estátuas resplandecendo, as fontes saltando como prata líquida, e o arco do céu mostrando o azul mais inefável.

Durante um momento, o mau humor de Diodoro abrandou-se. Contemplou o rapaz e a mocinha, e pensou: Como é maravilhoso ser inocente e belo. Ficou então novamente zangado. Ninguém tinha o direito, nem mesmo uma donzela e um menino, de ser inocente neste mundo asqueroso, composto de senadores perfumados, vis coletores de taxas, magistrados, oficiais e césares que não respondem cartas urgentes.

A mocinha tinha quatorze anos; precisava ficar noiva agora e preparar-se para o casamento, era o que pensava Diodoro, ressentido. O fato de o senador ter mencionado discretamente um de seus próprios filhos, agora com dezessete anos e pronto para o casamento, e daquela referência ter feito Diodoro parecer-se a um verdadeiro Marte, com faíscas vermelhas nos olhos, fora completamente esquecido pelo tribuno. Rúbria, embora ainda esbelta demais, e dada a ataques de dispneia e lividez em torno dos lábios quando se cansava, tinha pequenos seios redondos, e suas pernas, surgindo sem modéstia alguma de sob sua túnica esvoaçante eram, definitivamente, as pernas de uma mulher. Diodoro ficou horrorizado, não só com esse novo aspecto de sua filha, mas também com o fato de não estar ela ainda prometida em casamento. E, de certa maneira, sentia-se furioso com Lucano, por qualquer razão pouco conhecida.

Levantou a voz para um tom estentóreo:

— Que brincadeira é essa? Não é hora de aula? Por que esse desregramento?

---

[2] Filha de Saturno e Cibele, deusa latina da agricultura.

As moças escravas olharam-no, apavoradas, e correram para os fundos da casa, como pétalas espalhadas pelo vento. Rúbria, ainda sorrindo, ficou com a bola em sua mão fina e morena, e Lucano corou.

— Ainda não é hora, pai — disse a menina, e correu para ele, a fim de beijá-lo. Passou-lhe os braços ao pescoço e Diodoro não pôde resistir a corresponder-lhe. Mas olhou furibundo para Lucano:

— Dezesseis anos! — exclamou. — E brincando com meninas! Não podes arranjar melhor companheiro de brinquedo, entre os de teu próprio sexo?

Rúbria tornou a beijá-lo, contente, como fazia sua mãe, mas o pai olhou zangado para Lucano, por cima dos ombros dela. O jovem manteve-se em silêncio, a cabeça amarela erguida orgulhosamente, o rosto frio e impassível.

— E com quem ele brincaria? — perguntou Rúbria, as mãos acariciando o braço do pai para confortá-lo. Não estava perturbada; aprendera com a mãe a tratar Diodoro como uma criança querida, mas às vezes rabugenta. — Nenhum dos moços escravos tem a idade dele, e não há famílias com filhos perto de nós. — Olhou para Lucano, rindo, com ar malicioso: — Ele também é sensato demais.

— Não é sensato demais para negligenciar suas lições e se meter em brincadeiras infantis e grotescas — disse Diodoro. Naquela manhã não estava gostando do jovem. — Será preciso esperar até que a ampulheta deixe cair os grãos de areia exatos para começar os estudos? E é com um irresponsável desses que gasto meu dinheiro?

Lucano contemplou-o com uma luz azul firme em seus olhos, e abriu a boca para responder colericamente. Viu então que Diodoro estava amarelo, com ar de doente, e não tinha feito a barba. Lucano lembrou-se de que aquele era o dia dos magistrados e dos coletores de taxas, e que Diodoro, naqueles dias, estava invariavelmente de mau humor. A barba por fazer podia ser tomada como sinal tão exato como uma clepsidra.[3]

Assim, Lucano sorriu brandamente:

— Fazes bem em reprovar-me, senhor.

Afastou-se, pisando com altivez e graça, e Diodoro ficou a contemplá-lo, sentindo-se mais deprimido do que nunca.

---

[3]Relógio de água dos antigos.

— Vai com tua mãe, menina — disse, com aspereza incomum, à filha. Agora sua biga chegava. Ele ouviu o ruído, o clangor infernal, e tornou a pestanejar, gemendo. Rúbria beijou-o, acariciou-lhe o rosto, olhou-o com amorosa comiseração e correu para a casa. Diodoro seguiu-a com os olhos até que ela desaparecesse, e seu coração se confrangeu. Ainda ontem era um bebê, preso ao seio materno; hoje fazia-se mulher, e depressa deixaria seus pais. Eis um dos insuportáveis golpes da natureza. Pensou de novo em Lucano, e agora sua cólera obscura voltava. Vira o olhar ardente de Rúbria para o jovem, e vira Lucano responder com um profundo sorriso. Diodoro chicoteou os cavalos, tomado de pânico. Se não pudesse ser substituído naquele lugar contaminado, mandaria Rúbria e Aurélia para Roma, e mesmo o filho do senador, que era um jovem frágil e estudioso, e não correspondia ao gosto exigente de Diodoro, poderia ser considerado um possível genro. Pelo menos, algum dinheiro voltaria para a família, pensou o tribuno, que considerava ofensivo o fato de Carvílio Ulpiano ter a possibilidade de gastar uma simples moeda de tal dinheiro.

Um velho orgulho retornou ao romano, e seu coração endureceu diante da afronta. Irritava-o, agora, a ideia de que aquele Lucano, aquele filho de um liberto, pudesse sequer olhar amorosamente para sua filha. Esqueceu, naquela sombria cólera que se ia inflamando, que Lucano era filho de Íris, a quem ele não via de há muito, a não ser bem de longe, e ainda assim furtivamente. Diodoro resolveu que naquela noite teria uma conversa muito séria com Aurélia. Ele, Diodoro, cumpriria a promessa de educar o jovem — a fim de que servisse humildemente em sua casa. Alguma das moças escravas, a mais fiel, modesta e bem-dotada nas artes domésticas, seria liberta, e um casamento arranjar-se-ia entre ela e Lucano. O senhor romano tinha apenas de ordenar, e ordenaria. Que Lucano levasse sua esposa para Alexandria, para que ela tomasse conta da casa humilde de seu marido estudante, e lhe cozinhasse o pão e lhe servisse um vinho adequadamente inferior. Tenho sido brando e fraco, pensava o tribuno, mordendo seu espesso lábio inferior e chicoteando os cavalos. Esqueci que sou um romano, nesta província abafada, efeminada, depravada. Tenho tratado os escravos como iguais.

Esquecera, também, muitas outras coisas. O rosto de Eneias ergueu-se diante dele — aquela imitação de homem, ardilosa, dissimulada, pusilânime! — e a cólera cegou-o por alguns momentos, enquanto o coração batia como se tivesse sido insuportavelmente humilhado. Velha angústia, que não tinha feições, voltou a morder-lhe o coração.

Quando chegou a Antioquia estava com excelente disposição vingativa. Jamais matara um homem, a não ser em batalha, mas agora desejava matar. Se ao menos fosse Hércules! Rasgaria aquela cidade em duas, com as mãos limpas. Para suas narinas, que as fedentinas da cidade assaltavam, prevalecia o cheiro de urina. Uma cidade tomada por odores excrementícios! E que fazia um procônsul romano a guiar sua própria biga ali, como um mesquinho comerciante? Ninguém o respeitava? Onde estavam seus soldados? Esqueceu que tudo aquilo fora coisa de sua própria deliberação, e que dissera frequentemente ser um simples soldado e não um homem-dama da moderna Roma; que Cincinato entrara na Cidade Imperial montado num simples burro, sem qualquer séquito, a não ser pobres lavradores como ele próprio. Vai haver mudanças!, prometia Diodoro a si mesmo, em sombrio silêncio.

A seu encontro vieram Sexto e uma tropa de soldados, com elmos, escudos e armas, como de costume no dia da justiça. Diodoro berrou para Sexto, o rosto flamejando de cólera:

— Então só agora pudeste arrancar-te para fora da cama a fim de vir ao meu encontro e escoltar-me? Sou eu um cão de magistrado provincial que não merece honras nem escoltas, mas devo guiar minha própria biga como o mais mesquinho dos camponeses de minha própria casa?

Sexto estava habituado ao mau humor do tribuno naqueles dias, mas não a um ataque assim à sua integridade como soldado, como oficial digno e leal. Foi tomado de surpresa, então. Não se manteve em obediência e reserva militares, conforme estava treinado a fazer quando chicoteado pela língua de seu superior. Disse abruptamente:

— Por que, nobre Diodoro? Eu apenas cumpri tuas ordens expressas. Recusaste constantemente ser escoltado e ordenaste que em tua casa não ficasse soldado algum. — Olhava com assombro para Diodoro, e seus soldados mantinham rostos impassíveis, olhando para a frente, carregando os fasces[4] e os estandartes.

---

[4]Feixe de varas, amarradas por uma correia, em volta de um machado, cujo ferro surgia na parte de cima. Fasces ou fáscios, que eram levados, na Roma antiga, pelos lictores, homens que precediam sempre os ditadores, cônsules, e outros altos dignitários, quando se apresentavam em público, deram origem à palavra Fascismo.

Diodoro freou seus cavalos com tanta fúria que eles empinaram, e um casco quase alcançou o rosto de Sexto que, entretanto, não recuou. Seus olhos jovens mostrando-se repletos tanto de censura como de espanto.

— Vamos, por Zeus! — mugiu Diodoro, chicoteando os cavalos. — Onde está teu discernimento militar? — Conseguiu controlar os animais, e blasfemou contra eles. — Não só me acompanharás até o Palácio da Justiça, mas voltarás comigo a minha casa, e lá ficarás às minhas ordens!

Saiu, num repelão, e Sexto sacudiu a cabeça desanimado. Depois ordenou severamente às suas tropas que o seguissem, acompanhando o tribuno. A biga de Diodoro estava agora envolvida na poeira quente, branca e gredosa, ao fim da rua calçada de pedras lisas. Sexto e seus soldados iniciaram um trote militar para segui-lo, e a humilhação do jovem soldado foi completa quando passantes começaram a zombar deles. Sexto rilhava os dentes.

Estivessem ou não os magistrados mais tediosos do que costume, fossem os relatórios dos coletores de taxas os mais aborrecidos, mostrassem-se os nobres e mercadores locais mais queixosos, o caso é que para Diodoro aquele dia pareceu o pior de quantos se podia lembrar. Gritou, esmurrou a mesa, espalhou papéis, denunciou, insultou, atribuiu ancestralidade vergonhosa aos magistrados, juízes, nobres e coletores de taxas, igualmente. Todos tinham cabeças de asnos; suas mães se tinham empenhado desde a puberdade em obscenidades indescritíveis; eles mostravam-se inteiramente analfabetos; eram habitantes do país mais depravado e mais desprezível do mundo. O espírito deles era igual ao das moscas. Antioquia era uma cloaca e eles indignos habitantes dela. Desprezou-os todos, em linguagem enérgica. Com certeza, em alguma ocasião, ofendera imperdoavelmente os deuses, quando não, jamais estaria ali. Mandou-os todos para Plutão, e impugnou sua honestidade, suas decisões, seus registros. Eram todos ladrões, mentirosos, idiotas e canalhas. Embora seu pulso estivesse rodeado de tiras de couro ele deslocou-o com os murros sobre a mesa, e seu rosto, intumescido e escarlate, esteve a ponto de estourar. Não quis comer nada; quando lhe ofereceram vinho expôs sua opinião a respeito dele e cuspiu.

À tarde, quando saiu dali ruidosamente, sua cabeça era uma caldeira de dor e os músculos do pescoço estavam tomados de espasmos. Os que ficaram, pela primeira vez mostraram-se partidários do mesmo ponto de vista. O tribuno estava louco, naturalmente, e era um animal como todos os romanos. Coletores de taxas e mercadores reuniram-se para se darem mútuas condolências. Os magistrados expressaram sua fervorosa esperança, em vozes baixas e cochichadas, de que não só o tribuno descesse ao inferno, mas Roma junto com ele.

Sexto arranjara cavalos para ele próprio e três de seus oficiais subalternos, e saíram a galope atrás da biga de Diodoro. Mal conseguiam manter-se no ritmo dele. Guia como Apolo, pensava Sexto, ainda magoado, sem a beleza de Apolo. Devia entrar para as corridas dos circos. Deuses, ele vai matar aqueles pobres animais! Seu coração de soldado, contudo, estava repleto de consternação. O tribuno parecia estar temporariamente fora de si. Sexto invocou Ares,[5] enquanto galopava pela estrada cheia de sulcos. O calor úmido era intenso, e sob sua armadura os sombrios soldados suavam e seus escudos mostravam-se pesados demais. Alguns deles pensavam em que castigo iriam receber e qual a transgressão alegada.

O senador Carvílio Ulpiano estava sentado graciosamente no pórtico externo com a cunhada Aurélia, bebericando um dos mais caros vinhos de Diodoro e fazendo comentários sobre a bebida, para si próprio, em linguagem expressiva. Aurélia, a boa matrona, ia diligentemente ocupando as mãos em costurar, hábito vulgar e comum que sua irmã compartilhava, pois Cornélia jamais seria uma dama elegante. Tiveram um sobressalto ao ouvir o trovejar dos cascos e ao verem, a distância, a grande nuvem de poeira luminosa. O senador ergueu-se, seus trajes brancos flutuando em torno do corpo.

— Vamos, por Mitras,[6] é o Minotauro[7] que se aproxima? Ou Plutão que explode através da terra?

— Provavelmente é apenas Diodoro — respondeu Aurélia, sem se perturbar. — Esse é sempre um dia ruim para ele. Mas não há outros cavalos seguindo os dele? — Pôs de lado sua costura e levantou-se para ver e ouvir. Jovem mulher otimista, jamais pensava que coisa alguma fora do comum pudesse ser de mau agouro. — Estará trazendo hóspedes para o jantar?

---

[5]O Marte da mitologia grega.
[6]Um dos deuses da religião dos persas, deus da luz.
[7]Monstro, metade homem, metade touro, que vivia em Creta e foi morto por Teseu.

— Se são hóspedes, trata-se com certeza de cocheiros que perderam a prática — disse o senador, resguardando os olhos do sol da tarde e esticando o pescoço para poder enxergar. Começou então a rir, distinguindo Diodoro a chicotear seus cavalos, de pé, como um corredor, em sua biga, e os soldados precipitando-se atrás dele, todos envolvidos em radiantes nuvens de poeira. Bateu as mãos e fez exclamações de estímulo, como quem aplaude os cocheiros dos circos. — Ele conseguirá! Ele chegará primeiro aos portões!

— Pelos céus, com esse calor — murmurou Aurélia. — E com aquela dor de cabeça. Por que Sexto veio com ele? E os outros?

— Sou eu sua esposa para saber o que Diodoro faz? — perguntou o senador, razoavelmente, ainda a rir.

Diodoro alcançou o portão como uma trovoada, saltou da biga e atirou as rédeas para o lado. Seus seguidores chegaram em tropel e mal conseguiram evitar chocar-se contra a biga parada; seus cavalos dançavam, empinavam-se, corcoveavam por ali, relinchando angustiados. A luz do sol tirava reflexos dos elmos e das armaduras dos soldados, e os cavalos estavam cobertos de suor. Diodoro entrou pelo portão num arranco e foi num passo enérgico até o pórtico externo. Relanceou um olhar furibundo para o senador e ignorou sua esposa.

— Quê! Ainda estás aqui? — perguntou grosseiramente. — Ainda não começaste a sentir falta de teus coribantes e bacantes,[8] nem enlangueces pelos teus gladiadores e atores prediletos?

Arquejava, tinha a fronte arroxeada e pingava suor.

— Querido — disse Aurélia, estupefata diante daquela rudeza e alarmada com a aparência do marido. Deu um passo para ele, que a afastou com um gesto.

— Vai para os teus aposentos, mulher! — disse isso sem olhar para ela. Aurélia apanhou sua costura e desapareceu entre as colunas da casa, os olhos repletos de lágrimas. Jamais Diodoro lhe falara assim.

---

[8] Coribantes eram sacerdotes da deusa Cibele (filha do Céu, deusa da Terra e dos animais, esposa de Saturno, mãe de Júpiter, Netuno, Plutão) que dançavam e tocavam nas festas daquela deusa. Diziam-se os inventores dos tambores. As bacantes eram sacerdotisas que nas festas de Baco (deus romano do vinho, filho de Júpiter, o Dionísio dos gregos) celebravam os mistérios, e dançavam, aos gritos, a cabeça coroada de hera. Tais mistérios — as celebradas bacanais — acabaram por causar escândalo e foram proibidos pelo Senado.

O senador não se perturbou. Permaneceu ali, ostentando toda a alta elegância, e o rosto mostrava-se divertido. Considerava Diodoro um rústico, um militar imbecil, cuja disposição, como a de todos os soldados, era mais adequada para um animal do que para um homem. Ergueu as sobrancelhas, sorriu e olhou com ar crítico para a taça que tinha na mão.

— Baco desdenharia este vinho, meu bom amigo e irmão, e mesmo que eu estivesse saudoso, não há bacantes agitando-se em torno de mim.

O leve insulto fez Diodoro tremer. Ficou diante daquele calmo patrício, com suas mãos belas e sua toga lindamente pregueada, como figura selvagem e sombria de um militar bárbaro, coberto de pó, os olhos furiosos, o rosto violento e rubro todo convulso. Seu arquejo fazia-se audível na quietude da tarde. Arrancou o elmo e atirou-o sobre as pedras, onde rolou e retiniu. Carvílio Ulpiano tomou um delicado gole do vinho e sacudiu a cabeça como que deplorando.

O senador sentou-se de novo, graciosamente. Suas sandálias eram de prata, presas com fios de ouro.

— Senta-te — sugeriu ele, como homem que hospeda outro de categoria inferior. — Toma um pouco de vinho. Isso te refrescará. A dor de cabeça ainda está muito forte? Tenho comigo meu médico e ele traz uma poção que é muito eficaz. Queres que eu o chame para que te preste serviços? — Estava sentado em sua cadeira, figura estranhamente majestosa, à vontade no pórtico tosco da frente de uma casa que considerava plebeia ao extremo, própria apenas para um capataz de escravos.

— Que Mercúrio amaldiçoe teu médico! — disse Diodoro. Atirou-se a uma cadeira e começou a enxugar com as mãos o suor que escorria da testa. Quando o senador lhe ofereceu seu lenço perfumado, Diodoro rejeitou-o, com uma blasfêmia. O senador riu.

— O dia deve ter sido excitante, no Palácio da Justiça — comentou ele, servindo-se de um doce grosseiro que estava numa bandeja de prata, a seu lado, sobre a mesa. Olhou em torno de si, procurando um servo. Era demais pretender que houvesse um servo à mão naquela casa bárbara, portanto o senador serviu o vinho para o tribuno, estendendo-lhe o copo com uma reverência. Diodoro quis recusá-lo, mas sua boca estava seca e ardente pela poeira e pela febre, e assim arrebatou a taça das mãos do outro e esvaziou seu conteúdo num gole só. Começava agora a sentir-se embaraçado por ter insultado seu hóspede mesmo sendo esse hóspede o seu cunhado. Ali ficou, os joelhos afastados e seu corpo forte e nervoso inclinado para a frente, a cabeça ligeiramente abaixada. Ficou a olhar sombriamente para o fundo da taça vazia:

— Sou uma chaga purulenta.

Carvílio Ulpiano cogitava onde seus próprios servos poderiam estar. A frouxidão e o descaso plebeu daquela casa sem dúvida os contagiaram, e os patifes estariam provavelmente folgando com os outros escravos. Contudo, afrouxou o corpo. Achava o ar da Síria muito salubre e agradavelmente tépido, pois era homem de sangue-frio.

O senador compreendia que Diodoro se estava desculpando, menos para ele do que por se ressentir, sombriamente, de ter cometido uma grande falta contra as boas maneiras, grande mesmo para um soldado. Suas feições aristocráticas assumiram expressão agradável e compreensiva, e seus olhos pequenos e pálidos, sem cor definida, tomaram o aspecto benigno que ele reservava para os clientes, principalmente para os grandes proprietários de terras que desejavam favores em troca de respeitável emolumento.

O tribuno levantou-se, tirou o peitoral, soltou o cinturão de couro com a espada curta, e atirou-os sobre uma cadeira. Seu corpo revelou-se sob a túnica de linho cor de terra vermelha, tecida em casa pela cuidadosa Aurélia, que também fiara e costurara para ele. Suas pernas e braços robustos, bem como o peito, eram cobertos de pelos pretos e eriçados, e ele irradiava força, masculinidade e suor a tal ponto que o senador fechou os olhos delicados. Soldados, refletia ele, são inevitavelmente violentos e estúpidos, e Diodoro não constituía exceção. Embora Cornélia, mulher simples, declarasse serem destinados a Diodoro os livros que o senador estava sendo constantemente compelido a mandar para Antioquia, o remetente não acreditava em tal coisa. Um vândalo![9] Ele, seu pai, e todos os seus ancestrais tinham fama de absoluta integridade, honra, virtudes e qualidades militares em Roma. Aquilo, considerava o senador, era a qualidade deles, prosaica, rústica, sem inteligência. Ainda assim, embora os augustais rissem de Diodoro, e mesmo o Tibério de rosto frio sorrisse à menção de seu nome, ele tinha

---

[9] Os vândalos eram um antigo povo germânico, que invadiu a Gália, depois a Espanha e a África. Eram temíveis, onde quer que passassem, daí ter ficado a expressão, até hoje, para designar depredadores de monumentos, árvores etc.

influência entre seus iguais de Roma, e nunca se subestimava o poder dos tribunos e militares, embora eles fossem estúpidos.

Diodoro tornou a encher a taça, deixando que algum vinho caísse sobre suas mãos. O poente vermelho manchava as paredes brancas da casa, e fazia dos pilares colunas rosadas. Um odor quente e doce derivou dos jardins que ficavam atrás da casa, e as palmeiras farfalharam. Tudo era quietude e paz, bom para os nervos de um cavalheiro que viera de Roma, onde o ar recendia a intrigas. Diodoro sentou-se. Repetiu em tom menos sombrio, porém mais duro:

— Sou uma chaga purulenta.

O senador suspirou e olhou para suas mãos cheias de joias, pensativamente. Tentou, entretanto:

— Não o és, com certeza — disse ele —, em todo este encanto, e com o poder que manténs na província. César está muito satisfeito contigo. Disse-me, antes da minha vinda: "Meus cumprimentos ao nosso bom Diodoro, e dize-lhe que não sei de outra província ou país mais bem governado."

— Ele quer dizer — falou Diodoro rudemente — que não sou mentiroso nem ladrão, que lhe mando as taxas prontamente, que procuro ser o mais justo possível em meu trato, e com isso a Síria não lhe dá preocupação.

O senador tornou a suspirar. Tinha cabeça estreita, de cabelos pretos e lisos. Sua boca era ligeiramente efeminada, e um tantinho cheia e vermelha demais para um homem. Diodoro continuou, e agora sua voz tremia um pouco:

— Lembro-me de meu velho camarada de armas, Gaio Otávio, que tu delicadamente chamas Augusto. Quando me escreveste que ele morrera em Nola, velho lar de seu pai, nos braços de sua esposa, meu coração despedaçou-se. Não reconheço seu sucessor como meu César, não o reconheço em meu coração, mesmo que fales nele como uma divindade. Divindade!

O senador olhou rapidamente em torno de si. Esperava que ninguém os estivesse espiando, ninguém que pudesse repetir declarações tão comprometedoras. Tossiu e murmurou:

— Um homem deve ser discreto. Não tomes esse aspecto tão colérico, meu Diodoro. Se bem me recordo, tu te queixaste, em cartas que me escreveste, que teu "velho camarada de armas" tinha finalmente destruído a

República e terminado com a liberdade política. Queimei tuas cartas, naturalmente, pois elas eram perigosas.

— Tolice — falou Diodoro, com raiva, e cheio de ressentimentos. — Eu lhe escrevi também uma carta nesses mesmos termos. Velhos amigos, velhos soldados, são honestos uns para com os outros. Eu era como um filho, para ele. Brigávamos a propósito das honrarias que ele tinha aceitado, e meu pai também brigou com ele pelo mesmo motivo. Sim, a República morreu com ele, e não inteiramente por sua culpa, mas foi um bom soldado, melhor, na minha opinião, do que o próprio Júlio César. Perdoa-se a um bom soldado muitas coisas, embora não se perdoe, naturalmente, a usurpação do poder, e por isso eu o censurava frequentemente. E ele me disse, quando era homem sensato: "Cidadãos corruptos criam governantes corruptos, e é a turba que finalmente decide quando a virtude morrerá."

A despeito de si próprio o senador sentiu-se surpreendido e marcou seu primeiro respeito por Diodoro, que podia ralhar com César impunemente, e receber respostas que eram desculpas.

— Esse patife, agora coroado com folhas de carvalho, pessoa de sangue-frio, pode ser, tecnicamente, meu imperador, e eu o sirvo como soldado, assim como meu pai serviu Gaio Otávio, mas não preciso fingir que o adoro nem vê-lo como um dos deuses. — Diodoro remexeu-se em sua cadeira, raivosamente: — E quero ir para a minha fazenda próxima de Roma e esquecer vossas malditas turbas, toda a vossa política e depravação, e ficar com a minha família sob as árvores frutíferas.

— E esquecer também que és um soldado, meu violento Marte?

Diodoro hesitou:

— Se Roma precisar de mim como soldado, então devo responder. Não sou necessário na Síria. Mandai um dos vossos patifes para cá e ele estará mais indicado para este lugar infernal do que eu. — Lançou um imenso suspiro, continuando: — Pelo menos o meu César era virtuoso, e sua esposa foi amada por ele até sua morte, durante cinquenta anos inteiros. Dize-me: Tibério é homem assim?

O senador esfregou o queixo e seus olhos atiraram-se para o pórtico, olhando para além da porta aberta. E disse, usando tato:

— Não sou homem de discussões e meu negócio é política, e embora veja César frequentemente, não discutimos nada que possa trazer controvérsias!

— Em outras palavras, Tibério tem ignorado as minhas cartas, e tu não as discutiste com ele. — Os olhos veementes de Diodoro faiscavam.

— Paciência, paciência — murmurou o senador, cogitando consigo mesmo sobre quando seria servido o jantar. Estava também começando a sentir dor de cabeça.

E falou, cheio de esperanças:

— Haverá hóspedes para o jantar? — Talvez os hóspedes tivessem efeito tranquilizante sobre aquele incontrolável soldado.

— Hóspedes! — exclamou Diodoro. — Não. Convidaria inferiores a vir a minha casa? Não conheces Antioquia. Digo-te, eu apodreço aqui! Se não visitar o procurador em Judeia, uma vez por ano, mais ou menos, morro de tédio e raiva. Esperaste um banquete como aqueles a que estás habituado em Roma, com Tibério?

Ó! Deuses, pensou o senador, desanimado. E disse razoavelmente:

— Por que te ressentes assim? Afinal, Tibério é um magnífico soldado; diminuiu a taxação onde pôde, em nome da economia; é relativamente honesto e cavalheiro honrado, justo em seu trato com as províncias, e consolidou o Império. Quanto a banquetes, como soldado que é, Tibério não os aprecia. Pensava que ele fosse um Baco?

— Estive com ele em campanha — disse Diodoro, sombrio, e esfregando a fronte dolorida. — Não se podia comparar a Gaio Otávio — acrescentou, como quem se defende. — Mas é homem silencioso, de espírito frio. Entrega demasiado as coisas a vós, senadores; permite a agitação a demasiadas línguas soltas e isso não são maneiras de imperador. Não há disciplina...

— Ainda assim, ao contrário do teu querido Otávio, é um romano de tua própria espécie. Quando subiu ao trono havia menos de cem milhões de sestércios no Tesouro. Agora a quantidade cresce de mês para mês. Ele é sóbrio.

— Apesar disso usa espias e informantes, como soldado algum deve fazer — disse Diodoro. — Quando um homem tem medo de seus compatriotas e teme ser assassinado, é preciso examinar esse homem. — Tornou a olhar com ira para o senador. — Por que ele não responde às minhas cartas?

— Porque estás administrando a província a gosto dele. Se não estivesse, seria chamado abruptamente. Digo-te: Tibério e tu sois da mesma espécie.

— Isso não lisonjeia — declarou Diodoro. Levantou-se. — Se eu fosse César, poria todos vós, senadores, em vossos lugares.

— Em outras palavras, serias um tirano — disse o senador, sorrindo.

— Eu teria disciplina — respondeu Diodoro, suspendendo o cinto de sua túnica. — Encorajaria os "novos" homens, a classe média, em Roma, os cavaleiros rurais, os mercadores, os lojistas, os comerciantes, os advogados, os médicos, os construtores. Compreendo que eles não são patrícios mas também eu não o sou! Muitos deles pertencem a antigas famílias da Etrúria. — Os olhos dele acenderam-se. — No que a mim se refere, podemos entregar a Itália de volta aos etrúrios, e deixá-los, bem como os "novos" romanos, entender-se com a populaça de Roma, não para afagá-la como fazeis vós, os senadores, pelos seus favores imundos. Nem encheria meus aposentos de gladiadores e de patifes e libertos, chamando-os meus clientes. Corja!

O senador estava de novo ligeiramente divertido.

— Tibério não é Catilina,[10] e, tanto quanto me consta, os "novos" homens não produziram ainda nenhum Cícero.

Diodoro começou a afastar-se em passos pesados, resmungando, desdenhoso. Então, deteve-se:

— Não te esqueças, meu bom Carvílio, de que jantamos quando toca o gongo. Enquanto isso, vou lavar um pouco a fétida poeira de Antioquia do rosto e das mãos.

O senador ficou sozinho no crepúsculo que descia rápido e purpurino e recostou-se em sua cadeira, suspirando de satisfação. Alguns dias mais aliviariam seu nervosismo. Aquela casa — embora bárbara e dispondo de poucos móveis, sem qualquer luxo ou distinção, praticamente sem marfins, sem vasos murrinos,[11] com poucas excelentes estátuas, mesmo dos deuses, sem candelabros coríntios de bronze, sem quadros de mérito, e embora os dormitórios fossem meros cômodos arranjados apenas

---

[10]Lúcio Sérgio Catilina, patrício romano (109-62 a.C.). Conspirou contra o Senado, sendo denunciado por Cícero (Marco Túlio Cícero), o mais eloquente dos oradores romanos. Catilina morreu em Pistoia, de armas na mão, e seus cúmplices foram executados, através da insistência de Cícero que, por sua vez, morreu assassinado a mando do Imperador Marco Antônio e sua esposa Fúlvia, que ele atacara tremendamente em suas *Filípicas*. A expressão "catilinária", usada para expressar violenta censura, vem dos discursos de acusação feitos por Cícero contra Catilina.

[11]Dá-se esse nome a certos vasos que foram altamente apreciados outrora, e feitos de murra, material que não nos é muito conhecido. Custavam verdadeiras fortunas.

para o vulgar dormir animal e não para o prazer — tinha certo repouso simples. E, melhor do que tudo, não se esperavam favores dele, e ali não se precisava estar em guarda. Os bárbaros, conjeturava ele, às vezes podem ser admirados. Refletia também que não era prejudicial, em Roma, estar ligado pelo casamento à "velha família romana" de Diodoro, tão respeitada. Mesmo Tibério sorria para Carvílio Ulpiano mais frequentemente do que para seus colegas, e se aquele sorriso era, invariavelmente, delgado e ácido, pelo menos era um sorriso. E, também com frequência, pedia notícias de Diodoro.

As fontes do jardim que ficavam atrás da casa cantavam, claras e musicais, na sombra silenciosa, e os pássaros faziam coro para aquela música. Espreguiçando-se prazerosamente, o senador levantou-se e caminhou para os jardins. Tinha uma propriedade, fora das portas de Roma, mas não se lembrava de que ela tivesse o efeito calmante daquela, nem que as fontes murmurassem e jorrassem com tal harmonia para a curva dourada da lua que ia subindo. O ocidente se tornara uma série de pequenos lagos de fogo rodeados de um verde sobrenatural, translúcido, que se parecia a verdor celeste. As colunas brancas da casa, simples e jônicas, e as colunatas sem ornamentos pareciam neve esculpida, salpicada, aqui e ali, pelas derradeiras tintas profundamente purpurinas do sol.

O senador chegou aos jardins. Todo o recinto envolvia-se em luz cor de heliotrópio, abafada e secreta, mas a água das fontes cintilava como prata. O odor dos jasmins flutuava na branca aragem noturna, e as palmeiras sacudiam seus leques contra o céu onde as cores de ametista se iam aprofundando. O homem olhou em derredor com satisfação, regozijando-se com aquele silêncio rompido apenas pelo som da água e pela voz langorosa dos pássaros. Então, teve um sobressalto.

Jamais reparara antes naquela bela estátua de mulher, em tamanho natural, erguida junto à fonte do centro, um braço de neve estendido, de forma que as pontas dos dedos pudessem tocar as águas levemente luminosas da bacia de mármore. Onde teria Diodoro, que jamais apreciara trabalhos de arte, conseguido tão maravilhosa criação? O senador fervia de inveja. Na Sicília, talvez. Os sicilianos coloriam suas estátuas, às vezes com delicadeza. Aquela tinha cabelos dourados, estava vestida à moda grega, e o perfil adorável e pensativo fora tão habilmente tocado de róseo que seria de supor tratar-se de carne viva. O manto de alabastro envolvia o busto mais perfeito e divinamente belo, que quase parecia respirar naquela misteriosa luz que ali pairava, e as pregas do tecido, simples e nobres, tombavam da cintura esbelta como um junco, e modelavam-se sobre as coxas cintilantes. Nunca o senador vira coisa mais adorável. Praxíteles[12] jamais modelara forma tão graciosa e de tão delicada perfeição.

Então, para terror do supersticioso augustal, que não acreditava nos deuses, somente os temia, a estátua vacilou um pouco, e moveu-se. Ele recuou um passo, umedecendo os lábios com a língua. Não se sentiria surpreendido se a estátua em movimento erguesse um arco de prata e se voltasse para ele, visando-o no coração com uma flecha, pela ousadia de vislumbrar Ártemis em sua virgindade. Foi então que ele viu Diodoro em pé no arco das colunatas, inconsciente da presença de seu hóspede na sombra purpúrea que se adensava. Diodoro olhava para a majestosa jovem que, com a cabeça baixa, ia lentamente deslizando para fora, dirigindo-se para o portão do jardim.

A imobilidade absoluta do tribuno atraiu a atenção alerta do senador. Viu o rosto de Diodoro, a sua sombria intensidade, que podia ser observada mesmo naquela meia-luz. Viu-lhe o perfil, contorcido por uma espécie de pesada dor, de desesperado sofrimento. A moça, sem perceber a presença dos dois homens, alcançou o portão, abriu-o e desapareceu na névoa.

Agora, por Jove, pensou o senador, intrigado com a atitude e expressão de seu hospedeiro. Ele não é tão invulnerável, afinal. Essa não é a expressão de um marido virtuoso, de um soldado absorto. É a expressão de um homem apaixonado, e eu não o censuro. A escrava excitaria o próprio Júpiter, levando-o ao êxtase.

Ouviu Diodoro suspirar. Foi um ruído rápido e terrível, na sombra. As mãos cabeludas do tribuno contraíram-se ao longo de seus flancos. Mais intrigado do que nunca, o senador tossiu, depois aproximou-se do outro. Diodoro teve um sobressalto, e olhou para seu hóspede como que estonteado, a dor desaparecendo devagar de seus olhos altivos. Durante alguns instantes não pareceu estar vendo o senador.

---

[12] Escultor grego célebre (390 a.C.)

— Vamos — disse Carvílio Ulpiano, em tom de cordial congratulação —, esta é a escrava mais bela que já vi. Pensei, por um momento, que se tratasse de uma estátua e que me pudesses vender. Na verdade, minha oferta permanece.

Diodoro nada disse; de fato, parecia temporariamente incapaz de falar. Conseguiu apenas fixar os olhos, com aquele alheamento estranho, na figura do senador, como se tivesse sido profundamente abalado. Carvílio Ulpiano bateu-lhe pancadinhas afetuosas no ombro.

— Afrodite[13] jamais se revestiu de tamanha beleza — disse ele. — Qual foi o mercador que te vendeu mercadoria assim, e onde existe quem se lhe compare? Tem ele deleites similares? Tem ele um estábulo de tais Eurídices,[14] de tais formas feiticeiras e de tais faces olímpicas?[15] — Estalou delicadamente os lábios. Estava impregnado de desejo e inveja. E continuou: — Embora seja possível que já tenha perdido sua virgindade — e tossiu — eu estou disposto, meu Diodoro, a fazer-te uma esplêndida oferta por ela.

Ficou assustado com o rosto que Diodoro voltou para ele, um rosto de tão selvagem cólera, sofrimento e ultraje, que o senador recuou precipitadamente, cogitando em se estaria diante de um louco. Mas quando Diodoro falou, foi com voz baixa e rouca, como que abafada:

— Estás enganado. Aquela mulher não é uma escrava. É minha liberta.

— Libertaste tão gloriosa criatura? — perguntou o senador, sua perturbação dominada pelo espanto.

— Ela foi uma filha para minha mãe — disse Diodoro, a voz ainda sufocada. — Não é uma moça. É uma mulher de quase trinta anos, e esposa do meu guarda-livros, Eneias, um liberto. — Respirou pesadamente, continuando: — Além disso, é mãe do meu protegido, Lucano, que eu estou educando para que seja médico.

O senador, desapontado e desgostoso, sacudiu a cabeça:

---

[13] Deusa grega da beleza, tal como Vênus — com quem ela se identifica — o era na mitologia latina.
[14] Eurídice era a esposa de Orfeu, músico divinal, que amansava as próprias feras com o som de seus instrumentos. Tendo Eurídice sido picada por uma serpente no dia de seu casamento, Orfeu desceu ao Inferno e conseguiu abrandar as divindades infernais, que consentiram em lhe restituir a esposa, com a condição de que a levasse, precedendo-a, e sem olhar para trás. Orfeu não resistiu e voltou-se para ver Eurídice, perdendo-a, então, definitivamente. Tornou-se presa de grande dor e abatimento, terminando por ser dilacerado pelas bacantes.
[15] Relativo ao céu dos deuses, o Olimpo.

— Eu juraria tratar-se de uma jovem virgem. É uma calamidade que ela seja livre. Daria uma fortuna ao seu senhor. — Bateu no queixo, naturalmente, com uma unha polida. — Ela estava a tua espera, por acaso, meu Diodoro, e eu vim perturbar-vos?

Diodoro disse, quase num sussurro:

— Não. Ela não sabia que eu estava aqui. É evidente que se tenha atrasado.

Seus olhos tomaram a luz dura do sofrimento, e ele voltou-se, desaparecendo na casa. No momento em que entrara, o gongo soou, e o senador, tentando heroicamente engolir seu constrangimento diante da rudeza de seu hospedeiro, que o precedera sem lhe dizer uma palavra, seguiu-o, com tranquila elegância.

8

Havia, realmente, vinho de Cefalônia para o jantar. Mas aquilo não podia distrair o paladar delicado de Carvílio Ulpiano. Apício, cujo livro de culinária era usado nas próprias cozinhas de Tibério, registrava setenta e cinco maneiras excelentes de preparar feijão. Aurélia e suas cozinheiras, porém, pareciam conhecer apenas uma, e a mais grosseira, boa apenas para escravos das galés. O senador patrício olhou para a travessa de feijão, bem temperado com alho, no qual fora cozida uma carne qualquer, de aspecto duvidoso, parecendo de cabra ou das menos desejáveis porções do porco. O pão era inferior, as verduras flácidas, e o único prato que não pareceu repulsivo ao melindroso Carvílio Ulpiano foi o de pequeninas azeitonas pretas e salgadas que vinham da Judeia. Ele esquecera quanto eram repulsivas as refeições naquela casa. Diodoro observava-o ironicamente à luz fraca das lâmpadas fumacentas, que eram de estanho, não de prata. O tribuno tocou na base de uma delas e disse:

— Pareces aflito, meu irmão. Lamento que estas lâmpadas não sejam de vidro de Alexandria. Se fossem, poderias ver melhor o teu jantar.

— Dizes essas mesmas palavras de cada vez que te visito — falou o senador, pacientemente. Que seria aquilo que passaram no pão? Estava oleoso, rançoso; e o senador, que era homem de coragem, sorriu e pôs um pedaço na boca. Era também polido, e teria murmurado algo parecido a um cumprimento em relação ao jantar, se o pão não o tivesse subitamente nauseado. — Por Hécate,[1] Diodoro! — exclamou ele, agitado. — É necessário viver assim? És rico como Creso.[2] Poderias cobrir tua mesa com vasos murrinos e encher tuas lâmpadas com óleo que não causasse náuseas a uma pessoa. Poderias ter taças que rebrilhassem de ouro e pedrarias, e gozar o som dos alaúdes pelas noitadas. Também poderias ter um cozinheiro com algum talento.

Diodoro, cujo rosto moreno estava lívido pela emoção passada, olhou com escárnio para o senador:

— Podia ter também divãs onde me reclinasse para fazer as refeições, e moças de Chipre para danças abomináveis e untar meus pés com bálsamo. Contudo, não sou um urbano. Sou um simples soldado, e vivo como soldado.

— Que detestável afetação — disse o senador. — Júlio César era também um soldado, e o mesmo era o teu bem-amado Gaio Otávio. Viviam austeramente no campo. Quando estavam em Roma, viviam como romanos e não como reles pugilistas.

Diodoro começou a sorrir. Comia o pão com prazer e havia agora um clarão sombrio de zombaria sob suas sobrancelhas negras e espessas.

— Talvez — disse ele — eu prefira guardar meu dinheiro... — Comeu uma grande porção de feijão e rematou: — ...para dar um dote à minha filha, que está quase pronta para o casamento.

O senador, que não tinha aversão pelo ouro e possuía quatro filhos, perdeu seu ímpeto, coisa pouco comum nele.

— Ah! — disse — eis um assunto que me interessa. A pequena Rúbria é de constituição delicada, mas ganhou consideravelmente em saúde neste clima agradável. E tem uma beleza, também, que é quase oriental, em sua vivacidade.

---

[1] A este nome correspondem duas divindades muito diversas: a infernal, de três cabeças, identificada com Perséfona, rainha dos Infernos, a Proserpina dos romanos; e a divindade lunar, identificada com Artemisa, ou Diana.
[2] Último rei da Lídia, célebre pelas suas riquezas, que vinham do rio Pactolo, de areias auríferas (563-548 a.C.).

— Sim — disse Diodoro, pensativamente. — Estou pensando na possibilidade de mandar Aurélia e a menina para Roma, em futuro próximo. Não há família nobre romana aqui em Antioquia que tenha filho digno dela nem idade conveniente.

— Nesse caso — disse o senador — é possível que Tibério, que é justo, embora tenha água gelada nas veias, torne a chamar-te.

— Sim — falou Diodoro. Os dois homens estavam sozinhos na sala de jantar e, como o tribuno não gostava da presença de escravos em torno dele, tinha à mão um sino de cobre para chamá-los quando necessário. Esfregou os dedos sobre o rendilhado do sino, que era do tipo barato, e disse: — Estive pensando muito, hoje. — Atirou um olhar agudo para o senador e acrescentou, o que o outro considerou irrelevante: — Tenho também dor de cabeça.

Carvílio Ulpiano estava ainda curioso a respeito de Íris, que era, segundo ele pensava, bonita bastante para animar o frio Tibério, e criar loucuras em Roma. Tratava-se de uma liberta e contudo não haveria augustal, ou patrício, que não ficasse ansioso para levá-la ao leito e derramar sobre ela todo o ouro de seu cofre. Tocando delicadamente o canto dos lábios com a língua, o senador disse:

— Levarás, naturalmente, todo o pessoal de tua casa se fores chamado a Roma novamente. — Diodoro não respondeu. Sua dor de cabeça não havia aliviado. Amaldiçoou Keptah em silêncio. O senador, impelido pelo desejo e pela lembrança de Íris, continuou: — Também teu guarda-livros e a família, pois ele deve ser inestimável para ti. Não contastes uma vez, que ele foi escravo de Prisco, teu pai, e que teu pai gostava dele?

— Sim — disse Diodoro, em voz desanimada. — Entretanto, Eneias é tão sóbrio quanto eu, e tem guardado seu dinheiro. Comprou também um pequeno olival que não fica distante de Antioquia, e que ele se designa cultivar através de dois escravos meus. Aprendeu a salgar as azeitonas à moda dos judeus, e elas são bastante gostosas. Além disso, tem um respeitável rebanho de carneiros, cuja carne me vende, e também aos mercadores de Antioquia. Duvido que deseje voltar comigo para Roma.

A conversa enlanguesceu. Quando o senador comentou que Eneias sem dúvida seria leal ao senhor e levaria seus desejos em consideração como levaria em consideração os desejos dos deuses, Diodoro sacudiu a cabeça:

— Não farei imposições à sua lealdade, se ele a tiver — respondeu. — Além disso, lealdade é uma palavra pouco familiar para os gregos.

Jamais tornaria a ver Íris. Olhava-a agora como um terror. Quando a vira no jardim, tão perto, tão próxima, como há anos não a via, seu coração saltara. Tivera que se controlar para não correr até ela, agarrá-la, e mergulhar a cabeça em seus cabelos dourados. Houvera dentro dele um grito, como o grito da maior alegria e angústia mescladas. A desolação dominou-o.

O senador observava as paixões reveladas e os desesperos galoparem através das feições vigorosas e sem sutilezas do tribuno, e sorria consigo mesmo. Lembrou-se de que havia uma tristeza meditativa na face da jovem mulher grega. Vênus jamais tivera devotos tão relutantes! Diodoro era um tolo. Por que não se castrava de uma vez e acabava com aquilo? O tribuno levantou involuntariamente os olhos e, vendo o leve sorriso, os olhos mundanos do senador, corou. Encheu sua taça lisa novamente e bebeu o vinho até o fim. Depois disse:

— Talvez te surpreenda saber, Carvílio, que sou um marido virtuoso.

— Infelizmente, isso não é surpresa — disse o senador. Estava um tanto espantado ao ver que Diodoro era tão perceptivo. Bocejou e aquilo o espantou ainda mais. Não eram horas de se recolher. Depois recordou-se de que todos, naquela casa bárbara, deitavam-se cedo. Refletiu, sentindo-se infeliz, que não seria confortado em sua cama dura, naquela noite, por uma de suas bonitas escravas. Por que imaginara que poderia passar muitos dias naquele lugar? Teria de ir embora o mais depressa possível, depois de ter chegado a um certo acordo com Diodoro a respeito de Rúbria.

Antes de se deitar, Diodoro dirigiu-se pesadamente para os aposentos de sua mulher. Aurélia, cujas faces morenas e coradas mostravam sinais de lágrimas recentes, e cujos olhos bondosos tinham as pálpebras avermelhadas, estava consentindo que uma escrava lhe escovasse os cabelos pretos. Estava sentada junto à mesa, vestida com sua camisola de noite, de linho branco, e sob o pano seu corpo voluptuoso era inquestionavelmente matronal. Quando viu Diodoro, seus lábios vermelhos estremeceram e seus olhos brilharam. Controlou-se, instantaneamente, e compôs um rosto frio.

Diodoro teve um gesto brusco para a escrava, mas Aurélia, pela primeira vez desde que se casara, disse com energia pouco habitual:

— Não me deixes, Calíope. Não terminaste de trançar meus cabelos e há outras coisas para fazer.

— Sim, senhora — disse Calíope. Tinha uma voz rude e desagradável, que feria os ouvidos, voz estridente demais para uma jovem tão pequena e tão bem-feita.

Diodoro era sempre bastante vago quanto aos servos de seu serviço doméstico, e raramente prestava-lhes atenção. Mas, tendo algo em mente, olhou perscrutador para Calíope e disse, com sua habitual falta de tato:

— Calíope![3] E com uma voz destas!

A moça sorriu com afetação e curvou a cabeça:

— Sim, senhor.

Diodoro examinou-a. Parecia ter, evidentemente, dezessete ou dezoito anos, rosto vivaz e impertinente, não belo, mas tão animado que lhe dava certo encanto. Tinha ar enérgico e competente, e seu corpo possuía bastante graça. As tranças compridas, de um tom castanho-claro, tombavam-lhe abaixo dos quadris. Diodoro percebeu um fulgor castanho, brilhante, embora leve, sob seus cílios. Olhou para as mãos dela. A moça estava acostumada ao trabalho árduo, sob a direção de sua senhora. Parecia integralmente adequada para o que o tribuno tinha em mente.

— Gostarias de te casar? — perguntou-lhe ele bruscamente.

— Oh! Sim, senhor. — E a moça olhava-o impudentemente, sob as pálpebras descidas.

— Está bem. Tenho um excelente marido para ti — disse ele, assim aparentemente concluindo o assunto. De novo fez-lhe sinal para que se fosse, e dessa vez Aurélia não rebateu a sua ordem. Quando a moça já se fora, puxando a pesada cortina de lã azul sobre a porta, Aurélia disse, contrariada:

— Penso que é prerrogativa da senhora arranjar os casamentos de suas escravas, moças ou mulheres.

— Sim, sim — disse Diodoro, impaciente. — Mas esta é uma ocasião especial.

---

[3]Musa da poesia épica e da eloquência.

Aurélia levantou o espelho de prata e fingiu estar ocupada em examinar a pele. Diodoro, finalmente, percebeu que sua mulher estava descontente com ele. E disse:

— Que fiz eu?

Aurélia examinava a pele, e suspirou.

— Deve ter sido coisa muito má — continuou Diodoro —; mas agora não é ocasião para exasperações matronais.

Aurélia ficou ofendida. Pousou o espelho sobre a mesa, com um movimento brusco, e a lâmpada estremeceu. Sua luz fraca brilhava sobre um leito austero, sem decorações de bronze e sem esculturas; o móvel era de madeira, sem ornamentos, e os tapetes que estavam de ambos os lados dele eram apenas de lã castanha.

— Sou eu dada a caprichos? — perguntou ela. — Tenho acessos de raiva? Quando foi que te aborreci, Diodoro? Quando mereci o insulto que me fizeste esta tarde, diante do marido de minha irmã?

— Oh! — disse Diodoro, franzindo as sobrancelhas. Sentou-se e ficou a olhar para seus joelhos nus. — Não sabia que te havia ofendido. Peço-te perdão, Aurélia. Eu tive hoje uma dor de cabeça verdadeiramente infernal. — Esperou pelas habituais palavras de preocupação de Aurélia, mas ela apenas fungou e a frieza de seu rosto tornou-se ainda mais acentuada. — Deve ter sido muito grave — repetiu Diodoro.

Aurélia começou a trançar os cabelos, e Diodoro tentou reprimir sua impaciência. Estava magoado por sua esposa não ter mostrado comiseração a seu respeito, não ter aberto a caixa dos unguentos para friccionar em sua testa, não o ter convidado a deitar-se em sua cama a fim de que ela pudesse tomá-lo nos braços, como de costume, e cantarolar baixinho para ele até que esquecesse a sua dor, ou que ela passasse.

— Quero dizer — falou o tribuno, irascível — que é mau quando uma esposa não mostra solicitude para com seu marido.

Aurélia tornou a fungar. As madeixas brilhantes de seu cabelo preto fluíam de entre seus dedos.

— Além disso — continuou Diodoro, em voz mais alta —, juro por todos os deuses que eu não sabia que te havia ofendido diante daquele pretensioso de toga. Por que usa ele toga numa casa tão simples?

— Ele é um cavalheiro — informou-lhe Aurélia, significativamente. Diodoro dirigiu-lhe um olhar furibundo, que ela retribuiu com outro igual. Aquilo se parecia tão pouco com a amável Aurélia, dona de uma afeição tão ampla e tão difundida por todos, que Diodoro se viu tomado de surpresa.

— É isso, então: eu não sou um cavalheiro — observou ele.

— Tu nunca o foste. — Contra sua vontade, uma covinha apareceu em seu rosto moreno. Depois, desapareceu. — Que história foi essa de casamento para Calíope? Com quem queres casá-la?

— Com Lucano — disse Diodoro, e deu uma palmada no joelho como se a coisa estivesse de todo resolvida.

Os olhos de Aurélia arredondaram-se de espanto. Suas mãos gorduchas tombaram dos cabelos para o colo:

— Lucano! — exclamou ela. — O filho de Íris?

— Quem mais? — respondeu Diodoro, com irritação.

— Ele pediu essa moça? — indagou Aurélia, incrédula.

— Não, não. Eu não disse isso. Resolvi por mim esse caso. Antes que ele se case eu a libertarei e ela será meu presente para Lucano. Quem é ele para protestar contra minhas ordens?

Aurélia abriu a boca, incrédula.

— Esqueceste de que não lhe podes ordenar que se case com uma jovem que escolheste, mesmo sendo tu procônsul e tribuno? Ele nasceu livre! — Estava cada vez mais incrédula. Tinha afeição por Lucano, que era filho de sua amiga Íris, e um jovem bonito, condiscípulo e companheiro de brinquedos de Rúbria. Mas pensara sempre que Diodoro se mostrava excessivamente entusiasmado pelo rapaz.

— Eu posso dar-lhe ordens! — gritou Diodoro, tomado de cólera. — Quem é ele, senão o filho de um cão fraco e antigo escravo, aquele Eneias!

Aurélia ficou calada. Depois, olhando firme para ele, disse:

— Ele é também filho de Íris.

Diodoro fez menção de falar, depois calou-se, e Aurélia continuou:

— Não grites comigo. Posso surpreender-te, mas às vezes também tenho dores de cabeça, embora pareças inconsciente das dores de cabeça que se referem aos demais. Deixa-me continuar. Lucano nasceu livre. É orgulhoso. Não podes ordenar que se case com uma escrava. Nem podes mandar açoitá-lo ou prendê-lo, se te desobedecer. Creio que mencionaste, com aprovação, que o próprio Tibério baixara editais proibindo violência e ordens ilegais.

— Tibério! — disse Diodoro, num tom que enviava o Imperador para o esgoto. — Ouve-me: falarei com Eneias e dir-lhe-ei que é o meu desejo. Ele, pelo menos, não ousará desobedecer-me. Eu o disse. Eu o farei.

Levantou-se, determinado. Mas Aurélia não estava impressionada.

— Pensaste em Íris, que estás para ofender profundamente? Não posso permitir esse ultraje.

O rosto de Diodoro intumesceu de fúria, diante daquilo.

— Ultraje! — berrou. — Dou ao rapaz uma escrava para atendê-lo, enquanto pago suas contas imensas em Alexandria, roubando minha própria filha de seu dote...

Aurélia levou as mãos aos ouvidos. Quando Diodoro parou, fervendo, ela removeu as mãos e disse, tranquilamente:

— Sem dúvida, estás sendo impelido pelos mais elevados motivos. Contudo, dá Calíope a Lucano quando ele partir para Alexandria, se queres.

— Darei — disse Diodoro.

Agora, a curiosidade apoderava-se de Aurélia:

— Mas por quê? — perguntou.

— Eu resolvi isso. Não é bastante?

— Não — disse Aurélia, recomeçando a trançar os cabelos. Depois, sacudiu a cabeça: — Não sei o que tens em mente. Sabes que, ocasionalmente, és sinistro?

Diodoro estava para explodir em gritos coléricos, de novo, quando uma palavra chamou-lhe a atenção. Sinistro. Jamais se considerara assim. Fosse como fosse, o pensamento intrigou-o. Esfregou a testa, desapontado, e disse, em tom mais manso:

— Falei várias vezes: sou apenas um simples soldado. Meus motivos são sempre tão puros como o mel.

Aurélia parecia mais compreensiva e aquilo agradou Diodoro.

— Mesmo que Calíope fosse uma pérola de Cós, dotada pelas próprias Graças[4] — disse ela —, Lucano não a quereria. Íris disse-me, hoje, com muita preocupação, que ele fez um voto sagrado aos deuses, de jamais se casar.

---

[4] Em grego, Cárites, divindades pagãs que eram a expressão do que havia de mais sedutor em beleza. Eram três: Aglaia, Tália e Eufrosina.

— Jamais se casar! — exclamou Diodoro. — Que loucura! O que o levou a tal maluquice? As moças não o atraem?

Aurélia ergueu os ombros:

— Não olho Lucano como um filho, como tu fazes com frequência — disse ela, significativamente. Deixou aquela farpa palpitar em Diodoro por um momento, depois continuou: — Não sou sua confidente; ele é demasiado silencioso e reservado para um jovem. Entretanto, um homem não faz voto sagrado de furtar-se ao casamento se não se sentir atraído pelas jovens.

Aquilo parecia razoável. Diodoro franziu o cenho e murmurou:

— Tolice.

Aurélia tornou a erguer os ombros.

— Tens algo em mente — disse ela. — E eu sou muito curiosa.

Enorme alívio inundou Diodoro. Sorriu:

— Se ele fez tal voto, então não o violará. Portanto, está acabado.

— Ainda estou curiosa — insistiu Aurélia.

Diodoro sabia que sua esposa não era intelectual nem sutil. Mas era astuta. Tinha, também, um grande respeito por Aurélia.

— Não sou homem para satisfazer a curiosidade de uma mulher — disse ele, zombeteiramente. Sua dor de cabeça desaparecera como por milagre. — Pensei em fazer isso para beneficiar Lucano, nada mais.

— Oh! — disse Aurélia, sem se convencer. Bocejou. Perdeu o interesse pela conversa e esqueceu seus sentimentos ofendidos. Relanceou os olhos para a cama, depois sorriu inocentemente para seu marido.

— Ficaste mais exaltado hoje do que de costume, Diodoro. Os magistrados, os coletores de taxas, os nobres e os caudilhos mostraram-se excepcionalmente odiosos?

— São uns porcos — disse Diodoro, expandindo-se. Percebera o olhar da esposa para a cama. Suas mãos começaram a afrouxar o cinturão. Aurélia levantou-se, sacudiu as tranças, depois apagou a lâmpada.

Quando estavam deitados, e abraçados, Diodoro disse:

— Arranjei o casamento entre Rúbria e teu sobrinho predileto, Piso. — Encostou a cabeça no seio de sua esposa, o que aqueceu seu coração e refrigerou sua fronte. Envolveu-se quase desesperadamente na força dela e entregou-se aos afagos delicados de suas mãos. Fechou os olhos e ordenou a si próprio esquecer Íris, que se havia retirado, como a lua se retira para trás de uma nuvem.

9

Pela manhã, Diodoro levantou-se sentindo-se comunicativo, tocado de algum remorso. Lucano era apenas o filho de um liberto; apesar disso Diodoro, que o amava verdadeiramente como a um filho, sentia vergonha de si próprio. Fora aquela maldita enxaqueca, naturalmente, que exercera sobre a razão de um homem o mesmo efeito que Medusa[1] tinha sobre a carne. O que o levara a esquecer que uma modesta donzela romana não se poderia casar sem o consentimento de seu pai? Era, antes, seu jovem coração que ele estava considerando, pensou o tribuno. Não o queria esmagado. Assim como ele amara Íris, era possível que a delicada e pequena Rúbria amasse Lucano. Aquilo tornou Diodoro mais determinado do que nunca a mandar a menina e a mãe para Roma. Neste ínterim concluiu os arranjos para o noivado de Rúbria, à hora da primeira refeição, com Carvílio Ulpiano. Regatearam no que se referiu ao dote. O cauteloso tribuno queria ter certeza de que, se Piso um dia viesse a divorciar-se de Rúbria, ou se ela resolvesse deixar a casa do esposo, o dote lhe seria devolvido. O senador ficara bem-humorado, embora tivesse resolvido deixar aquele lugar impossível na manhã seguinte.

Keptah, naquela aurora rosada, esteve no quarto de Rúbria, para o costumeiro exame matinal. Sentia-se profundamente angustiado. A mocinha tivera sua doença mortal estacionada durante um período de tempo que durara mais do que em qualquer outro caso registrado por Hipócrates ou pelos seus discípulos. Os sintomas do retorno, porém, estavam ali. As mucosas macias de sua boca e garganta mostravam o crescimento mortal da doença branca. Um de seus joelhos estava inchado e quente e, da noite para o dia, ela perdera o colorido das faces e de novo se fizera pálida como um fantasma. Sentia-se lânguida e febril, mas havia um bom sinal: sua disposição ainda era alegre. Poderia haver outro estacionamento, se não ocorresse hemorragia interna. O médico examinou-lhe a urina, fez certas

---

[1] Uma das três Górgonas (monstros da fábula: Medusa, Euríale e Estênio) que tinham o poder de transformar em pedra todos os que as olhassem, poder ainda mais forte em Medusa, que é representada com uma cabeleira feita de serpentes.

perguntas à ama. Até então, as secreções do corpo estavam livres de sangue. Recomendou, então, que ela passasse alguns dias na cama.

Encontrou-se com Diodoro na escadaria. O tribuno tinha uma expressão altamente satisfeita e contente em seu rosto feroz.

— Por que a pequena não está com sua mãe? — indagou.

— Ela sente-se hoje um pouco cansada — respondeu o médico, em voz baixa.

Diodoro parou na escada.

— Está doente? — perguntou, sentindo o coração acelerado.

O médico hesitou. Por quanto tempo deveria manter o tribuno inconsciente de que sua filha ia morrer? Diodoro observava-lhe agudamente o rosto. Keptah sorriu:

— Acho que ela esteve brincando demais — disse ele. — Torceu um joelho e precisa ficar na cama até que a inchação desapareça. — E acrescentou: — Dei-lhe uma poção que a fará dormir, a fim de descansar o ponto machucado.

A forte compressão que Diodoro sentira na garganta afrouxou. Sacudiu a cabeça, dizendo:

— Parece impossível que uma jovem de quatorze anos se comporte como uma criança saltitante de quatro. Eu estava a tua procura, meu Keptah. Antes que comecem as chuvas da primavera, a senhora Aurélia, minha filha, e tu partireis para Roma. Acabo de contratar o casamento dela com meu sobrinho, Piso, filho de Carvílio Ulpiano.

Keptah ficou apavorado. Cruzou as mãos finas e morenas sobre seu traje branco, de forma que Diodoro não pudesse ver como se contraíam, trêmulas.

— Senhor — disse ele —, não é boa a ocasião. Rúbria fez muito progresso neste clima tépido e suave. Passou bem durante alguns anos. Entretanto, ainda tem a constituição delicada, e expô-la à umidade e às chuvas de inverno de Roma, a esta altura, será perigoso.

— Tolice — disse Diodoro, mas sentia-se abalado. — Vi meninas mais doentes tornarem-se vigorosas e rechonchudas depois de casadas e, particularmente, depois que tiveram filhos. Rúbria tem sido muito mimada.

Keptah umedeceu os lábios e manteve os olhos baixos, para que o tribuno não pudesse ver neles o medo. A menina tinha menos de um ano de vida: podia morrer no dia seguinte, ou no outro. Afastá-la de seu pai, de seu querido companheiro de brinquedos, da tepidez e dos aromas da Síria apressaria sua morte, arrebataria à doente a sua tranquilidade.

— Um ano, seis meses — suplicou Keptah. — Ela tem só quatorze anos.

— Não — falou Diodoro, batendo enfaticamente com a mão na parede branca da escadaria. — Dentro de um mês.

Keptah, esquecendo sua posição, levantou a voz e exclamou:

— Em nome de Deus, Diodoro, não afastes de ti a menina! Ela é o coração de teu coração, e ama-te mais ternamente do que qualquer outra pessoa no mundo.

— Isso eu sei — disse Diodoro, em tom mais brando. — Achas que será fácil para mim renunciar a ela? Mas se ela e sua mãe forem para Roma, aquele César de sangue gelado poderá chamar-me de volta. Carvílio Ulpiano fará o que puder. Tibério sempre ouve os senadores, e Carvílio tem muitos amigos entre eles. Quero paz. Quero retirar-me para a minha fazenda.

Keptah pensava no amor entre Rúbria e Lucano. Observara como crescia a inocente paixão entre a donzela e o filho de Eneias. Ultimamente, não dissera a Lucano que a menina ia morrer. Eles precisavam ter o seu jovem sonho de amor, o mais belo e mais doce de todos os sonhos, até o momento inevitável. Era um amor puro e, tristemente, ia passando, a cada dia que corria, a ser o amor de uma mulher por um homem. Se Rúbria não estivesse morrendo, Keptah teria sugerido ao tribuno que afastasse sua filha de uma situação que, inevitavelmente, traria angústia para ela.

O médico sentia-se perplexo. Não tinha coragem de dizer àquele pai que sua filha morreria, fatalmente, no máximo dentro de alguns meses. Mas sabia, ainda assim, que ela não podia ir para Roma, e ali morrer em lágrimas, por causa de Lucano e de seu pai. Havia apenas uma coisa a fazer. Inclinando-se em silêncio diante do tribuno, dirigiu-se aos apartamentos das mulheres e pediu a uma escrava que solicitasse de Aurélia um momento de consulta. Aurélia, que estava fiando diligentemente entre suas escravas, mandou chamá-lo, sem interromper seu trabalho. Keptah estudou-a. Era uma mulher de senso e força, nunca histérica, nunca se mostrando caprichosa, nunca amuada ou irracional. Suas faces estavam mais coradas do que de costume, naquela manhã, e seus grandes olhos castanhos pareciam mais meigos, como se ela estivesse devaneando sobre algum prazer, algum amor passado.

— Posso falar-te em particular, senhora? — pediu Keptah.

Aurélia imediatamente mandou que suas escravas se retirassem, mas suas mãos continuaram ocupadas.

— Como está a nossa Rúbria esta manhã? — indagou.

Keptah disse:

— Há algo de que te preciso falar, senhora, e que não ouso dizer ao nobre tribuno.

Aurélia ficou com o fuso na mão, e seu pé imobilizou-se sobre o pedal. Empalideceu um pouco, mas seus olhos não se obscureceram, nem se alargaram de susto. Disse, serenamente:

— Rúbria está doente outra vez?

— Sim, senhora. Ela não pode viver. Morrerá antes do outono.

Aurélia tornou-se lívida sob a pele morena. Pousou o fuso sem que a mão lhe tremesse.

— Conta-me — pediu ela, em voz abafada.

Keptah jamais a admirara tanto quanto a admirava agora. A força, nela, era a força de um carvalho, atormentado por um vendaval, mas sem ser arrancado por ele. Como Ceres, que perdera sua filha Proserpina para o deus da morte, Plutão, também para ele perderia sua filha. Ao contrário de Ceres, não amaldiçoaria a terra, nem andaria sobre ela, de lá para cá, lançando queixumes. Suas raízes eram profundas e vigorosas.

— A pequena Rúbria tem a doença branca — disse Keptah, sem conter as lágrimas que afluíram aos seus olhos enigmáticos.

Aurélia as viu e comoveu-se. Disse:

— A doença branca. Não há cura para isso, eu sei. Tens certeza, Keptah?

— Sim, senhora. Ela teve uma recuperação de alguns anos, bem para além das minhas expectativas. Mas agora a doença voltou. Deus concedeu um milagre, uma vez, para seus próprios e misteriosos propósitos. Não concederá outro milagre, desta vez.

Aurélia cruzou as mãos robustas sobre os joelhos e ficou a olhar para elas.

— Eu não disse ao tribuno que estou grávida. Queria ter certeza. Devo dizer-lhe, para aliviar o golpe da morte próxima de Rúbria?

— Senhora, dentro de duas semanas podes falar-lhe na criança que vem, pois, então, teremos certeza. Mas não lhe fales de Rúbria. Seu coração está nas mãos dela.

Aurélia fez um movimento de confirmação. Tornou-se silenciosa, durante muito tempo, enquanto Keptah ali estava, em pé, no quarto despido e brilhante. Mesmo a morte ela aceitava com coragem.

— Que ele tenha paz. Que ele se sinta alegre tanto pela filha como pela criança que nascerá — disse Keptah, reverenciando-a. — Contei-te a verdade, senhora, porque preciso de tua ajuda. Rúbria não pode ir para Roma. Como inevitavelmente morrerá, é melhor que morra aqui, com o pai a seu lado.

— Compreendo — disse Aurélia. Mecanicamente, fez um movimento como se fosse erguer o fuso, depois afastou as mãos. — Direi a Diodoro que prefiro ficar aqui até o outono, e que este verão em Antioquia melhorará ainda mais a saúde de Rúbria. Devíamos partir dentro de quatorze dias.

Olhou de novo para Keptah, e seu busto generoso estremeceu:

— Obrigada — falou, com profunda gratidão. E apanhou de novo o fuso.

Keptah interceptou o passo de Lucano quando o jovem ia entrar na sala de aulas, onde Cusa já estava dispondo as lições.

— Vem comigo — disse Keptah. Tomando o braço do rapaz, conduziu-o para a doce brisa silvestre do início daquela manhã primaveril. Ficaram no centro do jardim, onde ninguém os podia ouvir. Keptah olhou o jovem nos olhos, e disse, serena e gravemente: — Tenho más notícias para ti, meu Lucano. A doença branca voltou em Rúbria, e ela morrerá antes que as folhas tombem.

Lucano enrijeceu. Suas faces tornaram-se como que de mármore. Durante os últimos dois ou três anos ele chegara a acreditar que Rúbria viveria. Além disso, parecia-lhe que seu próprio espírito estava ligado ao dela, como as duas árvores que eram as almas de marido e mulher e que haviam recebido a graça dos deuses por causa de seu grande amor. Não falara de Rúbria com Keptah: tivera demasiado medo. Cada dia ele se regozijava com o florescimento dela, cada hora com ela era como ouro, recentemente tirado da mina, e primitivo. O riso dela era mais claro e mais forte; o colorido de suas faces mais brilhantes; seus membros mais leves e mais rápidos nos movimentos. Deus fizera um milagre, e embora Keptah o tivesse advertido no início de que se tratava apenas de um recuo, Lucano, obstinadamente, chegara a acreditar que o milagre tivesse permanência.

— Não acredito nisso — disse Lucano, com voz estrangulada, tentando arrancar o braço do aperto das mãos de Keptah. Agora, seus olhos brilhavam de dor e medo, e o rapaz olhava para Keptah como para um temível inimigo. Keptah apertou ainda mais o braço dele.

— Eu não minto — falou. — A menina está morrendo.

— Deus não pode permitir que essa coisa horrível aconteça — disse Lucano, uma nota de ódio em sua voz. Olhava para a abóbada translúcida do céu. — Ele não pode levar Rúbria, que não fez mal a ninguém, cujo coração é puro, que carrega deleite e amor até em sua própria sombra.

Keptah suspirou:

— Se Deus levasse apenas os perversos, então este mundo seria realmente um paraíso. Dizem que os que os deuses amam morrem jovens. Deus ama aquela criança. Rúbria será levada para Ele, a fim de repousar em paz e luz, pela eternidade, esperando por ti.

Mas o jovem coração de Lucano rebelou-se violentamente. Sua mente estava cheia de escuridão e desespero. O macio vento que lhe roçava a carne fazia-o estremecer. Odiava Deus, que podia privar o mundo de Rúbria e despedaçar seu espírito em farrapos. Tudo quanto soubera sobre Deus, todo o amor que Lhe dera, humildemente, com júbilo e exaltação, morria em cinzas amargas, espalhadas por um vento mortífero. Tinha rezado, frequentemente: "Rúbria não, Pai, mas eu. Poupa Rúbria." E acreditara que Deus o ouviria e atenderia sua prece.

Dizia consigo mesmo, desesperado: Não acredito! Não acredito mais! Se Deus deixar que isso aconteça, então Ele é mau, e não há nada senão mal neste mundo. Não há Deus.

Se Rúbria tivesse morrido quando a doença se manifestara pela primeira vez, Lucano teria aceitado aquilo com a simplicidade e a tristeza de uma criança inocente, e teria rezado pela alma da menina. Amava-a agora como homem, com poder, intensidade e toda a aspiração e dedicação de sua alma. Como homem, acreditava, de súbito, que ela morreria completamente, e estaria perdida para ele, pela eternidade.

Observando-o, Keptah viu o ódio violento e a agonia nos olhos do jovem, a amarga rebelião, a recusa. Disse, alarmado:

— Esqueceste, então, tudo quanto sabias, meu Lucano? Esqueceste a Estrela, o amor, a compreensão? Perdeste teu devotamento a Deus, e teu conhecimento Dele?

Lucano disse, através dos lábios ressecados:

— Esqueci. Sonhei, como uma criança. Agora estou no mundo dos homens.

— Então, como homem, deves aceitar. A revolta é para as crianças, que não têm conhecimento — disse Keptah, tornando a suspirar. Levou a mão ao ombro rígido de Lucano, recordando-se de que os Magos lhe haviam dito que o jovem deveria fazer sombria e solitária jornada até Deus. Ainda assim, desejava que Lucano não viajasse sozinho.

"Pensas ser o único a conhecer o infortúnio? — perguntou Keptah. — O coração revolta-se contra a dor, pois isso é natural. Mas tu conheceste mais do que a dor. Conheceste Deus. Ele é assim tão fácil de esquecer?

Lucano ficou silencioso.

— Não repelir instantaneamente a dor é não ser humano — continuou Keptah com urgência na voz. — Felicita-te por todos estes anos terem sido teus, por não haver a tristeza roçado por ti, por teres tido o amor de teus pais, e de Diodoro, de ter sido tua vida serena e alegre, de teres amado Rúbria. Deus tem sido terno e amoroso para contigo. E, apesar disso, exatamente quando Ele pede que compreendas, que tenhas fé, que no desespero e no temporal O aceites simplesmente, como O aceitaste ao sol radiante e à beleza, e ao riso, tu Lhe voltas as costas com ódio e gritas em tua alma: Não há Deus!

— Que Ele faça outro milagre — disse Lucano, respirando profundamente.

Keptah sacudiu a cabeça:

— Tu é que vais dispor o que Ele deve fazer? — E acrescentou: — Tenho sido teu professor. Tens estado comigo em meio a tantos fatos desagradáveis. Viste dor, sofrimento e morte. Ajoelhaste ao lado da enxerga de escravos moribundos e os consolaste com palavras de paz, amor e fé; dirigiste para Deus os pensamentos deles. Mas... Deus não deve tocar-te, Ele não deve torcer teu coração! És, então, de tal forma sacrossanto que devas ser poupado ao fato comum a todos os outros homens? Oh! egoísta! Oh! homem de pouca fé!

Lucano não respondeu. Seus olhos pareciam pedras azuis. Keptah prosseguiu:

— Uma mulher é mais forte e mais sensata do que um homem. Dei a notícia a Aurélia, e ela aceitou-a com coragem e submissão. — E acrescentou: — Nada disse a Diodoro. Ele, como tu, não tem força.

Lucano exclamou:

— Como se pode ter força quando não há uma resposta para o infortúnio e para o sofrimento?

Keptah baixou os olhos, pensativamente.

— Houve um homem chamado Jó que fez essa pergunta. E Deus lhe disse: "Onde estavas tu quando Eu lancei os fundamentos do mundo?" E Jó silenciou.

— Essa é uma resposta de sofista — falou Lucano.

— Ainda assim é uma resposta mais confortadora do que muitas outras.

Lucano apertou as mãos contra os olhos, e Keptah contemplou-o compassivamente. Depois, disse:

— Regozija-te com as pequenas bênçãos. Era desejo de Diodoro que Rúbria te deixasse, dentro de duas semanas, partindo para Roma. Agora, a heroica Senhora Aurélia o dissuadirá, porque sabe. Ela não quer que a filha morra tão longe do pai. E de ti. Não podes ser tão nobre quanto uma mulher?

Cusa surgiu no jardim.

— Aí estás, aluno velhaco! — disse o professor grego. — Queres evitar as lições, não é? Apressa-te, vagabundo!

Lucano olhou com raiva para ele, mas Keptah sorriu e tocou-lhe no braço:

— Meu bom Cusa, teu aluno está pronto. Eu acabo de completar a lição.

Voltou-se para Lucano, e indagou:

— Completei a lição?

Lucano, porém, olhou para ele sombriamente. E deixou Keptah, que o acompanhou com os olhos, tomado de tristeza.

10

— Preferirias, sem dúvida, estar seguindo Keptah entre as enxergas infectadas de febre dos escravos, e examinar eruditamente seus vasos noturnos — disse Cusa, sarcasticamente. — Ainda assim, se quiseres chegar a Alexandria com algo mais do que simples tinturas de conhecimentos, advirto-te que te apliques às tuas lições. Não — acrescentou, sombrio — que isso adiante muito para uma pessoa de tua limitada inteligência.

Aquela era a sua maneira de estimular Lucano a fazer esforços extras. O rapaz habitualmente respondia com um de seus calmos e austeros sorrisos. Dificilmente encorelizava-se, mas quando isso acontecia ficava resistente como uma pedra, e em suas órbitas surgia um amargo fulgor azul.

Naquele dia Lucano sentou-se em silêncio, a mão ociosa sobre o estilo, os livros enrolados, a cabeça baixa. Mas quando Cusa o ridicularizou, ele ergueu a cabeça, e o fogo gelado de seus olhos foi uma advertência para o grotesco professor. Entretanto, Cusa falou:

— Não olhes assim para mim, filho de um antigo escravo, como se fosses meu amo e eu te houvesse insultado de maneira imperdoável. Foi apenas o acaso que te fez livre. Numa casa mais sensata estarias derramando água sobre as pedras e esvaziando os vasos noturnos, e não sentado a uma mesa de mármore, como um prático.

— Deixa-me em paz — disse Lucano, em voz abafada.

Cusa então viu que o jovem estava tomado de tremenda angústia, e que mais zombarias o incitariam à violência. O professor de há muito deixara de chicoteá-lo durante as lições. Em seu coração ele agora amava aquele aluno, e quase cessara de invejar-lhe a beleza e os favores com que Diodoro o cumulava.

— Bem — disse Cusa, pensativamente, um dedo em seu rosto de sátiro.

Estudou Lucano, e sua mente saltava como uma cabra, olhando para a cadeira vazia de Rúbria. A mocinha, ultimamente, andava respirando com mais dificuldade do que antes, e uma ou duas vezes tinha fechado os olhos, como se fosse desmaiar, os lábios e faces tomando um tom peculiar, de um cinzento fantasmal. Cusa, cuja curiosidade não tinha limites, passara anos estudando os livros de medicina de Keptah, e algo faiscou em sua mente ágil. Era qualquer coisa implacável. Refletiu que Lucano não estaria assim angustiado se a doença de Rúbria fosse banal. Viu que o jovem também fixava a cadeira vazia de Rúbria, e que sua boca se retorcia, rigidamente. Conforme o professor temera, os deuses, esperando em seu relampejante silêncio, tinham ferido a donzela de alguma forma particular e mortal, e Lucano o sabia. O professor pigarreou.

— Rúbria está ausente hoje — disse ele, observando Lucano com atenção. — Ah! Como é cansativo ser mulher! Amanhã ela estará presente.

Mas Lucano, sem ouvi-lo, apenas contemplava a cadeira de Rúbria, e sua garganta tornava-se rígida como se fosse feita de mármore. Cusa sentiu uma piedade que não lhe era familiar.

— Atenção! — disse, desenrolando um manuscrito, que estalou no silêncio. — Diodoro está gastando contigo muito tempo e esforço e, eventualmente, dinheiro. Sejamos homens, não crianças.

Lucano não respondeu; seus dedos torciam o estilo, como se ele estivesse torturado. Cusa meditou e então disse:

— Consideremos Anascrúsio[1] por um momento, de passagem. Observa a sua filosofia: "É o momento crítico que revela o homem. Portanto, quando a crise te atingir, lembra-te que Deus, como um treinador de lutadores, deu-te um antagonista áspero e rijo. Com que fim?, perguntarás. Para que te consagres vitorioso nos Grandes Jogos."

Um sorriso sardônico e enlutado passou pelos lábios de Lucano. Ele levantou os olhos para o professor e disse:

— Tu sempre declaraste, Cusa, que Deus era uma alegoria. Uma invenção poética.

Cusa sacudiu a cabeça, em reprovação.

— E é. Mas, ultimamente, tenho notado que Ele é algo mais. O elemento vital do universo, como disse Aristóteles.

— Depressa estarás sacrificando em algum templo — disse Lucano, com frio desdém.

Cusa encolheu os ombros:

---

[1]Filósofo cita, do sexto século a.C., que viveu em Atenas.

— Foi declarado que os sacrifícios não são prejudiciais. Se os deuses existem, os sacrifícios lhes agradam, e isso é excelente. Se não existem, teus vizinhos falarão sobre a tua piedade, e isso é ainda mais excelente. — Estava magoado ao perceber que sua tentativa para aliviar a atitude sombria de Lucano não dera resultado. — Atenção. Anaxágoras[2] declarou que o homem tornou-se inteligente porque aprendeu a usar as mãos. Faltou observação: os macacos usam suas mãos, e sua inteligência não é notável. Os coelhos dos campos levantam as cenouras nas patas da frente e devoram-nas como os homens as devoram, mas os coelhos são apenas um pouco menos inteligentes do que alguns estudantes que eu poderia nomear. Aristóteles garantia que os homens aprenderam a manipular as mãos porque se haviam tornado inteligentes. Garantia, também, que o cérebro é apenas um órgão para refrescar o sangue. Os filósofos orientais declaram que o cérebro é a sede da alma, do ego, da mente, e não o coração. Aristóteles tem seu momento de estupidez, e prefiro os filósofos orientais nesse assunto. Afinal, este não é o ponto em discussão. Qual dos filósofos te parece mais válido no caso: Anaxágoras ou Aristóteles? E por quê?

O estilo de Lucano moveu-se lentamente, e depois com maior velocidade, conforme a mente erguia o problema em suas mãos invisíveis e fazia-o girar, estudando-o e pesando-o. O rapaz escrevia clara e concisamente. Cusa admirava-o de maneira furtiva. Algum horrendo conhecimento chegara a Lucano e, apesar disso, ele poderia deixar que uma ideia reunisse seus pensamentos. Somente um camponês ficaria dominado pelas suas emoções. Entretanto, e nisso Cusa refletia melancolicamente, o camponês goza considerável paz de espírito, paz desconhecida do homem de cultura. O preço da inteligência seria sempre a dor?

Cusa bocejou de repente, e Lucano, ainda muito pálido e rígido, aplicou-se às suas lições. O dia se fizera muito quente, muito silencioso, sem ar. O sol brilhava demasiadamente. Os pássaros estavam imóveis. De repente, apesar do sol, um som trovejante e cavernoso se fez ouvir, sacudindo a casa, e momentaneamente agitando as árvores para além da porta

---

[2] Filósofo grego, que morreu no ano 428 a.C.

aberta. O silêncio foi seguido por uma espécie de augúrio nefasto. Cusa foi até a porta e olhou para o jardim. A grama, as flores, as próprias fontes pareciam apanhadas e aprisionadas em luz absoluta, ao mesmo tempo terrífica e estranha. Cada cor se intensificara e tomara vagamente uma qualidade de terror. Cusa percebeu que arquejava; era como se tivesse levantado a tampa de uma caldeira. Olhou para o céu. Ali, a luz mostrava-se curiosamente cúprea, obscurecendo o azul. Ah!, pensou Cusa, vamos ter mau tempo. Conhecia aquelas rápidas tempestades semitropicais, violentas e destrutivas. Passavam rapidamente, porém, jamais, entretanto, vira luz tão semelhante ao latão. Num momento a terra tornou-se de cor citrina. Mesmo as palmeiras banhavam-se em claridade ocre, e as folhas das árvores caducas amarelaram. As folhas da relva eram cor de topázio. Os lírios brancos fizeram-se morenos. Uma inquietação e um pressentimento feriram o ar. E o calor cresceu insuportavelmente enquanto o sol parecia aumentar de tamanho, tornar-se o escudo de ouro do próprio Zeus, voltado para o mundo e exibindo sua intensa cor de açafrão.

Não gosto disso, pensou Cusa. Como que respondendo, numa zombaria dos deuses, os céus explodiram em chama ambarina. A fúria atirou-se às árvores, às palmeiras, às próprias folhas de relva, e elas torceram-se incontrolavelmente. Livros voaram de sobre a mesa de mármore da sala de aula. Houve um grito estridente e insuportável no ar, como que de milhões de papagaios que tivessem enlouquecido. As cores todas desapareceram do jardim, perdidas numa fulguração ictérica. O mundo todo ficou amarelado!, pensou o assustado Cusa. Lutou com a porta, pois o vendaval se tinha transformado em golpes selvagens contra seu corpo. Chamou Lucano para ajudá-lo, e sua voz foi carregada pelo vento. Mas o jovem grego estava a seu lado. Foi preciso que reunissem suas forças, para fechar a porta, e depois ficaram ali, arquejantes, olhando um para o outro. Não houve oportunidade para falar. O trovão, contínuo e ensurdecedor, envolveu-os, acompanhado de terríveis e contínuos coriscos cor de limão. O piso ressoava seguidamente sob seus pés. Ambos mantinham a boca aberta, lutando para respirar, pois o calor era como a ardência de muitas fornalhas. Uma ou duas vezes ouviram um som selvagem, como de águas em tormenta.

Depois, veio a chuva, não constantemente, mas em lençóis enviesados de água pura e esmagadora, da cor dos crocos amarelos. Cusa e Lucano foram para a mesa de mármore, que tremia sob suas palmas suadas. Os lábios de Cusa moviam-se em frenética oração. Lucano observava-o, sua boca se curvava, desagradavelmente. Cusa, parando por um momento em suas preces, ficou espantado com a expressão do jovem. Continuou a rezar, apressadamente, conforme o trovão retumbava como se sobre a terra passassem as rodas de uma poderosa biga, mas ficou pensando. Os relâmpagos inflamados faiscavam e tornavam a faiscar no rosto de Lucano, naquela sombra ictérica, e pareciam estar ferindo o rosto de uma estátua trágica. Uma e mais vezes a terra estremeceu.

O vendaval batia de encontro à porta de bronze com punhos de ferro. A cortina da janela estendeu-se para fora, direita, como vela encapelada de um barco. Enceguecido pelos relâmpagos, e tiritando até dentro do coração, Cusa cobriu os olhos. Não viu a água começando a filtrar por baixo da porta. Primeiro, veio como se lançasse gavinhas, tremulamente. Depois, correu em regatos serpentinos, mais largos, luzindo e refletindo os coriscos. A seguir foram lençóis, levantando-se, fluindo, torcendo-se. E cobriu o piso de mosaicos. Quando alcançou as sandálias de Cusa, ele deu um salto e abriu os olhos. Lucano, porém, não se moveu. Tinha a cabeça abaixada e parecia meditar.

Com certeza isto acaba logo, pensava o professor tomado de pânico. Mas a tempestade aumentava de intensidade. Parecia devorar a terra em fogo. Som estranho acentuava o mugido do trovão, um som precipitado, indescritível. Cusa perdeu a noção do tempo. Se os pilares da casa ruíssem, se as colunas se espalhassem, ele não se teria surpreendido. Ninguém se aproximou da sala de aula pela porta interna. A casa inteira acovardara-se. Ocasionalmente, o forte clamor do trovão era acompanhado de um som de algo que voa em lascas, numa nova reverberação de chama, e uma árvore era atingida. As paredes brancas do aposento palpitavam em vagas de brilho, que se apagavam, momentaneamente, em semiobscuridade, e depois acendiam-se de novo.

Jamais Cusa testemunhara semelhante temporal. Aspirava sentir encorajamento e consolo humanos. Lucano não lhe dera nenhum. Estava, ao que parecia, inconsciente dos assaltos que a terra sofria por parte dos céus sibilantes e enfurecidos. Apoiara os cotovelos na mesa, e amparava o queixo com o polegar e o indicador da mão esquerda. Podia ser tomado por um estudante que refletisse sobre um teorema.

Então, da mesma forma súbita com que começara a tempestade terminou. Os relâmpagos cessaram de atirar seus dardos inflamados contra a terra, e da mesma maneira abrupta o trovão deu fim à sua voz estrondosa. As flamas que refletiam nas paredes do aposento desapareceram. A cortina caiu, desarvorada, sobre a janela. Os ouvidos de Cusa, entretanto, zumbiram durante alguns minutos ainda, e algum tempo se passou antes que lhe fosse possível controlar o tremor das pernas e pudesse se levantar, patinando na água límpida que inundava o piso. Empurrou a porta para trás e mais água invadiu o local.

Um sol claro e inocente, recém-nascido e de olho arregalado, espiava para a terra. Árvores e palmeiras despedaçadas espalhavam-se pelo terreno todo, como cavacos de lenha. As fontes transbordavam em cascatas de luminosidade argentina. Mas as flores foram atiradas a terra como cadáveres frágeis e coloridos. Imediatamente, o mais doce odor ergueu-se do chão, vindo das rosas quebradas e dos jasmins arrancados. Os pássaros iniciaram uma canção tímida, ação de graças por terem sido poupados. A voz do rio, demasiado próxima, conversava alta e agitadamente com o céu. Tons de mercúrio corriam por toda parte, através da relva batida, das árvores tombadas e dos troncos e folhas.

Os escravos começaram a sair aos magotes da casa gotejante. Observavam a destruição e lamentavam-se. Cusa gritou para eles:

— Olá! Onde vos estivestes escondendo, covardes! Trazei pão, queijo e vinho imediatamente. Devemos morrer à fome entre os livros?

Pela primeira vez, Lucano ergueu os olhos e sorriu levemente. Mas não era o sorriso de um jovem, e sim o de um homem cansado. Um escravo, ainda tremendo, trouxe uma bandeja de pão grosseiro, vinho barato local, e uma fatia espessa de queijo duro amarelo, bem como alguns pepinos em coalhada. Tagarelava:

— Oh! Houve muito estrago! Quatro das melhores cerejeiras caíram, seis macieiras e todas as romãzeiras foram fulminadas lá nos campos, e os carneiros desapareceram.

Cusa dirigiu-se para a mesa com ar fanfarrão, meteu um dedo na tigela de pepinos, lambeu-o, e comentou, com ares críticos, lançando um olhar furibundo para o escravo:

— És criança, para teres medo do temporal? Enquanto ele passava... e houve, mesmo, um temporal?... nós estudávamos o Fedo.[3] Fora daqui!

A água fluía através da porta. Lucano falou:

— Quem será que estava encolhido junto de mim, dizendo ao mesmo tempo imprecações e preces?

— Atenção! — disse Cusa. — Vamos estudar as Categorias de Aristóteles.

O sol quente secou a água e o piso cobriu-se de vapor. Agora, todo o jardim e toda a terra estavam envolvidos em névoa radiosa. O rio ainda clamava, e Cusa, constrangido, pensava se ele não iria invadir a terra. Tudo gotejava: milhares de minúsculas vozes musicais eram ouvidas por toda parte. As estátuas do jardim brilhavam sob a água iluminada. O perfume dos jasmins parecia-se ao odor dos lírios brancos das margens do Lete,[4] dominando e anestesiando os sentidos. As vozes dos escravos vinham lá de fora para o aposento, cheias de jaculatórias e temor respeitoso diante da destruição feita pelo temporal.

Cusa comia com satisfação. Lucano apenas bebeu um pouco de vinho. Parecia absorvido em seus livros. Uma hora passou-se e outra e mais outra. O sol primaveril enviesou para o Ocidente. Cusa não podia decifrar o rosto quieto de Lucano, que tinha em si algo de maciço. O estilo rangia.

A porta interna abriu-se e Diodoro entrou na sala de aulas. Cusa e Lucano se levantaram. O rosto do tribuno estava cadavérico e tenso. Caminhou até a mesa de mármore, olhou Lucano bem dentro dos olhos, tentou falar, não pôde. Lucano soltou uma exclamação, agarrando-lhe o braço:

— Rúbria! Rúbria?

— Vem comigo — disse o tribuno. E, estendendo o braço, passou-o pelos ombros do jovem, como o faria um pai.

Íris estava augusta em sua dor. Aurélia chorava ao lado dela, mas Íris não chorava. Lucano não pôde aproximar-se da mãe, pois havia nela uma

---

[3]Diálogo de Platão, tratando da imortalidade da alma.
[4]Rio dos Infernos, cujo nome significa esquecimento. As sombras bebiam-lhe as águas para esquecer.

majestade que repelia gestos de consolo. Estava de pé, no centro do vestíbulo de sua casa, vestida de silêncio, o rosto cego e fechado, as mãos apertadas uma contra a outra diante do corpo. Parecia ouvir apenas Diodoro, que lhe falava na morte do seu marido Eneias.

— Enquanto os outros fugiam como frangos, ele ficou com seus livros de escrituração, no pequeno abrigo da margem do rio — dizia Diodoro, em voz baixa. — Há ocasiões em que a coragem é uma loucura, mas quem pode questionar a lealdade e a coragem? Ele não poderia levar consigo todos os livros, portanto ficou. Mas o rio subiu sobre a terra, sobre as docas, sobre o abrigo, e levou Eneias consigo ao retrair-se.

Estava cheio de espanto e reverência por ter aquele liberto tentado preservar seus registros até morrer. Não sabia que para Eneias os registros em si mesmos, as coisas que escrevia com sua mão, eram mais valiosos, em momentos de desastre, do que sua própria vida. Tinham simbolizado para ele a razão de sua existência; neles estava registrada a evidência de que o homem que os fazia tivera importância, e sua correção era uma negativa quanto à antiga escravidão que sofrera. Triunfantemente, afinal, vira Diodoro sair em busca de terreno mais alto, sem ter podido arrancá-lo de suas tabuinhas, de sua mesa, de seu estilo.

Somente Lucano, com percepção interior, compreendeu, e ficou abalado. Durante os últimos anos, ele e o pai se vinham separando, e a estatura de Eneias minguara diante dos olhos jovens do filho. Ele não ouvira com demasiado senso de dever quando Eneias, pelas noitadas, expunha os filósofos gregos, pomposamente. Lucano sabia mais acerca deles, e com mais verdade, com maior profundidade. Frequentemente, irritava-se ao observar a superficialidade do pai. Só a presença de Íris impedia Lucano de usar expressões de impaciência. Às vezes, achava seu pai insuportável. Ele encolerizava Lucano com seus comentários zombeteiros sobre a falta de cultura de Diodoro. Sugerira que o interesse do tribuno em relação a Lucano era um reconhecimento de sua inferioridade como romano perambulante. "É o tributo que a grosseria só muito infrequentemente paga ao refinamento", dizia ele. Lucano abria a boca, num impulso, mas percebia os olhos ternos e cheios de advertência da mãe, e recolhia-se, furioso.

Para Lucano, a morte do pai era uma tragédia que ia além da simples morte. Não podia chorar. Apenas conseguia ficar ali, sentado, contemplando a mãe. Desejava cair aos pés dela, prostrado, implorando-lhe o seu perdão.

Eu apenas tenho vivido na casa de Diodoro, pensava Lucano. Tenho vivido apenas para Rúbria, para Keptah, para meus livros. Um homem deseja parecer um deus aos olhos do filho. Eu deixei que meu pai percebesse que era um pigmeu, vi que ele se encolhia sob meu olhar. Oh!, não pude deixá-lo crer que era importante, embora tentasse falar-lhe respeitosamente, e com falso tom de submissão! A tal degradação cheguei!

— Quando o rio devolver seu corpo, faremos para ele o funeral de um herói — dizia Diodoro, olhando para a bela Íris, que nele fixava os olhos que eram uma cegueira azul. — Eu próprio acenderei a pira. Haverá flâmulas e trombetas; e a presença de soldados com as insígnias reais, incenso, rufar de tambores, e um vestuário de púrpura e branco misturados.

Aurélia, chorando, pensava no que seria para ela se Diodoro tivesse sido estúpido bastante para tentar salvar aqueles tolos livros e registros.

— Começarei os sacrifícios amanhã, no templo de Hércules, o deus de todos os heróis — disse Diodoro. Se Aurélia e Lucano não estivessem presentes, bem como Keptah, ele teria se ajoelhado e beijado a barra das vestes de Íris. Desejava prestar-lhe honras, em nome de seu marido morto. Detestava Eneias, mas esse sentimento fora devorado pela admiração, e pelo seu amor em relação a Íris. A face imóvel e maravilhosa da moça tocava-lhe o coração. Queria gritar-lhe: "Íris, minha companheira de brinquedos, minha bem-amada, minha vida é tua quando a quiseres pedir!"

Keptah desaparecera atrás da cortina que levava à cozinha, e agora voltava com uma poção numa taça. Curvando-se como diante de uma deusa, colocou a taça nas mãos de Íris. Ela bebeu, mas ainda olhava para Diodoro com aqueles olhos afogados e sem visão.

— Mandarei esculpir uma estátua para ele — dizia Diodoro, sem saber o que fazer. — Ela terá um nicho de honra próximo ao altar de Hércules. Em nome de Eneias certa soma te será entregue todos os anos... Íris. É o mínimo que posso fazer.

Aurélia tornou a chorar, com uma nova torrente de lágrimas. Os livros, afinal, tinham sido carregados com Eneias. Seu gesto de trágico heroísmo fora desperdiçado. Oh!, os homens, comoventes e tolos, que supunham ser um gesto mais importante para suas famílias que as suas vidas! Os homens eram heróis, mas as mulheres eram sensatas. Aurélia sentia muito por Íris, que tinha por marido um herói.

— Eu não o amei como meu marido, mas apenas como a mãe ama um filho — disse Íris, falando pela primeira vez.

Aurélia compreendeu, e, mesmo soluçando, confirmou com um aceno de cabeça. Não a surpreendia aquela honestidade.

— Ele era para mim um filho, digno da minha ternura, da minha proteção — continuou Íris, em voz fraca e sonhadora. — Ele era trágico.

— Sim, sim — disse Diodoro, sem nada compreender. — Mas a tragédia é a sina dos heróis.

Estava muito cansado, coberto de lama. Trabalhara durante horas salvando o que podia ser salvo. Três navios carregados com os melhores produtos da Síria tinham naufragado. Ele nadara, com seus oficiais, procurando, em vão, o corpo de Eneias. Quando vira Eneias ser arrastado, mergulhara, de peitoral, sandálias, espada e tudo, atirando-se às águas violentas e amarelas. Pensara apenas em Íris.

— Penso — disse Keptah, em voz branda — que seria melhor a Senhora Aurélia conduzir Íris para seu quarto. A poção está fazendo efeito.

E, realmente, Íris começara a cambalear perceptivelmente. Aurélia levantou-se, cercou a amiga com o braço e levou-a, através da cortina, para seu quarto de dormir. Disse, por sobre o ombro, ao marido:

— Ficarei com ela algum tempo. Quando voltares, Diodoro, manda minha escrava especial, Maria, para ficar aqui e tomar conta de Íris durante a noite.

Os três homens ficaram sozinhos; Diodoro olhou para Lucano, que em sua dor se havia sentado na presença do tribuno. Pôs a mão no ombro do jovem:

— Que a nobreza e a noção de dever de teu pai sejam uma imorredoura lição para ti — falou, em tom comedido. Keptah cruzou as mãos sobre sua roupa e baixou os olhos.

— Não fui um bom filho — disse Lucano.

Diodoro bateu-lhe no ombro, afetuosamente:

— Nós nos censuramos quando os que amamos nos são levados — disse ele. — Mas, se meditarmos, conseguiremos ver como podem eles inspirar nossas vidas e fazer nossos anos mais significativos, pelas suas lições.

— Peço-te perdão, senhor, mas não compreendeste — disse Lucano, esmagado pelo seu desgosto.

— Eu nunca compreendo: é o que toda gente me diz — falou Diodoro, um tanto irritado. Sua exaustão enfraquecia-o. Tornou a dar pancadinhas nos ombros de Lucano. — Fica com tua mãe. Conforta-a. Exalta-lhe o espírito, pois ela tem um herói por marido.

Lucano levantou-se e foi para o quarto da mãe. Ela estava deitada, como uma estátua, tombada no leito, os olhos fechados. O rapaz ajoelhou-se ao lado de Íris, enquanto Aurélia arranjava os tapetes sobre os pés níveos dela. Beijou-lhe a mão abandonada. Íris abriu os olhos, viu-o, seus lábios moveram-se. Pela primeira vez, chorou; Lucano ergueu a cabeça dourada dela contra seu ombro, e abraçou-a, num amplexo doloroso e mudo.

Seu coração parecia uma pedra imensa. Desejava rezar pela alma de seu pai, que agora vagava em algum fantasmal Campo Elísio, chamando, em voz apagada e solitária. Mas, mesmo agora, só podia pensar em Rúbria, na jovem, terna e adorável Rúbria, que depressa viajaria por aquele penoso caminho para as profundezas da morte, e estaria perdida para ele, por toda a eternidade.

11

Rúbria recuperou um pouco as forças, o bastante para ser levada para baixo de uma árvore, à tépida luz do sol da primavera. O aspecto fantasmal de seu rosto iluminou-se com leve colorido. Keptah dissera a Diodoro que as mocinhas têm, frequentemente, essas recaídas que tomam aspecto de invalidez parcial. O devotado pai não sabia que as mangas compridas usadas pela menina escondiam a seus olhos o doloroso derramamento de sangue sob a pele, e aqueciam seu corpo que ia desfalecendo. Entre ele e Aurélia ficara convencionado que Rúbria e a mãe não iriam para Roma, a não ser no outono. No entanto, cartas fogosas, concernentes ao dote, eram trocadas entre ele e o senador.

Cusa, tanto quanto possível e quando Lucano o contemplava especialmente, permitia que o rapaz viesse fazer suas lições no jardim, junto de Rúbria, para que ele pudesse ver a donzela. Rúbria já não estudava mais: sua força que desaparecia, seu langor, suas súbitas caídas em profundo sono proibiam qualquer esforço. A moça ria gentilmente de algumas das saídas de Cusa, que sempre se acreditara muito espirituoso. E para distrair a mocinha, Cusa muitas vezes ficava acordado, durante a noite, inventando coisas espirituosas ou histórias alegres. O coração do astucioso grego se tornara mole como manteiga na presença de Rúbria. Acreditando apenas que todos os homens eram maus, incapazes de razões verdadeiramente desinteressadas, que eram cruéis por natureza e dissolutos em todos os seus pensamentos, espantava-se de si próprio. Diante daquela menina, a única inspiração poderia ser amor.

Havia moças escravas naquela casa, mais bonitas do que a jovenzinha. Em comparação com Íris, que tinha idade bastante para ser sua mãe, ela era uma mortal comparada com deslumbrante deusa. Ainda assim Cusa começava a acreditar que jamais havia existido criatura tão perfeitamente adorável. À proporção que seu rosto emagrecia, em sua esbeltez morena, seus olhos tornavam-se imensos, brilhantes, repletos de uma luz sobrenatural, umedecidos de sonhos e amor. Sua boca, dizia Cusa para si próprio, parecia-se a uma flor. Seus longos cabelos pretos assemelhavam-se a um entrançado de cristal, tombando em cascata sobre seus ombros jovens e sobre seus seios imaturos. Recostava-se em sua cadeira, as pernas e pés cobertos com tapetes de lã, mesmo nos dias mais quentes, e os contornos de seu corpo tomavam um aspecto impalpável, como contornos de um espírito. Quando dormia, parecia ter cessado de respirar. Acordava tão subitamente quanto tinha tombado numa sonolência, e olhava em derredor com timidez e afeição ardentes. Donzela romana, de nobre família, como era, tratava as escravas sempre com a cortesia que se oferece aos nossos iguais. Aceitava a vida com carinho e reverência. E à proporção que sua existência mortal declinava, sua alma tomava dimensões para além da compreensão dos homens.

Na companhia dela ficavam todos convencidos de que tudo na vida era bom e cheio de significação e poesia. Seus pássaros prediletos pousavam-lhe ao ombro para comer o pão ou a fruta que ela lhes oferecia de seus lábios. Empoleiravam-se em seus dedos delicados e curvavam-se para a jovem, ansiosos, como para aprender com ela algum segredo inefável. Mesmo o sol parecia brilhar mais, quando ela estava presente, e luzir mais tepidamente sobre seu corpo. Se tinha alguma dor, ninguém o sabia, a não ser Keptah. Tranquilidade e serenidade envolviam-na como uma aura; ela não tinha medo. Durante os meses que se tinham passado, desde que sua doença voltara, Rúbria tornara-se uma mulher, e, para a humilde crença de Cusa, uma divindade.

Sabia que ela estava morrendo: todos o sabiam, exceto o pai, apaixonadamente devotado. Cusa suspeitava que Rúbria também sabia. Sua paciência sublime, sua ternura, sua maneira de olhar em torno, pelo jardim e para todos os rostos, com silenciosa intensidade e encanto, asseguravam-lhe que ela partiria antes que viesse o inverno. Sem embargo, Rúbria jamais se queixava, e sorria, apenas, como se possuísse algum segredo divino.

Diariamente, Lucano se ia fazendo mais severo e mais frio, a não ser quando em companhia da mocinha. A austeridade de seu rosto parecia alcançar os próprios ossos. Sofria por seu pai, e isso Rúbria sabia. Raramente vira Eneias, mas sofrera por Íris e Lucano. Não falava no morto, mas às vezes suspirava, contemplando seu antigo companheiro de brinquedos. Era por solicitação específica sua que Lucano comia frequentemente com ela e seus pais, quando lhe chegavam as forças para descer à sala de jantar. A fim de poupar angústia ao pai, vinha caminhando, vagarosa e debilmente, até seu lugar à mesa. Quando ali chegava, toda a sua atenção era para Diodoro, que a contemplava com amor. Acreditava que a mocinha melhorava, e Keptah fugia às suas perguntas mais diretas, em tom brando.

Diodoro, feliz porque Carvílio Ulpiano terminara, afinal, por concordar com as condições por ele propostas em relação ao dote, exultava em sua crença de que a filha ia melhorando lenta e seguramente. Também exultava com a ideia de que Aurélia lhe daria um filho.

— Naturalmente — dizia ele, afetuosamente, à esposa — será um menino. Não sacrifiquei bastante aos deuses? Ainda ontem sacrifiquei uma hecatombe, e os preços que esses sírios pedem, os ladrões! Dediquei o menino a Marte. Ele deve nascer em Roma, é natural, não nesta terra desprezível.

Aurélia lhe sorria. Às vezes, ele a encontrava em lágrimas, mas a esposa dizia-lhe, rapidamente:

— Deves lembrar-te que as mulheres têm desses caprichos durante a gestação. Põe a mão no meu ventre, meu muito querido, e sente como teu filho salta: parece um cordeiro. Ah! Ele é forte! Vale quase tanto quanto seu pai.

Um dia, ao fim do verão, Rúbria e Lucano estavam sozinhos sob a sombra de uma árvore grande, verde e brilhante. Lucano estava sentado ao lado dela, que dormitava, e ia fazendo suas lições e desenrolando seus livros de referência. De súbito, tremendo cansaço tombou sobre ele, e uma sensação de desespero esmagador. Pôs de lado suas tabuinhas e seus estilos. Olhou para Rúbria, para os cílios longos e pretos que desciam como sombras sobre suas faces pálidas, para suas mãos cruzadas, transparentes como alabastro. Tinha o aspecto da morte, de absoluta entrega, o peito mal se movendo. Então ele soube, com absoluta certeza, a despeito de sua rebelião, a despeito de suas preces entre lágrimas, e às vezes mesmo blasfemas, a despeito da oposição de sua vontade contra a vontade de Deus, que ela morreria, e muito em breve. Seus malares apareciam como de marfim, sob a carne delgada, e seu pescoço era uma haste. Lucano deixou a cabeça cair lentamente contra o joelho dela, fechou os olhos, e entregou-se à dor.

Quando ela morrer eu irei embora, pensava. Irei fazer-me um andarilho sobre a face da terra. Partirei pela noite até os mais remotos cantos do mundo, e ninguém saberá qual o meu nome. Não há nada, se não houver a querida de meu coração, sem tudo quanto verdadeiramente amei.

Os pássaros cantavam e tagarelavam, e ele não os ouvia. O sol dançava em cada folha e em cada flor, e diante de seus olhos havia apenas escuridão. Era jovem e quente, mas sentia-se velho e frio como a morte. Todo o desejo por tudo quanto vive desertara dele. Quando as trevas do túmulo ou da pira funerária tivessem devorado aquela jovem, também a ele teriam devorado. Um torpor de fraqueza correu-lhe pela carne, e Lucano sentiu-se mortalmente doente, como se também estivesse para morrer. Um gemido ligeiro escapou de seus lábios.

Mão leve como o toque de uma folha tocou o alto de sua cabeça dourada e ele, sobressaltado, levantou os olhos. Rúbria sorria-lhe com a terna sabedoria de uma mulher. Todo o amor brilhava em seus olhos, toda a compreensão. Ele tomou-lhe a mão e beijou-a com força desesperada. Podia sentir sua fragilidade, sua delicadeza quase espiritual.

Então, ela falou:

— Não deves sofrer, Lucano querido.

Sua voz era baixa, e infinitamente suave. O coração de Lucano estremeceu. Então, a menina sabia. E era possível que o soubesse de há muito tempo. Ele não podia suportar a ideia de que aquela criatura tão jovem e tão bela soubesse a verdade e a tivesse aceitado, sem medo natural, sem lamentações, somente com uma coragem sublime. Intimamente, amaldiçoou Deus, e pensou: Quando ela morrer, eu irei com ela, pois nada existe sem ela. Então uma grande imobilidade e uma quietude caíram sobre ele.

— Não deves sofrer — repetiu a menina, e sua voz ainda era mais suave. — Eu sou muito feliz. Não estarei separada muito tempo de ti e de meu pai. Os deuses são bons, e não odeiam o amor entre os mortais.

Mas Deus é perverso, pensou Lucano. Pôs de novo a cabeça sobre os joelhos de Rúbria, e o belo jardim que o rodeava tornou-se fantasmal a seus olhos, que se enchiam com as formas da agonia.

Rúbria falou de novo, muito baixinho:

— Sinto em meu coração o que estás pensando, querido. Não deves pensar assim. Deus tem um grande destino para ti. Ele é nosso Pai, e nós somos Seus filhos. Achas que Ele nos infligirá desgosto e dor sem um propósito? Seremos chamados até Ele!

— Não! — exclamou Lucano. — Se Ele é como dizes, Rúbria, que te erga dessa cadeira e ponha sangue em tuas faces e força em teus membros. — A garganta dele apertou-se num espasmo de angústia.

A donzela suspirou:

— Ele sabe, seguramente, o que é melhor. Com toda a certeza a paz que sinto é a Sua misericórdia, a Sua bondade. Hoje não tenho dores. Na noite passada dormi como uma criancinha, e meus sonhos foram adoráveis, mais do que se possa imaginar. Eu estava cheia de alegria, e a alegria está comigo, hoje. O mundo é belo, mas o lugar para onde vou é ainda mais belo e não haverá mais separação.

Levantou a cabeça de seu travesseiro e olhou para Lucano, para seu rosto esculpido, para a sua boca imóvel e rígida, para o amargor azul de seus olhos.

— Ah! Tu te esqueceste — disse ela. — Quando éramos mais novos, foste tu quem me disseste tudo isto.

Mas era mentira!, pensava Lucano. Não podia falar, não podia privar aquela mocinha de seu último consolo, mesmo quando ele fosse falso. Rúbria observava-o, gravemente:

— É a verdade — falou. — Tudo quanto me disseste quando éramos crianças é verdade. Minha alma afirma-me isso, e não há mentira à beira da sepultura. Vou ter com Deus.

Tateou seu peito, e dali tirou a cruz de ouro que Keptah lhe dera. Colocou-a na palma da mão de Lucano, e então levantou os olhos para contemplar o céu.

— Keptah é um homem estranho, cheio de sabedoria, Lucano. Contou-me que Aquele que irá morrer nesta Cruz está vivendo agora no mundo, conosco, e é pouco mais do que uma Criança. Mas onde Ele vive ninguém sabe, a não ser Sua Mãe. Seu nascimento foi profetizado pelos padres da Babilônia, há milhares de anos, e Ele veio. Há de levar-nos para a vida eterna, e não haverá mais morte, mas apenas júbilo.

Lucano pensou, de repente, na grande Cruz branca que vira no templo escondido dos caldeus, em Antioquia. E ficou dominado pela cólera, pelo autoescárnio, pelo ódio e pela repulsa. Os padres eram charlatães notórios, com seus oráculos, profecias, conjurações, ilusões e jargão misterioso. Riam em segredo da ingenuidade dos que neles acreditavam. Engordavam com os sacrifícios. Cometiam abominações. Enchiam seus cofres com o ouro dos fátuos. Em face da morte definitiva, seus rostos hipócritas desapareciam, suas vozes silenciavam.

A cruz de ouro reluzia na mão de Lucano. Ele desejava atirá-la apaixonadamente, para longe, e amaldiçoá-la, como quinquilharia que era. Rúbria debruçou-se em sua cadeira, cruzou-lhe delicadamente os dedos sobre ela:

— É um presente que te dou.

O poente mostrava-se, no céu ocidental, um mar de ouro e escarlate, repleto de velas verdes, pequenas nuvens que se espalhavam. A brisa suave se abateu e o perfume das flores e da terra fértil ergueu-se como incenso.

Rúbria dormia, e Lucano estava sentado a seu lado, a cabeça sobre os joelhos da mocinha, a mão dela em seu cabelo dourado. Não saberia dizer quanto tempo permaneceu assim. As pontas da cruz enterravam-se em sua mão, cortando-a, e ele não sentia.

Por fim, ergueu a cabeça, e a mão da donzela tombou, pesadamente, de sobre ela. Havia um sorriso no rosto de Rúbria, como se tivesse acordado para a alegria serena e completa. Suas faces e lábios tinham empalidecido para absoluta alvura, a sua testa reluzia. Os cílios desciam sobre as faces como a mais doce das sombras.

Lucano pôs-se de pé, lentamente, e o peso da idade tombou sobre ele. Curvou-se para Rúbria e lançou um só grito, alto e terrível.

12

— Os ciprestes ergueram-se diante da porta da casa de Diodoro, e diante desta porta — disse Íris a seu filho. — Um pai desesperado chora sua filha, uma mãe de coração despedaçado sente-se inconsolável. E eu, eu não sou senão tua mãe: lembra-te de teu pai.

"Mas só tu sofres! Não ouves o grito alheio de aflição, mas só o teu. Quando eras criança, vivias como criança. Mas agora és um homem, e deves pôr de lado as coisas infantis. Pensa que o mundo é todo ele um sonho de doçura e felicidade? Isso é sonho de loucos, dos que serão crianças para sempre, dos que se apavoram diante da noite e querem ter rouxinóis, como Édon, cantando eternamente para que eles nunca ouçam a voz da tragédia. Felicidade! Os que dizem que ela existe, que devia existir, que os homens têm direito a ela apenas porque nasceram, são como crianças idiotas cujos lábios balbuciantes estão úmidos de mel.

"Fechaste tua porta àquele escravo, teu professor, Cusa, e ao médico, Keptah. Fechaste tua porta em meu rosto. Vai vingar-te do mundo, porque a criatura que amavas te deixou. Vai vingar-te de Diodoro, que te ama e te valoriza como a um filho. Vai vingar-te dos deuses. Irás perambular pelo mundo, e tudo ficará desolado, é o que acreditas. Mas eu te digo que Diodoro será confortado quando seu filho nascer, e te esquecerá, ou pensará em ti com desprezo. Teu professor terá outro aluno. Só eu me lembrarei de ti, eu, tua mãe, que não viste como uma mulher sem marido e sem filho.

Ela tremia em sua cólera. Para além das portas e janelas, as chuvas e os ventos outonais carpiam. Íris entrara no quarto de dormir do filho, e à luz triste da tarde vira-o à mesa, a cabeça entre as mãos. Mas, pela primeira vez depois de muito tempo, ele estava ouvindo. O rosto lívido dele contorceu-se de dor silenciosa.

— Oh!, recebeste tantas bênçãos! — exclamou Íris. — Tens sido rodeado de amor. Não és escravo. És um homem livre, nascido livre. Que sabes das horríveis dores e agonias do mundo? És jovem, foste educado. Mas não levantarás tua dor como um homem. Tal Orfeu, deves chorar eternamente.

— Eu vi sofrimento e morte muitas vezes — falou Lucano, a voz rouca de quem esteve silencioso por muito tempo. — Não são coisas pouco familiares para mim. — Agora, seus olhos fundos brilhavam na sombra, e ele apertava os punhos cerrados contra a mesa. — Sabes quais têm sido os meus pensamentos durante esta semana? Que Deus é um torturador, que o mundo é um circo onde homens e animais são dados selvagemente à morte, sem razão, sem consolo.

Íris regozijava-se consigo mesma por seu filho ter mostrado finalmente alguma emoção, mas disse severamente:

— É coisa má blasfemar contra os deuses.

As palavras de Lucano, porém, jorraram dele como um regato incontido:

— Para que nasce um homem? Nasce só para torcer-se em tormento, e depois morrer tão ignominiosamente como viveu, e da mesma maneira sombria. Grita para Deus, mas não recebe resposta. Chama por Deus. Chama por um carrasco. Seus dias são curtos, e nunca livres de transtornos e dores. Sua boca se extingue no pó e ele desce a seu túmulo, e o horrível enigma permanece. Quem voltou do túmulo com uma mensagem de conforto? Que Deus já disse: "Levanta-te, e Eu aliviarei tua carga e guiarei tua vida"? Não, nunca houve tal Deus, nunca haverá tal Deus. Ele é nosso inimigo.

Olhava para os punhos, depois abriu-os, e voltou as mãos de forma a olhar para as palmas e para os dedos. Seu rosto mostrou-se áspero e duro de ódio.

— Aprenderei a derrotá-Lo — murmurou. — Arrancarei Dele as Suas vítimas. Afastarei a Sua dor dos desamparados. Ele estende Sua mão para uma criança, e eu golpearei aquela mão, para afastá-la. Quando Ele decretar morte, eu decretarei vida. Essa será a minha vingança sobre Ele.

Levantou-se. Estava fraco, pois quase não se havia alimentado. Cambaleou e agarrou-se à beirada da mesa. Levantou-se, olhou para sua bela mãe e viu lágrimas em seus olhos. Deu um grito e tombou de joelhos diante dela, rodeando-lhe a cintura com os braços e encostando a cabeça contra seu corpo. Íris colocou as mãos sobre a cabeça do filho e abençoou-o silenciosamente. Depois curvou-se, e beijou-lhe a testa.

— Hipócrates disse que esta coisa odiosa às vezes tem cura espontânea — disse Keptah. — Comentou, em certa ocasião, que se tratava de uma visita dos deuses que, certamente, numa ocasião destas não se mostram melhores do que os homens. Recomendava infusões e destilações de determinada erva para aliviar o estranho tormento, e aconselhava tampões empapados em vinho e poções para o alívio de mulheres afligidas pela moléstia que as devora nos lugares secretos. Para homens, aconselhava cauterizações e castrações. Supunha tratar-se de uma doença que atacava apenas partes particulares, embora se contradiga em algumas de suas afirmativas. Trata-se de uma doença só ou de muitas? Um seu aluno considerava-a aparentada com a lepra, quando ataca a pele. Trata-se da mesma coisa, quando uma verruga aumenta de tamanho, escurece e mata rapidamente? Será, também, a doença branca a que destrói o sangue e torna-o pegajoso ao toque, como xarope? É isso que destrói os rins, os pulmões, o fígado, os intestinos? Hipócrates não tem certeza. Mas eu tenho. É o mesmo mal, com manifestações diferentes. E o pior dos males, pois chega como um ladrão pela noite e só ao fim a vítima grita e pede morte, quando a faca se revolve em seus órgãos.

Estavam ele e Lucano num pequeno hospital arranjado para os escravos. Cinco camas se viam ocupadas por homens e mulheres que gemiam e se debatiam. Três escravos seguiam-nos com vasilhas de metal, óleos, tiras de linho branco. Outro escravo levava uma bandeja de pequenos frascos, repletos de líquidos. O médico e Lucano tinham parado ao lado do leito onde um homem arquejava, na mais pura das agonias. O lado esquerdo de seu rosto fora corroído pelo mais monstruoso gusano, a carne viva e lacerada, o lábio intumescido e destilando sangue. O escravo ergueu os olhos para o médico, que o contemplava com tristeza. E Lucano ficou a olhar para ele, em amargo desespero.

Murmurou para Keptah:

— Não seria, com certeza, mais misericordioso, dar-lhe uma poção que lhe trouxesse paz e morte?

Keptah sacudiu lentamente a cabeça:

— Hipócrates declarou que isso é proibido. Quem sabe em que instante a alma tomará conhecimento de Deus? Deveríamos matar o sofredor esta noite, quando pela manhã esse conhecimento viria? Além disso, o homem não pode dar vida. Portanto, não lhe compete dar morte. Essas são coisas reservadas apenas para Ele, que é impenetrável para as nossas naturezas, e que se move em mistérios.

— Mata-me! — exclamou o escravo, debatendo-se em sua cama. Agarrou o braço do médico com sua mão esquelética. — Dá-me a morte! — Sua voz gargarejou, num jato de sangue.

Keptah voltou-se para Lucano, que olhava com horror para o homem que sofria. Tocou-lhe no braço, e Lucano moveu a cabeça e fixou os olhos nele, com obstinada severidade e acusação.

— Terias privado Rúbria de uma hora de sua vida? E eu te digo que ela sofreu tanto quanto este homem e ainda mais.

Embebeu um chumaço de linho num líquido branco que derramou de um dos frascos. Lucano cerrava os dentes com ódio. Que tinha feito contra os deuses aquele pobre escravo, um jardineiro, para merecer tal coisa? Fora uma alma inocente e delicada, deleitando-se com as flores, orgulhoso de suas cercaduras, amando seus lírios, confortando suas rosas como um pai. Havia milhões menos merecedores de paz e de vida do que ele. O mundo estava repleto de monstros que comiam, bebiam e riam, e cujos filhos dançavam nos jardins agradáveis de seus lares e não conheciam pragas.

Keptah, com grande delicadeza, tomou a mão que o escravo atirara para ele, e segurou-a com firmeza.

— Ouve-me — disse-lhe —, porque és um bom homem e vais compreender-me. Há quem tenha esta doença, mas no espírito, e digo-te que eles suportam mais do que tu. Quando tua boca esguicha sangue, suas almas esguicham violência e veneno. Onde tua carne está dilacerada, os corações deles estão dilacerados. Níger, eu te juro que és mais feliz do que eles.

O escravo começou a soluçar e seus olhos tornaram-se grandes e imóveis. Sussurrou, entre seu sangue:

— Sim, senhor.

Selvagem escárnio corroía Lucano como um ácido. Observou Keptah colocar o chumaço de linho molhado sobre o horroroso rosto desfigurado. O escravo arquejava. Os outros escravos, menos aflitos, olhavam lá de suas camas. Então, finalmente, nos olhos do doente surgiu um alívio úmido, uma tranquilização trêmula. Uma lágrima correu do canto de sua pálpebra. Keptah apanhou um copo e colocou o braço sob a cabeça do escravo, erguendo-a tão ternamente quanto uma mãe ergue seu filho. Chegou o copo junto dos lábios torcidos e, lentamente, Níger bebeu, em comovente obediência. Quando Keptah tornou a colocar-lhe a cabeça no travesseiro, Níger já adormecera, gemendo baixinho. Keptah contemplou-o enigmaticamente durante um longo momento. Seu rosto moreno, com os olhos encovados, mostrava-se impenetrável.

— Já invadiu a laringe — murmurou. — Ele não viverá muito.

Voltou-se para um dos escravos:

— Dá-lhe esta poção quando ele não puder suportar mais, porém nunca antes que se tenham passado três horas da última dose, segundo a clepsidra.

— E isso é tudo quanto podes fazer! — exclamou Lucano.

— Não. Se ele tivesse me procurado quando a primeira ferida, pequena, dura e branca, apareceu na parte interna de sua face, eu a poderia ter destruído, queimando-a com um ferro quente. Ele só me procurou quando sentiu dificuldade de engolir e as partes internas de sua boca sangravam, corroídas, os tecidos desfazendo-se. Lembra-te que, seja a doença do espírito ou da carne, o melhor é procurar auxílio e conselho logo ao começo. Mais tarde, tudo estará perdido.

Dirigiram-se para o leito de uma escrava que sofria pouco menos que Níger. Tinha a cama suja pelas exonerações de sua vagina. Keptah voltou-se para um escravo e exclamou:

— Não te disse que mantivesses a roupa seca e limpa? Isto é veneno que está saindo dela. Vou fazer queixa de ti ao capataz, portanto prepara-te para ser açoitado.

— Senhor, eu tenho outros serviços — choramingou o escravo.

— Não há serviço maior do que curar ou aliviar o sofrimento. A medicina é, verdadeiramente, a arte divina. E chega. Trabalha melhor, e eu esquecerei o açoite.

A moça escrava, apesar de descabelada e febril, era bonita e atraente. Keptah tocou-lhe a testa, para sentir-lhe o calor. E disse a Lucano:

— Ela tentou fazer em si própria um aborto, com um instrumento sujo e primitivo, que os selvagens usam. Este é o resultado.

— Eu não podia ter um filho nascido na escravidão! — chorou a moça.

Sombriamente, Keptah falou:

— O pensamento foi virtuoso; a ação não o foi. Devias ter mantido a virtude. Tens um mau senhor? Se lhe tivesse pedido um marido, ele o haveria dado. Esta casa é uma casa virtuosa. Mas tu foste leviana, por capricho e luxúria. Não tens culpa. Ensinaram-te a ler e escrever, a fiar e coser, a cozinhar e a fazer outros serviços valiosos. Não eras como as escravas de Roma, que são chamadas ao leito de seu senhor, quando a ele bem lhe parece. Ah! Bem! Vamos examinar-te.

Antes, porém, lavou as mãos com água e depois esfregou-lhes um óleo de odor pungente. Então, examinou a moça que chorava e tocou seus órgãos inflamados, que destilavam pus.

— Vou morrer, senhor? — exclamou Júlia, aterrorizada.

Keptah não respondeu. Torceu um pedaço de linho, formando com ele um delgado cone branco. Mergulhou-o no líquido de um dos frascos. A moça empalideceu. Mas Keptah, com firmeza, afastou-lhe as pernas e introduziu o cone em seu corpo. Ela gritou. O ar estava cheio de um odor aromático.

— Deixa o tampão permanecer até a noite — ordenou Keptah ao escravo que era seu assistente. — Depois tira-o, e trata de destruí-lo. Está contaminado e é perigoso. A seguir, lava os órgãos com água corrente e limpa, faze outro tampão, e deixa que ela mesma o coloque. Doerá menos.

Deu umas pancadinhas na mão úmida da moça, apresentou-lhe algo para beber, e disse-lhe:

— Não morrerás, eu espero. Viverás para pecar um pouco mais, é o que receio. — Olhou para Lucano: — Visita-a ao cair da noite. Renova as minhas ordens.

— Por que censuras esta pobre criança? — perguntou Lucano, ressentido. — Ela é maior do que a sua natureza, que foi Deus quem lhe deu? Ele deu-lhe seus instintos normais.

— Quando os instintos normais podem ser perigosos, então é preciso controlá-los — disse Keptah. — E o que é normal? O mundo? Precisamos disciplinar-nos para enfrentar as urgências do mundo, a fim de não sermos como os animais.

A moça, um tanto aliviada, sorria para Lucano, dengosamente. Ele desviou o olhar e afastou-se, triste, mas revoltado.

As janelas estavam abertas e o fresco ar invernal bem como as brisas enchiam o aposento.

— Ar e luz são inimigos da doença — dizia Keptah, contra o ponto de vista dos outros médicos. — A limpeza também é um inimigo. Para não mencionar o respeito próprio e a estima pela carne, na qual o espírito está enroupado.

Pararam junto à cama de uma mulher jovem e graciosa, que mostrava um ventre enorme. Ao lado dela, acocorado, estava seu marido, igualmente jovem e bonito, cujo rosto mostrava lágrimas. Levantou-se ansiosamente e olhou para Keptah com olhos brilhantes e urgentes.

— Ah! Senhor! — disse ele. — Seguramente ela está grávida e a criança vai nascer logo?

Keptah suspirou.

— Já te falei, Glauco. Isto não é criança, mas um grande tumor. Ela precisa retirá-lo, pois caso contrário morrerá. Deixei o caso em tuas mãos, embora pudesse ter operado antes. Esperaste, e assim diminuíste suas possibilidades de viver. Não é mais possível. Faze agora a tua escolha.

— Senhor, eu não passo de um escravo. Tu só tens de ordenar — disse Glauco, lacrimoso.

Keptah sacudiu a cabeça:

— Homem algum é escravo, por muito que esteja amarrado e encadeado, até que admita ser um escravo. És um homem. Devo salvar tua esposa agora, ou esperarás que ela morra? Morrerá, sem dúvida, se não fizer a operação. Poderá viver, talvez, se eu a fizer.

Voltou-se para Lucano:

— Apalpa-lhe o ventre — disse.

Lucano estava cheio de piedade por aquela jovem e estoica mulher, que não chorava, apenas sorria corajosamente. Levantou-lhe a camisa. Seu ventre estava liso e cortado de veias, como o mármore, e luzia, pela tensão da pele esticada. Apalpou-o cautelosamente, fechando os olhos para concentrar-se através dos dedos delicados. Do lado direito era como se apalpasse uma pedra, mas havia um gorgolejar de líquido e algo de esponjoso, quando ele moveu os dedos para o umbigo.

— Tenho certeza de que não se trata de um carcinoma — disse ele a Keptah, que anuiu satisfeito.

— É um tumor lipoide e de soro — disse o médico. — Muito comum. Eu deveria ter removido isso há muitos meses, mas este casal desejava muito um filho, e acreditou que o tumor fosse isso, depois de três anos de casados. O tumor está preso ao ovário direito, que terá de ser, também, removido.

— Então ela não terá filhos! — lamentou Glauco. — Ou só terá menina!

— Não sejas tolo — ralhou Keptah. — Aristóteles afastou a antiga teoria de que um ovário produz uma menina, ou um rapaz, ou um testículo produz apenas um sexo. Tua mulher ficará com o ovário esquerdo, e isso dela ter mais tarde um filho ou uma filha é a misteriosa escolha de Deus.

Socou algumas folhas frescas e acres num almofariz, acrescentou um pouco de vinho, e deu a mistura a Hebra, que a tomou obedientemente. Keptah disse a um dos escravos:

— Fica com ela e dá-lhe um grande copo de vinho, depois outro. Quando adormecer, chama-me.

Os olhos de Hebra estavam começando a fechar-se, enquanto o marido a observava, temeroso. Ela ergueu languidamente a mão bondosa e acariciou-lhe o rosto, consolando-o.

— Podes observar que as mulheres têm menos medo da morte e da dor do que os homens — disse Keptah a Lucano, enquanto iam para junto de outra cama. — Será fé? Ou, como as mulheres são realistas, aceitam a adversidade com melhor espírito?

Lucano relanceou os olhos para ele, sombrio. Talvez, pensou, todos aqueles comentários tivessem sido dirigidos para ele, na primeira manhã de sua volta à casa de Diodoro, e as lições do médico fossem farpas sutis e censuras para a sua sensibilidade. Sentia-se encolerizado e envergonhado.

O homem do leito vizinho estava imensamente gordo, e tão branco e flácido como massa crua de pão. Olhava para Keptah num silêncio ressentido. O médico lançou os olhos para a mesinha que ficava ao lado da cama e na qual havia um jarro de água e um copo.

— Bebeste toda esta água hoje, meu amigo?

O homem murmurou algo lá dentro da garganta. Um cheiro de maçãs, ou feno, flutuava em seu hálito pesado.

— Há meses eu te avisei para que moderasses teu amor pelas pastelarias, pelos pães, pelo mel — disse Keptah, severamente. — Eu te disse que tinhas a doença doce, e que se não tivesses cuidado teus próprios músculos e ossos correriam de ti num rio de urina. Mas vejo que não te contentaste com carnes magras e vegetais, coisas que existem com fartura nesta casa, que é uma casa pronta a alimentar suficientemente os escravos. Se não controlares teu apetite de porco, morrerás muito depressa, em convulsões. A escolha te cabe. Trata de fazê-la.

Voltou-se para Lucano e deu-lhe uma rápida explicação sobre a doença.

— O homem é sempre sua própria doença — disse ele. — O que sofre da doença doce, quando a urina é sacarina, quase sempre é um temperamento autoindulgente que tem origem numa recusa egoística de cuidar de outros a não ser dele próprio. Assim, os outros não o amam e, para satisfazer seu natural e humano desejo de amor, come os doces da terra, em vez dos doces do espírito. Há outras manifestações desta doença, especialmente em crianças que, invariavelmente, morrem dela. Seria interessante conversar com essas crianças que, mesmo em seus mais tenros anos, possivelmente são de disposição ávida, pensando apenas em si próprias. Nada podemos fazer senão prescrever as carnes mais magras, os legumes e frutas que menos amido contenham, e restringir, ou omitir, os doces e os amidos. Pouco, entretanto, se consegue, exceto a penosa privação e o prolongamento de uma vida restrita, a não ser que o paciente tenha um enfraquecimento de espírito e assim se habilite a amar para além de si próprio.

Olhou para o escravo carrancudo, que o estivera observando com olhos que pestanejavam.

— Olha para tua esposa com amor — advertiu ele. — Não digas: "Ela me pertence, e me servirás!" Dize, antes, em teu coração: "Esta é a minha esposa bem-amada, e que posso eu fazer para torná-la a mais feliz das mulheres, de forma que ela diga se ter casado com o mais bondoso e mais nobre dos homens?"

Enquanto se afastavam, Lucano perguntou:

— Então, esta não é uma doença orgânica?

Keptah parou e meditou, dizendo por fim:

— Não se pode separar a carne do espírito, pois é através da carne que ele se manifesta. Estás cogitando em como certas pessoas contraem doenças e contagiam-se em epidemias, e outras não. Hipócrates falou de imunidade natural nos que escapavam. Um de seus discípulos acreditava que escapam, fabricando em si próprios alguma essência que repele a doença. Mas por quê? Será certo que determinados temperamentos resistem às infecções, enquanto outros não? Imunidade? Se é assim, então é imunidade do espírito, embora outros médicos não acreditem nisso. Não estou falando do homem e do mal. Estou falando apenas do temperamento.

Chegaram à última cama. Ali estava um jovem com febre, a perna direita contraída, de maneira que os músculos avultavam nela como protuberâncias. Tinha o rosto moreno, agudo, com olhos excepcionalmente inteligentes e ousados, e uma expressão colérica. Keptah olhou para um dos escravos atendentes.

— Eu disse que esta perna precisava estar constantemente enfaixada em compressas quentes de lã, dia e noite, tão quentes quanto ele pudesse suportá-las. Não me venhas com desculpas! — Irritado, ergueu a mão e deu uma bofetada no rosto do escravo. — Não temos aqui senão homens e mulheres que procuram apenas seus próprios prazeres e satisfações? Vamos!

Olhou para o jovem que estava na cama e disse a Lucano:

— Aqui está um jovem de natureza altaneira, orgulhosa e inconsiderada, superocupada com o seu amor-próprio, e arrogante. Despreza a ignorância e a estupidez. Sua mente é como a lâmina delgada de uma faca muito bem afiada. Odeia seu próximo, que raramente tem a inteligência dele. Não tem paciência, nem bondade. Ensinei-lhe a ler e escrever e ele tem acesso à minha própria biblioteca, onde entra e sai à vontade. Nunca pensa com o coração, mas só com o cérebro. Descobrirás que os que se parecem com ele são muito suscetíveis a esta doença que aleija. Descobrirás, também, que os mais estúpidos, mais bovinos, raramente a contraem, mesmo entre crianças.

Diomedes estava sorrindo, um sorriso onde se misturavam o orgulho e o mau humor.

— Obrigado, senhor, por tuas palavras sobre o meu intelecto — disse ele. Era evidente que sentia grandes dores, mas seu orgulho não permitia que expressasse tal coisa.

— Não te estou lisonjeando — disse Keptah. — Era quase inevitável que tivesses essa miserável doença que, receio, vai deixar-te com perna coxa.

— Importo-me pouco com o meu corpo, se puder alimentar minha mente — disse Diomedes.

Keptah olhou para Lucano.

— Observarás este traço nas pessoas que sofrem desta doença. Por que deve um homem desprezar sua carne e a carne dos outros, quando ela é invenção maravilhosa de Deus e pode ser mais bela do que qualquer outra coisa viva? É através da carne que nos comunicamos com os outros. Homens como Diomedes não desejam comunicação. Almejam apenas obediência e adulação para suas mentes, de fato excelentes. Digo aos pais de filhos assim: "Ensinai vossos filhos a amar, a dar, e treinai-os na reverência diante de Deus."

Os lábios de Lucano contorceram-se, mas ele nada disse. Keptah falou com Diomedes:

— Mandarei alguns livros para ti esta tarde. Vejo que já lestes os que te havia mandado. No intervalo, há aquela donzela, Leda, que escreve com frequência as cartas para a Senhora Aurélia. É uma menina bonita, inteligente e amorosa, e adora-te. Recebe o seu amor, mas trata de retribuí-lo com todo o teu coração. Sei que isso será difícil para ti, mas poderá ensinar-te a amar, se assim o quiseres. Nada é impossível quando se tem mentalidade pesquisadora e intelectual. A Senhora Aurélia é tão apegada àquela moça, que me disse estar disposta a dar-lhe a liberdade, quando ela se quiser casar. Afastarás dela essa dádiva?

Diomedes deixou escapar um riso zombeteiro. Então, seu rosto abrandou-se e, subitamente, voltou-se em seu travesseiro. Seus ombros delgados erguiam-se, e Keptah disse com suavidade:

— Tem havido mais almas salvas através de lágrimas humildes do que de todas as poções deste mundo.

Lucano disse, desafiante, a si próprio: Ele simplifica demais. Estava comovido, no entanto, com os soluços de Diomedes, que não se podia controlar, embora todos os seus músculos se contraíssem com o esforço. E Keptah falou:

— Apressa-te a ficar bom, Diomedes. Eu precisarei de ti como assistente, quando sentires piedade e amor pelos demais.

Diomedes ergueu do travesseiro seu rosto coberto de lágrimas, e a alegria brilhou em seus olhos:

— Tu me deixarás assistir-te, senhor? — exclamou ele, incrédulo. Keptah sorriu:

— Será um excelente auxiliar, Diomedes. Quando amares e tiveres piedade, quando sentires a dor alheia em teu próprio corpo.

Voltaram para junto da cama de Hebra, que estava como que adormecida, respirando suavemente. Keptah mandou vir biombos, que foram colocados em torno do leito. Retirou Glauco do recinto formado, colocou sobre a mesa uma bandeja, onde estavam agulhas, suturas e três escalpelos, um grande e dois pequenos. Disse a Lucano:

— É tempo de veres a primeira operação. Se vomitares, por favor, usa este balde, mas nada digas. Se desmaiares, eu te deixarei onde caíres. Há uma vida a salvar. Precisarei do teu auxílio. Apanha esse chumaço de linho e mergulha-o neste óleo pungente. Há infecção aqui até mesmo no ar.

Lucano começou a tremer. Mas obedeceu às ordens, silenciosamente. Olhou para a moça anestesiada pela droga, e que se mostrava doce em seu sono profundo. Sentiu-se repleto de apaixonada piedade. Por que um deus qualquer deveria afligir aquela criança que só queria filhos, o amor de seu marido e uma vida tranquila? Oh! Tu que fazes estas perversidades aos homens, eu Te desprezo!, pensou ele. Mesmo o mais baixo dos homens não mostraria maior comiseração?

Keptah expôs o ventre reluzente e tenso de Hebra. Apalpou-o com cuidado. Depois, com golpes firmes do escalpelo, como quem desenha um cuidadoso diagrama, correu a lâmina sobre a carne branca. Sua passagem foi seguida por uma lista vermelha, que se alargou e abriu, como boca faminta. Lucano teve náuseas, mas ficou olhando. Agora, os músculos vermelhos e brilhantes estavam expostos, recortados de veias que pulsavam. Keptah afastou-os, hábil e delicadamente, dizendo:

— Agora usaremos os ganchos egípcios para fazer a ligadura dos vasos sanguíneos, a fim de manter o campo operatório tão livre quanto possível e para impedir a hemorragia até a morte. Observa estes vasos e as pulsações do coração que os fazem latejar! Não é tudo perfeito? Quem pode olhar para isto e não reverenciar Deus em seu coração? Ele desenhou o homem tão maravilhosamente quanto desenhou o sol e seus planetas. Ah! Cuidado! Usa esses pequenos chumaços de linho para manter a ferida aberta. Não deixes que teus dedos toquem qualquer parte da ferida, pois há veneno em teus dedos e no ar. Os egípcios sabiam isso há muitas centenas de anos, mas os gregos e romanos zombam de tal coisa, dizendo: "Onde está o veneno? Nós não vemos." Há milhões de coisas no universo que os homens não podem ver e, apesar disso, elas existem.

Hebra começou a gemer, a falar incoerentemente.

— É a sua carne assaltada que fala — disse Keptah. — O espírito também está protestando contra a ignomínia de sua passividade sob a droga. Há quem diga que as drogas submetem o espírito: não é assim. Ela sente dor? Com certeza. Mas, quando acordar, não se lembrará do que sofreu. Dirá: "Eu fui uma das que dormiram através da tempestade."

Lucano, cheio de piedade pela moça, disse-lhe, bem no fundo de sua alma, silenciosamente: "Repousa, suporta, tem coragem. Nós te salvaremos, criança querida." Dirigiu a força intelectual da sua mente para ela, a fim de tranquilizá-la. Talvez fosse apenas a droga que tomara, e o vinho entorpecedor, mas imediatamente a jovem suspirou, e relaxou a tensão. Os músculos contraídos suavizaram-se.

Os intestinos cinza-róseos e lustrosos estavam agora expostos. Ali estavam, em suas convulsões, massa e mais massa escorregadia. Palpitavam, torcendo-se um pouco, e Lucano falou com eles, bondosamente, em sua mente, e também eles se fizeram flácidos. Com o mais delicado dos cuidados, Keptah afastou-os para um dos lados e, como mal que brotasse, uma bolha imensa e opalescente subiu de sob eles, empurrando-os desapiedadamente; uma bolha enevoada e lustrosa, fervilhante de corrupção e desenhos movimentados e de sangue. Ficou a mover-se, sem parar, sobre os intestinos. Estava ligada, embaixo, por uma corda de cor mais acentuada do que ela própria.

— Este é o momento vital — disse Keptah, trabalhando com mãos seguras. — Agora, observaremos cuidadosamente o ovário. O mais leve descuido fará estourar esta bolha e encher todo o ventre com a morte. — Expôs o ovário, de um amarelo esbranquiçado. — Ah! Está de boa saúde. Afinal, vamos salvá-los. Estás preocupado demais. Usa mais chumaços, segura a carne com firmeza, separando-a.

Imediatamente, a cena obscureceu-se e crepitou diante dos olhos de Lucano. O cheiro do sangue quase o abateu. Suas pernas tremeram violentamente, e houve uma grande náusea seca em seu estômago. Disse consigo mesmo: Se eu falhar, se desmaiar, quem a ajudará? Olhou para a bolha perversa e inquieta, e forçou sua repulsa natural e humana a acalmar-se. Tentou observar as camadas de gordura sobre o peritônio, amareladas e úmidas como gordura de carneiro. Apertou os chumaços mais fortemente contra a boca bocejante da ferida e seus músculos fizeram-se tensos, enquanto ele suava. Keptah estava amarrando corretamente a corda da bolha em várias alturas, apertando bem o fio. A corrupção opalescente tornou-se leitosa, obscurecendo-se, e os riscos de sangue se acenturaram. Então, com um movimento lento do escalpelo, Keptah cortou a corda. A bolha aquietou-se sobre os intestinos.

Com o maior dos cuidados, e vagarosamente, Keptah ergueu-a de sua posição e deixou-a cair na bandeja. Os olhos de Lucano nadavam, e gotas de suor pingavam de seu rosto.

— Observa como vou costurar estas camadas, agora, tão corretamente quanto uma costureira — disse o médico. — Nem um só erro deve ser cometido nas suturas. — Empregou um desenho em zigue-zague, usando linha clara, que explicou ser corda de tripa. — Com o tempo o corpo a absorverá, as ligações estarão mais firmes do que antes. Alguns médicos usam fio de linho, que o corpo não absorve e que mais tarde causa problemas.

A bolha perversa mostrava-se tão grande quanto um recém-nascido que se tivesse encolhido na bandeja. Com infinitos cuidados, o médico juntou uma por uma as camadas do ventre e costurou-as com firmeza.

— A gordura é difícil. Às vezes separa-se da linha, ou dilacera-se. Aqui. Pronto. E agora, a pele, que é muito dura. Usaremos fio de linho, que dentro de uma semana retiraremos.

O ventre se havia tornado milagrosamente achatado. A moça gemia e tornava a gemer, procurando respirar em soluços desesperados.

— Ela está acordando — disse Keptah. Amarrou o último e hábil nó. Mergulhou um pano em água quente, torceu-o, e colocou-o sobre o coração da moça; depois, mergulhou outro pano e envolveu-lhe com ele os pés, pondo ainda outro sobre seus pulsos. Curvou a cabeça e apertou-a contra o coração da doente. — Rápido, mas forte. Ela não terá choque, que é muito temeroso. Usa o balde junto da boca e segura-lhe a cabeça.

Enrolou largas tiras de pano no corpo dela, como se fossem sudários. Recuou e contemplou a jovem com satisfação. Estava muito calmo. Relanceou os olhos para Lucano e viu que a túnica do rapaz estava molhada e pingando. Riu, suavemente:

— Suportaste tudo muito bem. Eu te felicito. Bebe este vinho o mais depressa possível. Posso mesmo dizer que estou orgulhoso de ti.

A moça abriu olhos enevoados. Keptah debruçou-se sobre ela.

— Está tudo terminado, minha pequena. Estás muito bem. — A moça gemeu, começou a chorar, e Keptah pisou mais folhas picantes e levou-lhe a poção à boca, dando-lhe água depois. Ela engoliu, fracamente. Estava pálida como a morte. — Dorme — disse ele. — O sono cura mais doenças do que a arte de qualquer médico.

Fez um movimento de cabeça para Lucano.

— Reparei, com prazer, que mantiveste bem os chumaços restringentes. Agora, limparás esta confusão e virás visitá-la dentro de algumas horas.

— Glauco — murmurou a moça. Keptah afastou o biombo e chamou o marido, que veio mais rápido do que o vento. Ajoelhou-se ao lado da esposa e encostou o rosto no dela, soluçando:

— É mais duro para o marido — observou Keptah, disfarçadamente.

Deixou a Lucano o sujo e repulsivo trabalho de remover todos os sinais da operação. As mãos do moço moviam-se fracamente e com repugnância. Lavou os escalpelos e colocou-os de novo na bandeja. O cheiro de sangue era nauseante, bem como o de todos os eflúvios do corpo violado. Por que não poderia um escravo ter feito aquele trabalho? Sentia-se irritado. Quando saiu de trás dos biombos encontrou Keptah conversando jovialmente com os outros pacientes, e dando ordens. Keptah lhe disse:

— Nem sempre terás um assistente. Com muita frequência um cirurgião precisa arranjar-se sozinho e fazer tudo por si mesmo. — Olhou para Lucano e, rapidamente, agarrou um balde onde o rapaz vomitou num ímpeto, até parecer que suas próprias entranhas, estômago e fígado, sairiam por sua boca aberta. Keptah foi paciente: — De novo te felicito, meu Lucano. É melhor dar largas ao que se sente depois de uma emergência do que durante. Vai deitar-te até poderes ir ter com Cusa.

Lucano enxugou a boca amarga.

— Prefiro ir para casa.

— Não — disse Keptah. — Irias pensar demais no que aconteceu. Arruma-te e continua teu trabalho.

Os ventos outonais carpiam como as vozes de uma multidão de pombas quando Lucano deixou a sala de aulas. As chuvas cinzentas arremetiam contra as palmeiras e as árvores, através das colunatas da casa de Diodoro, e agora, subitamente, a rajada de vento que trazia consigo a voz do mar branqueava todas as folhas, todos os galhos e troncos, alvejava a relva. Um uivo em surdina elevava-se da terra, som dos mais dolorosos. Lucano puxou para a frente o capuz de seu manto, e ficou contemplando sombriamente o jardim pálido e retorcido. As fontes queixavam-se, angustiadas; das estátuas escorria a água cinzenta, e as flores inclinavam as cabeças em sofrimento resignado. Lucano era jovem. Esqueceu que amanhã tudo estaria de novo sorridente e quente, as palmeiras reluzindo, os pássaros cantando para o céu azul. Para ele, como estava agora tudo estaria sempre, despedaçado com dilacerante tortura, respondendo fragilmente ao vento que chegava roncando, vindo do mar, curvando-se perpétua e desamparadamente, como as relvas dos Campos Elísios fantasmais.

Tudo está morto, dizia Lucano para si mesmo. Tudo está batido, afogado, perdido. O que eu amei se foi. Enxugou o rosto molhado com a ponta do manto e sentiu em si próprio a mais temerosa desolação, vazio onde não havia um único sonho, uma única esperança. Sua carne jovem pesava-lhe sobre os ossos, como se aquela carne fosse velha, embebida, saturada de terra. Olhou para o céu coberto de névoa, tão descolorido quanto a própria morte, e desejou chorar. Mas não havia lágrimas nele, apenas uma aridez onde nada crescia, onde nada se movia.

Desejava ir para casa, ainda assim recuava a tal pensamento. Íris, sua mãe, estaria ali, seu belo rosto pálido de silencioso desgosto; olharia longamente para ele, interrogando-o com o olhar, e Lucano não teria respostas para dar-lhe. Era velha; tinha trinta e um anos. Os mais velhos não têm sabedoria, apenas indagações. Somente a juventude possuía as respostas, e só podia responder quando era feliz. Na verdade, disse Lucano em seu coração, não há resposta para a inanidade. E existe apenas inanidade. Sentia-se, então, cheio de raiva selvagem e tumultuosa, e levantou seu punho fechado para o céu:

— Eu Te derrotarei! — exclamou. — Eu Te privarei de Teus sacrifícios!

A ventania que vinha com a voz do mar, contra o rosto dele, pareceu-lhe uma zombaria e um desafio. Começou a caminhar através dos jardins tremendo de fúria, e chegou ao pórtico aberto diante da casa. As portas de bronze esculpido estavam fechadas. Caminhou para elas sem pensar e bateu com o punho. Quando se abriram, disse ao escravo:

— Quero falar com teu senhor Diodoro.

O chefe do vestíbulo olhou-o com impudência.

— O senhor está na biblioteca. Há muitos dias que não fala. Queres impor-lhe a tua presença, Lucano? Não te receberá; recusou receber seus amigos romanos. Receberia o filho de um liberto?

Lucano abriu a porta para trás e, com um safanão, atirou para um lado o escravo. A luz espectral e aguada que vinha do céu caiu sobre o mármore branco e preto do piso do vestíbulo, e Lucano entrou, suas sandálias fazendo ruído, seu manto branco flutuando atrás de si em dobras, como que de um fantasma. O ar parado e frio da casa parecia o ar de uma sepultura, mofada e sem vida. Nenhuma voz, nenhum movimento rompia o silêncio, a não ser o bater dos pés de Lucano. O arco da entrada da biblioteca estava acortinado em pesado pano de cor castanha, que Lucano afastou. Só quando entrou no aposento espantou-se, de súbito, pensando no porquê de ter vindo e no que estava fazendo ali.

Diodoro estava sentado junto de uma mesa de mármore claro, muitos livros enrolados em torno dele, a cabeça nas mãos. Estava imóvel como uma estátua esculpida em bronze escuro, pois mesmo sua túnica era de tecido sombrio. Quando ouviu o roçar do pano da cortina, deixou cair as mãos, pesadamente, e levantou um rosto sem vida, pondo-se a olhar Lucano como que atordoado, Lucano que ele não via desde a morte de Rúbria.

Lucano ficou aturdido com a aparência de seu protetor, com a cor cinzenta de suas faces, com a secura de sua boca, com as órbitas cavadas onde os olhos ocultavam-se, sem brilho e sem interesse. Mesmo a carne do tribuno parecia ter murchado. Seus ombros afrouxavam-se, lânguidos, e quando ele se moveu um pouco, foi com esforço. Lucano sentiu de repente sua própria juventude, a força de seu corpo, a flexibilidade de seus ombros, a vitalidade de seu sangue, apesar de seu desgosto e de sua cólera infinita. Ali, como dissera sua mãe, estava o desespero absoluto, para além de qualquer tentativa de consolação.

— Quê? — murmurou Diodoro, como se não reconhecesse o jovem. Ficou a olhar para Lucano que se aproximava, e com completo desinteresse o observou quando o rapaz se ajoelhou a seu lado, a cabeça curvada para o peito. Um som abafado veio de Diodoro, um som cansado e insondável. Depois, tornou a deixar cair a cabeça nas mãos, e esqueceu-se de seu visitante.

As palavras vieram ter aos lábios de Lucano, involuntariamente:

— Senhor, há uma velha história que meu pai me contou. Um velho perdeu seu único filho, e seus amigos vieram procurá-lo e disseram-lhe: "Por que choras? Nada te pode devolver teu filho." E o velho disse: "É por isso que eu choro."

A única janela alta da biblioteca deixava passar luz hesitante e crepuscular, ensolarada e vaga. O silêncio enchia o aposento. O jovem estava ajoelhado junto do homem e ambos conservavam-se imóveis. Então, Diodoro, lenta e hesitantemente, pôs a mão no ombro de Lucano. Disse, enfim, com voz rouca:

— Também tu a amavas. Mas não eras pai dela.

— Eu perdi meu pai — disse Lucano, voltando o rosto de forma que ele descansasse sobre a mão de Diodoro. Suas palavras vieram num impulso violento. — Olha para mim, nobre tribuno. Sou um filho que não chegou a odiar seu pai, mas chegou a desprezá-lo levianamente, como homem de pouco conhecimento e de muitas pretensões. Tornei-me arrogante, impaciente e condescendente. Esqueci tudo quanto ele sofrera, tudo que ele tinha sabido. Já não achava comovente seu ar bombástico: considerava-o risível. Não perdi meu pai nesses anos, mas meu pai perdeu um filho. E, agora, o filho perdeu seu pai, e não pode ir alcançá-lo para pedir perdão pela crueldade, impaciência e orgulho da juventude.

A mão de Diodoro repousava ainda no ombro de Lucano, e pela primeira vez a vida e a simpatia voltavam aos olhos do tribuno. Não podia ver o rosto de Lucano, escondido como estava nas sombras do capuz. Disse, muito delicadamente:

— Os deuses com certeza não rejeitam contrição, e com certeza as sombras da região da morte têm consciência do arrependimento.

Mas Lucano sacudiu a cabeça, sem poder falar.

— Eu honrei meu pai — disse Diodoro, compassivamente. — Não sou homem sem compreensão. Posso imaginar o que deve ser a lembrança de se ter desprezado o pai.

Fez uma pausa, depois continuou:

— Eneias era um bom homem, honrado, e eu confiava nele sem qualquer reserva. Se lutou para obter sabedoria, essa luta não foi desprezível. Apenas quando um homem não se esforça é que chega a ser menos do que um bom cachorro. Honremos os que em seus corações sabem que não são grandes, pois que eles respeitam e reverenciam a grandeza.

— Sim — disse Lucano. — Mas isso não me absolve.

Diodoro ficou alguns momentos sem nada dizer. Depois, como se pensasse em voz alta, falou:

— É bom viver de tal maneira que quando uma pessoa amada morre não tenhamos remorsos. Mas quem não tem remorsos? Quem não foi rude, ou áspero, ou insensível algumas vezes? Quem não foi humano, com todas as faltas? Por que, então, deveríamos castigar-nos e gritar em voz alta: "Se eu ao menos tivesse sabido! Se eu ao menos tivesse observado! Então, talvez tivesse podido imobilizar a morte com as minhas mãos nuas, antes que fosse tarde demais."

Um ar maravilhado correu pelo seu rosto torturado, como luz frágil, e seus ombros ergueram-se:

— Disse muitas vezes a mim mesmo que fui negligente, que se tivesse guardado mais de perto a minha filha ela poderia estar viva. Mas agora vejo que os deuses têm a hora de sua escolha, e que nada podemos fazer senão rezar pela alma dos que nos deixaram, e que elas terão paz e saberão que nós as amávamos e continuamos a amá-las.

Mas a secura em Lucano tornou-se ainda mais sombria, e o que Diodoro dizia não passava, para ele, de um eco sem significação.

— Sim, sim! — exclamou Diodoro. — Por que me afastei da vida? Por que fui pouco menos do que um bruto, que se enluta e nisso resume sua vida? Se essa foi a vontade dos deuses, que seja. Eles não têm necessidade de nos responder, pois sua natureza fica além de nosso entendimento. — Sacudiu a cabeça com veemência, continuando: — Deixei minha pobre esposa chorar sozinha em seu leito, e ela é a mãe de minha filha, e está pesada com outra criança. Abandonei-a, e quando veio consolar-me eu me afastei dela. Terá sofrido? Terá vagado pelo quarto vazio? Sente falta da voz da donzela, daquela donzela feita de sua própria carne? Que aconteceu comigo, o odioso, o amargurado, que queria vingar em si mesmo a morte de sua filha? Lucano, com toda a certeza os deuses misericordiosos te enviaram hoje até junto de mim! Se eu tivesse continuado a meditar assim sombriamente, acabaria por me atirar sobre a ponta de minha própria espada!

"Eu a vingarei", murmurou Lucano para si mesmo. "Eu a vingarei durante toda a minha vida."

Diodoro olhou para o jovem ajoelhado, cujo rosto duro e branco estava escondido no capuz, e pareceu ao tribuno que ali estava um verdadeiro mensageiro do Olimpo. Rodeou os ombros do jovem com seus braços nodosos, como um pai abraça o filho.

— Não mais precisamos rezar para que nos absolvam dos nossos crimes contra os mortos, mas dos nossos crimes contra os vivos — disse ele. — Levantemo-nos, pois, como homens, e vamos cuidar das coisas da vida. Os vivos esperam por nós.

Então, como Odesseu[1] e seu filho, choraram juntos, e as lágrimas de Diodoro curavam, enquanto as de Lucano eram escaldantes e ácidas.

O moço atravessou a floresta gotejante em direção de sua casa e dizia consigo, transido e incrédulo: "Mas que lhe disse eu? Que mensagem lhe levei? Na verdade nada disse. Falei sobre meu pai, por quem não sofro

---

[1] Nome grego de Ulisses, lendário rei de Ítaca, um dos principais heróis do cerco de Troia, cantado por Homero na *Ilíada*. Sua volta ao lar é o objeto da *Odisseia*, o outro célebre poema homérico.

realmente, por quem sinto apenas remorso. Quando falei, meus pensamentos estavam com Rúbria e não com Eneias, meu pai. E a ela hei de vingar, seja contra que deuses for."

Diodoro entrou no quarto de sua esposa, que estava deitada em sua cama, mergulhada em tristeza. Ela teve um sobressalto, quando o marido entrou, e ao lhe ver o rosto ajoelhou-se na cama com um grito soluçado, estendendo-lhe os braços. Agarrando-se a ele, pôs-se a chorar contra seu ombro.

— Perdoa-me, querida — disse-lhe ele, suas lágrimas confundindo-se com as dela.

Íris, de pé na sombria e enevoada escuridão da noite, à porta de sua casa, viu o filho aproximar-se, e esperou por ele, sem fazer-lhe um aceno, sem cumprimentá-lo. O rapaz entrou, atirou para um lado sua capa e a moça viu-lhe o palor dos lábios, o azul pétreo e áspero de seus olhos. E falou:

— Viste Diodoro? Rezei para que fosses ter com ele, para que te lembrasses de que ele é um pai para ti. Dize-me: ainda está alquebrado pela tristeza?

Os olhos de Lucano faiscaram.

— Há uma coisa que eu não compreendo e que poderia ter entendido quando era uma criança irrefletida. Falei com Diodoro. Não lhe falei de Rúbria, mas de meu pai. E ele se levantou como se tivesse renascido. Não me perguntes o que eu disse, porque não me recordo.

Íris acendeu uma lâmpada. Voltou o rosto para o filho, e nunca lhe tinha parecido tão bela, assim envolvida em luz dourada, tão semelhante a sua estátua esculpida por Fídias. Dirigiu-se para Lucano e pôs delicadamente a mão no rosto dele.

— Aqueles aos quais os deuses dão uma mensagem nem sempre a compreendem — disse ela e, pela primeira vez desde a morte de Eneias, sorriu.
— Outros ouvem, e seus corações compreendem.

Lucano jamais havia falado bruscamente com a mãe, mas agora exclamou:

— Estás falando tolamente. Falas como mulher e as mulheres tagarelam a propósito de nada. Ah! — e a voz dele modificou-se — lamento. Não chores, mãe. Tens o mais terno dos corações. Mas eu não sinto outra coisa além de ódio e desejo de vingança. E hei de me vingar!

Foi para seu quarto, não vagamente, mas com um propósito. Apanhou os rolos dos livros que estavam nas prateleiras, acendeu uma lâmpada, e começou a estudar.

13

Cusa pensou: Arquimedes[1] garantiu que com uma alavanca poderia mover o mundo. Mas, ó deusa de Chipre, a mais poderosa de todas as imortais, podes mover não só o mundo, mas os mundos, e os próprios deuses; podes erguer a vida dos próprios braços de Plutão, e dar ao homem uma estatura tal que ele consegue desafiar o Olimpo com um só juramento, que será ouvido pela estrela mais longínqua!

Olhava para Lucano com disfarçada comiseração, pois o rapaz parecia não mais dormir, porém devorar as lições, como se tivesse os olhos de Hidra.[2] Em certa ocasião dissera a Lucano, sorrindo, mas alarmado:

— Virgílio[3] disse que a prerrogativa dos deuses e dos homens é o riso. Agora, nunca ris. Por acaso odeias? Lembra-te que o ódio tem apenas vitória de Pirro.[4]

Lucano, porém, deu-lhe um rápido olhar e desenrolou outro livro, curvando sobre ele sua cabeça dourada, como se Cusa tivesse articulado o mais asnático dos comentários.

Com certa irritação, Cusa falou:

— Virgílio também disse que a humanidade despertava o riso dos deuses. Será por serem os homens tão sérios, especialmente quando são jovens? Por Atenas, tu depressa farás com que nada mais tenha a ensinar-te!

---

[1] Matemático ilustre, nascido em Siracusa, 287 a.C.
[2] Referência à chamada Hidra de Lerna, que, segundo a fábula, era uma serpente monstruosa, com sete cabeças que renasciam à proporção que eram cortadas. Um dos doze trabalhos de Hércules foi a destruição desse monstro.
[3] O mais célebre dos poetas latinos (71-19 a.C.).
[4] Rei de Épiro, nascido mais ou menos em 318 a.C. e célebre pelo seu combate aos romanos. Teve algumas vitórias, mas tão caro lhe custaram que ele próprio respondeu a um dos generais que o felicitavam: "Mais uma dessas vitórias, e estou perdido." Daí a expressão usada.

Em outra ocasião, ele disse:

— Há mais alguma coisa no mundo, além da medicina. Espera até que chegues a Alexandria! — Sacudiu a cabeça, com ar agoureiro, e rematou: — Cláudio Vesálio, que ali vive, uma criaturinha afetada, irá levar-te pelos caminhos da matemática, coisa de que entendes tanto quanto um macaco.

Caminhando a sós através das florestas ao lado do rio, ou nos jardins, ou deitado na cama, ou comendo e bebendo sobriamente, ou trabalhando em suas lições, ou assistindo Keptah, Lucano tinha apenas uma imensa pergunta: Onde está Rúbria? Todas as cores, luzes, formas maravilhosas de árvores, flores, fios de relva, pássaros, animais, insetos, borboletas, abelhas e estrelas tinham desaparecido dos olhos de Lucano. Todo o seu trabalho significava apenas caminho para a vingança, que era o seu fim, e a beleza deixava a medida e a consciência de seus olhos. A nada respondia, a não ser a um grito de dor, e quando um escravo morria ficava inconsolável durante vários dias. Não havia mãos mais delicadas e compassivas do que as suas, e não havia olhar mais amargo do que o seu, quando Keptah mostrava-se impotente para ajudar um sofredor.

— Se isso é tudo quanto podes fazer, então não podes fazer nada — dizia ele.

Keptah respondia, brandamente, mas com alguma severidade:

— Os homens são imortais?

Sem se sentir confortado, Lucano perguntava a si mesmo: Se não somos imortais, então por que nascemos? Se ao menos eu pudesse acreditar que Deus não existe! Mas acredito Nele, e Dele tirarei Suas vítimas, se não consigo tirar Sua resposta! Ele me persegue. Ele persegue todos os homens, para a satisfação de Seu ódio.

Outrora, o aspecto do mundo parecera iluminado por alguma radiosidade profunda que não vinha do sol, da lua ou das estrelas, mas de certa emanação que jazia por baixo, e ainda em torno de sua aparência física. Agora, o mundo estava iluminado a seus olhos por um clarão violento, que magoava a vista, levando consigo a incandescência do inferno. Conforme os dias passavam, sua ira e sua angústia não decresciam. Eram como que um fogo eternamente alimentado, que cada noite, ao dormir, queimava até se reduzir a cinzas, e pela manhã erguia-se das cinzas, como uma fênix,[5] cujas asas fossem de agonia. Keptah, observando-o à socapa, pensava: Ele é como Jacó: lutando com o anjo, mas meu pobre discípulo está lutando com ódio e tormento. Não tem a visão da escada pela qual os anjos sobem até Deus; sua escada tem degraus de chama, que descem para as regiões infernais. Como o Rei de Nemi, caminha pelos campos da ira de espada desembainhada, esperando pelo destruidor. E Keptah rezava: "Oh! Tu, o muito Santo, o muito Misericordioso, o muito Divino, o muito Compassivo, que caminhas hoje sobre esta terra, num lugar que não conheço, sob o disfarce de uma criança, olha com compaixão para este que é pouco mais velho em sua carne do que Tu! Como Jó gritou para Ti, assim ele grita em seu coração, e ainda não ouviu a Tua voz. Tem misericórdia, Senhor, tem misericórdia!"

Lucano, quando criança, indagava das coisas mais simples e inocentes: "Estás aí? Ou Ali?" Agora, porém, nada via em torno de si, e perguntava, apenas: "Onde está Rúbria?" O único alívio para sua dor era tratar de alguém que sofresse. Os escravos viam-no aproximar-se, e Keptah maravilhava-se com o súbito brilho ansioso de seus rostos, e com a cessação de seus gemidos quando Lucano, deliberadamente, fazia-lhes perguntas, e como respondiam, humildes e esperançosos. Bastava que ele pusesse a mão em fronte febril para afastar a febre e dar sono ao pobre escravo. Seus olhos azuis tinham agora uma qualidade profunda e penetrante, e uma figura apaixonada. Ajudava Keptah nos trabalhos de parto, e mantinha os recém-nascidos em seus braços, como um pai, junto de seu peito, protegendo-os. Os escravos esqueciam-se de que se tratava do filho de um antigo escravo; os mais velhos esqueciam-se de que outrora o haviam ridicularizado por suas pretensões; de que tinham rido dele quando criança; de que tinham repreendido, invejado, e mesmo esbofeteado aquele menino. Em poucas semanas ele se tornara um libertador; alguém que era santo e podia aliviá-los, cujos olhos podiam levar os seus a se fecharem em repouso; cujas mãos possuíam estranha qualidade de conforto e cuja voz conseguia afastar o terror ou a culpa. "Apolo tocou-o", sussurravam uns para os outros. Olhavam-no com supersticioso e temeroso respeito; com medo e reverência.

---

[5]Pássaro fabuloso, que viveu durante vários séculos nos desertos da Arábia, deixando-se queimar numa pira e renascendo das próprias cinzas. Era o único de sua espécie.

Quando um marido, uma esposa ou um filho morria, os parentes agarravam a mão de Lucano e suplicavam-lhe, a ele, o inconsolável, que lhes desse consolo. Lucano tinha apenas lágrimas para dar-lhes, mas eles viam aquelas lágrimas, consideravam-nas piedosas lágrimas dos deuses, e sentiam-se consolados. Keptah não se surpreendia com tais manifestações do mágico poder de curar que Lucano possuía. Sua única preocupação era o próprio Lucano. Quando estava longe do pequeno hospital, o brilho suave do rosto do jovem desaparecia e, de tão austero e reservado, aquele rosto se tornava quase áspero.

Um dia, Keptah chamou Lucano para junto de si, em seus próprios aposentos. O médico estava à sua mesa, com muitos livros desenrolados em torno, e tinha o rosto grave e sombrio.

— Deves ter percebido, meu Lucano, que tens o dom de curar. Estás surpreendido? Não o fiques. Chega, não discutiremos isso agora. Temos um problema sério pela frente. — Estendeu para ele um frasco com urina turva e escura. — Dize-me: o que achas disto?

Lucano apanhou o frasco, cheirou seu conteúdo, deixou que ele corresse pela parte clara do cristal. Depois, disse:

— Este homem está muito doente, a urina mostra-se cheia de venenos, condensada, má e de cor escura. Penso que vejo a presença de sangue. Os rins dele estão perigosamente comprometidos. — O rosto jovem animou-se: — Devemos prescrever grandes quantidades de água, e proibir sal, mandando dar imediatamente banhos de vapor para provocar suores abundantes.

Keptah respondeu:

— Não se trata de um homem. Essa urina é de uma mulher que muito em breve dará à luz. Ela tem edema do ventre e do rosto, bem como em torno dos tornozelos.

— Então devemos retirar o fluido — disse Lucano, em tom interrogador. Tornou a examinar o frasco, e disse: — Ela pode morrer.

— Sim — confirmou Keptah. Suspirou profundamente. — Faltam ainda pelo menos seis semanas para que a criança esteja em condições de nascer. Mas precisamos apressar imediatamente o parto. A criança, muito provavelmente, morrerá, como prematuro que é. Trata-se de uma escolha terrível que devemos fazer. A única oportunidade de salvar agora a mulher, que está sendo envenenada pelo seu próprio feto, é o parto induzido. Na verdade, não há sequer escolha! A situação é desesperadora.

— E a criança não pode viver?

— A possibilidade é mínima — disse Keptah, deixando cair a cabeça entre as mãos e soltando um suspiro que era quase gemido.

Lucano teve pena dele, e da pobre mulher, e ainda mais pena da criança inevitavelmente condenada à morte, fosse ou não fosse o parto provocado de imediato. Depois, disse consigo mesmo: Ainda assim, é bom viver?

E disse a Keptah:

— A mulher pode ter outro filho, mesmo que perca este. Ela já foi mãe?

Keptah olhou com ar estranho para ele.

— Sim. Teve uma filha. E essa filha morreu. A mulher não é jovem; esperou por este filho muitos anos, e agora ficará inconsolável se ele também morrer. E o marido também sofrerá muito, ou ainda mais, pois esperou longamente por um herdeiro.

Lucano sentou-se bruscamente, o rosto lívido. Então, suas mãos apertaram-se sobre a mesa:

— Aurélia — sussurrou ele.

— Tudo ia muito bem até cinco dias atrás — disse Keptah. — É a toxemia gravídica, uma coisa letal. Tive receio disso quando a Senhora Aurélia começou a apresentar dores de cabeça, ultimamente, e um pouco de febre. Observaste a urina. Sabes o que isso significa. Preciso do teu auxílio. Vou mandar um escravo chamar tua mãe. É uma felicidade que o nobre tribuno não tenha ido hoje a Antioquia.

Levantou-se, e olhou severamente para Lucano:

— Aurélia teve duas convulsões esta manhã. Dei-lhe um sedativo, e suas aias estão com ela; não a deixam por um momento. Eu a sangrarei daqui a pouco, e preciso de tua assistência. — Parou, e seu olhar tornou-se mais profundo, sobre o jovem: — Que é isso? Estás aí sentado, como se tivesses sido atingido pela morte. — Levantou a mão, em advertência: — Há trabalho sério a fazer, e se tu me faltas nisto, terei de dizer a Diodoro que está desperdiçando seu tempo, que desperdiçará seu dinheiro em tua educação. Vamos!

Keptah abriu o caminho de seus aposentos até a biblioteca, através da casa. Ali, Diodoro esperava, impaciente. Seus olhos violentos estavam fixos de medo.

— Bem! — exclamou. — Não é sem tempo, pelos deuses! Mandaste-me um recado esta manhã, relacionado com a Senhora Aurélia! De que se trata!

Lucano contemplou-o com piedade e temor. Não amara exatamente Diodoro, pois seu temperamento naturalmente austero e reservado não se coadunava com violência e emoções fortemente expressas, e era raro que se mostrasse zangado ou furioso. Para ele, Diodoro era rápido demais em suas tumultuosas mudanças de disposição. Suspeitava que ele fosse instável, embora o honrasse pelos seus conhecimentos e pelo seu amor da beleza de um poema ou de uma prosa elevada e pela sua vasta e — para Lucano — às vezes incrível erudição. Lucano sabia que o procônsul gostava dele, não como um filho, mas talvez como um sobrinho predileto, e lhe era grato a seu modo calmo, tentando sempre retribuir aquele afeto com simpatia e respeito. Apesar disso, e muito lhe pesava, não podia retribuir, e não retribuía integralmente a afeição de Diodoro.

Fora atingido menos pelo pensamento do parto iminente de Aurélia, com morte possível, do que pela volta súbita de sua dor por Rúbria, numa casa que ainda tão recentemente conhecera a morte. Para Lucano, não era tanto Aurélia que estava em perigo, e sim a mãe de Rúbria.

Mas agora, ao olhar em silêncio para Diodoro, seu coração apertou-se, e sentiu por ele um amor filial, e desejou tombar aos seus joelhos, como um filho, e encostar a face em sua mão, cobrindo-a de lágrimas. Soube, instantaneamente, que aquele romano de olhos violentos, de nariz adunco, estava para suportar de novo a agonia do desgosto, se não por uma esposa, então por um filho, e daria naquele instante sua própria vida para poupar a Diodoro tal indizível tortura.

Keptah disse:

— Senhor, tenho notícias tristes a te dar. Deverei ver imediatamente a Senhora Aurélia, mas ainda devo preparar-te. Preciso fazer o parto imediatamente, se tua mulher tem de viver. — Calou-se, e seu rosto moreno ficou lívido de emoção.

Diodoro tombou pesadamente numa cadeira. Tentou umedecer os lábios grossos. Depois, teve um paroxismo de tosse seca, como se estivesse sufocado. Não podia olhar para o médico, que se conservava de pé a seu lado, como descarnada estátua da dor, em seu traje de linho cinzento.

Keptah continuou, rapidamente:

— Não temos alternativa, senhor. Não te posso dizer: "Devo salvar a senhora ou devo salvar a criança?" A não ser que o parto seja provocado, tua esposa morrerá, não levando a termo o filho, e a criança morrerá no corpo dela. Desejei preparar-te para o fato de ser a criança prematura ao nascer, sendo mais provável que morra imediatamente. Agora, devo ir.

Diodoro agarrou uma dobra da veste de Keptah, prendendo-a fortemente, e em seu rosto havia o mais acovardado desespero:

— Salva Aurélia! — suplicou ele, em voz abafada. Olhou alucinadamente, quase cegamente, para o médico, e chegou o corpo até a beirada da cadeira, tremendo violentamente em sua forte estrutura.

— Que é um filho para mim, se minha esposa morrer? Que seria uma dúzia de filhos? — As veias de sua testa fizeram-se roxas e salientes, e em seu pescoço distinguia-se um forte latejar: — Tu a salvarás! Tu precisas salvá-la!

Havia uma súplica em sua voz hesitante, uma angústia crescente.

Lucano aproximou-se rapidamente dele, colocando a mão sobre seu ombro largo. E disse, em voz clara e forte:

— Foste um pai para mim, senhor e, como filho, deixa que eu te console. Dou-te minha força! Daria a minha vida por ti!

Keptah, que estava fazendo um movimento para partir, olhou por sobre o ombro para Lucano, e sorriu, ligeira e estranhamente. Diodoro, porém, apenas deixara o manto do médico escapar de sua mão enfraquecida, e embora voltasse seu rosto lívido para Lucano, era evidente que não o via nem o entendia.

— Vem — disse Keptah. — Precisarei de teu auxílio, e não podemos nos demorar mais nem um instante.

— Não posso ficar com ele?

— Não. Pensas que ele é mulher? Trata-se de um homem.

Keptah saiu rapidamente do aposento, o manto inflado, as sandálias deslizando pelo piso de mármore. Lucano hesitou. Gotas de suor, como grandes pedras úmidas, corriam pesadamente da testa de Diodoro, e depois caíam, intactas, no peito de sua túnica, ou rolavam por ele abaixo. Lucano correu para a mesa, deitou um pouco de vinho num copo, e chegou-o aos lábios secos de Diodoro. Como alguém tomado de estupefação, ou atordoado para além da resistência humana, o tribuno engoliu obedientemente um gole lento após o outro.

Se eu ao menos pudesse rezar!, pensou Lucano. E nele houve um terror frio, compreendendo, estranhamente, quanto Deus representa para um homem em suas horas supremas, e tendo noção de sua própria e horrível solidão. Mas não se reza para um Deus de aflição, que nada se importava com as lutas humanas, antes as ordenava.

Diodoro sussurrou, roucamente:

— Se ela morrer, eu seguramente não poderei viver, pois lhe fui infiel em meu coração, e ela é a mais amorosa e terna das esposas, a que mais se sacrificou, a mais querida.

Lucano viu que o homem abatido mal tinha noção de sua presença, como se ele fosse uma sombra misteriosa que lhe estivesse dando auxílio. Não pôde suportar aquele sussurro seco e rumorejante. E disse:

— Senhor, permite-me; tens sido o melhor dos maridos e... os deuses... não te abandonarão. Ela viverá, com certeza!

Os olhos de Diodoro não tinham lágrimas; tudo quanto podia fluir dele, fluía de sua testa. Lucano, porém, chorou, baixando a cabeça sobre a do homem mais velho e encostando a face sobre seu cabelo áspero e eriçado. Diodoro ouviu aquele som lamentoso, e moveu-se vaga e inquietamente, vendo então Lucano pela primeira vez.

— Ah! És tu? — murmurou. — Tu me consolaste antes. Tu me consolas agora, Lucano.

Lucano pousou o copo vazio e puxou, para mais perto do tribuno tiritante, o braseiro onde o carvão ardia. Apanhou de sobre uma das cadeiras um manto de lã e envolveu com ele aqueles ombros curvados, pois o dia estava frio e o sol mostrava-se pálido, descolorido. Diodoro permitiu que ele lhe prestasse aqueles pequenos serviços carinhosos, e um leve estupor passou-lhe pelo rosto, logo substituído por uma expressão vaga.

— Devo ir ajudar Keptah — disse Lucano, sentindo de novo sua própria e horrenda solidão. Sem olhar para trás correu para fora do aposento, as lágrimas ainda rolando pelo rosto.

Keptah encontrara Aurélia entorpecida pela droga que ele lhe ministrara. Arquejava, porém, em sua cama, e em seu rosto tumefato um horrível tom azulado se espalhava. Erguera os joelhos sob as cobertas, e uma das mãos apertava-se contra o ventre dolorido. Seus músculos contraíram-se em todo o corpo, como se possuíssem vida própria, desligada da mulher. Sua língua inchada surgia de entre os lábios intumescidos e nos cantos deles havia espuma sanguinolenta. Sua respiração estertorosa enchia o aposento. As enfermeiras deram ao médico a notícia de que alguns momentos antes a senhora estivera quieta e aparentemente adormecida.

Keptah tomou-lhe o pulso e, encostando a cabeça ao peito dela, ouviu-lhe o coração. Estava acelerado, e dava saltos. Levantou a cabeça, e Aurélia recomeçou a debater-se contra as almofadas que lhe amparavam o corpo, na prevenção de que tombasse da cama durante uma das convulsões. Enquanto seu corpo em sofrimento retorcia-se, ela se ia fazendo cada vez mais consciente. Disse a Keptah:

— Deves salvar a criança. Eu estou muito doente. Talvez morra. Isso não tem importância. Salva a criança para meu querido esposo. — Levantou-se a meio na cama e agarrou o braço magro dele, enquanto suas tranças escuras e úmidas tombavam, emaranhadas, sobre seus ombros e seios.

Keptah estendeu a mão para uma bandeja que uma das enfermeiras lhe apresentava, e deitou um pouco de um líquido dourado, viscoso e brilhante, num copinho. A arquejante Aurélia olhou para aquilo com ar de dúvida.

— Isso salvará meu filho? — suplicou ela, em tom lastimoso.

O médico nutria por ela demasiada reverência para mentir-lhe. Disse:

— Senhora... e se Diodoro desejasse que tu sobrevivesses e a criança morresse?

Seus lábios intumescidos e raiados de sangue sorriram tristemente:

— A criança será um conforto para ele. E terá outro consolo, e eu abençoo esse consolo e, se me for permitido, ao atravessar o Estígio[6] rogarei pela felicidade dele. Porque ele foi para mim mais do que pai e mãe, irmão, irmã e filho.

Keptah curvou-se reverentemente diante dela, como diante de uma deusa, e levou-lhe o copo aos lábios. Aurélia bebeu, em goles que lhe custavam dores, pois tinha a garganta contraída. Então, por sobre o ombro de Keptah ela viu alguém, e seus olhos embaçados fizeram-se imediatamente atentos,

---

[6] Rio do Inferno, ao qual se dava a volta sete vezes. Suas águas tornavam invulnerável quem nelas mergulhasse, e quando os deuses juravam por ele tal juramento tornava-se irrevogável.

profundamente amorosos e suplicantes. Keptah seguiu-lhe o longo olhar e viu que Íris tinha entrado no aposento, envolvida em lã branca que a protegia do frio; suas tranças douradas tombavam quase até os joelhos.

A grega aproximou-se imediatamente de Aurélia e acariciou-lhe o cabelo escuro com delicada solicitude, os olhos azuis estudando o rosto cianosado e tenso da doente. Aurélia esqueceu todos os demais que estavam no quarto, menos a sua amiga. Levantou a mão trêmula e tomou a de Íris, e entre as duas mulheres passou uma permuta, eloquente e silenciosa.

Então, Aurélia tombou de novo sobre seus travesseiro e olhou firme para Keptah:

— Contam que retiraram Júlio César do ventre cortado de sua mãe para que ele vivesse. Podes fazer isso comigo? Que é a minha vida, comparada com a felicidade de meu marido?

— O que te dei a beber, senhora, apressará o trabalho de parto — disse Keptah, evitando-lhe os olhos. — O resultado só a Deus pertence.

— Mas a criança está longe do tempo — gemeu a infeliz senhora.

— Não muito longe, um pouco menos de sete semanas — falou o médico. — Vi outras mais novas sobreviverem.

Lucano entrou no aposento e ficou ao lado do médico, o rosto marcado com a evidência de suas lágrimas. Ele e sua mãe enchiam o quarto com a beleza e a solenidade de sua estatura, e mesmo Keptah, alto e nobre, ficava diminuído. O vento tardio e frio do inverno fazia voar as cortinas da janela. Vasilhas de bronze, cobertas, cheias de brasas ardentes, foram colocadas em torno do corpo convulsionado de Aurélia. A mente da senhora aclarava-se, com a chegada da morte. Íris ajoelhou-se ao lado dela, pois Aurélia não lhe largava a mão. E disse à liberta, em tom franco:

— Tudo quanto tenho eu te entrego. Não chores. Tens sido minha amiga, e amigos valem mais do que nascimentos, mais do que dinheiro, mais do que posição, mais, mesmo, do que a própria Roma. Peço-te o que darias em qualquer circunstância: devotamento e amor, de todo o teu coração.

Lucano, em pé ao lado de Keptah que esperava, ficou espantado e confuso. Que dizia Aurélia à sua mãe? Que significava aquela enigmática conversa, e por que sua mãe chorava silenciosamente, sem fazer perguntas? Então, esqueceu tudo, no seu apaixonado cuidado por Aurélia, pois o rosto da senhora sofrera modificações, uma atenção como se ela estivesse ouvindo algo que se poderia ouvir com sua alma. Seu corpo inchado tornou-se instantaneamente rígido, e ela atirou os braços, erguendo-se em arco, em súbita convulsão. Seu pescoço esticou-se, seus ombros ergueram-se, e um vasto e oculto gemido subiu de sua garganta, como se viesse de algures, de um lugar profundamente enraizado em sua carne. Os olhos tornaram-se protuberantes e a língua debatia-se entre os lábios arroxeados.

— Olha — disse Keptah em voz baixa, para Lucano. Afastou para o lado as cobertas e dobrou para trás a camisa de Aurélia. O ventre azulado e alto, veiado como o mármore, palpitava com força, e ondulações musculares corriam por ele. Então, pelo canal do nascimento, veio um rápido jato de sangue e água misturados, e o quarto encheu-se do odor daquele líquido. Keptah introduziu os longos e finos dedos no corpo da pobre senhora, e ela gemeu de novo, enquanto Íris tomava-lhe ambas as mãos nas suas, apertando-as com força. Uma das enfermeiras começou a soluçar, e as outras duas tombaram de joelhos, em oração desorientada. Agora, Aurélia gemia continuamente, até que o som pareceu parte do próprio aposento, parte do vento equinocial.

Lucano sabia o que fazer. Apertou com ambas as mãos o alto ventre e acompanhou ritmicamente as ondulações dos músculos, em suas tentativas para expulsar o filho da carne materna. Mas os músculos estavam contraídos pelas convulsões de Aurélia e resistiam como ferro sob as mãos do jovem. Ele fechou os olhos, e suas mãos e dedos sensíveis cumpriram sua tarefa, dando sua força à ondulação muscular, quando esta enfraquecia.

As convulsões produzidas pela doença de Aurélia estavam impedindo o nascimento da criança, mas Keptah ainda hesitava diante da coisa horrível que sabia, agora, ia ser obrigado a fazer. A criança morreria, provavelmente, depois de nascida, ou nasceria morta. Ainda assim, havia uma possibilidade de ser um parto viável, e mínima possibilidade de que a criança sobrevivesse. Para que isso pudesse acontecer, entretanto, o colo do útero tinha que ser alargado com o bisturi, e a criança extraída a força. Aurélia, então, morreria de hemorragia proveniente do órgão cortado. A cabeça da criança não podia ser encontrada pelo fórceps nas condições presentes, pois não tinha ainda descido para a entrada do útero, devido a sua prematuridade, e também por causa das convulsões do corpo de Aurélia. Pior ainda — Keptah agora verificava, depois de mais um exame —, a criança apresentava-se em posição anormal, de nádegas. "Oh! meu Deus!", gemeu ele, audivelmente.

A um sinal de Keptah, Lucano colocou o ouvido sobre o peito levantado de Aurélia. Olhou alarmado para o médico, pois o coração da senhora mostrava-se perceptivelmente mais fraco, embora o ritmo se acelerasse. Além disso, a agonia de Aurélia estava se tornando maior do que lhe era possível suportar. Quando Lucano viu a mão trêmula e escura de Keptah estender-se para um bisturi curto e forte, mordeu os lábios com força, e sentiu-se repleto de selvagem e impotente cólera.

Curvou-se então sobre Aurélia, e tomou-lhe o rosto gelado e úmido nas mãos. Pela força de sua vontade atraiu para os seus os olhos arregalados dela, e começou a murmurar, hipnoticamente:

— Não sentes dor — e repetia, repetia. — A dor passou. Estás com sono, cansada. A dor passou, tens muito sono, estás relaxando teus músculos, a dor passou, dormirás agora...

Aurélia viu-lhe os olhos e ouviu-lhe a voz. Os olhos do rapaz brilhavam para ela como luas azuis nadando nas trevas. Encheram todo o universo, tornando-se a cada momento mais brilhantes. E tudo era delicadamente embalado por aquela voz: ela sentia-se flutuar num mar sem luz, mas infinitamente consolador, sem dores. Uma sensação beatífica apoderou-se da mulher, uma leveza, uma liberdade sem angústia. Tudo estava explicado, tudo estava compreendido, tudo era júbilo e paz. Ela não sentiu o bisturi recortar sua carne, nem o cascatear de seu sangue. Não tinha corpo. Soria, e o sorriso parecia ser retribuído por alguém, que de profundidade muito mais longínqua vinha ao seu encontro, uma profundidade impregnada de amor, ternura e compaixão. "Mamãe", disse ela, com voz fraca, e contente. Depois, ficou imóvel.

Lucano levantou a cabeça, olhou para Keptah, e sentiu-se repleto inteiramente de fel.

— Morreu — disse ele.

Mas Keptah puxava as pernas de uma criança de dentro do corpo da mãe, pernas minúsculas, grotescamente cambaias, pequeninas como as de uma boneca e azuladas. Agora, com rapidez cada vez maior, foi aparecendo seu ventre mínimo, seu peito minúsculo, depois a cabeça molhada de sangue, como se mostrava todo o seu corpo, onde os olhos de boneca estavam fechados, a boca sem hálito.

A criança, então, ficou entre as pernas mortas da mãe, tão imóvel quanto ela, num charco de seu sangue. Íris pôs a cabeça ao lado do rosto imóvel de Aurélia, e seu choro encheu o aposento, no qual os gemidos tinham cessado; foi como que a continuação do lastimoso som.

Estava acabado; nenhuma das vidas fora salva. Keptah cobriu o rosto com as mãos e ajoelhou-se aos pés da cama. Lucano endireitou o corpo rigidamente. Todo ele parecia estourar de fria cólera, abominação e ofensa. Duas criaturas haviam morrido sem razão alguma, e sem qualquer bom propósito. Mais duas que eram dadas à morte pela mão selvagem de Deus.

— Não! — exclamou Lucano, com veemência. — Não!

Correu para os pés do leito e levantou nos braços a criança que não respirava. Por um momento, a leveza dela apavorou-o. Pesava menos do que o boneco que ele dera a Rúbria havia muitos anos. Tinha a carne fria e pálida, o rosto azulado, a cabeça balouçante. Lucano abriu à força os lábios do menino, meteu-lhe o dedo na garganta, arrancando dali um coalho de sangue e muco. Ninguém lhe prestava atenção quando ele apanhou uma coberta quente e envolveu nela a criança. Abriu de novo a boca incrivelmente pequena, segurou a criança contra seu rosto, e forçou profundas expirações sobre sua garganta e pulmões. Concentrou toda a sua atenção, todo o seu desejo, no recém-nascido. Íris continuava a chorar alto, Keptah estava ajoelhado, rezando pelas duas almas que tinham deixado seus corpos, e as enfermeiras se lamentavam, as cabeças encostadas ao soalho.

— Vive! — ordenou Lucano à criança, e grandes gotas de suor porejavam-lhe da carne e encharcavam suas vestes. Seu hálito forte entrava e saía na garganta da criança, como a própria vida, sombria e propositadamente, que não quisesse ser negada. Seus dedos delicados, mas firmes, rodeavam o tórax do bebê, comprimindo e rapidamente soltando aquele peito, enquanto mantinha e continuava a respirar profundamente dentro da garganta dele.

Íris puxou uma colcha sobre o rosto tranquilo e morto de Aurélia, e seu choro apagou-se ao ver o leve e calmo sorriso nos lábios de sua senhora. O retalho de céu cinzento escurecia como uma tempestade que se aproximava; havia sons distantes de trovoada, e depois veio o fulgir de um relâmpago.

As enfermeiras escravas continuavam a soluçar, a gemer e a rezar pelos mortos. Keptah sentou-se sobre os calcanhares, a cabeça baixa. O vento e a trovoada misturavam-se às suas vozes.

De repente Keptah teve um sobressalto e deu um pulo, pondo-se de pé. Porque havia no quarto um som novo, frágil e delgado como o grito de um filhote de pássaro. Keptah correu para Lucano e exclamou, com temeroso respeito:

— O menino vive! Não está morto!

Mas Lucano não o via nem o ouvia. Seus dedos moviam-se com firmeza e ele introduziu seu hálito e sua vontade e sua vida naquele corpo infinitesimal. A criança moveu-se contra o seu coração, fragilmente, como uma avezinha que se debatesse. Seu rosto manchado de sangue perdeu seu livor, enrubesceu profundamente. A mão incrivelmente pequenina atirou-se contra a coberta de lã.

— Ele vive! — exclamou Keptah, dominado pela alegria. — Ele respira! Foi um milagre de Deus!

Ninguém, a não ser Íris, viu Diodoro entrar no quarto, cambaleando como um homem embriagado. Ela dirigiu-se para ele e tombou de joelhos, abraçando-lhe as pernas e chorando em voz alta.

14

Lucano estava lendo o sétimo livro de Heródoto,[1] no qual ele escrevera sobre Xerxes, que chorara quando da vitória. Então, o tio de Xerxes, Artábano, viera consolá-lo, e dissera: "Majestade, primeiro congratulai-vos convosco mesmo, depois chorai", ao que Xerxes respondeu: "Eu fui tomado de piedade à lembrança da brevidade da vida humana, quando compreendi que, de todas essas multidões, nem um só indivíduo estará vivo daqui a cem anos."

---

[1] Historiador grego, chamado o Pai da História (484-425 a.C.).

Artábano replicara: "Na vida temos outras experiências mais lastimáveis do que essa. Nossa existência é realmente breve, como dizeis, e, ainda assim, não há um só indivíduo, neste exército como no mundo, tão constitucionalmente feliz, que neste prazo, breve como é, não se encontre, não uma vez, mas várias vezes, desejando estar morto e não vivo."

"Sim." Lucano pôs de parte o livro e encostou a cabeça na mão, olhando sem ver para o quente raio do sol de verão que tombava sobre seu pé calçado de sandália. Estudava muito em casa, agora, fugindo da sala de aula no momento em que as lições terminavam, para escapar dos escravos, que persistiam em curvar-se diante dele, ou em tocar-lhe as roupas ou em cair de joelhos à sua frente, implorando sua interferência junto dos deuses. Horrorizava-o e causava-lhe repulsa a ideia de que ele, tão irremediavelmente afastado de Deus, recebesse súplicas para ser intermediário entre os sofredores e Ele. Evitava os olhos de adoração e as mãos erguidas. Desejava gritar-lhes:

— Eu vos digo! Ele nos dá a vida só para que morramos na escuridão. Dá-nos olhos para que possamos ver a fealdade da morte, dá-nos amor para que possa destruir-nos! É melhor adorar Caronte[2] do que Ele!

Mas não podia dizer tais palavras, embora fervessem em seu coração. Desde que salvara a vida do pequeno Prisco, os escravos acreditavam, devotadamente, que ele fora tocado pela divindade. Não podia mais ir ao hospital nem visitar um escravo doente em companhia de Keptah. Havia seis meses que aquilo se passava. Depressa iria para Alexandria, onde seria apenas um dos estudantes anônimos, e tratado com altaneria, o filho de um antigo escravo, o protegido de um romano de bom coração. Neste meio-tempo mantinha a porta fechada para os que chegavam até ela, humildemente, e punha as mãos sobre os ouvidos, à noite, para não ouvir sua mãe, que respondia com tristeza às importunações deles. Estudava desenhos mortos de anatomia com Keptah, mas não ouvia os vivos. Quando Keptah o censurara, certa vez, respondera, frenético:

— Devo dizer-lhes aquilo em que acredito? Que Deus é o seu inimigo? Hei de dizer, isso, com certeza, se me forçares a falar com eles. E que lhes adiantará isso? Eu não sou um mentiroso!

---

[2]Barqueiro do Inferno que atravessava em sua barca as almas dos mortos, desde que lhe dessem um óbolo. Por isso havia o hábito de colocar uma moeda na boca dos defuntos, antes de amortalhá-los.

— Tu te pareces ao arqueiro parta que, recuando, atira flechas envenenadas por cima dos ombros — disse Keptah. — Digo-te, Ele te persegue e tu não Lhe escaparás. Teus dardos ferem-No, mas ainda assim Ele te persegue por Seu amor, não por Seu ódio. — Apesar disso, o médico compreendia com profunda piedade.

Uma abelha zumbiu através da janela sem cortinas, e pousou no livro enrolado que estava junto da mão frouxa de Lucano. As asas douradas fremiam, e ela, delicadamente, explorou o manuscrito. Suas pernas delgadas perambularam nervosamente. De repente, ergueu voo e pousou na parte de trás do dedo do jovem, que lhe viu os grandes olhos brilhantes e suspirou. Levantou-se devagarinho, caminhou lentamente até a janela e deixou a pequenina criatura voar, separando-se dele, seguindo-lhe o voo brilhante até que ela desaparecesse. Havia uma grande dor nele, e uma secura nos olhos. Oh! Os inocentes, que viviam só para que pudessem morrer! Lucano descansou a testa no peitoril da janela e sentiu uma tremenda compaixão e um tremendo amor por tudo quanto vivia e era torturado, murchava, desfazia-se em pó, desde uma abelha até um homem, de uma folha a uma criança, de uma árvore a um boi, de uma estrela a uma aranha. Desejava abarcar a vida em seus braços, acarinhá-la, murmurar-lhe amor e consolo, e, mantendo-a assim, desafiar seu Destruidor.

Tornou-se claramente consciente dos rumores da casa e do riso de uma criança. Era uma criança muito nova, a filha de uma escrava que estava amamentando o pequeno Prisco. Íris era, agora, a guardiã do filho de Diodoro; levara-o para casa poucas horas depois de seu nascimento, trazendo com ela a ama de leite e mais uma escrava. Fora Íris quem cuidara carinhosamente do pequeno Prisco, sem deixá-lo um só momento, durante os primeiros e precários meses de sua vida. Fora Íris quem vira seu primeiro sorriso desdentado e ouvira seu primeiro murmúrio afetuoso. Embalava-o ao colo e dormia ao lado de sua caminha. O mais leve som por parte dele trazia-a correndo para perto. Tecia os panos para suas roupas e costurava-as. Embalava-lhe o berço, quando ele estava inquieto, e debruçava-se sobre ele, cantarolando. Lavava-lhe o corpo minúsculo, e jamais se separava dele.

Lucano ouvia agora a voz de sua mãe, e a resposta balbuciada da criança. A cabeça dourada dela passou pelo lado de fora da janela de Lucano, e a mulher levava Prisco nos braços, bem preso ao seu peito. O rosto da criança espiava por cima do ombro dela, e seus olhos encontraram os de Lucano. O jovem pestanejou, pois o pequeno rosto era o de Rúbria, e ele não podia suportar aquilo. Prisco sorriu alegremente, pois era uma alma alegre e afável para com todos. A despeito de si próprio, Lucano correspondeu-lhe ao sorriso. O bebê esticou para trás a cabecinha e guinchou alegremente, esfregando o nariz na orelha de Íris. Ela ia levá-lo para a frescura do jardinzinho que havia atrás da casa. Ali, iria sentar-se sob uma grande árvore, murmurando e cantando até que o menino dormisse. O sol caminhava para o Ocidente, o ar mostrava-se amplo, empapado de ouro, sussurrante de vida secreta. O cheiro da terra, das flores, da relva misturava-se com a luz morena, e algures uma escrava cantarolava, cuidando de suas tarefas. As palmas chocavam-se e balouçavam e os pássaros voavam como flechas de uma árvore para outra, as asas douradas pela luz do sol.

Lucano saiu para o jardim. Íris apanhara uma flor branca, e Prisco, sentado nos joelhos da moça, examinava atentamente aquela flor. O menino ainda era pequeno para a sua idade, mas rechonchudo, animado e vivo, os olhos escuros irradiando a alegria de ser e de ver. Estava nu, a não ser pela fralda branca. Seu peito miúdo era largo e moreno, e caracóis de cabelos pretos rodeavam-lhe as orelhas, o pescoço e a testa. Pequeno como era, possuía uma força quase incrível para alguém tão novo, nascido prematuramente. Dava a impressão de um guerreiro em miniatura, mas seu sorriso era o de Rúbria, cativante e doce, com uma sugestão de travessura, e a expressão de seus olhos, comovente e indagadora, era a dos olhos de Rúbria. Era por essa razão que Lucano, habitualmente, evitava a criança. Prisco viu-o antes que Íris o visse, e guinchou de novo jubiloso, sacudindo a flor para ele, como um cumprimento.

Íris sorriu para o filho, escondendo a constante ansiedade a seu respeito.

— Vê — disse ela. — Não é mesmo um arqueiro, ou um lutador, ou um condutor de biga? Seus músculos são verdadeiras couraças.

A boca do menino ainda conservava vestígios do leite que mamara recentemente, e ele saltava sobre os joelhos de Íris de tal maneira que a fazia rir ao mesmo tempo que o tentava conter. Lucano estendeu um dedo, que o pequeno agarrou, examinou seriamente, e depois meteu na boca. O moço sorriu. Sentia-se como um pai para aquele menino. Depois, franziu as sobrancelhas:

— Acho estranho que Diodoro se demore tanto em Roma. Seria de esperar que tivesse pensamentos para seu filho. — E, imediatamente, exclamou: — Ui! Ele tem dentes!

— Quatro — disse Íris, orgulhosa. — Não é maravilhoso? — As faces dela mostravam-se puramente coloridas, e tão jovens como as de uma menina. Depois de um momento, falou, abstraidamente: — Diodoro? Sim, há quase seis meses... Desta vez ele não voltará enquanto não obtiver permissão para deixar Antioquia. Foi o que me escreveu. Imagino — continuou ela, com um leve sorriso — que está enfrentando, severa e impacientemente, Carvílio Ulpiano, e perseguindo o Palatino. Já não pode mais suportar a Síria, e está resolvido a recolher-se às suas propriedades. Acredito que a esta altura já reduziu César a uma sombra, pois é homem obstinado e tem considerável influência.

Afagava a cabeça ágil da criança, enquanto falava. Diodoro havia levado as cinzas de sua filha e de sua esposa para Roma, a fim de depositá-las no cemitério da família. Íris sabia que aquela viagem fora dolorosa, sem consolo. Diodoro, após a morte de Aurélia, tornara-se silencioso, a seguir partira para Roma, de onde só muitas semanas depois escrevera laconicamente, para falar de seus planos e perguntar do filho. Houvera indiferença naquela pergunta. Vira Prisco apenas poucas vezes e não demonstrara qualquer espécie de emoção. Mas sua última carta era mais animada. Convencera-se de que a Síria se fazia maléfica no que se referia à sua família. Quando voltasse, seria apenas para reunir seu pessoal doméstico, esclarecer seu sucessor. Depois, deixaria para sempre aquela terra "maligna". Seu filho seria educado na terra dos pais, tendo a visão das Sete Colinas, e sob a proteção de seus deuses.

Escrevera apenas uma linha que se relacionava com Íris: "Espero que tu, minha antiga companheira de brinquedos, minha irmã em espírito, consintas em voltar comigo, para continuar a servir de mãe para meu filho."

Íris suspirou. Esperava muito mais do que isso! Mas seu próprio filho estaria longe, em Alexandria, seu filho tão impulsionado, tão obcecado, tão incessantemente batido pela dor, tão sombrio e desolado. Ah!, pensou ela, ele, porém, é jovem e há muito que estudar e que aprender. Compreendia que Lucano se lhe parecia muito, em temperamento e na aparência: paciente, dedicado, profundamente amoroso, embora se mostrasse calmo nesse sentimento, reservado em palavras e em ações, vivendo uma existência plena, embora oculta; disciplinado e de certa forma austero consigo mesmo. Ainda não adquirira a flexibilidade que a mãe apresentava agora, sua delicada resignação, sua profunda fé de que Deus era bom e não malévolo.

Sempre se haviam comunicado, menos em palavras do que em olhares eloquentes, ligeiro sorriso, o mais leve dos gestos, a mínima inclinação de cabeça. Houvera sempre o mais profundo entendimento entre ambos, até a morte de Rúbria. Então, Lucano se afastara até mesmo de sua mãe, e se mantivera fria e voluntariamente a distância. Recusara-se a interessar-se pela criança que salvara, até aquele momento, embora Íris carinhosamente percebesse que havia menos frieza do que medo de mais uma vez se ver envolvido num amor pessoal, fosse pelo que fosse, pois no amor, acreditava ele, havia sempre presente o perigo e a ameaça de desastre.

Sentiu-se intensamente comovida quando Lucano de súbito acororou-se, a fim de trazer o rosto ao nível do da criança. Prisco ficou encantado. Estendeu a mão para o nariz de Lucano, o que fez o jovem exclamar:

— Ele tem mãos de gladiador! E calcanhares de águia!

Prisco gritava de alegria. Largou o nariz de Lucano e agarrou o caracol de cabelo que tombava sobre a testa do moço, puxando-o. Lucano estava maravilhado com a força dele. Ali estava uma criança que havia apenas seis meses jazera em seus braços como um frágil boneco, sem fôlego, azulado, indefeso e inerte. De repente, Lucano sentiu-se inundado de orgulho e afeto. Estendeu os braços ao menino, e Prisco prontamente atirou-se para eles. O calor daquele pequeno corpo robusto transpassou Lucano até dentro do coração e ele beijou os ombros nus e morenos, os joelhos e cotovelos cheios de covinhas. Beijou os olhos tão parecidos aos de Rúbria, e depois, muito carinhosamente, a boca, que era uma réplica pequena da boca da jovem morta. As pálpebras de Lucano arderam e sua garganta apertou-se. Oh! Não me deixes amar de novo!, suplicou ele a uma deidade sem rosto.

Pôs nos braços de Íris a criança que protestava, levantou-se abruptamente e saiu dali. Íris seguiu-o com um olhar longo e tristonho, mas, ainda assim, sentia-se consolada.

Na manhã que se seguiu à noite em que Diodoro voltou para Antioquia, o tribuno deu ordens para que Keptah viesse atendê-lo. O médico entrou na biblioteca de seu senhor e seus olhos cavos instantaneamente avaliaram as condições físicas e mentais do homem que ali estava. O rosto de Diodoro parecia gasto e mais pálido, e suas feições mostravam-se como se muitos anos se tivessem passado por elas. Apesar disso, havia nele uma tranquilidade sombria, e seu rosto adunco adquirira maturidade mais firme. Era mais romano do que nunca, e menos simples do que jamais fora.

— Estou bem de saúde — disse, bruscamente, antes mesmo que Keptah pudesse cumprimentá-lo. — Não é preciso que teus olhos de médico me esquadrinhem. Chega. Dentro de quatro semanas partirei para Roma, com todo o pessoal de minha casa. Tu já não és um escravo. Sei que compraste vinhedos de olivais nestas redondezas, e que na própria Roma tens alguns investimentos. Não tenho tempo a perder. Não te posso dar ordens, sendo tu um liberto. Posso apenas pedir-te. Queres voltar para Roma comigo?

— E era necessário pedir-me isso, senhor?

Diodoro nada disse por um momento. Depois falou, com aquela sua tranquilidade nova:

— Uma coisa aprendi nestes sete meses de Roma: um homem nunca pode confiar em outro homem. Se confia, é para seu próprio prejuízo, e quem negar isto é um mentiroso ou um tolo. Quem foi o filósofo que disse: "Sê amistoso para com todos, e com ninguém mantenhas intimidades"? Não se trata, como alguns me disseram em Roma, apenas do fato de ser o homem um mal, é que ele nunca é o mesmo homem, de hora para hora, de dia para dia. Minha pergunta não foi um insulto para ti. Eu estava apenas me informando.

Keptah não respondeu. Estava cheio de compaixão por aquele homem mais magro e menos veemente, cujos olhos altivos estavam ainda enevoados e fixos pelo desgosto. O tribuno perdera determinada animação, e sua vitalidade estava em suspenso. Ainda assim, sugeria certa ferocidade e melancolia. Diodoro continuou:

— Pensei, quando fui para Roma, que iria associar-me aos meus antigos camaradas, e que eles me recordariam afetuosamente. Vês bem que tolo eu era. É verdade que me receberam com a afetação de muito prazer, e isso porque se lembraram de que tenho muita influência mesmo com aquele Tibério, que pelo menos recorda-se de que sou excelente soldado, se não se recorda de que sou um ser humano. Pensei que em Roma fosse encontrar algum conforto... — Calou-se, e uma sombra profunda passou-lhe pelo rosto. Levantou-se, deitou vinho num copo e depois fez sinal a Keptah para que se servisse.

— Numa palavra, senhor — disse Keptah, depois de ter respeitosamente tomado um gole de seu vinho —, descobriste que os homens não são diferentes, seja em Roma, e na Síria, na Bretanha, na Gália, na Judeia, no Egito ou na Grécia.

Diodoro pousou lentamente seu copo, sem aquela sua maneira habitual de bater com ele sobre a mesa. Havia desaparecido de sua maneira e de sua voz a velha ênfase. E disse:

— É essa a verdade, sim. Mas eu estivera fora de Roma durante muito tempo e tinha esquecido. A propósito disto conversarei mais tarde contigo. — Começou a andar de cá para lá, pela biblioteca, num passo pesado e lento. — Por que a inteligência e o intelecto são tão raros? Por que devemos procurá-los como quem procura ouro?

— Os deuses — disse Keptah, contornando a questão — ainda têm ciúmes de sua sabedoria. Ela é o fogo de Prometeu,[3] e quando arde num homem os deuses o castigam, contudo seus semelhantes ainda o castigam mais. Disseram, também, que nada se pode ensinar a um homem; apenas se pode assisti-lo na procura do que há dentro dele próprio. Se não tiver mente, todas as vossas exortações, todas as vossas lições, todas as vossas tentativas para melhorar seu ambiente, todos os vossos sacrifícios e vossos ideais não o afastarão de sua animalidade. Em troca da presunção de que ele é dono de sua mente, só porque tem forma humana, volta-se e dilacera quem assim o vê. E eu acho que essa é uma retribuição justa.

Diodoro deu-lhe uma olhadela. Serviu-se de mais um copo de vinho, bebendo até o fim. Depois olhou para o fundo do copo, e disse, parecendo mais dirigir-se a ele próprio do que a Keptah:

— Preciso de uma mãe para meu filho.

O rosto de Keptah transformou-se, alarmado.

— Encontraste em Roma tal senhora, senhor?

Pensou em Íris consternado, mas Diodoro era romano!

---

[3] Gênio do fogo, que aparece na mitologia como o iniciador da primeira civilização humana. Formou o homem com o barro e, para dar-lhe vida, roubou o fogo do céu. Teve como punição ficar acorrentado no alto do Cáucaso, onde um abutre lhe devorava continuamente o fígado. Hércules libertou-o.

— Fiz uma coisa vil — disse Diodoro, como se Keptah não tivesse falado. Olhava agora para o médico, e sua fisionomia mostrava-se severa. — Por que confio em ti, um homem que me pode trair amanhã? Devo subornar-te para que te conserves quieto e não vás espalhar isto em Roma? Posso contar que não dirás palavra alguma em algum ouvido indigno, quando tiveres bebido, se jamais chegas a beber assim? Garantes que não te tornarás meu inimigo, neste ano ou no próximo? Acho melhor, afinal, para ti mesmo, que não voltes comigo para Roma.

— Como quiseres, senhor — disse Keptah, e havia alguma cólera em sua voz.

Então, Diodoro pousou seu copo com algum de seu ardor antigo.

— Afinal — disse ele —, quem aceitaria a palavra de um antigo escravo contra a de Diodoro?

Keptah cruzou, sobre o peito, os braços envolvidos no manto.

— Essa é a verdade — disse ele. — Portanto, não precisas confiar em mim, senhor. Não pedi confiança. Pela tua própria paz de espírito, prefiro que não a concedas.

— Ainda assim, estaria mais seguro em Roma tendo-te como meu médico. Ouvi contar coisas! Podem não ser verdadeiras, mas dizem que Tibério se livrou de alguns homens intransigentes, inclusive dois senadores, subornando seus médicos. Isso me parece mentira: Tibério pode ser pessoa de coração frio, mas o veneno não é maneira de um soldado tratar com seus inimigos, mesmo que empregue informantes. Todavia, eu soube de excelente fonte que alguns canalhas ricos e depravados, que ocupavam altos cargos em Roma, subornaram os médicos dos maridos das mulheres que cobiçaram, ou usavam do mesmo expediente para auferir qualquer vantagem política. — Sorriu para Keptah, de maneira estranha. — Quando o escândalo vinha a público os subornadores não eram punidos. Os médicos, habitualmente, eram encontrados no Tibre, algum tempo depois.

Keptah não pôde evitar um largo sorriso:

— O Tibre não me atrai como cemitério, senhor.

Diodoro deu um leve sorriso, sem alegria.

— Que as Fúrias te levem! Não entendeste. Preciso de um amigo. E tenho de recorrer a um liberto para isso! Não é irônico?

— E não encontraste amigos entre teus companheiros de armas, e em tua própria categoria, senhor? — perguntou Keptah.

— Não. — Diodoro sentou-se e ficou a olhar para o piso de mármore entre suas pernas. — Vejo que respondeste a minha pergunta. Todavia, a fim de garantir tua presença em Roma com o pessoal de minha casa e manter-te fiel, triplicarei teu estipêndio e dar-te-ei uma casa em meus domínios.

— Não — disse Keptah. — Não estou à venda, senhor. — Sua voz levantara-se, em dura frialdade. — Roma não te fez feliz, é o que vejo. Suplico-te que recordes de que confiaste implicitamente em mim antes que para cá voltasses, e que teu pai também confiava em mim, sentia-se profundamente ligado a mim, e que a Senhora Aurélia fazia-me confidências, e que jamais te desapontei, nem uma só vez na vida, a não ser quando pensei, apenas com espírito misericordioso, que a verdade te iria ferir. Posso ir-me, senhor?

— Não — disse Diodoro. Olhava ainda para o chão. Não era apropriado para um romano desculpar-se diante de um homem de condição inferior à dele, mas Diodoro disse: — Sinto muito.

Keptah ficou estupefato, e comovido. Tomou uma das mãos de Diodoro e beijou-a.

— Senhor, sabes quão profundamente eu venero Deus. Se te sentires consolado por confiar em mim, embora, por ti mesmo, eu prefiro que não o faças, eu juro, pelo Seu Muito Sagrado Nome, que jamais te trairei, que esquecerei instantaneamente a tua confidência.

Diodoro ficou a escutá-lo, sombriamente.

— Então devo contar-te a coisa vil que fiz, a coisa mentirosa, em Roma, não só porque és meu amigo, mas também porque estou confuso, e porque... — Parou e respirou profundamente, continuando depois: — Há um senador que é amigo de Carvílio Ulpiano, e só sua fortuna, sua impiedade e fama de vingativo cruel mantêm seu segredo conhecido apenas de Carvílio. Discuti certo assunto com meu cunhado, e então ele partilhou comigo o segredo do senador. Suspeito, a propósito, de que o senador tem certa ascendência sobre Carvílio, e que o arruinaria se este não se conservasse silencioso. Vê bem como eu me tornei desconfiado!

Keptah esperava, e Diodoro, lentamente, foi corando.

— Fiz o que o senador fez. Ele amava uma escrava de seu pessoal doméstico, em uma de suas propriedades da Sicília. Libertou-a. Sua esposa era estéril, e ele divorciou-se. Então, recorreu a um genealogista, que inventou excelente linhagem para a liberta, com quem se casou com honra. E ela é uma das grandes prediletas de Roma, considerada digna matrona.

Keptah franziu a testa:

— Compreendo, senhor. Procuraste algum genealogista e ele inventou uma distinta linhagem grega para Íris.

O homem sentia-se imensamente aliviado.

— Sim — falou Diodoro, carrancudo.

Keptah sentiu o primeiro júbilo, em tantos meses. Depois, seu rosto fez-se sombrio:

— Esqueceste, senhor, de que todo o pessoal de tua casa sabe que Íris foi uma escrava? Como podes ter certeza que tantas pessoas deixarão de tagarelar?

— Naquela linhagem — disse Diodoro, ignorando o comentário — eu mandei escrever que Íris foi roubada de sua distinta família de Cós, por negociantes de escravos que se sentiram atraídos por sua beleza infantil, e que só ultimamente foi descoberto quem ela era realmente. Seus pais morreram de desgosto e descobriu-se que haviam deixado sua fortuna para a filha raptada, uma fortuna bastante respeitável.

Keptah pesou tudo aquilo, criticamente:

— Bem, senhor — disse ele, finalmente. — Então não precisavas me ter confessado que essa linhagem era inventada. Por que fizeste isso?

Diodoro sacudiu lentamente a cabeça, de um lado para o outro.

— Era necessário que houvesse um homem para o qual eu não pudesse mentir ou não quisesse mentir. É estranho que tivesse de ser tu! Preferi, por alguma estranha perversão, que conhecesses a verdade.

— E assim, enquanto esperavas confiar em mim, ainda me ameaçavas.

Diodoro levantou os olhos para ele, com alguma de sua antiga irritação.

— Para um homem sábio, tu és bastante obtuso! — Levantou-se, pôs-se a andar outra vez de cá para lá, dizendo: — Carvílio Ulpiano também sabe a verdade. Mas não falará nisso, nem mesmo com Cordélia, irmã de minha esposa morta. Por várias razões.

Parou de caminhar e falou, as costas voltadas para o médico, a voz muito baixa:

— Amei Íris desde nossa infância. Ela ainda poderá ter filhos. Não posso pensar em casamento com outra mulher, nem mesmo com uma mulher de qualquer das maiores famílias de Roma. Não conheces as mulheres romanas! Perderam toda a feminilidade. Metem-se em negócios! Tornaram-se homens, dissolutos e fraudulentos. Andam através de Roma em suas liteiras douradas, desacompanhadas, e podem repetir-te quais são os últimos preços das ações com a facilidade dos banqueiros! Muitas preferem não se casar mas têm muitos amantes. Eis a degeneração em que Roma tombou. Não sujarei minha boca com a enumeração de seus hábitos abomináveis.

Cruzou apertadamente as mãos e continuou:

— Tenho tido muitos sonhos estranhos, nos quais a senhora Aurélia vem ter comigo sorrindo, não como uma sombra, tal nos ensinaram, mas em belo desabrochar da juventude, com amor em seus olhos e consolo em suas mãos. Tem insistido para que me case com Íris, a quem chamava "irmã". — Girou sobre os calcanhares para enfrentar Keptah, desafiando-o com seus olhos salientes. — Achas que sou supersticioso? Declararias, naquela tua forma oculta, como frequentemente fizeste, que os sonhos não passam da realização de desejos secretos?

Keptah falou com seriedade:

— Creio, neste caso, que és supersticioso, que não estás tentando racionalizar um profundo desejo pelo qual te atormentas, sentindo-te culpado. Antes da Senhora Aurélia morrer, Íris veio vê-la. — E contou a Diodoro o que Aurélia dissera à liberta, com tanta urgência e tanta esperança.

Enquanto Keptah falava, o rosto de Diodoro mudou e empalideceu. Tombou na cadeira. Depois, curvou a cabeça entre as mãos e gemeu. Keptah ficou alarmado. Esperava alívio e júbilo, mas Diodoro parecia impressionado até quase à morte.

— Então — disse ele, em voz lamentosa — não enganei minha pobre esposa! Ela sempre soube que eu lhe era infiel em meu coração! Mas não soube quanto lutei contra aquilo, não soube quanto a amei. O que ela deve ter suportado e quanta solidão e tristeza! Não era bastante que sua filha tivesse morrido. Não era bastante que expirasse ao dar-me um filho.

Eu tinha de tomar-lhe o que é mais caro para uma mulher. E ela sofreu em silêncio, com devotamento e ternura!

— Estás errado, senhor! — exclamou Keptah, aproximando-se mais dele. — A Senhora Aurélia pode não ter sido uma mulher erudita, nem sofisticada. Mas compreendia tudo quanto devia ser compreendido. Era uma boa mulher.

Desejou, com certa selvageria e piedade, que Diodoro fosse menos complicado, menos inteligente e menos difícil, e que desse menos importância ao hábito de introspecção crítica. Inventaria culpas para si próprio, mesmo que não houvesse culpa alguma!

Diodoro deixou tombar das faces, fatigado, as mãos que as cobriam. Seu rosto estava avermelhado pela pressão dos dedos, e, embora não tivesse chorado, seus olhos mostravam-se congestionados. E disse serenamente:

— Está tudo muito bem. Mas agora sei que jamais poderei me casar com Íris. Minha consciência não permitiria tal coisa. Nem a levarei comigo para Roma. A vida terminou.

15

Diodoro mandou chamar Íris naquela tarde.

Em seu caminho, acompanhada por uma escrava e com a criança, ela dirigiu-se a Aurélia, do fundo mesmo de seu coração: "Ele chamou-me, senhora. Sabes que nós nos amamos, e que jamais te fomos infiéis, pois também te amávamos. Posso ir ter com ele, agora, e dizer-lhe: 'Onde estiveres tu, Caio, estarei eu, Caia.' Minha amiga mais querida, nós te recordaremos com amor e com as mais preciosas lembranças. Se formos abençoados com filhos, daremos teu nome à primeira menina, ó tu, a mais bondosa das amigas."

A alegria era tão explosiva que o rosto bonito irradiava luz. Tinha trançado os cabelos de ouro com fitas brancas, e sua estola fora cuidadosamente drapeada, as pontas encanudadas ondulando sobre o alto e alvo arqueado de seus pés. Ia radiante como uma jovem deusa, seu pescoço rosado pelo sangue que ali pulsava rapidamente. Precisava conter-se para não correr em seu entusiasmo.

Entrou sozinha na biblioteca, e o êxtase azul de seus olhos foi como um relance de céu. Diodoro, de pé junto da mesa, sentiu a dominadora agonia do desespero do amor ao vê-la, e pensou que Afrodite, surgindo das águas, jamais apresentara tal aspecto de radiosa e perfeita beleza ao mundo atônito. Não se lembrava inteiramente da maravilha que eram os seus cabelos, da brancura de sua pele, da neve modelada de seus braços, da iridescência de seu corpo. Mas não era apenas a beleza que o estonteava; para ele, a mulher tinha certa emanação de divindade, envolvida em luz, intocada pela poluição humana. Usava sua maravilhosa beleza, tão simples e inocentemente quanto um lírio, e com idêntica pureza.

Ficou em pé ao lado da mesa, vestido com sua túnica de soldado, a armadura, a espada curta e larga metida no cinto. Seu elmo estava sobre a mesa, ao lado dele, e era evidente que sua partida de Antioquia fazia-se iminente. Havia nele um ar de pressa e brusquidão, um militarismo frio, algo de alheamento. E foi aquele ar que fez Íris parar de súbito à entrada da sala e impediu-a de tombar de joelhos diante dele, para beijar-lhe a mão. Uma forte sensação de desgraça assaltou-a, e o brilho desapareceu do rosto. Aquele homem cansado e mais magro, aquele homem altaneiro e formidável, não era o Diodoro que ela conhecia. Era um estranho.

— Eu te saúdo, nobre senhor — murmurou ela, e a sensação de desgraça aprofundou-se. — Espero que tenhas tido agradável viagem.

— Entra, Íris — disse ele, voltando para a mulher seu perfil de águia. E ela viu seu constrangimento de ferro. — Não te deterei por muito tempo. Disseram-me que deste cuidados ternos e maternais a meu filho, e que apenas o ouro não poderá pagar tais cuidados. Mas isso é tudo quanto tenho para te oferecer.

Íris olhou para ele, com um sorriso pungente.

— Tu nada me deves, senhor — disse ela, com voz fraca. — Foi uma alegria servir de mãe a teu filho, que parece um jovem Marte, e é muito brincalhão. — Calou-se e sua garganta e seu peito doíam penosamente.

Observando, desalentada, o rosto dele, sentiu uma pontada mais forte de ansiedade, e esqueceu de si própria. Diodoro estaria doente? Por que aquela expressão de reprimida angústia, a aspereza pálida dos lábios, o amargo franzir da testa? E exclamou, com medo:

— Senhor, nem tudo corre bem para ti! Estiveste doente de febre em Roma? — Adiantou-se para ele, então, o coração trêmulo de amor e receio, e seus olhos azuis apegaram-se com força ao perfil do homem, observando-o. Diodoro não olhou para ela. Tinha as mãos sobre o elmo, os tendões salientes. Diodoro!, gritava a moça, intimamente. Querido de minha alma! Não sabes que eu daria alegremente minha vida por ti? Conta-me o que te perturba!

Diodoro continuava a não olhar para ela. Não ousava fazê-lo. Sentia a fragrância de sua carne, tépida, jovem e doce como uma flor. Sua mão agarrou-se ao elmo, num espasmo de aguda agonia.

E disse, como se ela não tivesse falado:

— Na última carta que te escrevi, Íris, perguntava-te se voltarias comigo para Roma quando eu deixasse para sempre este lugar maligno, a fim de tomar conta de meu filho. — Parou. A carne cinza-castanho em volta de seus olhos desviados enrijeceu. — Agora, porém, não peço isso, não posso pedir-te. Teu filho irá para Alexandria dentro de três semanas. Desejarás estar junto dele. Como um presente, e para demonstrar minha estima por ti, dou-te Cusa, que auxiliará os estudos de Lucano em Alexandria, e Calíope, que agora é esposa dele, como tua criada particular. Além disso, depositarei mil sestércios de ouro em teu nome, de modo que possas viver confortavelmente em alguma casa pequena, próximo da universidade e a cada dezembro a mesma quantia te será entregue. Compreendo, naturalmente, que é uma pobre retribuição pelo que tu e teu filho fizestes por mim, mas é tudo quanto tenho.

O terror, a derrota, o assombro apoderaram-se de Íris, que ficou a olhar para Diodoro, incrédula.

— Estás me afastando de junto de ti, senhor... para sempre! — exclamou, apertando o peito com as mãos. — Para sempre, Diodoro? Sou assim tão odiosa a teus olhos? — As lágrimas começaram a descer pelas faces alvas da moça.

— Estou apenas tentando ser justo — disse Diodoro, em voz abafada. — Pensei que preferias ficar junto de teu filho. Compreendo que será duro para ti separar-te de Prisco, do qual tens sido a mãe, tal como a minha mãe o foi para ti. Mas a vida é toda uma separação. — Ouvira o tormento na voz dela, o incrédulo tormento e a descrença. — Não deves pensar que sou ingrato.

Então voltou o rosto para ela, e esse rosto mudou.

— Achas que é fácil para mim? — perguntou, asperamente. — Apesar disso, tal é o meu desejo, pois não há outra alternativa.

— Então, de alguma forma imperdoável, eu te contrariei terrivelmente — balbuciou Íris. Ele não mais me ama, pensou, com profundo e dominador desespero e despedaçamento. Encontrou alguma dama em Roma, com a qual se vai casar, e eu agora me faço inconveniente e constrangedora para ele. Esquecerá até mesmo que eu existo.

O sofrimento debilitava-a, e ela desejava deitar-se no chão e entrar em estado de insensibilidade piedosa, ou mesmo morrer. Uma aridez, como que de poeira na boca de um moribundo, ressecava seus lábios, sua língua, e o coração latejava-lhe com dor esmagadora. Deixa que eu seja a mais humilde escrava de tua casa, implorava-lhe ela, em silêncio. Deixa que eu nem sequer seja vista por ti. Mas não me mandes para longe de ti, em nome de todos os deuses! Será bastante estar sob o mesmo teto que te cobre, ter um relance de tua presença, bem de longe, ouvir o eco de tua voz. Como poderei viver de outra maneira?

— Íris — disse ele, e depois parou. Não podia mudar de ideia. Não ousava mais ver a jovem. Pensava em Aurélia, e parecia-lhe que a morta olhava severamente para ele, exigindo aquele terrível sacrifício para revelar sua culpa.

Colocou o elmo na cabeça. Não podia olhar de novo para Íris, pois seus braços sentiam-se destituídos de poder, vazios, e ele sabia que devia fugir daquele aposento, se se quisesse salvar.

— Deves querer preparar-te para a viagem com teu filho — disse ele, olhando cegamente para o chão. — Íris. Nunca mais nos veremos. Dei ordem para que meu filho voltasse para esta casa amanhã pela manhã com a sua ama. — Fez uma pausa, e concluiu: — Íris, eu te desejo todas as bênçãos dos deuses e toda a felicidade.

Ela estendeu as mãos trêmulas para uma cadeira, sentou-se, deixou que a cabeça caísse sobre o peito, os braços tombados. Depois começou a falar, em voz baixa, porém muito clara:

— Senhor, nada posso receber de ti. O que fiz, se teve alguma importância, foi por amor... por amor... de Aurélia e da criança. Receber de ti o menor dos presentes seria insultá-los. E insultar-me.

Diodoro começou a caminhar em direção à porta. Foi dominado, então, por tremenda desolação, pelo desgosto, e por um desejo ardente. Parou, de costas para ela.

— Apesar disso — falou, a voz velada — sou um romano, e devo de alguma forma expressar minha gratidão.

Íris ergueu a cabeça e olhou para ele como para um igual que a tivesse ofendido imperdoavelmente. Diodoro sentiu a força da mulher e, involuntariamente, voltou-se sobre os calcanhares e encarou-a. Íris parecia uma nobre estátua, ali sentada, a estola branca tombando sobre o peito e sobre as coxas perfeitas, e pousando sobre o alto arqueado de seus pés. Estava pálida como o mármore. Envolviam-na dignidade e orgulho, enquanto seus lábios esmaecidos curvaram-se, escarnecedores.

— Diodoro — disse ela, e sua voz era forte e colérica. — Há algo que te preciso dizer. Não sou uma simples criada para ser despedida e mandada embora. Mantive um segredo durante longo tempo, porque esse era o desejo de tua mãe, a Senhora Antônia. Ela pensava que tal coisa te ofenderia profundamente... como a um romano! Entretanto, deu-me permissão para contar-te este segredo quando eu o julgasse necessário, e agora acho que é necessário. Depois que teu pai morreu, ela adotou-me legalmente, mas em segredo, como sua filha. O pretor assim o registrou, em Roma, antes que voltasses de Jerusalém. E em Roma há muito dinheiro a minha espera, que eu ainda não usei. Meu marido nunca soube disso. Ficas a olhar para mim, como se eu estivesse mentindo! Basta que visites o pretor de Roma!

Levantou-se, lenta e graciosamente, e era como uma estátua de uma deusa, esculpida por Escopas.[1] Enchia a biblioteca com luz e com um solene poder.

— Não imagines — falou, amargamente — que eu jamais divulgue isso, seja diante de quem for, para tua humilhação! Não serei uma intrusa a teu lado, em Roma, ou seja onde for, exigindo que me reconheças como tua irmã. Jamais direi: "O nobre tribuno Diodoro é meu irmão adotivo", pois

---

[1] Escultor grego, nascido em Paros (420-350 a.C.).

conheço teu orgulho terrível! Tua mãe amava-me, tão carinhosamente como a uma filha. Embora não o saibas, ela não desejava que eu me casasse com o pobre Eneias. Mas eu te conhecia, Diodoro! Sabia que me amavas, então, e sempre me havias amado. Sabia também que, como romano, jamais pensaria em te casar comigo, uma antiga escrava. A fim de terminar para sempre com o teu desejo, tuas lutas íntimas, casei-me com Eneias. Eu teria consentido, antes daquela adoção, em ser tua amante, em ser a mais baixa, em carregar lenha para teu banho. Mas passei a ser filha da tua mãe, e não podia ofender-lhe a memória.

Diodoro voltou cambaleante para a mesa, retirou o elmo, depois ficou a olhar para ela. Sentia-se abatido de vergonha. Umedeceu os lábios, tentou falar, conservou-se silencioso. Tossiu, uma tosse seca, e passou a mão pela testa.

— Deixe-me falar — disse ele, quase inaudivelmente — e então nos separaremos. — Continuou a fixar os olhos no elmo, enquanto falava. — Sabes o que sofro? Sabes quanto te amo, e sempre te amei? Sabes que apenas a tua lembrança sustentou-me enquanto levei as cinzas de minha filha e de minha esposa para Roma? Sabes que nas noites mais escuras eu tinha o brilho da visão de teu rosto? — Parou, tornou a tossir: — Mas soube que Aurélia teve conhecimento da minha paixão por ti. Penso no que ela deve ter sofrido por isso. Tornei-me culpado diante dela. Devo penitenciar-me.

— Oh! — exclamou ela, chorando outra vez, o rosto como o sol sob a chuva. — Ó tu, louco romano, tu, querido, tu bem-amado louco! Aurélia sabia, naturalmente. Soube desde o momento em que entrou em tua casa. Nós te amávamos juntas, e ela sentia-se contente, pois era uma senhora de senso e não um homem de cabeça estúpida! Nem uma só vez sentiu-se perturbada. Eras o marido dela, e eras homem de honra. Tua alma é tão pequena que ousas insultar a grande e bondosa alma de Aurélia, minha amiga? Quando começou a gerar teu filho teve o pressentimento da morte e confiou em mim. Antes de morrer pediu-me que permanecesse a teu lado para sempre, que te consolasse, que te desse felicidade. Ainda assim tu agora a insultas!

Estava colérica, outra vez. Deu duas ou três passadas em direção à porta. E Diodoro disse:

— Espera... meu amor. Tenho algo pior a dizer-te. Enquanto estava em Roma inventei uma linhagem falsa para ti, a fim de poder casar-me contigo e com a honra.

Ela parou e olhou para o homem com olhos muito abertos, depois com ternura, a seguir com um sorriso, e logo após com um súbito espocar de risos divertidos. Correu para a porta e chamou a ama de leite que esperava lá fora.

— Traze aqui a criança! — exclamou. E quando o menino lhe foi entregue ela o tomou nos braços e o pequenino pôs-se a exultar e a esfregar o narizinho no rosto dela.

— Teu filho — disse ela a Diodoro. — O filho que negligenciaste e que mal querias ver, porque o acreditavas culpado da morte da mãe. O menino querido, que se parece tanto contigo quanto com Aurélia. Olha para ele! Não te conhece, romano orgulhoso!

Então, meteu a criança nos braços paternos e atirou a cabeça para trás, rindo-se como uma menina. Prisco deixou escapar alguns gritinhos de contentamento e agarrou-se ao cabelo de Diodoro. O tribuno olhou para Íris, e toda a sua alma liberta estava em seus olhos com todo o seu amor.

— Não — disse Íris, fazendo uma covinha no rosto rosado. — É a ele que deves beijar primeiro!

Segunda Parte

"Se um homem olhar com amorosa compaixão para seus semelhantes sofredores, e tomado de amargura indagar aos deuses: Por que afligis meus irmãos?, então ele é, sem dúvida alguma, olhado por Deus mais ternamente do que o homem que com Ele se congratula por ser misericordioso e o deixar florescer com infelicidade, tendo só palavras de adoração para oferecer. Porque o primeiro reza por amor e piedade, atributos divinos, tão próximos do coração de Deus, e o outro fala pelo egoísmo complacente, um atributo animalesco, que não se aproxima da luz envolvente do espírito de Deus."

HORÁCIO

16

Íris escreveu a seu filho Lucano:
"Já faz quase quatro anos que nos vimos pela última vez, meu querido e bem-amado filho, e tu não te tens cansado de inventar desculpas para não vir a Roma que, confesso, não é tão bela quanto a Síria. Apesar disso, vivemos tranquilamente em nossas propriedades e gozamos a paz da noite e o brilhante cristal das manhãs. É o que basta para mim. Tua irmã, Aurélia, depressa fará três anos; é a luz das nossas almas, com os cabelos de ouro e os olhos tão castanhos e doces como o coração de uma margarida. Nada há que ela peça, em sua insistência infantil, a Diodoro, seu pai, que ele não lhe dê imediatamente, apesar dos meus protestos. Teu irmão, Prisco, é o companheiro de brinquedos mais afetuoso de Aurélia, que o tiraniza, um estado de coisas que ele suporta com o mais afável júbilo. Teu novo irmão, Gaio Otávio, nome do antigo companheiro de armas de teu pai, está quase com um ano, e é um menino muito sério, com meus olhos e a expressão grave do pai. Raramente ri, e prefere engatinhar na grama e inspecionar cada fio dela, cuidadosamente. Certamente é um filósofo. Se ao menos meu filho Lucano estivesse conosco, seríamos os mais felizes dos mortais. Não nos escaparás! Dentro de três meses não encontrarás mais desculpas, pois terás deixado a Academia, já serás um médico!

"Durante o ano passado Diodoro tornou-se inquieto. Ele é homem de ação, tanto quanto de pensamento. Durante muito tempo contentou-se com a biblioteca, os olivais e palmeiras, o jardim, os campos e a família. Filo, o filósofo judeu que é muito admirado e estimado em Roma, visitou-nos, e os dois conversaram incessantemente até o amanhecer. Desde então, Diodoro começou a mostrar-se meditativo e a visitar Roma pelo menos uma vez cada sete dias. E volta com o gênio muito irascível, e nova sensação de ultraje. Digo-lhe que não é possível um homem sozinho salvar o mundo ou endireitá-lo, e isso só serve para irritá-lo ainda mais. Ouço-o amaldiçoando muitas vezes a sua biblioteca, e uma vez atirou uma porção de livros de encontro à parede e pôs-se a andar opressivamente de um lado para o outro, durante horas. Mas comigo é delicado como uma pomba e o mesmo é para nossos filhos. Talvez quando nos visitares — e eu rezo para que queiras permanecer conosco — possas clarear sua expressão sombria e consolá-lo."

A carta dela irradiava seu delicado amor e contentamento, e sua solicitude pela família. Lucano podia sentir essas coisas, e movia-se, agitado, no grande jardim próximo da principal colunata. O piso da colunata era de mármore amarelo-escuro, mas a dupla fileira de colunas jônicas brilhava como neve acanalada, subindo do chão para o teto branco. Dois homens passeavam de um lado para o outro, ao pôr do sol, um deles, estudante respeitoso, alto, e o outro um professor de matemática, baixo, de rosto de harpia, Cláudio Vesálio. A luz dourada iluminava-os enquanto andavam entre as colunas. Às vezes, Cláudio Vesálio parava para gesticular com veemência, e sua voz aguda e feminina perturbava a paz dos pássaros e perturbava, mais especialmente, Lucano. O professor não gostava de nenhum de seus alunos, e, em particular, de Lucano, porque o jovem era o melhor matemático da universidade e, ainda assim, inflexível, insistia em ser médico. Lucano sorriu de leve, lembrando-se disso. Cada professor acreditava ser a sua arte a mais importante, e todas as demais de menor significância, com exceção de José ben Gamliel, que acreditava ser Deus a única Importância, e que todas as artes, ciências e conhecimentos, como os caminhos da Roma onipresente, levavam apenas a uma compreensão maior de Deus e da Cidade de Deus. Mas José ben Gamliel era judeu.

A universidade cobria oito acres de terra, uma ágora[1] mais ou menos quadrangular em torno de imensos jardins tropicais, e de todos os quatro lados havia colunatas como aquela que agora se achava em frente de Lucano.

---

[1] Nome dado às principais praças públicas das cidades da Grécia antiga, e, por extensão, aos grandes espaços abertos entre edifícios.

Cada escola tinha sua entrada particular através dos jardins e colunatas, e havia escolas de democracia, filosofia, medicina, matemática, arte, arquitetura, drama, ciência, poesia épica, didática e elegíaca, gramática, línguas e filologia, leis, história, astronomia e literatura. Havia, também, uma escola de governo para jovens romanos que aspiravam ao serviço público, um museu guardado pelos vigilantes professores egípcios, a mais famosa biblioteca do mundo, um *odeum* ou salão de música, e para além da ágora, propriamente dita, um teatro para jovens dramaturgos promissores e um panteão. Cada professor imaginava que sua própria colunata abrigava o saber mais profundo da casa — e os estudantes mais estúpidos, indignos de serem ensinados por tal mestre. Apenas José ben Gamliel possuía humildade, e sua colunata de religião oriental era o único lugar pacífico, onde não se ouviam vozes insolentes e imprecações contra os estudantes de cabeça de burro, regularmente enviados para o Inferno e aconselhados a se dedicarem ao ofício de oleiro, ou ainda a ofícios menores do que este. Nada representava para os professores dizer, por exemplo, e violentamente: "Os idiotas dos meus alunos e eu nos parecemos ao Laocoonte,[2] e quem me livrará daquelas serpentes!" Mas José ben Gamliel dizia, delicadamente: "Contemplemos juntos a Deus, e tentemos descobrir Seus mais Sagrados desígnios."

Pensando naquele professor, agora, Lucano moveu-se, inquieto, em seu banco de mármore, no centro dos jardins. Só ele não encontrava paz na colunata de José ben Gamliel. Muitas vezes cogitava, sombriamente, por que o professor o procurava com tanta frequência para conversar com ele nos jardins.

Os edifícios da escola, atrás das colunatas, escondiam o mar, mas Lucano podia ouvir sua voz eternamente inquieta falando para a luz dourada e para os céus. Por que Cláudio Vesálio, cuja voz aguda gania continuamente para o estudante silencioso, não se ia dali para que os jardins pudessem trazer a Lucano a única tranquilidade que ele conhecia? O grande jardim ali estava a rodeá-lo, musical em suas fontes, brilhante em seus canteiros floridos, farfalhando suavemente nas palmeiras, murmurando com o vento do mar,

---

[2] Um dos personagens que aparecem na *Ilíada*, filho de Príamo e Hécuba, sacerdote de Apolo, em Troia, sufocado com seus filhos por duas serpentes monstruosas que saem do mar.

harmoniosamente vivo com os chamados, as canções e o sonolento tagarelar dos pássaros. Os escravos de rostos escuros que vinham buscar água nas fontes, carregando seus jarros de terracota aos ombros, ou os escravos que alcançavam os cachos dourados das tâmaras nas palmeiras e os colocavam em seus cestos, ou os escravos que passavam o ancinho no caminho de terra vermelha entre os canteiros não perturbavam Lucano. Eram partes da flora e da fauna naturais. Suas peles escuras contrastavam lindamente com as muitas e altas estátuas dos deuses, deusas, eruditos e filósofos, que se levantavam com alva e poderosa graça de entre as moitas e olhavam para os jardins com dignidade, majestosamente. O perfume das rosas, dos lírios, dos jasmins, e odores mais pungentes, erguiam-se como teias de fragrância no ar da tarde que se ia fazendo noite. De súbito, um papagaio guinchou ruidosamente, um escravo riu e respondeu ao grito da ave, que saiu de um maciço de árvores para a luz, num bater de asas vermelho, verde e amarelo, vindo pousar no ombro do escravo. Comeu com elegância um pedaço de tâmara, tomando ar de tolerante cortesia.

— Velhaco! — disse o escravo, em egípcio.

O pássaro inclinou a cabeça para um lado, o olho inteligente e alerta, cínico e brilhante, no ar dourado. Lucano sentiu vontade de rir. Como se o papagaio tivesse percebido esse divertimento, soltou um grito único, áspero, que pareceu uma blasfêmia. Voltou a cabeça e dirigiu um olhar furibundo para o jovem, que estava sentado em seu banco de mármore, depois elevou-se nos ares e foi praguejar num ramo de árvore.

O escravo riu baixinho, e depois, humilde e disfarçadamente, ficou a olhar para Lucano, que tinha sobre os joelhos as suas cartas. Todos os professores, estudantes e escravos tinham consciência da beleza e das maneiras majestosas do jovem grego, e ficavam secretamente espantados com aquilo. O rosto claro, que nem mesmo o sol violento conseguiu escurecer, tinha traços firmes e lisos, como se esculpido em pedra branca. Os olhos azuis, perfeitamente cerúleos, assemelhavam-se a pedras preciosas, e, como pedras preciosas, eram frios. Seu cabelo louro tombava-lhe da testa cor de neve em ondas brilhantes, encaracolava atrás das orelhas. O pescoço era uma coluna, os ombros perfeitos sob a túnica de cor suave. Era extraordinário nas corridas, no arremesso do disco, na luta, no boxe, no salto, no arremesso da lança, na natação, no mergulho e nos demais esportes estudantis.

— Mente sã só pode existir num corpo são, e um corpo são não pode existir sem mente sã — dizia o mestre da escola.

Lucano apanhou a carta de Diodoro, que chegara de Roma naquela manhã. Gostava das cartas do tribuno; elas podiam ser violentas, picantes, cheias de blasfêmias coléricas, mas possuíam vitalidade e uma cólera saudável, bem como alguma eloquência. Desabafava suas iras com seu enteado, percebendo que ali estava um ouvido receptivo.

"Cumprimentos a meu filho Lucano", começava a carta, com formalidade." Depois continuava:

"Tudo está bem em casa. Tua mãe goza o calor entre seus filhos, como Níobe,[3] e é uma coisa bela de se ver. Ao contrário de Níobe, ela é infinitamente sensata e um consolo constante para meu coração, que frequentemente se inflama, depois de visitas à Cidade. Cada ano ela parece mais encantadora, como se a própria Vênus a tivesse tocado com o dom da juventude e da beleza imortais. Que fiz eu para merecer tal esposa e tão adoráveis filhos? Sinto que devo esforçar-me para ser digno de tanta felicidade. Daí minhas frequentes visitas a Roma e meus coléricos debates com os senadores de sandálias vermelhas, que observam, complacentes, como nosso mundo vai rapidamente descendo para o inferno. Por causa das minhas relações, e através dos bons ofícios de Carvílio Ulpiano, que cada dia se torna mais gordo de corpo e mais magro de rosto, tenho, de vez em quando, licença para dirigir-me ao Senado. Eles ouvem sem tédio, eu te garanto!

"Preferem a serenidade ao pensamento, empoladas conversas sobre seus interesses particulares às sérias reflexões sobre o estado de nosso país. A maior parte deles é de generais de gabinete, gostando de sentar-se em seus terraços, pelas tardes, com um copo de vinho nas mãos, discutindo com os amigos as campanhas de algum militar em evidência, fazendo comentários eruditos de desaprovação. Preparam diagramas de campanhas. Que sabem eles da vida em tendas, nos lugares selvagens, das longas e ardentes caminhadas, das lutas com os bárbaros? São legisladores, dizem. Pois que se contentem com suas leis e deixem os soldados em paz! Mas logo que há qualquer arruaça entre o populacho são os senadores os primeiros que

---

[3]Níobe, rainha de Tebas, que por ter ousado zombar de Latona, mãe de Apolo e Diana, gabando-se de seus sete filhos e sete filhas, viu-os todos mortos pela cólera da deusa. Transformada em rochedo, pelo sofrimento, dele correm constantemente as lágrimas daquela que, em literatura, simboliza a dor maternal.

falam de pretorianos e de legiões, e com vozes acovardadas. Os prefeitos e a polícia da cidade não são suficientes para esses patifes. Precisam que os militares os protejam! Roma, às vezes, parece um acampamento armado.

"Enquanto não se dirigem a seus companheiros senadores a propósito dos banhos públicos, de mais circos e de mais habitações gratuitas para a multidão heterogênea de Roma, e mais comida gratuita para a turma que detesta o trabalho, vigiam furtivamente negócios tais como a confecção de uniformes e de armas para os militares, fábricas de cobertores e de tecidos, ou ajudam a dar subsídios a parentes que estão em tais negócios, quando não atiram os contratos do governo em sua direção. Não conheço um senador cujas mãos não estejam enlameadas de suborno ou mesmo que não tenha recebido um suborno. O senado tornou-se uma organização fechada de canalhas que saqueiam o Tesouro em nome do bem-estar geral, e que têm como séquito uma populaça composta de barrigas esfaimadas e ladrões ávidos, a que dão o nome de clientes, e pelos quais exibem a mais comovedora solicitude. O destino de Roma, o destino dos contribuintes desesperados, nada é para eles. Que a dívida pública cresça! Que a classe média seja esmagada até morrer sob taxas, extorsões e explorações! Por que os deuses criaram a classe média senão para servir de bois de tiro para as bigas de senadores seguidos das multidões de mendigos vorazes? Um homem honesto, um homem que trabalha e honra a cidade de Roma e a Constituição da República não é apenas um tolo. É um indivíduo suspeito. Manda-se-lhe o coletor de taxas para novos assaltos! Provavelmente, ele está pagando sua 'justa' cota de impostos.

"Os militares estão constantemente reclamando novas verbas para a 'defesa' de Roma, e contra o 'inimigo'. Discutir tais verbas é despertar o grito da denúncia. Eu sou um traidor? Eu sou um indiferente no que se refere ao fortalecimento de Roma? Quero ver Roma em condições fracas diante de bárbaros circundantes? Não compreendo que precisamos manter fortes nossos aliados, com donativos do Tesouro, com armas e com a presença das nossas legiões? Isso para não falar na assistência dos nossos especialistas em assuntos militares e políticos, cujas longas e dispendiosas viagens em suas capacidades de aconselhar são financiadas pelo Tesouro? Não é de estranhar que Carvílio Ulpiano, que é egiptologista, um amante da arte egípcia, chegasse a convencer o Senado de que era absolutamente necessário que lhe fosse financiado o 'estudo das defesas presentes do Egito' e de que sua presença era exigida no Cairo, para tal 'estudo'. Foi, naturalmente, acompanhado de pretorianos e todo um séquito de bonitas senhoras e escravos, atores, gladiadores, tudo pago com os fundos do Tesouro. Voltou, e dirigiu-se ao Senado, dando-lhe as tranquilizadoras notícias de que o Egito era leal no que se referia à Paz Romana, embora o procônsul do Cairo pudesse ter mandado tais notícias, a pedido, pelo custo de um só mensageiro ou de um navio de carreira regular."

Lucano sorriu, involuntariamente, mas o sorriso tinha um toque de fatigada melancolia. A carta que tinha nas mãos parecia vibrar com a cólera apaixonada do tribuno. Lucano continuou a leitura:

"Há dez dias, porém, fui apresentado como convidado ao Senado. Um senador declarou triste, mas nobremente, que a liderança do mundo fora colocada sobre os ombros de Roma: 'Não fomos nós que escolhemos isso', disse aquele mentiroso hipócrita, articulando heroicamente as suas palavras, 'mas houve a escolha do fado, ou dos deuses, ou das misteriosas forças da História.' Dava assim a impressão de que a História, de uma certa maneira mítica, existe acima e à parte da humanidade que faz a História! 'Devemos recusar de novo esse jugo?', perguntava o vomitador de mentiras. 'Devemos recusar de novo receber o que nos foi decretado porque possuímos o gênio do governo, o gênio da invenção, o gênio do trabalho produtivo? Não! Por Júpiter, não! Embora a carga seja onerosa, nós a aceitamos por amor da humanidade!'

"Não me pude conter. Levantei-me de meu lugar de convidado, sentado que estava ao lado de Carvílio Ulpiano, e ali fiquei de pé, os polegares metidos do cinturão, deixando que eles vissem minha couraça e minha espada. Como aqueles homens efeminados gostam da exibição do militarismo! Tomaram, imediatamente, expressões sérias, embora me tenham visto bastantes vezes, Marte o sabe! 'Que fale o tribuno!', alguns deles gritaram, como se pudessem impedir o filho de Prisco de falar!

"Levantei meu punho e o sacudi em direção de suas faces mendazes. 'E quem', perguntei, 'declarou que Roma recebeu a liderança do mundo? Os gregos civilizados, que nos detestam, e riem de nós e de nossas sanguinolentas pretensões? Os egípcios, que eram uma velha dinastia quando Remo e Rômulo ainda estavam sendo amamentados pela loba? Os judeus, que tinham seu sábio código de lei quando Roma não possuía outro código senão sua curta espada? Os bárbaros da Bretanha, que põem abaixo nossas fortificações assim que terminamos de levantá-las? Os gauleses, os godos, os antigos etruscos, os germanos, os milhões dos que ainda não foram infelicitados pelo militarismo romano? Os milhões que não sabem nosso nome ou, se o sabem, cospem ao ouvi-lo? Quem nos deu a liderança, se não nós próprios, usando nossa força, nossa habilidade e nossas ameaças, nossa urgência de despojar e roubar, nossa avidez de poderio? Somos como jovens, rudes, mas corruptos fanfarrões, contando basófia entre anciãos, ou entre criancinhas que no futuro estarão crescidas, alimentadas pelo leite materno.'"

As sobrancelhas louras de Lucano juntaram-se, em súbita ansiedade. Seu coração palpitou, tomado de vago receio. Respeitava Diodoro por aquelas palavras valentes e honestas, aquelas palavras atiradas aos rostos de mentirosos, políticos e outros canalhas intumescidos de ambição. Ainda assim, tinha medo. Tentava consolar-se com o pensamento de que Tibério César também era um soldado, e respeitava Diodoro, sendo à sua moda um homem de honra. A carta de Diodoro continuava:

"Eu esperava que me fizessem calar aos gritos. Mas aqueles que estavam mais perto de mim continuaram apenas sentados, em silêncio, contemplando-me de cenhos carregados. Um ou dois, mais jovens do que os outros, enrubesceram e ficaram a olhar para as próprias mãos. Carvílio Ulpiano evitava meus olhos e retorcia-se em sua cadeira. É possível que tenha um reto irritado, por isso eu o perdoei. Esperei, mas ninguém me respondeu.

"Roma não é a minha Roma, a Roma dos meus antepassados. Os Pais Fundadores estão esquecidos, ou são mencionados apenas quando algum político deseja cometer infâmia ainda maior. Os dias de fortaleza, de fé, de caráter foram para sempre, como os dias da coragem e da disciplina. Por que então eu luto? Porque é da natureza do homem lutar contra a escravidão e a mentira. Se tombar, então tombo em boa luta, embora irremediável.

"Chega, porém, destas coisas sombrias. Voltarás para tua família, em futuro próximo. Receberemos nosso filho querido com regozijo e afeto. Deus te abençoe, meu filho."

Os olhos de Lucano estavam secos e ardentes enquanto ele enrolava a carta. Era sempre perigoso dizer a verdade. Num mundo corrupto como este é coisa fatal. Se Deus chegasse a se preocupar com os homens, pensou Lucano, amargamente, criaria muitos Diodoros, ou os protegeria quando eles falassem com suas vozes altas e claras.

Depois, com severidade, ordenou a si próprio: Que eu esqueça a minha família. Não devo amar — embora ame! — porque se me deixar envolver profundamente, as consequências, como sempre, serão trágicas e eu já tive bastante tragédia. Se eu pudesse rezar, entretanto, rezaria para que os senadores depressa fechassem suas portas com cadeados, contra Diodoro, para sua própria querida e vociferante segurança, e para segurança de minha mãe e de meus irmãos.

Lembrou a si mesmo que entrara na posse, ultimamente, e a preço considerável, de um manuscrito traduzido, vindo de Catio, contendo palavras sábias escritas, havia séculos, por um K'ung Fu'tze, ou Confúcio,[4] como José ben Gamliel o chamara. O professor judeu relutara para separar-se dele, mas Diodoro, refletia Lucano, poderia ser acalmado por aquelas palavras altaneiras, tão calmas, tão resignadas, tão corteses, tão contemplativas. Também haveria de fazer um vigoroso movimento aprobatório de cabeça, ao ler: "Lembrai-vos disto, meus filhos, um governo opressivo é mais violento e mais de temer do que um tigre."

O pequeno Cláudio Vesálio, de cara de harpia, viera parar bem junto de Lucano, com seu desventurado aluno, e elevara a voz:

— A matemática, realmente, é uma arte apolínea — esganiçava-se ele. — Quem a detesta, ou a evita, ou vê nela uma ciência menor, não passa de um macaco imprudente e obstinado!

Ele está se referindo a mim, pensou Lucano, um tanto divertido, fingindo estar muito absorvido na carta. O gregozinho afetado sentia-se tomado de irritação. Continuou a falar com o aluno, mas em realidade dirigia-se a Lucano.

— Considero Pitágoras[5] superior a qualquer Aristóteles ou Hipócrates ou Júlio César! — declarava ele. — Ou a qualquer Fídias[6] ou a qualquer

---

[4] O mais célebre filósofo da China, fundador de um sistema de moral muito elevada, o chamado Confucionismo (551-479 a.C.).
[5] Filósofo e matemático grego do sexto século a.C., a quem se atribui uma escola à qual se devem descobertas matemáticas, geométricas e astronômicas, a tábua de multiplicar, o sistema decimal e o quadrado da hipotenusa.
[6] O maior escultor da Grécia antiga, nascido em Atenas, 431 a.C.

artista, ou seja a quem for. Toda a ciência e toda a arte estão baseadas em princípios matemáticos definidos. Raciocínio! Tudo é matemática! Digamos que desejemos provar que a soma dos primeiros números ímpares N e N-2, isto é, um mais três mais cinco mais... mais 2N... um igual a N-2. Não é verdade que N é igual a 2? Sim. Pois um mais três é igual a quatro igual a 2^2. É também verdade que N é igual a K. Nesse caso teríamos...

Lucano bocejou longamente e, vendo isso, Cláudio Vesálio se agitou. O jovem grego levantou-se calmamente e caminhou até o portão distante, na outra extremidade do jardim. Os dentes de Cláudio Vesálio rangeram. Ali estava um indivíduo dotado para a arte apolínea, que preferia meter a mão em cadáveres e ensanguentar suas vestes e respirar cheiros odiosos em enfermarias e casas de tratamento! Ufa! Odiava Lucano por esse desperdício todo. Que fosse para o inferno! Que trouxesse garotos ao mundo, garotos que jamais deveriam ter nascido, e abrisse barrigas para retirar pedras dos que não resistem ao seu desejo ardente à mesa! Digno trabalho para um digno choramingas! Aquele embusteiro não frequentava os bordéis de Alexandria, como qualquer jovem normal fazia, nem se mostrava demasiado respeitoso no que se referia aos professores. Suas atitudes eram despropositadas. Por acaso dava a honra de sua presença às tavernas, circos e teatros? Não, realmente não. Valia demais para isso. Estava sempre cuidando de proteger suas delicadas mãos durante os esportes mais rudes, receoso de lesar o dedo que devia manter o bisturi.

— Ele é um jovem Hermes[7] — disse o perseguido aluno, em tom de admiração, seguindo Lucano com os olhos. Cláudio Vesálio, furioso, guinchou como um porco e esbofeteou-lhe o rosto.

Lucano saiu dos jardins e da universidade. Mais adiante estavam os vastos gramados verdes sobre os quais as palmeiras, ciprestes, mirtos e salgueiros lançavam sombra esmeraldina naquela atmosfera brilhante e dourada. Uma imobilidade suave estendia-se sobre a terra. O mar, em seu mistério insondável, estendia-se para o infinito. Lucano estava só. Tudo era silêncio, exceto pelas vozes inquietas das águas que corriam para o ocidente.

---

[7] Nome grego de Mercúrio.

De súbito, o crepúsculo desceu e terra e mar modificaram-se. Lá em cima, o céu tornou-se um arco côncavo e sombrio, de um azul-esverdeado. O mar escureceu para um violeta intenso e tranquilo, seus pontos mais distantes alvoroçando-se com o vermelhão do sol que parecia pousar sobre as ondas. O ocidente ilimitado queimava em luz cor de laranja e escarlate contra as nuvens negras que se deslocavam sob a forma de galeões romanos, movendo-se em suas viagens desconhecidas, as velas enfunadas por um vento não sentido e não terreno. A imensidade do céu e do mar fazia minúscula a terra, crescia sobre ela, rolava em torno dela, em tom de respeitoso temor, ainda assim carregada de fatalidade e pressentimento para Lucano.

Involuntariamente, recordou-se de José ben Gamliel falando num crepúsculo como aquele, aquela sua voz sonora, embora suave: "Os Céus declaram a glória Dele!"

Lucano sentou-se na relva. Sentiu de novo a terrível estranheza entre ele e Deus. Ah! Mas não devemos permitir jamais que Deus entre em nosso coração! Porque, com Ele, vêm a angústia, a dúvida, as ordens, as exortações, o medo e a tragédia. Uma vez dono da alma do homem, Ele torna-se Rei, e não há mais ninguém além Dele.

— Mas com Suas ordens e Suas leis Ele também traz amor e deleite espiritual, e pão para a alma, e luz para as trevas — disse José ben Gamliel a Lucano, certo crepúsculo. — Sem Ele apenas temos o mundo de desilusão, de fome, poeira e dor, e um vazio que o homem não pode preencher. Temos a morte, sem o Mais Santo, abençoado seja Séu Nome. Temos apenas lágrimas, que não podem ser consoladas. Todo o ouro do mundo não pode comprar a Sua paz, que fica para além do entendimento. Ensinei-te os salmos de Davi, o Rei: "O Senhor é gracioso e cheio de compaixão, lento para encolerizar-se e de grande misericórdia. O Senhor é reto em todos os Seus caminhos, e santo em todos os Seus trabalhos... Não criticará sempre nem para sempre conservará Sua cólera... Pois, assim como o céu é alto acima da terra, tão grande é a Sua misericórdia em relação aos que O temem."

"Meu Lucano, eu O sinto junto de ti. Sinto-O tão próximo quanto o respirar. Sua Mão está sobre ti. Não tenhas medo, meu filho. Volta-te para Ele, em teu desgosto e pavor, pois sei que tais coisas te devoram."

— Ele nos angustia — respondera Lucano, amargamente. — Nada quero Dele. Que explicação tens tu, Rabi, para o que diariamente vejo nas enfermarias públicas e nas casas de tratamento? Por que deve uma criança sofrer, e um homem ter a aflição da lepra? Como chegaram eles a ofender a Deus para que Ele os castigue? O mundo é um imenso gemido de agonia.

José voltara para seu aluno seus grandes olhos luminosos, que irradiavam compaixão:

— Jó foi homem angustiado, chorou por ele próprio e pelos seus semelhantes e censurou Deus pelo que lhe parecia a miséria sem sentido da Terra. E Deus respondeu-lhe, reprovando-o: "Por acaso deste tu ordens às manhãs, desde os teus dias, e levaste a aurora a conhecer seu lugar... Entraste nas nascentes do mar?... Viste as portas da sombra da morte? Podes fazer Mazarote surgir na sua época? Ou podes guiar Arcturo[8] com seus filhos? Conheces os decretos do céu? Podes determinar o domínio dele sobre a terra?... Podes enviar o relâmpago, para que ele se aproxime de ti e diga: 'Aqui estou'?... Quem fornece o alimento ao corvo, quando seus filhotes gritam para Deus?... O que discute com o Todo-Poderoso deverá instruí-Lo? Que responda aquele que reprova Deus."

José ben Gamliel estivera ali com ele, naquele mesmo lugar, alto, majestoso e delgado até a transparência, vestido em trajes de cor castanho-escura e carmesim, sua cabeça altaneira envolvida num tecido de algodão vermelho. O rosto provido de barba, com sua pele aperolada, nariz delicadamente aquilino e boca suave, brilhara ao crepúsculo como alabastro. Lucano amava-o e venerava-o mais do que a qualquer dos outros professores, e ele, entretanto, estava constantemente exacerbando o próprio coração do jovem. Mesmo assim, procurava José e não saberia dizer por quê, a não ser por lhe atirar friamente suas perguntas e comentar cinicamente as respostas amorosas que recebia.

Naquele crepúsculo, Lucano arremessara palavras como se fossem pedras sobre aquele rosto venerável e delicado.

— Se tivesses sofrido, professor, se tivesses suportado a perda de alguém que te fosse mais querido do que a vida, se tivesses visto esse ser amado morrer em aflição e sem esperança, a vitalidade deixando-lhe o corpo como um vazamento invisível de água, sendo ela a mais doce das mulheres, não

---
[8]Estrela dupla da constelação do Boieiro.

falarias assim. Como Jó, cobririas de cinzas tua cabeça e gritarias tua censura contra Deus! Falarias, então, da Sua misericórdia?

O rosto de José modificou-se, ou talvez fosse apenas porque a noite descera um pouco mais. Fora, sem dúvida, apenas o cair da noite que atirara aquele aspecto de tragédia e cansaço sobre o rosto do professor. José jamais falava a não ser tranquilamente, como alguém que tivesse jantado bem ou que vivesse confortavelmente, sem indagações nem transtornos.

Sim, era apenas o crepúsculo que se fizera de súbito mais denso e contorcera-lhe o rosto por um só momento. Depois, sorrira para Lucano e partira, suas vestes flutuando em torno do corpo. Era fácil, para os que não tinham ferimentos, considerar insignificantes os ferimentos alheios, espantando-se de que os atingidos por eles se queixassem!

Agora, Lucano estava ali, naquele crepúsculo, e olhava para o mar que escurecia e para o reluzir distante do poente de um laranja escarlate. E sentiu novamente aquela horrorosa solidão, seu abandono, e o infinito, o inconsolável desgosto, não apenas por Rúbria, que estava perdida para ele pela eternidade, mas por todos quantos sofriam e choravam em voz alta, sem conforto. Sua alma enrijeceu nele, resistindo. Jamais Deus tornaria a falar-lhe, pois ele fechara os ouvidos! O irrespondível não tivera resposta nem consolação.

Um vento frio, picante e imenso varreu-lhe a carne. Voltou-se para se ir dali, desolado como sempre, para voltar à pequena casa onde vivia com Cusa e a esposa deste, Calíope. Voltava para a lâmpada acesa, para o jantar frugal e para seus estudos. Era um soldado em bivaque, preparando-se para o dia próximo em que estaria adequadamente armado a fim de encontrar o Deus da dor e vencê-Lo.

— Ora! — disse Cusa à esposa Calíope, que estava diante dele com a filha gorducha empoleirada em seu quadril. — Tu não passas de uma mulher, e é sabido que as mulheres não possuem inteligência.

— Eu tive conhecimento bastante para te apanhar como marido, embora não sejas, verdadeiramente, o mais belo dos homens existentes — respondeu Calíope, o rosto atrevido e bonito sorrindo petulantemente. — Fui eu quem te pediu a Aurélia, e fui eu quem sugeriu àquela pobre e nobre dama que desejávamos ser libertos. Ela comunicou a Diodoro os meus desejos, e assim aqui estamos, livres, embora não tenhamos nascido livres.

— Estás enganada — disse Cusa, mal-humorado, mas sorrindo à sua filhinha, que arrulhava para ele. — Aurélia nos libertou, ou aquele feroz descendente dos Quirites?[9] Não. Quando fomos oferecidos por ele a Lucano, nosso grego de olhos azuis disse que não nos aceitaria a não ser que fôssemos primeiro libertos, e como o romano lhe tem um amor paternal e adotou-o como filho, o pedido foi aceito, a fim de que Lucano não ficasse sozinho em Alexandria. Teria o tribuno pensado que sem a nossa assistência Lucano se tornaria um sibarita? Ou um frequentador de bordéis? Ou um jogador? Ora! Eu só desejaria que ele apreciasse tais coisas um tantinho! É uma virgem vestal do sexo masculino. Não terá ele sangue, nem órgãos, nem paixões, a não ser para o estudo da sua maldita medicina?

— Poderás observar — disse Calíope, sentando-se e pondo-se a amamentar a filha — que tu mesmo andas cheio de dúvidas, apesar de teus comentários sobre a minha inteligência. Por que Lucano foge a todos os prazeres dos jovens? Por que é tão abstêmio? Alguém menos caridoso poderia supor que ele fosse um devoto de Narciso[10] ou que se desse a relações inomináveis com outros jovens. Mas ele não é uma coisa nem outra. Algo está roendo as partes vitais de seu espírito, como a raposa espartana. Mostra-se impaciente com todo mundo, suas palavras são frias ou sombrias. Senta-se durante horas no terraço, em silêncio, com seus livros abertos, ou com as mãos caídas sobre eles. Quando interrompido, torna-se áspero e seco de palavras. Já o viste sorrir com alguma frequência? Somente nossa pequena Mara consegue diverti-lo. Ontem visitei o templo de Serápis[11] a fim de rezar por ele. Não é que eu o ame, pois é impossível amar um jovem tão distante que mais parece uma estátua do que um ser feito de carne. Mas estava pensando em nós.

— Esqueces de que foi ele quem insistiu pela nossa liberdade?

Calíope ergueu os ombros.

---

[9] Nome antigo dado aos cidadãos romanos, depois de se unirem com os sabinos.
[10] Figura mitológica que, apaixonando-se pela sua própria imagem, refletida nas águas de uma fonte, precipitou-se nela. Foi transformado na flor que tem o seu nome.
[11] Deus egípcio que combinava os atributos de Osíris e Ápis, grandemente cultuado na Grécia e em Roma.

— Liberdade é bom para a alma. Assim dizes tu, com frequência, e quem sou eu para contradizer-te? Ainda assim, nos aposentos dos escravos, em casa de Diodoro, havia alegria. Sem dúvida, deve ser tudo ainda mais alegre em Roma, ou nas propriedades do tribuno. Quem vem a esta casa a não ser professores e filósofos fanfarrões? E ainda assim aparecem sem que Lucano os convide. Lucano tem amigos entre os estudantes? Há risos aqui, e conversas animadas sobre moças e festas? Não! Nós não somos velhos, mas esta casa parece-se a uma casa de ancião.

Cusa fez-lhe uma tremenda carranca, mas a moça sacudiu suas tranças longas, de um tom castanho-claro, e resmungou:

— Hum!

— Quando voltarmos a Roma daqui a quatro semanas, Calíope, verás de novo as tuas amigas, e terás tuas tagarelices e tuas alegrias. Diodoro já garantiu uma situação para Lucano como funcionário médico em Roma, com excelente salário. Ele poderá ter certo número de clientes particulares e também se ocupará no sanatório. Poderemos ter, então, nossos próprios e pequenos banquetes particulares, com os nossos amigos. Não podemos culpar Lucano por não termos amizades aqui; somos estrangeiros.

Calíope sorriu para ele, afetadamente:

— Com o generoso estipêndio que o tribuno te envia, e com tua avareza, podemos bem comprar um pequeno horto e granja perto de Roma. É necessário que continuemos a ser parte do pessoal doméstico de Diodoro e que sejas professor de seus filhos?

— Jamais ouviste falar em gratidão — disse Cusa, severamente. Deu uma palmada na própria coxa, e continuou: — Não. Se Diodoro não nos quiser, devemos permanecer em Roma, com Lucano, e tomar conta do pessoal dele. Estou certo de que ali ele se casará.

— Ah! — disse significativamente Calíope. — Digo-te que ele jamais se casará. Por acaso aceitou os convites das famílias dos estudantes aqui de Alexandria? Não. Vive, sozinho, naquele seu terrível silêncio marmóreo. Pensa apenas em Rúbria, jamais a esqueceu. Ela se tornou uma divindade para o rapaz. Em nome dela, despoja-se de dinheiro, e isso não é coisa natural num grego; dá o que pode a cada mendigo que vê. Não está sempre visitando as prisões para curar e confortar criminosos e escravos? Aquele moço é um escândalo. Sou mulher de intuição. Ele nada disse com respeito a essa situação de funcionário médico em Roma, e fica silencioso quando te referes a isso. Receio que recuse...

— Não sejas néscia! — trovejou Cusa, indignado. — Lucano pode não ser natural ou caloroso, mas não é um imbecil. Para que tem estudado?

— Por alguma terrível razão que só ele conhece — disse Calíope.

Contente por ter conseguido deixar Cusa ansioso, a mulher retirou-se com a filha para fazer a sesta. Cusa, entretanto, estava perturbado demais para repousar. Saiu para o terraço alto, resmungando consigo mesmo.

A casa não era pequena nem grande, e fora construída com pedra branca, com um pórtico externo agradável, voltado para o mar, apoiado em simples colunas. Atrás da casa ficava a quente e impetuosa cidade de Alexandria, ainda mais poliglota do que Antioquia, maior e mais ofuscante e muito mais corrupta. Fervia, rolava, gritava, urrava em inúmeras línguas. Era uma torrente inquieta de faces negras, morenas e brancas, e de trajes de outras terras. As ruas abafadas e tortuosas ferviam de caravanas, camelos, cavalos, bigas e burros. Os chacais uivavam a noite inteira, lá pela periferia da cidade. O prefeito nunca podia estar certo de quantos de seus homens voltariam à noite de seus postos; o assassínio era muito frequente. Mesmo as legiões romanas que ali estavam não poderiam manter sempre a ordem. Coletores de impostos desapareciam quando não iam acompanhados de soldados, e seus corpos eram com frequência encontrados no rio, quando a maré os devolvia para o porto de esplêndido colorido. Aquele era, para Cusa, um dos aspectos agradáveis da cidade que ardia como se tivesse fogo interno dia e noite, de manhã e à tarde. Prostitutas de todas as raças e de todas as cores frequentavam as ruas estreitas e violentas a qualquer hora. Toda casa de família de algum porte tinha sua própria guarda armada nos portões, e mesmo assim o roubo era coisa tão comum que pouca gente chegava a comentá-lo. Sobre a cidade, uma poeira amarela e quente esvoaçava em nuvens tais que fazia vermelhos os ares sufocantes, à noite, sob o luar, em cima das tochas colocadas em soquetes ao longo dos muros. Turbas assaltavam-se mutuamente no meio da noite, e havia sempre bandos de jovens judeus e egípcios em conflitos, amaldiçoando-se e espancando-se com cacetes, e usando navalhas brilhantes. A cada manhã, os becos ficavam cheios de cadáveres, evidência de outros conflitos também entre outras raças. Embora os romanos tivessem criado um sistema sanitário muito adequado de esgotos, que iam desaguar no porto, o povo usava as ruas como latrinas durante a noite, desprezando os sanitários públicos, que ficavam a pequena distância. Consequentemente, Alexandria tresandava, mesmo durante o mais brilhante e seco dos dias. Em comparação, Antioquia era um sanitário limpo. O alho parecia ser o perfume popular, e as ruas cobertas de pedras lisas estavam sempre juncadas de entranhas, tanto de animais quanto de homens, apesar dos exércitos de escravos que eram levados diariamente aos trabalhos de limpeza. Era uma cidade perigosa e flamejante, uma cidade sufocante e violenta, sempre ruidosa pelos gritos de perseguição e fuga. As epidemias assolavam as casas de famílias e as prisões estavam constantemente repletas. Bigas faziam estrondos pelas ruas, sem cessar, e as pessoas jamais estavam longe de serem arrastadas ou batidas por elas.

A casa de Lucano, porém, ficava num ponto mais ou menos isolado, não muito longe da universidade. Era rodeada de jardins alcantilados e de um muro confortavelmente alto, rematado por agudas pontas de ferro. Cusa espalhara cuidadosamente na cidade o boato de que Lucano não tinha dinheiro, que a casa era espartana, sem conter ouro nem prata ou qualquer outra coisa que valesse a pena roubar. Em consequência, houvera na residência apenas doze tentativas de roubo durante aqueles quatro anos.

Cusa amaldiçoava a cidade e sua inquietação, ao ficar ali, na colunata alta, sobre o porto. O mar exibia o mais régio dos tons azuis, quase um arroxeado imperial, enquanto fervia lentamente sob o céu, aquecido a ponto de parecer branco. Centenas de navios, pequenos e grandes, atravancavam o porto. Velas azuis, vermelhas, brancas, escarlates e amarelas pendiam frouxas de seus mastros, pois não havia vento na imobilidade brilhante do meio-dia. Nenhum navio se movimentava: era a hora da sesta, a fuga ao calor intolerável. A cidade mostrava-se relativamente tranquila, para Alexandria, e só o mais leve dos estrondos alcançava os ouvidos de Cusa. Ele enxugou o suor da testa com o braço nu e arquejou. Aquela brisa quase imperceptível, vinda do mar reluzente, era úmida; Alexandria fazia-se tolerável apenas quando um vento quente e seco vinha dos desertos. Os navios agora balançavam pesadamente, tocados pela maré lenta e incandescente.

As palmeiras no jardim, a grama ressecada e as árvores enlanguescidas sobrecarregavam-se com poeira amarela faiscante. Era impossível combater o calor da África com qualquer água, e as fontes mostravam-se apáticas. Cusa podia ouvir sua queixa leve entre ele e o mar. As flores magoavam os olhos com suas cores demasiado intensas, e a luz vinda do céu bem como o fulgor arroxeado do porto ainda os magoavam mais. Apesar disso, Cusa sentou-se e entregou-se a pensamentos perturbadores.

Lucano jamais fora uma alma jubilosa, mesmo quando menino, a não ser quando em companhia da jovem Rúbria ou cavalgando loucamente o pequeno burro, no caminho para Antioquia, com Keptah. Sempre se mostrara demasiadamente reservado, quieto demais, contemplativo demais para uma criança, e suas cóleras, apesar de infrenes, eram frias e glaciais como o gelo. Qualquer calor solar, qualquer tepidez e amor que tivessem sido parte de sua personalidade gastara-os com a filha de Diodoro. Rira muito raramente e quase sempre em presença dela.

Se Lucano se mostrara bastante difícil em Antioquia, depois da morte de Rúbria, fora, às vezes, intolerável para Cusa durante aqueles quatro anos. Fixava em Cusa um olhar sardônico, quando o professor discordava dele a propósito dos trabalhos que trazia da universidade para casa. (Cusa sentia-se em igualdade com qualquer dos professores da universidade e ofendia-se quando Lucano preferia a interpretação deles à sua.) Lucano o provocava, atormentando, não com leveza, mas com uma espécie de amargo desejo de aguilhoar.

— Não és Sócrates — dizia-lhe Cusa, intimamente ofendido —, e eu me ressinto desses intermináveis diálogos que não levam a coisa alguma a não ser a me apresentar como um tolo. É essa a tua intenção?

Lucano desculpava-se, com sincero arrependimento, mas seu rosto permanecia sombrio. Era como um homem que aperta constantemente um dente tomado por um abscesso, pensava Cusa. Quando, em nome dos deuses, irá ele esquecer aquela donzela?

Ali estava Cusa, sentado, pensando em Lucano, na colunata. Sacudia e tornava a sacudir a cabeça. Apesar das queixas de Calíope, resolvera não deixar Lucano, a não ser que o jovem grego o despedisse.

17

— É uma pena, meu bom Lucano — disse Rustrumjee, o licenciado em letras —, que estejas firmemente decidido a ser médico, pois és artista de imenso mérito.

Rustrumjee, curador do museu de arte na Universidade de Alexandria, era homem erudito, vindo da Índia; seus gostos eram universais, delicados e perceptíveis. Homem pequeno, gracioso, sinuoso, curiosamente aparentando deformidade, tinha rosto moreno e olhos de estranha palidez, bem como sorriso sutil. Para Rustrumjee, um homem que não produzisse arte ou não estivesse envolvido com a arte era um homem incompleto. Como a maior parte dos hindus, a arte, para ele, não se separava da religião. Ensinara também o sânscrito a Lucano.

— Como brâmane,[1] pertenço à casta exclusiva dos sacerdotes, e nosso voto é preservar a nossa velha língua. — Olhou para Lucano com dignidade, por um momento, depois apanhou dois pequenos retângulos de madeira no qual Lucano pintara retratos. Franziu delicadamente as sobrancelhas.

Lucano recebera um pedido do professor para permanecer ali quando os outros alunos se fossem.

— Mestre — disse o jovem —, eu sou um médico desde que nasci. Não posso conceber para mim nada a não ser a medicina.

Rustrumjee fez um sinal afirmativo com a cabeça, e suspirou:

— O que foi ordenado durante o carma[2] deve ser realizado. É provável que isso seja um outro aspecto do teu carma, a transmissão de tua alma, precisando completar as necessidades de teu espírito. Gosto, muitas vezes, de fazer trabalho especulativo sobre os pecados que cometeste contra teu próximo, durante um carma prévio, e que agora deves expiar, salvando-o da dor e da morte.

---

[1] Membro da casta sacerdotal, a primeira das quatro castas da Índia.
[2] Segundo as religiões hindus, sujeição em que fica a alma a um encadeamento de causas, isto é, cada existência servindo de motivação para a seguinte (teoria da reencarnação), gerando bom ou mau *karma*, que deve ser contado como causa de processo espiritual, no primeiro caso, e justifica sofrimentos e lutas (lições) no segundo caso. Lei de ação e reação.

Lucano sorriu, involuntariamente, rompendo a rigidez habitual e mostrando a juventude de suas feições. Em seguida ficou novamente sombrio. Jamais discutia com Rustrumjee sobre religião, ou entabulava conversa com ele a esse respeito. Reservava isso para José ben Gamliel, que ensinava religião, era compassivo, ao contrário do hindu, que não tinha compaixão verdadeira, pois acreditava que a sorte terrena do homem era determinada antes de infinitos renascimentos e deveria ser recebida sem protestos. Ainda assim, Rustrumjee jamais mataria a mais detestável mosca ou inseto, receoso de interferir com seu próprio e determinado carma. Homem, mosquito, ou rato: eram todos a mesma coisa para o hindu, movendo-se lentamente, através de penosos renascimentos, para chegarem ao ser e depois irem ao Nirvana,[3] não recebendo nem pedindo, no caminho, a piedade humana, pois eram o que eles próprios haviam formado, sem auxílio nem condenação dos deuses, através de *eons*[4] de tempo, através de *eons* de existências. Lucano considerava de certa forma fascinantes os vastos encadeamentos da religião bramanista. Pareciam explicar, em grande parte, as agonias da vida, suas misteriosas calamidades, sua aparente anarquia. Que tal se os miseráveis doentes das prisões e das enfermarias, sofrendo torturas aparentemente imerecidas, estivessem apenas expiando antigos crimes e desajustamentos espirituais? E, ao expiá-los, estivessem subindo para melhores condições de vida?

Discutira isso com José ben Gamliel. Então, o judeu dissera:

— Não. Temos a considerar a ilimitada harmonia da Natureza, que é um reflexo de Deus, suas leis precisas, jamais desviadas, sua exatidão. Deus é a Lei, e a Lei é perfeita e imutável. Considera os Dez Mandamentos, a Lei. O fato de romper a Lei traz sofrimentos ao homem, sofrimentos intensos, físicos, espirituais, às vezes as duas formas, e obedecer à Lei traz amor e justiça, de forma que se ele tiver dor mortal terá sustentáculo espiritual e isso prova, sem dúvida, que a perfeição não está além dele, mas dentro de seu alcance. Por que, então, os contínuos renascimentos? Não. A expiação é de forma espiritual, um reino de expectativa onde a alma pode limpar-se e purificar-se.

---

[3]Conforme a religião budista, um estágio no qual não há mais desejo — deixando, portanto, de haver sofrimento.
[4]Idade, ciclo, era, tempo de duração contínua.

Lucano não acreditava em José ben Gamliel, como não acreditava em Rustrumjee, pelo simples fato de que, embora não pudesse rejeitar a existência de Deus, não acreditava na imortalidade do homem. Convencido tanto da morte física quanto da morte espiritual, jamais deixava de se sentir tomado da mais terrível cólera contra Deus.

Rustrumjee dizia, agora:

— Estes retratos. São rostos de homens que pintastes nas enfermarias ou nas prisões; faces moribundas. Que colorido extraordinariamente apaixonado! Quase vívido demais, quase amedrontador demais em sua crueza. Alguns diriam que tal colorido não é a verdadeira realidade, mas expressam apenas a emoção que vem de tua própria alma. Há qualquer coisa de deformado nestas feições, também, que não vem do que realmente existe, mas também de tua emoção pessoal. Esta agonia! Esta angústia imensa! Esta fantasmagoria atormentada! Estas linhas torcidas que se destacam de tal maneira que sentimos poder tocá-las e encontrá-las em relevo, como uma excrescência! O suor nas frontes e nas faces parece vividamente úmido, e espera-se ver rolar as gotas. Os olhos dilatados de sofrimento têm sangue latejante, e não me surpreenderia vê-los voltarem-se para mim em desespero e súplica, implorando consolo. Os outros professores estão horrorizados com as tuas pinturas, mas eu não! Ah! Lucano, tu pertences à Índia, e sinto que em vários de teus carmas tu ali viveste, pois só os hindus pintam assim, e são uma afronta para os moderados gregos, que preferem a beleza olímpica e a harmonia à realidade; preferem esculpir estátuas de seus deuses e colori-las para além das cores naturais dos homens. Ainda assim, Zêuxis[5] pintou um cacho de uvas tão realista, dizem, que vários pássaros entraram como flechas na sala da exposição para debicá-las.

Olhou pensativamente para Lucano e prosseguiu:

— Tens certeza de que não te inclinas mais para a arte do que para a medicina?

— Tenho, professor. Sou médico.

Lucano foi para a enfermaria, embora, tendo já passado duas horas ali, naquela manhã, muito cedo, não tivesse de voltar naquele dia. Ali havia, também, um médico hindu, mas era budista e se esforçava por aliviar a

---
[5]Pintor grego, um dos mais ilustres artistas da Antiguidade (464-398 a.C.).

tortura, de forma que a alma pudesse ficar em contemplação pacífica. Havia também um médico judeu, que tinha as mãos mais delicadas e a mais profunda piedade por todos os que sofriam. Havia, ainda, um grego e um egípcio, e mesmo um romano interessado em epidemiologia, que era a sua especialidade. Lucano de há muito observara que em Alexandria os professores não tinham arrogância a propósito de suas raças individuais, suas famílias ou ambientes. Nem mesmo o romano jamais declarava, orgulhosamente: "Sou um romano!" A humanidade, a fraternidade, a animada troca de conhecimentos entre os professores, a aceitação mútua e sua reverência uns pelos outros foram, de início, uma revelação para o jovem grego. Tratava-se de uma fraternidade dedicada à verdade e ao esclarecimento. A verdade e o partilhar dela eram tudo.

Viram Lucano entrar e o receberam com sorrisos afetuosos, sabendo que para ele a medicina era arte divina, acima de todas as artes, e conhecendo-lhe a dedicação. Mas só o judeu podia entender sua obstinada preocupação pessoal com a dor e a morte. Para os outros, ele parecia um estudioso como eles próprios, academicamente interessado nos aspectos da doença e impelido por desejo de pesquisa, por amor apenas à própria pesquisa. Para eles, a morte era somente um dos seus malogros, o malogro derradeiro, e excitavam-se com aquilo desinteressadamente, discutindo-a sem cessar. Faziam experiências por amor à experiência em si.

A enfermaria limpa e branca tinha dez camas. Ali vinham os que estavam irremediavelmente enfermos, e eram trazidos das prisões e dos bairros miseráveis de Alexandria. Também vinham os enfermos crônicos, os desesperadamente atingidos. Como todos aqueles doentes eram escravos, ou destituídos de tudo, as experiências feitas com eles, às vezes impiedosas, muito frequentemente não tinham de forma alguma relação imediata com a sua moléstia. Isso Lucano considerava odioso e intolerável, e nisso também ainda era apenas o professor judeu que o compreendia.

Os outros riam bondosamente de Lucano:

— Não é justificável que um homem morra para que outros, para que multidões de outros, se possam salvar? — perguntavam-lhe. E ele respondia, enquanto o professor judeu ouvia em silêncio:

— Não. Um homem é tão importante quanto a massa, e talvez ainda mais.

Essa atitude estranha não diminuía a afeição e o respeito que lhe votavam os médicos. Mas quando Lucano se lamentava a propósito de uma doença mortal e trabalhava e suava para aliviar as dores e salvar o paciente, todos, menos o judeu, ficavam perplexos. A verdade, o conhecimento, eis o objetivo da medicina. A morte era o fadário de todos os homens, a dor também.

— Sim, os homens devem morrer — dizia Lucano, amargurado. — Mas não é dever nosso nos preocuparmos grandemente com a dor? Mesmo com a dor de um escravo?

Ele não faria experiências apenas pela própria experiência. Tratava a enfermidade, pois, para ele tanto quanto para Keptah, a enfermidade era o homem. Para além da enfermaria ficava o necrotério, onde corpos de escravos e de abandonados, que morriam na enfermaria ou nas prisões, eram dissecados. As leis do Egito, ao contrário das leis da Grécia e de Roma, permitiam tais dissecações, pois os escravos e os pobres eram vistos como desprovidos de alma, e o Egito não era particularmente obcecado pela carne, a não ser que se tratasse de carne régia ou aristocrática.

O médico hindu e seus assistentes tinham ensinado a Lucano a arte da vacinação contra a varíola. Ele permitia que o vacinassem muitas e muitas vezes, e vacinava os pacientes.

— Tu és excessivamente zeloso — diziam-lhe os professores, em afetuosa zombaria. — Experiências, só em ti!

— Ele não é excessivamente zeloso! — dizia o professor judeu. — Só deseja ajudar o paciente que se pode recuperar da doença atual e evitar a varíola para o futuro. Mas ele jamais operaria o olho das nossas... vítimas... por exemplo, se esse olho não estivesse doente, nem injetaria em um paciente outra doença, fosse remédio ou veneno, apenas para observar o resultado, para saber por que o paciente não pode resistir. Ele aliviará a dor, e dará todo o tratamento que acredita capaz de aliviar a dor ou aquela particular doença, mas não infligirá dor ou doença em nome da pesquisa.

O professor egípcio e seus assistentes tratavam dos olhos, do coração, e de vários órgãos separadamente, e Lucano resistia contra essa ideia de especialização.

— Se o fígado está doente — protestava ele —, então o homem todo está doente, pois suas toxinas alcançam o sangue, os olhos, o coração, o estômago, os intestinos, a pele. E o mesmo se dá com as úlceras, degenerescências e todas as outras doenças. Não é apenas o peritônio que está inflamado, é o corpo inteiro que está inflamado, por solidariedade. O câncer é doença do homem inteiro, não apenas da parte que está atacada. Se um homem tem artrite, não deve tê-la apenas no ombro, no joelho, no tornozelo, nos artelhos ou nas mãos. Tem-na universalmente.

Os médicos egípcios divertiam-se, exceto o judeu, que concordava. E o judeu falou particularmente com Lucano:

— A doença não é apenas o homem inteiro, mas também a sua alma. Um espírito doente cria um corpo doente, ou um corpo doente cria uma alma doente. Não só a carne e sua doença devem ser tratadas, mas também a mente. É muito possível, embora não esteja provado, que todas as doenças, mesmo as epidêmicas, originem-se em alguma câmara secreta da alma.

Os pacientes não eram, para Lucano, escravos, destituídos, ou criminosos. Eram homens, que deviam ser auxiliados para combater a inexorável ira de Deus contra eles mesmos. Seus sofrimentos atormentavam-no pessoalmente; tratando um homem com uma doença cardíaca, sentia arrepios doloridos em seu próprio coração. A artrite que retorcia e aleijava as juntas de um sofredor, muito frequentemente pungia em suas próprias juntas. Sentia, realmente, o câncer devorar sua própria carne sadia, quando tratava de um canceroso. Um tumor no cérebro de um escravo dava-lhe latejantes dores de cabeça. Era como se a doença lhe mandasse filamentos vindos do paciente e esses filamentos o emaranhavam em seus sintomas e agonias.

O professor egípcio e seus assistentes usavam com frequência a magia no tratamento de seus pacientes da enfermaria. Aquilo provocava a hilaridade amistosa entre os eruditos professores gregos e romanos, que havia muito perderam suas crenças nacionais no valor dos amuletos e encantamentos ou ritos. Mas o professor judeu ensinara a Lucano que "já que a alma está tão doente quanto o corpo, esse corpo pode ser curado frequentemente através de mistérios e, como a doença do corpo humano pode bem originar-se na mente, aquela mente pode ser convencida pela taumaturgia de que está curada, e em consequência muitas vezes o próprio corpo se cura".

E acrescentara:

— Esses egípcios não estão assim tão errados quanto os demais acreditam. Repara que quando pões tua mão suavemente, e com uma espécie de vigorosa resistência, sobre um paciente, os egípcios se tornam inexcedivelmente interessados, embora os outros pilheriem contigo. Porque os egípcios descobriram, através da observação, que tens um misterioso poder curador. Os outros são nacionalistas, acreditando apenas em poções e na cirurgia. Os gregos, entretanto, como observaste, não são da escola de Cnidos, que tratava apenas o órgão atingido. Eles acreditam, também, como nós, que o doente é parte de sua estrutura.

Exatamente naquele momento Lucano estava particularmente interessado num homem que sofria de uma doença do cérebro então frustradora. Alguns dos cirurgiões haviam sugerido um tumor: não era comum terem a oportunidade de estudar um cérebro vivo. Lucano suspeitava que eles, realmente, não acreditavam que o homem tivesse tal tumor. Agora, completara seus estudos e era médico. Podia, portanto, protestar, o que não lhe fora permitido enquanto estudante. Além disso, o paciente era do judeu e depois de o ter ouvido, Lucano não deixara que seus colegas interviessem com suas serras, brocas e trépanos ansiosos.

O homem era um escravo, enviado por seu dono à prisão por um roubo insignificante. De acordo com a lei, poderia tê-lo mandado executar e, realmente, ele estava condenado à morte. O dono fora persuadido a mandá-lo para a prisão. Dentro dos últimos dias o professor judeu comprara a pobre criatura, e dera-o a Lucano como paciente:

— Se o curares, Lucano, será teu.

— Se eu o curar — respondera Lucano — comprá-lo-ei de ti e o libertarei.

— Então, dou-te como um presente, e poderás libertá-lo pessoalmente. Bem me lembro que os judeus foram escravos no Egito.

Lucano dirigiu-se imediatamente ao leito do homem, e os médicos egípcios reuniram-se em torno para observar. O nome do escravo era Odílio, homem de origem racial obscura, como acontecia com muitos dos escravos no Egito. Tinha rosto delgado e aquilino, olhos fundos, ardentes e escuros, corpo emaciado e alto, com bonitas mãos inquietas e pés longos e delicados. Devia ter mais ou menos vinte e dois anos. Olhou suplicante para Lucano, em silêncio, mas suas mãos ergueram-se um pouco, como que em oração.

Lucano puxou um banquinho para junto do leito e olhou para o escravo com ansiosa piedade. Desenrolou um papiro e de novo tomou conhecimento dos sintomas do homem. Não havia dor premente e contínua, como num tumor. Não havia sinais de paralisia... ainda. As íris não se mostravam turvas ou escurecidas. Faculdades e sentidos estavam inalterados. Mas o homem agonizava. Controlava-se muito, mas com frequência gritava, angustiado, apertando a cabeça com as mãos. Sua pressão arterial era descontrolada. Às vezes, o coração sacudia-se e saltava, embora nada houvesse de organicamente lesado nele. Outras vezes todo o seu corpo era convulsionado por espasmos. Depois de tomar sedativo os espasmos cediam rapidamente e um aspecto de profundo alívio surgia no rosto sonolento, aspecto muito comovente e tocante para Lucano. Não havia mais sinais físicos de doença em qualquer de seus órgãos: sua pele, se bem que frequentemente lívida ou manchada e trêmula, era sadia. Mas as dores de cabeça, segundo dissera o doente a Lucano, em tom lamentoso, variavam em intensidade e forma, mas estavam sempre presentes.

Os outros professores médicos chegaram até o leito e ficaram observando Lucano, que fazia mais um dos seus meticulosos exames. Viram que ele chegava uma vela acesa junto dos olhos do homem e tornava a pesquisar o estado das íris. Viram-no mandar Odílio erguer as mãos, os pés, a cabeça. Lucano procurava reflexos perdidos ou exagerados. Todos estavam praticamente normais, porém o homem torcia-se na cama e gemia. Era inteligente, sabia ler e escrever em três idiomas, e fora o secretário de seu senhor.

Lucano cruzou os braços nus sobre o peito, contemplou o homem durante um longo momento.

— Qual é a dor de hoje? — indagou, com ar abstraído. Ao lado do ombro dele o professor judeu inclinava-se, observando tudo bem de perto.

— Oh! senhor — gemeu o escravo —, hoje meu crânio está apertado demais para meu cérebro! Meu cérebro está para estourar a sua caixa!

— Tumor, evidentemente — disse o professor grego, com avidez.

Lucano sacudiu a cabeça, sem retirar os olhos do escravo.

— Há mais de um mês ele está aqui, e não mostra perda de qualquer faculdade ou sentido, nem epilepsia, nem há o mais leve sinal, mesmo da mínima paralisia, cegueira ou surdez. Os reflexos hoje estão apenas um pouco mais acentuados. Não, não se trata de um tumor, que é inexoravelmente progressivo em seu dano. Ele informa que tem sentido esses sintomas já há anos, embora menos agudamente. Não tem tumor, portanto, nem benigno nem maligno.

Seu rosto bonito, repleto de comiseração, ternura e simpatia, curvou-se para o escravo que gemia. Tomou uma das mãos dele e imediatamente o gemido cessou e Odílio perscrutou suplicante o rosto de Lucano. Lucano disse:

— Vou dar-te essência de ópio, não o bastante para atordoar-te, mas para aliviar-te as dores. Então, farei perguntas. Tenho algo em mente... — Parou, depois disse: — Hoje a pressão arterial dele está perigosamente alta.

— Há possibilidade de um derrame — sugeriu um dos jovens assistentes.

— É possível que ele venha a ter um derrame — concordou Lucano. — Mas não em consequência de qualquer tumor e, possivelmente, não em consequência de qualquer moléstia do cérebro ou de qualquer parte do seu corpo. Seria possível que os derrames pudessem resultar, às vezes, de causas que não sejam orgânicas? — murmurou ele.

Deram ao escravo essência de ópio, que ele engoliu avidamente, sabedor de que aquilo lhe traria alívio. Lucano esperou. Minuto a minuto os gemidos foram se espaçando, as contrações dos músculos diminuíram visivelmente, e as linhas cavadas de angústia cessaram de se mostrar no rosto fino e inquieto. Odílio sorriu levemente de gratidão, sem retirar os olhos do misericordioso Lucano. Seus olhos começaram a fechar.

— Vou dormir — murmurou ele.

Mas Lucano apertou-lhe fortemente a mão:

— Ajuda-me, Odílio, para que possas ficar curado — disse ele.

Odílio respondeu, com um soluço:

— Senhor, não quero ficar curado, porque então terei de voltar para meu senhor e ser executado.

Lucano abriu a boca para dizer algo em consolação, e para informar-lhe que já não tinha aquele senhor. Mas calou-se. A preocupação em sua mente acentuou-se.

— Antes de seres condenado, Odílio, quando teu senhor confiava em ti, e ainda não havias roubado, tinhas, entretanto, essas terríveis dores. Por favor, abre os olhos e responde-me! Não é isso?

Os olhos que se fechavam foram se abrindo, relutantes.

— É isso, senhor. Ah! Deixa-me dormir. Se ao menos — murmurou ele — eu tivesse tido a coragem de me matar, quando era mais jovem...

— Ah! — falou Lucano, excitado. — Dize-me, Odílio, há quanto tempo és escravo?

— Não sei, senhor. Minha lembrança mais remota é de ser muito pequenino e vir para o Egito, trazido por um senhor escravagista, um persa, que me veio vender aqui. Não sei se nasci livre ou escravo. Meu senhor atual é meu dono desde que eu tinha três ou quatro anos, e não sei quem são meus pais.

— Por que roubaste, Odílio? Teu senhor não era mau para ti, e merecias a sua confiança.

Os olhos adormecidos do escravo acenderam-se como um fogo sombrio.

— Mergulhei as mãos nos cofres dele, pois era homem rico e nem sempre tinha conhecimento da quantia que existia em seus cofres, para poder fugir. Pretendia retirar uma bolsa de ouro. Mas ele mandara o dinheiro naquela manhã para a fortaleza de Alexandria, e só ficara no cofre uma pequena bolsa de prata. Eu não a queria. Ainda assim, tomei-a. Estando ali, não pude resistir.

— Por quê? Uma soma tão pequena!

— Sim, senhor. — O escravo ficou silencioso por alguns momentos, e seus olhos expressivos pararam, muito abertos, tomados de alguma lembrança profunda e dolorosa. — Ainda assim — continuou ele — seria o primeiro passo para a liberdade.

Então, estalou em soluços e lágrimas, com tal intensidade que seu corpo tiritante fazia sacudir a cama.

— Mesmo que eu tivesse roubado ouro isso não me teria salvo! — exclamou ele. — Eu teria sido encontrado!

Agarrou a mão de Lucano com seus dedos suarentos.

— Tu não podes entender, senhor, tu, que és homem livre, o que significa ser escravo! Muitos havia naquela casa, com os quais eu falava em liberdade, e eles me sorriam com sorrisos estranhos e espantados. "Não estamos abrigados, alimentados, adequadamente vestidos, não temos os dias santos e, quando particularmente agradamos ao senhor, não temos recreação e mesmo uma peça de prata? Estamos melhor do que os pobres da cidade, que são livres mas dormem nas sarjetas ou sob as arcadas, e esmolam seu pão, ou morrem de fome. Por que, então, uma liberdade onerosa para morrer como cães?"

— Sim — disse Lucano. — Ah! sim!

O escravo olhou suplicante para ele, e viu que havia umidade em seus olhos azuis. Ergueu-se sobre um dos cotovelos, esquecendo-se dos demais que ali estavam.

— Senhor, agora sei que desejei roubar porque sabia que seria apanhado e morto! E preferi a morte à escravidão! Podes compreender isso?

— Sim — disse Lucano. — Sim, sim.

O escravo tornou a tombar no leito, gemendo novamente.

— Não me cures, senhor. Deixa-me morrer aqui. Então, ficarei livre para sempre.

Levou a mão à cabeça e seus olhos abateram-se nas órbitas, em renovado tormento.

— Ópio, senhor. Ópio bastante para matar-me imediatamente. Então eu adormecerei profundamente e nunca mais acordarei, e serei um dos inumeráveis que são livres para sempre.

Lucano ergueu sua voz para que os ouvidos endurecidos do homem o ouvissem. Olhou para os outros médicos, que observavam atentamente tudo.

— Nesta universidade precisam de um homem hábil em escrituração e contabilidade, e que seja digno de confiança? — perguntou.

O escravo abriu os olhos, olhando com a mais completa perplexidade. Os outros médicos franziam as sobrancelhas, tentando compreender.

— Ele é um escravo, Lucano — disse um egípcio —, e não nos pertence, mas a seu senhor.

Lucano riu baixinho e sacudiu a cabeça. Pôs a mão no rosto do escravo como no de um irmão.

— Não. Ele pertencia a meu professor, Jacó, que o comprou de seu dono antigo, mas agora pertence-me, e amanhã visitarei o pretor e lhe darei liberdade.

O escravo fez um movimento para se levantar, e lançou um grito abafado de estonteada alegria. Atirou os braços ao pescoço de Lucano, depois retirou-os, agarrou a mão do jovem, cobriu-a de beijos. Soluçava e gemia, estava fora de si. Todo o seu rosto ardia. Arquejava, e atirou-se ao chão. Ali ficou deitado, abraçando os pés de Lucano, e apertando a fronte contra eles, alternadamente.

Lucano ergueu-o com a maior delicadeza e colocou-o de novo no leito, mas o homem agarrou-se à mão dele, sem a querer largar. Olhava com adoração para o jovem médico.

— Meus caros colegas — disse Lucano —, repito meu oferecimento e o oferecimento de Odílio para vós. Precisais dele?

— Posso usá-lo imediatamente como meu próprio funcionário — disse Jacó, cujos olhos se tinham enchido de lágrimas.

Lucano fingiu duvidar e sacudiu a cabeça.

— Ah! Que coisa triste — disse, baixinho. — O pobre Odílio está liberto, mas está doente, e quem sabe se vai ficar bom?

O enfermo fez de novo menção de se levantar, e o ardor de seu rosto parecia mais brilhante.

— Senhor! Já não estou doente! Já não tenho dor de cabeça, que agora está fresca e tranquila. Deixa-me servir-te, suplico-te!

— Como ficarás livre pela manhã, estás tacitamente livre agora para planejar teu próprio futuro, e não me deves dizer: "Deixa-me!" — falou Lucano, com zombeteira severidade.

Odílio, cujos olhos estavam em fogo, olhava-o como se olhasse para um anjo. Então sorriu radioso e disse:

— Senhor, se o médico Jacó deseja meus serviços, ficarei encantado em servi-lo, como homem livre.

— E com um estipêndio que discutiremos — disse o jovem e barbudo judeu.

— Agora, dorme — falou Lucano, levantando-se. — Quando acordares, Odílio, não terás dor, e a dor jamais voltará.

Os médicos riam-se um tanto ao se afastarem, com Lucano entre eles. Um grego disse, divertido:

— Agora, estamos privados de um cérebro vivo para estudar.

— Mas vistes o morto reconduzido à vida — disse Jacó. — Vede como dorme, ali, com o sorriso de uma criança jubilosa em seu rosto. Porque a liberdade é mais do que a vida para os que são como ele, e que seu nome seja legião. Que Deus conceda a todos os homens a graça de serem livres, de forma que eles não pensem na morte como única evasão.

— Odílio não sofria de qualquer doença do corpo ou do cérebro — disse Lucano, respeitosamente, aos pragmáticos gregos. — Sofria de uma doença da alma e agora está curado. Em vosso racionalismo, vós vos esquecestes de Hipócrates.

18

O crepúsculo lilás impregnava a atmosfera de Alexandria quando Lucano, exausto, deixou a enfermaria e o necrotério. Aqui e ali um rastro de sangue manchava sua túnica, e a cabeça latejava. Encontrou José ben Gamliel, que aparentemente o esperava:

José disse:

— Cumprimento-te, Lucano. Desejo um favor teu. Tenho um amigo querido que está vivendo em Alexandria há dois meses, não por escolha, mas porque adoeceu gravemente e está próximo da morte. Chama-se Eleazar ben Salomão, negociante rico que viaja em torno do mundo. Negociante riquíssimo, e um bom homem. Irás vê-lo?

Lucano respondeu secamente:

— Lamento, José, mas não desejo tratar nenhum homem rico, em parte alguma. Tomei a resolução de viajar para cada porto, em qualquer navio, a fim de tratar dos miseráveis e dos escravos das galés, pois estes não têm hospital em parte alguma, a não ser em Roma, que, portanto, não precisa de mim.

— Dizemos em nossas Escrituras — falou José, sorrindo — que a sabedoria com herança é coisa muito boa. Não fiques assim vermelho, meu Lucano. Estou apenas felicitando-te por teres um pai adotivo rico. De outra maneira, como viverias em tuas viagens por todos os portos? Não me consta que os ricos sofram menos com suas doenças do que os pobres, nem que Deus tenha outorgado a eles qualquer imunidade. Um câncer é tão doloroso em César quanto no mais mesquinho dos escravos.

— Apesar disso, não desejo tratar de qualquer homem rico — repetiu Lucano, friamente. Depois, ficou curioso: — Ainda sou um principiante. Teu amigo ainda não consultou os médicos competentes de Alexandria, os que estão ávidos de gordas remunerações? Eu podia dar-te o nome de uma dúzia deles!

José olhou-o, pensativo:

— Lucano, eu acredito que podes ajudar Eleazar ben Salomão, e só tu. Ele está morrendo, é provável que não lhe possas salvar a vida. Está também conturbado em sua alma, e poderias confortá-lo.

— Eu! — exclamou Lucano, sorrindo penosamente. — Eu, o destituído de conforto, dar conforto?

— Fazes isso constantemente — disse José, com gravidade. — Virás, como favor que me fazes, pois que eu quero muito a Eleazar ben Salomão. Crescemos juntos em Jerusalém, antes que eu viesse para Alexandria. — O rosto dele modificou-se, tornou-se sutilmente desolado: — Minha liteira está à espera lá fora do jardim.

Lucano hesitou. Havia algo misterioso nas maneiras de José, pensava, e apesar da repugnância que o jovem grego sentia em tratar dos ricos e privilegiados seu coração de médico não poderia ter negado. Ele disse:

— É possível que ele tenha uma doença na qual eu esteja interessado, por isso irei.

José sorriu para ele mesmo. Ambos aproximaram-se dos portões, que foram abertos para eles por escravos armados. José, como a sua família, não tinha escravos; empregavam apenas homens livres, que tinham comprado como escravos e libertado. Os carregadores de sua liteira eram jovens e fortes, que se inclinaram afetuosamente diante de seu amo. O entardecer estava muito quente e o céu agora parecia uma ametista em fogo. José e Lucano sentavam-se lado a lado na liteira, abrindo as cortinas de lã, a fim de usufruir alguma brisa erradia. De súbito, naquela terra tropical, o dossel da noite tombou sobre Alexandria, e a lua saltou para o seu lugar.

A cidade, como sempre, era um tumulto de cores, lâmpadas, vozes que clamavam, animais, homens e mulheres, pois só ao entardecer é que Alexandria acordava completamente. As tochas escarlates silvavam em seus soquetes, mendigos guinchavam e suplicavam a cada passo. Bigas estrondejavam, correndo pelas ruas tortuosas. Homens berravam, mulheres riam, a música erguia-se por trás de paredes e jardins, anunciando a turbulência de uma cidade ensandecida. Rapidamente, veio o luar, banhando os telhados brancos e baixos, planos como a terra. Naqueles terraços ele parecia pálido, tal água, e ali as pessoas das casas se iam reunindo para obter um pouco mais de frescor. Suas formas escuras e rostos sem feições moviam-se, e elas falavam, riam, batiam com as mãos, para que os escravos lhes trouxessem vinho. E vozes chamavam em muitas línguas estranhas. Às vezes, uma porta em arco se abria numa parede, e era possível ver jardins iluminados, docemente perfumados e cheios de fontes e estátuas sobre as quais o luar derivava como chuva prateada.

José não falou durante o curto percurso. Parecia mergulhado em melancolia que só a ele dizia respeito e Lucano não o interrompeu. Estava zangado consigo mesmo e cogitava na razão de lhe parecer sempre tão difícil negar alguma coisa a José ben Gamliel. A voz e o cheiro do mar aproximavam-se, e assim Lucano percebeu que a casa a que se destinavam ficava perto da água e seria, portanto, muito desejável. A imensa e branca lua olhava lá de cima, implacavelmente, para a cidade quente e fervilhante, sem lhe dar frescor. Agora, eles chegavam a uma parede lisa, branca e alta, toda iluminada, e um liberto bateu numa porta em arco. Ela se abriu, e para além de suas portas dormia o tranquilo jardim banhado de luar, cheio de flores, árvores, relva, fontes, mas sem estátuas. O perfume das flores dos figos e dos jasmins veio em baforada para a rua. A casa, a uma pequena distância, era grande e branca, com ampla colunata e, lateralmente, com sacadas à maneira oriental.

Mesmo ali, entretanto, naquela tépida limpeza, o odor fétido e aromático do Oriente mostrava-se insistente. O odor não era desagradável; tinha mesmo um certo aroma de especiarias, e de incenso, e de terra extraordinariamente fecunda.

— É agradável, isto aqui — disse Lucano, de má vontade, lembrando-se da enfermaria da universidade. — Este homem não poupa o seu dinheiro!

— Por que pouparia? — indagou José em voz razoável. — Dinheiro foi feito para ser acumulado?

— Poderia ser usado com maior vantagem no auxílio aos desamparados, na construção de sanatórios para os pobres, em abrigos para os que não têm lar — disse Lucano.

José ben Gamliel suspirou:

— Eleazar ben Salomão é conhecido por suas muitas caridades e por sua bondade, pois tem o maior dos corações. Liberta todo escravo judeu que encontra e não descobrirás escravos em sua casa nem em suas muitas casas em muitas cidades. Quanto mais dá, mais Deus lhe dá.

As cortinas das janelas estavam afastadas, para que algum frescor pudesse entrar. Ali fora, nos jardins, tudo estava imóvel, quando os dois homens se aproximaram da casa. Rouxinóis cantavam à luz, e as canções eram ao mesmo tempo lancinantes e pungentes. Grilos trilavam. Em algum lugar papagaios esganiçavam-se. Mas não havia vozes humanas. As grandes portas de bronze estavam abertas para trás, e o vestíbulo a que elas davam acesso era de mármore alvacento, cheio de altas colunas, e iluminado por muitas lâmpadas de prata em suportes altos. Havia flores por toda parte, em vasos gregos e egípcios, pousados no chão.

A mais bela das jovens que Lucano jamais vira apressou-se a vir em direção de José, as mãos estendidas em afetuosa saudação. Era mais bela do que Íris, a mãe de Lucano, que o jovem considerara sem rival, mesmo no que se referia às mais belas estátuas. A moça parecia ter menos de vinte anos, provavelmente estava mais próxima dos dezesseis, e era tão leve, ainda assim tão bem-feita em suas roupagens azuis, que sua altura não se fazia imediatamente aparente. Parecia uma rainha, e movia-se de forma régia, deslizando sobre o piso de mármore branco. A cabeça pequena e soberana deixava tombar tranças escuras e desfeitas, como seda ondulada, e o cabelo mostrava-se tão fino que dava a impressão de uma névoa vaporosa. O rosto oval era cor de pérola, translúcido e luminoso, como que interiormente aceso, e seus lábios mostravam um vermelho suave. O nariz era fino e delicadamente moldado, os olhos profundos e de um violeta brilhante. Usava colar, brincos e braceletes de pedras azuis cintilantes, engastadas em ouro finamente trabalhado. Delicioso perfume, como que de rosas, parecia exsudar de sua carne cor de neve, mais do que dos enfeites de seu cabelo. As vestes azuis arredondavam-se docemente sobre seus seios virgens, e sua cintura esbelta via-se rodeada com um cinto de ouro, onde também se inscrutavam pedras de um tom azul mais escuro. A seda drapejava sobre suas macias ancas jovens e roçava seus tornozelos delicados. Suas sandálias eram de couro dourado.

Ficou jubilosa ao ver José, e seu pescoço de brancura luminosa palpitou, como se estivesse se contendo para não estalar em lágrimas de alívio e gratidão pela presença do amigo. José tomou-lhe as mãos estendidas, apertando-as calorosamente e olhando a moça nos olhos, com amor paternal.

— Minha querida Sara — disse ele, delicadamente —, espero que teu pai esteja passando melhor esta noite.

Sara não observara imediatamente que Lucano estava presente e mantinha-se ao fundo, encantado pela visão daquela beleza virginal que tinha um toque primaveril de pureza e adoráveis coloridos. O sorriso desapareceu do rosto da moça e seus lábios cobriram os dentes de branca porcelana.

— Não, ele não está melhor, José — declarou ela, e sua voz era tão lamentosa e branda quanto o arrulhar de uma pomba. — Mas ficará feliz ao ver-te.

Como José, a moça falava aramaico. Seus cílios longos palpitaram e suas sobrancelhas castanhas, sedosas e brilhantes, pareciam flechas contra a testa clara. Não precisava de artifício algum para pintar seus olhos ou usar nele o *kohl*,[1] como não necessitava colorir de róseo as pontas de seus dedos. A natureza a havia agraciado com as cores mais sedutoras, vivas como as de uma flor.

José voltou-se para Lucano:

— Sara — disse ele —, aqui está meu discípulo predileto, Lucano, do qual te tenho falado frequentemente. Ele é grande médico e eu o convenci a vir ver teu pai.

Lucano estava de tal modo deslumbrado, enfeitiçado e estonteado com a visão de tão jovem e sobrenatural beleza, que se passaram alguns segundos antes que pudesse fazer uma inclinação cerimoniosa diante da jovem. Seu sangue grego saltou em adoração por aquela beleza e pensou numa estátua da jovem Hebe que vira certa vez num templo de Alexandria, pois Sara nascera para servir com amor e devotamento. Isso estava evidente em seu ar de ternura e solicitude, em sua delicada humildade.

— Antes que vejais meu pai, José — disse ela, os olhos subitamente fixos em Lucano, como se fascinados —, deveis ambos jantar e tomar um pouco de vinho.

---

[1] Substância negra com que as orientais pintam cílios e pálpebras.

— Beberemos o vinho — disse José, acompanhando a moça para um aposento que se seguia ao vestíbulo e que estava mobiliado com bom gosto, embora sem ostentação, cheio de flores de coloridos variegados. Também ali não havia estátuas. As paredes eram brilhantemente coloridas, de mosaicos que formavam florações, folhas torcidas e formas orientais estilizadas. As colunas eram de mármore amarelo, as lâmpadas de bronze coríntio, o piso de quadrados brancos e pretos, sobre os quais se espalhavam tapetes persas, que pareciam joias tecidas.

— Mas devemos voltar as nossas casas para jantar, pois, em caso contrário, nossas famílias ficariam preocupadas conosco.

— Ah! Compreendo... — disse Sara, sem poder retirar os olhos de Lucano, que estava de pé, constrangido, no centro do aposento grande e fresco, alto e bonito como um deus. Depois de um momento Sara teve um sobressalto e baixou os olhos. Seus belos seios ergueram-se rapidamente, depois abaixaram. Bateu palmas, e um criado entrou trazendo uma bandeja de prata na qual havia copos cravejados com muitas pedras preciosas diferentes. A própria Sara serviu o excelente vinho, que cheirava a vinhedos aquecidos ao sol. Como que fascinada, deu a Lucano o primeiro copo, em vez de entregá-lo a José, o mais velho. Lucano tomou-o e seus dedos encontraram-se. O rapaz, a despeito de si próprio, sentiu como que uma descarga elétrica. Habituado às maneiras reservadas de Aurélia e de Íris, e das "antigas" mulheres romanas, estava pensando na liberdade e naturalidade daquela jovem.

Bebeu o vinho, que tinha um aroma e um gosto sedutores, e aborreceu-se consigo mesmo por ter apreciado a bebida. José, também bebendo, fazia perguntas à jovem, em relação ao pai, falando baixo. E ela respondia com notas de angústia na voz. Lucano ouvia, encantado, o som da voz dela, tão dulçoroso, tão variado, tão eloquente. De vez em quando, falando, ela relanceava os olhos, timidamente, para o jovem médico, e quando os olhos dele encontravam os seus, Sara corava profundamente.

Finalmente, os dois homens seguiram a jovem através de uma colunata aberta, cujas colunas eram prata e brilho sob luar. A moça afastou para um lado uma cortina de pesada renda oriental, e entraram todos num amplo dormitório, que brilhava docemente com as lâmpadas de prata, e cheirava a flores e a especiarias. Num grande leito esculpido em marfim, prata e ouro, jazia um homem de meia-idade, recostado em almofadas de seda, e um cobertor leve, de lã colorida, a cobrir-lhe os pés. Antes de Lucano ver-lhe o rosto, ouviu-lhe os arquejos desesperados em busca de ar, e seu espírito de médico esqueceu tudo, menos sua dedicação.

— Cumprimentos, meu caro Eleazar — disse José, aproximando-se da cama seguido por Lucano. José tomou a mão do amigo e curvou-se para ele, sorrindo com carinhosa preocupação, enquanto Sara ficava aos pés do leito, também sorrindo ansiosa para seu pai.

Eleazar tentou falar, mas sua voz, no meio da respiração alta, abafava-se e desaparecia. Tossia repetidamente.

— Repousa — disse José. — Trouxe comigo o jovem médico Lucano.

Ergueu o corpo e olhou para o grego, chamando-o com os olhos. Lucano aproximou-se, toda a sua vivacidade concentrada no enfermo. Imediatamente, sem falar, viu que Eleazar estava no momento extremo. O negociante e mercador judeu mostrava-se um homem moreno, emaciado, tonalidade de chumbo na pele, dono de grandes olhos tristes onde havia o brilho da vida, apesar de seu estado agonizante. Suas feições lembraram a Lucano as de Diodoro, pois Eleazar tinha o mesmo perfil agudo de rosto e de expressão, e o jovem pensou novamente na estranha semelhança entre os judeus e os romanos.

Eleazar tentou sorrir polidamente para Lucano, mas estava extremamente agitado, apesar de sua prostração. Seus lábios, lóbulos das orelhas, bem como as pontas de seus dedos, mostravam-se cianosados. Um ar de profunda melancolia se estampava em seu rosto. A boca mantinha-se aberta, na tentativa de absorver o ar, e os estertores de seus pulmões faziam-lhe a respiração rascante e cheia de silvos. Lucano, sem falar, ergueu a túnica do homem, e inclinando a cabeça em seu peito encostou o ouvido sobre a região do coração. Sim, havia as extrassístoles e fibrilação auricular; os sons pareciam abafados, curtos e fracos, entremeados com um ritmo inconstante. O latejar deslocado do ápice ali estava, o ligeiro e rápido pulsar, a fraca, mas bem definida primeira bulha, com segundo e abafado som. O paciente sofria de grave crise cardíaca. Erguendo a cabeça, Lucano estudou silenciosamente, mais uma vez, o rosto dele, a cor mortal da pele, ouviu a tosse, que trazia um pouco de sangue aos cantos dos lábios moribundos, e notou o intumescimento aumentado e tóxico da glândula do pescoço. O jovem médico, então, ergueu um frasco que repousava sobre a mesa dourada de mármore, à cabeceira da cama, e cheirou o conteúdo, examinando-o. Franziu as sobrancelhas; o estimulante cardíaco que ali estava era forte demais. Apesar disso, pouco podia ser feito agora pelo doente, e imediatamente a alma de Lucano se comoveu e esqueceu que Eleazar ben Salomão era um homem rico. Tratava-se, apenas, de um homem atormentado pelo sofrimento.

Em aramaico, Lucano disse, delicadamente:

— Tiveste os melhores médicos? Não tentes falar; responde apenas com movimentos de cabeça. Penso que já deves estar doente há semanas. Deves ter tido indigestões, vômitos, náuseas e diarreia. — Calou-se, e depois, ainda mais delicadamente: — Compreendes quais são as tuas condições de saúde?

Eleazar, recostado em seus travesseiros, olhava intensamente para os lábios cheios e bem recortados, embora ascéticos, para o longo e bem-feito nariz grego; para a fronte em declive, e para os eloquentes olhos azuis, agora repletos de compaixão, simpatia e bondade. Uma ansiedade passou pelo moribundo, uma luta para reunir as últimas forças. Seu olhar fixo penetrava na alma de Lucano com a intensidade peculiar dos que estão morrendo, e ele sorriu. Murmurou roucamente, com dificuldade:

— Sim, compreendo, e não me causa pesar, a não ser pela filha que precisarei deixar.

Olhou para Sara com profundo amor, e a moça rompeu em soluços. Ajoelhou-se ao lado da cama e colocou a cabeça sobre o ombro do pai.

— Na qualidade de médico — disse Lucano — nada posso fazer por ti.

E disse-o porque compreendia que ali estava um homem heroico, que se sentiria insultado com mentiras consoladoras.

— Estás para além do auxílio humano, Eleazar.

— Mas não além do auxílio de Deus, louvado seja Seu Nome — disse Eleazar.

— Louvado seja Seu Nome — repetiu José ben Gamliel, com grande emoção.

O rosto de Lucano tornou-se novamente frio e distante. Voltou-se para José e disse:

— Não sei por que fui chamado. Apenas para repetir o que outros e melhores médicos já tinham dito a Eleazar ben Salomão?

— Não — disse José. — Foi para ouvir a história dele e prometer ajudá-lo. Por que acredito que possas fornecer tal auxílio, não sei. Nós, judeus, temos, com frequência, intuições espirituais, acima das razões racionais; além de qualquer explicação. — Seus olhos demoraram-se em Lucano, e ele alisou a barba.

— Ergue-me — pediu o doente, e Sara e José suspenderam-no contra os travesseiros. Durante esse intervalo ele não retirou os olhos suplicantes do rosto de Lucano, como se soubesse que ali estava sua derradeira esperança.

— Ele deve descansar — disse Lucano —, não se lhe devia permitir que falasse.

Estava grandemente constrangido a propósito das palavras enigmáticas de José, pois sua mente grega, portanto lógica, rejeitava o sonoro misticismo dos judeus.

— Apesar disso, se eu puder ajudar Eleazar, ajudarei, embora tal forma de auxílio me seja desconhecida.

— Talvez não seja desconhecida de Deus — disse José, e Lucano ignorou aquele comentário. Misturou o elixir do frasco com um pouco de vinho e chegou o copo aos lábios de Eleazar, que engoliu penosamente o conteúdo. A imensa glândula em seu pescoço parecia a ponto de estourar, abrindo a pele esticada e cor de chumbo. Lucano sentia a dor em sua própria garganta e a dificuldade de engolir. Sua cabeça começou subitamente a doer.

Eleazar disse:

— Preciso falar, pois tenho pouco tempo, e ouvi José ben Gamliel. Jamais esse homem fez um comentário tolo. E há também em mim alguma coisa que assegura, jovem senhor, que me podes auxiliar. Ouve-me com atenção.

Parou para lutar novamente pelo fôlego, e o rosto de Lucano endureceu de angústia àquele som lamentoso.

— Há dois anos — prosseguiu Eleazar, arquejante — minha amada esposa, Rebeca, deu à luz nosso primeiro e único filho homem, nesta mesma casa. Morreu desse parto. — Seus olhos encheram-se de lágrimas que pareciam de sangue. — Dei o nome de Arieh, o leão, ao menino, e ele me consolava, pois realmente assemelhava-se a um jovem leão e era forte e belo. Tratava-se da alegria do meu coração. Jamais em Israel houve criança mais adorável e eu o ofereci a Deus.

Apertou as palmas lívidas das mãos, uma contra a outra, num gesto convulsivo de angustioso desgosto.

— Meu tempo vai expirando — arquejou. — Sara, não chores. Preciso falar. Jovem senhor, eu não tenho escravos, só homens e mulheres libertos, que me são devotados e à minha família. Um dia, duas moças, pajens, brincavam com Arieh, meu filho, neste jardim e pátio fechados, e da minha biblioteca eu ouvia o riso do menino. Então, percebi que, de repente, não havia mais vozes, nem mais alegria. Deixei a biblioteca para saber o que acontecia. As moças jaziam entre flores, suas cabeças esmagadas e sangrentas, e meu filho desaparecera.

Parou e fechou os olhos, e a tortura daquela lembrança saltou-lhe para o rosto em grandes gotas de suor. Fez um gesto fraco e tornou a abrir os olhos:

— O prefeito da cidade tomou conta do caso. Eu tinha inimigos? Tinha tentado ser justo, honrado em minhas transações todas, e enriquecera muitíssimo. Isso teria levado amigos a conceberem inveja e ódio a meu respeito? É possível. Um homem pode guardar-se contra seus inimigos, mas nunca no que se refere a seus amigos, pois eles estão dentro de suas paredes. O prefeito, contra os meus protestos, prendeu alguns de meus bons empregados e mesmo chegou a torturá-los. Como, perguntava ele, dois assassínios haviam sido cometidos dentro de muros guardados de jardins, e uma criança roubada sem o conhecimento dos outros servos? Os guardas do portão não deixaram entrar ninguém. Teria havido suborno? Isso era muito possível. Minha gente foi libertada por insistência minha. Jurara-me que não estava implicada no caso.

Lucano sentia-se tomado de cólera, esquecido de que Eleazar era um homem rico, e sentindo sua angústia em si próprio.

— Isso passou-se há dois meses — disse Eleazar. — Meu filho Arieh só tem dois anos. Que fizeram eles com meu filho? Está morto, jazendo em algum ponto solitário do deserto, ou foi afogado? Não sinto isso em meu coração. Sei que ele está vivo, e que aquele desaparecimento foi malícia deliberada, inspirada pelo ódio. Qual o amigo que subornou um servo para matar e roubar o pequenino? Ficara ele, às vezes, ao lado de minha cama, murmurando palavras consoladoras, bebendo meu vinho, confortando minha filha? É muito possível. Meus olhos cegaram de tanto investigar rosto por rosto. Quem é o amigo? Envolve-se em perversidade, portanto faz-se invisível.

Eleazar ergueu a mão esquerda e mostrou-a a Lucano. O dedo mínimo era estranhamente deformado, dobrado em curva aguda na segunda falange, de forma que passava por sobre o dedo anular.

— Esse dedo é a marca dos elementos masculinos de minha família — disse ele. — Meu filho Arieh o tem. Isso o identificará.

Parou de falar, mas seus olhos dolorosos não se afastaram do rosto de Lucano.

— Tu encontrarás meu filho — disse ele, com um leve sorriso. — Meu coração diz isso. Talvez não seja amanhã, nem dentro de um ano, ou de dez, vinte anos. Mas tu o encontrarás. Mandei anunciar imensa recompensa em todas as capitais do mundo, mas ainda não houve resposta, embora milhares e milhares de informantes, ladrões, soldados, marinheiros, escravos, bem como marítimos, estejam à procura, movidos pela cobiça. As mãos de rapazinhos, multidões de rapazinhos em toda parte, têm sido furtivamente examinadas, em centenas de aldeias, cidades e comarcas, em becos, em cortiços, em ruas; nas casas dos poderosos e dos pobres. Tenho libertos pelo mundo todo, investigando boatos e enviando todos os relatórios. Mas ainda não há sinal de meu filho.

— É mais provável que esteja morto — disse Lucano, com tristeza.

— Não — disse Eleazar, levando a mão ao peito. — Meu coração diz-me que ele está vivo, talvez escondido, mas vivo, com certeza. Eu saberia se ele estivesse morto. E, assim, tu o encontrarás, e o trarás para Jerusalém, a fim de que herde o que lhe deixarei, a meu filho que carrega no dedo a marca da família, a meu filho que se assemelha a um leão novo.

Lucano ficou silencioso, tanto por compaixão como por ódio contra Deus. Compreendia agora que Eleazar estava morrendo em consequência daquela angústia, daquele desgosto.

— Encontrarás meu filho — disse Eleazar, e um sorriso de trêmula alegria passou-lhe pelo rosto. — Ele voltará para a sua gente e para sua irmã e para as portas de Jerusalém.

Lucano achou aquilo despropositado. Abriu a boca para protestar, depois silenciou, sem saber por quê. Finalmente disse, enquanto Eleazar o observava:

— Sou médico, e estarei sempre entre os pobres, que não têm amigos nem consoladores, e não podem pagar uma consulta. E procurarei teu filho. É tudo quanto posso prometer.

— É o bastante — disse Eleazar, estendendo sua mão trêmula para Lucano, que lhe sentiu a úmida algidez. O rosto de Eleazar, ao toque dos dedos de Lucano, sofreu mudança extraordinária. Um ar de maravilhosa paz instalou-se nele; uma cessação de suas dores. Seus olhos fecharam-se, sua respiração irregular abrandou-se, enquanto Lucano lhe segurava a mão, e tornou-se ainda mais lenta, de momento para momento. E então aquela respiração cessou e apenas um rosto ligeiramente sorridente, rígido e cadavérico, permaneceu.

Sara ergueu-se com um soluço despedaçador e ficou de pé ao lado da cama. As lágrimas rolavam-lhe pelas faces pálidas. Cruzou as mãos e estremeceu.

José ben Gamliel disse, em voz alta e reverente:

— O Senhor dá e o Senhor Deus tira. Louvado seja o Nome do Senhor.

— Louvado seja o Nome do Senhor — repetiu Sara, através de lágrimas.

Lucano pousou a mão morta, com amorosa delicadeza, mas em seu coração havia uma cólera e uma dor que lhe causavam náuseas. Relanceou os olhos, que faiscavam violentamente, para José ben Gamliel. Como era possível que um homem sábio e erudito louvasse o Nome do mortífero Inimigo de todos os homens? Considerou pusilânimes e fracas as palavras de José, as palavras de um escravo servil sob o chicote. Teve nojo, e sua cabeça estonteou, de furiosa dor e aversão. Girou nos calcanhares e deixou o aposento, caminhando rapidamente através da colunata e deixando a casa.

19

Era perigoso andar sozinho pelas ruas de Alexandria, durante a noite, e Lucano afrouxou a lâmina de sua adaga, no cinturão. Medo não tinha; era atleta, alto e forte, e não estava longe de casa. Mantendo a mão no punho da adaga e caminhando rapidamente, cheio de fervente sensação de cólera e piedade, puxara o capuz de sua capa branca sobre a cabeça e deixava que flutuassem atrás de si as suas roupagens. Descia as ruas tortuosas, pelo centro delas, evitando os resíduos espalhados, sem ver ninguém que por ele cruzava, as narinas cheias de fedentina, do picante e aromático odor da cidade, coração e mente consumidos pelos pensamentos que levava. As tochas metidas em seus soquetes das paredes salpicavam sua figura com uma luz vermelha que saltava e morria, alternadamente. A grande lua branca e luzente corria sobre ele em lençóis de fogo prateado, e tão formidável e poderoso era o seu aspecto, que rostos furtivos a espiar das arcadas e dos limiares das casas pestanejavam e retraíam-se, como se tivessem visto uma aparição caminhando a passos largos.

Lucano não estava consciente dos gritos e exclamações distantes, nem da música e risos, nem de todos os tumultuosos arquejos e sons da cidade tórrida. Tinha consciência apenas dos pensamentos turbulentos, da piedade por Eleazar e pela jovem Sara, e de sua ira contra Deus, que sem cessar traía e perseguia, em Sua vingança insone contra o homem. Pensava na criança, Arieh, que estava morta, ele tinha certeza, assassinada com malícia e ódio. E agora, pela primeira vez, Lucano revoltava-se contra a perversidade dos homens; contra sua crueldade e impiedade; contra sua avidez e inveja; contra sua sede de sangue e desmesurada dureza de coração e contra os crimes que cometiam em relação a seu próximo. Ali estava outro inimigo, além de Deus; o próprio homem. Naqueles terríveis momentos, Lucano odiou tanto Deus quanto os homens, e sentiu-se nauseado de sua própria existência, de sua própria presença no mundo da humanidade. O universo era perverso em seu âmago, e as próprias estrelas mostravam-se manchadas com as nódoas da vida. Tudo aumentou, distorceu-se e inclinou-se aos ardentes olhos do jovem grego. Estava embriagado de cólera. Quando um homem que passava esbarrou nele, sua mão apertou o cabo da adaga, e pela primeira vez em sua existência ele lançou uma praga violenta. E o homem fugiu aterrorizado, vendo a adaga fora da bainha e sentindo, mais do que vendo, uma raiva maior do que a raiva humana, consciente de olhos que fulguravam, mesmo sob o abrigo do capuz, e que ultrapassava a raiva dos homens.

Os pés de Lucano, calçados com sandálias, soavam sobre as pedras como as passadas de um deus. Sem pensar conscientemente, a não ser que procurava caminho mais curto através de um beco para alcançar sua casa, entrou por uma rua escura e estreita, iluminada pela luz de uma só tocha colocada logo à entrada e pelo reluzir do luar. Muros altos fechavam a rua e subitamente tudo ficou muito quieto ali, sinistramente quieto. O único som próximo era o borbulhar de água suja na sarjeta. E a fedentina dominava. Lucano continuou a descer a rua, depois parou. Defrontava-se com uma parede alta. A rua não tinha saída. Olhou em torno de si para as formidáveis paredes que o haviam como que apanhado em armadilha. Estava sozinho, ali; nada podia ver a não ser os vultos escuros dos andares superpostos e sem luz das casas que ficavam para trás daquelas paredes. Ninguém falava ou gritava; era um lugar morto.

Bufando de cólera, percebeu que se perdera, momentaneamente. Teria de retraçar seus passos até o início da rua e olhar em torno de si. Tornou a soltar aquela blasfêmia, em tom baixo e violento. Talvez houvesse uma porta na parede que tinha pela frente, o que o permitiria entrar num pátio e daí para a outra e menos perigosa rua. Com o auxílio do luar e de seus dedos sensíveis, explorou a parede, e então, na junção da extremidade da parede e da parede da rua, sua mão caiu sobre um ferrolho. Levantou-o, uma porta abriu-se, estreita e pequena, e Lucano viu um pátio calçado de pedras lisas, rodeado das habitações coletivas que se foram delineando, as habitações onde viviam os muitos pobres da cidade. Mas as janelas estavam cerradas e sem luz, e as portas fechadas com trancas. No centro do pátio havia um poço redondo, comunitário, construído de pedra escura. Não havia flores desabrochando, ali, não havia perfume de rosas, jasmins ou lírios para o cheiro azedo da pobreza, do medo e da morte. À luz do luar, Lucano podia ver as casas sórdidas fazendo círculo ao pátio, e observou que ali não havia saída para qualquer outro beco ou rua. Fechou a porta, deixou tombar o ferrolho e recomeçou a subir até a extremidade do beco que o aprisionava. Percebeu que havia água malcheirosa, silêncio, paredes ameaçadoras e ia apertando a mão, fortemente, sobre o punho de sua adaga. A tocha crepitava, avermelhada e fraca, lá na ponta.

Estava junto da esquina quando ouviu o rápido ruído de pés ainda invisíveis que se aproximavam. Parou bruscamente. O som de uma corrida despertou todos os seus prudentes instintos. Pensou que as pessoas fugitivas podiam ser ladrões, escapando a uma perseguição. Então, um homem e uma mulher viraram a esquina e correram em sua direção, os pés impulsionados por um terror palpável, as cabeças olhando para trás dos ombros. Lucano podia ouvir as respirações arquejantes, no silêncio intenso, e o tropeçar da mulher sobre as pedras.

Estavam quase a esbarrar em Lucano, antes de o terem visto, quando estacaram no ímpeto da corrida, olhos fixos nele, os globos oculares reluzindo, como os de animais aterrorizados, à luz do luar. Se Lucano tivesse saltado de seu lugar para supreendê-los, não se mostrariam mais apavorados. O capuz do seu manto havia tombado sobre os ombros e a luz arrancava reflexos dourados de sua cabeça, enquanto as feições rígidas e lisas de seu rosto pareciam as da face de uma estátua. O homem e a mulher recuaram, pois algo havia no altaneiro aspecto de Lucano que lhes sufocava a respiração na garganta, e seus olhos cansavam-se a examiná-lo.

Lucano notou que eram jovens e imediatamente percebeu que não se tratava de criminosos, embora o homem estivesse vestido com adejantes farrapos e seus pés se mostrassem descalços. Não tinha capa, nem armas. A roupa da mulher era boa, modesta e respeitável, e de um tom roxo escuro, com cinto de prata. Trazia nas orelhas argolas também de prata, brilhando como joias simples, e em seus braços tilintavam vários aros de prata. Tinha os pés calçados.

— O que houve? — perguntou Lucano rapidamente, em grego. Eles não responderam, e o moço repetiu a pergunta em egípcio. A mulher estalou em soluços desvairados, depois atirou-se de joelhos diante de Lucano e agarrou-se às suas vestes.

— Ajuda-nos, senhor! — exclamou ela, gemendo baixinho. O jovem mantinha-se de lado e não podia tirar os olhos de Lucano. Mas encolhia-se e tentava cobrir o corpo com seus farrapos.

Então, Lucano ouviu muitos passos de perseguidores que corriam e que se aproximavam da rua; e viu o clarão vermelho das tochas que eles levavam. A moça gemeu e instintivamente apertou a fronte contra Lucano, enquanto de novo lhe suplicava auxílio. Mas o jovem disse, numa voz curiosamente rouca:

— Asah, vai com este homem, e ele te ajudará a escapar. Deixa-me. Asah! Volta para nossos filhos!

A moça apenas tornou a gemer.

— Não! Ficarei contigo para sempre — soluçou ela. — Morrerei contigo.

O som dos perseguidores se aproximava e despertou Lucano. Fez a moça levantar-se e disse ao jovem:

— Vinde comigo! Depressa!

Agarrou a mão da moça e correu com ela em direção à parede da retaguarda e o homem seguiu-o. Encontrou a porta, abriu-a, empurrou os dois lá para dentro, e disse, baixinho:

— Ficai aqui. Eu os distrairei.

Tremendo, eles ficaram por um momento a olhá-lo, e de novo sentiram-se estranhamente impressionados com o que viam. Então a porta fechou-se e ficaram sozinhos.

— Ele se parece com Osíris[1] — murmurou a moça, juntando as mãos e deixando-se cair sobre a borda do poço. O homem não se aproximou dela, mas se afastou contra o lado das casas circulares e fechou os olhos.

— Viste o rosto dele! — continuou a moça, inclinando a cabeça.

— Psiu! Querida... — disse o homem, mantendo-se sempre afastado dela.

Lucano subiu rapidamente a rua, e então um grupo de homens e soldados apareceu na entrada e hesitou, erguendo as tochas altas e blasfemando. O jovem grego retardou o passo e aproximou-se deles calmamente. Os homens começaram a descer pelo beco, mas viram-no aproximar-se e pararam. Lucano caminhava com dignidade e segurança, como um nobre caminha, a adaga na mão. Olhou para os soldados suarentos, metidos em armaduras, e falou com a linguagem autoritária de Roma:

— Quem estás procurando? — e dirigia-se apenas ao centurião. — Sou Lucano, filho de Diodoro Cirino, de Roma, e médico.

A luz da tocha iluminou os rostos da turba que rodeava os soldados e Lucano pôde ver os olhos desvairados, as bocas selvagens e as clavas levantadas que dançavam naquela luminosidade vermelha. Silêncio pleno tombou entre os perseguidores, e então o centurião deu um passo à frente, levantou a mão, respeitosamente, e falou, os olhos cogitativos:

— Senhor, estamos procurando um homem e uma mulher, um homem e sua esposa. Correram diante de nós! Tu os viste?

---

[1] Um dos deuses do Egito antigo, protetor dos mortos, esposo de Íris, pai de Horo.

Lucano parou. Não costumava mentir. E disse:

— Vês que estou só, e não há ninguém aqui comigo. Além disso, esta é uma rua sem saída. Observa aquela parede no fundo. Estava voltando para casa, e perdi-me. Agradecerei a escolta de um dos soldados, pois esta cidade é perigosa.

Seu único pensamento era afastar os soldados e a turba daquela rua, de forma que o homem e a mulher pudessem escapar mais tarde. O centurião saudou-o.

— Senhor, um dos meus homens te acompanhará. Nesse entretempo, devemos procurar aquelas pessoas até que as encontremos.

— São ladrões? — indagou Lucano. E defendia as narinas contra o odor impregnante de suor e violência que envolvia os perseguidores.

— Não, senhor. O homem é leproso.

— Leproso!

Lucano ficou a olhar para eles.

— Sim, senhor, chama-se Sira. Há alguns meses foi expulso da cidade, lançado no deserto. Sabes que é obrigatória a morte para o leproso que volta depois de ser exilado para viver nas cavernas. Entretanto, esta noite alguns de seus vizinhos viram-no espiando, através da janela, sua casa que fica a algumas quadras de distância daqui, contemplando sua esposa e filhos. A mulher, Asah, vive com seus pais, e seu pai é um lojista de alguma prosperidade. Os vizinhos deram o alarma. Como médico, senhor, compreendes que um leproso que volta não é apenas uma ameaça, mas deve morrer, pois rompeu a lei e pode contagiar outros.

— Sim, compreendo — disse Lucano, cujos pensamentos se iam fazendo selvagens. Fremiu, e imediatamente seu coração encheu-se de uma piedade calorosa e de tristeza, ao considerar a situação de Sira; desejava apenas lançar um olhar para sua esposa e seus filhos, mais uma vez, antes do exílio eterno e da morte. E disse: — Como foi que a mulher soube da presença do marido ali fora, na janela?

O centurião respondeu, pacientemente:

— Ela ouviu os gritos da vizinhança, os seus gritos de alarma, e correu com ele, sabendo que o homem tinha de ser morto imediatamente.

O centurião sacudiu a cabeça:

— As mulheres não têm inteligência, senhor.

Não, têm apenas amor, pensou Lucano.

Embainhou sua adaga. Não sabia o que fazer, mas devia fazer algo. Refletiu que Sira apenas desejara ver a família. Era evidente que não tinha a intenção de permanecer na cidade ou sequer de permitir que sua esposa tivesse conhecimento de sua presença. Aquilo significava que, se os vizinhos não o tivessem visto, ele teria partido silenciosamente, sem nada dizer, como viera, retornando à sua morte em vida, e sofrendo no deserto. Precisava ter aquela oportunidade, embora a morte fosse melhor do que a vida para um leproso. Ainda assim, havia a esposa a considerar. Ela devia ser poupada ao espetáculo da turba sórdida caindo sobre seu marido, e trucidando-o diante dos seus olhos. Lucano sentia o cheiro da volúpia do sangue naqueles homens, a ânsia de esmagar, de destruir, de pisotear, e foi aquela volúpia que o decidiu.

E falou:

— A situação é muito séria, meu bom centurião. Por isso, não quero privar-te de um só homem nessa tua busca. Sou médico, compreendo a gravidade do assunto. Não moro longe daqui. Nesse meio-tempo, aquele desgraçado está fugindo. Vai, imediatamente, em procura dele.

O centurião hesitou. O filho de Diodoro Cirino era homem importante e reverenciado, e um médico. Deveria ser protegido. Mas Lucano era muito mais alto do que ele, jovem e forte, e estava armado. O centurião sorriu, saudou-o, e soldados e homens apressaram-se a subir rua acima, com as bandeiras carmesins de suas tochas, desaparecendo, em avalancha ruidosa.

Lucano esperou até que a rua se fizesse novamente silenciosa. Nem uma só luz havia aparecido nas janelas escuras que se erguiam sobre os muros, nem um só estranho surgira, nenhuma porta escondida se abrira, apesar do ruído. Aquele lugar era escuro e sinistro, e os moradores se haviam mantido em paz, discretamente, dentro de suas casas e de suas paredes. Lucano voltou, cautelosamente, à porta, olhou de um e de outro lado da rua, depois ergueu o ferrolho e entrou, calado, no pátio circular.

Asah estava sentada no paredão baixo do poço, chorando e lamentando-se. Sira mantinha-se a distância, fugindo ao luar, suplicando à esposa, em voz abafada, que cessasse com aquelas lágrimas. Nenhum deles percebeu a presença de Lucano, que ficou dentro das trevas profundas, junto da porta fechada.

— Ah! meu querido — chorava a jovem —, se ao menos, como médico que és, não tivesses tentado curar os leprosos! Mas tu, tão misericordioso, tão terno, tão bom, quiseste atendê-los, e quiseste sacrificar por eles nos templos. Quiseste escondê-los das autoridades, em tua compaixão sem remédio. "Não são humanos, e sangue do meu sangue, meus irmãos, o latejar do meu coração?" Isto dizias, meu muito querido. Mas os deuses e os homens não conhecem justiça, e a horrível doença veio dos que a sofriam para ti. Pensaste em tua esposa e em teus filhos pequenos? Não. Tu me disseste que o médico é dedicado a Um, maior do que nós, que jura um juramento sagrado, que é de amar a humanidade e aliviar-lhe os sofrimentos. E em vingança, os deuses te enviaram esse monstruoso horror e arrancaram-te de junto dos braços de tua esposa e dos beijos de teus filhos!

Sira gemeu:

— Não traí meu juramento. Se os deuses traíram-me, esse é um crime que a eles diz respeito.

A moça ergueu o rosto pálido para a luz, e seu cabelo escuro desenrolou-se em desordem sobre seus ombros. Suas lágrimas tornaram-se como que gotas de mercúrio.

— Ah! Sim — murmurou ela. — É verdade que os homens são às vezes melhores do que os seus deuses. Eu teria conseguido que voltasses as costas aos sofredores? Não o acredito, agora. Que pode um homem fazer, senão aquilo que é o seu dever?

Levantou-se, dirigiu-se para o marido, os braços estendidos lastimosamente para ele. Mas o homem exclamou, repelindo-a:

— Imundo! Imundo!

— Não para mim, não para mim, Sira. Sou tua esposa. Aonde fores, irei. Onde viveres, viverei. Que são filhos e pais para uma esposa que ama seu marido? Nada são, nem mesmo fantasmas, quando ela ouve a voz de seu esposo. Morarás numa caverna? Pois numa caverna viverei, também. Comerás o pão da caridade? Desse pão também eu comerei. Se dormires com as raposas e com os abutres selvagens, também eu dormirei, e tua cama será a minha cama. No mundo nada há para mim senão tu, e não há mar, nem morte, nem sangrenta mão de homem, nem ódio de deuses que nos possam separar.

Sira estendeu as mãos, desesperadamente, para mantê-la a distância.

— Eu te imploro, meu amor, não te aproximes de mim! Em nome dos deuses, mantém-te longe de mim! Não, não irás comigo para morreres como leprosa, para uma campainha que avise os demais que não se devem mostrar amigos, para apodrecer, e sangrar, e tornar-te entorpecida, e cega, e cheia de chagas. Amei tua doçura e tua beleza. Devo morrer relembrando o que fiz de ti?

— Devo morrer eu, Sira, lembrando-me de que desertei de teu lado, eu, que jurei jamais deixar-te? — A mão dela estendia-se, mas o homem apertava-se contra a parede, como um réptil, rastejando ao longo dela e fazendo um ruído rascante.

— Deves torturar-me, Asah, com a visão de teu rosto amado e leproso? Vai, suplico-te. Vai e esquece-me. Eu estou com os mortos. Eu morri. A coisa apodrecida que vês não é o teu marido. És jovem. Casa-te novamente e tem outros filhos, e chora por mim, mas não me recordes por muito tempo.

— Em meu coração a lembrança viverá para sempre. Não me expulses de junto de ti, Sira. Deixa-me beijar-te. Deixa-me beijar teus lábios mais uma vez.

Asah chorava, e o som leve de seu pranto enchia o pátio com os ecos mais desoladores. A moça seguia-o lentamente, uma perseguidora trêmula de amor e devotamento.

— Não! — gritou Lucano, saindo de entre as sombras. — Teu marido tem razão, não deves tocá-lo!

Sira e Asah sobressaltaram-se ao som daquela voz, e ficaram a olhar para o jovem, sem nada dizer. A cabeça dele erguia-se sobre os ombros largos como a cabeça de um deus, belo e terrível em sua beleza. Asah levou a mão aos lábios e manteve-se imóvel, o vento da noite sacudindo-lhe os cabelos soltos, como uma flâmula. Sira olhava longamente para ele, lá das trevas, os olhos ardentes. Lucano aproximou-se dele, tomou-o pelo ombro e puxou-o para a luz do luar, examinando-o de perto e rapidamente.

— Sou médico — disse Sira, em voz quebrada. — E tenho lepra.

Não havia dúvida. A aparência leonina da moléstia já se materializara nas feições de Sira. Trechos eritematosos, de tons azul-avermelhados e de um castanho-amarelado, marcavam-lhe o rosto. Aqui e ali, em sua testa e em seu pescoço, lesões ulcerosas exsudavam soro e pus. Sua voz rouca traía a invasão da laringe. Mesmo suas mãos revelavam a repugnância da moléstia, e dois ou três dedos já estavam gangrenados.

— Como são impiedosos os deuses — disse Asah, seus braços trêmulos estendidos para o marido. — Meu Sira é o mais delicado dos homens, o mais devotado deles. Entretanto, deve morrer, se não fugir da cidade sem ser visto. Mas se ele deve morrer, então eu morrerei com ele, bom senhor.

— Senhor, leva-a para longe de mim — implorou Sira. — Leva-a para a nossa casa. Porque, seguramente, ela se perderá, se se demorar mais tempo.

Lucano foi tomado de um verdadeiro êxtase de ódio, desespero e piedade. Agarrou Sira pelos ombros, em suas mãos fortes, e fechou os olhos, dirigindo-se silenciosamente a Deus, mas com fúria.

"Ó! Tu que assim atormentaste este homem que apenas desejava salvar Tuas vítimas de Tua ira! Deves para sempre golpear os que ajudam os aflitos, os que são inocentes, os que não têm malícia nem perversidade? Deves sempre reservar Teus sorrisos para os vis e seus filhos, e Tuas bênçãos devem ser derramadas sobre os que não procedem com retidão? Por que não nos destróis e não nos deixas ter paz eterna na sepultura sem dias, cobertos pela noite misericordiosa, longe de Teus olhos vingativos? Que Te fizemos para merecer Teu ódio, Tu, que não tens os olhos, os membros e o sangue dos homens, e não és da carne deles? Sangras, como os homens sangram? Teu coração treme, como treme o coração de um homem? Sofreste dor, ó Tu que infliges a dor? Amaste, como os homens amam? Geraste um filho, para que pudesses chorar por ele?"

Sira e a esposa estavam de pé, imóveis, seus ouvidos esforçando-se. Não ouviam voz alguma, mas, vagamente, tinham consciência de que algo muito temível estava soando naquele lugar batido de luz da lua, naquele lugar silencioso e fétido. Viam o rosto contorcido de Lucano, seus olhos fechados, seus lábios entreabertos, entre os quais os dentes luziam como o mármore.

De novo ele se dirigiu a Deus, na desvairada amargura e angústia de seu coração:

"Oh! se fosses misericordioso, em Teu ilimitado poder, curarias este desgraçado e o devolverias à esposa e filhos! Se possuísses um frêmito apenas de piedade humana, retirarias dele a moléstia e o deixarias perfeito. Eu serei maior do que Tu, mais misericordioso do que Tu? Juro-Te, por tudo que tenho de mais querido, que se eu pudesse tomaria sobre mim as lesões desse horror, no lugar desse homem, e fugiria para sempre em direção do deserto, lembrando-me de que tinha salvo um homem, sua esposa e seus filhos."

Sira sentia as mãos de Lucano em seus ombros magros, e pareceu-lhe que uma força estranha e temível emanava dos dedos do jovem, como um fogo frio que jorrasse. A força impregnou-lhe o corpo, percorrendo-lhe os ossos, ondulou sobre sua carne, fez com que a espinha e seus cabelos se arrepiassem. Era como se um corisco o tivesse atingido. Não podia respirar nem se mover. Encostou-se às mãos de Lucano e seu coração esmagou-se, estalou em sons contra seus ouvidos, como que de tambores não terrenos. Pensou: Estou morrendo! E a luz do luar apagou-se de seus olhos e tudo se fez trevas diante deles.

— Não sou Deus! — exclamou Lucano, de dentro de seu coração. — Sou apenas um homem. Entretanto, tenho piedade. Oh! Sê misericordioso! Tu! Oh! Sê misericordioso!

Agarrou Sira contra o peito e abraçou-o estreitamente e suas lágrimas tombaram sobre as faces e caíram sobre a testa do outro homem. E Asah, compreendendo vagamente que algo acontecera para além da compreensão humana, tombou aos pés de Lucano e encostou a cabeça contra eles.

Lucano, então, sentiu certa virtude tremenda abandoná-lo, como sangue que escoasse, e misteriosa fraqueza sacudiu-lhe o corpo. Delicadamente, com mãos trêmulas, afastou Sira, suspirando.

— Toma o meu manto, que tem capuz — disse-lhe. — Esconde nele teu rosto. Aqui tens minhas sandálias.

Curvando-se, retirou suas sandálias e colocou-as junto dos pés do leproso.

— Aqui tens minha bolsa, minha adaga. Ninguém te reconhecerá nem te encontrará. Vai para longe da cidade e não voltes. E se há um Deus, vai na Sua paz.

Atirou o manto sobre os ombros de Sira e colocou-lhe nas mãos a bolsa e a adaga. Ficou de pé diante do marido e da mulher com os pés nus, vestido apenas com sua túnica amarela. E eles olharam-no e não podiam falar, de estupefatos e gratos, e parecia-lhes que o jovem fosse o próprio filho de Íris.

Lucano voltou-se, abriu a porta e saiu para a rua fétida. Uma pedra cortou-lhe os pés e ele não sentiu a dor. Cego pelas lágrimas, caminhou, cambaleante, mergulhado em desgosto e tristeza.

Durante muito tempo Sira e Asah não se moveram nem falaram. Ficaram sob o luar como estátuas esculpidas de si próprios, mudos de espanto. Então Asah tornou a aproximar-se do marido, com braços estendidos, e ele a repeliu.

— Imundo — murmurou, e fez com que ela visse seu rosto e seus braços, claramente, à luz.

Asah soltou um grito agudo e alto, depois caiu desmaiada sobre as pedras, como que abatida por um golpe. E Sira olhava para seus braços e via que estavam inteiros, limpos, sem qualquer sinal. Estonteado, moveu-se e examinou-os, e não havia marcas ali. Pôs as mãos nas faces e na testa e elas se mostraram lisas e macias como a carne de uma criança, e quentes, cheias de sensações.

Olhou para a porta fechada, através da qual Lucano desaparecera. Caiu de joelhos junto da esposa desmaiada, e ergueu as mãos em prece:

— Oh! Louvadíssimo! — murmurou. — Oh! Tu, que nos visitaste!

20

Cusa olhava para Lucano, consternado:
— Não é possível, senhor! — exclamava ele, agarrando a própria cabeça entre as mãos. Seu rosto malicioso de sátiro, com as bochechas gorduchas e a barba pequena, os olhos cheios de humorismo e o nariz insolente, havia empalidecido de horror.

— Sinto muito — disse Lucano, com paciência. — Tentei explicar; não há necessidade de mais um funcionário médico em Roma, que está cheia de hospitais modernos. Sim, compreendo que a Assembleia Pública me nomeou, graciosamente, por ordem de Diodoro, e com um estipêndio considerável. Mas um médico não deve ir para onde mais necessitam dele? Hipócrates disse isso, e eu jurei por ele. Meu trabalho será entre os pobres, os oprimidos, os abandonados, os moribundos, os desesperadamente doentes, para os quais não há assistência nas cidades que ficam ao longo do Grande Mar. Tratarei de escravos e dos que vivem em pobreza irremediável, e não pedirei pagamento, a não ser dos ricos senhores de escravos. Irei visitar as prisões e as galés, as minas e os cortiços, os portos e as enfermarias para indigentes. Esse é o meu trabalho e não me posso desviar dele.

— Mas por quê? — indagou Cusa, incrédulo.

Lucano sentou-se na cama do simples quarto branco de dormir onde se acomodava, e ficou a olhar longamente para suas próprias mãos, compridas e pálidas.

— Eu te disse — falou. — Devo ir para onde sou necessário.

Cusa balançou a cabeça entre as mãos. Lucano teria enlouquecido? As Fúrias vermelhas teriam posto em desordem a sua mente? Hécate o teria visitado durante a noite? Por todos os deuses, aquilo não era coisa que se entendesse ou que se suportasse! E Cusa falou, sensatamente, como se fala com um homem atacado de insanidade.

— Senhor, tua família precisa de ti. Teu pai adotivo orgulha-se de ti, e ele é o mais orgulhoso dos romanos. Tua mãe há anos que não te vê. Teus irmãos jamais te viram. Que se dirá de Diodoro se seu filho adotivo for um indivíduo errante, tratando da escumalha da terra em cidades quentes e bárbaras, em estradas e atalhos? Isso é bom bastante para um médico escravo, mas não para o filho de Diodoro Cirino. Que dirás a Diodoro, e à tua mãe? Eles ficarão envergonhados diante de Roma.

Lucano sacudiu a cabeça.

— Não tenho palavras que te alcancem, Cusa, ou que afastem a névoa de tua perplexidade. Chega. Tu e tua família ireis comigo amanhã para Roma, para as propriedades de meu pai. Ali, sereis felizes.

E sorriu afetuosamente para seu velho professor.

— Minha falta de compreensão é suave, diante da falta de compreensão que Diodoro demonstrará, senhor.

— Eu sei.

Lucano franziu as sobrancelhas, depois sorriu, recordando o belicoso romano.

— Mas farei o que devo.

— Não sabes o que é a pobreza, senhor! Quando fores um médico mendicante, derivando de um porto para outro, pois, com certeza, dadas as circunstâncias, Diodoro não te sustentará com seu dinheiro parcimonioso, então descobrirás o que é ter fome, estar sujo e sem lar, vestir farrapos. Não acharás deleite nessas coisas, Lucano, tu, cuja carne foi cuidadosamente alimentada e assistida e vestida em linhos e lãs finas. Lucano, esclarece-me. Que vem a ser essa loucura? Que são um escravo, um pobre ou um criminoso? Menos do que seres humanos. Seria melhor para ti tratar cães e outros animais dos patrícios ricos em Roma! Isso daria menos vergonha e tristeza a Diodoro!

Lucano refletia. Como podia ele dizer a Cusa: "Devo libertar os atormentados de seu Inimigo?" Cusa teria completa certeza, então, de que ele estava louco.

O outro observava-o de perto. Explodiu então:

— Foi aquele maldito José ben Gamliel! Eu ouvi quando ele falava contigo nos jardins. Senhor, os judeus são incompreensíveis, com seu Deus misericordioso. Seus Mandamentos, e Suas ridículas leis para relações equânimes entre os homens. Tudo isso não passa de superstição, e deplorável, pois faz a vida mais sombria ainda. Já viste um judeu de rosto feliz? Já ouviste os risos das festas romanas e a despreocupação das danças romanas na casa de um judeu? Não, isso são coisas só para os bárbaros romanos! Não — acrescentou Cusa — que eu considere os romanos muito mais do que bárbaros. Mas, pelo menos, são homens de fibra e sangue e têm adequado respeito pelas artes da Grécia, embora não passem de filhotes de lobo. Os romanos são realistas. Os judeus tratam com superstições transcendentes. Falam de liberdade, o que é absurdo. Esperam o impossível de seu Deus, e uma pessoa de senso compreende que os deuses nunca tratam do impossível. E nunca se espera deles grandes virtudes.

Lucano falou, encolerizado:

— Eu não acredito que Deus seja misericordioso e bom! Não acredito no que José ben Gamliel diz Dele! Poupa teu fôlego, Cusa. Preciso ir despedir-me de meus professores.

Cusa, ofendido, ferido e perplexo, compreendeu que tinha sido despedido dali e foi procurar a esposa. Calíope ouviu-o enquanto amamentava a filha, revelando um semblante meditativo. Depois, ergueu os ombros:

— Sempre achei Lucano extraordinário — disse ela.

Lucano não tinha pena de deixar Alexandria. Desde que Rúbria morrera ele não se sentia ligado a lugar algum do mundo, nem tinha desejo de visitar qualquer deles, ou de viajar como um jovem rico. O mundo, para ele, era um hospital, cheio de gemidos. Nem a beleza da arquitetura nem a música tinham o poder de aliviar o desgosto infinito. Na noite anterior, porém, sonhara com Sara bas Eleazar, Sara, cujo pai fora enterrado na véspera. O sonho fora dos mais confusos. A moça procurara-o, correndo através de um campo florido, rindo docemente, e quando o alcançou seu rosto era o de Rúbria, faiscante, sob o sol da primavera. Seu cabelo escuro caíra da fronte branca, e Lucano sentira um arrebatamento de completa beatitude e júbilo. Então, vira o violeta dos olhos dela e a dor voltara. Em seu sonho, não sabia por que, dissera à moça, em tom indagador: "Rúbria?" E ela respondera, a voz dulçorosa: "Amor." O rapaz sacudira a cabeça: "Não há na minha vida lugar para o amor. Não amarei de novo, pois o amor é como uma serpente que tivéssemos no coração, cheia de veneno e de agonia." Ela se afastara, então, olhando tristemente para seu rosto, até o último instante, como que indagadora e dolorida. E as flores se haviam erguido, escondendo-a aos olhos dele. Então Lucano sentira de novo o velho desgosto e acordara gritando.

Lembrava-se daquele sonho enquanto arranjava em sua grande bolsa de médico, feita de couro, seus preciosos instrumentos cirúrgicos: bisturis, fórceps, serras de amputações, sondas, seringas, trépanos. Cada instrumento, feito de ferro cuidadosamente trabalhado, e perfeito, fora envolvido por ele num pano de lã impregnado de óleo de oliva, a fim de protegê-lo de ferrugem. Havia também instrumental mais antigo e grosseiro de cobre ou bronze. Também esse ele colocou delicadamente na bolsa, envolvido em suas capas. Acrescentou vários de seus preciosos livros de medicina, certa quantidade de ligaduras num invólucro de seda, e alguns frascos de remédios especiais, vindos do Oriente. Cusa tomaria conta de seus objetos pessoais, que eram poucos. Lucano examinou-os para ver o que poderia dar aos pobres e aos desvalidos da enfermaria da escola de medicina. Uma pequena bolsa tombou no chão, caindo de uma peça de roupa, e produzindo som pesado. O moço inclinou-se, apanhou-a e abriu-a. A cruz de ouro que Keptah dera a Rúbria estava em sua mão, a corrente tilintando.

Lucano sentiu um súbito fervor de desespero, e desejou atirar a cruz para longe de seus olhos. Mas Rúbria a apertara na mão no instante de sua morte. Não se lembrava de ter trazido aquilo para ali. Esquecera-o. Agora, bafejou o ouro e esfregou-o com a manga até que ele brilhasse e, recordando-se de Rúbria com uma nova crise de dor, beijou o símbolo da infância, recolocou-o em sua bolsa, e deixou-o tombar em seu estojo médico. Pensou de novo em Sara, na bela e jovem Sara, com figura graciosa, desabrochando apenas para a vida adulta de mulher, em seu pescoço branco e adorável, em seus olhos sem artifícios. Deixou o aposento apressadamente, como se fugisse, e dirigiu-se para a universidade.

Seus professores saudaram-no carinhosamente, e todos lhe ofereceram amuletos, mesmo os cínicos professores gregos, expressando seu desgosto pela partida do jovem e dando-lhe suas bênçãos.

— Lembra-te, meu caro Lucano — disse-lhe um dos gregos —, que a medicina sempre esteve associada ao sacerdócio, pois há campo maior para a medicina do que o corpo e um médico deve tratar também da alma de seus pacientes e, finalmente, deve depender, para a cura, do Médico Divino. — Lucano ficou surpreendido com aquela declaração do tal grego, de mente das mais lúcidas, mas o homem olhava para ele com seriedade e depois beijou-o nas duas faces: — Não receio por ti — acrescentou.

Havia apenas um de seus professores que Lucano desejava evitar. Mas encontrou José ben Gamliel à sua espera, e o professor chamou-o à biblioteca de sua colunata. A biblioteca era pequena, fria e austera, o mobiliário simples.

— Nunca mais nos encontraremos — disse o professor judeu contemplando-o com tristeza. — Nunca mais nos encontraremos. Isto, para nós, é o adeus.

— Tu não sabes...

— Ah! Eu sei. — E José ben Gamliel ficou silencioso durante algum tempo. Voltou seu perfil barbado para Lucano, e a luz quente e branca que entrava impiedosa, através da janela pequena, iluminou aquele perfil, dando-lhe radiosidade misteriosa, aguçando-o e modificando-o. — Preciso contar-te uma história — disse José.

Lucano sorriu, impaciente.

— Já percebi que os judeus sempre têm uma história para contar — disse ele. — Tudo é em poesia ou metáfora, hipotético ou obscuro, ou oferecido sob a forma de pergunta. A vida é curta. Por que os eruditos judeus tratam o tempo como se ele não existisse, e como se houvesse uma eternidade para discussão?

— Pela razão — respondeu José — de que o tempo não existe e há uma eternidade para a discussão. Ainda acreditas, meu pobre Lucano, que o espírito do homem está acorrentado pelo tempo ou pelos acontecimentos?

Voltou-se de novo para ele e de novo seu rosto modificou-se, fazendo-se estranha e infinitamente doloroso, e Lucano pensou nos velhos profetas de que tinham falado os judeus de Antioquia, e José, em Alexandria.

— Recordarás a esperança que os judeus têm a respeito de um Messias que virá, e do qual te falei — disse José. — Ele libertará nosso povo, Israel, de acordo com a promessa de Deus. Foi Abraão, o pai dos judeus, um babilônio da velha cidade de Ur, quem nos trouxe essas boas-novas. Leste as profecias de Isaías com relação a Ele. Será chamado o Príncipe das Dores, segundo aquele profeta, e Sua Mãe esmagará a cabeça da serpente com o seu calcanhar, e o homem ficará liberto do mal e do sofrimento e não mais existirá a morte. Por Suas feridas, seremos salvos.

— Sim — disse Lucano, com impaciência crescente, enquanto José cravava-lhe os olhos. — Conheço as Escrituras judaicas. Conheço as profecias em relação ao vosso Messias. Mas que tem isso a ver comigo? Todos os povos têm seus mitos e seus deuses, e que vem a ser um Deus judeu para os outros?

— Há apenas um Deus — disse José. — E é o pai de todos os homens. Pensas que o Messias virá apenas para os judeus? Eles são um povo de profecias. Assim, compreende-se que a profecia lhes tenha sido dada. A Lei foi entregue nas mãos deles por Moisés. Por aquela Lei o homem vive ou morre.

Isso os gentios precisam aprender, através da elevação de seus impérios e de seu sangrento declínio e da vasta e amontoada poeira dos séculos.

"Lucano, tu te lembrarás que a profecia referente ao Messias insinuou-se em todas as religiões do mundo, e não apenas nas Escrituras dos judeus. Deus outorgou a todos os homens, em toda parte, a vaga noção de Sua vinda entre os homens. A alma tem seu conhecimento, que fica para além do estéril raciocínio da mente. Tem seus instintos tanto quanto o corpo.

Lucano não respondeu. Sua impaciência ia se fazendo selvagem. Remexia na corrente de ouro que lhe pendia do pescoço e então recordou-se de que à última hora retirara a cruz de Keptah da bolsa médica e a pendurara ao pescoço. Agora, a cruz aparecia sobre sua túnica, e José a viu. Grande emoção cruzou-lhe o rosto, como um relâmpago, mas ele continuou a falar, calmamente:

— Há treze anos, Lucano, eu era professor da Sagrada Lei, em Jerusalém. Minha esposa teve um filho numa fria noite de inverno. Foi uma noite muito estranha aquela, pois uma grande Estrela aparecera subitamente no céu, mantivera-se firme durante algumas horas, depois movera-se para a direção do Oriente. Nossos astrônomos ficaram muitíssimo excitados. Chamaram-na a Nova, e profetizaram que sua aparição agourava tremendos acontecimentos. Lembro-me bem daquela noite. Herodes era nosso rei e um homem mau. Correu pela cidade um boato de que na pequena cidade de Belém nascera o Rei dos judeus. Tal notícia foi trazida a Jerusalém por homens humildes e simples; entre eles alguns pastores que tinham uma história das mais temíveis a contar. Falavam de Hoste Celeste que lhes aparecera, quando cuidavam de seus rebanhos de carneiros, nas montanhas, e que lhes tinha dado notícias de grande júbilo. Como os reis são desconfiados, têm milhares de ouvidos, e assim essa história chegou aos de Herodes, a história dos pastores anônimos e ignorantes. Imediatamente, receando pelo seu poder, ele ordenou que todos os meninos nascidos recentemente fossem mortos, passados a fio de espada.

José fez uma pausa. Lucano ouvia-o com relutante fascinação. Então, de repente recordou-se da grande Estrela que vira em Antioquia, quando criança, e seu coração bateu, apavorado.

José continuou, dizendo, simplesmente:

— Meu filho estava entre os que Herodes mandou assassinar, e minha esposa, com o coração despedaçado, morreu.

Lucano sentiu-se imediatamente tomado de compaixão e envergonhado de sua impaciência; e ainda mais envergonhado pelos comentários coléricos e veementes que outrora dirigira a José. Este conhecera a morte, o desgosto, a dor amarga, e ele, Lucano, o acusara de nada saber. Olhou com piedade para José. E disse:

— Quanto deves ter odiado, não apenas Herodes, mas Deus, por aquelas mortes sem sentido!

José sacudiu a cabeça e sorriu de leve:

— Não. Como pode um homem de compreensão odiar Deus? Isso é coisa para a paixão de crianças.

Ficou silencioso durante tanto tempo que Lucano chegou a pensar que ele o esquecera. Então José, contemplando a distância através da janela, continuou, ainda mais sossegadamente:

— Na última Páscoa visitei meu velho lar, em Jerusalém. A cidade fervia de peregrinos vindo da Galileia, Samaria, Judeia. Num pátio interno eu estava conversando com meus eruditos amigos e comentaristas. Era um adorável dia de primavera, repleto do perfume das florações e dos ricos odores das especiarias e do incenso. O céu era de um aperolado reluzente e a cidade via-se inundada de luz e dos sons de cânticos e de regozijos. Jamais eu vira dia tão calmo e belo, e os corações de todos se regozijavam com ele, esquecidos de César e Herodes, pois Deus os tinha livrado novamente da Terra do Egito.[1] Ouviam-se por toda parte os sons dos címbalos e das trombetas. A cidade brilhava com suas flâmulas coloridas, e o Templo suspendia-se contra o céu, como joia de ouro. Embora fosse viúvo, com uma só filha casada em Alexandria, pela primeira vez em treze anos senti alegria, e meu coração ergueu-se numa espécie de expectativa.

Parou. Suas mãos serenas cruzaram-se, seu rosto ergueu-se e ele sorriu sonhadoramente.

— As ruas estavam cheias de soldados romanos. Também eles tinham sentido um deleite incomum na primavera. Tinham apenas uma forma de

---

[1] Referência ao Êxodo, isto é, à saída dos judeus das terras do Egito, conduzidos por Moisés. A cada ano se renova a alegria da libertação, nas festas da Páscoa judaica.

expressar tal sentimento, pois eram estrangeiros em terra estranha que os odiava. Pobres rapazes. Desejavam tomar parte no regozijo geral, mas os judeus os ignoravam em seus dias santificados. Os soldados embriagaram-se e andaram pelas ruas, cantando. É triste ver qualquer homem rejeitado pelos seus irmãos e eu tive compaixão dos romanos.

"Temos guardas no Templo para proteger os pátios internos de qualquer intrusão. Onde estava o guarda daquele pátio, naquele dia? Não sei. Mas de repente as cortinas afastaram-se, e um rapazinho entrou no pátio, um rapazinho alto e muito bonito, trajado com a grosseira veste parda do povo comum. Seus pés mostravam-se descalços e queimados de sol. A pele clara também fora amorenada pelo sol; seus caracóis louros mostravam sinais de terem sido queimados pelo calor, e caíam-lhe sobre os ombros. Tinha olhos azuis como o céu de verão, e um aspecto solene e majestoso. Sorriu-nos, não como um rapaz que acaba apenas de alcançar a idade de Bar-Mitzvah[2] e, portanto, ainda tímido quando num grupo adulto. Seu sorriso era o sorriso de um homem, e ele estava à vontade, como um homem entre seus pares, como um erudito e um sábio entre eruditos e sábios.

"Ficamos muito espantados e alguns entre nós franziram as sobrancelhas. Que estava fazendo aquele rapazinho em nosso pátio reservado, dedicado apenas à sabedoria e à discussão? Onde estava o guarda? O menino, era evidente, não passava de um camponês. Mais tarde, ficaram a cogitar na razão de não terem mandado que ele se fosse imediatamente dali. Mas, ao vê-lo, pensei em meu filho, que se não tivesse sido assassinado teria a idade daquele menino. E disse-lhe: 'Menino, que estás fazendo aqui, e onde estão teus pais?' E ele me respondeu, com seu sorriso grave, e com o sotaque rude dos pobres e iletrados galileus: 'Vim para fazer-te perguntas e para dar-te respostas, senhor.'

O rosto e o couro cabeludo de Lucano arrepiaram-se. Então, de repente, desejou ir embora e pulou sobre os pés. José, entretanto, não pareceu notar tal coisa, e continuou com sua voz remota e como que sonhadora:

— Ele tinha o porte régio de um rei, aquele jovem camponês da Galileia, com as mãos ásperas pelo trabalho, os pés descalços e a cabeça

---

[2] Ao alcançar os treze anos de idade o rapazinho judeu, através de determinada cerimônia de caráter religioso, passa à categoria de adulto, reunindo-se aos homens em suas orações especiais. É como que a Confirmação, entre os cristãos.

erguida. Penso que foi aquele seu aspecto que evitou a despedida encolerizada dos eruditos e doutores. Não temos grande respeito pelo povo da Galileia. São pastores e artesãos, e sua fala é iletrada. Gente humilde. Mas aquele rapaz era um rei.

"Sentou-se entre nós, falou conosco, e depressa estávamos estupefatos com as suas perguntas e com as suas respostas, pois, apesar de seu sotaque galileu, falava com autoridade e profunda erudição. Ficamos absorvidos nele. Perguntamos-lhe as coisas mais obscuras e difíceis, e ele as respondeu com simplicidade. Era como a luz da aurora entrando em aposento escuro, repleto de livros eruditos, cheios de dificuldades. E mal saíra da infância, aquele jovem do campo, que vinha das nuas e quentes montanhas da Galileia, onde não há doutores nem sábios. E eu lhe disse: 'Menino, quem é o teu professor?' Ele sorriu para mim, com um sorriso que se parecia ao sol, e não respondeu. Foi então que a cortina afastou-se, agitada, e um homem humilde, barbado, e uma bela e jovem senhora, vestida como camponesa, entraram num ímpeto pelo nosso pátio adentro.

De novo José se calou. Sorria, e seu sorriso era infinitamente suave e remoto. Lucano sentou-se de novo, lentamente. Dizia a si mesmo: Não devo ouvir! Isto é tolice obscura! Mas ouvia e esperava que José continuasse.

— Jamais esquecerei aquela jovem senhora, Lucano, pois seu rosto era o de um anjo, radiante para além de qualquer descrição. Lembro-me de ter ficado instantaneamente atônito diante daquele rosto, que se erguia de pescoço e ombros vestidos em roupas ordinárias e opacas. Um pano azul tombava de sua cabeça, e eu vi o cabelo brilhante de sua fronte pura. Como posso descrevê-la? Não há palavras para isso, em idioma algum. Devia ter uns vinte e sete anos, o que não é muita idade, mesmo para uma mulher. Dava a impressão de ser, ao mesmo tempo, velha como Eva, e nova como a primavera. Passado e futuro mesclados num só: ela não tinha tempo, não tinha idade. Imediatamente, eu soube que se tratava da mãe do rapazinho, pois tinha um aspecto régio.

"O camponês barbado nada disse, embora fosse aparente a sua angústia. Manteve-se junto da cortina, mas a mulher adiantou-se para o menino, que voltou a cabeça e olhou para ela. E ela lhe disse: 'Meu filho, por que nos deixaste, de forma que sentimos falta de ti em nosso caminho para casa e ninguém te havia visto? Temos estado a tua procura com grande ansiedade.' O rapaz não respondeu por um momento, e depois disse, muito suavemente: 'Por que me procurastes? Não sabeis que devo tratar dos negócios de meu Pai?' E seus olhos irradiavam terno amor para ela.

José silenciou e Lucano ficou à espera. Mas José não tornou a falar e Lucano perguntou, impaciente:

— É tudo?

— É tudo.

Lucano mordeu o lábio.

— Tu nada explicaste, José ben Gamliel. Quem era aquele rapazinho?

José levantou-se e Lucano levantou-se com ele. José pôs a mão no ombro do moço e olhou-o bem dentro dos olhos, profundamente.

— Isto terás de descobrir por ti mesmo, Lucano.

Sorriu para o moço, com súbita melancolia.

— Dizem as nossas Escrituras que Deus nem sempre lutará contra os espíritos dos homens. — Hesitou, depois prosseguiu: — Quando Deus luta contra o espírito de um homem é pelo mais sagrado e misterioso propósito, e aquele propósito muitas vezes permanece oculto ao homem até o dia de sua morte. No teu caso, não creio que isso permaneça sempre oculto para ti. — Levantou a mão, em bênção: — Vai em paz, meu aluno, querido e muito amado médico.

21

Foi apenas quando se viu no convés do navio, no porto de Alexandria, e olhou para a cidade, vistosa e vociferante, aglomerada contra o ardente céu azul, que Lucano se sobressaltou ao sentir a pungência da nostalgia. Deixou que os olhos errassem pela cidade, e imediatamente pensou onde tinham ido ter os anos, por que ele jamais sentira qualquer afeto antes, por seus companheiros e professores e por que o tempo fora para ele como um sonho negro. Dera excelentes presentes a seus professores, nas suas despedidas, mas sabia, agora, que foram dados sem sentimentos, e envergonhava-se. Era tarde demais para ir ter com os professores e dizer o que sentia em seu coração: "Eu vos amei e respeitei, pois os professores são os mais nobres dos homens e trabalham por pouco, apenas para realizarem o que desejam suas almas sem egoísmo. Em vosso nome, e lembrando-me de vós, farei o melhor que puder, e vos recordarei sempre."

O grande galeão balançava-se pesadamente no ancoradouro. Embarcações menores, com velas azuis, brancas, amarelas e escarlates voavam como flechas sobre as águas, como que em travessuras em torno do grande vulto do galeão, parecendo-se a libélulas que lançassem seus vívidos reflexos na água imóvel e arroxeada. Aquelas embarcações estavam cheias de pescadores seminus, os corpos morenos reluzindo ao sol quente e branco, bocas vermelhas abertas para lançar blasfêmias, zombarias, risos e canções. Passando rapidamente ao lado do galeão romano, levantavam os olhos para Lucano e cumprimentavam-no ou pilheriavam obscenamente com suas vozes roucas, ou pediam-lhe esmolas. Sorrindo, como havia muitos anos não sorria, ele abriu a bolsa, atirou-lhes moedas, que refletiam o sol e brilhavam como ouro ou prata. Os homens apanhavam-nas habilmente e, sendo velhacos alegres, beijavam-nas, cumprimentavam Lucano com irônicas reverências, faziam comentários licenciosos, depois tornavam a vogar com rapidez. A água marulhava placidamente contra o navio, que ainda estava sendo carregado no cais. Escravos negros, núbios ou citas faziam rolar pesados tonéis de óleo, mel ou vinho pelas rampas ou carregavam fardos de algodão, barricas de azeitonas e cestos de coco. Outros traziam para cima os sacos e as caixas carregadas com especiarias e outros produtos do Oriente. Então um som de pranto subiu do cais repleto e um certo número de escravos encadeados, homens e mulheres, escuros pelo caminho feito através do deserto, foram sendo tangidos a chicote pela rampa. Lucano, observando-os, já não sorria. Voltou-se e contemplou os rostos chorosos e desesperados, e algo ergueu-se dentro dele, em cólera apaixonada. Algumas das mulheres carregavam crianças recém-nascidas, e aqui um pequenino corria atrás de seu pai ou de sua mãe, em prantos. Os escravos foram amontoados embaixo, como um rebanho, onde as lamentações se tornaram mais abafadas, apesar de mais insistentes.

Dois centuriões romanos foram designados, para guardá-lo durante a viagem, e apareceram ao lado de Lucano, que olhou para seus rostos jovens e morenos de sol com aversão.

— Senhor — disse um deles —, estamos a vosso serviço.

Estavam encantados por voltar à pátria, mesmo que fosse servindo um grego, o que eles consideravam aviltante. Ainda assim, mostravam-se gratos para com Lucano.

— Eu de nada preciso — disse este, secamente.

Um deles tirou o elmo enquanto enxugava o rosto suarento:

— Ufa! Que cidade desprezível — falou, com movimento de cabeça para Alexandria. — Estou fervendo sob a minha armadura, como carne ao fogo.

— Por que não a retiras, então? — indagou Lucano.

Os dois jovens soldados, escandalizados diante de tal impropriedade, recuaram um pouco. Lucano deu um leve sorriso. Não tinham culpa, aqueles rapazes, que os escravos fossem impelidos para o navio, e ele fora ilógico, exibindo sua aversão. Contemplou os homens que ali estavam olhando para as docas e para o carregamento das mercadorias, os polegares metidos no cinturão de couro, as costas mais retas do que de costume, como que a censurá-lo. Procurou com os olhos Cusa, que estava supervisionando espalhafatosamente a armação do toldo roxo da popa, reservado a Lucano. E chamou-o:

— Atenção!

Este olhou para ele, irritado, depois, repetindo avisos e ameaças aos marinheiros suarentos que lutavam com cordas e tecidos, veio, de andar balouçante e ares importantes, ao encontro de Lucano. Vestia uma suntuosa túnica de algodão egípcio, de um vermelho brilhante e bordada trabalhosamente com seda amarela. A barba rala fora ungida com óleo perfumado, o mesmo se dando com o cabelo, e ele trazia à cinta, metido numa bainha de prata, um delgado punhal alexandrino.

— Tu — disse-lhe Lucano — cheiras como uma prostituta.

— Ah! — replicou Cusa, com um sorriso lascivo. — Como sabes disso?

— Não importa — falou Lucano. Indicou os jovens e ofendidos soldados com um movimento de cabeça. — Traze um jarro do nosso melhor vinho. Se temos um melhor vinho.

— Para eles? — perguntou Cusa, incrédulo.

— Para eles.

— Mas, senhor, o vinho da região é bastante bom. Não é uma das bazófias dos romanos, isso de dizerem que, cosmopolitas como são, o que cada região produz a eles parece bom?

— Eu disse — repetiu Lucano, severamente, mas com uma fagulha divertida nos olhos, que jamais havia ali aparecido desde sua mais recuada adolescência — o melhor vinho que tivermos.

Cusa considerou. Depois, olhou para Lucano com um ar de completa candura, que não enganou o rapaz.

— Senhor, tu sabes que nunca tivemos qualquer vinho melhor. Sem desrespeito para contigo, devo confessar que não tens paladar.

— Ladrão — disse Lucano. — Sempre tiveste o cuidado de manter o melhor vinho em tua mesa. Não há muito tempo vi, de relance, várias garrafas encrostadas, cobertas de teias de aranha, que trazias para bordo em teus próprios braços, ternamente, como se se tratasse de uma criança querida. Traze-me uma delas e três taças. Eu próprio estou curioso para provar aquele néctar.

Cusa empertigou-se:

— Senhor Lucano, eu trouxe aquelas garrafas compradas com meu próprio dinheiro, segundo o generoso estipêndio que me envia Diodoro Cirino.

— Muito bem — disse Lucano. — Comprarei de ti uma dessas garrafas.

Cusa fez uma reverência solene:

— Permita-me, ó Baal, que te faça presente de uma garrafa, com meus cumprimentos. — Falava sarcasticamente, depois hesitou e olhou para Lucano, com olhos imploradores: — É um crime contra os deuses permitir que esses romanos bárbaros lavem suas bocas de couro em semelhante vinho! Vamos, eu tenho um bom e forte vinho da Alexandria, mais a gosto deles.

— O melhor vinho — repetiu Lucano. — E não me enganes. Eu examinarei cuidadosamente o sinete.

— Suponho — disse Cusa — que não teria permissão para trazer uma quarta taça e ficar a uma distância humilde desses patrícios romanos e provar um pouco do meu próprio vinho?

— Podes tomar um pouco, muito pouco, do vinho que comprarei de ti — disse Lucano, gravemente.

— Eu o estou dando de presente — falou Cusa, com altivez. E desceu.

Enquanto esperava, Lucano tornou a observar a cidade. As cores violeta obrigavam-no a pestanejar. O sol brilhava fortemente sobre as águas arroxeadas e arrancava odores da madeira, do óleo e do alcatrão aquecidos do navio, bem como a fedentina dos peixes mortos e o picante do sal e do suor. Sua luz fervente dançava sobre as embarcações menores que corriam lá embaixo e suas velas pareciam arder. As armaduras dos soldados reluziam. Os escravos amontoados começaram a cantar tristemente, e os capatazes irritaram-se contra eles e fizeram estalar o chicote. Mais e mais carroções, carregados com mercadorias, rolavam pelos cais, com ruído surdo.

Cusa apareceu, com grande dignidade, trazendo uma bandeja de prata na qual havia quatro taças, uma delas de prata, incrustada com turquesas, para Lucano. Colocou a bandeja sobre um rolo de cabos que estava próximo, com um gesto que mostrava estar ele mais habituado à mesa de mármore. Os centuriões voltaram a cabeça e ficaram a olhar com interesse, e quando viram o vinho rosado lamberam furtivamente os lábios. Ficaram estupefatos quando Lucano os chamou:

— Quereis dar-me o prazer de tomar comigo este excelente vinho, que meu professor garante ser o melhor do mundo?

Os homens aproximaram-se com sorridente alacridade, perdoando-o imediatamente. Lucano, pondo Cusa de lado, com um gesto, serviu-lhe o vinho. O sol refletia-se nele e fazia-o semelhante a uma destilação de pálidos rubis. Lucano deu uma taça a cada um e serviu uma terceira para si próprio. Deixou tombar algumas gotas em libação e os outros fizeram o mesmo. Provou um pouco, e disse:

— Excelente! Excelente! Meu professor tem o paladar mais impecável em três mundos!

— E como saberias isso? — murmurou Cusa, sem se deixar aplacar. Encheu uma taça inteiramente, como um sacerdote ao altar, lenta e reverentemente. Pelo menos um dos quatro saberia apreciar aquela delícia. Conservou-se afastado do grupo composto de Lucano e dos soldados e bebericou o seu vinho. Era uma vindima maravilhosa, dos melhores anos possíveis. O sol ali estava, fogo tépido e doce. Ficava na boca, perfumado, delicioso, intoxicante. Cusa, relanceando os olhos para Lucano e para os soldados, sentia-se deprimido. Os soldados, era evidente, percebiam apenas o fato de ser o vinho capitoso, e quanto a Lucano era impossível conceber que ele sequer provasse a sua delicadeza. Estava conversando, para surpresa de Cusa, com maior animação do que jamais demonstrara diante dele, e com um interesse mais magnânimo. Afinal, pensava Cusa, que lhe aconteceu? Posso quase acreditar que ele tem carne latejante e não é feito de mármore rígido... Por Baco, foi realmente um gracejo que ele disse agora? E não um dos mais altamente delicados! Deve ter aprendido isso, inconscientemente, com aqueles estudantes velhacos. Será que realmente entende o que isso quer dizer? Ah! Ah!, foi muito bom, muito bom, e lindamente malicioso. Cusa estava muito animado. Se Lucano mantivesse aquele estado de espírito durante a viagem, esta não seria tão monótona quanto ele esperara. O professor, sentindo-se delicadamente exultante, nem sequer pestanejou quando Lucano tornou a servir o vinho aos soldados e para ele mesmo. Se ele se embriagasse, pensou Cusa, eu ficaria regozijadíssimo.

O comandante do navio aproximou-se de Lucano, mas antes que pudesse falar, Lucano exclamou:

— Meu bom Galo, vem beber conosco! Cusa, traze outra taça!

Amaldiçoando o comandante, que ele suspeitava saber farejar uma garrafa, Cusa obedeceu e trouxe outra taça. O comandante era de meia-idade, corpulento, de rosto áspero, mas inteligente. Começou a contar histórias muito indelicadas, que faziam os centuriões explodir em risos divertidos e Lucano sorrir. Azedo, Cusa disse consigo mesmo que pelo menos aquelas histórias obscenas estavam para além da compreensão de Lucano, pois um ar distraído surgira no rosto do jovem grego, indicação de que ele agora achava a conversa tediosa ou de mau gosto. Era evidente que Galo aprendera aqueles gracejos em grande número dos bordéis menos seletos, e mesmo Cusa os achou um tanto crus para seu gosto.

Expansivamente, Galo falou:

— É uma honra ter-te a bordo, Lucano. És nosso passageiro mais ilustre. Este navio, como sabes, é cargueiro, mais rápido, e não se retarda como os navios de recreio. Embora tenhamos vários portos de escala, chegaremos depressa à Itália.

— Estou ansioso por chegar a casa — disse Lucano.

— Num dos portos de escala haverá, sem dúvida, cartas para ti. — O comandante olhou de soslaio para as grandes velas brancas que começavam a desdobrar-se como asas de pássaros gigantescos contra o céu, e gritou algumas advertências aos marinheiros que subiam precipitadamente pelos mastros. Lucano serviu mais vinho, mas dessa vez não se serviu. — Temos bom vento — disse o comandante, falando agora em tom de voz normal. — E quando a maré descer, sairemos. Isso se dará em menos de uma hora.

Lucano olhou para a cidade, e por uma razão qualquer foi subitamente assaltado por uma saudade e uma sensação de tristeza poderosas. Seu coração doeu com um desejo sem nome, e ele sentiu-se solitário e perdido. Urgência quase irresistível lhe veio de deixar o navio. Esqueceu o comandante e os soldados. Lutou contra as suas emoções, às quais não podia atribuir face nem voz.

— Que foi? — Galo perguntou a um oficial inferior que subira e o estava saudando. O oficial murmurou-lhe algo ao ouvido, e o comandante relanceou depressa os olhos para Lucano e seus próprios olhos de um tom enfumaçado de ágata, embora já alegres e astutos, iluminaram-se. Seu rosto queimado de sol desmanchou-se em rugas sorridentes. Voltou-se para Lucano e deu-lhe calorosas pancadas no ombro, piscando-lhe os olhos.

"Uma liteira carregada por escravos bitínios bem-vestidos acaba de chegar ao cais, Lucano! — exclamou ele, piscando também para os centuriões. — Não sou o oráculo de Delfos, mas apostaria contigo três sestércios como se trata de uma dama nobre! Ah! Isto é ser jovem! Falei-te que os escravos declararam que a dama deseja dizer-te uma palavra antes da nossa partida?

Lucano teve um sobressalto. Olhou para o cais, e viu, realmente, que uma liteira ali esperava, as cortinas bem fechadas, e carregadas por seis robustos bitínios, cujos braços fortes mostravam largos braceletes de prata. O sangue subiu à cabeça de Lucano que começou a tremer.

— Não conheço ninguém — murmurou ele. — Tens certeza de que é uma senhora? — Olhava com insistência para a liteira fechada.

— Eu apostaria! — exclamou o comandante. Cusa, ouvindo aquela conversa, aproximou-se e também ficou a olhar a liteira, distante, apertando os olhos para ver melhor. Uma mulher? Era impossível, no caso desta Virgem Vestal do sexo masculino. Cusa sacudiu a cabeça em dúvida. Mas Lucano desceu vagarosamente a rampa, a cabeça brilhando ao sol, e os alegres soldados, bem como o comandante e Cusa, debruçaram-se sobre a amurada do navio e deram à liteira toda a sua atenção.

Quando Lucano chegou ao lado da liteira, disse:
— Quem deseja falar comigo?

As cortinas afastaram-se e Lucano viu o rosto pálido e desgostoso de Sara bas Eleazar, que se levantava para ele. Estava vestida inteiramente de preto, e o médico reparou que tinha as roupas rasgadas aqui e ali conforme o costume judaico de usar luto, e que seus lindos olhos cor de violeta estavam enegrecidos pela dor.

— Sara — disse Lucano, sentindo que seu coração crescia no peito.

Ela estendeu-lhe a mão pequena e branca que ele tomou.

— Eu não devia ter vindo, Lucano — murmurou ela —, pois ainda choro a morte de meu pai.

Seu cabelo preto mostrava sinais das cinzas.[1] Tentou sorrir, mas apenas soluçou, sem lágrimas.

A mão dela estava fria entre as de Lucano. Tudo, em torno dos jovens, era ruído e movimento, naquele cais, com os escravos correndo, os gritos, os chamados, mas ele nada via além daquela moça tão jovenzinha, e pensava: Certamente ela se parece com Rúbria!

— Sara — disse ele de novo, e agora seu desejo e sua urgência tinham um rosto e uma voz.

— José ben Gamliel disse-me que partias hoje — falou ela, a voz ligeiramente rouca, porque estivera chorando. — Tinha que vir ver-te, embora seja errado e escandaloso o que fiz, para agradecer-te, querido Lucano, pelo alívio que levaste a meu pai e pela promessa que lhe fizeste.

— Foi uma promessa feita com a certeza de que provavelmente será impossível cumpri-la — disse Lucano, abstraidamente. Pensava que a manhã de primavera estava ali, nos olhos da jovem; uma fragrância, como de incenso feito de resina aromática, evolava-se das vestes dela. Mesmo em seu desgosto era mais bela do que qualquer mulher que ele já vira; a fronte mais pura e mais branca, o corpo virginal mais doce e mais suave. O sol brilhava-lhe no rosto, através das cortinas afastadas, e suas faces mostravam os vestígios das lágrimas.

— Encontrarás meu irmão, Lucano — disse, com sua voz dulçorosa. — E eu estarei à espera, em Alexandria ou em Jerusalém. Ou — acres-

---

[1] Uma das demonstrações de desgosto entre os judeus era cobrir a cabeça com cinzas.

centou, em tom mais baixo e mais trêmulo — em qualquer lugar. Poderás sempre encontrar-me, Lucano.

Ficaram então silenciosos, olhando um para o outro. O rosto dele estava tão pálido quanto o dela. Depois, ele disse:

— Sara... Aonde eu vou, ninguém pode ir, nem irmão, nem irmã, nem mãe... Nem esposa. Há muita coisa que eu preciso fazer, e não terei lar nem paradeiro. Não há lugar na minha vida para o amor pessoal, pois o amor, para mim, significa perda.

Subitamente, lembrou-se de Asah, no pátio, das palavras dela ao marido, e sacudiu a cabeça em desesperada negativa. Mas não largou a mão de Sara.

Ela disse:

— Eu sempre poderei encontrar-te, Lucano — e seus olhos encheram-se de saudade. De novo ele sacudiu a cabeça. Mas levou a mão da jovem aos lábios e beijou-a, voltando-se depois, bruscamente, e tornando a subir a rampa. Mesmo quando ela exclamou: "Adeus! Que Deus te acompanhe!", ele não olhou para trás.

Lucano não usou o toldo roxo reservado para ele na coberta e, assim, quem o aproveitou foi Cusa, que se esparramou sobre as almofadas como um rei, em meditação. Por que, perguntava-se ele, aquele incompreensível louco do Lucano mantinha-se lá embaixo, durante todos aqueles belos dias de outono, subindo para a parte de cima do navio apenas ao crepúsculo? Ficava sentado lá embaixo com seus livros, mas, ao crepúsculo, vinha para a coberta balouçante, deixando claro que não queria conversa. Debruçava-se na amurada e ficava a olhar para o intenso céu do poente e para o mar chicoteado pelo fogo escuro, inconsciente da presença dos marinheiros, dos centuriões, do comandante e dos poucos outros passageiros. Seu rosto mostrava uma expressão imóvel e fechada, de pedra, e seus olhos causavam medo. Perdera-se em algum sonho torturante, do qual ninguém conseguia arrebatá-lo.

Àquela hora, a voz do mar, quieta e marulhenta durante todo o dia, começava justamente o seu clamor. A esteira branca e as velas brancas que se curvavam contra o céu tomavam sombras de sangue vindas do poente aceso, tão silencioso e ainda assim tão ameaçador. Uma vez o céu explodiu em curta, mas turbulenta tempestade, nuvens negras com cristas brilhantes de relâmpagos correndo perto dos altos e balouçantes mastros, o trovão ecoando com voz gigantesca através dos vagalhões assustadores e semelhantes a montanhas. Lucano, entretanto, parecia inconsciente daquilo e debruçava-se pesadamente contra a amurada, sem sentir o encharcamento da chuva quente e abafada. Olhava essa direção de leste, como se tentasse atravessar com os olhos as milhas que se estendiam. Sentia-se doente, com seu imenso vazio e com seu anelo. Acima e abaixo do trovão e da ventania tumultuosa ele ouvia a voz de Sara.

O navio se deteve em vários portos, brilhantemente coloridos durante o dia, mas Lucano não subiu para vê-los. Era como se a vida se tivesse de novo tornado para ele uma coisa que magoava terrivelmente, como se todas as suas feridas tivessem começado a reabrir com novas infecções. Suas lutas consigo mesmo tinham alcançado um estado insuportável. "Não posso amar de novo!", gritava ele, para si próprio. "Amor é corrente e cadeia; amor é morte. Amor é ficar preso à lareira, e o fogo da lareira destrói a paz de um homem."

A Grécia não o seduziu; ficou sentado lá embaixo, em seu quartinho quente, os olhos vazios, as mãos cruzadas entre os joelhos.

— Pelo menos podias dar uma olhadela à pátria de tua gente... — insistia Cusa, com um misto de impaciência e preocupação. Mas Lucano apenas sacudia a cabeça. — Se me dissesses o que te despedaça a alma... — começou Cusa. E Lucano apenas tornou a sacudir a cabeça. — Não comes — falou Cusa. — Trouxe meu vinho, meu próprio e precioso vinho, e tu mal o provas.

Lucano continuava silencioso.

Um dia, o mar e o ar estavam tão calmos que as velas tombaram encolhidas e o sol fez-se uma fúria. O navio seguia mais lentamente, pois o único meio de propulsão era, agora, o fornecido pelos escravos das galés. Ao crepúsculo, o navio era como mariposa erradia sobre a flor lisa e cor de heliotrópio do oceano, e a esteira silvava com um som mal audível. Então, Lucano, na coberta, ouviu o profundo e doloroso cântico dos escravos, e aquilo lhe pareceu um prolongamento de sua própria dor. Eles têm de cantar assim todo o tempo..., pensou. Não ouvi isso antes! Estive pensando, egoisticamente, apenas em meu próprio sofrimento. Ao pensar nisso voltou-se e viu alguns homens subindo a escada que vinha da coberta inferior, carregando, penosamente, um homem negro e nu. Colocaram o corpo sobre a balaustrada e daí o atiraram ao mar, onde ele mergulhou com um ruído leve de água esparramada.

Os escravos ficaram a vê-lo desaparecer, depois levantaram até os lábios os amuletos que traziam pendurados ao pescoço, beijaram-nos, e trataram de descer rapidamente. A morte vem para os navios como para as cidades, pensou Lucano. Lembrando-se de que tinha ouvido vagamente aquele agoureiro som de um corpo atirado ao mar, em outros crepúsculos, franziu as sobrancelhas. Então foi procurar o comandante, que estava sentado em seu próprio aposento, lá embaixo, com alguns oficiais subalternos. O homem levantou os olhos para Lucano, ao vê-lo entrar, e o jovem percebeu que seu rosto largo estava ansioso e colérico. Mas ergueu-se, sorridente, dizendo, com ar cordial:

— Pensei que te havia ofendido, Lucano. Não me dirigiste a palavra desde que saímos de Alexandria. Queres jantar comigo?

— Obrigado. Já jantei, Galo. — Lucano hesitava, perscrutando o rosto do homem: — Acabo de ver atirarem um corpo ao mar. Estou errado ao acreditar que isso se tem repetido muitas vezes nestes últimos dias?

O comandante nada disse. Relanceou sombria e furtivamente os olhos para seus oficiais, depois sorriu mais amplamente:

— Ah! Sempre há algumas mortes numa viagem longa como essa — disse ele. — Trazei vinho — falou, imperioso para o oficial. — Não é um vinho excelente como o seu, Lucano — acrescentou, dirigindo-se ao jovem grego —, mas espero que sirva.

Ele curvou-se ante Lucano e ofereceu-lhe o amplo assento próximo à vigia. A sala do comandante estava quente a abafada; tinha as paredes cobertas de mapas e, sobre uma mesa de madeira, encontravam-se o sextante e um diagrama das estrelas. Lucano sentou-se, percebendo um curioso aroma seco naquele ar viciado, e subitamente percebeu que se tratava de especiarias, incenso e ervas medicinais que ardiam numa lamparina pequena sobre a mesa. Uma lanterna balançava, pendurada no forro e lançando fumaça.

Um oficial trouxe uma jarra de vinho e algumas taças, e Lucano, com o comandante e os oficiais, bebeu lentamente. Por um motivo qualquer, estabeleceu-se na cabina um silêncio tenso e estranho, e a alma de médico de Lucano começou a latejar. Estudou o rosto de Galo e dos outros, e esses rostos estavam definitivamente fechados e secretos. O navio mal balançava, e parecia mover-se em óleo espesso. O cântico dos escravos estava mais próximo e mais agudo.

Então Lucano disse calmamente:

— Conta-me, Galo.

O comandante olhou para ele, como em alegre surpresa:

— E que devo contar-te, Lucano?

— Esqueceste, Galo, de que sou médico. — Este fixou nele os olhos com firmeza, por alguns instantes. Olhou então, significativamente, para a lamparina fumegante, mas não perdeu a rápida troca de olhares entre o comandante e seus oficiais.

— Ah! És médico, sim — disse Galo, animadamente. — E eu não o esqueci. — Fez um movimento de cabeça para os oficiais, que deixaram a cabina. Mas quando acabaram de sair, Galo não mostrou pressa em falar. Ficou a olhar para seu copo, tornou a enchê-lo, fechou os olhos, fingiu estar absorvido no *bouquet* do vinho, e em seu gosto, que era inferior.

Depois, disse:

— Estou contente por te teres mantido à parte, Lucano, e por não te haveres misturado aos outros passageiros. Afinal, és nossa carga mais importante.

— Parece-me, Galo, que nada notei nos outros passageiros, embora confesse que não lhes procurei a companhia.

— Eles se mantiveram aqui embaixo por sugestão minha. — Galo pousou o copo e virou-se para o gráfico que estava sobre a mesa.

— Peste? — indagou Lucano, baixinho.

Foi como se ele não tivesse falado, durante uns dois minutos. Então, Galo empurrou para o lado o seu gráfico e descansou o rosto na palma da mão.

— Deves ter percebido que passamos sem parar por vários portos de escala — disse ele. Então, deu uma palmada sobre a mesa e já não sorria: — Eu devia ter dito antes para tua própria proteção, mas tu não estavas entre os outros. Sim, é a peste. Estamos agora levantando a bandeira amarela, que provavelmente viste. Os portos não nos deixarão entrar, quando virem essa bandeira. Mas houve apenas alguns casos e, ainda assim, entre os escravos das galés. — Suspirou: — Este maldito Oriente! Todos os transtornos de Roma vêm de lá. Quando chegarmos à nossa terra não nos permitirão descer, até que estejamos livres da peste, pelo menos durante uma semana. É a lei.

— Sou médico — repetiu Lucano.

— Temos médico no navio — disse Galo, contrariado. — És um passageiro. Não estás a meu serviço. És o filho de Diodoro Cirino. Que me aconteceria se te expusesses ao perigo, ou se apanhasses a peste e morresses? — Seus olhos castanhos faiscavam de ressentimento. — Já te disse: apenas os escravos estão atacados, e nós os conservamos fechados na coberta inferior. Na noite passada não tivemos mortes. Foi uma pena que visses o sepultamento no mar, esta noite. Lucano, eles não passam de escravos, cães e criminosos — acrescentou, com sensatez.

Lucano pensou nos desgraçados de rostos anônimos, no porão, encadeados uns aos outros, inchando, doentes, morrendo. E disse, bruscamente:

— Chama teu médico.

O médico era um homem de meia-idade, de ar cansado, um gaulês com olhos percucientes e escuros, ele próprio um escravo.

— Este é Príamo, o meu próprio médico — disse Galo.

Príamo olhou para Lucano e inclinou-se.

— Há peste a bordo? — perguntou Lucano.

— Apenas entre os escravos das galés — disse Galo, com impaciência. — Mas agora sabes, Lucano... e eu temia que soubesses... e mandarei colocar em tua cabina uma destas lamparinas de fumigação. Teu Cusa já sabe, e mantém-se fechado, com a mulher e o filho, em sua própria cabina, a não ser quando te serve. Dei-lhe ordem, como comandante e absoluta autoridade neste navio, de que não espalhasse a notícia da peste a bordo, a fim de te poupar inquietação.

— Os escravos são homens — disse Lucano, a voz dura.

Galo olhou para ele, estupefato. O rosto de Príamo tornou-se estranho e também ele fixou os olhos em Lucano.

— Que é um escravo? — Galo estava horrorizado. Não podia acreditar no que ouvia. Sabia que Lucano era estranho e não se parecia aos outros jovens, mas aquilo ficava para além do que se poderia acreditar. — Lucano, essas criaturas são traidores, assassinos, ladrões, condenados perpétuos às galés.

— Ainda assim, são homens — disse Lucano. O rosto claro trazia manchas de um furioso vermelho sobre os malares e os olhos azuis revoltavam-se sob as sobrancelhas louras. Galo convenceu-se de que o rapaz era louco. Um escravo das galés era um homem! Galo sentia-se alarmado. E disse, com solicitude:

— Tua aparência não é boa, Lucano. O clima de Alexandria é penoso, eu sei. Se permitires que Príamo te receite um ligeiro sedativo para que...

— Tu não me compreendes — disse Lucano, tentando manter a voz num tom tranquilo. — Para mim, médico, um escravo é um homem, um ser humano, que pode sofrer tão violentamente quanto César. Criminosos, traidores, assassinos também são homens. Não estão à parte de nós em sua humanidade.

Os olhos de Galo apertaram-se. Mandaria pôr uma droga no vinho de Lucano. Deuses, pensou ele, não sou responsável por esse desvairamento! Mas que direi às autoridades quando chegarmos à pátria? Que o filho adotivo de Diodoro Cirino foi trancafiado como louco? Só aquele pensamento fê-lo estremecer. E disse, num tom fraternal, tentando acalmar Lucano:

— Sim, sim, certamente. Príamo te levará aos teus aposentos. Ficará contigo durante algum tempo, Lucano. Ele se diplomou em Tarso, e sem dúvida tereis muitos conhecimentos médicos a discutir juntos.

Fez um movimento para se erguer de sua cadeira, mas Lucano curvou-se para ele e disse, num tom contido:

— Tu ainda não entendeste. És um romano, e pensas e sentes como um romano, Galo. Um escravo, para ti, é menos do que um chacal. Para mim, ele é um irmão.

Galo estava desesperado. Tinha muitos transtornos e ainda mais um louco em seu precioso navio! Relanceou os olhos para Príamo, que fixava Lucano como que hipnotizado, uma lágrima a um canto da pálpebra. Galo ficou olhando para seu médico. Estaria bêbado aquele patife? E disse, encorelizado:

— Príamo, conduz o nobre Lucano aos seus aposentos e prepara-lhe imediatamente um sedativo, pois ele está doente, é óbvio.

Lucano, porém, voltou-se para Príamo e disse:

— Meus professores hindus ensinaram-me que os ratos e suas pulgas é que espalham essa doença. Ouvistes falar nisso?

Príamo não conseguiu falar. Sacudiu a cabeça, confuso.

— É verdade — disse Lucano, como um médico a outro. Apontou para as pernas finas e escuras de Príamo. — Deverias usar envoltórios de linho para protegê-las das pulgas, quando vais tratar dos escravos.

Galo perdeu o controle, e berrou:

— Pensas que eu permitiria que o meu médico, pelo qual paguei mil sestércios de ouro... mil sestércios de ouro!... vá até as galés? Ele está aqui para proteger meus passageiros e não os escravos, e nenhum dos passageiros foi atingido. No momento em que ele me comunicou que a peste havia surgido entre os escravos das galés eu o proibi de se aproximar da porta fechada com cadeado. Sou o comandante! Minhas ordens são vida e morte neste navio, e não peço perdão nem mesmo a ti, Lucano, quando te faço lembrar isso!

Lucano respondeu, calmamente:

— Sugiro que todos os ratos deste navio sejam encontrados e exterminados imediatamente; que todos os aposentos sejam fumigados contra as pulgas; que cada polegada de madeira deste navio seja lavada com lixívia.

Galo havia recuperado o controle. Lucano falava razoavelmente, mas os loucos também têm seus momentos de sensatez. E ele disse:

— Darei essas ordens imediatamente. E agora...

Lucano levantou-se:

— E agora irei até as galés e verei o que posso fazer, depois de ter envolvido minhas pernas e braços contra as pulgas.

Galo ergueu-se. E disse, num tom implacável:

— Devo fazer-te lembrar, de novo, que sou aqui o comandante, e que mesmo César, se fosse meu passageiro, teria de obedecer às leis marítimas. Enquanto estivermos neste navio, meu navio, sou a autoridade suprema. Voltarás para teus aposentos, Lucano, e meu médico irá contigo para acalmar-te.

— Não — disse Lucano. — A não ser que me arrastes até lá. Sou médico e também tenho meus deveres e minhas leis.

Ele terá que ser confinado com firmeza, pensou o desventurado comandante. A qualquer momento pode tornar-se perigoso, e só os deuses sabem o que acontecerá. Como é possível que mesmo um louco chegue a tão alto grau de loucura? "Irei até as galés..." Galo hesitava. Chamaria seus oficiais e mandaria prender correntes leves às pernas e pulsos de Lucano. Diante dele surgia a desanimadora expectativa de entregar o filho adotivo de Diodoro Cirino, o descendente dos quirites, o antigo procônsul da Síria, acorrentado como um criminoso, no porto de chegada. As cóleras e indignações de Diodoro eram famosas. O próprio comandante teria que responder por aquela séria ofensa contra a pessoa de Lucano, apesar de o jovem estar evidentemente louco. Galo raciocinava. O dilema era horrível. Mas ainda tinha a lei a seu favor, e era para proteger Lucano que devia agir.

— Não tens piedade, Galo? — perguntou Lucano, desanimado. — Sei que um escravo, e particularmente um escravo das galés, é menos do que um animal para ti. Os escravos das galés podem ser assassinados com impunidade. Mas considera. Deixa teu coração ouvir e comover-se por um momento. Os escravos sangram como tu sangras, morrem como tu morres. E aonde teu espírito vai, também vão as almas deles. Estás preocupado com a minha própria saúde e segurança? Sim. Se eu adoecesse, ou morresse, então terias medo de Diodoro, meu pai adotivo. Compreendo. — Sua voz suavizou-se: — Basta que deixes sem cadeado a porta das galés. Tenho meus remédios e juro-te que me protegerei e que te absolverei de qualquer censura em relação a mim. Ninguém precisa saber, a não ser nós, que estou tratando dos escravos. Irei e voltarei, sem ser visto senão por eles.

— Estou cansado, Lucano — disse o comandante. — Vai para teus aposentos imediatamente, ou eu terei... eu terei... de levar-te à força para lá.

— A não ser que eu detenha essa doença, Galo, ela se espalhará entre os passageiros. Podemos ir à deriva para um porto, o navio cheio apenas de mortos.

Galo voltou-se, afastando-se dele.

— Vai para os teus aposentos — repetiu. — Nesse meio-tempo darei ordens para que façam o que sugeriste.

22

— Preciso entrar naquelas galés — disse Lucano, depois de chamar Cusa à meia-noite. Durante horas ouvira o rumor provocado pelos escravos e marinheiros, na caça e destruição de ratos, e na limpeza inteira do navio, feita com lixívia.

Cusa disse:

— Estás louco, naturalmente. Vou aquecer um pouco de vinho para ti, e nele colocarei especiarias.

Lucano contemplou-o demoradamente.

— És um homem esperto, Cusa. Quanto tempo levarias para forçar o cadeado da porta que dá para as galés?

Cusa recusou-se a levá-lo a sério, ou antes, recusou-se a mostrar que o tomava a sério.

— Forçar um cadeado, Lucano? Eu? — E riu-se, divertido. Depois, bocejou amplamente: — Por que me acordaste a esta hora? Foi para trocar gracejos?

— Seu grego velhaco — disse Lucano. — És um especialista, sem dúvida alguma, nisso de forçar cadeados. Não havia cofre, ou arca, ou armário, que estivesse seguro contra a tua curiosidade, em Antioquia. Dizes que Calíope é uma mexeriqueira, mas tu és o pior de todos os mexeriqueiros. Eu costumava observar-te com admiração, confesso, a uma certa distância, quando era criança. Lembro-me bem de teus talentos. Não precisas mostrar-te tão ofendido. — Prestou atenção por uns momentos. Os guinchos dos ratos perseguidos terminaram, e o navio estalava e gemia, balançando-se languidamente. Apenas os apelos do vigia podiam ser ouvidos, aqui e ali.

Lucano começou a meditar em voz alta.

— O navio dorme, a não ser pelos escravos das galés e pelo vigia e oficiais de convés. Segundo minhas observações no passado, Cusa, acho que poucos momentos serão suficientes para que abras aquela porta no interior do navio, e me permitas entrar ali com meus remédios.

Agora, Cusa estava grandemente alarmado.

— Senhor! Imagina se tu próprio te contagiares! Ah! Sim! Já pensaste nisto? Devo entregar a Diodoro um cadáver? Teu rosto parece de ferro. Consideremos os aspectos mais práticos da situação. Galo recusou-se a deixar que entrasses nas galés, eu me desculpo diante dele por o haver considerado pessoa grosseira, para a qual o oferecimento de um bom vinho é uma blasfêmia. Ele tem o comando supremo neste navio. Se o vigia me descobrisse às voltas com o cadeado, o comandante me poria a ferros, e isso seria apenas o que eu mereceria. Tu e ele, então, manteríeis um silêncio de gelo, enquanto eu teria que me conformar, esperando pelo dia em que chegássemos, e então eu fosse arrastado para a prisão. Sim, sim — e ele erguia a mão delicada —, compreendo que te arrogarias a culpa. Galo, porém, não iria colocar Lucano, o filho de Diodoro, a ferros. Poderia confinar-te em teus aposentos, o que ele devia ter feito desde o momento em que começamos a viagem. Tenho mulher e filha; a expectativa de prisão por violação das leis marítimas não me seduz. Pensa na minha esposa e na minha filha, Lucano.

O jovem tornou-se impaciente:

— Pensei em tudo — disse. — Irei contigo até a porta, e se formos apanhados direi ao comandante que te obriguei sob as mais ferozes ameaças, e então podes pedir ao homem que te proteja contra a minha loucura. Se os ferros ainda forem o resultado, Diodoro te libertará num abrir e fechar de olhos.

— Duvido! — exclamou Cusa. — Sabeis bem como ele respeita a lei!

O rosto de Lucano iluminou-se, e ele estalou os dedos:

— Traze Cipião, o mais jovem dos centuriões!

— A esta hora?

— A esta hora. Depressa, Cusa. Teus argumentos aborrecem-me.

Sacudindo a cabeça melancolicamente, Cusa deixou a cabina fumacenta e depressa voltava com Cipião que, embora de rosto avermelhado pelo sono e com os olhos inchados e remelosos, tinha envergado primeiro sua armadura, elmo e espada, como convém a um soldado. Levantou o braço direito em saudação a Lucano, que retribuiu o cumprimento.

— Senta-te a meu lado, meu excelente Cipião — disse ele. — Quero conversar contigo.

Cusa ficou junto da porta, ouvindo, coçando-se sob a túnica de noite e cheio de ansiedade.

— Cipião — disse Lucano —, como soldado não tens os marinheiros em alto conceito, não é mesmo?

— Senhor, como soldado, eu os desprezo. Servem apenas para manobrar navios de guerra, colocando-os em boas posições para que os soldados possam atacar.

Os olhos negros de Cipião começaram a brilhar com interesse, mas, militar que era, não perguntou por que Lucano o mandara chamar à meia-noite. Lucano, para ele, era um procurador daquele militar poderoso, Diodoro, cujo nome todos os soldados reverenciavam.

— Marinheiros são tão arrogantes — disse Lucano, suspirando. — Sabes que Galo esta noite ameaçou-me fechar-me em meus aposentos, só porque eu demonstrei opinião diferente da dele? Gritou comigo e disse que ele era um rei neste navio.

Cipião sentiu-se ultrajado.

— Ele falou assim contigo, senhor, contigo, o filho de Diodoro Cirino? — Não podia acreditar em coisa tão monstruosa.

Lucano tornou a suspirar:

— Fez isso. E na presença de seu escravo.

— Na presença de seu escravo! — O rosto jovem de Cipião escureceu, e ele levou a mão ao punho da espada, fazendo um movimento como que para se levantar.

— Vamos — gemeu Cusa, atirando as mãos para a frente —, quem é agora o grego velhaco?

Lucano ignorou.

— Sou médico, Cipião, e seguramente um médico é mais inteligente do que um simples comandante de navio cargueiro e, sem dúvida alguma, vale muito mais. Há peste a bordo.

Ouvindo isso, Cipião empalideceu, e sentou-se de novo, lentamente.

— A não ser que eu examine as galés, o navio inteiro ficará contaminado e talvez nós pereçamos. Já viste casos de peste, Cipião? Ah! É uma coisa das mais horrorosas. As glândulas distendem-se, ficam cheias de pus, os corpos apodrecem, vomita-se sangue e a tosse é sangue. A pessoa, em delírio, se arrisca às mais perigosas situações. É isso que nos espera a todos.

Morte. Há poucas possibilidades de sobrevivência, quando se contrai a peste. Mas aquele comandante de cabeça de marionete se recusa a permitir que eu trate e detenha a doença! Não é uma coisa incompreensível?

O soldado jovem e simples estava incrédulo.

— Mas que se pode esperar de um miserável marinheiro, senhor? — Ele ia se excitando.

— Posso falar? — perguntou Cusa.

— Não podes — respondeu Lucano, rapidamente, enquanto Cipião dirigia a Cusa um olhar ameaçador.

— Naturalmente, como médico e homem de nobreza e família, desejas ignorar as ordens desse comandante de cabeça de suíno — disse Cipião, fervendo de cólera.

— Cipião, és um jovem de compreensão das mais agudas — disse Lucano, com admiração.

— Hum! — grunhiu Cusa. — Fui acusado de ter uma natureza serpentina mas aqui está um que envergonha as próprias serpentes de Ísis.

Lucano continuou a ignorá-lo. Cipião, com voz que tremia de cólera, disse:

— Como se atreve ele a ter a presunção de dar ordens ao filho de Diodoro Cirino?

Lucano sacudiu tristemente a cabeça:

— Gritou-me a sua autoridade, bateu com o punho na mesa. Ameaçou-me com... como é que dizes mesmo, Cusa?... com os ferros.

Cipião se pôs em pé de um salto:

— Alguém pagará por isso! — exclamou.

— E tudo quanto eu desejava era proteger-nos a todos contra a peste. Estamos com a bandeira amarela arvorada, Cipião. Podemos não obter permissão para descer na Itália. Podemos mesmo ser mandados de volta para Alexandria ou ficarmos flutuando no mar até que morramos todos. Sabes como os médicos de Roma são rigorosos. Há quanto tempo não vês tua namorada, Cipião, e teus pais, e Roma, onde os romanos são romanos e não guardiães de um mundo ingrato?

Os olhos de Cipião encheram-se de lágrimas. Naquele momento, ele teria matado Galo num relance.

Cusa, boquiaberto, fitava Lucano em atônita admiração. O corajoso néscio era tão sutil quanto um oriental!

— Preciso de tua ajuda, Cipião. Poderá haver uma sentinela junto da porta das galés, fechada a cadeado. Ou a sentinela de vigia pode fazer suas rondas antes que o meu maravilhoso Cusa force o cadeado.

Forçar cadeados era coisa censurável e por um momento no rosto de Cipião transpareceu certa dúvida. Depois, clareou. Que significava para um grego isso de forçar um cadeado?

— Assim — disse Lucano, com um gesto da mão —, tudo quanto precisas fazer, Cipião, é dizer que não tens sono ou que te ordenei que me guardasses esta noite, porque sou homem muito nervoso e sujeito a pesadelos. Assim, perambularás com ares desconfiados, pelo navio. Irás até a porta das galés e descobrirás para mim se tal porta está guardada. Depois, distrairás a sentinela enquanto Cusa força o cadeado. Preciso apenas de uma ou duas horas. Cusa te dirá quando sairmos das galés. Ele é um homem medroso, naturalmente, e não se aventurará a entrar lá.

— Ser pusilânime nada tem a ver com isso! — exclamou Cusa. — Trata-se de respeitar a lei!

Lucano olhou-o, ainda com mais tristonho ressentimento.

— Cusa, esqueceste o que significa ser um soldado de Roma, que é executora da suprema lei.

— Nós somos a lei — disse Cipião, lançando a Cusa um olhar furibundo e imobilizante. — Pensas que as ordens de um marinheiro são mais importantes do que nós?

Cusa, porém, apenas olhava com piedade para ele, pois o via como vítima de um plano que ele considerava não só perigoso como abominável.

— Ordeno-te que guardes silêncio, Cusa! — disse Lucano.

— Silêncio! — disse Cipião. — Ouviste o que teu senhor falou.

— Hum... sim... Mas ele não te disse...

Lucano interveio:

— Agora tudo está muito silencioso, Cipião. Recebe meus agradecimentos e vai. Não desejamos chegar bem e depressa à nossa pátria?

— E a ferros — disse Cusa, desesperado.

— Vai também, Cusa, e traze aquela tua pequena bolsa de couro preto, com aquelas excelentes ferramentas para forçar cadeados, que provavelmente compraste de algum ladrão — disse Lucano, sorrindo. — E trata, Cusa, de não fazer qualquer tentativa para choramingar teus acovardados receios aos ouvidos de um soldado de Roma, quando estiveres longe de meus olhos.

— Senhor — disse o jovem centurião, altivamente —, um romano é surdo para a conversação de um liberto.

Cusa voltou sozinho, com sua bolsa preta. Lucano estava ocupado em examinar o conteúdo de seu estojo médico.

— Naturalmente — disse Cusa, com amargura — mandarás algum vinho fino para Cipião, a fim de consolá-lo, quando o comandante o puser a ferros. E esquecerás de mandar-me do mesmo vinho.

— Tu te preocupas demais — falou Lucano. Estava alerta e enérgico, como que renascido. Suas faces mostravam-se rosadas e seus olhos faiscavam de satisfação.

— Nunca pensei que meu aluno chegasse à degradação das mentiras — falou Cusa.

Lucano verificava seus bisturis.

— Jamais cheguei a dizer uma só mentira — falou.

— Não, não, evidentemente não. Tu és um sofista. Tresandas virtudes. Isso faz de ti também um estoico.[1] És um homem de muitos recursos, Lucano, e confesso que havia subestimado o veio de vilania que há em ti. E assim, como teu professor, confesso que estava cheio de ilusões, o que foi uma grande tolice de minha parte.

— Grande tolice — concordou Lucano, com um sorriso juvenil.

Cipião voltou, irradiando satisfação.

— A porta das galés não está guardada, senhor. Evidentemente, não o consideram necessário. Quanto à sentinela, descobri que se trata de agradável pessoa de meu conhecimento, da qual fui instrutor em assuntos militares. Penso — acrescentou Cipião, com o entusiasmo de um conspirador — que um pequeno jarro de vinho, bebido em minha companhia no convés superior, aguçará seu interesse pelas campanhas militares.

— Um jarro de vinho — disse Lucano a Cusa, que, gemendo como que atacado de fortes dores, foi buscar o que lhe pediam. Cipião desco-

---

[1] Adeptos da doutrina filosófica de Zenão, cujo ideal é obedecer à razão, com indiferença pelas circunstâncias exteriores, como sofrimento, fortuna, saúde etc.

briu, com alegria, que o jarro estava cheio, e lá se foi para o seu trabalho de distrair a sentinela mantendo-a quieta.

— O comandante mandará enforcar a sentinela lá no mastro, da ponta da verga, ou da maldita coisa que seja — disse Cusa. — Isso, naturalmente, não te preocupará. Esqueceste o oficial de serviço no convés superior.

— Cipião é um jovem e inteligente oficial — disse Lucano, pondo o comentário de parte. — Ele, como tu, ama a tagarelice, e conhece todos os oficiais de bordo. Assim, conversarão alegremente entre eles. Como se deve sentir solitário o que está de serviço com o mar tão calmo! Vamos. Dentro de três horas amanhecerá. Ah! Espera um momento. Preciso de dois baldes para água. Não te arrastes como um velho, Cusa. Não estás para ser executado.

— Isso eu duvido — disse Cusa.

Apanharam a lanterna da cabina e levaram-na para o estreito corredor externo. Lucano tinha pena, tanto pelo medo de Cusa quanto pela crença do professor na autoridade absoluta, e pela sua aceitação indiscutível de tal autoridade. Embora o comandante tivesse direito de vida e morte sobre as pessoas que estavam no navio, por amor dessas mesmas pessoas em face de elementos caprichosos e imprevisíveis, quando o perigo estava sempre presente havia, ainda mais importante, uma lei moral que um homem não tinha o direito de ignorar. O comandante tinha suas leis, mas que se tornavam opressões, em lugar de leis, quando ele negava àqueles pobres escravos qualquer socorro, alívio ou direito à vida.

Lucano recordou histórias autênticas de navios como aquele, quando escravos das galés tornavam-se doentes, com distúrbios violentos e fatais e ficavam trancados lá embaixo, sem auxílio. Os passageiros e outros escravos que se não haviam contagiado tinham permissão para desembarque, depois de examinados pelos funcionários da saúde pública, e então o navio era rebocado para o mar, com sua carga de prisioneiros, moribundos escravos de galés, irremediavelmente atingidos. E incendiavam a embarcação. Lucano fremiu, recordando aquilo. Aquele era o destino que esperava os pobres desgraçados do porão.

O jovem grego cobrira as pernas e braços com apertadas tiras de linho, bem como as mãos. Envolvera-se em seu manto, com o capuz cobrindo a cabeça. Cusa levantava bem alto a lanterna fumegante. As passagens estreitas, de madeira, estavam absolutamente silenciosas e escuras, e os dois homens deslizaram por elas, para baixo. Cipião fizera bem o seu trabalho; não encontraram sentinela. Deslizando pelas portas fechadas, retendo o fôlego e caminhando tão levemente quanto possível, podiam ouvir o longínquo e rítmico movimentar-se dos remos nas profundezas do navio, o estalido e os gemidos na madeira, o ressonar distante de homens. Todo o navio recendia a lixívia e alcatrão e a diversas fedentinas de cargas, gente, óleo, e do calor e sal dos últimos dias. O piso dos corredores, enquanto eles se moviam como fantasmas descendo as escadas para os fundos da embarcação, estava quase tão imóvel quanto a terra. O navio deslizava sobre a face do oceano com um movimento apenas perceptível.

Mais e mais desceram eles, e a vigorosa fedentina ia se fazendo quase insuportável. Agora, outro cheiro se acrescentara: o da morte e da doença. O forro do último corredor tornara-se tão baixo que Lucano era obrigado a curvar sua cabeça. Viu que água estagnada se ia infiltrando ali em pequenos fios negros, infinitamente nauseantes para as narinas. Num esforço para deter a infecção que se espalhava, ervas, especiarias e substâncias insalubres foram queimadas ali, aumentando a fumaceira, o calor sufocante e a poluição do ar. A lanterna atirava sombras atrás dos dois homens que deslizavam sobre o piso imundo, pelas paredes de madeira podre, com forro que deixava vazar líquidos.

Lucano teve consciência de um som como que de um sopro contínuo de vento, selvagem e ainda assim abafado, sonoro e melancólico. Era a voz dos escravos das galés, a voz sem amparo, menos do que humana e, entretanto, repleta da agonia de toda a humanidade. Cusa parou, assustado.

— São apenas os escravos — murmurou Lucano, confortando-o. Mas Cusa tremia. Lucano empurrou-o com delicadeza e a lanterna vacilava na mão do outro, que cochichou:

— Como poderemos evitar que o comandante venha a saber disto? Ali há muitos escravos e um capataz. Isto transpirará.

— Provavelmente — respondeu Lucano. — Mas um fato consumado é um fato consumado, e somente eu serei visto. Contudo, se tiver sucesso, e sinto que o terei, o comandante será o primeiro homem a ser cumprimentado pelas autoridades e podes estar certo de que não mencionará a parte que terei tomado nisto.

O corredor era tão estreito que eles tinham de andar um atrás do outro. Era, também, bastante curto. No fim, uma espessa porta de madeira, com ferrolho e cadeado. Lucano fez sinal a Cusa, que deslizou em direção a ela, abrindo sua bolsa de ferramentas.

— Não te ajoelhes — sussurrou-lhe Lucano. — Há infecção na água.

Cusa curvou-se para o cadeado e começou a trabalhar nele, suas mãos ágeis e úmidas tremendo, o suor correndo-lhe por sobre os olhos. Lucano mantinha a lanterna junto dele, e observava-lhe o trabalho por sobre os ombros. As lamentações dos escravos, atrás da porta, pareciam parte do próprio ar, e as paredes e forro vibravam com elas. Outros escravos estavam confinados no corredor vizinho, pois tinham o dever de levar comida aos escravos das galés, bem como água, e substituir aqueles que morriam. A maior parte deles era os que Lucano vira serem trazidos para bordo no dia em que embarcara. Foram condenados à morte, sem culpa, pelo comandante, e sabiam disso. Lucano podia ouvir os soluços sufocados de suas mulheres, e os gritos de seus filhos, através das paredes.

Enquanto Cusa trabalhava, Lucano despejava pacotes de desinfetantes em dois baldes de água que tinham trazido com tanta dificuldade. Um era para que o bebessem os escravos doentes e moribundos, o outro para seu próprio uso. Tinha que manter as mãos molhadas, enquanto fazia os tratamentos. O cheiro de desinfetante misturou-se aos outros cheiros intoleráveis, e Cusa espirrou miseravelmente, limpando o nariz na manga e continuando a trabalhar. Houve, então, um estalido agudo, e o cadeado estava aberto.

— Vai embora já — murmurou Lucano. — Não abrirei a porta enquanto não estiveres longe dela. Fica na minha cabina e, se alguém vier, dize que estou dormindo.

Durante um longo momento, entretanto, o professor ficou a olhar estranhamente para Lucano, à luz alta da lanterna, e seus olhos ativos mostravam-se estranhamente imóveis e fixos. Estava pensando: Se eu tivesse tido um senhor menos bom e justo do que Diodoro, também poderia estar nestas galés, morrendo, sem auxílio, sem esperança. Se não fosse por Lucano, eu ainda seria um escravo.

E sussurrou:

— Senhor, eu não te deixarei.
Lucano franziu para ele as sobrancelhas, mas Cusa repetiu:
— Aonde fores, eu irei.
O jovem grego sorriu, e pareceu a Cusa que seu rosto tinha um rápido e súbito halo de luz.
— Vem comigo — disse o jovem grego.
Alguns ratos, que escaparam à matança geral daquela noite, passaram correndo por eles, guinchando, alvoroçados, e Cusa teve a impressão de que eles se mantinham contra as paredes do corredor, como se ali houvesse algo que só eles viam, algo não terreno, que lhes dera uma ordem não ouvida. Com aquilo, veio a coragem a Cusa. Sentiu um súbito ímpeto de exaltação. Nada jamais poderia ferir Lucano, nem aqueles que o serviam.
Foi preciso que ambos reunissem suas forças para abrirem a porta, e ainda assim apenas com um esforço tremendo o conseguiram. Tinham colocado no chão os baldes, a lanterna e o estojo médico, no ponto mais seco, de forma que a luz tombava apenas no piso da galé. O resto era treva absoluta. Mas tão poderosa insalubridade e calor correram dali para fora que Cusa os sentiu como poderosos golpes em seu corpo e em seu rosto, e tropeçou, recuando, cobrindo a face com a manga. Os gemidos e lamentações dos escravos encheram todo o corredor com um eco surdo.
— Depressa! — sussurrou Lucano. Apanhou a lanterna e seu estojo, e Cusa, recuperando o controle, mas nauseado, levantou os dois baldes com os desinfetantes. Lucano dirigiu a luz fraca da lanterna para as galés e Cusa seguiu-o. A porta rodou, fechando-se atrás deles, pesadamente, pois o navio jogava um pouco, pela força do mar.
Lucano se havia preparado para uma cena de desolação. Mas aquilo ficava para além da sua imaginação, quando ele, devagar, foi iluminando a galé. Apenas pequenas e altas vigias, descobertas, admitiam ali alguma luz, e essa luz vinha do céu estrelado, mas sem lua, e da fosforescência do mar. Não se podia chamar luz àquilo, e sim sombras de luz, como o reflexo das asas das mariposas. E, naquela iluminação erradia, assistida pela cobertura de pálida luminescência de remos que saíam através das vigias, e pelos raios bailarinos da lanterna, Lucano pôde ver homens nus e barbados, em seus bancos, homens acorrentados, agrilhoados, brancos, pretos, amarelos

e morenos, as cabeças baixas, os olhos fechados de dor, os peitos arquejantes, costelas e ossos visíveis sob a pele esticada. Seus braços moviam-se em ritmo mecânico, suas vozes carpiam em vasto gemido, e o tinir e retinir de suas correntes e grilhões acrescentavam um coro surdo de ferro ao seu lamento. Ao longo das paredes, próximas da porta, estavam os mortos e os moribundos, empilhados; os que ainda viviam, os que tinham acabado de morrer, os que estavam mortos havia horas, os rostos semelhantes a crânios rijos, à luz incerta. O capataz, ele próprio escravo e criminoso, caminhava de cá para lá entre as fileiras de remadores, o chicote estalando, os olhos arregalados de terror. Parou, ao ver Lucano e Cusa, e ficou calado, umedecendo os lábios.

Lucano teve a impressão de que aquilo era uma cena do inferno, cheia de espectros torturados, impregnada com as fedentinas que só uma cavidade carnal pode expelir. Riachos profundos e imundícies, negros como serpentes rastejantes, movimentavam-se de cá para lá, com o balanço do navio, correndo pelo piso. Havia vômitos de sangue; fezes sangrentas foram expelidas no chão, bem como urina contaminada.

O capataz voltou a si de seu espanto ao ver os dois intrusos. Pensou que fossem fantasmas, pelas suas roupagens brancas. Então, adiantou-se para eles, amedrontado. Lucano disse, imediata e calmamente:

— Sou médico e preciso de tua ajuda, e este é o meu assistente. Não temos nomes. Devemos trabalhar depressa.

O homem ali ficou a olhar, tão despido quanto os outros escravos. Lucano fez-lhe sinal, impaciente:

— Devemos trabalhar — repetiu. — Ou todos morrerão. Toma este balde, e dá um gole desta água a cada homem.

Em sua voz ressoava autoridade, e o capataz agarrou o balde, recuperando-se da surpresa. Mas foi o primeiro a tomar um gole. Lucano e Cusa, nesse meio-tempo, molhavam o rosto e as mãos com o conteúdo do outro balde, e Cusa molhou também as pernas. Enquanto o capataz obedecia, Lucano examinava os que ainda estavam vivos, morrendo junto dos já mortos. Os que não pareciam estar no fim ele separava para a parede oposta, encostando-os nela. Os que já não podiam ser ajudados, deixava que ficassem com seus companheiros imóveis.

Era, sem dúvida, a peste mortal. Os fígados dos doentes mostravam-se imensamente inchados, suas línguas intumescidas e cobertas de uma grossa capa branca, as peles febricitantes. Bubões erguiam-se, tumescentes de sangue e pus, nas regiões inguinais, latejantes. As pernas dos doentes tinham sangue que escorria do reto, e sangue corria da boca de outros. Alguns bubões já haviam estourado e seu conteúdo corria pelos corpos dos homens.

O coração de Lucano subiu-lhe à garganta, soluçante de piedade. Não havia tratamento efetivo para os já atingidos, apenas algum alívio para seus sofrimentos. Rapidamente, abriu seu estojo e tirou dele pequenas bolsas contendo fortes sedativos em frascos. Em cada boca arquejante derramou um pouco do líquido. Os homens levantavam os olhos para ele, como animais mudos e atormentados. Lucano sorria-lhes, suavemente. A lanterna fazia faiscar a parte de seus cabelos que ficava exposta, e seus olhos azuis irradiavam para eles a mais profunda e terna compaixão. Os lábios inchados dos homens moviam-se silenciosamente; um ou dois, inconscientemente, estenderam as mãos para tocar as roupas do jovem, pois sentiam sua dor e seu amor por eles. O capataz voltou com o balde vazio e olhou para Lucano com olhos estranhos e dilatados. Cusa tornou a encher o balde, com água de um tonel que ali estava e, a um gesto de Lucano, deitou nele novo remédio.

Lucano disse ao capataz:

— A cada hora que se passar, dá a cada homem um gole da água deste balde. Amanhã, baldes iguais, para os que não estão atingidos, serão colocados do lado de fora da porta. Manda que o escravo que abre a porta os traga para dentro. E haverá também baldes de água, marcados com sinal vermelho, contendo desinfetante. Os que estiverem bem devem molhar o corpo, com intervalos frequentes. Procura e mata todos os ratos, imediatamente, e atira os corpos deles pelas vigias.

— Sim, senhor — murmurou o capataz. Olhava Lucano com respeitoso temor. Sorriu, um sorriso trêmulo: — Senhor, foi como se um deus tivesse entrado aqui. Bebi o teu remédio e vida nova entrou em mim, como nos escravos das galés.

Foi Cusa quem percebeu que os homens já não se lamentavam. À luz da lanterna podia ver dezenas de olhos dirigidos para Lucano, que os socorria, e eram olhos de homens que subitamente adquiriram esperança naquele buraco fétido e pobre. Alguns deles começaram a cantar uma canção sem nome, e um momento depois outros se reuniam. Era um canto de ação de graças, de gratidão, mesclado com o sibilo e o estalido dos remos. Mesmo os moribundos e os doentes o ouviram e moveram as cabeças, cessando de se lamentar. O rosto grotesco de Cusa mantinha uma expressão iluminada, enquanto auxiliava Lucano. Não havia escravos naquele buraco úmido: todos eram homens.

— Bom — disse Lucano, abstraidamente. Estava em pé, entre os destroços dos doentes, dos moribundos e dos mortos e, para Cusa, realmente, ele tinha o aspecto de um deus conquistador. Havia pendurado a lanterna num gancho de ferro gotejante. Suas vestes estavam manchadas de sangue e sujeira. Mas seu rosto era radioso. E disse ao capataz: — No convés, duas cobertas acima, há vigias e janelas bastantes. Manda dois ou três dos remadores removerem os mortos daqui, e atirá-los, sem muito alarde, no mar. Isto não pode esperar até amanhã. Os mortos são o perigo.

O capataz encolheu-se:

— Senhor, estou proibido, como todos esses remadores, de deixar as galés!

— Se isso não for feito todos morrerão — disse Lucano, severamente. — Movei-vos o mais silenciosamente possível. Não sereis ouvidos. Isto tem de ser feito! É minha ordem.

O capataz relutou, depois viu a luz autoritária nos olhos de Lucano e não mais pôde hesitar, pois era como se um deus lhe desse ordens. Chamou dois ou três dos homens mais confiáveis e soltou-lhes os grilhões. Os homens ergueram-se de seus bancos ásperos, rígidos e enfraquecidos e adiantaram-se cambaleando. Começaram a erguer os mortos sobre os ombros, seus próprios corpos ensopados de suor misturado ao desinfetante. Um ou dois, reconhecendo entre os mortos os rostos de amigos, soluçaram alto.

A porta abriu-se para trás, e os escravos, com sua lastimável carga, deslizaram para fora. Um por um, enquanto Lucano continuava a tratar dos doentes, os mortos foram silenciosamente removidos. O navio balançava e murmurava por todo o seu madeiramento. Quando o arquejante capataz tornou a se aproximar dele, Lucano disse:

— Deves também molhar as paredes e o forro com este desinfetante. Lembra-te das minhas ordens! É a vossa única possibilidade de sobreviver!

O capataz disse, em voz abafada:

— Senhor, estive pensando. Os que atiramos ao mar foram mais felizes do que nós.

— Sim — falou Lucano, franzindo as sobrancelhas. — Apesar disso, alguns entre vós serão eventualmente libertados, depois de terem cumprido as suas sentenças. Quanto aos outros, enquanto viverem, terão esperança.

E disse, apaixonadamente:

— Pensas que sou mais afortunado do que vós? Digo-te, todos os que vivem estão condenados!

Os doentes e os moribundos adormeceram subitamente, amontoados. Nos rostos de alguns dos doentes havia um grande alívio das dores, e uma paz em suas faces barbadas e sujas. Cusa ficou a olhar para eles, com medo.

— Não há esperança para esses — falou Lucano, pesaroso. — Não temos métodos efetivos de tratamento. Mesmo sob as melhores circunstâncias, a peste é quase sempre fatal. — Sua sombra aparecia alta nas paredes, e dava a impressão de ser alada.

Ao capataz ele deu o resto dos frascos, ainda não abertos.

— Tem misericórdia, pois és um homem — disse-lhe. — Dá a cada um dos doentes e dos moribundos um gole disto, a cada três horas, para que eles possam morrer em paz, sem dores.

Parou e, depois, involuntariamente, disse:

— Que Deus vos acompanhe.

E não foi realmente ele quem falou, mas Sara através dele. Repetia mecanicamente as palavras da moça, vendo de novo o rosto dela diante de seus olhos. Reteve o fôlego, com um som áspero, e fez sinal a Cusa, que apanhou a lanterna do forro e ergueu do chão o estojo médico. Tinha trabalho a fazer. Precisava destilar mais desinfetantes e remédios, sozinho em sua cabina, de forma que os escravos tivessem o fornecimento necessário. Cipião e Cusa, de certa maneira, poderiam deixar os baldes à porta, pela manhã.

Com o professor, ele abriu a porta. As vozes dos escravos ergueram-se atrás dele, numa vaga estática de trêmulo regozijo, e foi sob aquele som, como uma prece em uníssono, que fechou a porta e tornou a trancar o cadeado. Então, Cusa inclinou-se, ergueu a fímbria da túnica de Lucano e beijou-a em silêncio.

Três dias depois o comandante chamava Lucano à sua cabina, e Lucano obedecia, depois de dizer palavras que aliviaram a ansiedade e o medo de um aflito Cusa.

— A culpa é minha. Ninguém estava comigo — disse ele, confortadoramente.

O rosto de Galo era um amplo sorriso.

— Senta-te, digno Lucano! — exclamou ele, para espanto do jovem grego, que vinha preparado para qualquer acontecimento calamitoso. — Vinho? Sim, vinho! Hoje, sinto-me um homem feliz, meu querido amigo! Um homem muito feliz!

Lucano provou o vinho que o comandante lhe dera com uma reverência de encantada cerimônia, e olhou para o rosto bem-humorado do homem, no qual os olhos dançavam triunfantes. O comandante sentou-se em lugar oposto ao dele, as grandes mãos abertas sobre os joelhos, e ficou a olhar zombeteiramente para Lucano. Sacudiu um dedo como um pai amistoso que advertisse o jovem médico:

— Todas as tuas sombrias profecias! — exclamou. — Ah! Se não fosses o filho de Diodoro Cirino eu riria de ti! Mas és jovem e sem experiência, desgraças que o tempo curará!

Estava exuberante, e Lucano sentia-se perplexo.

— Tens boas notícias? — aventurou ele. — Vindas do porto em que tocamos rapidamente na noite passada?

— Não tocamos no porto — disse o comandante. — Uma pequena embarcação remou até nós, trazendo cartas. Uma é para ti. Aqui está, sobre a mesa. Não temos permissão para tocar nos portos, se levantamos a bandeira amarela. Mas a bandeira está sendo arriada, hoje!

Gritava de alegria, batia nas próprias coxas, e abria amplamente a boca num sorriso para Lucano.

Depois, sacudiu a cabeça, o ar tolerante:

— Vós, médicos! Mesmo meu Príamo se enganou. Não havia peste a bordo. Sabes que todos os que apanham a peste morrem, mas mesmo os escravos das galés, que foram atingidos, ficaram bons, e há três dias que a doença não aparece entre eles. Estás ouvindo, jovem senhor? Mesmo os atingidos ficaram bons, e isso é impossível, tratando-se da peste! De uma hora para outra levantaram-se do chão da galé e tomaram seus lugares nos remos. — Bateu de novo nas coxas, e mugiu alegremente, em seu alívio. — E nem uma só morte, em três dias! Não era absolutamente a peste!

Lucano estava incrédulo.

— Não é possível! — exclamou ele. E quase se traía. Mas acrescentou: — Teu Príamo é excelente médico. Não se podia ter enganado. Já tinha visto a peste, antes.

Sentia sua autoconfiança grandemente abalada. Seria possível que tanto ele como Príamo tivessem cometido um erro? Recordou-se dos rostos dos mortos e dos que morriam sob seus olhos, viu de novo os bubões, sentiu o cheiro do vômito vermelho e o ardor crescente da febre. Sacudiu a cabeça em absoluta perplexidade. Os doentes e os moribundos não tinham mais possibilidade de cura. Entretanto, haviam sobrevivido, recuperado rapidamente a saúde, retornando ao bem-estar! Algo impossível acontecera.

Não era trabalho dos remédios que deixara para os que estavam irremediavelmente perdidos. Aquilo não passava dos opiatos comuns, que aliviam a agonia do moribundo. O desinfetante podia ter tido sua parte na prevenção de novas infecções da peste, mas mesmo isso era com frequência inútil, diante de tanta virulência. Entretanto, os doentes e moribundos viviam! Lucano tornou a sacudir a cabeça, estonteado, e pensando: Que espécie de médico sou? A única explicação para isto é estar meu diagnóstico errado. Mas os bubões, as hemorragias do reto e dos pulmões! Poderia, por acaso, tratar-se de alguma outra doença ainda desconhecida com os sintomas da peste?

— De uma hora para outra os que estavam aparentemente doentes e moribundos levantaram-se do chão e estavam curados! — disse o comandante, jubiloso. Estendeu a mão e deu uma palmada no ombro de Lucano. E sacudiu-se em riso, muitas e muitas vezes. — Falei com o capataz, e sabes como são supersticiosos aqueles animais. Jurou-me que Apolo e um de seus assistentes, brilhantes como a luz, entraram através da porta fechada a cadeado... fechada a cadeado!... e trataram dos moribundos. E eles se curaram!

— O comandante sacudiu a cabeça, divertido: — Ah! Bem... Deixemos que os pobres desgraçados tenham seus sonhos. É tudo quanto têm.

— Sim — disse Lucano, levantando-se. — É tudo quanto temos.

Apanhou de sobre a mesa do comandante a carta que lhe era destinada e, seguido pelo riso do homem, deixou a cabina e foi para a que lhe pertencia, com um andar pesado e a cabeça meditativa. Que isto te sirva de advertência, disse a si próprio, com severidade. Não faças julgamentos precipitados. Encontrou Cusa na cabina, que tremia na expectativa de ser apanhado e atirado aos ferros. Lucano sorriu-lhe, um sorriso fraco.

— Não tenhas medo — disse. — Tudo está bem. — E contou-lhe a conversa com o comandante.

Cusa ouviu, e seu rosto alerta fez-se grave e imóvel. Fixou os olhos em Lucano, com a mais estranha das expressões.

— É o que suspeitei — murmurou, e antes que Lucano pudesse evitá-lo, caiu de joelhos e encostou a cabeça nos pés do jovem, para espanto deste.

— Não, não — disse Lucano. — Eu não os curei, meu bom Cusa! Não se tratava de peste, afinal.

Cusa, porém, beijou-lhe os pés e nada disse.

Lucano ergueu-o, tentando rir.

— Tenhamos juízo — falou. E, apanhando a carta vinda de Roma, pôs-se a lê-la. Era Íris quem lhe escrevia.

Então, Lucano soltou um grande grito de desgosto e desespero, e quando Cusa correu para ele, o moço atirou-se nos braços de seu professor, chorando desabaladamente.

23

Duas semanas antes de Lucano deixar Alexandria, escrevera a Keptah e agora, naquela manhã, cinco semanas depois, Keptah desenrolava a sua carta, que chegara naquele dia, através dos serviços tanto de um navio rápido como de correios especiais. O médico leu a carta, depois olhou pensativa e melancolicamente para o jardim onde estava sentado. Para além do pórtico aberto as árvores cantavam ao brando sopro do vento outonal e a terra exalava tal doçura e frescor que chegava a ser pungente para o coração. O sol reluzia sobre fontes rústicas e sobre as grandes estátuas malfeitas, pois Diodoro preferia formas e movimentos que se assemelhassem aos da Terra, em seu esboço forte, no gesto e na simplicidade. Daí as cores brilhantes das lajes que formavam o piso do pórtico, a robustez despretensiosa das colunas que o rodeavam, o colorido vigoroso das flores, as poderosas e resistentes árvores.

Bem além do jardim erguiam-se as colinas baixas, como que trabalhadas em mosaicos, com os cachos maduros nos vinhedos pertencentes à propriedade. Seu perfume vinha com o vento, como uma rica promessa. Os olivais e pomares subiam para outras colinas, e entre a casa e essas colinas as pastagens ainda conservavam um verde esmeraldino, povoadas com as formas plácidas do gado, dos carneiros e dos cavalos. O pequeno regato, que se movimentava através dos prados, mostrava-se de um verde mais brilhante, muito calmo, porém, esquecendo a turbulência da primavera. Uma atmosfera de paz, quase palpável, suspendia-se sobre aquele trecho de terra, colorida de uma doçura dourada, ampla e tépida.

Keptah pouco envelhecera durante os quatro anos passados. Havia nele aquele ar sem idade e a secreta sabedoria do Oriente. Seus olhos fundos, entretanto, estavam inquietos naquela manhã. Pensava em Diodoro. Deveria contar ao senhor a decisão a que Lucano chegara, quanto ao seu futuro? Ou, considerando as condições físicas do tribuno, seria melhor deixar o assunto para o próprio Lucano? Keptah tornou a ler a carta, especialmente a última parte.

"Tenho certo pressentimento sombrio e temeroso quanto a meu pai Diodoro. Ele me escreveu, e também minha mãe, sobre suas frequentes visitas ao Senado, como convidado de Carvílio Ulpiano. Eu não conheço esse senador, que é aparentado com meu pai, mas há algo de inquietação em mim, quando penso nele. Quem poderia conhecer Diodoro sem honrá-lo, amá-lo e respeitá-lo? Sem dúvida, apenas homens perversos.

"Compreendo que Diodoro, homem tanto de ação como de pensamento, amando patrioticamente seu país, sinta que devemos fazer o possível para salvar Roma. Cheguei, entretanto, à conclusão de que Roma não merece que a salvem, tão baixa se tornou nestes últimos cem anos, tão corrupta e monstruosa. Por que, então, deve meu pai lutar assim desesperadamente? Além disso, o destino do homem está nas mãos de Deus, e Deus não é notável, segundo minhas observações, pela demonstração de misericórdia ou amor pelos Seus profetas. Ainda ontem um dos meus professores censurou-me por essa convicção. Disse-me: 'Tu estás demasiado absorvido nos homens. O sofrimento e a morte são o destino comum de todos os homens. Portanto, por que sentes tão amarga rebelião? Que desejas tu? Que todos os homens sejam imortais e jamais tornem a sentir dor?' Vi que ele não me compreendera, mas disse: 'Quando Deus fez o mundo e o homem, por que os fez tão imperfeitos, tão cheios de agonia, tormento e perversidade?' E ele me respondeu: 'És jovem. Mas eu te falei de nossos heróis e profetas e de nossa antiga religião e lendas. Deus fez o homem dotado de livre-arbítrio; quando não, o homem seria tão inocente como os animais dos campos. Como o homem é uma alma imortal, bem como um corpo físico, a honra de escolher seu próprio destino lhe foi outorgada, pois o espírito não é uno com as árvores e os animais. Se o homem escolhe o mal, e suas consequentes dores e sofrimentos, ele é o único a ser censurado por isso, e não Deus.'

"Ao que parece, Roma escolheu dores, sofrimento e morte através da sua sede de sangue, seus crimes contra a humanidade, sua libertinagem e opressão. Deve meu pai esforçar-se contra isso, inutilmente? Há também minha mãe e irmãos a considerar. Se ainda acreditas no poder das preces a um Deus que não ama os homens, reza para que meu pai volte para a paz de suas propriedades, das quais falava constantemente em Antioquia, pois eu temo por ele."

E eu também, pensou Keptah. O vigilante do vestíbulo veio ter com ele, então, caminhando apressadamente pelos caminhos apedregulhados que corriam em curvas pelo jardim.

— Meu senhor deseja falar contigo, senhor. Está com uma das suas dores de cabeça.

Franzindo as sobrancelhas, Keptah levantou-se e dirigiu-se majestosamente até a casa grande, mas simples, e foi ter ao quarto de Diodoro. O tribuno estava deitado em sua cama, torcendo-se e blasfemando, apertando violentamente as têmporas entre as palmas das mãos. Vendo Keptah, sentou-se e lançou-lhe um olhar de furibunda cólera.

— Estou de novo com a enxaqueca! — exclamou, em tom de acusação. — Mas esta é a pior de todas; devo ser convidado de Carvílio Ulpiano hoje, no Senado, onde falarei para aqueles canalhas, num último esforço para comover suas almas de aves de rapina. Vós, médicos! Não podeis curar uma simples dor de cabeça, ou entupimento de nariz, ou inflamação de garganta, e falais eruditamente de doenças obscuras e seu tratamento! Ora!

Gemeu e tornou a deitar-se, sempre blasfemando terrivelmente. Era óbvio que estava muito doente. Sua fronte baixa mostrava-se tomada de vermelhidão brilhante, e os lóbulos das orelhas, bem como os lábios, exibiam coloração azulada. Seus olhos envesgavam de dor sob as sobrancelhas pretas e ferozes, e rios de suor rolavam-lhe das têmporas. Em seu pescoço robusto era visível o latejar das artérias, e a respiração parecia fazer-se penosa.

Keptah sentou-se silenciosamente ao lado do leito. Então, falou:

— Senhor, eu te disse, durante todo o ano passado, que não tens apenas as tuas enxaquecas habituais. Tua pressão sanguínea está excessivamente alta, e eu tive de sangrar-te várias vezes. De vez em quando teu coração tem bulhas alarmantes. Tenho suplicado que lutes pela calma e tranquilidade; um homem só é vítima de suas emoções quando permite que tal coisa aconteça. Imploro-te que esperes por aquela raiz que virá da Índia, pois estou informado de que os médicos a têm usado ali há milhares de anos, com efeito maravilhoso, no tratamento da alta pressão sanguínea, mentes confusas e insanidade. O professor hindu de Lucano prometeu mandar-me essa raiz, que deverá aqui chegar dentro de quatro semanas.

Diodoro sentou-se de súbito, furioso, e tornou a agarrar as têmporas, gemendo, depois olhou encolerizado para Keptah:

— Insanidade! — trovejou ele, blasfemando. — Escravo infernal!

Keptah respondeu com um sorriso afetuoso:

— Não sou escravo, senhor, graças a ti. Como médico, e livre, segundo a lei de Júlio César, também sou um cidadão de Roma. Não, senhor, não te considero louco. Considero-te um nobre espírito de completa retidão, tomado pela paixão da justiça e da verdade. Devemos nossos poetas e nossos heróis a mentes e almas como as tuas, bem como nossos artistas, professores, eruditos, patriotas, e todos os que, como Pigmalião,[1] tentam transformar a pedra obstinada em carne resplandecente. E quem sabe? Talvez daqui a milhares e milhares de anos suas palavras de exortação, beleza e força, suas censuras piedosas, ecoarão como poder dominador nos corações dos homens e não mais haverá o mal.

Diodoro ouvia encolerizado, ali estendido, com a cabeça entre as mãos. Então, berrou:

— Tudo belas palavras! Mas só a minha voz se deve erguer em favor de Roma? E se há apenas a minha voz, devo eu retraí-la? Não estou interessado em nações que ainda não surgiram. Estou interessado em meu país! Como posso viver de outra maneira diante de mim próprio?

Keptah suspirou e nada disse. Diodoro sentou-se penosamente, e agora sua voz era mais tranquila, quase suplicante:

— És homem de sabedoria, meu bom Keptah, mas és um filósofo, esperando que a poeira do deserto chegue a ser governo num futuro remoto. Suponhamos que todos nós tomemos as palavras dos filósofos a sério e deixemos o mal presente fazer seu caminho, indiferentemente. Então, o mal se tornaria universal e não haveria nem presente rejuvenescido nem futuro!

"Keptah, eu estou neste mundo, e em seu presente. O futuro pertence a meus filhos. Não devo lutar por um mundo de lei, ordem e justiça, para eles, quando eu for um punhado de cinzas, junto a meus pais? Ou devo resmungar, como tu, sobre futuras e grandes gerações e deixar que meus filhos herdem, de imediato, degenerescência, ilegalidade e crime?

"Ouve-me, Keptah! O primeiro dever do homem é seu dever para com Deus e para com a sua pátria. As nações são expressões dos reinos espirituais de Deus. Quando essas nações tornam-se abandonadas e rebaixadas, entregues a um orgulho sanguinolento e ao deboche, à guerra e à tirania, então elas desfiguram o reino da terra, e a penalidade é a morte. Roma morrerá, inevitavelmente, a não ser que homens como eu falem. E onde estão as vozes que se erguem em favor dela? Quem gritará aos romanos: 'Destruístes o que Deus construiu e deveis retornar à liberdade, à pureza e à virtude, imediatamente, a não ser que desejeis morrer'?

---

[1] Célebre escultor da Antiguidade que, tendo realizado obra perfeita com a estátua de Galateia, obteve de Vênus que lhe desse vida, casando-se com ela, segundo a lenda.

Levantou a mão para impedir o médico de falar. Sua testa estava quase tão vermelha quanto o sangue, e veias arroxeadas corriam-lhe pelas têmporas, enquanto ele arquejava:

— Deixa-me acabar. Deus e a pátria. Eles são a Lei. Tu me falarias de minha família, como já o fizeste antes, advertindo-me, constrangido, do perigo mortal. Mas minha primeira responsabilidade é para com Deus e a minha pátria, para com a memória de meus pais, que morreram por ambos. Se eu morrer, então deixarei o destino de minha família nas mãos de Deus. Devesse também ela perecer, por minha causa, então não teria suportado o horror de viver num mundo que se tornou depravado, sem misericórdia ou bondade. Eu preferiria que morresse, pois quem, sendo homem, escolheria a escravidão?

Levantou seu punho fechado, solemente:

— É melhor morrer do que viver num mundo como o de hoje. E é meu desesperado dever tentar modificar esse mundo, mesmo que não o consiga!

Keptah levantou-se e curvou-se profundamente diante dele:

— Sim, senhor, eu compreendo. Perdoa-me colocar meu amor por ti antes da poderosa e justa paixão que te domina. Prepararei agora uma poção que te aliviará os sofrimentos temporariamente, a fim de permitir que vás a Roma esta manhã.

Ia saindo do quarto, quando Diodoro, a voz estranhamente suave, chamou-o de volta. O tribuno estendeu timidamente a mão e tomou a do médico:

— Meu bom Keptah, amado tanto por meu pai como por mim e pela gente da minha casa, seu miserável obscurantista! Sei que jamais deixarás minha família.

A emoção não permitiu que Keptah falasse. Apenas pôde levar a mão de Diodoro até os lábios.

— Que fale o nobre tribuno! — gritaram os senadores, e aqui e ali o coro era zombeteiro.

Diodoro levantou-se, escura e aquilina figura em sua túnica militar, o elmo emplumado e a armadura com a espada curta e larga pendente do cinto. Levantou sua mão revestida de malha, e os senadores, alguns desdenhosos, outros sorridentes, alguns velhos, outros jovens, alguns patrícios, outros desprezíveis libertos sem honorabilidade, ficaram em silêncio, olhando para o tribuno. A luz do sol deslizava pelos ombros vestidos de branco, e aqui e ali um rosto nobre recortava-se em claridade sombria, ou um lábio se iluminava, ou um olho faiscava, ou fazia-se de fogo, ou um perfil mesquinho se revelava no recorte de seu contorno, como o desenho tosco de uma criança. O piso de mármore e as paredes reluziam, as colunas fulguravam, e soldados de espadas desembainhadas perfilavam-se às portas de bronze das entradas.

Diodoro olhou para eles todos e um pressentimento estranho e poderoso desceu sobre ele. Aquilo apenas aumentou a crescente força da ira em seu coração, sua repulsa, sua sensação de que as soldaduras de seu corpo lutavam contra a paixão de sua alma que desejava explodir. Caminhou para o *podium* e, no silêncio, o eco de suas sandálias revestidas de ferro soou de parede a parede, de coluna a coluna, e a luz do sol relanceou pelo seu elmo e pela sua armadura, em súbita fulguração. Ele era Marte, abroquelado e belicoso, armado com o raio, e envolvido em alta grandiosidade.

Descansou as mãos no rebordo da estante e olhou para os senadores. Sorriu, não agradavelmente, mas tomado de raiva.

— Vós, romanos, amigos e compatriotas, ouvistes-me antes deste dia. Falo hoje em nome de Roma, pela última vez. Depois, silenciarei.

Aspirou o ar, profundamente, e seu peito se dilatou, tomado pela paixão e força:

— Não vim honrar Roma, mas enterrá-la.

Uma voz gritou:

— Traição!

Diodoro tornou a sorrir, e curvou a cabeça.

— É sempre traição falar a verdade.

Ergueu a cabeça e fixou os senadores, com o faiscar poderoso de seus olhos.

— Neste mesmo Senado, não há muitos anos, um senador foi assassinado por ter falado a verdade. Não pela faca ou pela espada ou pela lança foi ele assassinado, nem pelas pedras honestas. Não foi mão digna a que o atingiu e derrubou, pois não havia aqui mãos dignas. Ele falou de Roma. Gritou que Roma já não era uma República, e que se tornara um império sedento de sangue, governado não por homens de sabedoria, não pela lei, mas por César e suas legiões, seus generais e seus libertos rapazes, e seus políticos palacianos. O senador ergueu-se neste mesmo *podium* e chorou pela República. Chorou porque os imperadores não eram eleitos pelo povo, mas por legiões infames e pelas turbas ociosas e ávidas que desejavam apenas devorar os frutos dos celeiros e os tesouros, e divertirem-se com charlatães e saltimbancos, atores e cantores, gladiadores e pugilistas... a expensas do público.

"Aquele senador era um jovem de olhos brilhantes e coração como o do touro sagrado, ardoroso de amor pelo seu país. Um jovem brutal, que não usava frases polidas e não tinha elegância. Tinha apenas amor pelo seu país. Um jovem apaixonado, que acreditava ser a verdade invulnerável e as mentiras frágeis teias de aranha! Mas, como sabeis, ele apenas amava sua pátria, e só os loucos amam sua pátria.

Os senadores conservavam-se em firme, mas tenso silêncio, e alguns dos mais velhos baixavam a cabeça, lembrando-se de sua vergonha, e encolerizavam-se contra o tribuno, que trazia tal vergonha à sua lembrança. Os soldados andavam de um lado para o outro, nas portas, lentamente, e ouviam, os seus rostos voltados para Diodoro; alguns eram jovens e patriotas, e seus corações batiam apressadamente.

O tribuno bateu com a mão recoberta de malha sobre a estante, e foi como que o ribombar de um trovão no resplandecente silêncio marmóreo.

— Por avidez, aquele jovem senador gritou-vos, as turbas desta cidade têm prestigiado péssimos césares, que anelavam apenas poder, porque aqueles césares lhes prometeram o saque dos tesouros públicos. Senadores venais apoiaram esses césares, para retirar disso proveito e poder. Os césares mentirosos falaram às multidões e disseram-lhe que nossa pátria não se podia defender dos bárbaros sem aliados, e esses aliados deviam ser eternamente comprados, adulados e afagados. E os césares traidores conspiraram contra sua nação, enlouquecidos pela avidez de serem adorados como os deuses, por todo o mundo, e serem aclamados por milhões de ladrões, mendigos, lutadores, libertos, e pusilânimes, que jamais sentiram pulsar o patriotismo em seus corações de abutres!

— Traição! — várias vozes exclamaram, aterrorizadas, e rostos voltaram-se uns para os outros, em fúria e alarma.

Diodoro manteve-se atrás da estante e pôs os polegares no cinto, olhando para eles com ódio e escárnio.

— Estas são as minhas palavras, embora eu já as tenha dito diante de vós. São as palavras do senador que entregastes à morte neste mesmo local.

Abriu a túnica no peito, e a armadura tombou ao solo, retumbante:

— Olhai para as minhas cicatrizes, para a evidência dos meus ferimentos! Vós, senadores, vós, canalhas, vós, mentirosos perfumados, olhai para os meus ferimentos! Vós, velhacos e ladinos, que vos deitais sobre sedas ao som das liras e sob o murmúrio das mulheres prostitutas e dissolutas, e das concubinas compradas... olhai para os meus ferimentos! Estão eles em vossa carne lisa? Há ferimentos semelhantes em vossos corações que traem Roma a cada movimento respiratório e levam-na para o inferno com cada lei?

Virou lentamente seu peito nu e coberto de cicatrizes, para que todos o pudessem ver. Era uma visão terrível, e alguns dos senadores mais velhos cobriam os olhos com as mãos.

A voz de Diodoro ergueu-se e estava mais profunda em gravidade e força:

— Tais feridas estavam na carne do senador que enviastes à morte naquele dia. Não com uma espada honesta, não com um estoque embotado, mas com mentiras e condenações, com ostracismo e com silêncio. Porque ele ousara amar sua pátria, e ousara tentar salvá-la de traidores, assassinos, ambiciosos e mentirosos! Seu coração partiu-se e não houve conforto para ele.

"Poderíeis vós confortá-lo, vós que traístes vossa pátria e sustentastes vossos traiçoeiros césares? Ousaríeis confortá-lo, vós, cujas línguas envenenaram seu próprio sangue e o levaram à morte? A ele, o único que amava seu país e inocentemente acreditava que também vós amásseis vosso país?

Diodoro tornou a bater na estante, e agora pareceu a alguns senadores que o próprio Marte produzira aquele som em seus ouvidos.

— Deixai-me comover vossos corações! — exclamou ele. — Ainda não é tarde demais! O curso do império conduz apenas à morte. Senadores, olhai para mim! Ouvi com vossos corações, e não com vossas mentes malévolas. Voltai à liberdade, à frugalidade, à moralidade, à paz, a Roma. Não penseis mais nos que vos elegeram, naqueles cujos ventres exigem, para se satisfazerem, o próprio sangue de Roma, a própria carne de Roma, o ouro duramente ganho de Roma. Não vos inclineis mais diante de falsos césares, que, desafiando nossa própria Constituição, lançam mandatos contra o bem-estar de Roma e colocam-se acima da lei que nossos pais formularam, e pela qual empenharam suas vidas, suas fortunas e sua sagrada honra.

"Roma foi concebida com fé e justiça, e na veneração de Deus, e em nome da varonilidade do homem. Devolvei nosso país ao governo da lei e derrubai o governo dos homens. Restaurai os tesouros. Retirai nossas legiões dos países estrangeiros que nos odeiam, e que nos destruirão num relance, assim que isso sirva aos seus interesses. Repeli as taxas que esmagam os que trabalham dura e industriosamente. Dizei às multidões que devem trabalhar ou morrer à fome. Arrancai do próprio Palatino as massas de parasitas, aproveitadores e ladrões! Arrancai do Palatino os mesquinhos libertos que dizem 'sim, sim' a César, e se inclinam diante dele como se fosse um deus e não um ser feito de carne humana! Limpai este local dos velhacos, charlatães e demagogos que declamam frases arredondadas, dizendo que o bem-estar do povo está dentro de seus corações, mas que realmente querem dizer que farão a vontade das turbas em troca de vis aplausos, poder e suborno!

Levantou as mãos para eles, numa atitude de premência, e seus olhos violentos encheram-se de lágrimas enquanto observavam os senadores imóveis:

— Romanos! Em nome de Deus, em nome de Cincinato, o pai de sua Pátria, em nome do heroísmo e da paz, do brio, da liberdade e da justiça, eu vos suplico que restaureis vossa qualidade de guardiães de Roma, que expulseis o usurpador dos poderes que de direito vos pertencem, que impeçais e castigueis todos os que se apoderaram de tais poderes a fim de perverter as leis de nossos pais! Deixai que falem vossos corações romanos e vosso espírito romano grite contra o oportunista e o corrupto, contra o fanfarrão e os traidores, contra os césares que se ungem a si próprios como reis e mantêm cortes para os depravados e ambiciosos, e contra os que dissipariam a força de nosso povo, a nossa Constituição e nossas tradições! Se voltardes as costas à vossa pátria, ela morrerá, então, e os milhares e milhares de legiões não a salvarão, e os milhares de césares sedentos de sangue em vão gritarão contra os ventos.

Os olhos percorriam desesperadamente os rostos. Então a cabeça tombou-lhe sobre o peito e ele saiu do *podium*, caminhando vagarosamente, naquele silêncio acovardado, até as portas, e sem olhar para trás. Os jovens soldados que ali estavam, com os olhos fixos nele e os rostos resplandecentes, perfilaram-se e saudaram-no e ele, voltando para os moços seus olhos cegos de lágrimas, sorriu-lhes como um pai cujo coração sangrasse.

Depois, endireitou-se, como um general ferido que morre pela pátria, e retribuiu-lhes a saudação militar.

Carvílio Ulpiano precipitou-se para o Palatino em sua liteira. Seu capataz chicoteava os escravos núbios para que tomassem velocidade furiosa, e seu trombeteiro corria diante da liteira, tocando e gritando: "Fazei caminho para o nobre senador Carvílio Ulpiano!" As turbas fervilhantes afastavam-se, na Via Ápia, alvoroçadas, mas havia os que paravam para zombar e cuspir na direção da liteira cujas cortinas estavam cerradas.

Descendo no Palatino, Carvílio subiu aos saltos a longa escadaria de mármore, como um jovem, achegando ao corpo a toga senatorial, o que fazia sobressair seu ventre adiposo. Trazia no rosto terror e sórdida apreensão. Os lacaios e soldados afastaram-se à sua passagem frenética. Os vigilantes dos vestíbulos ficaram impressionados com a sua agitação e prometeram informar Tibério César de que o senador desejava falar imediatamente com ele, e pela mais urgente necessidade.

Foi admitido na biblioteca de César. Tibério estava, languidamente, lendo mensagens militares. Levantou seu rosto pálido e frio quando Carvílio Ulpiano apareceu e seus lábios embranquecidos torceram-se. Disse:

— Cumprimentos, Carvílio. Congratulo-me contigo por teres vindo tão junto dos calcanhares dos meus informantes. Deves ter voado do Senado até aqui. Mercúrio emprestou-te suas asas?

Levantou uma taça de vinho até os lábios, sorveu um gole, e sobre a beirada de ouro e pedrarias da taça seus olhos eram uma geada negra, cheia de malicioso divertimento.

Carvílio foi apanhado de surpresa. Sentiu os joelhos tremerem diante de Tibério, e beijou a mão pálida e indiferente que o outro lhe estendeu.

— Senhor — falou, em voz trêmula —, já foste informado, portanto não é necessário falar-se na atrevida traição de meu parente por afinidade, Diodoro Cirino. Juro-te, Divino César, que se eu soubesse que ele iria agir assim, jamais o teria levado ao Senado. Em suas visitas anteriores à Câmara, como meu convidado, servia apenas para divertir os senadores e eu pensei que hoje aconteceria a mesma coisa. Mal sabia que meus ouvidos e os ouvidos de meus colegas iam ser atingidos pelas expressões mais traidoras contra tua pessoa divinal, e que ele iria gritar contra ti e contra teus decretos!

Uniu as mãos, em gesto de súplica, e seu rosto suava de pavor.

— Ele é meu parente por afinidade, mas eu o denuncio.

— És homem discreto e de novo eu me congratulo contigo — falou Tibério, secamente. Não mandou que o senador se erguesse de sua posição ajoelhada, e não lhe ofereceu vinho. Os pretorianos, das grandes portas douradas, olhavam para Carvílio Ulpiano, e seus rostos, como que esculpidos em bronze, mostravam-se imóveis.

Tibério contemplava sua taça. Estava sentado numa cadeira de marfim, e sua toga branca, bordada com a púrpura imperial, envolvia um homem alto e magro, de rosto frio e absorto, de expressão inescrutável. Então falou, a voz dura e melancólica, como para si próprio:

— Sou um soldado. Estou rodeado de bajuladores e mentirosos, e nisso Diodoro diz a verdade. Que vem a ser o elogio derramado e sem compreensão, dado apenas por ambição ou medo? O que é a lisonja, se os lábios que a articulam só o fazem por bajulação, e nessa bajulação buscam proveito? Ouvidos estúpidos são servos de língua ainda mais estúpida. Como soldado, prefiro homens de simples verdades e sem complexidades, que falam com honra e patriotismo. Também prefiro a condenação da inteligência aos aplausos da populaça. Mas onde estão os homens de hoje em Roma?

Carvílio Ulpiano ouvia-o, incrédulo, umedecendo os lábios que se haviam tornado ressecados de repente. Estava apavorado.

— Divino César — gaguejou ele —, não compreendo.

— Não — disse Tibério. — Tu não poderias compreender. — Tornou a contemplar sua taça. — Como soldado, posso prestar homenagem a Diodoro Cirino. Conheço-o bem. Não é mentiroso e jamais o ouvi dizer uma mentira. Ama sua pátria.

O Imperador riu, um riso curto e amargo.

— Só por isso merece a morte! Quem ama Roma, agora? Tu, Carvílio Ulpiano? Eu, César?

O senador acocorou-se sobre os calcanhares e estremeceu.

— Deixa-me dizer isto — falou Tibério, calmamente. — Césares venais, césares enlouquecidos pelo poder, jamais tomam, jamais destroem a lei e seu país. O poder lhes é imposto por um povo mau e desprezível, um povo ávido, estúpido e cúpido, egoísta e pusilânime. Onde estão os guardiães da liberdade do povo, então? Vós ficais silenciosos, sois escravos em espírito, sois ladrões e covardes. Mas um povo merece os legisladores que tem. Merece a ti — disse ele.

Deuses, ajudai-me!, pensou o senador, a mente rodopiando. Mordeu o lábio, tremeu, seu corpo todo fremia. Tibério sorriu, sombriamente.

— O que eu te disse não será repetido por ti, meu caro senador, meu caro e devotado amigo.

— Divino César — falou o senador, com os lábios trêmulos —, eu nada ouvi!

— Bom. É muito triste que mesmo os césares precisem às vezes ter o desejo de dizer a verdade. Eu te agradeço pela minha felicidade, Carvílio.

Pousou com força a taça sobre o mármore dourado da mesa que tinha ao lado e, não sendo ele homem violento, o gesto foi mais terrível do que o de qualquer um mais veemente.

— Roma! — disse ele. — Reconheço eu esta Roma de escravos poliglotas, dos citas, bretões, gálios, bárbaros, gregos, assírios, egípcios, e a escumalha de todo o mundo? Onde estão os romanos? Perderam sua identidade. Perderam sua língua, suas mentes, suas almas, sua virilidade. Que tenho eu a fazer com uma tal Roma? Não sou homem digno! Sou o que meu povo fez de mim. Sou seu cativo, não seu Imperador. Não se pode escapar ao mal de um povo degradado.

Suas mãos apertaram os braços da cadeira.

— Estou aqui apenas pelo imundo desejo de uma nação obstinadamente resolvida a suicidar-se. Se transgrido a lei e a Constituição, em favor de sua avidez, eles me aplaudem. Se abandonei a esperança de restaurar o Tesouro, louvam-me por ter tomado a peito seu bem-estar. Seu bem-estar! Cães e chacais!

Fixou os olhos no senador atônito, que se humilhava servilmente diante dele. Houve, então, um imenso e envolvente silêncio na grande biblioteca. Os soldados estavam perfilados, como estátuas cegas.

Então, Tibério tornou a falar.

— Apesar disso, é tarde demais para a verdade, e os que falam a verdade não têm o direito de viver em Roma. Portanto, Diodoro Cirino deve morrer. Como ousa ele falar a verdade em tal nação!

Fez um sinal ao capitão da guarda, que se aproximou saudando-o.

— Irás imediatamente, capitão, à propriedade do tribuno Diodoro Cirino, e dir-lhe-ás que seu Imperador, seu general, não tem mais necessidade de seus serviços, e que, neste caso, ele tem de obedecer.

Apesar de si próprio e de sua traição, Carvílio Ulpiano pestanejou. Sabia o que aquilo significava. Diodoro estava recebendo ordem para se atirar contra sua espada.

O capitão saudou, girou nos calcanhares, fez sinal a dois soldados para que o acompanhassem e deixou a biblioteca. Carvílio permaneceu de joelhos, a cabeça baixa. Tibério sorria perversamente, olhando para ele.

— Está feito — disse. — E, novamente, congratulo-me contigo, Carvílio Ulpiano. Meus informantes eram homens inferiores, metidos à sorrelfa no Senado e eu, como o deus que fizestes de mim, não podia acreditar muito nas palavras deles. Diodoro precisava ser condenado por um de seus iguais, e tu me prestaste esse serviço.

O senador ergueu a cabeça, e Tibério fez um gesto de assentimento.

— Sim, compreendo — disse o Imperador. — É do costume confiscarem-se os bens daquele que denuncia César e fala traiçoeiramente. Mas eu estou disposto a ser misericordioso. Decretarei que a fortuna de Diodoro permaneça com sua viúva e seus três filhos. Aplaude-me por minha compaixão, Carvílio Ulpiano!

O senador estava dominado pelo desalento. Seus olhos foram observados pelos olhos glacialmente frios de Tibério, e este tornou a assentir com a cabeça, dizendo:

— Pensaste, não é mesmo?, que, como meu devotado amigo e adorador, e denunciante do traidor que falou contra mim, eu te recompensaria com as propriedades de Diodoro Cirino. Ah! Vamos, Carvílio, tu és homem muito rico, e eu te recompensarei em ocasião que considerar própria, à minha maneira. Mas não com a fortuna de Diodoro e não em tal medida.

O senador estava doente de desespero, desapontamento e também porque sentia sua degradação. Não era homem inteiramente perverso. Teria preferido viver em paz, em agradável luxo; nem por um instante pensara que Diodoro, excelente bastante para atacar senadores, tivesse passado o limite de segurança. Afinal, Diodoro era estimado por Tibério pessoalmente, e o senador sentira satisfação ao ouvi-lo atacar os outros senadores, muitos dos quais ele não tinha em bom conceito. Tinha, mesmo, exibido Diodoro aos seus rostos astuciosos, na certeza de que eles sabiam que o Imperador o admirava. Mas Diodoro falara contra "falsos césares" em tal tom, e implorara ao Senado que se voltasse para suas antigas leis e prerrogativas, que Carvílio se sentira em tremendo perigo, também.

No caminho, entretanto, considerara que Tibério o recompensaria com as propriedades de Diodoro. Não esquecera Íris, e de cada vez que a via, desde que a família voltara para Roma, seu desejo por ela se tornava como uma fome desesperada.

Inclinou a cabeça diante de Tibério. Depois, gaguejou:

— É, realmente, muita compaixão do Divino César não deixar como mendigos os filhos de Diodoro, que é nobre e tribuno. Mas a esposa de Diodoro é uma liberta e foi, outrora, escrava dos pais dele, viúva de um antigo escravo, que também fora liberto.

— É assim? — Tibério franziu os sobrolhos.

Carvílio olhou para ele ansiosamente, e um pouco de saliva surgiu a um canto de sua boca lasciva.

— Sim, César. Diodoro inventou uma falsa genealogia para ela, de forma a não ofender seus amigos de Roma, e a ti.

A carranca de Tibério fez-se formidável. Tamborilou com os dedos sobre a mesa, pensativo. Depois, involuntariamente, seus olhos fixaram-se no senador, que se remexia no chão, em sua excitação e ansiedade.

— Ah! — disse o Imperador. — E é uma bela mulher, a tal liberta?

— Das mais belas, majestade!

Tibério sorriu:

— E tu serias o tutor dos filhos de Diodoro, e particularmente de seus cofres. E quererias que eu revogasse a liberdade da bela esposa de Diodoro e que a desse a ti, em sinal da minha gratidão?

— Há anos eu a desejo, majestade, desde que a vi pela primeira vez em Antioquia. Ela é a própria Afrodite!

Tibério estudou-lhe o rosto, impassivamente. Depois disse:

— Amanhã, baixarei um decreto resolvendo que a esposa de Diodoro seja tutora de seus filhos e da fortuna do pai deles, e que o nome dela e sua falsa genealogia sejam inscritos nos livros públicos de Roma.

Carvílio ficou a olhar para ele, boquiaberto, os olhos exorbitados, os braços caídos ao lado do corpo; estava cheio de terror e vergonha.

Tibério, então, ergueu sua taça da mesa e atirou o conteúdo no rosto do senador.

— Aqui tens — disse-lhe — tua justa recompensa, meu nobre senador.

24

Keptah estava sentado no jardim, dominado pela exaustão e pelo desgosto. Suas mãos jaziam abandonadas sobre os joelhos e seus olhos fatigados desfaleciam. Viu o céu que se avermelhava sobre as colinas e estremeceu. E embora o ar se mostrasse tépido ele sentia frio. As árvores, mirtos, carvalhos, pinheiros e salgueiros banhavam-se de luz rosada, e o zênite do céu luzia com muitas colorações delicadas, como uma opala. O cincerro de uma vaca soava docemente, enquanto o gado ia fazendo lentamente seu caminho para os estábulos, e uma cabra elevou sua voz, grasnidos dos gansos protestavam contra os pastores que os tangiam, e os carneiros deitavam-se pacificamente sob as oliveiras e nos declives das colinas mais próximas. Agora, uma pequena luz crescente estremecia no vermelho ocidental do céu. Em Keptah não havia tranquilidade e seu rosto moreno estava pálido e esgotado.

Como pela manhã, o vigilante do vestíbulo veio procurá-lo excitado, mas dessa vez o rosto do homem estava contorcido de medo.

— Senhor! — exclamou ele. — Estão aqui três pretorianos que acabam de chegar, e um deles é alto oficial. Pedem para ver o tribuno imediatamente. Eu lhes disse...

Keptah empalideceu e levantou-se.

— Eu irei vê-los imediatamente. Ofereceste-lhes vinho?

— Sim, senhor. Mas recusaram.

Keptah estacou em seu movimento para a frente e fechou os olhos espasmodicamente. Entrou então na casa e dirigiu-se ao grande vestíbulo, com seu mosaico rude, azul, amarelo, vermelho e branco, suas colunas baixas e corpulentas e seu mobiliário simples. Os raios do sol, um vermelho intenso, inundavam o vestíbulo e, em sua luz agoureira, o médico viu os pretorianos, suas armaduras vermelhas como sangue, suas cabeças cobertas com os elmos mantendo-se altas e sombrias.

— Sou médico, cidadão romano, e tomo conta do pessoal desta casa — disse Keptah para o oficial, inclinando-se. — Disseram-me que desejais ver o nobre tribuno Diodoro.

O oficial olhou para ele por um momento, depois disse:

— Sim. Vim diretamente mandado pelo Divino Augusto, com uma mensagem de grande importância.

Keptah estudou-lhe o rosto e viu mais agudamente as bordas ásperas das pálpebras do jovem soldado, e ficou pensativo. Disse, a seguir:

— Por acaso conheces Diodoro?

A cabeça do oficial ergueu-se, e seus altivos olhos romanos se desviaram dos de Keptah. Falou, truculentamente:

— Ele foi meu general, quando eu era muito jovem e novo no campo, e foi amigo de meu pai. Meu nome é Plócio Lisânias. O tribuno me conhece bem. Foi o padrinho de meu filhinho, nascido há um ano, e eu dei a esse filho o nome de Diodoro, em honra dele. — Sua garganta convulsionou-se de repente, e ele ergueu a cabeça ainda mais alto. — Preciso ver imediatamente o tribuno.

Keptah falou, muito delicadamente:

— Tu sentirás no fundo do coração saber que Diodoro está morrendo. Voltou de Roma hoje, e desmaiou neste mesmo vestíbulo, em meus braços. Há dois anos que está morrendo. Agora, chegou o último instante, e ele expirará antes que a lua se erga por completo. Sua esposa e seus filhos estão agora com ele.

O oficial ficou a olhá-lo por alguns momentos, incrédulo, depois, subitamente, seus olhos de moço encheram-se de lágrimas. Olhou para os soldados e disse:

— Deixai-me a sós com o médico.

Quando ficaram sozinhos, Keptah lhe disse:

— E qual é a tua mensagem, nobre senhor, a um romano heroico que está morrendo como morre um soldado, cheio de ferimentos?

Plócio ficou silencioso. Depois, embainhou sua espada e olhou com altivez para Keptah.

— Como oficial subalterno do tribuno, sei como me dirigir ao meu general — disse. Hesitou, depois continuou: — Meu tio era um bravo e jovem senador, Plócio, cujo nome me foi dado, e que o Senado condenou à morte há alguns anos, e não pela espada do soldado nem protegido pelo escudo do soldado. Morreu, ignominiosamente, pelo veneno da mente dos homens.

— Não morreu ignominiosamente — disse Keptah, com tristeza. — Não há verdadeiro herói que morra assim. Ele vive no coração de seus compatriotas, para sempre, e no âmago brilhante da História.

Conduziu, então, o oficial até o aposento de Diodoro, onde o tribuno jazia imóvel em sua cama, sob o profundo vermelhão do poente. Estava consciente, entretanto, rodeado por sua esposa e seus filhinhos. Plócio, oprimido como estava, viu que a esposa de Diodoro era bela e régia como Vênus, sentada à beira da cama e segurando a mão do esposo. Na sua atitude havia amor, devotamento e fortaleza espiritual. As crianças estavam de pé junto do leito paterno, chorando lastimosamente, e o tribuno tentava consolá-las.

— Ah! Meu Prisco — dizia ao mais velho, em voz amorosa e fraca. — Não deves sofrer assim. És meu filho, e serás um soldado, e soldados não choram. Deveis tomar conta da tua mãe, de teu irmão e de tua irmã e recordar, sempre, que a morte é preferível à desonra.

Subitamente calou-se e arquejou. Íris curvou-se sobre ele e beijou-lhe a fronte pálida, onde corria o suor da morte, depois beijou-lhe os lábios. Seus cabelos dourados tombaram sobre ele como um véu. Diodoro ergueu a mão trêmula e fraca para aqueles cabelos. Íris deitou a cabeça sobre seu peito arquejante, e ficou inteiramente imóvel.

— Minha muito querida, minha muito amada esposa — murmurou ele. — Mãe dos meus filhos. Eu vou, mas não vou para sempre. Esperarei por ti, fora destes portais, e quando teu dia chegar eu estarei ali, para tomar-te a mão novamente, na paz e na resplandecência eternas.

Keptah e Plócio aproximaram-se da cama e Diodoro notou-lhes a presença. Seus olhos moribundos fizeram-se vívidos e alertas.

— Ah! Plócio — disse ele, com ligeiro espanto —, ouviste dizer que estou sendo chamado para os vestíbulos de Plutão. Obrigado por teres vindo, pois tu és como um filho para mim.

O arrogante pretoriano ajoelhou-se do outro lado da cama e olhou para o tribuno; de seus olhos de soldado corriam lágrimas de soldado. E disse:

— Nobre Diodoro, eu tenho uma mensagem para ti, vinda de César, e que te devo transmitir pessoalmente.

O rosto acinzentado de Diodoro modificou-se. Tentou levantar a cabeça. Olhou para Íris por um momento, depois para as crianças, e seu rosto balançou. A última agonia que devia sofrer correu como lívida maré pelas suas feições.

O soldado ergueu a voz e disse, claramente:

— César chorará esta noite, pois a mensagem que te trouxe, meu general, é um chamado para que te apresentes diante dele a fim de discutires a colocação pouco satisfatória de certo general no campo. Ele deseja que seja a tua própria pessoa que substitua o general.

Uma grande vaga de alegria envolveu o rosto de Diodoro. Olhou arrebatado para a esposa:

— Ouviste, minha bem-amada? Falei contra Tibério hoje, dizendo que ele era um falso César, sedento de sangue e corrupto, e ainda assim recordou-se de que sou um soldado e deseja dar-me a honra que se dá a um soldado. Ah! Então ele não é venal como julguei e há ainda esperança para Roma, minha pátria querida!

Sua mão incerta procurou a mão de Plócio, e o jovem oficial baixou a cabeça e beijou aquela mão, sentindo contra seus lábios a frialdade da morte.

Diodoro falou, em voz mais alta:

— Dize a César que Diodoro Cirino não pôde responder ao seu chamado, pois foi solicitado por alguém maior do que ele, em cujas mãos deve encomendar seu espírito.

Tentou levantar Plócio, mas este continuou ajoelhado e chorando.

Então Íris soltou um grande grito e tombou sobre o corpo do marido, como uma bétula branca derrubada pelo raio.

Keptah e Plócio voltaram para o vestíbulo, ouvindo o som de pranto que se erguia de todos os cantos da casa. Plócio ali ficou, em silêncio, a cabeça baixa, os lábios severos latejando. Finalmente, olhou para o médico, e disse:

— Foi Carvílio quem procurou César, mas, fosse como fosse, o resultado teria sido o mesmo. — Fez uma pausa, e concluiu: — Não te aflijas pela esposa e pelos filhos dele. Com meus próprios ouvidos ouvi Tibério dar sua palavra que eles não seriam atingidos, e que a esposa de Diodoro seria nomeada tutora das crianças e da fortuna, e que sua genealogia iria ser inscrita nos livros públicos de Roma, testemunhando sua ascendência patrícia.

— Deus é misericordioso — disse Keptah. — Mesmo do mal ele pode retirar o bem, louvado seja o Seu Nome.

O Senado, ao ter conhecimento da morte súbita de Diodoro, resolveu, furtivamente, entre seus membros, que não compareceria ao funeral, receoso da cólera de César. Tais membros ficaram atônitos, em perplexidade, quando César ordenou que estivessem todos presentes, com honras integrais e suas togas senatoriais. Não podiam acreditar no que ouviam quando souberam que a própria Guarda Pretoriana de Tibério escoltaria o corpo até a pira, em completo garbo militar, e que um destacamento de velhos soldados, membros da antiga legião de Diodoro, deveria levar o corpo, envolvido nas bandeiras do Império. A última e estupefaciente notícia foi que o próprio Tibério faria a oração fúnebre, vestido com seu aparato militar e de pé sobre sua biga de guerra. Dez corneteiros também ali estariam, e dez tambores.

Antes de entregar o corpo à pira, Tibério disse:

— Aqui estava um soldado de Roma, simples em suas palavras, terno em seu coração, arrebatado em sua cólera e rápido em sua misericórdia. Aqui ESTÁ um soldado de Roma, que ajudou a forjar o Império com sua espada valente que ninguém jamais ouviu pronunciar mentiras, ou enganar, ou trair, tanto sua pátria como seu próximo. Nós, de pé neste momento, não o podemos honrar, pois a honra lhe foi dada pelo nascimento, manteve-se a seu lado no campo de batalha e deitou-se a seu lado quando ele morreu! Não somos nós que entregamos suas cinzas às cinzas de seus pais, e às mãos dos deuses. Ele jamais os desertou.

Alguns dias depois, Carvílio Ulpiano era misteriosamente envenenado. Contaram isso a Keptah, que disse:

— Que ele tenha paz, como Diodoro a conquistou.

25

Aquele fora o mais miserável dos invernos. As Sete Colinas erguiam-se como sepulturas fortificadas, imóveis como a morte, recobertas por uma crosta de neve durante longos e amargos dias. A Campânia, alternadamente, estalava com o gelo, ou escurecia com a absorvência pantanosa. A neve soprava sobre o rosto das pessoas, as estradas reluziam como espelhos, levantavam vapor gelado à hora do meio-dia, tornavam a luzir sob uma lua de aço. Os palácios brancos assemelhavam-se a lousas e ossos apoiados nas extremidades, contra a brancura que os rodeava. Suas colunas deixavam escorrer água mortal e suas cornijas fremiam com os pingentes de gelo. O Tibre imobilizava-se pesadamente, e às vezes sua corrente fluía entre neve, como a corrente escura do Estígio, refletindo um céu esmaecido e um pálido sol. Fumaça elevava-se dos centros dos templos e dos lares dos ricos; mas no além-Tibre havia uma quietude como de peste; pessoas pobres, desoladas, famintas, amontoavam-se, aconchegando-se umas às outras em aposentos minúsculos e fétidos, para obter calor. De vez em quando, o vendaval invernoso mugia através da grande cidade segregada, como em cólera divina, e o povo declarava que aquela ventania estava cheia de vozes selvagens, que não pertenciam à Terra. Poucos iam para o Exterior, mesmo as senhoras com seus casacos de pele e suas liteiras aquecidas. Preferiam sentar-se no aposento menor e mais quente de suas casas, trazendo para junto de si os braseiros repletos de carvões ao rubro. Às vezes, turbas reuniam-se no Panteão, no centro do qual, sobre o próprio piso de mármore, protegido por uma lâmina de aço, grande fogueira fora levantada. As estátuas dos deuses e das deusas, em seus nichos dourados, pareciam vivas e movimentadas contra as sombras vermelhas e faiscantes. A fumaça da fogueira e do incenso revelava-as e depois as escondia, revelando-as de novo, como que através de nuvens. O imenso orifício do forro lançava a fumaça para fora e quando o vento mudava caprichosamente de direção, a mesma fumaça era devolvida ao templo, onde quase sufocava seus tiritantes frequentadores. As estátuas iam lentamente adquirindo tons sombrios, e seus pés brancos escureciam.

Os velhos de barbas grisalhas diziam aos jovens, pomposamente:

— Este não é o pior dos invernos. Recordo-me de quando o Tibre ficou de braços gelados durante semanas, e as pontes pareciam mármore de gelo, reluzindo de maneira tão deslumbrante à luz do sol, quase cegando os que as atravessavam. Vós, jovenzinhos, é que sois fracos e moleirões!

As pombas juntavam-se sob os beirais; algumas delas congelavam e tombavam na calçada. Suas vozes silenciavam.

Sua Majestade, Augusto Tibério, sua corte, todo o Senado, todos os cavalheiros, os augustais e o pessoal de suas casas, escravos prediletos, libertos, concubinas, esposas e filhos, gladiadores, cantores, dançarinos e lutadores, pugilistas e condutores de bigas deixaram Roma num vasto êxodo, para as ilhas aquecidas da Baía de Nápoles, ou para Pompeia ou Herculano. Correios, em cavalos velozes, corriam entre a cidade, e Nápoles, e suas ilhas, com os últimos boatos e notícias, e as cotações diárias do mercado, bem como relatórios sobre o tempo. Diziam estar os celeiros assustadoramente vazios, o povo desesperado e alimentando desejos de vingança. A corte e os que a rodeavam, entretanto, erguiam os ombros. Era agradável ver o mar cor de ameixa, ao crepúsculo, fluindo com reflexos vermelhos vindos do céu ardente; jantar nos terraços e nos jardins fechados, que os sons vindos dos pássaros, inquietos e das fontes povoavam; visitar Tibério, jogar e beber, rir e divertir-se com os variados entretenedores que os haviam seguido, como animais comedores de carniça. Tibério construíra grandes áreas de banhos na ilha de Capri e barcos coloridos corriam para eles, com regularidade, cheios de risos e dos rostos pintados das damas.

Então, quase entre um dia e uma noite, o vento sul rugiu baixinho sobre a crestada terra nortista, cheio de perfume da vida e da fragrância dos campos longínquos de flores, e de promessas de verão. Em Roma tudo começou a gotejar e a tilintar, em súbito degelo; colunas ardiam de luz, platibandas corriam como cataratas, e as Sete Colinas e seus palácios repletos brilharam com o sol vivaz. As ruas inundaram-se com água de mau cheiro, mas o povo sentia-se feliz. As lojas abriram-se, os mercados alvoroçaram-se outra vez com a vida, o movimento dos animais e das criaturas humanas, os coloridos das mercadorias. As tavernas encheram-se, um perfume de pastelarias e carne assada introduzia-se no vento tépido. Um fluxo contínuo de passageiros apareceu animadamente pelas estradas que levavam à cidade. Os campos ondulavam com extensões de pequenas papoulas vermelhas, como sangue vivo. A Campânia, como sempre, cheirava mal, e nuvens de mosquitos apareceram. Mesmo eles não incomodaram demais o povo, pois que eram arautos da primavera que voltava. O inverno, com suas férreas misérias, foi esquecido. O Tibre corria, sob o sol esverdeado, e as pontes fervilhavam de gente. Tibério e sua corte voltaram à cidade.

— É uma pena que o Senado também esteja voltando — disseram alguns céticos, azedamente. — Pelo menos durante o inverno não tivemos de suportá-los e à sua corrupção. Ufa!

Tibério não era popular; a natureza fria, o rosto fixo e pálido não o recomendavam à volúvel populaça romana, que preferia em seus césares certa vivacidade e histrionismo. Gaio Otávio, um simples soldado, não servira para o temperamento dela e Tibério ainda servia menos. Alguns dos velhos falavam de Júlio César e da animação de seus amigos. Então, eles apenas sacudiam as cabeças quando seus filhos e netos faziam lembrar que Júlio fora um ditador em potencial e um desprezador do Senado, e que Otávio e Tibério prestavam deferência ao Senado de acordo com a Lei.

— E chamais a isso leis? — perguntavam os velhos, com soberbo desdém. — O Senado pode ter a aparência do poder, mas Tibério é o poder. Abdicaram em favor dele para terem por sua vez mais poder! Isso não é absolutamente um paradoxo.

As multidões encaminhavam-se como rebanhos para a Porta Ostiana, a fim de observar o retorno de Tibério e de seu séquito, mesmo antes que o sol se levantasse em dourado esplendor sobre as casas mais para as bandas do leste, e sobre os palácios e colinas. César para primeiro em Âncio para visitar sua vila e para se divertir à sua maneira parcimoniosa, além de sacrificar a Ceres e Proserpina, agora que esta última havia voltado para sua mãe, saída dos vestíbulos crepusculares da morte. Mesmo sua própria face, imóvel e descolorida, parecia tomar certo fulgor de vida que retornava a seu tom; estava menos áspero do que de costume, com os senadores. Quando viu as vastas turbas que o esperavam à Porta Ostiana, rodeado como estava pelos seus pretorianos que levavam as águias romanas, chegou a sorrir, à sua maneira frígida. Desdenhoso da multidão fervilhante, era ainda humano bastante para se sentir aquecido pela estrondosa ovação que lhe prestou ela. Estava de pé em sua biga dourada, como um corredor, e levantou seu braço direito, em rígida saudação militar. Poeira amarela, iluminada pelo sol, cintilava em derredor dele e também aquilo, depois do inverno úmido e gélido, deliciava o povo. Embora assobiassem para as damas, lançassem risonhas imprecações aos senadores, fizessem, mesmo, comentários sardônicos sobre o próprio Tibério e zombassem dos augustais e dos patrícios aqueles homens e mulheres sentiam-se felizes.

O inverno sombrio e escuro, chicoteado pela neve e pela areia áspera, fora esquecido, também, nos domínios do tribuno morto, Diodoro. Quase da noite para o dia, ao que pareceu, as colinas estouraram em verdor, os olivais faiscaram como prata nova, o regato luziu com tom azulado quase celestial, o céu emaciou-se em turquesa delicada, os campos dançaram com as papoulas, e os ciprestes pontudos e negros recortaram-se contra o firmamento, perdendo sua rigidez. Renovos intumesciam e expandiam-se em árvores; as pastagens aveludavam e tornavam-se esmeraldinas; os cordeiros novos saltavam atrás de suas mães; os cavalos recomeçavam seu eterno jogo libidinoso com as mulas; o gado perambulava de cá para lá e ficava a observar seu reflexo nos pequenos crescimentos do rio minúsculo; folhas pequeníssimas apareciam nos roseirais dos jardins, e as fontes libertas murmuravam ao longo dos pórticos, arcadas e colunatas. Pássaros gorjeavam veementes, enquanto se preparavam para construir novos ninhos. E ao entardecer o ar resplandecia de amplo e tépido ouro, a estrela vespertina parecia nascida de novo e a luz cúprica suspendia-se, baixa, no horizonte, dentro de uma névoa do derradeiro escarlate. E mais doce do que tudo, mais excitante, era o apaixonado e invasor perfume da terra, ao mesmo tempo sagrado e carnal, ao mesmo tempo pacífico e perturbador.

Lucano jamais vira uma primavera romana. O Oriente vermelho e turbulento tomava apenas uma forma ainda mais turbulenta naquela época do ano. Agora, aquela suavidade verde e primaveril, aquele som murmurado e doce, aquele contraste delicado de colorações o encantavam, apesar de todo o seu desgosto e da inquietação crônica de seu espírito. Mesmo no pequeno hospital para os escravos, ele não podia evitar erguer a cabeça ainda no meio de um grave exame, para ouvir as vozes da terra e aspirar o divino e insistente perfume, sentindo a tepidez do vento macio contra suas faces. Às vezes, chegava mesmo a sorrir, e era jovem novamente.

— Mesmo o mais duro dos miseráveis sentiria uma promessa na primavera — disse Keptah a Cusa, numa tarde abençoada, quando ambos estavam sentados no pórtico externo e olhavam para o céu. — É a profunda promessa de Deus, e homem algum pode resistir-lhe, embora seu coração esteja vazio como um vaso quebrado.

— Lucano resiste com certo sucesso — disse Cusa.

— Ele pensa demais em Diodoro — comentou Keptah, com tristeza. — Uma vez, repreendeu-me por ter deixado o tribuno ir à cidade naquele dia fatal. Gritou-me que eu lhe devia ter dado uma droga que o adormecesse. O fato de o destino do tribuno ser inevitável, como homem de caráter, integridade e honra que era, em nada aliviou a cólera do jovem contra mim. Como todos os jovens, ele é impulsivo. Está determinado a fazer seu caminho ao longo do Grande Mar, nos navios barulhentos e pelos portos, cidades e comarcas fétidas, pois acredita que esse seja o seu dever. Disse-lhe que Diodoro estava preocupado com seu próprio dever, tão selvagemente quanto ele se preocupa com o seu.

— E que disse ele ao ouvir isso? — indagou Cusa, avidamente.

— Disse que Roma já estava perdida, mas o homem não está perdido! Uma resposta de sofista, não pude evitar de dizer-lhe. O homem é o seu próprio carrasco; pendura-se pessoalmente em sua própria cruz. É sua própria doença, seu próprio fado; sua própria morte. Suas civilizações são as suas expressões. Mas nosso jovem médico não se preocupa com as civilizações. Pensa apenas nos oprimidos, desprezados, rejeitados, que assim se acham porque suas nações apodrecem e porque eles trabalharam para que assim seja. Apesar disso, está mais agarrado ao seu estreito ponto de vista do que mosca ao âmbar. Os homens sofrem pelos homens, disse-lhe eu, mas ele responde que algo amorfo como a sociedade é o torturador do homem. Só Deus, é o que ele pensa, e os poderosos que Ele criou são os opressores.

Keptah voltou-se para Cusa, que refletia sobre isto. E, como perguntara muitas vezes antes, perguntou agora:

— Tens certeza de que havia peste naquele navio?

— Senhor Keptah, tenho toda a certeza. Descrevi várias vezes os sintomas para ti, o aspecto dos mortos, os bubões e os vômitos de sangue.

Keptah confirmou com um movimento de cabeça.

— Embora eu saiba muito que não te posso dizer, meu bom Cusa, estou ainda espantado com o que me contaste.

Cusa olhou fixa e curiosamente para Keptah no crepúsculo tépido de ouro e escarlate.

— És muito misterioso. Eu acredito que ele foi dotado pela divindade. É protegido de Quíron,[1] não há dúvida. Tento lembrar-me disso, quando ele me exaspera demais.

Keptah ficou um instante silencioso, depois disse:

— Há outra coisa que devora e entristece o rapaz, além de seu desgosto a propósito de Diodoro.

Cusa animou-se, pois tanto quanto a esposa Calíope, gostava de comentar a vida alheia. Pela primeira vez falou a Keptah da dama escondida na liteira, que viera dizer adeus a Lucano, nas docas de Alexandria:

— Vi-lhe a mão branca — disse ele com satisfação —, embora não lhe visse o rosto. Mas a mão era notavelmente pequena e bela, e nunca vi mulher feia com mão igual àquela, nem mulher realmente bela que tivesse mão feia. Lucano voltou ao navio com o rosto morto e imóvel e seus olhos abatiam-se de desgosto e desespero. Incidentalmente, ele beijou aquela mão.

Keptah endireitou-se na cadeira e coçou o queixo, a expressão mostrando-se animada:

— Uma dama! Damas não vão a docas cheias de escravos e de populaça para dizer adeus, a não ser que amem e sejam amadas. Ah! A coisa se explica! Ele renunciou à dama, e a todas as damas, por causa da sua obsessão. Apesar disso, regozijo-me. Continuemos a ter esperança. Se a dama tem liteira e escravos, tem dinheiro, e uma mulher que ama e tem dinheiro é tão inquieta, audaciosa e inamovível como um tigre. Lucano tornará a vê-la.

---

[1] Centauro, figura mitológica, metade cavalo, metade homem, filho de Saturno, muito versado na arte de curar, considerado, por isso, protetor dos médicos e íntimo dos deuses da medicina.

— Ela terá que ser de fato muito audaciosa — disse Cusa, ambiguamente. — Mas é possível que também nisto tenhas razão. Lucano passou muitas noites perambulando pelo navio, como sombra, sem nada dizer. Também o ouvi chorar dolorosamente, dormindo, como quem chora pelos mortos.

Lucano estava sentado com sua mãe e irmãos, à noitinha, e mostrava-se ainda mais calado do que de costume. Olhava para os vales verdejantes, que as sombras cobriam, e para as colinas iluminadas pelo sol poente. O ar tinha iridescência, como se repleto de pedras preciosas pulverizadas, e nas concavidades mais escuras dos jardins os vaga-lumes começaram a faiscar silenciosamente.

A carnadura de Íris perdera seu fulgor rosado e fizera-se de um palor translúcido semelhante ao da madrepérola, e o azul de seus olhos se intensificara com a calada serenidade de um sofrimento resignado. Lucano sentia-se tomado de orgulho e piedade; via sua mãe, não apenas como tal, mas como esposa e mulher, e em muitas ocasiões cogitara em que pensaria ela, o que desejaria. Às vezes, ela o surpreendia pela sua aceitação dos acontecimentos e da morte do esposo amado. Teria preferido vê-la rebelada e colérica contra os fados. Certa vez, Íris lhe dissera:

— Sei que Diodoro vive, e que algum dia irei reunir-me a ele, com alegria e júbilo, pois Deus é bom e Ele não desapontará Seus filhos.

Havia ocasiões em que ela era, para Lucano, um mistério impenetrável.

Amava seus próprios filhos, os que tivera de Diodoro, a pequena Aurélia e Gaio Otávio, mas parecia amar ainda mais o filho de Diodoro e Aurélia. O alegre Prisco era afetuoso e devotado, adorava sua madrasta e, apesar de sua natureza afável, tinha profundo senso de responsabilidade, embora mal tivesse feito cinco anos. Parecia um pai, em relação à sua irmãzinha, cujo cabelo se assemelhava ao da mãe e cujos olhos castanhos e meigos, luziam com doçura; e para seu pequeno irmão, que ainda não tinha dois anos, mas caminhava pela relva, vacilante e grave, observando as flores como um filósofo. O pequeno Gaio fazia lembrar seu pai, espantosamente, e às vezes aquilo divertia Lucano. Prisco, porém, tocava-lhe dolorosamente o coração, pois seu rosto era o da irmã morta, Rúbria, e tinha de Rúbria a vivacidade e a alegria.

Gaio desejou inspecionar os vaga-lumes, porém Íris apanhou-o no momento exato em que ele tropeçava e colocou-o sobre seus joelhos, beijando-o. O cabelo dourado da mãe foi iluminado num relance pelo último fulgor de sol, antes que ele expirasse atrás das colinas que iam escurecendo suas cristas ainda douradas. Gaio inspecionou seriamente o rosto materno, depois encostou a cabeça escura e redonda contra o peito dela, que se curvou sobre o menino.

— Embora ele mal saiba falar — disse Íris —, tem pensamentos muito profundos e faz as mais intrigantes perguntas deste mundo. — Relanceou os olhos para Lucano e rematou, baixinho: — Como seu caro e amado irmão.

Lucano nada disse. Tentara, durante todos aqueles meses, manter-se à parte de sua família, receando amá-la demais. Sentia-se repleto de inquietação e ansiedade selvagens. Devia ir-se dali o mais depressa possível ou aquelas crianças e sua mãe lhe tomariam o coração e o despedaçariam de dor em suas mãos. Observava a lua lustrosa surgir trêmula por trás de uma colina. Para ele, a lua era como um crânio velho, batido pelo desgosto e pela tragédia. Sua beleza, portanto, não o comovia, pois era a beleza da morte, tal como no amor existe sempre tal beleza ameaçadora.

Íris observava-o por sob os cílios. Via o resplendor branco do rosto dele, a rigidez de sua expressão, seus olhos que se furtavam. Suspirou. Então, disse:

— Nunca fui mulher de temperamento tão expansivo que pudesse falar abertamente das minhas emoções. Mas tu deves compreender, meu filho querido, o que significa para mim ter minha família comigo, e tu em casa finalmente, depois de todos esses anos. Não é maravilhoso que tenhas sido nomeado, através da graciosa vontade de César, para o cargo de médico-chefe oficial de Roma? Estarás na cidade apenas três dias da semana, e depois voltarás para cá, onde o pessoal doméstico precisa de ti. E tua mãe mais do que todos os outros — acrescentou, em tom mais baixo.

Os lábios de Lucano entreabriram-se, como se fosse falar, mas conservou-se silencioso. Olhava para o belo anel que Diodoro mandara fazer, para com ele presentear seu filho adotivo, quando voltasse ao lar. Era trabalho realizado com grande delicadeza e habilidade, larga e intrincadamente esculpida banda de ouro, na qual se incrustava uma grande esmeralda. Nela fora engastado o caduceu de ouro, emblema do médico, bastão enlaçado pelas duas serpentes e rematado pelas asas de Mercúrio, cravejadas de rubis. Para Prisco, ficara o anel de cavalheiro de seu pai, que, no entanto, não era tão maravilhoso e rico quanto aquele e não tinha a metade da significação que aquela joia trazia. Diodoro não esquecera Lucano, no que se referia a dinheiro. Fizera-o beneficiário de grande soma e nomeara-o, em caso de morte da mãe, o guardião de seus filhos. Mas, era o que Lucano dizia consigo mesmo, embora sua mãe não fosse mais tão jovem, quase com trinta e oito anos, tinha boa saúde e poderia esperar viver ainda alguns anos.

Viu que agora precisava falar, embora tivesse evitado tal coisa durante seis meses, temendo perturbar a mãe e aumentar seu desgosto. Disse, o mais delicadamente possível:

— Preciso dizer-te, mãe. Não posso aceitar a nomeação de Tibério. Não posso permanecer aqui.

Íris esperava. Lucano fixou os olhos nela, aguardando lágrimas e protestos, mesmo incredulidade. Íris, porém, esperava calmamente. E disse:

— Conta-me, meu filho.

Ele contou-lhe e ela ouviu-o, a cabeça curvada, as mãos acariciando abstraidamente o pequeno Gaio, que ia adormecendo. Prisco e Aurélia ocupavam-se em correr atrás dos vaga-lumes, e sua tagarelice e risos infantis misturavam-se aos sons dos pássaros vespertinos. A lua erguera-se mais, e o cheiro pungente da terra e dos ciprestes, bem como das árvores de recente floração, tornou-se insistente. De repente, os picos dos ciprestes fizeram-se de prata.

Íris mantinha-se tão silenciosa depois que Lucano terminou de falar que ele disse, finalmente:

— Tu não compreendes.

— Sim — disse Íris —, eu compreendo. És como Diodoro, meu filho querido, e isso me faz feliz. Tens a mesma severidade e disciplina de caráter, a mesma dedicação ao dever, coisas raras neste mundo desmoralizado. Tens consciência, naturalmente, de que o caminho que traçaste para ti próprio é doloroso e solitário, cheio de pedras agudas e sem luz do sol a iluminá-lo?

— Sim — disse ele. — Mas isso não tem importância. De há muito sei que o mundo não tem para mim promessas de alegria ou de felicidade.

— Rezei — falou Íris — para que te casasses e trouxesses tua esposa para esta casa a fim de que eu tivesse netos que me dessem regozijo.

Lucano sacudiu a cabeça.

— Não te esqueceste de Rúbria — disse Íris, e tornou a suspirar.

— Jamais a esquecerei.

Lucano hesitou, depois disse, abruptamente:

— Mas eu amo uma mulher que para mim é Rúbria renascida. Encontrei essa parecença na natureza dela, a mesma força feminina. Seu nome é Sara bas Eleazar. Isto é tudo quanto te posso dizer. Para mim, ela se mistura em minha mente com Rúbria, de forma que se tornam uma e a mesma pessoa. Entretanto, assim como Rúbria desapareceu, Sara também deve desaparecer da minha vida.

Aquilo, para Íris, era uma grande calamidade. Lágrimas subiram-lhe aos olhos.

— Amor entre um homem e uma mulher é coisa sagrada, meu filho, e abençoada.

— Não para mim — disse Lucano, com firmeza, e a mãe viu-lhe o rosto. Um pouco depois, ele disse: — Escrevi hoje a César, agradecendo-lhe a oferta, mas recusando-a. Roma não precisa de mim, como te disse. A cidade está cheia de excelentes hospitais e de excelentes médicos. Há mesmo um bom hospital para os escravos e criminosos mais abandonados, numa ilha do Tibre. Mas nas cidades e comarcas e lugarejos perdidos ao longo do Grande Mar, há poucos lugares para os doentes e para os pobres.

Embora compreendesse, Íris sentia-se um tanto desapontada. Um jovem tão belo e tão bem-dotado, dispondo de tal fortuna, com uma família amorosa, e considerado graciosamente até pelo próprio César! E tudo isso ele abandonaria pelas multidões sem faces definidas, em cidades que para ele não tinham nomes.

— Quero ser livre — disse Lucano. — Quanto mais necessidades um homem tem, menos liberdade. Eu nada quero para mim mesmo.

Tinha as mãos pousadas sobre os joelhos, imóveis, e elas pareciam esculpidas em pedra, à luz da lua que se erguia. O maravilhoso anel brilhava levemente em seu dedo. Lucano vestia-se com uma túnica simples e barata. Seu guarda-roupa era tão pobre e limitado quanto o de um humilde liberto. Ainda assim, sua mãe pensava, o moço mostrava uma majestade para além da de César, e uma nobreza que se igualava a dos deuses. O coração dela subitamente aliviou-se, e Íris sentiu-se misteriosamente confortada. Olhou para o céu que escurecia cada vez mais, como se tivesse ouvido uma voz que dali viesse.

As amas chegaram, vindas da agradável casa que ficava atrás deles, em busca das crianças, e Íris levantou-se. Quando as mulheres levaram os pequeninos, ela seguiu-os com seus olhos azuis, molhados de ternura. Então, pôs uma das mãos no ombro do filho:

— Deus esteja sempre contigo, meu querido Lucano — disse ela, deixando-o.

Keptah encontrou Lucano sozinho à luz do suave luar, sob as lustrosas murtas. Os ciprestes recortavam-se negros, contra a luz, e uma grande imobilidade envolvia os jardins. Keptah sentou-se na cadeira que Íris ocupara e ficou a olhar para o seu antigo aluno.

— Contaste à tua mãe — declarou ele.

Lucano moveu-se, constrangido.

— Contei. Ela compreende.

— Tens a visão de vida mais espantosa — disse Keptah. — Como não tenho tal visão, embora reverencie a tua, só posso ficar atônito. Apesar de que, naturalmente, estava determinado que seria assim.

— Por quem? — perguntou Lucano, desdenhosamente. — Eu fui quem determinou a minha vida.

Keptah sacudiu a cabeça:

— Não. — Fez uma pausa e continuou: — Estás em erro, também, sobre um certo número de coisas, e esses erros devem ser corrigidos ou não encontrarás verdadeiramente o teu caminho. Para ti, a natureza é caótica, varrida pelos ventos da anarquia, sem propósito, inspirada apenas pela violência e por uma vida clamorosa, mas essencialmente sem finalidade. A civilização, para ti, é uma patética tentativa do homem para colocar a natureza em ordem; para dar-lhe de certa maneira uma forma e significação; para guiar seu caminho sem alvo e dar-lhe alguma espécie de motivação. Para ti, a natureza, em seu semear, crescer e morrer, é uma soma sem equação, um círculo que envolve o nada, árvore que floresce, dá flores e frutos e morre em sombrio deserto. Tais pensamentos são letais; carregam consigo a morte.

— E que mais carregariam? — disse Lucano, impaciente. Pensou, consigo, que Keptah se estava tornando tão tedioso quanto José ben Gamliel.

De novo Keptah sacudiu a cabeça:

— Estás errado. A natureza é a ordem suprema, governada por leis imutáveis e absolutas, estabelecidas por Deus desde o início do universo. As civilizações, enquanto concordarem com a natureza e suas leis, tais como criação, liberdade de crescimento, dignidade de tudo quanto vive, beleza de forma, reverência pelos seres de Deus e pelo seu próprio ser, sobrevivem. Desde que se fazem rígidas e anônimas sob o Estado e regulam formas sutis de desmantelamento e degradação do melhor das massas infecundas de homens, a rejeição da liberdade para todos... então a natureza precisa destruí-la, através de guerras ou pestilências, ou rápida deterioração. Estás no centro, nesta época, dos trabalhos da Lei.

— Estamos apenas continuando as infinitas conversações sobre o mesmo assunto que tivemos durante estes últimos meses — disse Lucano, cansado.

— Não tornarei a discutir tal tema — falou Keptah. — Só quero lembrar-te de que estás errado. O homem não é a criatura pobre, destituída de voz, sofredora que o imaginas. Ele é uma Fúria, nascida de Hécate, e só Ele pode salvá-lo de seu fado, nascido de autodeterminação.

Esperou que o obstinado Lucano falasse mas este nada disse. Então Keptah continuou:

— És de carne e sangue ou de pedra? Tua preocupação com os homens é impessoal, embora compassiva. Receio que seja, mesmo, vingativa. És jovem, ainda. O mundo está cheio de mulheres bondosas, amorosas. Devias ter uma esposa.

Lucano corou e voltou-se colérico para ele.

— Quem és tu, para falares assim? Jamais te casaste!

Keptah olhou-o de maneira estranha.

— Eneias e Diodoro não foram os únicos homens que amaram tua mãe. Conheci Íris desde que ela era uma criança. Tu me consideras presunçoso, eu, que outrora fui escravo?

— Não penso em homem algum como num escravo — disse Lucano. Fixou os olhos em Keptah e seu rosto jovem e duro abrandou-se por um momento.

— Mas todos os homens são escravos. Sempre quiseram ser escravos. Só Deus pode libertá-los, Ele, que lhes deu liberdade quando nasceram, embora eles tenham renunciado a ela e sempre continuem a renunciar. — E Keptah levantou-se. Então, sem dizer mais nada, deixou Lucano.

O jovem médico olhou para o céu que agora explodia em estrelas cintilantes. Subitamente pensou na Estrela que vira quando criança. Os astrônomos egípcios lhe haviam falado naquela Estrela. Era apenas uma Nova.[2] De início, pensaram tratar-se de um meteoro, mas ela se movera muito lentamente, mostrara-se brilhante demais, firme demais em sua passagem. Desaparecera, na noite seguinte. Lucano recordou a profunda emoção que sentira no coração ao vê-la, a segurança apaixonada e sem nome que se instalara em seu âmago, a intensa alegria. Agora sentia-se, de repente, dominado por uma sensação de profunda perda e desgosto e cobriu o rosto com as mãos.

26

No dia seguinte, Plócio, o capitão da guarda pretoriana do próprio César, chegou à casa de Diodoro em sua biga oficial, circundada por um destacamento de guardas armados. Tendo visitado aquela casa com frequência, depois da morte de Diodoro, e se havendo afeiçoado muito a Keptah, ao qual honrava como homem sábio, sua visita não deu origem a qualquer consternação. Keptah convidou-o a tomar algum refresco, mas Plócio disse:

— Hoje não vim para uma proveitosa tagarelice contigo, meu bom Keptah. Vim por ordem de César. Ele deseja ver o filho de Diodoro, Lucano, imediatamente.

Vendo que Keptah demonstrava certo susto, Plócio sorriu:

— Deves lembrar-te de que César fez a oração fúnebre. Mencionou, repetidamente em minha presença, seu profundo respeito por Diodoro, e sua determinação de honrar-lhe a memória. Creio que Lucano enviou-lhe ontem uma mensagem, e Tibério deseja discutir com ele os termos de tal mensagem.

---

[2] Estrela cujo brilho aumenta muitíssimo em pequeno período de tempo e, atingindo um máximo de resplandecência, vai diminuindo lentamente seu fulgor até voltar ao primitivo, ou mesmo chegar abaixo dele.

— Penso saber de que se trata — disse Keptah. — Lucano recusou a nomeação para médico-chefe oficial de Roma.

— O médico está louco? — perguntou Plócio, estupefato, sacudindo a cabeça.

— De certa forma, sim — falou Keptah.

Plócio acompanhou Keptah aos jardins brilhantes onde Lucano, como uma criança, brincava com seus irmãos. A pequena Aurélia estava montada às costas dele, que fingia ser um cavalo bravo, rosnando ferozmente e sacudindo a cabeça dourada. Plócio achou aquela cena belíssima. Estava, também, estupefato diante da beleza de Lucano. Mas quando o jovem médico viu seus visitantes, retirou Aurélia de suas costas e com um gesto mandou que as crianças se afastassem, o que elas fizeram, desapontadas, correndo a brincar na outra extremidade dos jardins. Prisco voltou um momento depois, fascinado como sempre, pelos soldados em armaduras, que muitas vezes lhe traziam doces e diziam-lhe ser o próprio Diodoro quando criança.

— Queres falar comigo? — perguntou Lucano, que jamais tinha visto Plócio, embora o conhecesse pelas cartas em que Keptah a ele se referia.

— Cumprimento-te — disse Plócio, erguendo o braço na rígida saudação militar. — És Lucano, filho de Diodoro Cirino? Eu sou Plócio, comandante dos pretorianos na casa de César. Deves vir comigo para uma audiência com César.

Lucano relanceou os olhos para Keptah, que disse:

— Quando César ordena, deve ser obedecido.

— Muito bem — disse Lucano. Sacudiu da túnica as folhas de relva. Hesitou, e disse: — Não tenho grandes roupagens. Devo ir como estou.

— Não insultarás César aparecendo diante dele como um pastor rústico — disse Keptah, sorrindo para Plócio. — Aqui está, meu bom amigo, um jovem de fortuna considerável. Ainda assim, faz-se passar por um pobre camponês. Vamos, Lucano, tenho uma bela toga, que mandei fazer para mim, e para o arranjo de suas dobras treinei uma pequena muito inteligente.

Tomou o braço relutante de Lucano. O jovem corara de constrangimento diante da zombaria que se filtrava no tom de Keptah. Plócio ficou a vê-los entrar na casa. Prisco, como sempre, estava tocando, pensativamente, no punho da espada curta e larga do soldado.

— Ah! — disse Plócio. — Tu serás um esplêndido soldado como teu pai. — Desembainhou a espada e deu-a ao menino, que a agarrou com suas pequenas mãos fortes e morenas. O rosto moreno dele refulgiu e seus olhos iluminaram-se. — Agora — disse Plócio — ataca assim, virando o punho desta maneira.

— Eu servirei César — disse a criança, atacando e desviando-se de Plócio. — Serei um grande soldado.

As outras crianças voltaram para observá-lo, mas Prisco ignorou-as, orgulhosamente, embora as vigiasse com o canto dos olhos. Aurélia bateu palmas e deu gritos de admiração, vendo Prisco movimentar-se como um esgrimista e manejar poderosamente a pesada espada. O cabelo da menininha era como lua dourada em torno de seu rosto bonito.

Keptah voltou com Lucano, agora vestido com uma toga de régia aparência. Um cavalariço estava trazendo para o portão um dos mais belos cavalos da casa, um garanhão da Idumeia. Quando Lucano montou-o e dominou-o com hábil mestria, Plócio pensou em Febo, pois cavalo e cavaleiro destacavam-se contra o azul intenso do céu como estátuas subitamente dotadas de vida.

Lucano cavalgou silenciosamente ao lado da biga de Plócio, até a cidade, os demais pretorianos montados atrás deles. Ele é muito estranho, pensava o comandante. E disse para Lucano, algum tempo depois:

— Roma está hoje em disposição muito festiva. O povo festeja Cibele e seu templo transborda de gente.

— Eu nada sei de Roma — respondeu Lucano, secamente. — Passei apenas fora de suas portas em meu caminho para casa.

Plócio ergueu os ombros e a conversação morreu. Mas Plócio continuou admirando as qualidades de cavaleiro de Lucano, a maneira pela qual ele se mantinha sobre o garanhão. Tinha, sem dúvida alguma, a aparência de um deus. As damas de Roma ficariam doidas por ele.

Muito antes de terem entrado na cidade, através da Porta Asinara, Lucano podia ver Roma, brancura, bronze e ouro, sobre suas Sete Colinas, amontoando-se contra o céu de turquesa. Ali estava ela, imensa, intumescida não só de romanos, mas de homens de muitas nações e muitas línguas, cidade violenta e depravada, a senhora de toda a lei, a senhora do mundo, gloriosa em potência e colorido, núcleo de suas estradas tremendas, alimentadas pelos seus grandes aquedutos que traziam água fresca e clara de milhas sem conta de distância, retirando-a de córregos e rios, e por seus navios, que vinham de todos os recantos da terra. Ali estava Roma, a devoradora, a destruidora, mais terrível do que suas águias, diante de cujas faces milhões incontáveis de germanos, árabes, gauleses, bretões, egípcios e núbios, bem como miríades de outros povos, inclinavam-se, aterrorizados. O sol refulgia nas paredes distantes e nas colunas resplandecentes, dourava os templos longínquos com ouro deslumbrador. Toda a riqueza do mundo estava ali, todo o seu poder, todas as suas depravações e línguas e costumes e anelos, todas as suas belezas e artes e filosofias, todas as intrigas e conspirações. Não é de admirar, pensou Lucano, que Diodoro a um só tempo amasse e odiasse esta cidade.

A estrada pavimentada de pedra, orgulho de Roma, estava apinhada de cavalos, bigas, carretas e carroças, carregadas de mercadorias e produtos. Um aqueduto corria paralelamente, suas águas altas cantando ao sol tépido da primavera. Campos de papoulas e de botões de ouro ondulavam às margens, o ar enchia-se do fermento da terra e do suor e odores das caravanas. Plócio ordenou que alguns de seus lictores o rodeassem, bem como a Lucano, para abrir passagem. Este, a despeito dele mesmo, foi dominado pela curiosidade e pela fascinação. Baixava os olhos para os muitos rostos escuros de seus companheiros de viagem, aspirava o odor das especiarias e do alho. O ar troava com o ruído de pés e de cascos e com o retumbar e estalar de inumeráveis veículos. Os olhos do médico ardiam, tal era a movimentação de cores vigorosas ao sol violento.

— O trânsito — disse Plócio, revoltado — torna-se cada dia pior. Todas as demais estradas que vêm a Roma também ficam assim extremamente movimentadas. E com tudo isso Roma jamais se cansa; é como uma boca enorme, eternamente aberta e insaciável. É como Crono, que devorava seus filhos.

Nuvens de andorinhas barulhentas voejavam sobre suas cabeças, aumentando o barulho feito pelos homens, veículos e cavalos, barulho que parecia sacudir a estrada. Os campos cultivados, de cada lado, brilhavam em seus tons verdes, quase incríveis, com as culturas novas, feitas em fileiras, sobre a terra vermelha e fecunda. De vez em quando, havia um grupo de murtas, carvalhos, ciprestes, lançando sombra ocasional nas pedras ardentes, e aqui e ali, ao lado de um córrego azul e raso erguiam-se maciços de grandes salgueiros, deixando tombar de seus troncos pálidos e mosqueados, para a água brilhante, sua frágil cabeleira de jade. A estrada tumultuosa fazia caminho pelas vilas brancas, instaladas em jardins, pastagens cheias de gado tranquilo, grupos de escravos encadeados erguendo novas paredes ou consertando as antigas.

Agora, a poeira amarela espessava-se e tornava-se névoa reluzente sobre os viajantes, e um pó semelhante a ouro apareceu nas dobras da preciosa toga de Keptah, que fora tão artisticamente drapeada sobre a leve túnica azul de Lucano. O rapaz tentou sacudi-lo, mas ele agarrava-se ao linho fino. Seu garanhão espirrou e bufou. Plócio achava ridículo que um homem de toga estivesse a cavalo. Oferecera trazer Lucano de volta a casa em sua biga, mas seu oferecimento tinha sido friamente recusado pelo jovem.

Quanto mais se aproximavam da cidade, mais a sensação excitante crescia em Lucano, além de uma curiosidade muito humana. Roma já alcançara os setecentos anos de idade, e era velha, agora, tendo cometido inúmeros pecados. Ficava-lhe bem ter sido fundada sobre um fratricídio. Entretanto, seu declínio começara com o declínio da República, que passava a império absoluto. Suas flâmulas abertas aos ventos de todo o mundo agitavam-se com o turbilhão, seu poderio era mantido por centenas de legiões, de espiões, informantes e assassinos entre as turbas. A intriga sufocava o ar, outrora honesto da República. Mas aquele era, inevitavelmente, o curso do império, o preço do poder e "liderança mundial". O poema de Lucrécio, *De Rerum Natura*,[1] que Lucano lera, tinha duplo significado: uma para as latrinas de Roma, e outra para as latrinas do espírito romano. Nas latrinas físicas as mães frequentemente abandonavam recém-nascidos não desejados, e nas latrinas espirituais os homens tinham abandonado sua fé e seu caráter.

Que importava o fato de Gaio Otávio, Augusto César, terem-se gabado de que encontraram uma cidade de tijolo e a converteram numa cidade de mármore, que luzia e reluzia ao sol? Seria melhor, pensava Lucano, uma cidade humilde com justiça do que um sepulcro de mármore das virtudes

---

[1] Lucrécio, poeta latino (98-53 a.C., aproximadamente), autor do poema *Da natureza das coisas* (em latim, no original.)

transcendentais. Mas, ainda assim, estava excitado. A cavalgada parou à porta, e os que queriam entrar foram cuidadosamente examinados pelos soldados de guarda, com suas espadas desembainhadas. No topo da porta sacudiam-se as flâmulas de Roma e as terríveis águias de pedra olhavam para baixo, furiosamente, para a estrada e para as turbas inquietas de homens, animais e veículos. Plócio e os que o seguiam foram admitidos com cumprimentos, e cavalgaram através da porta, deixando atrás deles um ensurdecedor alarido de impaciência. E agora estavam na cidade enorme, envolvidos e devorados por ela.

Se Lucano ficara aturdido pelos sons e ruídos da estrada, agora estava inteiramente estonteado pela cidade. O período de repouso, que se fazia depois da refeição do meio-dia, tinha terminado, e enquanto prosseguiam seu caminho ao longo da Via Asinara eram obrigados a diminuir a marcha para menos do que um trote, pela multidão de lojistas, funcionários e banqueiros que voltavam ao trabalho. Embora Gaio Otávio tivesse declarado que todos os cidadãos romanos deveriam usar toga, a maioria dos homens apressados usavam a túnica curta de muitas cores: azul, escarlate, amarela, branca, marrom, vermelhão e verde, e matizes de todas essas colorações. A maioria andava a pé; alguns dos mais influentes eram carregados em liteiras. Bigas e cavaleiros tentavam forçar a passagem sobre as pedras lisas ou arredondadas. O tráfego ficava ainda mais congestionado quando grupos de animados cidadãos resolviam parar mesmo no centro da rua para discutir negócios ou trocar boatos. Quando obrigados a separarem pela força do próprio tráfego, refugiavam-se nos limiares das lojas e tavernas, para gritar, gesticular, blasfemar e rir, ou para concluir o negócio. O caminho era ladeado pelas casas altas, às vezes até de oito andares, onde mulheres debruçavam-se aos peitoris das janelas, a fim de gritar com crianças que haviam fugido dos pátios da retaguarda e se tinham juntado ao alvoroço e ao ruído gerais. Ali, a maior parte dos edifícios era construída com os compridos tijolos lisos e vermelhos da época anterior. Homens empurravam carros sobre os quais havia braseiros fumarentos, e no topo desses braseiros salsichas e pequenos pastéis fritavam. Outros carros, impulsionados por seus donos, estavam cheios de mercadoria barata, para que a vissem as mulheres que se esticavam lá de suas janelas e guinchavam agudamente com os vendedores, insultando-lhes as mercadorias, ou faziam sinal de que ficariam com determinado pedaço de lã, linho ou algodão de cor bizarra, e com outras ofertas diversas. Para Lucano, a cidade tinha cheiro bem pior que Antioquia e Alexandria, a despeito das eternas leis sanitárias, mas era um odor mais acentuado e de consequência quase temerosa. Suas narinas foram atingidas pelos maus odores, pelo calor odorífero de vitualhas em cocção, pelo óleo e entranhas de animais, pelo impregnante miasma de milhões de latrinas, pela poeira adstringente e pelo cheiro de pedra e tijolo aquecidos ao sol. Ali, o frescor da primavera campesina perdera-se em imenso e sufocante calor, como em meados do verão. Marés de ar quente fluíam de outras ruas, como de bocas de fornos. E por toda parte o clamor, as corridas, os berros, as exprobrações, o retumbar de rodas e cascos, e as nuvens encapeladas e pombas e andorinhas. Quando os lictores dos pretorianos interromperam uma turba particularmente grande de mercadores que estava disputando uns com os outros, vociferantemente, mesmo no meio da rua, Lucano teve consciência de dezenas de olhos escuros e indignados que se voltavam para ele e para sua escolta e, por causa do barulho, só pôde ver as bocas torcidas que lançavam maldições. A *Urbs*[2] não temia quem quer que fosse, nem mesmo César.

O que mais impressionava Lucano, e estonteava-o, era a altura da cidade, os edifícios elevados, os apartamentos altaneiros, encostados uns aos outros e amparando-se uns aos outros, contrastando em suas cores: vermelho, amarelo-calcário, cinza-esverdeado, os arcos repletos de redemoinhantes grupos, como água a girar. A cidade, contida pelos seus muros e portas, tinha apenas uma forma de crescer: para cima. Consequentemente, todas as ruas ferviam como corredeiras impetuosas, e os cidadãos, forçados a empurrar ombros e cotovelos dos vizinhos para arranjar passagem, mostravam-se irritáveis, o que bem se compreendia, e muitas vezes pegavam-se aos bofetões ou em discussões abertas por causa do movimento bloqueado. Conforme Lucano se foi aproximando de um bairro mais abastado, aquela confusão e ruído faziam-se entre paredes, edifícios mais altos, circos, teatros, casas particulares, estabelecimentos do governo, cobertos com mármores não só branco mas dourado, castanho, vermelho e, ocasionalmente, com uma lousa de fulgurante cor negra. Roma absorvera todos

---
[2]Cidade. No caso, a cidade por excelência, Roma.

os deuses das nações conquistadas por ela, num fervilhante panteão de religiões. Templos salientavam-se por toda parte, e através de suas portas de bronze corria um fluxo perpétuo de fiéis, os que levavam sacrifícios e os que saíam, cheirando a incenso. Muitos, esperando amigos, estavam de pé nos pórticos, gesticulando, cuspindo, argumentando. Agora, colunas altas e acanaladas apareciam, e sobre elas erguiam-se estátuas dos deuses, em bronze, ferro, ou mármore branco, e de deusas, e de heróis montados, apontando para cima, como piques gigantescos saídos das hordas fervilhantes e dos apertados templos e edifícios, às vezes empoleiradas de cada lado de amplas escadarias que levavam aos edifícios públicos e locais de oração, e às vezes saltando de um alargamento da rua e ao centro dele, circundadas por pequenos círculos de terra cheios de flores brilhantemente coloridas, no meio de fontes, ou reluzentes de mosaicos. E sobre tudo aquilo — sobre todo o ruído ensurdecedor de milhões de vozes, bandos de veículos e cavalos, todo o poder da Roma imperial e de suas colinas de mármore — arqueava-se o quente azul do céu, cobertura abobadada e sufocante sobre um caldeirão fumarento e colossal.

O cavalo de Lucano tropeçou mais de uma vez nos sulcos que as bigas faziam nos caminhos. Ele suava vigorosamente. Como seria inútil tentar fazer-se ouvir, Plócio ergueu a mão e, sem palavras, apontou para o Palatino, onde ficava o palácio dos césares, construído por Gaio Otávio. O palácio e suas vizinhanças pareciam pequenos e distantes, vistos dali, mas Lucano, apesar da névoa de poeira amarela que se suspendia no ar, palpável, com ardente brilho, podia ver o Palácio Imperial rodeado por um bosque de colunas brancas, subindo de andar a andar, em níveis diminuídos de colunas menores e arcos ascendentes. Templos, jardins verdes, terraços suspensos e belas vilas fluíam, em descida, do palácio sobre a colina régia, rodeados por uma profusão de arcos, pórticos, teatros e imensos monumentos aglomerados. Lucano pensou que naquele grande palácio vivesse o próprio Zeus, com seus filhos em palácios menores, abaixo do seu, ostensivamente afastado, entre as árvores, os pátios floridos e as fontes perfumadas. Tudo aquilo estava contra o sol, reluzindo como se fosse de fogo branco, aquela seleta e faustosa cidadezinha de poderio e beleza reais.

Pela primeira vez, Lucano, que estivera absorvido por tudo quanto vira naquele dia, pensou em sua próxima entrevista com Tibério César. Tentou recordar-se do que Diodoro dizia daquele homem, de seu frio capricho, de sua desconfiança em relação a todos os romanos, a tal ponto que colocava guarnições de soldados fora das portas de Roma, soldados que só a ele prestavam contas. Outrora fora homem mais alegre e feliz, quando casado com sua amada Vipsania, mas cedera aos pedidos de sua mãe e de seu Imperador, e divorciara-se de sua encantadora esposa por causa de uma mulher que mais tarde o traiu. Desde então, fizera-se um homem sombrio e caladamente vingativo, apesar de todas as suas declarações de que todos os romanos deveriam gozar de palavra e pensamento livres, inclusive o Senado, ao qual ele prestava deferência exterior, enquanto intimamente o desprezava. Mas, pelo menos, tinha gênio no que se referia à delegação do poder, e seus magistrados procônsules e procuradores tinham liberdade de ação e julgamento. Se exibia, agora, sintomas de se estar tornando tirânico e intolerante, se ia cada vez mais usurpando o poder pertencente ao Senado, ao povo e aos tribunais, e mostrando disposições para o absoluto despotismo, ninguém a ele se opunha. Isso, Diodoro escrevera a Lucano, relutantemente, era mais por culpa do Senado, do povo e dos tribunais do que de Tibério. Apesar disso, ele era, naquela ocasião, ainda um administrador competente e justo, e ainda um soldado em seu coração, embora alvo frequente do espírito rude da plebe romana, que rabiscava comentários obscenos sobre ele e sua infiel esposa, Júlia, nas paredes de Roma. Às vezes, em caligrafia mais audaciosa, apareciam as letras vermelhas: "Onde está nossa República? Vivam os homens livres [*ingenui*]. Abaixo o tirano!"

Mas a República morrera, e não fora César algum que a levara à morte.

A cidade, conforme disse Plócio, estava festiva naquele dia. Mas os romanos eram sempre festivos, e constantemente estavam festejando deuses nativos ou estrangeiros. Tudo era escusa para um feriado, para sacrifícios, para comemorações nos circos ou nos teatros, ou nos incontáveis banhos públicos. Três circos, apenas, estavam anunciando corridas de bigas e combates entre gladiadores, e escravos fluíam entre a populaça, gritando as novidades, inclusive a informação de que algumas das melhores e mais libertinas peças gregas deviam ser representadas em certos teatros. As hordas lutavam, insistentemente, em direção desses espetáculos públicos, blasfemando contra os ociosos que bloqueavam a sua passagem e gritando imprecações em vários idiomas.

O jovem médico e sua escolta começavam agora a subir o Palatino e, enquanto subiam, o ar se ia tornando mais fresco. Lucano estava deliciado pela beleza que o rodeava e, momentaneamente, esqueceu-se de Tibério. Ali havia menos aglomeração, e os que iam levados em liteiras, bigas e carros, eram homens e mulheres de elite, que se dirigiam para os templos e teatros que circundavam o palácio, ou para suas vilas. Alguns procuravam ser recebidos pelo Imperador. Lucano olhou para os rostos aquilinos dos homens e para as faces pintadas das adoráveis mulheres que lhe sorriam, de súbito, com satisfação. A despeito de sua beleza, pareciam-lhe estranhas e devastadas e, de certa forma, depravadas. Viu portões de vilas abrindo-se para receber os que voltavam para suas casas, teve relances de jardins que faiscavam para além deles, e de fontes argentinas e inquietas, e de arcos brancos, pórticos repletos de deuses e heróis montados. Nunca em todo o mundo a deidade fora tão linda e arrogantemente exibida, e nunca no mundo, era o que pensava o jovem, houvera tão pouca fé. Os deuses adornavam a Cidade Imperial, mas não a governavam.

Agora, de um nível mais alto, Lucano olhava para baixo, para a cidade ávida e tremenda, com seus precipitados e coloridos rios de humanidade; para seus monumentos salientes e para seus edifícios sufocados, todos desaparecendo, finalmente, na grande distância dourada. De novo ficou atônito com o próprio peso e potência de Roma; com sua vastidão incrível; sua força dinâmica; seus milhões de pessoas carregadas, sombrias e excitadas; sua grandiosidade altiva, embora prodigiosa e vulgar; suas turbas esmagadoras; seu alvoroço descontrolado; seu temporal de flâmulas e, daquela altura, por sua feérica e incandescente beleza. Viu o Tibre, verde e pesado, as pontes esculpidas, e os edifícios que vinham até as bordas dele, e os telhados brancos e rosados que faiscavam violentamente ao sol. Aqui e ali, um domo dourado flamejava entre platibandas pontudas, como luminárias menores. Seus olhos ardiam, seu espírito estava quase dominado. E agora, sentia-se de novo como que vagamente amedrontado. Pequenas pérolas de suor explodiram ao longo da linha loura de seu cabelo.

As portas do palácio, guarnecidas com pretorianos severos, abriram-se para ele e sua escolta. E se tivesse ofendido Tibério? O imperador, de quem Diodoro desdenhara em linguagem tão rude, não se iria vingar dessa ofensa em Íris e nas crianças?

O prefeito dos pretorianos veio ao encontro deles no imenso vestíbulo do palácio, homem grande e formidável, de olhar furibundo e desconfiado, de sob seu elmo. Brilhava como uma estátua de bronze e de mármore marrom, sob a grande chapa de vidro que servia de forro e deixava passar a luz do sol, e seu passo era medido e pesado. Plócio levantou seu braço direito em saudação e apresentou Lucano, que não sabia como cumprimentar aquele homem imponente, que o examinava com tanta curiosidade.

— Cumprimentos — disse, rapidamente.

Então aquele era o filho adotivo de Diodoro Cirino, o médico grego?

— Cumprimentos — respondeu Lucano, com alguma rigidez, não gostando daquele exame. O prefeito sorriu: tinha agudos dentes caninos.

— César mandou chamar-te — comentou ele, dando a entender, pelo seu tom de voz, que César era pessoa imprevisível, dada aos mais extraordinários caprichos.

Lucano corou. E disse, friamente:

— Isso eu compreendo. Pensas que eu estaria aqui, se não fosse assim?

Plócio escondeu rapidamente um sorriso, pois o prefeito ficara ao mesmo tempo espantado e aborrecido com a resposta de Lucano. Ainda assim, depois de um momento, ele se sentia impressionado pelas maneiras altivas do jovem, pela segurança rigorosa de seus maxilares e pela evidente carência de temor obsequioso. Como acontecia a muitos militares rudes, tinha uma paixão secreta por rapazes e meninotes. Resolveu que o bonito Lucano lhe agradava, e pôs a mão no ombro relutante do jovem.

Sentia-se mais à vontade falando a vulgata,[3] mas agora falava em grego, para aplacar Lucano, que não estava, obviamente, gostando dele.

— Tu estás sendo grandemente honrado — disse, e notou com prazer os ombros largos do jovem, o pescoço que parecia uma coluna, as feições lindamente cinzeladas e os grandes olhos azuis.

Lucano não se moveu. Lembrou-se, subitamente, do mercador de escravos, Lino, e uma náusea quente apoderou-se dele. Apesar disso, não se moveu, reprimindo sua súbita aversão. Disse, em vulgata:

— César é muito bondoso.

---

[3] A língua latina falada pelo povo. Com maiúscula significa a versão latina da Bíblia, feita por São Jerônimo.

Olhou para Plócio, que observava tudo com atenção, franzindo ligeiramente as sobrancelhas. Falou com o jovem comandante, desdenhando mover-se de sob a pressão da mão morena que estava em seu ombro.

— Como devo cumprimentar César?

Plócio tornou a lutar contra um sorriso, porque Lucano falara com ele em grego, a língua dos patrícios e dos educados. Disse, gravemente:

— Chegas à sua augusta presença, e quando ele te vir, o que pode não acontecer imediatamente, e quando ele falar, deves ficar de joelhos e tocar o solo com tua fronte.

Lucano disse:

— Mas essa é uma posição com que se honram apenas os deuses. Os judeus se prostram diante de Jeová, mas não diante de homem algum.

O prefeito ainda apertou mais os dedos nos ombros de Lucano, de uma forma paternal, e disse:

— Meu caro rapaz, não ouviste? César é um deus, e tu lhe rendes honras devidas à divindade.

Lucano percebeu que Plócio sacudia a cabeça para ele, ansiosamente. Portanto, nada disse. O prefeito, sorrindo-lhe afetuosamente, falou:

— Eu mesmo te conduzirei diante do Divino Augusto. — Despediu Plócio com um seco movimento de cabeça, e este, sem saber bem o que pensar, saudou-o e afastou-se. Seguindo um gesto afetuoso do prefeito, Lucano acompanhou-o.

O jovem médico jamais vira um local assim, e nunca imaginara tal esplendor e imensidão. Esqueceu mesmo o prefeito em seu espanto e em sua tentativa de tudo ver. Passara do mesmo vestíbulo para um imenso salão, e daí para infinitos outros vestíbulos e salões, e os pisos de cada um eram de mármore policrômico ou branco como a neve, incrustado com mosaicos ou pedras de um azul e vermelho brilhantes, cada qual refletindo a luz, como se viesse de alguma radiosidade interior. Florestas de colunas acanaladas abriam-se em toda parte, feitas de ônix, mármore branco, metal dourado ou alabastro. Estátuas de deuses e deusas erguiam-se em arcos, e bustos de César e de seus predecessores descansavam em pequenas colunas. As paredes reluziam com mosaicos que pintavam as vitórias e episódios das vidas dos deuses, e tão habilmente eram trabalhadas que pareciam as mais delicadas e heroicas pinturas. Divãs e cadeiras encostavam-se às paredes, peças feitas de marfim, teca e ébano, decoradas com ouro e estofadas com almofadas de sedas vermelhas, azuis, brancas e amarelas. Requintadas mesas de mármore e limoeiro estavam espalhadas junto delas e mantinham lâmpadas de ouro e de prata, ainda não acesas, e pequenos vasos de cristal de Alexandria, cheios de flores, bem como bandejas de ouro e prata onde se viam romãs brilhantemente coloridas, uvas, figos e azeitonas brancas e pretas. Tetos enormes, de mármore ou de vidro, pareciam flutuar sobre as colunas, alguns deles pintados de branco e com relevos de delicado desenho, que eram folhas de ouro. E por toda parte, em todos os cantos, ficavam vasos altos, com galhos de flores, vasos importados de Cataio, Pérsia e Índia, reluzindo em cores sutis. Fontes perfumadas embalsamavam o ar.

Não havia um vestíbulo ou um salão que não estivesse cheio e movimentado, com escravos, estafetas, pretorianos e altas patentes militares, senadores em busca de audiência, patrícios e augustais que ali se colocaram com idêntica intenção. Alguns desses últimos estavam sentados, empenhados em gracejos, pilhérias ou boatos, e negligentemente servindo-se das guloseimas que havia sobre as mesas. Quando viam o prefeito, sorriam-lhe encantadoramente, sabedores de seu poder, e trocavam palavras com ele. Mas olhavam, meditativos, para o jovem que ele conduzia com ar tão solícito. Vendo sua aparência, os cavalheiros piscavam-se mutuamente os olhos, cobriam a boca com a mão e sussurravam comentários obscenos.

O prefeito e aquele do qual se encarregara passaram entre a colunata aberta, depois para outra profusão de salas, até que Lucano se sentisse estonteado. Às vezes, tinha relances de jardins, através de uma janela ou de uma porta guardada, e do verde das árvores e da relva, das flores de colorido forte, contrastando com o alvo frescor lá de dentro. Às vezes, supunha estar vendo imensas pinturas nas paredes, tão vívidas e inesperadamente lhe surgiam os jardins com seus amplos terraços. Os ouvidos eram tomados por vozes, música e risos distantes e do exterior vinham as canções dos pássaros e o jorrar de fontes gigantescas. Ocasionalmente, uma dama do palácio passava por ele e pelo homem que o escoltava, o rosto bonito coberto de cosméticos; os cabelos, negros, ruivos ou louros, apanhados em redes de malhas de ouro onde se incrustavam pedras preciosas; os trajes brancos ou de cores delicadas a drapejar em torno dela. Invariavelmente, cada uma delas olhava bem de frente para Lucano e sorria-lhe. Joias faiscavam nos pescoços e colos brancos, nos braços, pulsos e dedos.

Os dois homens alcançaram uma porta de bronze de tão altas proporções que Lucano ficou estupefato. Essa porta era guardada por pretorianos. A um gesto, quatro deles abriram as folhas da porta para trás e Lucano viu diante de si uma biblioteca, ampla, mas com mobiliário esparso. Sentado a uma mesa, cenho franzido, e lendo, um homem pouco atraente, de túnica roxa e branca, lentamente ergueu os olhos escuros e ressentidos.

— Salve, Divino César — disse o prefeito, saudando. — Eu trouxe...

— Estou vendo — interrompeu Tibério, a voz áspera. — Podes ir embora, meu bom prefeito, e leva contigo teus pretorianos. Fecha a porta e espera lá fora.

Aquilo era incrível! Apenas os mais altos potentados tinham audiências particulares com César e assim mesmo em raríssimas ocasiões. O prefeito ficou a olhar.

— Vai! — disse Tibério e agora seu tom era friamente vitriólico. O prefeito, desapontado, tornou a saudar, fez um gesto para seus pretorianos, saiu e fechou a porta atrás deles.

Tibério recostou-se em sua cadeira e fixou os olhos em Lucano, sem nada dizer, enquanto este retribuía-lhe o olhar, com ingênua curiosidade. Ali estava César, o próprio coração do centro do poder e da força romanos, e era apenas um homem como outro qualquer, alto e magro, calvo, de feições amarguradas num rosto pálido, e marcas de eczema nas faces, reluzindo de unguento oleoso.

Lucano não estava com medo daquele homem tão temível. Sentia-se apenas curioso. E sua mente de médico também comentava, automaticamente, o fato de aquela erupção de pele estar sendo tratada erradamente. Além disso, sua mente continuava, Tibério sofria, era evidente, de alguma forma obscura de anemia para a qual o fígado era altamente recomendado pelos sacerdotes-médicos egípcios.

Tibério, naquele longo silêncio, percebeu o exame agudo que Lucano estava fazendo, e sorriu. Para o jovem, o sorriso foi desagradável, mas se outros o tivessem visto, teriam ficado estupefatos com sua benevolência nada habitual!

— Cumprimentos, Lucano, filho de Diodoro Cirino — disse César.

Lucano hesitou e agora lembrava-se do que Plócio lhe havia dito. Mas não podia ajoelhar-se diante de homem algum! Assim, em sua voz jovem e sonora, respondeu:

— Cumprimentos, César!

O sorriso de Tibério alargou-se, divertido; seus lábios eram delgados e repuxados e mostravam dentes pequenos e amarelos. Fez sinal para uma cadeira, junto de sua mesa.

— Senta-te, por favor — disse ele. Os que esperavam para vê-lo, e os que tinham estado esperando durante horas, teriam ficado arquejantes de espanto, pois ninguém se sentava na presença de César, a não ser numa refeição. Lucano, aparentemente, não sabia de tal coisa e, assim, apenas fez um cortês cumprimento de cabeça e, sentando-se, esperou.

— Um dia agradável — disse Tibério.

— Sim — respondeu Lucano. E continuou a esperar.

27

Lucano não podia saber que tinha merecido uma grande honra com a permissão de ver César a sós, sem sequer a presença de um guarda. Não podia saber que o astuto Tibério vira imediatamente que ali estava um jovem no qual se podia depositar absoluta confiança. Lucano também estava julgando rapidamente Tibério. Um homem rude e ressentido: de que se ressentia ele? De sua esposa infiel, de seus amigos, de seus encargos, de Roma? Lucano sentiu até mesmo compaixão.

Em algum lugar, no jardim que ficava para além da biblioteca, pavões pipilavam, e havia um som distante de música. Mas, na biblioteca, os dois homens, um o poderoso César, o outro apenas um jovem médico, olhavam-se francamente. Lucano cheirou o ar; um odor leve, mas desagradável, dos unguentos que se espalhavam pelo rosto espinhento de Tibério, chegou até ele. Desejou falar mas recordou-se de que César sempre deveria falar em primeiro lugar. Tibério, por sua vez, viu que Lucano não o temia. Ficou a cogitar, por um momento, se o jovem seria um tolo. Apesar disso, sentia-se impressionado pela aparência de Lucano.

E disse, observando atentamente o rapaz:

— Posso apresentar-te, meu bom Lucano, minhas condolências pela morte de teu pai? Homem justo, simples e heroico. O último dos grandes romanos.

Sua voz, embora áspera e relutante, revelava sinceridade. Lucano sorriu, grato. Provavelmente, para Tibério não seria um segredo o fato de Diodoro ter desdenhado de suas qualidades militares, e ainda assim César podia falar de maneira tão bondosa a respeito dele. Lucano, embora com desgosto renovado, pensou que também Tibério era um homem justo. Tibério recostou-se em sua cadeira, e ficou a olhar para a janela aberta, que reluzia com o sol.

— Ordenei que levantassem uma estátua dele para o pórtico do Senado — falou. Distraidamente, coçou um ponto irritado de seu rosto. Lucano sorriu, diante de tal ironia. Os senadores teriam o duvidoso prazer de ver sempre a estátua de alguém que os denunciara e mesmo no limiar de sua casa, armado com sua espada de mármore.

— Majestade, és muito sutil — falou.

Tibério ergueu as sobrancelhas negras. O jovem não era um tolo, afinal. E disse:

— Se eu tivesse mil homens como Diodoro Cirino em Roma, poderia dormir bem as minhas noites... Estou preocupado, Lucano, em fazer tudo quanto estiver em meu poder para mitigar o desgosto da família e honrar a memória do tribuno. Não compreendo tua carta. Nomeei-te médico-chefe oficial em Roma, contra o ranger de dentes dos demais médicos, e tu me pediste que anulasse tua nomeação. Estou curioso para saber por quê.

Lucano corou. Não tinha noção de que fosse não só incrível, mas perigoso, aquilo de recusar o que César oferecia. Era como se uma mariposa tivesse desafiado uma águia. E disse, gravemente:

— Roma não precisa de mim. Foi isto que te escrevi, majestade. Mas os pobres e os escravizados precisam de meus serviços nas províncias.

Tibério ficou silencioso. Seus olhos estreitaram-se e fixaram-se intensamente no rosto bonito do jovem. Mergulhou em seus pensamentos. Estava diante de algo que não podia compreender, e que lhe parecia louco.

Pensou nos velhos filósofos que tinham ordenado que o homem tratasse bondosamente seu próximo. Também os sacerdotes dos templos de Roma exortavam as pessoas a terem bom coração, em nome dos deuses, e serem justas, honestas e misericordiosas. Entretanto, tudo aquilo não passava de palavrório. Nenhum homem mentalmente são acreditava em tal coisa, considerando o que o mundo sempre fora. A boca de Tibério curvou-se num sorriso.

— És médico, cidadão de Roma, filho adotivo de um grande e venerável homem e possuidor de fortuna — disse ele. — As portas dos patrícios e dos augustais estão abertas para ti. O que te ofereci foi apenas o limiar. E ainda assim, abandonarias tudo isso pela disposição de tratar de pobres, mendigos, e escravos sem valor?

Pertenceria Lucano a alguma estranha e obscura seita de estoicos, ou se teria dedicado a um deus estrangeiro em particular?

Lucano respondeu:

— Sim, pois tudo o mais nada significa para mim.

— Por quê?

Lucano tornou a corar.

— Porque, de outra maneira, minha vida não teria sentido.

Tibério franziu as sobrancelhas. Que sentido havia na vida, a não ser poder, fortuna e posição? Refletiu em sua própria vida, e suas feições estreitas revelaram dor involuntária. Que significação existia para a sua própria vida?, perguntou-se, com absoluta sinceridade. Fizera o que pudera; era administrador cuidadoso, tentara erguer o orgulho no endurecido Senado e desejara devolver àquela casa o seu poder. Tácito[1] não gostava dele, mas concordava em que era homem de sensato julgamento. Ele, um soldado, desejava ter paz ao longo de todos os seus limites e fronteiras. Não aumentara as taxas, a despeito das vorazes exigências da plebe romana, em relação a novos benefícios. Quando cortesões se queixavam de injustiças pessoais, friamente advertia-os para que levassem o assunto aos tribunais e não interferia pessoalmente.

Estava tentando, naquela ocasião, salvar Roma, restaurar algumas das qualidades que a tinham feito grande. Mas um povo depravado não

---

[1]Historiador latino, pessimista, mas de extrema originalidade de estilo (55-120 d.C., aproximadamente).

aceitaria sua liberdade e sua antiga disciplina, seu antigo caráter. Tibério podia sentir um pressentimento terrível de que a poluição daquele povo eventualmente o poluiria também, e aquilo, tomado de cólera, ele arremessava de volta contra os que insistiam em corrompê-lo. Pensou em sua esposa; pensou nos que tinham fome de seu trono. Pensou em seu filho único, Druso, jovem de paixões violentas e mente limitada, no momento atirando desajeitadamente tribos germânicas umas contra outras, em Ilírico, acreditando, à sua maneira simplória, que os portões da paz só podiam ser atingidos através de sangue.

Tibério podia sentir as forças inexoráveis que o rodeavam e que o destruiriam como homem justo, que o degradariam ao nível de um cão romano, por sua avidez, sua política mesquinha, suas exigências, sua sensualidade, sua própria cobiça de poder. Tinham, pensava ele com horrível lucidez, feito de sua vida uma inanidade, todos eles, sua esposa, seu filho, seus generais, o Senado. Mais do que tudo, porém, as desprezíveis turbas de Roma, as turbas gananciosas, poliglotas, que viam seus césares como deidade equipada com uma cornucópia de infinitos benefícios para recompensar os ociosos, os fracos, os inúteis, os irresponsáveis, os ventres insaciáveis, que se alimentavam à custa de seus vizinhos industriosos. Animais desalmados! Subitamente, Tibério odiou Roma.

Fixou os olhos em Lucano, que lhe falara como um menino de escola em significação da vida!

— A vida deve ter um significado? — indagou ele. — Mesmo os deuses não deram ao homem um sentido para a sua existência.

— Sim, majestade, isso é verdade — respondeu Lucano, o rosto endurecendo-se. — Mas podemos dar às nossas próprias vidas alguma significação. A que dei à minha foi a de aliviar a dor e o sofrimento, salvar os moribundos, evitar a intromissão da morte.

— Com que propósito? — indagou Tibério. — A morte é fado comum a todos. Assim como a dor, seja do corpo ou do espírito. E que valem os pobres e os escravos, também?

— São homens — disse Lucano. — É verdade que dor e morte são inevitáveis. Mas a dor pode ser aplacada frequentemente e a morte pode se tornar menos desconfortável, ou ser adiada. Quem pode olhar o mundo dos homens sem sentir piedade e sem desejar confortá-lo?

Tibério pensou em Roma e sorriu sombriamente. Ali estava, certamente, um menino de escola, loquaz, um filósofo amador, no qual a barba mal despontava. Tudo sabia a respeito de Lucano, que vivera existência tão protegida, que jamais tomara parte numa campanha militar e que passara seus anos num ambiente de família, pacífico e virtuoso e em escolas. Teve pena do jovem. Falava daquela turba fedorenta como "homens". Falava de escravos como "homens". Sem dúvida também consideraria um senador venal como "homem"! As narinas de Tibério contraíram-se.

— Estás dedicado a algum deus obscuro que ainda não teve sua estreia em Roma? — perguntou ele a Lucano, com leve sorriso zombeteiro.

Ficou surpreendido ao ouvir o rapaz responder com extraordinária veemência:

— Não estou dedicado a deus algum!

— Não acreditas nos deuses? — perguntou Tibério.

Lucano ficou silencioso por alguns momentos, os olhos baixados para a vasta mesa de mármore que tinha diante de si. Depois, disse:

— Acredito em Deus. Ele é nosso Inimigo. Aflige-nos sem razão. Mesmo um carrasco lê para sua vítima a relação dos crimes de que ela é acusada, e diz-lhe por que deve morrer. Ele não nos disse por que devemos sofrer. Condena-nos à morte por sermos o que somos. Ele, que nos fez o que somos.

— Então, consolarás os que ficaram privados de um consolador — disse Tibério. Estava com o espírito aberto e alegre e pensou novamente que Lucano seria um simplório. Continuou: — Estudaste em Alexandria. Sem dúvida encontraste professores judeus ali. Quando estive em Jerusalém, ouvi o povo falar de um Messias, isto é, de um Consolador, de um Redentor, que livrará os judeus do domínio de Roma e os colocará em altos tronos, de onde eles governarão o mundo. Não é um pensamento pretensioso? Mas verás que todos os homens são iguais, que desejam poder.

Desenrolou a carta de Lucano e repassou-a, num murmúrio. Depois disse, sem olhar para o jovem:

— Quando eu era mais jovem e estava em uma das minhas campanhas, ficamos atônitos ao ver uma grande estrela no céu certa noite. Foi ocasião da Saturnal. A estrela moveu-se para o Oriente e então desapareceu. Meus astrônomos dizem-me que aquela estrela foi visível em toda parte, e era a Nova, e os astrólogos falaram de um grande destino que virá para o mundo. Mas do Oriente ouvi dizer que a estrela levava ao lugar onde nascera um deus. Isso passou-se há uns quatorze anos ou mais. Se um deus tivesse nascido, então, seguramente já teríamos notícia dele a esta altura. Bem vês quanto são supersticiosos os homens.

Lucano viu-se tomado por uma grande emoção. Lembrou-se de José ben Gamliel e de sua história do menino camponês que discutira com os mais competentes e eruditos doutores do Templo. Sacudiu a cabeça, em negativa.

Tibério pousou sobre a mesa a carta de Lucano. Depois, estendeu a mão para apanhar um grande objeto chato, envolvido em seda amarela. Retirou cuidadosamente a seda e mostrou o objeto. Era feito de ouro na forma de um escudo. Lucano inclinou-se para a frente, a fim de vê-lo mais de perto. Viu o rosto de Diodoro, de perfil, gravado em relevo no escudo de ouro, e sob ele uma mão que agarrava uma espada curta, desembainhada. Com a espada havia uma citação tirada de Homero, em grego:

> Sem um sinal, sua espada o valente arranca,
> E não pede outro augúrio senão as leis de sua pátria.

Ainda mais abaixo, uma linha de Horácio, em latim:

> *Non omnis moriar* (Não morrerei inteiramente).

Os olhos de Lucano encheram-se de lágrimas. Tibério falou, com sombria satisfação:

— Mandei que isto fosse pendurado atrás da estante de leitura do Senado.

Os olhos de ambos encontraram-se em completo entendimento.

Tibério passou a mão delicadamente sobre o escudo e disse:

— Consideraste o que Diodoro teria desejado que fizesses? Ele desejaria que servisse Roma, como ele a serviu.

— Ele era um grande homem, que acreditava na liberdade do indivíduo — disse Lucano. — Embora estivesse em desacordo comigo, sei que ainda assim desejaria que eu fizesse o que considerasse direito.

— Apesar disso — falou Tibério — deverias honrar sua memória bastante para passar algum tempo em Roma, servindo o povo. Disseste em tua carta que desejas deixar Roma imediatamente. Para ser justo em relação a Diodoro, não posso consentir nisso. Ordeno-te que permaneças aqui durante seis meses. Se, ao fim desse período, ainda estiveres convencido de que teu dever está em outro lugar, eu te dispensarei.

O obstinado Lucano ia protestar, quando sentiu sobre sua pessoa a força dos olhos imperiais, e compreendeu, inteiramente, pela primeira vez, que aquele era César, e que diante de seus decretos ele nada podia. Tibério não sorria, agora. Depois de um longo momento, Lucano curvou a cabeça:

— Seja — murmurou. — Em nome de Diodoro.

— Quero ter-te ligado à minha casa durante esse período — disse Tibério com um riso de lábios apertados. — Talvez até te consulte, pessoalmente, sobre alguns assuntos.

O pensamento de ficar virtualmente aprisionado naquele imenso palácio apavorou Lucano, mas compreendia, agora, que não poderia protestar.

— Os funcionários médicos estão se fazendo indolentes — disse César. — Gostaria que inspecionasses os trabalhos deles e sugerisses melhoramentos. Além disso, minha casa está cheia de escravos, libertos e pretorianos. Teus serviços para com eles serão apreciados. Não estou inteiramente satisfeito com meus próprios médicos.

Lucano ficou um pouco mais encorajado.

— Se me permites, majestade, posso sugerir que teu tratamento para o eczema está errado?

As sobrancelhas de Tibério ergueram-se:

— Realmente? Que sugeririas tu? — Sentia-se de novo divertido.

— Unguentos oleosos apenas aumentam os óleos naturais e infeccionados contidos nas bolhas — disse Lucano, de novo o médico. — Prefiro uma pasta de água com flúor e enxofre, aplicada depois de cuidadosa limpeza do local, com sabão forte, duas vezes por dia. Ela tem uma influência secativa e desinfetante. — Hesitou, mas disse, depois: — Também acredito que César tem qualquer distúrbio de sangue. Se me permitisses...

Intrigado, Tibério fez um movimento de aceitação, e Lucano levantou-se e dirigiu-se para ele. Esqueceu-se, de novo, que aquele homem era o formidável e irresistível poder de um grande e temível império. Para Lucano, era apenas um homem que não gozava de boa saúde. Com dedos firmes e delicados baixou as pálpebras inferiores de Tibério, depois abriu-lhe a boca e examinou as membranas pálidas. Sentou-se de novo, sem permissão.

— Sentes um cansaço constante, majestade? Uma lassitude? O trabalho cansa-te para além do que deveria cansar-te naturalmente? Tua respiração torna-se mais rápida com o mínimo exercício e tens, com frequência, sensação de vertigem e tontura?

Como a discussão da própria saúde encanta até mesmo um César, Tibério confirmou com a cabeça.

— Explicaste exatamente como me sinto, meu bom Lucano.

— Então, tens anemia — disse o jovem médico. — Não é ainda de um tipo muito perigoso embora possa tornar-se assim. Qual é a tua alimentação?

— Sou muito frugal — disse Tibério. — Sou soldado. Não frequento orgias nem banquetes. Alimento-me como um soldado, muito sobriamente, de um pouco de queijo, leite de cabra, pão, vinho tinto simples, frutas e verduras. Ocasionalmente um pouco de carne ou uma coxa de ave.

— A alimentação é errada para um homem em sua sexta década — disse Lucano, em tom reprovador. — Sugiro carne fresca, de vaca, três vezes por dia, rico e pesado vinho, poucos vegetais, e frutas só uma vez por dia. O peixe não é muito bom para a anemia, nem as aves. O melhor, que receito, é uma boa porção de fígado de vaca pelo menos uma vez por dia.

Tibério fez uma careta:

— Meu cozinheiro prepara um acepipe com fígado gordo de porca que tenha sido alimentada com grande quantidade de figos maduros. Detesto aquilo. Apesar disso, já que agora és meu médico, comerei fígado de vaca na refeição da tarde.

Apoiou o queixo na mão direita e ficou a olhar para Lucano.

— És jovem — disse — e dono de extraordinária beleza. És também rico, estimado e médico. Entretanto, és infeliz. Se eu tivesse tua idade e fosse dono dos dons que possuis, sem ser César, seria o mais feliz dos homens. Vejo tua angústia. De onde vem ela?

Lucano não pôde falar durante alguns momentos. Depois, respondeu, em voz baixa:

— Um dos desgostos da vida é a precariedade de todas as alegrias.

Tibério ergueu os ombros.

— Até um menino de escola entende isso. Devemos nos privar de prazer, de alegria, hoje, por se tratar de coisas fugazes?

Lucano olhou diretamente para ele, então, e viu, instantaneamente, que ali estava um homem profundamente perturbado, sofrido e em desespero. E sentiu-se repleto de desespero correspondente, pois não tinha palavras para confortá-lo, nem esperança para dar-lhe. Como ele próprio perdera Rúbria, Tibério perdera seu amor, e compartilhavam, assim, uma desolação comum a ambos. Tibério olhou-o nos olhos e viu que deles emanavam sofrimento e desejo de ajudar, e viu a impossibilidade em que o jovem se sentia de ajudá-lo. Comoveu-se, e era espantoso que alguma criatura ainda conseguisse comovê-lo.

Respondeu, rapidamente, sua própria pergunta:

— O que os deuses nos deram não deve ser recusado, seja bom ou mau, pois que escolha temos nós? Mesmo eu não posso embriagar-me para alcançar a crença temporária de que o mundo é tolerável para um homem de pensamento!

Bateu uma campainha que estava sobre a mesa e as portas de bronze giraram, maciças, abrindo-se. Plócio e quatro pretorianos entraram imediatamente. Plócio relanceou olhos preocupados para Lucano, mesmo enquanto saudava o imperador, e ficou estupefato de ver que o jovem se encontrava recostado em sua cadeira de marfim, como um igual reconhecido.

— Meu bom Plócio — disse Tibério —, tu conduzirás Lucano aos melhores aposentos, onde ele ficará durante algum tempo como meu hóspede de honra. E mandarás uma mensagem para sua mãe, informando-lhe que seu filho está comigo.

Depois de Lucano ter saído com Plócio, o imperador permaneceu sozinho durante algum tempo, a cabeça entre as mãos. Havia senadores, augustais e patrícios à espera para vê-lo, e também magistrados, e ainda assim Tibério não os mandava chamar. Pensava na ausência de afetação de Lucano, em sua nobre simplicidade e naquela qualidade férrea que havia nele e não podia ser removida, e em suas manifestas virtudes. Não podia decidir se Lucano era um tolo ou um homem muito sábio, apesar de toda a sua juventude. Depois, riu asperamente consigo mesmo. Lucano estava, agora, no Palácio Imperial. Depressa correria a notícia de que ele estava ali como hóspede de César, e a corrupção filtraria lenta e insidiosamente em direção dele, como água oleosa e negra. Seria o moço envolvido por ela? Seria, certamente, pois homens têm uma tendência natural para o vício, e poluição é seu elemento natural.

— Veremos! — disse Tibério, em voz alta, e tornou a rir, amargamente.

28

Enquanto Plócio conduzia Lucano através de outra floresta de brancos pilares e aglomerados de estátuas, disse-lhe:

— Só por curiosidade, que foi que disseste a César?

— Que foi que eu disse? — Lucano olhava para ele, surpreendido. — Ora essa, conversamos sobre vários assuntos, e César se mostrou muito compreensivo. Também receitei para ele.

Plócio sacudiu a cabeça, estupefato. Sabia-se que Tibério era caprichoso.

— Insististe em tua recusa? — indagou o jovem pretoriano.

— Certamente — falou Lucano, um tanto irritado. — Eu disse que César foi muito compreensivo. Entretanto, concordamos em que permanecerei em Roma, entre o pessoal de sua casa, durante mais ou menos seis meses, a fim de honrar a memória de Diodoro. Depois desse tempo, partirei.

Plócio pensou que não ouvira direito e voltou a cabeça para fixar os olhos confusos no médico. Um homem, um grego, recusara um oferecimento de César, e não só deixara sua presença em liberdade mas fora tratado graciosamente, como pessoa da mais alta importância. Seguiram em silêncio, Lucano interessado em tudo quanto o rodeava, e Plócio em estado de perplexidade. Se as estátuas se tivessem subitamente animado ele não poderia sentir-se mais atônito ou mais incrédulo.

Entraram num corredor amplo e particular guardado por dois pretorianos, que saudaram e ficaram a olhar para Lucano com curiosidade. O jovem observou que as paredes brancas eram delicadamente pintadas com cenas da mais alta licenciosidade e depravação, apresentando centauros e sátiros, ninfas e deuses, homens e mulheres divertindo-se das maneiras mais impudicas. Mas aquele suave deboche não nauseou nem revoltou Lucano, que era médico e nada achava de obsceno nas intricadas e maravilhosas belezas e funções do corpo humano. Para ele, aquelas pinturas eram imaginação de crianças pervertidas e impudentes, que encontravam prazer em diversões bestiais. Vira coisas muito piores pintadas cruamente nas paredes e tavernas de Alexandria e de Antioquia; as que ali estavam foram, pelo menos, executadas por um excelente artista. Uma das cenas era tão esdruxulamente divertida que ele parou por um momento, sorrindo para ela. Disse a Plócio:

— Esse homem teve um excelente treinamento em anatomia, e sentido do humorístico. — Os dois jovens contemplaram o trabalho de arte, depois entreolharam-se e riram.

Os pretorianos estavam em toda parte, rígidos, saudando, mesmo no vestíbulo que levava ao mais maravilhoso dos apartamentos, com grandes portas abertas e janelas que davam para um terraço amplo, florido e relvoso. Jamais Lucano vira tal luxo e nunca o imaginara. O vasto e espaçoso aposento tinha paredes de quatro cores diferentes de mármore, contrastantes lousas em branco, em preto brilhante, em dourado e cor-de-rosa, e o forro multicolorido e cintilante refletia a luz do céu e as tonalidades do jardim. No centro do aposento ficava uma grande cama de madeira dourada, no feitio de um delfim, marchetada de gemas rutilantes, de madrepérola, marfim e prata. Sobre ela estava atirada uma coberta de seda de desenho intricado, como um canteiro florido. Pedestais esbeltos, de mármore branco ou preto, espalhados pelo local, sustentavam graciosas estatuetas de bronze, representando mulheres nuas, e altas lâmpadas de ouro e prata, bem como outros inestimáveis objetos de arte. De limoeiro, ébano e mármore eram feitas as mesas, cobertas com vasos de vidro murrino, cheios de flores, de forma que a brisa leve da primavera fluía através das portas e janelas carregadas de fragrâncias. Divãs voluptuosos estavam dispostos perto das mesas, cobertos de sedas brilhantes, e junto das paredes havia muitas cadeiras, elaboradamente esculpidas e douradas, com pernas de marfim. Uma arca maravilhosa, de cobre batido, cravejada com pedrarias vermelhas, ficava entre as janelas, onde ondulavam delicadas cortinas de rendas. Um espelho de prata polida pendia sobre a arca. Para além daquele compartimento luxuoso de repouso havia outro, inteiramente de mármore rosado; a banheira instalada abaixo do nível do piso tinha pelo menos doze pés de comprimento por seis pés de largura, e estava cheia de água tépida e perfumada, o fundo revelando uma cena lasciva, no mais brilhante dos mosaicos.

— Isto é um apartamento de mulher — disse Lucano, habituado à austeridade das casas de Diodoro. Dois escravos entraram, nus, curvando-se diante dele, que ficou a contemplá-los com admiração. Eram um casal, altos e esbeltos, e de cor negra tão incrível e entontecedora que pareciam feitos mais de mármore polido do que de carne. Os vales e ondulações de seus corpos tinham um reflexo pálido, como se polvilhados de prata, e suas feições finas, delicadamente esculpidas e patrícias, davam a impressão de terem sido criadas pelo artista mais bem-dotado. Os cabelos negros da moça tombavam em vagas crespas, pelas suas costas macias, e seus seios eram altos e pontudos, brilhando com fulgor lustroso. Nem ela nem o rapaz usavam coisa alguma, a não ser pesados colares de ouro e argolas também de ouro nas orelhas, que atiravam reflexos sobre suas peles espelhantes.

— Estes são os teus servos — disse Plócio. Parecia ridículo a Lucano estar naquele apartamento, com escravos unicamente para servi-lo. Quis protestar, mas Plócio, com um piscar de olhos, saudou-o e se foi dali. O médico olhou para o rapaz e para a moça e ficou sem saber o que dizer, e eles também o olhavam, com seus grandes olhos negros e amplo sorriso branco. Esperavam que ele falasse, portanto Lucano perguntou, desajeitadamente:

— Quais são os vossos nomes?

O rapaz respondeu, tornando a fazer uma reverência:

— Meu nome é Nemo, senhor, e esta é minha irmã gêmea, Nema. Dá-nos tuas ordens. Estamos a teu serviço.

A moça caminhou graciosamente até a mesa e serviu vinho para Lucano, enchendo uma taça incrustada com pedrarias. Ele tomou-a da sua mão direita, encantado com a beleza incrível da jovem, com a perfeição de seu rosto e de seu corpo. Levou o copo aos lábios e bebeu um pouco. Jamais bebera tal vinho, rosado, perfumado e adoçado com mel. O rapaz trouxe-lhe

uma bandeja de figos maduros rolados sobre nozes quebradas, e outras guloseimas. Lucano comeu um ou dois. Franziu as sobrancelhas e disse:
— Não preciso de servos.
O rapaz e a moça sorriram-lhe um sorriso vazio, mas se conservaram como estátua, imóveis, como se o que ele dissera tivesse sido dito num idioma estrangeiro. Se ele estava estupefato com os dois, os dois estavam igualmente estupefatos com ele, pois jamais viram pele tão branca, cabelos tão dourados e tanta beleza. Os três jovens ali estavam, admirando-se uns aos outros, com simplicidade.
Outro servo entrou, curvando-se profundamente, e informou a Lucano que a Augusta, Júlia, ordenara que ele comparecesse ao banquete que seria dado naquela noite às oito horas. Retirou-se, deixando os três novamente sozinhos em sua mútua contemplação. Então, Lucano disse, como um rapazola:
— Acho que não posso recusar. Mas nada tenho para vestir, a não ser o que trago no corpo.
Olhou para a toga que Keptah considerava tão preciosa, e que estava suja pela viagem, e para suas sandálias empoeiradas, feitas de couro simples. Nemo foi ter à arca de cobre, abriu-a, e dali tirou uma túnica de linho fino, com a beirada bordada a ouro, um par de sandálias douradas e um cinturão de ouro intricadamente trabalhado com pedrarias, bem como braceletes que com ele combinavam. Como um mercador que exibisse reverentemente sua mercadoria, colocou sobre o braço, em drapeado, aquele traje, erguendo o cinturão e os braceletes com a outra mão.
— Bem — falou Lucano. Considerava o guarda-roupa efeminado, mas, apesar disso, estendeu a mão para sentir a finura do tecido e examinar aquelas joias. — Vou sentir-me como um ator.
Nemo fez sinal de que o banho o esperava e que ele e a irmã o lavariam e ungiriam com óleos perfumados, fazendo-lhe massagens pelo corpo. Lucano, porém, revoltou-se contra aquilo. Os dois escravos olharam-no espantados e contemplaram-se mutuamente sem dizer palavra.
— Desde que fiz três anos passei a tomar banho sozinho — explicou Lucano. Os escravos apenas continuaram a olhá-lo, incrédulos. Ele ergueu a voz: — Quero ficar sozinho — falou.

Perplexos, eles inclinaram-se e o deixaram, fechando as portas atrás de si. Tomaram seus lugares do lado de fora e tocaram música suave, a fim de embalá-lo, com flauta e lira. Sobre o som da frágil harmonia, Lucano podia ouvir o contínuo passo de vigilância do pretoriano que o estava guardando. Sacudiu a cabeça. Experimentou um divã e ficou alarmado ao sentir-se engolido pela sua ampla maciez. Levantou-se e foi de uma obra de arte para outra. Jamais vira coisas tão artísticas. As minúsculas estatuetas eram tão lindamente executadas que revelavam as mínimas veias de suas mãos, pescoço e pés. Correu os dedos sobre elas, e teve a impressão de que tinham vida.

Chamou-lhe a atenção o ressoar de vozes juvenis masculinas, no terraço que ficava para lá das portas abertas, e aproximou-se delas. Dois jovens, de sua idade, ou mais novos, completamente nus, estavam lutando sobre o relvado. Seus corpos, cor de âmbar, mostravam o ondular de músculos disciplinados, e depois de alguns momentos cansativos sua carne deixou pingar suor brilhante. Eram, evidentemente, atletas hábeis, antes praticando do que se divertindo, e seus rostos bonitos mostravam-se tensos, atentos, sem sorrisos. Grunhiam, imprecavam e gritavam, sem perceber que Lucano os observava com profundo interesse. Às vezes usavam blasfêmias obscenas. O médico ficou a cogitar se seriam escravos. Observou suas quedas, seus assaltos, seus músculos em movimento, sua destreza e força. Depois atravessou o limiar da porta. Viram-no, saltaram sobre os pés, separando-se, as sobrancelhas franzidas.

— Cumprimentos — disse Lucano, de súbito consciente de animosidade, de hostilidade.

Ambos fixaram os olhos nele, e insolente e deliberadamente examinaram sua roupa de viagem, suas sandálias simples. Como se tivessem falado, Lucano sentiu seu comentário de escárnio pela falta de joias, e sua opinião de que se tratava de pessoa sem importância, bem como seu espanto ao ver um indivíduo como ele presente no palácio. Acreditavam que fosse um liberto intruso, homem que de certa maneira conseguira meter-se naquele apartamento tão próximo dos apartamentos da Augusta. Mas não sabia que também havia despertado o ciúme deles por causa de sua aparência, pois embora fossem jovens bonitos, não se podiam comparar a ele. Então, um olhou desconfiado para o outro. Aquele estrangeiro iria ser o novo favorito da caprichosa e insaciável Júlia?

— Cumprimentos — disse um deles, carrancudo, e piscou, em ridícula ostentação, para o companheiro, que tossiu com força.

— Sou Lucano, médico, e filho de Diodoro Cirino — disse Lucano, que sentiu calor no rosto.

— Oh! — disse um dos lutadores em tom pesado, indicando que não se impressionara. Um médico. Sem dúvida algum antigo escravo. Nenhum dos jovens tinha jamais ouvido falar de Diodoro. O outro lutador disse:

— Estás aqui para tratar de nós?

— Estou aqui como hóspede de César — respondeu Lucano, friamente. Então, seus olhos azuis faiscaram diante dos insultos evidentes que lhe tinham sido lançados. E disse, enquanto eles estavam incredulamente se refazendo de sua casual referência a César: — Sois bons lutadores, mas toscos. Aos vossos treinadores falta arte. Não poderíeis competir por mais de um momento com um atleta completo. Sois amadores. Sem dúvida, entretanto, melhor treinamento vos transformaria em lutadores medianos, se trabalhásseis bastante para isso.

Ambos ficaram em silêncio, respirando descompassadamente. Ainda não podiam acreditar que Lucano, vestido como um homem do campo, fosse realmente hóspede de Tibério César. E odiavam-no pela sua crítica.

— Sem dúvida — disse um deles — tu és muito melhor lutador.

— Sou — disse Lucano, encostando-se ao umbral da porta. Comeu o doce que tinha na mão, e fingiu estar absorvido em saboreá-lo. Depois, acrescentou, enquanto os olhos dos outros ardiam sobre ele: — Eu já era bem superior, mesmo antes do meu treinamento em Alexandria. — E continuou, enquanto os outros permaneciam em silêncio: — Poderia lutar melhor do que vós quando tinha dez anos de idade. — E sorriu radiosamente para os jovens.

Um deles deu um passo à frente, os olhos faiscantes de cólera.

— Meu nome é Jacinto — disse. — E eu tenho dez sestércios que me dizem ser eu capaz de atirar-te ao solo em três segundos.

O outro repetiu-lhe as palavras.

— Meu nome é Óris — disse — e eu tenho doze sestércios que me dizem ser eu capaz de atirar-te ao solo em dois segundos.

Lucano encostava-se languidamente ao portal, lambendo os dedos lambuzados de doce. Depois, tateou a bolsa que trazia no cinto e disse:

— E eu tenho quatorze sestércios que acabam de me sussurrar que posso enfrentar um de cada vez e atirar-vos ao solo em um segundo.

Cogitou, por um momento, em se deveria informar-lhes de que fora instruído numa forma particular de combate, que um professor vindo de Cataio lhe ensinara em Alexandria. Resolveu que não. Eram insolentes demais, aqueles moços, demasiado insultuosos, demasiado seguros de si, e Lucano não gostava deles. Rapidamente endireitou-se, e atirou para o lado a toga de Keptah, depois despiu a túnica de pano azul e grosseiro que lhe cobria o corpo. Surgiu diante dos outros dois como uma coluna de mármore branco e ambos recuaram, constrangidos. Mas o corpo dele, depois de um momento, pareceu-lhes demasiado suave e elegante. Riram-se, e um deles dobrou o corpo a meio, para a frente, e veio ao encontro de Lucano, as pernas arqueadas. Era Jacinto.

Lucano esperou calmamente. Apenas ergueu o braço direito, e estendeu-o. O gesto era lânguido, quase frouxo, e ele não curvou o corpo. Óris soltou um riso seco. Os dentes de Jacinto reluziam entre os lábios esticados. Então, com grande agilidade, seu braço atirou-se em direção a Lucano e sua mão curvada agarrou o ombro do médico. Óris pestanejou, pois algo toldou o ar diante dele. Aturdido, viu Jacinto tombado de costas na relva, os olhos protuberantes e fixos, como que estonteados. Lucano bocejou.

— Bem? — disse ele a Óris, ignorando o outro jovem. — Foi um segundo. E tu?

Óris umedeceu os lábios com a ponta da língua. Jacinto gemia, lá da relva onde estava, como uma estátua caída. Óris, então, que era muito corajoso, saltou sobre Lucano. Foi como se um corisco macio o tocasse. Sentiu-se projetado no espaço e foi cair junto de Jacinto, redondamente, sobre a relva, o corpo todo tomado de tremores.

Lucano vestiu a túnica, sorrindo.

— Deveis-me vinte e dois sestércios — disse ele. — Não vos esqueçais de pagá-los.

Os dois jovens ergueram-se de sua posição sentada, examinando-se cuidadosamente. Sacudiam a cabeça, a fim de clarear a mente confusa.

— Não estais feridos, nem sequer contundidos — disse Lucano sacudindo a toga de Keptah. — Naturalmente, se tendes cérebro, coisa de que eu duvido, ele está apenas um pouco confuso agora. Entretanto, tornará a clarear.

— Que fizeste? — exclamou Jacinto, erguendo-se cuidadosamente. — Não vi que te movesses! Nada senti! Entretanto, um segundo depois eu estava voando pelos ares. Isso é magia!

— Sim, é magia — repetiu Óris. — Quem pode resistir à magia?

Esfregando o corpo, olhavam furiosos para Lucano, que erguia para eles suas sobrancelhas douradas.

— Magia... Tolice! — respondeu. — Não passais de amadores. Eu não vos tinha dito?

— Ganhei uma bolsa de ouro nos Grandes Jogos! — berrou Jacinto, corando violentamente.

— E eu ganhei a segunda bolsa! — ecoou Óris, rangendo os dentes.

Lucano riu em pleno rosto de ambos.

— Então eu deveria ganhar duas bolsas — disse. — Vamos, que mais sabeis fazer? — Estava animado, seu corpo jovem e forte ansioso por mais exercício. — Arremesso do disco? Arremesso da lança? Boliche de nove pinos? Boxe? Corrida? Salto em distância? Esgrima? Seguramente podeis fazer algo mais do que esse ingênuo corpo a corpo?

Afastou-se dois passos para trás, saltou para a frente, dobrou as pernas e atirou-se ao espaço. Incrédulos, dois pares de olhos estupefatos seguiram-no. Os pés elevaram-se limpamente para cima das cabeças erguidas dos outros dois rapazes e Lucano foi pousar de novo na terra, como um gato branco.

— Fazei a mesma coisa — disse, sem que sua respiração sequer se acelerasse — e nada me devereis.

Houve um ruído de entusiástico aplauso, junto da porta, e os moços, voltando-se, viram que Plócio ali estava rindo. Então, Jacinto e Óris ficaram assustados. Conheciam bem Plócio, e sabiam da alta estima em que Tibério o mantinha, pela sua coragem, discrição e qualidades militares. Plócio pôs-se a andar pelo relvado, e veio colocar a mão sobre o ombro de Lucano.

— Que exibição! — exclamou ele. — Meu caro Lucano, tu poderias competir em todos os papéis, no circo, e ter Roma a teus pés! Para instrução minha peço-te que faças comigo, amanhã, uma sessão de esgrima. — Olhou para os dois jovens lutadores, e perguntou: — Quem são esses meninos?

Mas Jacinto e Óris baixaram a cabeça e foram escapulindo em direção à outra extremidade do terraço. Plócio falou:

— Eles precisavam de uma lição, esses queridinhos mimados da Divina Augusta. Cuidado para que eles não tentem envenenar-te no banquete que Augusta está dando hoje à noite, em honra de Cibele; ela é devota das deusas viúvas. Sem dúvida gostaria também de ser viúva. A propósito, não pude seguir teus movimentos, quando lutaste com esses dois rapazes. Nada fizeste, a não ser estender teu braço, e então, quando te agarraram pelo ombro, tu te inclinaste para trás e eles saíram voando! Como Ícaro, com o mesmo resultado.

— Eu me prevaleci da ignorância deles — disse Lucano, num riso feliz. Voltaram juntos para o quarto, enquanto Plócio indagava por que os escravos estavam ausentes, tocando sua música no corredor externo. — Eles queriam lavar-me e lambuzar-me com óleos perfumados — disse Lucano. Arrancou a túnica e saltou para a banheira onde nadou alguns pés, atirando para trás seu cabelo molhado e como que de ouro e levantando prateado chuveiro de água. Plócio acocorou-se à beira da banheira e ficou a observá-lo com intensa admiração.

— Jamais vi um corpo assim — disse ele.

Lucano deslizava através da água como se fosse de alabastro branco e com a mesma maciez.

— Ah! As mulheres vão amar-te! — acrescentou Plócio, sacudindo a cabeça coberta com o elmo.

Nenhum dos jovens tinha visto uma senhora, na extremidade mais distante do terraço, e que saíra de seus aposentos ao som das vozes que discutiam. Ela ficara ali, observando, o rosto bonito, sem qualquer expressão, banhado de sol. Quando Plócio apareceu, ela recuou para seus aposentos, sorrindo. Dirigiu-se ao espelho e estudou-se intensamente, cantarolando baixinho.

29

Nemo garantiu a Lucano que ele estava "radiante como um deus" depois do banho e da unção, da qual Nema fora banida, e depois de ter vestido suas roupas brancas e colocado as joias de ouro. Lucano rejeitara a investidura, embora não o fizesse depois de um olhar sub-reptício ao espelho. Curiosa excitação obcecava-o. Jamais confessaria tal coisa a si próprio, mas o mundo de homens estranhos e novas experiências agora invariavelmente o impressionavam, como se fosse um recém-nascido. Estava para ser iniciado numa atmosfera da qual Diodoro falara com raivoso desprezo. O que Lucano até então vira o obrigava, relutantemente, à admiração, pois seu olho de grego não era insensível à beleza, e sua alma não era tão severa a ponto de se sentir degradada pela visão da adorabilidade e grandeza.

Agora, Lucano estava sozinho, ao crepúsculo, olhando lá embaixo a Cidade Imperial, das alturas em que se encontravam os jardins que ficavam do lado de fora de seus aposentos. A cidade tombara diante dele, como um sonho, púrpura, ouro, violeta e branco, nadando em névoa rósea, que de vez em quando elevava uma estátua alada em seu alto pilar, um domo incandescente, uma parede branca de neve batida pela luz dos últimos raios do sol, um arco esculpido e poderoso, ou o imenso leque de pedras de um lance de escadas olímpicas. Tudo quanto estava invisível na cidade envolvia-se naquela névoa rosada que começava a fluir, não apenas no céu mas sobre toda a face do centro da cidade, de forma que parecia a difusão de milhares de rosas, que se mesclassem num vasto turbilhão, através do qual emergiam sempre novas visões. O Tibre cheio de curvas, que parecia uma veia de fogo escarlate e polido, pulsava através de macia névoa cor-de-rosa, suas pontes frágeis dando a impressão de serem feitas de prata e marfim. Mesmo as colinas distantes coravam levemente, e não pareciam reais. E agora as colunas do palácio, que estavam em torno de Lucano, erguiam-se num tom suave e adejante de pérola, seu lado ocidental tomado de rubor. O som de fontes próximas desciam para música leve, e as vozes dos pássaros murmuravam em puro devaneio. Odor de floração de jasmins e lírios impregnava o ar doce, colorido e etéreo. As folhas de murta reluziam como se fossem de metal, e a relva tornou-se um cintilar de ametistas.

Enfeitiçado e preso pela miragem colorida que era a cidade colossal, Lucano recostou-se contra uma coluna e ficou a ouvir e ver. Teve consciência então da voz de Roma, abaixo, e ainda assim acima das vozes dos pássaros que estavam próximo dele. Era como o mover-se de roda gigantesca, um trovão abafado e titânico, constante e incansável. Lentamente, Lucano foi ficando impressionado por uma percepção muito estranha. Impregnante como era a voz da cidade, faltavam-lhe certa firmeza, certo ardor, certa intensidade, certa masculinidade. Lucano recordou-se, então, do que Diodoro lhe dissera uma vez: "Roma é agora uma cidade sem cólera, uma cidade sem virilidade nem heroísmo."

Diodoro, aquele homem viril, colérico e heroico ao extremo, falara bem. O rumor abafado de Roma era um rumor enfastiado. Seu esplendor e seu poder imperial eram uma opulência. Ela podia ser, em seus múltiplos aspectos, monstruosa e cruel. Mas eram a monstruosidade e a crueldade de um homem que envelhecia, que se fartara em excesso e esquecera a força dos membros e o entusiasmo do coração. Ela jazia no centro do mundo, como um sátiro intumescido, embora ainda potente, reclinado num divã de seda carmesim e ouro, a mão agarrando uma espada, a outra levando, cansada, uma taça de vinho aos lábios, a grinalda escorregando-lhe da cabeça, suas bochechas pesadas repousando num peito saliente como o de uma mulher.

Falta de cólera. Falta de virilidade. Aquele podia ser o epitáfio de Roma. Ela não tombara em batalhas. Ganhara-as todas. Era o mesmo. O triunfo, não menos que a derrota, tornou-se morte. Se um homem morria valentemente, metido em sua armadura, em algum campo de batalha de princípios ou patriotismo, ou na proteção do que considerava mais caro para si, então não vivera em vão. Mas aqueles que ganhavam batalhas pelo poder e quinquilharias viviam ingloriosamente e morriam também ingloriosamente, objeto de sátiras, mais tarde, ou de advertência para a posteridade. Era estranho que os homens jamais aprendessem coisa alguma. De repente, olhando para baixo, para a cidade envolvida no turbilhão róseo, Lucano sentiu-se tomado de tremendo constrangimento, de fatídica certeza. Sentiu que estava de pé no abismo de algo que ainda não podia discernir; era como se algo se houvesse modificado, apressado, vindo das imensas eternidades.

A névoa rosada diminuiu sobre a cidade. Um entardecer lilás, como vasta maré, deslizou sobre Roma, mergulhou nos jardins onde Lucano estava. A lua ergueu-se lentamente no céu cavado. Os pássaros estavam silenciosos, as fontes mais claras. Nemo tocou o braço de Lucano, e o jovem grego sobressaltou-se e voltou-se para o escravo.

— É a oitava hora, senhor — disse Nemo.

Lucano olhou mais uma vez para a cidade. E murmurou:

— Não. Esta é a undécima hora.

Um clarão de tochas vermelhas lambeu a escuridão violeta, lá embaixo, milhares e milhares de tochas, como línguas rápidas e inquietas. Para Lucano, elas pareceram o início de uma conflagração.

Alguns momentos depois ele era parte de um bando de homens e mulheres vestidos de branco, movendo-se através de vestíbulos e vastos salões, que agora estavam iluminados por centenas de lâmpadas. As mulheres caminhavam com enérgica segurança entre seus homens, pois Roma, segundo Diodoro amargadamente comentara, era agora uma cidade de mulheres, com mulheres arrogantes dirigindo seus homens em vozes estridentes, cheias de insolência. Aquilo era um matriarcado disfarçado, corrupto, egoísta, de peito de bronze, insistente e ávido. Era para as mulheres de Roma e seus corpos ociosos que galeões saíam em fileiras de todos os portos, com seu carregamento de luxo, alimentos, sedas e joias. Era para as mulheres de Roma que as flâmulas estalavam sobre cidades e comarcas, e cornetas clangoravam. Elas não podiam invadir o Senado, mas ali estavam, nas pessoas de seus maridos, filhos, ou amantes. As salas de vendas e os mercados, febris com o câmbio de ouro e a fúria dos investimentos, podiam ressoar com vozes masculinas, mas o eco estridente vinha da voz das mulheres. Elas possuíam a fortuna de Roma. Sua macia brutalidade soava no clangor das correntes de milhões de escravos.

Enquanto Lucano caminhava entre o grupo que se destinava ao pátio de Júlia, teve consciência de que os que se dirigiam apressadamente para as festividades tornavam-se mais numerosos. Era como se as estátuas dos deuses e deusas, com suas togas e estolas, estivessem deixando pórticos e nichos, juntando-se aos homens e mulheres, e como se os poucos que se conservavam em seus lugares olhassem com desprezo ou celestial indiferença para as desertores. Eu só conheço o mundo através do que tenho ouvido dele, maravilhava-se Lucano. Olhava para os rostos belos e depravados das mulheres, recobertos com cosméticos, via as joias, os cabelos, negros, castanhos, dourados ou bronzeados, mantidos em redes consteladas de pedrarias, ou trançados com fitas, à maneira grega. Uma névoa de perfume flutuava, vinda de seus corpos e de suas roupas. Seus pescoços brancos ou cor de mel brilhavam como pedras preciosas, seus braços lustrosos traziam ouro e seus dedos refulgiam. Entre elas, havia cortesãs famosas e antigas escravas libertadas por senhores fascinados, bem como mulheres notórias. Era impossível distingui-las das damas das grandes casas e dos grandes nomes. As mulheres casadas apenas podiam ser reconhecidas entre as solteiras pelas suas estolas, e as solteiras mostravam trajes de falsa simplicidade e tinham os rostos tão mundanos e desiludidos como os das matronas e os das mulheres dissolutas. Não havia um olhar tímido, um sorriso jovem e cogitador, ou um relance de ternura, entre elas; apenas arrogância, avidez e um olhar em torno, para ver se estavam sendo admiradas. Alto sussurro de conversação incoerente suspendia-se sobre elas.

Os homens não eram menos ambíguos. Os senadores podiam ser reconhecidos pelas suas sandálias vermelhas, mas os augustais não se diferenciavam do gladiador, do liberto e do patrício, nem os mercadores dos homens que possuíam nomes brilhantes. Lucano ficou a cogitar em se aqueles que mostravam os ares mais altaneiros não seriam os mais baixos, e se os que se exibiam com maior elegância não teriam alcançado a fortuna saindo de alguma sarjeta. Diodoro dizia, frequentemente, que Augusto, Gaio Otávio, jamais permitira os malnascidos no seu palácio, fosse qual fosse sua posição e fortuna presentes. Mas sua degradada filha Júlia, esposa de Tibério, fazia frequentes menções ao seu espírito democrático. Para ela — declarava — um gladiador famoso era tão bem recebido quanto um senador. Pedia apenas que as mulheres suas convidadas fossem divertidas, e sugeria que entre concubinas e cortesãs encontrara com frequência mais espírito do que entre as esposas e filhas das casas nobres.

Seu próprio pai uma vez a exilara pelo seu comportamento de meretriz. Por que forçara Tibério àquele casamento era coisa que permanecia como um enigma, pois Augusto tinha alguma afeição e admiração pelo

César atual. Era possível ter Augusto acreditado que Tibério, frio, justo e notável por sua carência de suscetibilidade em relação a mulheres, e pela sua virtude particular, pudesse ter um efeito tranquilizador sobre Júlia.

O som de pés que se apressavam elevou-se acima dos acordes de música distante. Lucano teve relances de pés calçados em sapatos de prata ou ouro, ou em material de brocado, com pedrarias. Os homens riam e murmuravam, olhando, insolentemente, em torno de si. O rio branco fluiu, subindo uma escadaria baixa e larga, através de longos pátios. Algumas das senhoras, em particular, olhavam curiosamente para Lucano, através de pestanas pesadamente recobertas de *kohl*, ou sorriam-lhe tentadoramente. Em certo momento ele viu um par de olhos cor de violeta, impressionantemente parecidos com os de Sara bas Eleazar, e ficou de súbito abalado. Mais adiante, um perfil recordou-lhe o de Rúbria, e de novo ficou abalado. Encolerizava-o o fato de qualquer daquelas mulheres poder parecer-se às moças que ele amara e que ainda amava. Curvou a cabeça, a fim de não mais olhar para elas. Os homens atiravam-lhe olhadelas desconfiadas, e perguntavam uns aos outros de quem se trataria. As lâmpadas deixavam tombar sua luz mutável sobre a multidão e as joias, bem como sobre os olhos predatórios, que dançavam nela.

Lucano pensou: Cícero lamentava que embora as formas da República ainda fossem celebradas, a República não mais existisse. Entre estes homens e mulheres não havia amor por seu país, nem comemoração de liberdade, nem honra pelos mortos poderosos que fundaram sua nação e suas instituições. Suas bocas exalavam perfumes, vindo de pastilhas que haviam chupado. Para Lucano, exalavam corrupção. De repente, sentiu-se profundamente deprimido. Pensou com saudades em seu lar. Teve a impressão de estar despido entre a turba, e que todos os trechos de seu corpo eram vulneráveis.

Um vento suave soprou-lhe no rosto, e ele levantou os olhos e viu que estava sendo levado para um vasto pórtico aberto, onde, por estar o tempo tão moderado e fresco, o banquete fora arranjado. O pórtico dava para um grande jardim, decorado com um emaranhado de luzes cintilantes, que se refletiam no orvalho da relva escura. Mesmo as estátuas tinham sido iluminadas com tonalidades diversas, de forma que se erguiam sobre águas coloridas, como figuras de fogo pálido. Flores juncavam o chão, ou arrumavam-se em vasos altos, de forma que o ar palpitava com seu perfume. O pórtico, também iluminado, brilhava como neve esculpida contra o negrume do céu, e em torno dele foram levantadas grutas artificiais de musgos e flores, nas quais estavam as mais delicadas estátuas, atraindo ambiguamente a atenção e luzindo ao luar. Músicos tocavam sem serem vistos, com flautas, harpas e alaúdes. As mesas instaladas no pórtico estavam cobertas com toalhas carmesins, barradas de ouro e trabalhosamente bordadas com fios brilhantes. Os divãs que ficavam em derredor delas tinham a mesma decoração e aguardavam os convidados. Bem lá para baixo a cidade jazia vociferante, trêmula pelas lâmpadas, as tochas vermelhas batendo suas línguas, e dela vinha um som distante e rosnado, como de floresta repleta de animais.

Os convidados começaram a sentar-se com muitos risos antecipatórios, e Lucano ficou de pé, incerto, junto de uma coluna brilhante. Olhava para as árvores que rodeavam os jardins como se esperassem alguém, os galhos com lâmpadas penduradas de feitios estranhos e fantásticos, e a luz passando através de vidros coloridos. Escravos, homens e mulheres, belos como jovens deuses e sereias, nus como estátuas, estavam à espera de que os convidados tomassem seus lugares, as mulheres em cadeiras de marfim e ébano incrustadas com metais preciosos, e os homens nos divãs. Lucano não sabia o que fazer, pois todos davam a impressão de conhecer os lugares que deviam ocupar. As vozes dos convidados tornaram-se veementes de excitação, de forma que o jardim e o pórtico ecoavam como se ali estivessem papagaios ou macacos libidinosos. A música era abafada pelo rumor; casualmente, fluindo com maior intensidade, era ouvida, num instante em que o clamor descia. Os rostos dos escravos mostravam-se impassíveis e belos. Um bando de menininhas vinha, agora, para ungir os pés dos convidados com bálsamo, e havia inocência em sua nudez. Copeiros apareceram, trazendo grandes vasilhas de prata, cheias de neve, na qual estavam enterradas garrafas de vinho, que eles serviam em taças incrustadas de pedrarias, engrinaldadas com hera verde. O perfume do líquido, dourado ou vermelho, misturava-se ao odor das flores e da relva. Os convidados deixavam tombar um pouco de vinho, em libação, e Lucano recordou-se da oferta ao Deus Desconhecido, parecendo-lhe, então, que todo o seu corpo estremecia de sentimento e solidão. Ainda estava ao lado da coluna. Embora os copeiros servissem vinho, nada havia nas mesas cobertas de seda a não ser flores e taças. Os convidados estavam aguardando. Conversavam sobre os últimos divórcios, os últimos investimentos, sobre as corridas e jogos, e olhavam para os gladiadores — que se apresentavam cobertos com seus mantos — fazendo comentários. Sua tagarelice animada, tão trivial, tão maliciosa, era tão estranha para os ouvidos de Lucano quanto a tagarelice de um bando de pássaros rouquenhos. Ouviu nomes famosos e antigos mesclados e escândalos da espécie mais debochada. Uma grande dama — e aquilo era afirmado com grandes risos — acabava de tomar seu décimo amante, mas desta vez tratava-se de uma escrava. Uma das moças contava veementemente que Cupido a visitara certa noite, e descrevia a visita com pormenores lascivos. Um senador começou a discutir com outro a propósito de seus investimentos na Terra de Israel e declarava que seus homens haviam descoberto as minas de Salomão. O outro senador garantia-lhe que fora defraudado e que deveria trazer de volta os seus descobridores acorrentados. Um gladiador, bebendo seu excelente vinho, declarava poder estrangular um leão, com as mãos nuas. Imediatamente foram feitas apostas para os próximos jogos.

    O ar tornava-se opressivo; os jardins tinham uma aparência secreta e lúbrica à luz do luar. Os convidados bebiam cada vez mais, tornavam-se inquietos e suas vozes aumentavam de volume. Algumas damas que estavam mais próximas de Lucano olhavam-no com súbito interesse. Todas as mulheres tinham, agora, posto de parte a estola clássica, e ali estavam, moldadas nas sedas mais delgadas, mais finas e coloridas, bem como em linhos, em brocados bordados com pedrarias que, embora lhes cobrissem os seios, revelavam cada curva deles, e os próprios bicos. Seus ombros macios brilhavam à luz das lâmpadas, e elas tinham as fontes úmidas, os lábios iam tornando-se mais cheios, mais lustrosos e vermelhos. Algumas curvavam-se em suas cadeiras, encostando os corpos contra os dos homens, provocando beijos no pescoço, nos ombros e na boca. Escravos colocaram grinaldas em todas as cabeças, e agora o perfume do jardim, da relva, das flores e dos bálsamos fluía através do pórtico. O tremeluzir das joias magoava os olhos de Lucano e as lâmpadas pareciam aumentar de fulgor, fazendo mais intenso o colorido. Ele tinha fome e sentia-se embaraçado, em seu isolamento, ali perto da coluna. A música mesclava-se ao fragrante jorrar das fontes, quando podia ser ouvida por sobre o ruído das vozes. Lucano reparou que à cabeceira da mesa em forma de U havia um grande divã, coberto com a púrpura imperial e cheio de almofadas da Síria. Então, os convidados esperavam pela Augusta, Júlia. Ele não sabia ser costume dela permitir que os convidados se embriagassem bastante até o momento em que ela aparecesse, de forma que o fato de não ser mais jovem lhes passasse despercebido em seu estonteamento. Os vasos de Alexandria, que estavam com flores sobre a mesa, começaram a faiscar aos olhos de Lucano com demasiado colorido. Sentia-se muito entediado. Diodoro falara das orgias e dos "deboches". Aquilo parecia excessivamente estúpido para o jovem grego. As vozes dos homens, fazendo-se roucas, o incomodavam, os tons guinchados e estridentes das mulheres pareciam unha arranhando-lhe os tímpanos.

Uma mão respeitosa tocou-lhe no braço. Um dos vigilantes do vestíbulo, que estivera observando os copeiros para ver se cometiam algum erro, encontrava-se a seu lado.

— Senhor, ainda não encontraste teu lugar? — murmurou ele.

— Não — disse Lucano, secamente. — Não sei se tenho um lugar. — Hesitou, depois disse: — Sou Lucano, filho de Diodoro Cirino, e nunca estive aqui.

O vigilante olhou-o, horrorizado. Curvou-se tão profundamente que a cabeça dele alcançou o nível do joelho de Lucano. Depois disse, com voz trêmula:

— Mas, senhor! Tu deves sentar-te no próprio divã da Augusta!

Sua voz tornou-se terrível, quando olhou para os outros vigilantes que vieram correndo:

— Aqui está o convidado de honra e ninguém o escoltou até o seu lugar! Haverá chicoteamento amanhã!

Os convidados que estavam mais próximos pararam de conversar para ver o que se passava. Lucano, corando, recuou, e seus pés meteram-se em um dos tapetes persas que cobriam o mármore branco do piso do pórtico.

— Não — disse ele —, a culpa foi minha e não de terceiros.

— Não vieste escoltado até aqui, senhor? — perguntou o primeiro vigilante, enquanto os demais se reuniam em torno de Lucano, para seu maior enleio. Então Lucano recordou-se. Plócio dissera que o levaria até ali, mas Lucano esquecera de esperar. E acrescentou, rapidamente:

— Tinha uma pessoa para escoltar-me, sim, Plócio, dos pretorianos, mas não esperei por ele.

O vigilante gemeu, e seus companheiros fizeram-lhe eco. Inclinaram-se como um só corpo. Um maior número de convidados foi se mostrando interessado. Os vigilantes rodeavam Lucano, como guarda-costas e, cerimoniosamente, conduziram-no ao divã recoberto de púrpura. Um profundo silêncio tombou entre os convidados, quando Lucano sentou-se e todos os olhos voltaram-se para ele. Uma grinalda foi-lhe colocada na cabeça, uma criança removeu-lhe as sandálias e ungiu-lhe os pés e vinho lhe foi servido. Tinha o rosto vermelho e suava. Não sabia para onde olhar mas, finalmente, relanceou os olhos para a outra extremidade do pórtico. Plócio ali estava, tentando franzir as sobrancelhas, mas conseguindo apenas revelar-se divertido. Lucano tomou um grande gole de vinho. O silêncio do pórtico, os olhares, atrevidamente fixos nele eram enervantes. Agora, a música erguia-se, exuberantemente, acompanhada de muitas vozes suaves, e as fontes cantavam para o luar.

As nádegas de Lucano foram engolidas pela brandura do divã. Não podia reclinar-se, como os outros homens estavam reclinados. Chegou a fincar um cotovelo numa das almofadas e intimamente amaldiçoava Plócio, os convidados, ele próprio, Júlia, e até Tibério. Via-se como um plebeu, naquela reunião, como um rústico recém-chegado do campo. E ficou de novo encolerizado.

Um certo alvoroço e um certo murmúrio, então, foram ouvidos entre os convidados, pronunciando seu nome. Foi como um vento turbulento que agitasse fileiras de flores, pois soberbas joias e ricas tonalidades, e peles de tons morenos ou alabastrinos, alegres túnicas, olhos vibrantes, cabelos lustrosos mesclaram-se em séries de confusa exuberância e excitação, sob o oscilar das lâmpadas prismáticas. Os homens ergueram-se de seus divãs, as mulheres mostraram interesse e curiosidade, dentes brancos faiscando através dos lábios vermelhos, enquanto sorriam audaciosamente para Lucano. As mãos do rapaz firmaram-se sobre a taça incrustada de pedras preciosas e ele bebeu mais um gole.

— Lucano! — corria nos murmúrios e exclamações. — Lucano, filho de Diodoro!

Então todos explodiram em risos amistosos e taças foram levantadas para ele, os homens inclinando a cabeça, as mãos das mulheres erguendo-se acima dos cabelos bem-arranjados, nos quais faiscavam joias, como gotas de chuva:

— Bem-vindo sejas! Cumprimentos! — exclamaram os convidados. — Bem-vindo sejas, nobre Lucano!

O jovem tentou sorrir, mas sentia-se extremamente desconfortável. Plócio, ele bem via, também estava a fazer-lhe uma reverência, ironicamente, e então, sem o querer, foi que ele riu. Um copeiro já estava de novo ao lado dele, enchendo-lhe a taça. O vinho era adoçado e capitoso. A lua fulgurava através da atmosfera límpida e as estrelas pestanejavam sobre o jardim, onde as lâmpadas oscilavam e as fontes luminosas atiravam luz sobre as estátuas que se erguiam dentro delas.

Subitamente, uma trombeta soou, uma só trombeta, e os convidados ergueram-se num rápido movimento sussurrante, à espera. Lucano teve alguma dificuldade para se erguer, pois o divã era demasiado macio e profundo, e ele estava começando a sentir os efeitos do vinho. Júlia, acompanhada por Jacinto e Óris, os atletas, aparecera no pórtico.

Estava vestida — e isso Lucano observou com repulsa considerável — no velho estilo cretense. Não era alta nem baixa: o corpo mostrava-se voluptuoso e a pele muito branca. O traje justo, copiado do das mulheres cretenses, fora trabalhado com fio de ouro e cobria-lhe todo o corpo, inclusive os braços, com exceção dos seios nus, cujos bicos estavam tingidos de escarlate. Das ancas para baixo o vestido descia em pregas bordadas com pedrarias e pintadas com plumas de pavão. Ela mostrava orgulho de seus seios, tão abertamente exibidos, pois tinham a alvura da neve e possuíam um polimento lustroso, mostrando curvas e erguimento impecáveis. O cabelo dela, de um colorido ruivo como o do vinho velho, fora penteado de forma complicada e alta e, para completar o traje cretense, neles Júlia colocara um pequenino chapéu, na forma de uma borboleta colorida, resplandecente de pedrarias, a descansar bem no alto de seus caracóis em cascata. O ouro de seu traje, moldado nas ancas como se tivesse sido colado nelas, a radiosidade de suas pedrarias, a coruscação de seu chapéu, tudo se mesclava para deslumbrar os olhos, para estontear pela magnificência. Todos os seus movimentos eram sensuais e calculados pelo vestido metálico e, pelo menos para Lucano, vulgares e lascivos.

Os convidados aplaudiram delirantemente aquela visão cintilante de luz. Ela parou por um momento, para receber a ovação, e Lucano viu-lhe o rosto, primeiro de perfil, depois de frente. O perfil, ele percebeu, tinha uma certa frieza remota, fazendo-lhe lembrar uma estátua de Palas Atena,[1] mas quando ela se voltou, o rosto era largo, imperioso e endurecido e um tanto mais do que áspero. Tinha pele excelente e as rugas finas foram habilmente disfarçadas sob camadas de pó rosado e pintura. Os olhos estranhos eram como lápis-lazúli entre as rígidas pestanas pretas, polvilhadas com ouro; a boca, com o lábio inferior cheio e saliente, reluzia como uma pintura oleosa. Tinha nariz curto, e de certa forma largo, de narinas desdenhosamente abertas. Dava uma impressão ao mesmo tempo cruel e sentimental, orgulhosa e espalhafatosa, arrogante, e ainda assim demasiado familiar. Para Lucano, tinha uma espécie de bárbara altivez, e ele pensou no frio e afetadamente virtuoso Tibério, que era o marido dela, e no velho soldado, Augusto César, Gaio Otávio, que fora seu pai. Tentou não olhar para a libertina exibição de seus seios, que o embaraçavam.

Jacinto e Óris, segurando-a familiarmente pelos cotovelos, conduziram-na em direção ao divã imperial e, pela primeira vez, ela olhou para Lucano. Seus lábios entreabriram-se em um sorriso sedutor, arqueado, de boas-vindas, e foi um sorriso encantador, como o de uma menina. Lucano curvou-se diante dela e manteve a cabeça baixa enquanto Júlia se sentava, graciosamente, com um sussurro metálico. Sentiu-se quase sufocado pelo perfume de almíscar que a mulher usava. Depois, ficou assustado ao ver que era desejo dela que Jacinto e Óris, que tinham fechado o rosto ao reconhecê-lo, se sentassem ao seu lado direito, enquanto Lucano sentava-se à sua esquerda.

---

[1] Um dos nomes de Minerva, deusa da sabedoria, considerada em seu aspecto de deusa da guerra.

— Cumprimentos, nobre Lucano — disse ela ao jovem. Tinha a voz velada, quase masculina, das mulheres do povo, apesar de ser de grande família.

— Cumprimentos, Augusta — respondeu ele, num murmúrio, deixando-se engolir de novo pelo divã, sem defesa, que estava. Os convidados sentaram-se com estardalhaço, e a música tornou-se mais alta e desvairada, com os cantores lançando um cântico de adulação para uma deusa. Júlia estava em boa disposição. Costumava sentir-se, com frequência e perigosamente, entediada, mas naquela noite mostrava-se cheia de animação. Jacinto e Óris, de túnica cor-de-rosa presa com cinturões de ouro, pareciam amuados, e dirigiam olhares ferozes a Lucano, o que divertia a imperatriz. Os convidados, certos de que o jovem grego ia ser o novo favorito, tal como ele, sem o saber, verdadeiramente, o era, sorriam-lhe amável e entusiasticamente. Mas Júlia até então ignorara-o, a não ser pelo cumprimento inicial. Em compensação, atormentava Jacinto e Óris com sorrisos especiais, leves carícias no rosto e no pescoço, feitas com sua mão carregada de pedrarias, acompanhada de murmúrios especiais.

Agora um bando de servos entrava no pórtico, trazendo pratos fumegantes e bandejas cheias de uvas, figos, azeitonas, e outras guloseimas. Pratos de ouro foram colocados diante dos convidados, e as taças encheram-se novamente. Junto de cada prato os servos colocavam facas de ouro, colheres de vários feitios e palitos, bem como pequenas vasilhas de água tépida, perfumada, e guardanapos bordados. A curiosidade dominou o constrangimento de Lucano. Observou o primeiro prato servido, momentaneamente surdo para as vozes clamorosas, para a música e para Júlia. Uma imensa bandeja de prata, com entalhes, estava cheia de minúsculos arganazes, cozidos em azeite e mel e polvilhados com sementes de papoulas. Outras bandejas traziam ovos temperados, rins ao molho de azeite, pequenos peixes defumados, fígado de ganso sobre o qual vinha um molho pungente, e cabeças cozidas de vitela. Os servos movimentavam-se em derredor dos convidados, oferecendo guardanapos limpos, depois dos dedos mergulhados nas vasilhas com água, a fim de se limparem do azeite e dos molhos, e tornando a encher taças de vinho adoçado com mel, distribuindo pão feito em fôrmas curiosas e muito quentes.

Lucano jamais vira tal profusão de comida. Ingenuamente, pensou que aquilo fosse o banquete completo. Estremeceu, olhando para os arganazes, comeu um pouco do fígado e um pedaço de queijo. O vinho começava a dar-lhe uma visão alterada da mesa, brilhante demais, colorida demais, demasiado intensa em sua iluminação. Seu desconforto por estar junto de Júlia, cujos seios iam se fazendo importunos, crescia. Em seus ouvidos ressoavam vozes, risos e música, e sua cabeça latejava. Para refrescar a boca febril comeu uma romã, algumas tâmaras, um punhado de uvas. As frutas não lhe abateram a febre, e ele se viu bebendo de novo o vinho que a neve gelara.

Houve uma pausa no banquete. Os servos removeram o vasilhame usado e a baixela, e substituíram novamente os guardanapos. Ninguém, até então, falara com Lucano. Os convidados esperavam que Júlia lhe dirigisse primeiro a palavra e, na voz dela, entenderiam a situação do favorito, e saberiam como se dirigir ao moço e tratar com ele. Júlia, porém, estava meio reclinada sobre o corpo de Jacinto. Também as outras mulheres, que tinham abandonado suas cadeiras retiradas habilmente pelos servos, reclinavam-se nos divãs mais próximos delas, seus corpos licenciosamente apertados contra a carne dos homens. Rostos enrubesciam, grinaldas escorregavam de cabeças e os risos elevavam-se para gritos roucos. Aqui e ali homens afastavam as túnicas dos ombros e seios de algumas mulheres jovens, e beijavam-nos ardentemente. Lucano, embora fosse médico, tornou a sentir-se desconfortável e embaraçado. Assim, àquilo chegara a emancipação das mulheres, àqueles guinchos sem espírito, àquelas discussões de semiembriagados, àquela vulgar e desavergonhada licenciosidade, àquele desprezível tagarelar sobre negócios, boatos e política, àquela impudência, àquela ruidosa lascívia! Pensou em Aurélia, e em sua mãe, Íris, habilidosas nos deveres domésticos, na delicadeza no trato das crianças, no carinho aos esposos. Podiam saber pouco sobre Virgílio ou Homero, não saberiam discutir campanhas militares ou processos legais importantes nos tribunais públicos, como aquelas mulheres tinham feito um pouco antes, mas sabiam levar ao lar alegria, paz e honra. E seus filhos e maridos reverenciavam-nas. Delas eram desconhecidos o divórcio e o adultério. Lucano ficou pensativo. A nação declinava e decaía quando as mulheres ganhavam predominância e quando não se fechavam para elas as portas da lei, dos negócios ou da política? Ou seria a dominação das mulheres apenas uma indicação de que a nação estava em decadência?

Lucano pensou na doce e jovem Rúbria, na tímida e adorável Sara bas Eleazar. Pareceu-lhe, subitamente, impossível que elas tivessem existido em tal época. De repente, teve saudades de Sara, com desesperada paixão, e esqueceu os seus votos. Tinha as mãos cruzadas nos joelhos, enquanto ouvia as mulheres que estavam à mesa. Embora o pórtico fosse aberto e os jardins iluminados se ligassem a ele, a atmosfera entre as colunas parecia poluída com os odores e o suor quente. De súbito, a coxa sibilante de Júlia moveu-se contra a dele furtivamente, embora ela fingisse estar absorvida na conversa com outros.

Lucano ficou rígido, com um novo acesso de intensa repulsa, ódio e vergonha. Aquela mulher era a Augusta, Júlia, a imperatriz do mundo, esposa de Tibério, e sua voz, seus gestos, seus movimentos provocadores, sob a estreita veste dourada, eram característicos de uma prostituta, de uma dissoluta mulher das ruas. A coxa apertava mais insistentemente a dele, e Lucano não se podia mover. Júlia estava reclinada, de meio perfil para o jovem; seus seios voluptuosos erguiam-se, as pontas escarlates retesadas, o tecido metálico da veste desenhando cada curva insolente, cada recorte de seu corpo, inclusive seu umbigo. O odor almiscarado que dela emanava tinha, para o jovem, um resquício de carne putrefata.

O ressoar dos címbalos anunciou novo serviço, e os escravos entraram triunfalmente, carregando bem alto uma grande bandeja de prata na qual estava um enorme peixe ainda vivo, irisado com escamas e debatendo-se desesperadamente na agonia final. Lucano, horrorizado, pôde ver seus olhos exorbitados que agora se enevoavam e o bater de sua cauda em arco-íris. Cerimoniosamente, o peixe foi levado entre os convidados, que aplaudiam e examinavam a pobre presa com exclamações de ébrios. Neste ínterim, outros servos instalaram um caldeirão de cobre fumegante, com água aromática, no centro da mesa em U, e o cozinheiro-chefe apareceu com uma pequena mesa de serviço coberta com uma toalha bordada, de fina musselina. Os que carregavam a bandeja trouxeram o peixe, que se debatia freneticamente, até o cozinheiro. Este o agarrou com suas vastas mãos e meteu-o no caldeirão. Imediatamente, a água fez um remoinho e o cheiro de especiaria e ervas mesclou-se à quantidade de vapor.

    O cozinheiro, com o auxílio de dois servos que agiam de maneira cerimoniosa, finalmente retirou o peixe e colocou-o sobre um bloco de madeira, preparado sobre a mesa. O cheiro mesclava-se agora a todos os demais odores, e a carne mostrava-se rosada e suculenta. E foi servido num pequeno lago de molho picante, feito de vinhos, cravos, alhos e suco de limão. Lucano olhou para a porção que lhe serviram e não a pôde comer, pois sentiu-se imediatamente nauseado. Comeu mais um pedaço de queijo, um pouco de alface, cenouras e alho-poró, algumas azeitonas e uvas, um pedaço de pão, e bebeu mais uma taça de vinho.

    Júlia, para saborear o peixe, ergueu-se apoiada num cotovelo e inclinou o corpo através do divã. Aquilo afastou-lhe a coxa da de Lucano, e pela primeira vez a mulher falou com ele em forma de conversação e com outro de seus sorrisos encantadores.

    — Não gosta de peixe, Lucano? — perguntou ela e, no momento, por alguma razão peculiar, sua voz não desagradou tanto o jovem grego, cuja cabeça girava de uma forma curiosa.

    O seio dela estava agora contra o ombro do rapaz, e os olhos dele não podiam fugir a contemplá-los. E Lucano pensou: Embora ela não seja moça, tem beleza considerável, se bem que não tenha vergonha. E murmurou:

    — Venho de família austera e luxos são desconhecidos para mim.

    Ela sorriu, e uma covinha profunda e rosada apareceu num canto de sua boca vermelha. Levantou as sobrancelhas, corrigidas com a pinça e polvilhadas de ouro, de uma forma indagadora:

    — Temos de dar remédio a essa austeridade — falou.

    Tocou o rosto dele, de leve, com as costas das mãos macias, e a seguir beliscou-o. A notícia correu célere, mesmo entre aqueles convivas embriagados. Júlia tornara conhecidos seus favores. Daquele momento em diante o belo e jovem grego teria no palácio um poder formidável. Alguns senadores, menos embriagados do que os outros, pensaram rapidamente. Jacinto e Óris enrubesceram, trocaram olhares, depois dirigiram a Lucano uma olhada de profundo ódio, que o moço ignorou. Os dois atletas tornaram-se meditativos.

Talvez os músicos e cantores se tivessem aproximado das mesas um tanto mais, no fundo do cenário, pois Lucano podia agora ouvi-los com forte e súbita nitidez. Uma mulher, cuja voz era rica e eloquente, começou a cantar:

> *Donzela, perguntas por que choro, em luto,*
> *Digo-te por quê, se me queres ouvir.*
> *Choro por um corpo ainda agora sepulto,*
> *E pela luz que de uns olhos vi fugir.*
> *Por uns lábios que amei, e já não amam...*
> *Por tudo isso estou eu a carpir.*
>
> *É melhor para sempre amar em vão,*
> *E almejar a beatitude ignorada...*
> *Da dor eterna sofrer a escravidão,*
> *Por uma alegria que jamais nos será dada,*
> *Do que bocejar, tendo o desejo satisfeito,*
> *E fugir da carícia apresentada.*

Os lábios de Júlia estavam novamente contra a orelha de Lucano, e ele evitava afastar-se dela, em parte por uma advertência do instinto e em parte porque não podia insultar nem mesmo aquela mulher depravada. Ela sussurrou:
— E almejar a beatitude ignorada!...
Agora Lucano percebia o que a mulher pretendia dele, ao olhar-lhe os olhos, estranhos e dilatados, ao ver a umidade de seus lábios e o arquejo de seus seios. Ficou apavorado e sua repulsa foi tão forte quanto a náusea em sua garganta. As blandícias de Júlia não tinham sido apenas as leviandades amorosas de uma mulher desavergonhada, e que ela confere a qualquer homem. Eram um convite e uma ordem. Uma cólera súbita apoderou-se dele, sentindo-se pessoalmente degradado. Júlia chegava-lhe aos lábios sua própria taça, e ele foi forçado a beber o vinho. Embora o rapaz se sentisse repleto de emoções tempestuosas, também estava estonteado. As mesas e seus ocupantes oscilavam delicadamente diante de seus olhos, como se navegassem numa embarcação. Lucano disse consigo mesmo, incapaz de mover a mão que agora estava em seu pescoço, acariciando-o: Não estou apenas enojado, assustado e cheio de repulsa; também estou bêbado e entorpecido. Os dedos de Júlia iam explorando-lhe

o pescoço, de leve, delicadamente, e tão hábeis eram aqueles toques, tão conhecedores, que ele sentiu um calor de correspondência. Desejos e arrepios correram subitamente através de sua carne, e a sensação de vergonha que dele se apoderou só serviu para aumentá-los. Engoliu, então, um grande gole de vinho.

Júlia ria baixinho, compreensiva. Retirou a mão, pois os servos iam trazendo outra enorme bandeja na qual havia uma roda de pequeninos leitões, chafurdando num molho escuro, suculento, de cheiro forte, e rodeados de laranjas assadas e corações de alcachofras. Isso vinha acompanhado por outra bandeja contendo vitela assada e diversos acepipes. Os servos tornaram a lavar os dedos dos convidados e deram-lhes guardanapos limpos.

O ruído do pórtico tomou proporções formidáveis. Guinchos selvagens e risos estouravam entre as mulheres e gritos roucos vinham dos homens. O estalido de beijos e o estalido de palmadas em carnes macias ressoavam contra a música. Imitando Júlia, as mulheres se haviam despido até a cintura e seios brancos, róseos e ambarinos reluziam à luz das lâmpadas. Lucano olhava aquilo, avidamente; já não era o médico neutro, já não pensava naquela turbulência de seios despidos como simples exibição de órgãos mamários. As pernas retorcidas das mulheres fascinavam-no e comoviam-no. Esqueceu-se de abster-se de vinho, e sua taça tornou a se encher, sendo o líquido bebido sofregamente. Toda a cena de bacanal emergiu numa grande onda de cor, de nudez brilhante, de odores sensuais e deslumbrantes luzes multicoloridas. Parecia-lhe que as colunas do pórtico irradiavam luz lunar que lhes fosse própria, como que iluminadas internamente, e que as estátuas da entrada das grutas tinham vida e faziam-lhe sinais, somente a ele, em gestos libertinos e obscenos.

Teve um sobressalto. Os lábios de Júlia estavam contra seu pescoço, e a mão dela errava-lhe pelo corpo. Uma poderosa urgência tomou conta do jovem. Ela parecia-lhe a mais bela e desejável das mulheres. Estremeceu em êxtase vergonhoso. Os olhos dela, ardentes, riam-se para ele e, com um movimento de cabeça que denotava aprovação, Júlia levantou-se, afastando-se do moço, umedecendo a boca latejante. Então devotou-se, caprichosa e zombeteiramente, aos seus antigos favoritos, que estiveram meditando o assassínio de Lucano. Mas os traços de seus dedos haviam deixado o moço ardente como fogo.

O tempo tornou-se infinito para Lucano, mas também de ardente iminência, estonteante, fervilhante de desejos estridentes, de confusão, de trevas momentâneas e silêncios repletos de arco-íris que se modificavam e de estupendos clamores. Pestanejava constantemente, para limpar os olhos das névoas rosadas, prateadas, azuis e escarlates. Seus ouvidos trovejavam de vozes e música. Chegou a indagar de si próprio, acreditando ser aquela a pergunta mais séria e mais importante do mundo: Quem sou eu? Em sua língua havia gostos deliciosos; o vinho era enlouquecedor. Esbarrou contra a mesa e agarrou-se à borda do divã, receoso de cair, pois que o sentia balançar sob seu corpo. Estava certo de que seus pensamentos continham a sabedoria dos séculos, de que a ele tinham chegado segredos tremendos, jorrando nele, vindo das eternidades. A mão esquerda de Júlia, em sua coxa, parecia uma deliciosa pressão. Tenho perdido tanto, pensou solenemente e seus olhos encheram-se de lágrimas de autopiedade. Aquela companhia era deliciosa e todos os convidados perfeitos, como deuses e deusas, encantadores, maravilhosos em sua amizade, sofisticados e adoráveis. A lua era o escudo de Ártemis, e ele estudou-a, esperando que a radiante virgem-deusa surgisse por trás dela, prateada em sua beleza. As estátuas dançavam freneticamente nas grutas. A grinalda de botões de rosa escorregou da fronte de Lucano e ele, meticulosamente, e com gestos lentos e cuidadosos, recolocou-a na posição devida. Havia uma razão qualquer que fazia aquilo parecer absolutamente necessário. Com certeza não estou bêbado, disse ele, consigo mesmo, severamente. É que jamais soube o que é viver. Havia lágrimas em seus olhos, novamente, e ele soluçava pelo seu eu antigo, despojado. Pés e mãos estavam dormentes, mas o corpo latejava. Não pensava em Rúbria nem em Sara. Mas a imagem difusa de ambas permanecia, como espectros destituídos de faces, aumentando sua presente e ofuscada animação. Seus membros espalharam-se.

Eternidade de tempo passou em pensamentos imensuráveis, em conversação. Lucano voltou a si, muito rapidamente, para descobrir que estava conversando bastante jubilosamente, em feliz entusiasmo, com uma dama a seu lado e, aparentemente, tal conversa já durava havia algum tempo. Mas o que dissera à mulher, em tão enceguecedor enlevo, não sabia. Sacudiu a cabeça, como que perplexo, e ela murmurou:

— Tu falas arrebatadoramente. Continua.

Lucano tornou a sacudir a cabeça e houve outro hiato brilhante. Ainda assim, todos os seus sentidos pareciam iluminados, aumentados, e ele retirou-se consigo mesmo, durante algum tempo, para refletir jubilosamente sobre aquilo. Estava excessivamente bêbado.

Os escravos levaram para fora uma ampla plataforma de madeira e colocaram-na sobre o relvado, junto do pórtico. Atiraram pétalas de rosas sobre os convidados e vaporizaram o ar tépido com perfume. A lua pareceu aproximar-se, até dar a impressão de que poderia ser tocada com a mão; brisa estimulante levantou-se do jardim e os topos dos ciprestes coroaram-se como espigas de fogo prateado. Apareceram dançarinos, lutadores, cantores, atores, mas quase ninguém prestou atenção ao espetáculo oferecido por eles, pois a maioria dos convidados ou estava ressonando ruidosamente, ou distraída com um vizinho, ou pestanejando estupidamente. Lucano, porém, observava os atletas, tentando vê-los através de uma névoa. E disse para a dama que havia seduzido com sua conversação:

— Eles estão oferecendo uma demonstração pobre.

Óris adormecera, mas Jacinto, que ouvira as palavras de Lucano, exclamou:

— Eles não usam mágica! São homens honestos. — Seus olhos faiscavam de raiva e ciúme.

Lucano falou solenemente:

— Eu poderia vencê-los a todos. — E, após outro trago, assentiu com a cabeça e repetiu, com pesada ênfase: — Eu poderia vencê-los a todos.

Júlia voltou-se para ele, beijou-lhe o ombro e murmurou:

— Sim, eu sei, meu divino Apolo.

Houve um clangor áspero de cornetas e as lâmpadas coloridas brilharam com resplandecência maior sobre a plataforma. Escravos atiraram rosas sobre ela. Cinco jovens, as pernas e os pés cobertos de forma a assemelharem aos pés e cascos caprinos de Pã,[2] os lombos envolvidos em grinaldas de papoulas vermelhas, saltaram sobre a plataforma, com gritos altos e delirantes. Mantinham flautas junto dos lábios e, acompanhados

---

[2] Filho de Mercúrio, deus que presidia os rebanhos. Acompanhava suas danças com uma flauta que ele próprio inventara, tinha cornos e pés de cabra. Temia-se sua aparição, daí a expressão "terror-pânico", para significar um medo violento e súbito. Mais tarde passou a significar o Grande Todo, a Vida Universal.

por outros músicos, encheram o ar com delgados silvos, quase enlouquecedores. Seus olhos selvagens e vivos dardejavam para um e outro lado, como libélulas, enquanto eles dançavam, saltavam e corcoveavam no ar. As flautas assaltavam os ouvidos e mesmo os que ressonavam e dormitavam pesadamente acordaram e tornaram-se interessados. Os jardins escuros formavam um cenário de fundo perfeito para aqueles jovens em sua dança sensual; os cascos, armados de cravos, retiniam e sapateavam na plataforma, o suor corria deles e eles arquejavam, faziam círculos, empinavam-se, alteando os lombos rodeados de papoulas. Os gestos eram lascivos e tentadores, os rostos de risos selvagens excitavam as paixões. A música e o trilo das flautas tornaram-se mais loucos, mais rápidos, mais exigentes.

Um grupo de moças, vestidas como ninfas, em trajes flutuantes e transparentes e coroadas de lírios, saltou sobre a plataforma, os braços direitos erguidos e mantendo véus muito tênues diante dos rostos bonitos. Com fingida modéstia dançaram, os olhares tímidos e aparentemente inconscientes dos Pãs que saltavam em derredor. Fugiam às mãos ávidas, cantando baixinho para si próprias. Os Pãs se foram fazendo frenéticos e suas línguas vermelhas apareciam, lambendo o ar. Os corpos rosados das moças luziam através das vestes, os seios jovens estremeciam, as coxas movimentavam-se com elegância. Os olhos brilhavam atrás dos véus, luzindo em preto, azul e castanho, e os longos cabelos turbilhonavam em torno delas. Os Pãs saltavam mais alto, desesperados e lascivos, perseguindo as ninfas enquanto elas faziam círculo e flutuavam cantando.

Lucano não soube em que momento exato se tornou sóbrio e frio, tanto na mente quanto no corpo. Olhou para os dançarinos com súbito nojo e repulsa. Desejava erguer-se e ir embora e as têmporas latejavam. Era como se algum horrível perigo o ameaçasse. Mas a carne não obedecia à sua ordem: manteve-se, flácida, sobre o divã. Teve consciência do hálito quente de Júlia em seu rosto; da mão dela acariciando-lhe o braço; da voz em murmúrio dizendo coisas vergonhosas. A náusea dominou-o e se odiou. Desejou saltar dentro de água fria e limpar não apenas o corpo, mas a boca pastosa e quente, e seu espírito. Olhou para os convidados, parte dos quais estava boquiaberta, lançando o hálito carregado de vinho aos borbotões; olhou para as mulheres com os seios nus e uma espécie de horror apoderou-se dele, detestando-os a todos e detestando-se. Seus olhos queimavam, secos, e seu estômago tinha engulhos.

As ninfas estavam agora gritando, num misto de deleite e simulado terror, pois os Pãs as haviam agarrado em seus braços ágeis. Os Pãs, então, com música mais selvagem e mais rápida, rasgaram os véus e os trajes das moças e envolveram-lhes os corpos nus com suas pernas peludas. Os convidados gritavam, enlouquecidos, e alguns ergueram-se a meio, aos berros. Os Pãs ergueram as moças nos braços, levantaram-nas sobre suas cabeças, como estátuas vivas, e levaram-nas para a escuridão, com relinchos animalescos de triunfo e desejo.

Como se aquilo fosse um sinal, todas as luzes do pórtico e dos jardins foram imediatamente apagadas, e apenas o luar cascateou sobre o relvado, sobre as árvores e as mesas em desordem e tresandantes. Os convidados sentaram-se no silêncio que se seguiu, como que estupidificados, eles próprios silentes. Então, casal por casal, agarrados um ao outro, foram tropeçando para as grutas que esperavam e para os jardins distantes onde apenas a lua penetrava. Lucano viu-os partir, e uma intensa aversão renovou-se nele.

Então viu-se a sós com Júlia e os dois atletas. Óris ressonava, mergulhado no esquecimento, e a face de Jacinto manchava-se de lascívia. Quando a imperatriz levantou-se, brilhante ao luar, Jacinto levantou-se com ela, mas Júlia voltou-lhe as costas. Sorriu a Lucano e tomou-lhe a mão, sussurrando, "Vem", e assim, colocou-o sobre os pés.

O corpo estava ainda dormente e entorpecido pelo vinho, seus joelhos tremiam, mas a sensação de terrível ameaça veio ter a ele mais fortemente. Agora, podia pensar em Tibério, no poderoso César. Olhou para Júlia com aversão e seus olhos azuis faiscaram à luz prateada. A mulher viu naquilo um sinal de animação e desejo, e atirou-se sobre o peito dele. Lucano cambaleou sob o impacto, pois Júlia não era leve e ele estava fraco.

Jacinto, bêbado e inflamado de vinho e ciúme, andava em torno de Lucano e Júlia, e então agarrou Lucano pelos ombros, rugindo ameaças e obscenidades. Lucano empurrou para longe de si a imperatriz, e a força voltou-lhe ao corpo. Agarrou Jacinto, fê-lo dar uma volta e atirou-o violentamente para os braços de Júlia. Caíram ambos sobre o divã, num monte de corpos com pernas e braços emaranhados.

Então Lucano correu. Correu toda a extensão do pórtico, desviando-se das mesas e das cadeiras. Correu para dentro do palácio. Desceu, correndo, o piso silencioso e brilhante, sob as lâmpadas esparsas. Ouviu que alguém corria atrás dele, aproximando-se mais, e voltou-se, o punho fechado e erguido. Mas era apenas Plócio.

— Depressa! — disse o jovem pretoriano, agarrando-lhe o braço. — Por todas as Fúrias, sê rápido!

Fez Lucano voltar-se para um corredor de mármore, longo e estreito, e ambos correram por ali, como jovens Mercúrios.

— Estás doido? — exclamou Plócio, arquejante.

— Achas que devia deitar-me com ela? — exclamou Lucano, furioso.

— Não, mas há maneiras menos violentas de rejeitar uma dama — disse Plócio. — Gemeu: — E eu estava nomeado pelo César como teu guarda-costas!

Fez Lucano parar, num movimento súbito, e seus olhos examinaram o corredor. Pretorianos, ainda inconscientes da presença dos dois, andavam na extremidade dele, as espadas desembainhadas. Plócio puxou Lucano para trás de uma coluna imensa, de mármore. Agora, sussurrava:

— Estás em perigo de morte. A Augusta não se esquecerá disto. Ela terá sua vida, se lhe for possível, pois que a humilhaste para além do que lhe seria possível suportar.

Gemeu baixinho, tirou o elmo, enxugou o rosto suado com seu braço moreno e forte.

— Ouve-me! Há uma porta de bronze a oito passos para a esquerda e só oficiais têm chave, pois leva para os nossos aposentos, que ficam lá para baixo. Eu irei até lá, fingirei examinar a fechadura. Então, começarei a conversar com os meus homens. Num momento propício, corre até a porta que eu deixarei sem a volta da chave, abre-a devagarinho, entra no corredor que fica além dela, onde esperarás por mim. — Havia na voz dele uma áspera urgência.

Relanceou os olhos para o caminho que já tinham feito. Com um olhar furibundo para Lucano, que se estava sentindo violentamente nauseado, deixou o jovem médico. Desceu em passo militar até o vestíbulo, parou à porta, fingindo examiná-la. Depois, continuou, e foi ao encontro de seus homens, que pararam para saudá-lo.

Arquejante com a náusea e com eructações azedas a subir-lhe pela garganta, Lucano espiou cuidadosamente por trás da coluna. Esperou até que Plócio tivesse manobrado os pretorianos, de forma que ficassem de costas para ele. Ouviu-lhes os fortes risos jovens, enquanto Plócio contava-lhes gracejos. Depois, correu para a porta de bronze, abriu-a o mais caladamente possível, e entrou correndo para o corredor frio e escuro que ficava adiante dela, fechando a porta atrás de si. Encostou-se na parede úmida de pedra, cruzou os braços com firmeza contra o ventre, e fechou os olhos para evitar a dor latejante de sua cabeça.

30

O corredor era tão estreito quanto úmido; pequenos riachos de água corriam entre as pedras escuras e o forro em arcos baixos era opressivo. Na extremidade, uma lanterna frágil e amarela suspendia-se a um gancho, e mais adiante ficava outra passagem, correndo em ângulos retos. Havia ali profundo e pesado silêncio, cortado apenas pelo delgado gotejar de água.

Depois de controlar sua náusea, Lucano olhou em torno dele mesmo e pensou. Parecia-lhe que esperava por Plócio havia muito tempo. Franziu as sobrancelhas. Nunca fora desconfiado ou cauteloso. Refletiu em que sua vida fora demasiadamente protegida, demasiadamente restrita, demasiadamente erudita, ligada ao lar, à família, aos estudos. Fora precipitado numa cena e numa experiência, naquela noite, que o haviam deixado apavorado. Ouvira falar daquelas orgias e vira uma ou duas versões menores em Alexandria, versões que não o impressionaram, pois não fora parte delas. Se eu me revolto com tanta violência, agora, como será quando estiver inteiramente integrado num mundo bruto assim? Tornar-me-ei indefeso como uma criança, novamente?

Aborrecia-o recordar que considerara Tibério César apenas um homem como outro qualquer, poderoso, todo-poderoso, sim, mas apenas um homem como qualquer outro. Agora ele era o terror, o governador do mundo, marido de uma harpia, senhor de legiões, dono absoluto de todos os homens. Vingaria Júlia? Havia Plócio, devotado a César. Poderia ter confiança nele? Teria sido ele, Lucano, iludido para entrar naquele corredor estreito, a fim de que ali o matassem? Estaria ele com Tibério, naquele momento, embora fosse quase o amanhecer, conversando sobre aqueles assuntos? O filho de Diodoro Cirino não podia ser executado em público, como um criminoso. Sua morte não devia ser vista por ninguém, testemunhada por ninguém, e aquele era o lugar perfeito e o momento perfeito. Seu corpo, então, seria atirado ao Tibre, e dir-se-ia que ele morrera misteriosamente, embora estivesse sob a proteção do próprio César.

Lucano não desejava morrer. Pensava na mãe, nos irmãos e na irmã. Pensava em todo o trabalho que devia fazer. Estava preparado para defender-se. Maldito fosse todo aquele vinho que ele bebera! Afastou-se da parede e experimentou os próprios músculos. Tornou a pensar em Plócio, armado com a espada curta, e que depressa estaria vindo para aquele corredor. Somente ele e Jacinto tinham visto Lucano repelir Júlia com violência. Era possível que agora Plócio nem mesmo estivesse com César; sua fidelidade devia-se também a Júlia e ele podia estar a consultá-la sobre a melhor forma de acabar com o filho de antigos escravos da maneira mais discreta possível.

Ele é grande e forte, pensou Lucano, mas sou maior e mais forte. Sem a espada que usa, eu poderia estrangulá-lo ou pelo menos dominá-lo. Entretanto, ele tem a espada. Lucano pensava, alerta. Seja como for, dominarei Plócio, disse consigo mesmo. Então, de alguma forma encontrarei o caminho de saída deste lugar abominável, não para voltar à minha família, o que lhe traria perigo, mas para sair de Roma. Por que esperar pela volta de Plócio? Fugiria agora. Ouviu, então, o ranger da chave na fechadura, e percebeu que era tarde demais.

Correu de volta à porta e encostou-se à parede, numa posição que lhe permitia ficar escondido atrás dela, quando se abrisse, e assim saltar sobre Plócio antes que o capitão pudesse defender-se. Se Plócio entrasse com a espada desembainhada, teria de morrer. Lucano vacilou. Mas é minha vida, a vida de minha família, todo o meu trabalho que eu tenho de proteger, pensou com a rapidez do relâmpago. Recordou-se do Mandamento de que José ben Gamliel lhe falara: "Não matarás!" Mas não houve recomendação alguma dizendo que um homem não pode se defender.

A porta abriu-se rapidamente e o perfil de Plócio apareceu. Lucano viu que ele não tinha desembainhado a espada. Plócio, sem ver Lucano atrás da porta, blasfemou baixinho e chamou-o pelo nome, ansiosamente. Entrou para o corredor, fechou a porta atrás de si, correu o ferrolho, depois deu uma volta. Então viu Lucano, com seu rosto pálido e tenso e compreendeu. Sorriu amplamente:

— Então, estavas preparado, meu Hércules — disse ele. — Não faças perguntas. Conversei com César. — Mostrava-se divertido.

— E que disse César? — perguntou Lucano, sem confiar nele.

— Ah! Estás aprendendo! — replicou Plócio, sacudindo a cabeça, com admiração. — Eu apenas contei a Tibério que eras inexperiente, e que, sem querer, tinhas ofendido a Augusta, que é conhecida por não suportar ofensas. Mas eu te disse que não me fizesses perguntas. Tua vida ainda está em perigo mortal. Segue-me.

Lucano, entretanto, hesitava. Recuou, afastando-se cautelosamente de Plócio.

— Não estou sob a proteção de César? Não sou um hóspede em seu palácio? Basta que ele diga uma palavra e nem mesmo a Augusta ousaria erguer a mão contra mim.

Plócio suspirou, impaciente:

— Como sabes pouco, meu inocentezinho. Júlia não poderia dar ordens claras para tua morte, consideradas as circunstâncias em que aqui te encontras. Não, tua morte ocorreria de maneira mais furtiva e César não a poderia evitar. Há o veneno ou um acidente, compreendes, e então teu corpo seria tristemente levado à tua família, com um pergaminho escrito pela própria mão de César. Júlia tem muitos espiões e partidários no Palatino, mais do que o próprio César. Assim, tens de ser protegido. Amanhã, sob disfarce, deixarás a cidade num navio que estará à tua espera no porto. De forma alguma deves voltar a tua casa, pois para lá irias levar não só a tua morte como a daqueles que amas. Desde que estejas livre, Júlia será habilmente levada a crer que César encolerizou-se contigo e baniu-te.

Parou e fixou os olhos em Lucano, que ainda o estava observando.

— Foi uma sorte para mim que Júlia não soubesse que eu observei toda a cena da extremidade do pórtico — disse ele. — Mas para Jacinto não foi sorte ter sido a única testemunha da sua humilhação. Sem dúvida alguma ele estará morto antes que o sol se ponha, por haver rolado uma escadaria, por exemplo.

— Que César, que Augusta, que cidade! — exclamou Lucano.

Plócio ficou a olhá-lho, boquiaberto.

— Que inocente! — replicou, então.

— Eu não confio em ninguém — disse Lucano.

— Excelente, meu bom amigo. Vou para meus aposentos e tu me seguirás. Tive de deixar-te aqui para me certificar de que os oficiais, meus camaradas, estavam dormindo ou de serviço. Mas dentro de alguns momentos haverá mudança de guarda, e devemos nos apressar.

Lucano ainda hesitava. Pouco sabia de Plócio, afinal, mas acabou por dizer:

— Seguirei. Mas, primeiro, deixa-me tirar tua espada.

Plócio olhou-o nos olhos, depois levantou os braços, sorrindo, e Lucano desarmou-o. O oficial foi descendo rápida e energicamente pelo corredor, voltando à direita e Lucano seguiu-o, agarrado à espada e relanceando os olhos em derredor, cautelosamente. Bem ao fim do corredor uma longa série de portas de carvalho tinha sido inserida, e atrás delas ouviam-se sons fracos de gente que ressonava. Ali era mais seco, e de um lugar qualquer, desconhecido, vinham o cheiro de relva e o sussurro claro da brisa. Plócio parou diante de uma porta, abriu-a, entrou, fazendo, silenciosamente, sinal a Lucano. Quando ele já estava dentro, Plócio rapidamente fechou a porta e correu-lhe o ferrolho. Sua voz era mais baixa, quando tornou a falar:

— Precisamos falar baixo. Ninguém deve saber que estás aqui, pois eu, como tu, não tenho confiança em ninguém.

Seu pequeno quarto de dormir, iluminado apenas por uma lâmpada que silvava, era nu e austero, com somente uma cadeira, uma cama tosca e uma mesa sobre a qual ficava a lâmpada. Das paredes de estuque pendiam espadas e dois escudos, e em vários nichos foram colocadas cabeças rústicas de deuses, que pareciam brinquedos. Em um nicho um tanto maior, uma pequena cabeça de mármore de Diodoro, habilmente executada, estava sozinha; sobre ela pendia a flâmula romana, e foi aquilo que Lucano viu. Embora ainda estonteado pelo vinho, sentiu que seus olhos enchiam-se de lágrimas. Colocou a espada de Plócio sobre a mesa, olhou-o de frente e disse:

— Sei que posso confiar em ti — e apontou para o busto. — Tu amaste meu pai.

— Sim — disse Plócio. Chegou para junto do pequeno busto e tocou-o, reverentemente. — Como meu pai o amou, e como o amou meu tio, o senador, que foi morto por seus colegas por ter amado seu país e ser homem honrado. — Fez uma pausa e rematou: — Assim Tibério o amou.

Lucano sentou-se à beira da cama. Sua dor de cabeça estava cada vez mais forte e ele sentia-se desolado por não tornar a ver sua família talvez nunca mais. Segurou a cabeça entre as mãos e resmungou:

— Eu gostaria de um pouco de água, de água muito fria.

Plócio, rindo baixinho, ergueu um jarro do chão e levou-o à boca ressecada de Lucano, e o jovem bebeu com sofreguidão. Imediatamente, sentiu-se nauseado, e Plócio depressa puxou para o lado uma cortina de lã marrom e empurrou-o para um banheiro que ficava do outro lado. Ali, teve náuseas até vomitar o vinho azedo, exaurindo-se pelo esforço. Mas a dor de cabeça permanecia. Quando terminou de aliviar-se, voltou para o quarto de dormir, onde Plócio o esperava, ainda armado e com o elmo na cabeça. Acrescentara uma capa ao uniforme e bocejava como se tudo aquilo fosse a coisa mais comum deste mundo.

— Não devo deixar-te nem por um momento — disse. Retirou o elmo e pousou-o sobre a mesa. — Ocuparás minha cama e eu dormirei encostado ao limiar da porta, enrolado em minha capa. Não protestes. Tua carne é mais delicada do que a minha. Sou um soldado e estou habituado a dormir no chão. Passei o ferrolho na porta, mas é possível, embora não provável, que alguém nos tenha visto quando fugíamos do banquete de Júlia.

— E nem mesmo César pode proteger-me! — disse Lucano, escarnecedor. — Nem mesmo contra uma mulher com maneiras de meretriz.

— A uma certa altura não parecias vê-la como tal — disse Plócio, mostrando todos os seus dentes brancos num sorriso alegre. — Lembro-me do momento em que retribuíste ardentemente seus beijos e houve mesmo um instante em que lhe tiraste da cabeça seu chapéu cretense e o equilibraste gravemente na tua, para grande admiração dos convidados!

— Impossível! — disse Lucano, horrorizado.

— Foi assim, realmente. — Plócio se divertia. Ergueu a mão em juramento. — Juro que foi assim. Também te ofereceste, em mais de uma ocasião, a Júlia, para dar uma demonstração de tuas proezas atléticas, e só não o fizeste porque nem Óris nem Jacinto estavam dispostos a tal. Declaraste, então, que, por ocasião dos Grandes Jogos, que se realizarão dentro de uma semana, desafiarias qualquer atleta para qualquer demonstração. Os convidados ficaram muito impressionados e Júlia sentiu-se muito orgulhosa.

Lucano recordou-se dos intervalos brilhantes que se tinham apresentado a seus olhos durante o banquete. Enquanto Plócio falava, recordou-se, de súbito, envergonhado, dos aplausos dos convidados e vagamente, como num sonho, viu-se a si mesmo erguendo-se e curvando-se, em cumprimento. Gemeu, apertando as têmporas nas mãos.

— Tu te gabaste — disse Plócio, mais profundamente divertido — de um Bruno, que parecia um urso, e que te ensinou a luta, em Alexandria, e ao qual derrotaste finalmente. Falaste, também, que possuis uma taça de ouro que confirma seres o melhor dos jogos atléticos.

Lucano gemeu mais alto. Era verdade. Plócio não podia saber aquelas coisas sem as ter ouvido dele próprio.

— Quanto à dança — declaraste — eras, realmente, um conhecedor. Se Júlia não te detivesse, terias dado uma esplêndida exibição imediatamente.

Plócio suspirou:

— Eu gostaria de ter assistido a essa exibição. Era evidente, entretanto, que a Augusta desejava ver-te em espetáculo particular, tanto nesse terreno como em vários outros. — Tornou a suspirar: — Tivesses, entretanto, teimado em mostrar tuas outras proezas, irias ferir tremendamente César por teres dormido com a esposa dele, pois apesar de ela ter dormido com muitos, ele te considerou como homem honrado. — Esticou os lábios, pensativo: — Ele compreendeu, quando lhe falei há pouco.

Lucano balançava a cabeça sobre as mãos, tiritando:

— Por que não se divorcia, por que não a manda embora? Ele é um homem ou um idiota?

— Júlia é filha do antigo Augusto e o povo amava-o. E o povo não ama Tibério.

Lucano tornou a tiritar. Ainda estava nauseado e milhares de diabinhos davam-lhe murros no crânio. Também se sentia profundamente envergonhado. Levantou os olhos para Plócio e então, subitamente, os dois jovens estavam rindo, Plócio encostado à parede, sem forças, e Lucano esparramado na cama. Seus paroxismos eram mais violentos por serem obrigados a abafar o riso com as mãos e os braços. Quando Plócio conseguiu controlar-se, disse, rouco de tanto rir:

— Juraste que se Júlia beijasse tua grinalda seria capaz de comer todas as rosas de que ela se compunha, inclusive os espinhos. Mas ela sussurrou algo em teus ouvidos que, aparentemente, mudou tua disposição. Eu adoraria saber o que foi que ela te disse.

— Pois eu não! — Lucano viu, então, que a uma certa altura pusera de parte a toga e estava apenas com sua túnica azul-clara: — Esperemos que ela me considere impotente, e pense que não lhe quis dar uma demonstração disso!

Tornaram a rir. Lucano bebeu, cautelosamente, um pouco mais de água. Plócio não permitiu que ele apagasse a lâmpada. Estendeu-se sobre o chão de pedra, envolvido em sua capa, e adormeceu imediatamente. Lucano, porém, agora que ficara a sós consigo mesmo, não podia dormir. Depressa estaria longe de tudo quanto amava, no exílio. Mas não era isso o que tinha desejado? Virava-se na cama, agitado. De há muito a aurora surgira e ele ouvira muitos pés apressados de oficiais no corredor que ficava do outro lado da porta, antes de tombar numa sonolência febril.

Teve um sonho estranho e terrível. Viu Roma em chamas, ouviu o estrondo de dezenas de milhares de colunas esboroando-se no chão, ouviu o alarido lamentoso da multidão. Os céus negros avermelhavam-se para cima das cabeças, e um imenso odor de corrupção, como de carne putrefata e cozida, corria por sobre a cidade. Viu césares intumescidos de maldade, rostos estúpidos ou depravados, coroados com folhas de carvalho e louro. Pórticos lançavam chamas, templos estremeciam como se fossem feitos de papel e dissolviam-se. Arenas rugiam, cheias de animais, e leões saltavam de suas jaulas sobre a populaça que fugia. De algum lugar uma voz veio, alta e profunda: "Ai, ai de Roma!" E o clamor de trovoada encheu todo o universo e as estátuas de deuses, tingidas de vermelho e ouro, explodiram em fragmentos carmesins e tombaram com as colunas. Paredes brancas inclinavam-se como velas de embarcações e tombavam. As Sete Colinas fumegavam, como fogueiras, e a água do Tibre corria, semelhante a sangue.

Quando acordou, Lucano viu que a lâmpada tinha sido de novo provida de azeite e que estava silvando e ardendo com luz amarela. Não podia saber que horas seriam, mas sentiu que já se fazia bastante tarde. Não havia janela alguma naquele aposento. Foi ao banheiro, onde havia alguns orifícios para a entrada do ar, feitos no alto, na pedra espessa. Subindo sobre a latrina e olhando por aqueles orifícios viu uma margem tufosa e verde e teve um relance de ciprestes, dos quais vinha um cheiro pungente, aquecido de sol. Calculou que devia passar do meio-dia. Voltou para o quarto de dormir e pela primeira vez viu que uma refeição fora colocada ali para ele, vinho de soldados, queijo fresco, pão moreno e limpo e uma cesta de frutas. Com apetite surpreendente, comeu e bebeu. Aquela era comida que ele conhecia.

Compreendeu que teria de esperar. Sua segurança dependia das fontes que menos se poderia confiar, das mais equívocas. De uma feita experimentou a porta, e viu que ela fora fechada pelo lado de fora. Cautelosamente, fechou o ferrolho interno. Caminhou pelo pequeno quarto, inquieto, pensativo. Se não fosse pela sua família, ele se regozijaria de deixar Roma e seus arredores imediatamente.

Por fim, uma chave rangeu na fechadura, e Lucano ficou diante da porta, silencioso. Então ouviu a voz abafada de Plócio:

— Sou eu. — Abriu o ferrolho e recuou vivamente. Plócio entrou com um sorriso de compreensão; trazia nos braços uma grande trouxa, que colocou sobre a cama. — Enquanto dormia como uma criancinha, meu bom Lucano, estive ocupado. Primeiro, por ordem de César, o prefeito dos pretorianos colocou avisos bem visíveis em todo o palácio, dizendo que foste banido logo pelo amanhecer. Isso foi para aliviar a cólera da Augusta. — O rosto dele transformou-se: — Eu não estava enganado. Jacinto foi encontrado morto há algumas horas, envenenado em sua própria cama. Seu amigo, Óris, está agora em Mamertine, acusado de assassínio.

— Mas ele não assassinou Jacinto.

Plócio espichou os lábios e olhou para o forro:

— Disseram-me que ele confessou... sob tortura. Se Óris não estivesse bêbado ou adormecido, também teria sido envenenado. Ah! Bem! Todos os homens têm de morrer.

— Que acontecerá a Óris?

— Nada poderás fazer, meu amigo. Eu te disse que tinha estado ocupado. Fui à tua casa e ali, naquela grande trouxa, estão teu estojo médico, alguma roupa, algumas lembranças de tua mãe, de Keptah, e teus livros de medicina. Quê! Vais chorar? Tua mãe compreende e Keptah também. Há cartas deles. — Acrescentou: — Apesar do edital de banimento, é muito provável que a Augusta tenha espiões por aí, não só no palácio como nas portas da cidade, prontos para cair sobre ti e matar-te. Portanto, é necessário um disfarce.

Abriu a trouxa e retirou dela uma veste marrom muito rústica, usada, habitualmente, por escravos ou capatazes rurais, e uma cabeleira bem trabalhada, de caracóis pretos. Havia também um par de sandálias de sola de madeira e um cinturão feito de cordas trançadas.

— Irás até a Porta Esquilina, atrás da qual está a tua espera um modesto cavalinho. Terás de andar até a porta, entretanto. É um longo caminho. — Mais uma vez remexeu na trouxa e dela retirou dois sacos de dinheiro. Fez cascatear as tilintantes moedas de ouro sobre a cama: — O menor é de tua mãe, o maior é de César, com seus cumprimentos. E aqui outro presente de Tibério, que realmente deve gostar de ti. — Plócio desembrulhou, respeitosamente, um anel de incrível magnificência. Imenso, representava o arco e o escudo de Ártemis em diamantes fulgurantes, incrustados no coração de uma turquesa, e todo engastado em ouro polido. — Observarás — disse Plócio, secamente — que é um anel virginal.

— Não sou virgem, embora isso possa espantar-te — disse Lucano, com um riso ligeiro. Colocou o anel no dedo, depois voltou-o para dentro, de forma que sua riqueza ficasse escondida na palma da mão. Estendeu essa mão para as cartas de sua mãe e de Keptah e sentou-se para lê-las rapidamente. Eram curtas, cheias de amor e confiança e, para não magoar, deixavam de expressar receio ou desgosto. Sua mãe explicava que de vez em quando lhe enviaria dinheiro, segundo a recomendação de Diodoro; bastaria que ele escrevesse, e ela despacharia o dinheiro para a cidade onde se encontrasse.

Havia outra carta, em delicada caligrafia, e Lucano abriu-a. Era de Sara bas Eleazar, e também essa era curta, mas ardente e terna:

"Eu te amarei e te guardarei ternura sempre, meu querido Lucano. Como Ruth, gostaria de seguir-te para onde quer que fosses, e ficar a teu lado eternamente. Não te surpreendas quando me vires, pois saberei onde estás. Para mim não pode haver outro homem e minhas orações estão contigo. Sei que procurarás sempre meu irmãozinho, Arieh, e que um dia o encontrarás para mim, em nome de meu pai, que tu consolaste. Deus te abençoe e te proteja, e possa Ele seguir-te em tuas andanças e estar à tua mão direita, sempre cuidadoso de ti, e possam Seu bordão e Seu cajado confortar-te."

— Quê! — exclamou Plócio. — Estás chorando? Deve ser uma carta muito comovente. De uma dama, sem dúvida.

— Cala-te! — pediu Lucano, limpando as lágrimas.

Levantou-se, examinou seu estojo médico e, ao abri-lo, um objeto dourado caiu dele, com sua corrente. Era a cruz de Keptah. Hesitou, depois colocou-a ao pescoço. Os olhos enérgicos de Plócio alargaram-se, depois apertaram-se.

— Uma cruz! — disse ele. — E de ouro! Por quê?

— Não sei — disse Lucano. — Keptah, porém, disse-me que se trata de um velho símbolo da Caldeia, chamada Babilônia pelos judeus, aquele grande império. É um símbolo que os egípcios também usaram, recebendo-o dos babilônios, e que colocaram em suas pirâmides. Um de seus faraós, que declarou existir apenas um Deus e assim incorreu no ódio dos sacerdotes, usou este símbolo em seu pescoço, e o mesmo faziam os que nele acreditavam. O nome do faraó era Áton, mas isso passou-se há muito tempo. Eu uso o símbolo, porque me foi dado por uma jovem que eu amava...

— Bem, seca tuas lágrimas — disse o prático Plócio. — Quando o crepúsculo chegar, tu deixarás este aposento e irás para a seção dos escravos, com uma vassoura que te espera aí fora. Então, ninguém reparará em ti. No entanto, terás de disfarçar essa tua pele de lírio com este óleo escuro. Sê discreto! Não fales com ninguém. Resmunga contigo mesmo, constantemente, como se fosses um simplório. Então sairás furtivamente do Palatino, ficarás mesclado às turbas da cidade, depois caminharás até a Porta Esquilina o mais depressa possível.

Deu a Lucano uma adaga curta e forte, que ele deveria esconder sob o vestuário.

— Nunca se sabe... — disse. Passou cuidadosamente o óleo sobre o rosto e o pescoço de Lucano, ajustou-lhe a cabeleira preta e ajudou-o a vestir as roupas rústicas. — Agora — disse, com uma risada, afastando-se para admirar o trabalho de suas mãos — nem mesmo Júlia olharia para ti.

Hesitou. Depois, subitamente, abraçou Lucano como um irmão, e beijou-lhe as faces, desajeitadamente.

— Que os deuses te protejam — falou. — Não te digo adeus, pois acredito que nos tornaremos a encontrar.

Terceira Parte

"A vida pertence a Deus, pois a atividade da mente é vida e Ele é essa atividade. A pura autoatividade da razão é a mais abençoada e eterna vida de Deus. Dizemos que Deus vive, eterno e perfeito, e que a vida contínua e eterna é de Deus, pois Deus é a vida eterna."

ARISTÓTELES — *Ensaio*: A razão divina como primeiro móvel.

31

"Sara bas Eleazar a Lucano, filho de Diodoro Cirino:

"Saudações, meu mais querido amigo, meu único amado. O Dia da Expiação[1] terminou, e eu me regozijo na paz de Deus, sabendo que Ele me perdoou e que estou inscrita no Livro da Vida. Uma bela tranquilidade pousou sobre Jerusalém. Da minha janela posso ver o Templo, brilhando como um escudo de ouro à luz da lua, e a cidade faísca sem cessar, como um campo de vaga-lumes. As colinas são de cobre, o vento um hálito de lagar de vinho e, lentamente, abaixo de mim, as folhas amarelas tombam de uma árvore, como pequenas chamas. As mulheres estão no quintal, tirando água da cisterna, e suas vozes são calmas. Das janelas e portas da hospedaria vem o cheiro forte de carneiro assado, de pão, de especiaria, e o faiscar das lâmpadas, pois que o homem de novo foi perdoado por Deus e há um tranquilo regozijo, já que todos conhecem Seu amor e Sua promessa dos tempos.

"Ah! Se ao menos estivesses aqui, a meu lado, segurando minha mão e gozando desta paz! Se ao menos viesses uma vez a Jerusalém! Contudo, sempre quando falo assim de ti, desvias os olhos dos meus, como se temesses um terror na cidade. Não compreendo isso, mas recordo as últimas palavras de nosso querido amigo, José ben Gamliel, antes de morrer, há dois anos, à vista do Templo: 'Um dia Lucano virá ter aqui e encontrará Aquele que está procurando em todos os dias de sua vida.'

"Rezei hoje para que tivesse júbilo na alma e pela tua saúde e felicidade. Rezo assim todos os anos, durante esses longos sete anos em que nos

---

[1] É o décimo dia após o Ano-Novo judaico, quando Deus escreve em seus livros os destinos dos homens, dando-lhes uma oportunidade de se arrependerem de suas faltas.

conhecemos. Por muitas e muitas vezes tu me imploraste que me casasse e te esquecesse; não há uma só carta que me escrevas que não contenha essa admoestação e essa súplica. Mas como pode uma mulher que ama esquecer aquele a quem ama? Como pode uma fonte encher-se de água, se a sua nascente secar? De onde virá o vinho, se a vinha perecer? Pedir-me que me deite com outro homem é pedir que degrade meu espírito, que me entregue como mulher dissoluta, mesmo que antes de tomar a mão de um estranho eu passasse sob o dossel nupcial. Minha alma está casada com a tua.

"Queridíssimo bem-amado, encontramo-nos pela última vez em Tebas e embora tuas palavras fossem de recusa eu vi a luz em teu rosto quando me olhaste. Conversamos baixinho, sob as sombras do teu jardim, mas o que falamos em nossos corações não eram as palavras de nossas almas e de nosso entendimento. Por que não podes esquecer tua amargura contra Deus? Disse-te frequentemente, como o disse José ben Gamliel, que Deus criou o homem perfeito e integral, sem a ameaça da doença e da morte. Mas os homens desobedeceram a Deus e com a sua desobediência trouxeram essas coisas para o mundo. Foi o homem quem se exilou da alegria, quem atraiu para ele próprio o espírito do mal, quem fez com que a maldição caísse sobre a terra.

"Aonde quer que eu vá, através de todas as cidades e portos, ouço o teu nome, como o de um grande médico. Sei que não te importas com isso, que desejas apenas aliviar a dor, dar conforto, retardar a morte. Apesar disso, é uma felicidade para mim ouvir-te aclamado pelos pobres, pelos abandonados, pelos escravos e pelos oprimidos. Falam de ti nas praças dos mercados.

"Embora nunca o tenha conhecido, senão através de tuas palavras, lamentei contigo a morte de teu velho amigo e professor, o médico Keptah. Rezei pela alma dele hoje, pois Deus disse que é bom rezar pelas almas dos mortos que dormem na terra. Sua memória é para nós uma bênção.

"Às vezes, quando estou mais triste, recordo-me de tuas histórias sobre Roma e rio alegremente. Compreendo que no mundo de hoje pouca coisa existe que desperte o desejo de rir, pois a *Pax Romana*, disfarçada em paz mundial, trouxe opressão, sofrimento, escravização e exploração a todos os povos do mundo. Poder é corrupção, e está na natureza do homem insultar o que domina e o desejo de dominar vive em nós, como negra enfermidade.

"Regozijo-me por não teres sofrido mal algum, meu querido, quando visitaste Roma uma ou duas vezes por ano, durante todos estes anos. Como eu gostaria de ver tua bela mãe, tua encantadora irmã, teus irmãos, e todos os teus amigos! Posso rir durante horas quando estou lendo a respeito do teu antigo preceptor, Cusa, o esperto velhaco.

"Tive uma experiência estranha, embora quando eu a contar tu possas nada ver de estranho nela, a não ser os pensamentos sentimentais de uma mulher de vinte e quatro anos, que precisa encher sua vida solitária com prodígios, imaginações e fantasias.

"Jerusalém, como sabes, está cheia e rodeada de peregrinos, que vêm de toda a Terra de Israel nos dias santificados. Os ricos podem encontrar acomodações confortáveis nas hospedarias e nas tavernas ou nas casas de amigos, quando comemoram o Ano-Novo em agradável companhia, em mesas festivas e em tranquila conversação. Mas os pobres procuram as brechas que possam encontrar na cidade abarrotada ou acampam fora das grandes muralhas, em tendas ou cavernas. Frequentemente eu caminho entre os amontoados de centenas de peregrinos que ficam para fora das portas, observando suas vestes toscas, seus pés nus, suas barbas emaranhadas, suas crianças que choram, seus bandos de cabras, e ouvindo suas vozes marcadas pelos dialetos da Galileia e de Samaria, de Moab, Perea e Decápolis. Divertem-se no Ano-Novo e suas faces morenas mostram-se piedosas e olham para o Templo com amor apaixonado, observando a mais insignificante das Leis com muita gravidade. Dormem ao uivo agudo dos chacais e sua comida é pobre, o vinho azedo. Ainda assim, são felizes, e a alegria e as preces, nas vertentes empoeiradas das colinas para além das muralhas, têm significado mais profundo e maior ressonância do que as que ouvimos nas casas grandes, circundadas de jardins, dentro da cidade. Certa vez tu observaste, amargamente, que os pobres rezam com maior paixão porque não têm prazeres, apenas Deus. Nisso eles são, realmente, abençoados, pois se um homem não tem Deus, nada tem, e se tem Deus, então tem tudo o mais com Ele em seu coração.

"Ao crepúsculo, no dia do Ano-Novo, os peregrinos amontoaram-se nas ruas estreitas e tortuosas de Jerusalém, seus filhos nos braços ou a segui-los de perto, e eram um rio quente e multicolorido, movendo-se sob nuvem prateada de pó. Desci da minha liteira, num impulso, e acompanhei-os para além das portas, onde seus repastos frugais estavam servidos em toalhas estendidas no chão. E a lua levantava-se sobre eles e abrilhantava suas fogueiras. Muitos foram os convites que me fizeram, a fim de que me reunisse a uma família para compartilhar do pão, do vinho ou de um pouco de carne, pois, como eu estava humildemente trajada, pensavam que fosse uma jovem mulher sem família, ou que me tivesse perdido entre as caravanas aglomeradas. Ouvi as canções deles, seu riso, as vozes de seus filhos, que corriam e tinham fome, os gritos de seus animais, suas orações. De repente, oprimiu-me uma solidão, uma nostalgia. Fiquei de parte, junto de uma árvore retorcida, olhando para as fogueiras que estalavam nas vertentes das colinas e olhando seus reflexos naqueles rostos simples. Foi então que um jovem aproximou-se de mim, vestido com um manto azul, rústico, os pés metidos em sandálias presas com cordas ásperas.

"Aquele rapazinho não poderia ter mais de dezoito ou dezenove anos. Ficou a meu lado, solenemente alto, e sorriu-me. Instantaneamente, parecemos ficar a sós e infinitamente solitários, juntos. Era como se um círculo de silêncio nos rodeasse, e vozes e gritos diminuíram, fazendo-se como que um sonho. Havia no rosto dele profunda sabedoria e delicadeza, ternura imensa, como se compreendesse que eu não tinha ninguém e tivesse piedade de mim. Trazia na mão um copo de barro, cheio de vinho, que me ofereceu. Tomei-o e bebi-o, tão simplesmente quanto ele o dera a mim. Imediatamente, meus olhos encheram-se de lágrimas e os soluços sufocaram-me e eu desejei contar àquele jovem todo o meu sofrimento, meu exílio e minha tristeza. Ele tomou o copo vazio da minha mão, enquanto eu tentava controlar-me. Esperou até que eu me visse mais segura, e depois me disse, na mais doce e mais forte das vozes: 'Sara bas Eleazar, eleva teu coração e seca tuas lágrimas, pois Deus está contigo e tu não estás só.'

"Fiquei atônita e muda. Como sabia ele meu nome e a tristeza do meu espírito? Sorriu-me profundamente e uma fogueira próxima inflamou-se e vi seus olhos azuis, que se pareciam a estrelas infinitas. Senti que ele tudo sabia, não só a meu respeito mas a respeito de todo o mundo, e que nele havia uma paz para além de qualquer imaginação, para além de todo o amor e esperança.

"As lágrimas cegaram-me, e quando eu as enxuguei e meu coração deixou de estremecer o jovem se fora. Cheguei a pensar que tinha sonhado aquilo, mas o gosto do vinho estava em meus lábios. Súbita e horrível sensação de perda se apoderou de mim e eu o procurei entre os peregrinos mas não tornei a vê-lo. Não pude dormir, naquela noite, mas, a cada vez que choro, um conforto me vem, que não é conforto vindo de homem.

"Chega. Mesmo a lembrança dele deixa-me sonhadora e dá-me uma sensação de alegria. Seria um anjo, vestido humildemente, como eram os anjos que Abraão abrigou em sua tenda? Gostaria de acreditar nisso, quase acredito nisso. Agarro-me à lembrança do rosto dele.

"Estou enviando esta carta para Atenas, para tua casa, onde deves permanecer durante mais algumas semanas. Saúdo-te agora, meu querido Lucano, com todo o amor do meu coração e do meu espírito, e penso em nosso próximo encontro. E um destes dias, em tuas buscas de meu irmão Arieh, hás de encontrá-lo. Agora ele tem nove anos, e tudo em mim diz-me que está vivo e que um dia será restituído aos braços de sua irmã e de seu povo. Deus esteja contigo."

Lucano tinha, de início, refletido na terra de seu povo, Grécia, esperando encontrar ali um lar. Mas depois de algum tempo, a amarga certeza lhe veio de que também ali era um estrangeiro e de que, na verdade, não tinha lar em parte alguma. Nascera em Antioquia, e Antioquia não fora seu lar; vivera nas proximidades de Roma, e vira-a ocasionalmente, mas ali também era um estrangeiro. Visitara todos os portos e cidades ao longo do Grande Mar e tivera casas pequenas em muitas delas, quando deixava os navios, e ainda assim em parte alguma possuía um lar, gozava da companhia de amigos ou tinha paz. Os desgraçados, os humildes, os pobres, os abandonados e esquecidos, os escravos, os miseráveis pequenos mercadores dos bazares e lojas abençoavam-lhe o nome e beijavam-lhe as mãos e os pés. Mas era um estrangeiro, sempre um estrangeiro em terra estranha, e embora soubesse muitas línguas, era como se um estranho falasse com ele. Suas únicas satisfações estavam em confortar e curar, e nas cartas que recebia de sua família e de Sara bas Eleazar. Uma inquietação terrível e uma ansiedade dolorosa, bem como sensação de inanidade, estavam sempre presentes nele, dando-lhe a sensação de alguém que procura água no deserto.

Três anos antes comprara uma pequena casa, que ficava próxima aos arredores de Atenas. Quando voltava para sua casa de Atenas ou para suas outras casas, não era como se voltasse para um ponto que lhe fosse familiar, com vozes e jardins familiares, mas como um viandante, cansado e detendo-se apenas por uma noite.

Ali estava a terra de seus pais, mas não era a sua terra, embora o esteta que nela vivia se regozijasse com sua pura beleza luminosa, suas planícies ossudas, suas colinas prateadas e faiscantes, suas pedras reluzentes, seus mares de azul intenso, seus telhados rosados ou de leve tom castanho, sua história inscrita em mármore, seus templos brancos, seus carvalhos empoeirados, seus loureiros, oliveiras e murtas, seus vinhedos sob o céu brilhante, seu glorioso Partenão[2] elevando-se nobremente na Acrópole[3] como uma coroa de pedras preciosas. Ali estava a terra de Hélio,[4] a terra de Demóstenes, de Péricles,[5] de Homero, de Fídias, de Sócrates e Platão, de toda a ciência e arte, graça e poesia, da própria alma civilizada do homem, da fronte calma dos deuses, do Olimpo. Ali, a lei e a justiça tinham colocado os pés poderosos no mármore e naquela atmosfera seca e adstringente se haviam desdobrado as asas das deidades, as filosofias. Ali os oráculos[6] falavam, e as frotas de Jasão[7] paravam em cada porto. Ali, naquela terra, o heroísmo tinha feito sua estrada, com um escudo igual à luz e uma espada que se parecia ao corisco, e ali as montanhas fixavam seus olhos em Maratona[8] e as Termópilas[9] ainda vibravam com a lembrança daqueles poucos que haviam derrotado as hordas dos persas. A glória mostrava-se na fronte da Grécia, para que todas as cidades a vissem, e jamais seria apagada.

Aquela Grécia moderna não era a Grécia de Péricles, mas continuava a viver como sonho imóvel, eterno e ainda não imitado. E ali, como sempre,

---

[2]Célebre templo de Atenas, dedicado a Minerva, decorado com trabalhos de Fídias.
[3]Cidadela da antiga Atenas, sobre um rochedo. O cume era coberto de templos, entre os quais figurava o Partenão.
[4]O Sol.
[5]Orador e estadista grego célebre, exerceu a melhor das influências sobre seus concidadãos, fazendo-se chefe do partido democrático. Dá-se seu nome ao século mais brilhante da história da Grécia (499-429 a.C.)
[6]Acreditavam os pagãos que seus deuses lhes davam respostas, através dos sacerdotes e sacerdotisas. Tais profecias eram levadas muito a sério e um dos oráculos mais respeitados era o de Delfos.
[7]Figura mitológica que se celebrizou pela busca do Velocino de Ouro, conduzindo os Argonautas à Cólquida. Foi educado pelo centauro Quíron.
[8]Cidade que se celebrizou, na Ática, pela vitória dos gregos sobre os persas, no ano 490 a.C.
[9]Célebre desfiladeiro da Tessália, onde Leônidas, com trezentos espartanos, tentou deter o exército de Xerxes. Não o conseguiu, porque um traidor, Efialta, indicou aos persas um caminho que permitia contornar o monte. O sacrifício desses trezentos homens ficou célebre na história da Grécia.

Lucano era um estrangeiro, preparando suas poções, solitário, anônimo, a não ser para os pobres e para os abandonados, cultivando seu jardim, no qual plantava flores e ervas, bebendo seu vinho a sós, preparando seus repastos frugais com suas próprias mãos, lendo, meditando, escrevendo suas cartas e observando as estrelas enviesarem, descrevendo o arco escuro do firmamento.

Quase sempre ao amanhecer, quando o pálido sol mal atirara seus raios fracos sobre Atenas e a cidade apenas começava a mover-se, Lucano passava pelo Templo de Teseu[10] e subia a longa escadaria branca que levava ao topo da Acrópole e ao Partenão. Ali, sozinho, errava entre a colunata onde Sócrates ensinara e passava com delicadeza a mão sobre as colunas dóricas que pareciam de prata à luz primeira do sol. Fixava os olhos respeitosamente nas estátuas aladas que pareciam prontas a saltar para o espaço vazio e reluzente e ficava de pé diante do frontão ocidental do templo de Zeus, ou movia-se através da *cella* para admirar a imensa estátua de Atena com seu grande elmo e sua imponente e nobre face. Errava dali para o frontão ocidental, a fim de se maravilhar com o grupo de Fados reclinados, em seus delicados drapejamentos de mármore, e que se pareciam mover à brisa seca e luminosa. Como médico, pensava na genialidade do escultor que esculpira a figura reclinada de Ilisso no frontão ocidental e que dera ao alabastro o aspecto de carne. Ali, a sabedoria tremia na pedra e a beleza pusera sua mão nas sombras luzentes dos baixos-relevos, no corpo prateado, no rosto grave e no casto seio, como no perfil imperial e nos membros imaculados. Ali havia silêncio, mas presenças imortais podiam apenas ser observadas para além das fronteiras dos olhos, como um coro translúcido, e toda aquela reunião poderosa esculpida em mármore esperava apenas por algum chamado misterioso para se movimentar em uma vida igual à dos deuses, para encher os ouvidos com imortais canções e vozes sonoras. Por fim, a fria turquesa do céu erguia-se entre as colunas brancas, pintadas e nítidas, e os mantos das cariátides[11] tornavam-se de ouro.

Ali, Lucano sentia-se menos solitário do que entre homens. De pé entre as estátuas, vestido de branco, era uma delas. Movendo-se entre elas,

---

[10]Herói grego, a que se atribui, entre outras proezas, a destruição do monstro de Creta, o Minotauro.
[11]Estátua de homem ou de mulher, que sustenta uma cornija.

era como se tivesse sido a primeira a acordar. No meio da beleza, do solene heroísmo e da gelada grandeza, podia esperar de novo que, assim como o homem criara tudo aquilo, havia uma possibilidade remota de que os homens se tornassem homens uma vez mais, falando com majestade e poesia, revelando segredos da eternidade. Seus passos ecoavam entre as colunas e ao longo das colunatas e às vezes, enquanto andava, quase acreditava ter ouvido passos mais fortes atrás dos seus, passos de pés heroicos, que tinham descido dos frontões para o chão branco e reluzente.

O sol tornava-se de um ouro mais brilhante e a cidade, lá embaixo, movia-se visivelmente, os telhados róseos ou de um amarelo pálido movendo-se dentro da luz, e vozes inquietas e imperiosas levantavam-se da Acrópole como um voo de pássaros alvoroçados. Sua solidão voltava então e ele fugia do Partenão.

Por que não era possível ao homem, quando atingia as culminâncias da glória, mantê-la? Por que devia ele tombar do céu? Seria porque mesmo nas alturas ele cometeria as loucuras e os crimes que levam inexoravelmente à extinção? Tucídides[12] escrevera: "A espécie de acontecimentos que uma vez teve lugar, terá lugar novamente, pelas razões da natureza humana." Ali é que estava a tragédia.

Lucano sabia, pela sua inquietação crescente, que em breve estaria a caminho outra vez. Dentro de duas semanas devia aceitar o posto de médico em um navio que fazia rota entre Creta e Alexandria, e consentira em se empregar assim durante três meses. Procuravam-no muito, não só pelos seus poderes curadores mas por cobrar honorários pequenos. Sempre distribuía aquilo que ganhava entre a tripulação quando se despedia.

Certa manhã, descendo do Partenão e sentindo aversão ao pensar no retorno a sua casa solitária, que ficava no fim do Caminho Panatenaico, meteu-se entre a multidão da Ágora e errou por entre Stoa de Átalo, fervilhante de homens, ruído, comércio e lojas. Os pequenos gregos negros eram mais ativos e mais efervescentes do que os romanos e muito mais astutos, muito mais alegres e charlatanescos. Roubavam com ares modestos em suas vinte e uma pequenas lojas, ao fundo dos passeios e colunatas. Seus deuses eram mais coloridos e pretensiosos, pois ali não prevaleciam as severas leis

---

[12] O maior dos historiadores gregos, autor da *Guerra do Peloponeso* (460-395 a.C., aproximadamente).

romanas de valores; ainda assim, suas mercadorias tinham encanto. Como sempre, mesmo naquela hora matinal, quando as lojas se estavam movimentando e os mercadores ruidosamente andavam por ali, abrindo portas e espanando suas mercadorias, um orador fervoroso já estava sobre a plataforma, arengando para as turbas indiferentes. Era um velho, de barba grisalha e revolta, e com um bastão nas mãos. Lucano parou para ouvir suas palavras incoerentes. Ele gritava, sacudindo o bastão e lacerando a barba:

— Arrependei-vos! Arrependei-vos! O Reino de Deus está próximo!

O homem devia ser judeu, pois eles estavam sempre exclamando essas palavras, que ninguém ouvia. Lucano olhou para a impressionante biblioteca pública e lembrou-se de devolver alguns livros antes de sua viagem. Homens e mulheres começavam a subir os degraus para as portas abertas. Jovenzinhas, vestidas com trajes de um escarlate brilhante, ou amarelos, ou azuis, haviam-se reunido na casa da fonte para encher seus jarros. Tinham vozes como as dos papagaios, enquanto trocavam tagarelices e riam e empurravam-se para obter posição da fileira dupla. E agora havia o tribunal, muito solene, e declarando, com suas amplas colunas e arcos, que a regra da lei era a que regia a humanidade civilizada e não a regra dos homens. Lucano sorriu, cinicamente. Fixou os olhos com frieza sobre os dois legionários romanos que estavam de sentinela às portas de bronze. Onde o puro poder existia não havia lei, a não ser a lei da força. Ouvia músicos ensaiando no *odeum* para os concertos e representações do dia. Parou por um momento a fim de olhar a casa redonda, onde os burocratas acocoravam-se e vomitavam suas opressivas regras, na forma imemorial de todos os homens maus e opressores. Uma enorme procissão de devotos começava a subir a Acrópole, para honrar Palas Atena, levando pombas que se debatiam em seus braços. Lucano desviou-se para o lado, a fim de deixar que a procissão passasse, e ao olhar para o rosto perturbado dos fiéis sentiu de novo sua velha e crônica tristeza.

Agora, a cidade estava inteiramente viva e ruidosamente ensurdecedora, o céu pesado e azul, polido de sol e sem uma nuvem. O calor soprava pelas ruas e das colunas próximas. Que significavam todas aquelas atividades, aquela veemência, aquelas rápidas idas e vindas, aqueles pés velozes e determinados, aquele comércio, aquelas moças risonhas, aqueles mercadores vociferantes? Um grupo de advogados, vestidos de branco e com rostos solenes, subiu os degraus do tribunal, conversando em voz baixa, como se suas preocupações contivessem toda a vida e toda a morte. Era maravilhoso acreditar que o próprio ser tem significação, coisa que ele não tem. Mas que aconteceria ao mundo se os homens cessassem de acreditar que sua existência tinha alguma importância? São eles mais sensatos do que eu?, pensou Lucano, inquieto. Passou pelo Templo de Heféstion,[13] o teto de lousas vermelhas brilhando como imensos rubis dentados sob o sol furioso. Caminhara muito, estava cansado e com fome e desejava estar em sua casa silenciosa, em seu jardinzinho com o tanque cheio de lírios-d'água, cor-de-rosa, a fazer sua primeira refeição com leite de cabra, pão escuro e mel. E ali estava o mercado de escravos, os mercadores já arranjando da melhor maneira sua mercadoria humana. Lucano desviou os olhos, nauseado como sempre; tinha por hábito passar por aquela alta plataforma de madeira, e evitava olhar para os escravos, pois não podia suportar aquela agonia.

Por alguma estranha razão sentia, agora, um peso nos pés e um grande cansaço, e parou abruptamente diante da plataforma. Os mercadores estavam repreendendo e estalando chicotes; uma mulher soluçava, um homem suplicava, uma criança chorava. Ali estavam expostos à venda os que tinham ficado cobertos de dívidas, os que não tinham lar e ofereciam-se como escravos, os que transgrediram alguma lei insignificante e alguns criminosos. Três bonitas jovenzinhas, de rostos morenos e olhos grandes e negros, vestidas lindamente, estavam sendo arranjadas em grupo coquete, sobre almofadas de seda carmesim. Não se sentiam absolutamente impressionadas; passavam entre elas uma vasilha de doces e olhavam os compradores que se aproximavam, arqueando as sobrancelhas. Enquanto durasse a sua beleza, estavam certas de ter boas casas, muitos agrados e mimos. Atiravam para trás seus longos cabelos negros, alisavam os pescoços e murmuravam entre elas numa língua estranha, rindo de seus próprios e libertinos comentários. Estavam sentadas na plataforma, afetadamente cingindo ao corpo as suas vestes, de forma a mostrar bem todas as curvas das pernas, das coxas e seios, sob a fazenda diáfana.

---

[13] Deus grego do fogo e dos metais, o Vulcano dos latinos.

Os mercadores ainda não tinham muito que vender, pois era cedo demais. Algumas mulheres rechonchudas, evidentemente esplêndidas cozinheiras a julgar pelas panelas arranjadas a seus pés, algumas crianças nos braços de moças apavoradas e chorosas, alguns jovens que não tinham qualquer graça ou força particulares, um velho ou dois, e um grupo de prisioneiros carrancudos. Lucano começou a mover-se, mas o cansaço permaneceu, e ele ali ficou. Atraiu a atenção de três bonitas moças, e as vozes delas ergueram-se, animadas, pipilantes. Um mercador correu para ele e agarrou-lhe o braço:

— Senhor! — exclamou. — Olha para estas moças, virgens vindas de Arábia! Irmãs! Não encantariam tua casa? Todas sabem tocar cítaras e outros instrumentos para enfeitiçar tuas horas! Todas sabem dançar como ninfas!

Lucano sacudiu o braço daquele aperto. As moças contemplavam-no com arrebatamento e batiam as mãos. Estavam atraídas pela sua aparência.

— Apolo! — gritou o mercador. — Estas são as tuas Graças! E o preço é ridiculamente baixo para elas todas!

— Não estou interessado — disse Lucano.

O mercador curvou-se e disse-lhe ao ouvido, com ares entendedores:

— Senhor, tenho um rapaz bonito e gorducho, de só dez anos, que vem também da Arábia e foi castrado...

Lucano voltou-se a meio para ele, cheio de poderoso impulso de atirá-lo ao chão com um golpe. Mas, naquele momento, ouviu o ressoar de correntes, um grito e uma bofetada, e outro mercador conduzia um homem para a plataforma e Lucano virou-se para olhar, o rosto já suando de cólera. O escravo estava literalmente vestido de correntes, que pendiam e tilintavam de seus punhos algemados e terminavam em argolas de ferro em torno de seus tornozelos. Ninguém, a não ser um perigoso bandido, era assim acorrentado. O chicote do mercador estalava por sobre o corpo, as pernas e os ombros do homem, mas ele movia-se com dignidade, como se não sentisse dor e não estivesse absolutamente consciente do lugar onde estava.

Ali estava, agora, as correntes brilhando à luz ardente do sol. Achava-se completamente nu, e a pele era de um castanho-escuro, lustrosa e brilhante como seda. De ares régios, soberanos, muito alto, peito semelhante a dois peitorais unidos de uma armadura de bronze, com músculos ondulantes e pernas e braços maravilhosamente bem-feitos, ele contemplava o céu, com expressão remota e imutável. As feições eram negroides, ainda assim majestosas. Usava o cabelo preto e frisado em duas tranças curtas, torcidas juntas. Um anel de ouro fora passado através do septo de seu nariz. Seus olhos pretos brilhavam ao sol como dois poços.

Lucano aproximou-se mais da plataforma, fascinado. Soube, com instintivo conhecimento que, a despeito das feições e da cor, aquele homem não era criatura da selva. Era um soberano; ignorava todos em derredor, mas não pela cega ignorância de um animal. Os olhos grandes e reluzentes irradiavam sofrimento, mas um sofrimento tranquilo e resignado e, ao mesmo tempo, inteligência. Então, ele viu Lucano, e os dois jovens olharam-se em silêncio, um do alto da plataforma, outro do chão ardente.

O mercador, vendo aquilo, agarrou de novo o braço de Lucano:

— Senhor! Muito barato! Absurdamente barato! Um escravo forte, que, se for conservado cuidadosamente acorrentado, ganhará muito bem sua manutenção. Olha para estes músculos! Olha para estas mãos, para estas pernas! Senhor, tenho vergonha de dizer-te o preço!

O escravo olhava para Lucano e um misterioso entusiasmo, uma ansiedade, brilhou em seus olhos. Deu um passo para a frente, e as correntes rangeram. Havia uma busca apaixonada na face do escravo, agora, uma súplica, uma esperança.

— Seu nome — disse o mercador, esfregando suas mãos levantinas — é Ramo.

— Que fez ele? — murmurou Lucano, elevando os olhos para os olhos apaixonadamente indagadores do escravo.

O mercador tossiu e coçou o queixo barbudo.

— Bem... bem... nada, senhor. — E acrescentou, confidencialmente: — Para te dizer a verdade, Apolo, ele é mudo. Não pode falar. Veio para Atenas há algum tempo, caminhou pelas ruas, espiou o rosto das pessoas. Foi encontrado, esse pagão, no próprio Partenão, movendo-se entre as estátuas, invadindo os templos. O vigia viu-o, durante a noite, caminhando à luz de tochas, às vezes levando uma lanterna. Dizem que tinha braceletes e tornozeleiras de ouro, mas acredito que seja mentira, pois tudo quanto tem é essa argola de ouro no nariz. Foi levado diante da justiça, interrogado por intérpretes em muitas línguas, e sempre sacudiu a cabeça. Deram-lhe um estilo e uma tabuinha para escrever, mas ele sacudiu a cabeça. Naturalmente é um bárbaro, vindo de alguma selva longínqua ou do deserto.

— Como sabes, então, que ele se chama Ramo? — perguntou Lucano. Aproximara-se um pouco mais da plataforma e seu coração batia, em pesada compaixão.

O mercador ergueu os ombros.

— É o nome que o povo de Atenas lhe deu, pois foi uma curiosidade pelas ruas, durante muitos meses. Bandos de crianças zombeteiras seguiam-no.

— Então? — indagou Lucano, quando o mercador cessou, abruptamente, de falar.

— Bem, agora, senhor, sabes quanto são supersticiosas as turbas. Começaram a dizer que ele tinha olho mau. Repararás quanto são estranhos e luminosos os seus olhos. As mulheres começaram a dizer que o olhar dele as fazia abortar, e quando passava através de um campo, durante a noite, um camponês o viu, e jurou, depois disso, que todas as suas ovelhas morreram e suas oliveiras murcharam. Os falatórios aumentaram e crianças tombavam na rua, em convulsões, quando ele passava. Moças gritavam que eram tomadas pelo demônio, durante a noite, depois que os olhos dele as tinham fixado. — O mercador riu e piscou um olho: — Nós, mercadores, somos homens práticos. Sabemos que seu único mal é não ter dinheiro.

— Ele não é um escravo — disse Lucano, amargamente. — Tinha algum dinheiro!

O mercador meditou, os olhos ambíguos sobre o jovem grego. Coçou a barba rala.

— Tinha moedas de ouro com inscrições estranhas, mas de grande peso. Eruditos as examinaram, mas não puderam declarar qual a origem delas. Apesar disso, comprou comida com essas moedas, embora ninguém saiba onde se alojava. O caso tornou-se sério quando comprou várias fôrmas de pão e deu-as a um grupo de escravos encadeados que trabalhavam numa estrada. É verdade que tais escravos não são bem alimentados... Naquela noite os escravos fugiram. Disseram que o olho mau tinha dissolvido o ferro... Devemos pensar em quanto são ignorantes e supersticiosos os...

— Como chegou ele a ser vendido como escravo? — perguntou Lucano, em voz áspera e alta.

— Senhor, o tribunal não mais podia esconder seu conhecimento dessa criatura e das coléricas queixas contra ela. Como te disse, foi interrogado; não pôde falar, não se pôde defender. Decidiram que se tratava de criminoso que representava muito perigo. Foi atirado na prisão. Os juízes não são supersticiosos, com certeza, mas são criaturas do povo. Recordarás que Sócrates foi considerado como tendo pervertido os jovens e ridicularizado os deuses. Os juízes não acreditavam naquilo, verdadeiramente, mas havia a turba a considerar, a turba que tem votos. Daí a taça de cicuta. Nós hoje o compramos do carcereiro, e assim ele aqui está.

— Sem crime algum, apenas por buscar alguma coisa! — disse Lucano.

— Sim. Que estaria ele buscando, senhor? — O mercador olhou com firmeza para Lucano. — És homem sensato, ó Apolo, e belo como os deuses. O que estaria ele buscando a errar pelas ruas, dia e noite, e olhando com fixidez para todos os rostos?

Lucano disse, secamente:

— Eu o comprarei. Mas tu lhe retirarás as correntes.

Tirou o manto de capuz de sobre os ombros e estendeu-o para Ramo que, os pulsos tilintando, recebeu-o, com dignidade, cobrindo o corpo despido. Então, para tristeza de Lucano, os olhos do escravo encheram-se de lágrimas, e ele sorriu, um sorriso trêmulo, uma grande alegria iluminando-lhe as feições.

O mercador saltou sobre a plataforma, lambendo os lábios. Ruminava sobre o preço enquanto removia as correntes. Depois, fez um ar feroz para Lucano e pediu uma alta soma. Lucano atirou-lhe desdenhosamente uma bolsa sobre a plataforma e o mercador agarrou-a com avidez, pondo-se a contar o dinheiro, os lábios molhados. Exclamou, encantado:

— Senhor, fizeste um grande negócio! Não te arrependerás disto!

— Vem — disse Lucano para o escravo, que, rapidamente, saltou da plataforma e ficou de pé a seu lado. Uma corrente fina tilintava, pendendo-lhe do pulso; Lucano compreendeu que devia apanhar uma ponta e levar assim a sua compra. Agarrou a corrente, que se partiu entre suas mãos fortes, atirou-a para longe, como se fosse um objeto infeccionado.

— És livre — disse Lucano. — Segue-me até minha casa. Até a nossa casa.

32

A pequena casa, pintada de azul-claro e de telhado rosado, ficava dentro de um pátio fechado. Um tanque, onde flutuavam lírios-d'água cor-de-rosa e grandes folhas verdes, bem como pequeninos peixes dourados, erguia-se no centro do jardim. Uma grande figueira dava sombra escura sobre um banco de pedra. Algumas árvores frutíferas, cítrico e maçãs, e uma grande tamareira espalhavam-se em derredor dos muros. Lucano, além de tratar do seu jardim, cultivava algumas rosas que lhe recordavam Rúbria. Jasmins rodeavam a casa austera. Podiam-se ver, do jardim, as colinas prateadas da Grécia, marcadas aqui e ali, com a escuridão dos ciprestes pontudos, o prateado-escuro das oliveiras e o azul puro dos céus.

O interior da casa, que continha apenas três cômodos, fora caiado de branco, contra o qual a mobília pobre lançava sombras escuras no resplendor do sol matinal. Ali, as cortinas das janelas eram de um tecido pesado e espesso, azul, e o mesmo material barato pendia das esquadrias das portas. O piso de lajedo vermelho mostrava-se despido. Lucano levou até sua casa o homem que ele comprara, e Ramo olhou ao seu redor mudo e indiferente. E sempre seus olhos reluzentes voltavam-se para o rosto de Lucano, com ansiedade e indagação. Este foi ter à nascente de seu jardim — a nascente que alimentava o tanque — e trouxe um grande jarro de leite de cabra. Colocou-o, espumoso e fresco, sobre a mesa de madeira, sem toalha, cortou algumas fatias de pão escuro, colocou-as com um pouco de queijo barato, sobre a mesa, e acrescentou àquilo uma vasilha de madeira cheia de frutas e uma tigela de mel. Ramo observava-o em completo silêncio, de pé, no centro da sala. Então Lucano disse-lhe delicadamente:

— Esta é a nossa refeição. Senta-te comigo e come.

Ramo ficou a olhar, estupefato. Lucano, observando-o, repetiu aquelas palavras em latim, depois em alguns dos dialetos mediterrâneos. Não teve resposta. Tentou o egípcio, e depois uma mistura de babilônio hebraico, aramaico e africano. Finalmente, chegou à conclusão de que Ramo havia compreendido todas aquelas línguas e que só o terror o impedira de dar conhecimento disso. Então, Lucano ergueu os ombros e disse em grego:

— Há alguma razão que te leva a recusar compreender-me. Se eu soubesse qual é essa razão, compreenderia. Até que confies em mim, podes guardar o silêncio como te parecer. — Olhou com firmeza para Ramo, e continuou: — No idioma grego, a palavra que significa "escravo" também significa "coisa". Para mim és um homem, portanto nem um escravo nem uma coisa.

O majestoso rosto negroide de Ramo não se modificou, mas uma só lágrima correu de sua pálpebra e seus lábios estremeceram. Lucano desviou os olhos por um momento, depois tornou a encarar o homem de cor. E disse, muito docemente:

— Vejo que me ouves. Não és também surdo?

Durante um longo momento Ramo não respondeu; depois, quase imperceptivelmente, sacudiu a cabeça. Lucano sorriu, e fez-lhe sinal para que se sentasse em um dos dois bancos que estavam junto à mesa. Ramo, porém, ergueu as mãos sobre a cabeça, juntou as palmas, deixou-as assim tombar sobre o peito, depois caiu de joelhos e tocou o chão com a testa em oração silenciosa. O rosto de Lucano ensombrou-se de tristeza, mas esperou, polidamente. Ramo ergueu-se e sentou-se à mesa; o manto de Lucano tombava-lhe dos ombros, e o grande anel de ouro que Ramo trazia no nariz reluzia ao sol. Lucano dividiu o pão e deu metade ao outro. Começaram a comer. A luz enchia o pequeno aposento despido e colocava um halo dourado em derredor da cabeça de Lucano. E Ramo, comendo e bebendo, não cessava de observar o médico.

— Eu poderia levar-te amanhã ao pretor e dar-te tua liberdade — disse Lucano, calmamente. — Mas isso não te adiantaria. As autoridades te agarrariam, te atirariam na prisão e te entregariam aos vendedores de escravos, mais uma vez. Dentro de duas semanas partiremos da Grécia por algum tempo, pois que sou médico, médico de um navio, com algumas casas aqui e ali, para repousar. No primeiro porto eu procurarei um pretor romano e tu terás tua liberdade, e assim poderás partir para tua terra.

Olhou para Ramo. Então, para surpresa sua, ele sorriu, radiante, e sacudiu a cabeça. Levantou sua grande mão morena, apontou para si próprio, depois para Lucano, e inclinou-se.

— Não mantenho escravos — falou Lucano, severamente. — O dono de escravos, ante meus olhos, é mais degradado que os próprios escravos.

— Estudou demoradamente o outro homem e rematou: — Ah! Compreendo! Queres dizer que aonde eu for tu também queres ir?

Ramo confirmou com um gesto, o sorriso ainda mais radiante.

— Por quê? — perguntou Lucano.

Ramo fez sinal de que desejava escrever, e Lucano levantou-se, trazendo-lhe uma tabuinha e um estilo. Ramo começou a escrever, lenta e cuidadosamente, em grego, depois estendeu-a a Lucano:

"Chamo-me Ramo, senhor, pois foi esse o nome que os gregos me deram, e meu próprio nome nada significará para ti. Deixa-me ser teu servo, quer me libertes ou não, pois meu coração disse-me, vendo-te esta manhã, que aonde fores eu devo ir, pois tu me conduzirás até Ele."

Ramo escrevera corretamente em grego, mas era um grego erudito, afetado e pomposo. Lucano ergueu as sobrancelhas louras e bateu o estilo contra os lábios.

— Não compreendo — disse. — Quem é esse "Ele" ao qual devo conduzir-te?

Ramo sorriu, um sorriso brilhante. Tomou novamente o estilo e a tabuinha, e escreveu:

"Ele é o que livrará meu povo da maldição atirada sobre Cam,[1] meu velho pai, e a Ele procuro, e através de ti irei encontrá-Lo, e só através de ti, a quem Ele tocou."

Lucano contemplou longamente a tabuinha. Finalmente, sacudiu a cabeça.

— Entendo a religião judaica. Foi Noé quem censurou seus filhos porque o encontraram ébrio e despido. Lançou maldição especial sobre seu filho Cam, o de pele preta. É verdade que o homem negro foi verdadeiramente amaldiçoado, mas não por qualquer deidade, apenas por um homem. Se há Deus, e eu sei que há, Ele não amaldiçoou nenhum de Seus filhos. Nem deu a qualquer homem ordem para amaldiçoar qualquer de Seus filhos, mas só lhes ordenou que fizessem o bem a todos.

Falava relutantemente; sua cólera contra Deus fazia-lhe o rosto corado. E disse, meio para si próprio:

---

[1] Segundo filho de Noé, amaldiçoado por seu pai por ter zombado dele ao encontrá-lo em postura pouco digna, embriagado pelo efeito — que desconhecia — do vinho. Seus descendentes são os chamados camitas.

— Tenho uma questão com Deus, cuja existência não posso negar. Começo a compreender que tu acreditas existir, em algum lugar do mundo, um homem que pode anular a maldição lançada contra os filhos de Cam, e afastar deles o ódio. Pensas que só os filhos de Cam sofrem a raiva e o ódio dos homens? Não. Todos somos angustiados uns pelos outros. — Falou com alguma impaciência: — E como é possível que eu, encolerizado contra Deus, possa conduzir-te a quem quer que seja que te possa ajudar, e a teu povo?

Ramo não respondeu. Depois de alguns instantes, levantou-se com dignidade, tomou a mão de Lucano e apertou-a contra sua testa. Tornou a sentar-se e estudou o grego atentamente. Suave resplendor de satisfação surgia em seus lábios grandes e espessos, e em seus olhos brilhava a ternura. Lucano levantou-se, procurou sua bolsa de médico, e disse:

— Deixa-me examinar tua garganta, a fim de ver se há alguma razão física para a tua mudez.

Ramo sacudiu a cabeça, mas abriu a boca, obedientemente. Lucano voltou-lhe o rosto para o sol, abaixou-lhe a língua com uma espátula de prata. A garganta era notavelmente clara e sadia, a laringe não mostrava nenhum distúrbio patológico e as cordas vocais estavam em perfeita ordem. Lucano sentou-se e descansou o rosto na palma da mão.

— Podes falar — disse ele — se quiseres. Tu é que não queres falar?

Ramo negou aquilo com um veemente gesto de cabeça.

— Já falaste algum dia?

Ramo indicou que assim era. Levantou dez dedos para indicar os anos.

— Quem te pôs mudo, então?

Ramo alcançou a tabuinha e o estilo, e encheu-a com sua escrita minúscula e bem junta:

"Senhor, sou rei de uma pequena nação secreta da África, terra que não conheces. Fica perto de uma das antigas minas e tesouros de Salomão que escondemos de todos os homens, por causa de sua avareza. Quando eu era um rapazinho, meu pai mandou-me para o Cairo, onde aprendi os vários idiomas da humanidade, pois meu pai desejava tirar seu povo da escuridão para a luz. Era um homem justo e nobre. Como o de meu pai, meu coração afligia-se com os sofrimentos de todos os filhos escuros de Cam que, sem saber por quê, sofriam nas mãos de outros que os escravizavam e matavam. Foi no Cairo que tive conhecimento da maldição de Noé. Uma noite, porém, quando havia apenas um ano que eu era rei, tive um sonho, ou visão, de um homem com um rosto que parecia de luz, vestido de luz, e com grandes asas brancas. Ele pediu-me que andasse pelo mundo todo, procurando Aquele que nos libertaria e faria com que não mais nos desprezassem e escravizassem. Assim, saí, sozinho, com moedas de ouro em quantidade suficiente, retiradas do tesouro de Salomão, na tentativa de encontrar o nosso Salvador."

Ramo pegou uma tabuinha nova e continuou escrevendo:

"E através de todo o mundo, onde errei, procurando, vi apenas terror e desespero, ódio, morte e opressão entre todos os homens. Vi a mão de cada homem voltada contra seu irmão. Não ouvi bênçãos e sim apenas maldições. E isso afligiu-me. Quando estavam secas as minhas lágrimas, mas não acalmado meu desgosto, descobri que não mais podia falar. Quando eu encontrar aquele que procuro, porém, não só a maldição que pesa sobre meu povo será anulada, mas eu tornarei a falar, em regozijo."

Lucano ficou sentado durante muito tempo, lendo e tornando a ler as tabuinhas. Sentia-se doente de piedade. Como é sem esperança a busca deste pobre homem!, comentava ele, consigo mesmo. Pensou na carta de Sara. Hesitou. Depois, ergueu os ombros, dirigiu-se a um cofre rústico de madeira onde guardava suas cartas, e tirou dele um rolo. Pelo menos a carta de Sara poderia confortar Ramo, que era supersticioso e ingênuo. Como médico, Lucano sabia que a fé ajuda com frequência onde a medicina nada pode fazer. Colocou o rolo na mão de Ramo, e disse, com voz dura, e sem emoção:

— Isto me foi escrito por uma mulher que amo. É uma judia. Se te dá conforto, então não lamentarei ter violado sua confiança.

Ramo desenrolou o pergaminho e começou a ler. Imediatamente, lágrimas saltaram-lhe dos olhos e ele sorriu, radiante; era como alguém que tivesse recebido suspensão de uma sentença de morte. E assentia continuamente com a cabeça, o peito erguendo-se em deleite. Quando terminou a leitura, comprimiu o rosto com as mãos e balançou-se lentamente em sua cadeira.

Lucano disse, secamente:

— Deves compreender que isto foi escrito por uma jovem impregnada de sua fé, com a promessa de um Messias sempre soando em seus ouvidos.

Eu, porém, não acredito nisso. Sou um médico, um cientista, enfrentando todos os dias a vida crua e a morte, e para os homens não há significação nem numa coisa nem noutra. Quem é o filho do homem para que Deus o visite, ou quem é o homem para que Deus se ocupe com ele? Estudei também astronomia, e há galáxias e constelações de tal magnitude que a mente vacila com a simples contemplação delas. Que vem a ser, para Deus, este mundo minúsculo? Minha única discordância, e é uma discordância insignificante, está no fato de a mão Dele ter escorregado e nos ter feito, dando-nos apenas sofrimentos e morte.

Voltou-se para Ramo, e seu rosto estava pálido e severo.

— A única esperança que podemos ter é a de fazer sozinhos nosso caminho, diminuir a opressão do homem pelo homem, aliviar suas dores. Se achas que na Terra de Israel realmente vive aquele que te pode ajudar, vai em paz.

Ramo mostrou-lhe o rosto, reluzente de lágrimas e alegria. E escreveu, na tabuleta:

"Tu me levarás até Ele!"

— Não — disse Lucano. — Jamais irei a Israel, por muitas razões. Podes ir embora amanhã. Eu te darei dinheiro.

Ramo escreveu:

"Não. Aondes fores, eu irei. Não me peças que te deixe. Meu coração diz-me que devo permanecer contigo, e que tudo irá bem!"

Lucano ficou comovido, apesar de sua severidade. E disse:

— De há muito vivo só. Portanto, se assim o desejas, fica comigo, e sê meu amigo.

Encontrou, nos dias que se seguiram, uma grande e misteriosa consolação na presença de Ramo, que cuidava dos jardins e cozinhava suas refeições simples, e o assistia nos cuidados da fila de miseráveis que vinham à sua porta, pedindo cura. Era uma paz estranha para ele, pelas noitadas, quando se podia sentar com Ramo, junto de um jantar humilde, contar coisas de si próprio ao mudo, falando-lhe de sua família, de seus amigos.

— Não sou muito sensato — disse-lhe, certa vez. — O homem mais sensato que conheci foi meu velho professor, Keptah, que agora está morto. Tinha língua eloquente, e se estivesse ainda vivo eu te enviaria para ele, pois não tenho consolo nem esperança verdadeiros para dar-te.

Ficou profundamente interessado ao descobrir que Ramo sabia preparar ervas de maneiras estranhas, e foi grato pela compreensão que tinha dos doentes que vinham a sua casa, e pelas suas maneiras hábeis e delicadas em relação a eles. Embora conhecesse aquele homem escuro havia apenas dez dias, era como se sempre tivesse morado com ele, e cogitava em como podia ter vivido sem aquela augusta e silenciosa presença. Sentavam-se juntos, ao crepúsculo, olhando as colinas que mudavam de aspecto, ouvindo os pássaros, e vendo a asa imensa da noite ir descendo lentamente sobre a terra. Liam juntos os livros de Lucano e o médico comentava-os, escrevendo Ramo nas tabuinhas seus próprios comentários. Sentavam-se, contentes, Ramo vestido com as roupas baratas que Lucano comprara para ele, o anel brilhando em seu nariz.

Quando Lucano fechou a casa e saiu para o navio, Ramo o acompanhou. Mantendo sua promessa, quando o navio atracou em Antioquia, Lucano levou Ramo ao pretor romano, e libertou-o, pagando-lhe dali por diante um salário.

Passou-se um ano, mais outro, e Lucano tinha mais de trinta anos quando voltou para sua casa dos subúrbios de Atenas, onde ficaria apenas alguns meses. Era como se tivesse saído dali uns dias antes. O caseiro, um agricultor local, fizera bom trabalho, e tudo estava limpo e em ordem, as árvores carregadas de frutos, e as flores, desabrochando. A única mudança estava neles próprios. O sofrimento, a dor e a morte que tinham encontrado pesava duramente em Lucano, mais do que nunca. Ramo, entretanto, estava mais sereno, tinha mais habilidade e paz e havia nele uma atmosfera de quem aguarda algo.

33

Lucano falou a Ramo da sua procura em relação ao rapaz, Arieh, que, se estivesse vivo, teria então doze anos de idade.

— Jamais olhei para um rapazinho dessa idade sem reparar no seu dedo mínimo — disse ele — seja na rua, na Ágora de Atenas, nos templos, entre os meus pacientes e em cada alameda e atalho do mundo que conheço. Mas ele está morto, com certeza; quem o roubou era pessoa repleta de maldade e malícia para com Eleazar ben Salomão, que jamais prejudicou quem quer que fosse, e fez sua fortuna como homem justo. — Ficou pensativo, depois continuou: — Por que os homens odeiam outros homens, por inveja, despeito, ou por não serem de sua raça ou cor? É uma interrogação que vem sendo feita há muito tempo, que se torna corriqueira e monótona de tão repetida. Mas é aí que está a tragédia do homem.

Falava com Ramo como jamais falara com outro homem, nem mesmo com Keptah, Cusa ou José ben Gamliel. O primeiro ensinara-lhe coisas e repreendera-o, e ele se sentira rebelde; o segundo fora seu professor, com amor, e o considerara algo assim como um tonto; o último tentara apaixonadamente conduzi-lo para Deus, quando seu coração estava mais amargo. Ramo, porém, sorria para ele e cruzava as mãos.

Explicou a Ramo que não tratava dos ricos e dos homens de posição que podiam ter outros médicos, aos quais pagassem grandes salários. Mas com o tempo ficara perspicaz; e ele percebeu que com muita frequência alguns camponeses prósperos, desejando poupar salário, vinham pedir-lhe caridade. Lucano disse:

— Quando descubro quem são, e tenho um sentido oculto muito desenvolvido que me serve bem, de vez em quando, nessas descobertas, cobro-lhes um honorário simbólico. Por que tomariam meu tempo quando podem pagar um médico e outros necessitam de meu auxílio? Trato dos ricos apenas quando me procuram em desespero, quando os demais médicos os consideram casos perdidos.

Quando Lucano disse isso, Ramo procurou uma tabuinha, e escreveu: "Mas todos os homens sofrem, e é bom ajudá-los." Lucano contemplou-o em melancólica admiração; ali estava alguém que sofrera tormentos por parte dos homens, e tinha compaixão.

Um dia, quando se aproximava a ocasião de Lucano tornar a embarcar no navio, uma liteira magnificente, carregada por seis belos escravos negros, parou à sua porta, e o que dirigia e falava em grego eloquente suplicou-lhe que visitasse seu senhor, que estava às portas da morte e fora abandonado pelos médicos que o tratavam. Lucano quis recusar, pois andava muito cansado naqueles dias. Torrentes de infelizes formavam-se à porta de sua casa desde o alvorecer, e também ao crepúsculo.

E disse:

— Se os médicos de teu senhor o abandonaram, eu, que trato das piores doenças, a bordo de um navio e nas cidades, não poderia ajudá-lo. — A curiosidade do médico aguçou-se nele, e perguntou: — Que sente o teu senhor?

— Está morrendo em todos os seus órgãos, senhor. Os filhos estão desorientados. Ouviram falar de ti, e sentem-se dispostos a pagar-te um salário enorme pelo teu auxílio.

Lucano ficou pensativo. Usara grande parte do legado de Diodoro em caridade, e naquela ocasião possuía muito pouco dinheiro. Começou a sacudir a cabeça. Pelo menos uma vintena de homens, mulheres e crianças doentes esperavam em seu jardim, alguns deitados no chão, outros tombados sobre o banco, ainda outros prostrados nos degraus da entrada. Ramo, porém, tocou-lhe no braço e fez um gesto de assentimento, humildemente. Lucano relanceou os olhos pelos pacientes, e muitos deles eram portadores de moléstias crônicas; Ramo, que aprendera coisas e tinha um misterioso poder de cura que lhe era próprio, poderia examinar e tratar alguns daqueles tristes infelizes.

— Não demorarei mais de uma hora, então — disse Lucano, relutantemente entrando na liteira, que o levou. Mas, ainda assim, sua curiosidade fora despertada. A liteira deslizou rapidamente pelas ruas movimentadas de Atenas, depois saiu da parte mais frequentada e passou para um ponto onde existiam vilas e jardins agradáveis, com paredes brancas sobre as quais se debruçavam flores rosadas e roxas. Parou num portão de ferro, delicadamente trabalhado, mostrando Apolo e seus enigmas, e um escravo abriu o portão e o fez entrar num jardim onde ele viu uma casa solitária, a uma certa distância.

Lucano olhou com admiração para a casa, pois era uma verdadeira miniatura de vila, reduzida em escala de tamanho magnificente para uma fôrma pequena e delicada. Os mosaicos do pátio eram cor-de-rosa e cada pequenino canteiro fora rodeado com ladrilhos azuis, como um halo cor de turquesa. Havia apenas uma fonte, uma bacia baixa, de mármore, cheia de água faiscante e lírios, e sua figura central era um delfim, pousado sobre a cauda; de sua boca aberta jorrava um jato iridescente. A própria casa brilhava, alvacenta, ao sol, com colunas pequenas mas perfeitas à moda jônica.

Ele ficou tão impressionado com aquela visão deliciosa que nem reparou, de início, em três homens de meia-idade que descansavam, juntos, num banco recurvo de mármore, do outro lado da fonte, sombreado pelas mirtas. Estavam formalmente vestidos de togas brancas, com as quais formavam agudo contraste, pois, apesar de altos, não tinham atitudes aristocráticas, e suas feições eram grosseiras. O olho clínico de Lucano reparou nas mãos grandes, retorcidas pelo trabalho, nos olhos pequenos, nas peles escuras e oleosas, marcadas de bexigas, no cabelo áspero e grisalho. Observou, também, que todos eles usavam anéis de considerável valor, e que suas sandálias eram feitas do melhor couro. Pareciam libertos toscos, vestindo os trajes de seus senhores. Sua parecença uns com os outros era notável, e ele percebeu, imediatamente, que se tratava de irmãos.

O primeiro, evidentemente o mais velho, disse:

— Meus cumprimentos! — E acrescentou, rapidamente, na voz monótona e incerta dos que tiveram nascimento humilde: — Bem-vindo à casa de Flégon, meu pai. Meu nome é Turbo, e estes são meus irmãos, Sérgio e Mele.

Lucano retribuiu as reverências dos três homens com um murmúrio cortês, sem mostrar que para ele a voz de Turbo nada tinha do sotaque dos atenienses elegantes e cultos.

Sérgio e Mele contentaram-se em permitir que seu irmão falasse por eles. Sua passividade era a passividade dos que estão habituados a obedecer. Ainda assim, conforme Turbo continuava a falar, Lucano reparava que todos aqueles homens mostravam certa qualidade de força e um orgulho áspero e defensivo. Começou a sentir-se bem-disposto em relação a eles. Turbo dizia:

— Nosso pai, Flégon, está doente. Assim tem estado há quase um mês, e tivemos os melhores médicos. Mas — e fez uma pausa — ele os manda embora, declarando que são todos tolos ou malandros.

Lucano olhava em torno do jardim com admiração e, vendo aquilo, os três irmãos ergueram mais o corpo, e sorrisos tímidos apareceram em seus rostos, de certa forma já sorridentes.

— Pode bem ver-se que nada foi desperdiçado. Quais são os sintomas de vosso pai?

Os irmãos mais moços olharam para Turbo, que disse:

— Ele se diz muito fraco, e meu pai sempre foi homem que falou a verdade, sem exagero. Tem dor em todo o corpo. Sente a espinha rígida. Não há uma noite, jura ele, em que durma sem dor, e não pode comer.

Os sintomas sugeriam artrite, foi o que Lucano comentou. Turbo, entretanto, sacudiu a cabeça:

— Não. Todos os médicos nos disseram que não há artrite, não há inchação ou deformação das juntas, nenhum estropiamento. — Seus pequenos olhos tornaram-se menores, como que perplexos: — Não podemos, é certo, aceitar a palavra dos escravos, há cinco escravos nesta casa. Interroguei-os severamente. Juram que meu pai come com grande apetite, tal como um jovem. Não come diante deles, que se devem retirar. Ele nos diz que dá a comida a seu grande cão, que jamais o abandona, e que ele próprio apenas bebe um pouco de vinho, como remédio. Deve um homem acreditar em seu velho e digno pai, ou deve aceitar a palavra de escravos?

Lucano ficou silencioso, mas inclinou a cabeça, com diplomacia. Depois perguntou quantos anos tinha Flégon, e disseram-lhe que ele tinha setenta e três.

— Uma boa idade — comentou ele. — Devemos lembrar que os velhos têm seus caprichos muitas vezes.

Turbo ficou ofendido:

— A mente de meu pai é tão vigorosa quanto a de um jovem, Lucano, e tão cheia de vida como uma árvore nova. Até um mês atrás ele caminhava como um homem moço, e sua voz podia ser ouvida em toda parte. Sua mão era pesada... — E olhava de esguelha para os irmãos.

— Agora — interrompeu Lucano — a carne dele murchou de repente, não pode caminhar sem auxílio, sua cor tornou-se cinzenta, e sua voz mostra-se fraca e trêmula.

Turbo coçou a orelha e olhou para os pés, e os irmãos o imitaram com tanta precisão que Lucano se esforçou para conter um sorriso. Naquele silêncio ele podia ouvir o cântico da fonte. Finalmente, Turbo disse, sem encará-lo:

— Não, não é isso. A cor dele é excelente, a voz mais forte do que nunca, e a carne gorda. Acontece, apenas, que se queixa e declara sofrer de forma angustiante. Sempre foi homem dominador e...

— E? — indagou Lucano, quando Turbo se calou.

— E ainda é dominador, o que nos anima. — A voz rude se havia modificado, como que perplexa: — Deita-se na cama, não anda, e seu gênio...

Lucano esperava, mas Turbo não estava disposto a discutir o gênio do pai.

— Temos receio de que esteja para morrer — disse ele, simplesmente. — Consultamos os sacerdotes, em nosso desespero. Ele diz que os sacerdotes são uns imbecis, e nós uns tolos supersticiosos.

O retrato de um velho poderoso e irascível começava a se formar na mente de Lucano. Sentia-se curioso por ver o paciente e disse isso. Turbo curvou o dedo e chamou o escravo que estava no portão.

— Desejo ver teu pai a sós — acrescentou Lucano.

O escravo conduziu-o para dentro da casa, que era tão delicadamente bela no interior como no exterior, e fora construída, desenhada e mobiliada por um mestre. Ali havia de novo beleza e luxo em escala menor. Lucano refletiu que aquela poderia ser uma vila de brinquedo de algum cavalheiro romano ou pompeiano, e, recordando a rusticidade dos três irmãos, conjeturou se seria possível que a mãe deles fosse pessoa de origem humilde, casada com um cavalheiro de Atenas. Sacudiu a cabeça, olhando os pequenos vestíbulos iluminados, os murais nas paredes, a brancura dos forros, o belo mármore das colunas, as cores dos pisos e a excelência do mobiliário.

Foi levado a um dormitório onde a luz do sol entrava, o piso polido resplandecendo com seus tapetes persas e liberalmente ornado de flores. Um velho de grande porte estava deitado num leito de marfim esculpido, incrustado de couro, com folhas e flores de esmalte. Ao lado dele estava uma mesa de pernas de marfim, na qual tinham colocado uma vasilha de prata, cheia de frutas. Sementes de uvas e caroços de ameixas, bem como miolos de maçãs, tinham sido atirados sobre um tapete que merecia a admiração de César. Um grande cão de pelos castanhos, muito feio e feroz, levantou-se rosnando quando Lucano entrou, e o velho sentou-se de súbito na cama, lançando olhares irados ao médico.

— Quem és tu? — indagou, em tom furioso. Lucano percebeu, imediatamente, que ali não estava um ateniense culto, nem um erudito, nem um aristocrata. Tudo quanto havia no rosto dos filhos se reproduzia na face barbuda do pai, e ainda mais. Contudo, o velho era realmente cheio de vida, e seus ombros e músculos do peito, bem como os braços encordoados, pareciam os de um forte trabalhador, que nada conheceu em sua vida além do trabalho físico e árduo, o qual não lhe causou incômodo algum.

Lucano aproximou-se da cama, sentou-se numa cadeira e pôs o estojo a seu lado. Sorriu para os olhos impetuosos que eram mais brilhantes do que os dos filhos e não viu neles a névoa da idade.

— Sou o seu médico — disse calmamente. — Seus filhos chamaram-me.
— Outro! — berrou o velho, lançando uma torrente de obscenidades.
— Eles nunca deixarão de gastar o meu dinheiro? Vai embora, patife!

Lucano cruzou as mãos sobre os joelhos, placidamente. Se o velho estava enfermo, tal coisa não era evidente. Nem se podia acreditar que estivesse mentalmente doente, pois não havia incerteza nele, nem violência sem alvo, nem guinchos em sua voz. Tinha um temperamento violento, mas sabia controlar sua língua, força animal nas linhas de seu nariz bulboso e de sua boca, e um temperamento profundamente desconfiado que traía o camponês analfabeto.

— Deves preocupar-te com a ansiedade em que estão teus filhos — disse Lucano. — Por isso é que estou aqui. Se não puder ajudar-te, então nada terás a pagar-me.

As sobrancelhas brancas, tão ferozes e carrancudas, apertaram-se sobre os olhos de Flégon.

— Ah! — exclamou ele, atirando-se para trás, para os travesseiros bordados. Estendeu a mão para uma maçã, mordeu-a com os dentes mais brancos e mais compridos que Lucano jamais vira. Mastigou selvagemente, depois atirou a maçã para longe. O cão rosnou para Lucano, e começou a andar em volta dele, como um lobo que esperasse o momento de atacar.

— Meus filhos! — gritou Flégon, a voz exaltada, cheia de cólera e nojo.
— Esperam que eu morra, para agarrar meu dinheiro! Deixa-me dizer-te, médico branco mentiroso — e sacudiu um dedo grande e moreno diante do rosto imóvel de Lucano —, que de mim nada receberás!

O cão estava começando a deixar Lucano nervoso, de forma que o médico franziu o cenho e murmurou uma palavra. O animal ficou imóvel como pedra. Lucano tornou a murmurar, e o cão tombou subitamente sobre o ventre, descansou a cabeça maciça entre as patas e fechou os olhos. Vendo aquilo, Flégon disse:

— Um mágico! Um homem que faz encantações! Vieste envenenar-me!

— Não sou mágico! — disse Lucano. — Isto é algo que me foi ensinado pelo meu primeiro professor, também médico. Pensei perceber um alarme autêntico em teus filhos. Entretanto, tu falas que eles esperam pela tua morte e quase os acusaste de me pedirem que te envenenasse.

O velho recostava-se em seus travesseiros, arquejante, os olhos fixos no chão. Estava assustado.

— Tira-o dessa feitiçaria — pediu — e eu poderei conversar contigo.

— Certamente — disse Lucano. — Mas ele me perturba andando em volta de mim e rosnando. Chama-o para junto de ti, e manda que se deite a teu lado e me deixe em paz.

Estalou os dedos e o cão ergueu-se num salto sobre os pés, rosnando novamente e preparando-se para se acercar de Lucano. Flégon chamou-o, com voz rancorosa, e as orelhas do animal abateram-se, ele choramingou, depois aproximou-se do leito e deitou-se ao lado dele. Seu dono continuava a olhar para Lucano, com cauteloso respeito e contínuo medo.

— Falarei contigo — disse ele —, mas isso nada adiantará. É muito possível que eu esteja sendo envenenado lentamente, por ordem de meus filhos. Disse isso aos três outros médicos, cujos salários poderiam resgatar um escravo valioso. Mas eles não me acreditaram. Digo-te, também, meus filhos estão esperando a minha morte, estão planejando a minha morte.

— Então, basta que proíbas que venham a tua casa — disse Lucano.

— Ah! Eles subornaram meus escravos.

Algo deslizou sobre o rosto dele, como óleo, com secreta esperteza. Entretanto, agora estava disposto a falar, em sua raiva, pois Lucano lhe prestava grande atenção. Flégon tornou a encher-se de vigor.

— Deixa-me falar-te de meus filhos, de meus preciosos filhos. Turbo, o primeiro, é um ladrão. Nasceu ladrão, tem vivido como ladrão, e morrerá como ladrão.

Estendeu a mão para um cacho de uvas e começou a comê-las com gosto, cuspindo as sementes. Não oferecera vinho ou qualquer fruta a Lucano. Fechou os olhos, saboreando o que comia e estalando a língua. Disse, depois, num tom profundo e carinhoso:

— Dos meus próprios vinhedos, amadurecidas sob o melhor sol. — Abriu os olhos e fixou-os furibundos em Lucano. — Turbo roubou dos meus cofres, nesta casa, uma opala das mais valiosas, pela qual me haviam oferecido uma fortuna. Usa-a abertamente, como bandido que é, no dedo de sua mão direita, e tu a poderás ver. Sérgio, meu segundo filho, tem a mente de uma ovelha. E a alma também. Apesar disso, é o mais vil dos meus conspiradores, e um mentiroso incurável. Quanto a Mele, é libertino com meu dinheiro. Gasta-o todas as noites nos mais dispendiosos bordéis de Atenas, e desperdiça o que me pertence com mulheres dissolutas.

Lucano recordou-se do rosto dos filhos. Apertou um pouco os lábios, e perguntou:

— Teus filhos são casados, Flégon?

O velho soltou mais blasfêmias e obscenidades.

— Sim! E com mulheres odiosas como eles mesmos, que escondem sua vilania sob rostos lívidos e palavras doces. Nenhuma delas trouxe dotes aos maridos. Proibi que viessem a minha casa, bem como seus rebentos.

Assumiu a expressão de um velho angustiado e indefeso, solitário, traído e abandonado. Uma lágrima deslizou-lhe pela face.

— Ainda assim — falou Lucano —, deste-lhes casas próprias, penso eu.

— Disseram-te isso? — Flégon tornou-se imediatamente cauteloso.

— Não. Eu apenas tirei conclusões. Teria sido esta a atitude de um pai amoroso.

Flégon suspirou profundamente e deixou que Lucano o visse enxugar a lágrima com a ponta do dedo.

— Sim — confirmou.

— E também lhes deste muito, espontaneamente?

— Sim. Eu vejo, meu jovem médico, que és homem de compreensão. — Tornou-se excitado, e continuou: — E, em troca de tudo quanto lhes dei e fiz por eles, nada me deram a não ser ódio, nada a não ser roubos, conspirações, mentiras e libertinagens. Estou aqui abandonado para morrer, para temer pela minha vida, por não ter outra companhia a não ser a dos escravos.

Sua excitação aumentava. O médico tornou a apertar os lábios. Havia naquela excitação uma deliberação bem calculada. Lucano estendeu a mão para seu estojo médico e dele tirou um frasco que continha pílulas brancas. Numa taça, deitou um pouco de vinho.

— Não — disse Flégon, recuando e encolhendo-se, em recusa exagerada. — Não posso confiar em ti.

— Muito bem — falou Lucano, pousando a taça e a pílula. — Não precisas tomá-la. Pensei apenas em aliviar as dores de que teus filhos me falaram.

Depois de um momento tornou a colocar a pílula no frasco.

Flégon pensou um pouco, depois disse:

— Que sentiria eu com esse remédio?

— Já te disse: terias alívio de tuas dores.

Flégon umedeceu o lábio barbado com a ponta da língua.

— Dá-me essa pílula — pediu, rudemente.

Com um ligeiro sorriso, Lucano obedeceu. O velho bebeu o vinho sofregamente.

— Agora — disse Lucano — deves falar-me de tuas dores, preciso examinar-te.

Com nova e surpreendente docilidade, e mesmo com entusiasmo, Flégon respondeu às perguntas e submeteu-se ao exame. Lucano foi cuidadoso, usando toda a sua experiência. Era o que suspeitava. Flégon gozava da mais completa e perfeita saúde. Tinha o corpo e o físico de um homem pelo menos vinte anos mais jovem. Seus músculos pareciam de ferro, suas juntas eram flexíveis. Lucano chegou a uma conclusão. Sentou-se e olhou gravemente para Flégon.

— Teu caso não é para ser levado em brincadeira — disse, muito sério.

Durante um momento, Flégon ficou satisfeito, mas logo depois falou, assustado:

— Trata-se de doença fatal? — E o tom avermelhado do seu rosto ficou menos intenso.

Lucano sacudiu a cabeça, com gravidade.

— Não é fatal. Contudo, é um caso que deve ser estudado cuidadosamente.

Flégon ficou de novo satisfeito.

— Tu és o primeiro médico inteligente que me visita, juro por Mitras! Todos os outros ousaram informar-me de que minha saúde era perfeita e que eu estava tão sadio quanto uma maçã. Que mentirosos! Que ignorantões!

— Pensavam apenas em seus salários — disse Lucano, mostrando solidariedade.

— Isso, isso! — Colocou a mão no peito e revirou os olhos. — A dor já está deixando meu coração! Ele se está aquietando, e já não salta. Não posso dormir durante a noite porque minha garganta e as minhas têmporas latejam.

Lucano não duvidou de que o velho realmente sofresse daquilo. Seu pulso mostrava-se forte demais, rápido demais, a pressão muito alta, apesar dos sons cardíacos normais. O médico levantou-se.

— Desejo conversar com teus filhos — falou.

Flégon olhou para ele, astutamente:

— E que lhes dirá?

— Que tua... doença... merece toda a consideração e deve ser cuidada imediatamente.

Flégon remexeu-se, instalou-se melhor nas almofadas.

— Deixa, então, que seus corações se aflijam! Deixa que passem noites sem dormir, sabendo o que fizeram, em sua avidez e ódio. Deixa que sintam a cólera dos deuses, que recomendaram ao homem: honra teus pais!

Lucano deixou o quarto e caminhou lentamente através da casa, que tomava cada vez mais o especto de uma joia preciosa, a seus olhos. Foi para o jardim. Os três filhos ergueram-se agitados, de seu banco, e vieram imediatamente ao encontro dele.

— Que se passa com meu pai? — indagou Turbo, e sua voz rude estava trêmula.

Lucano observou os três. Relanceou os olhos para a mão direita de Turbo e viu que o mais maravilhoso anel de opala estava no dedo indicador do rapaz. Brilhava com luzes róseas e azuladas, e parecia conter crepúsculos dourados. Olhou para Sérgio, para seu rosto sadio e ansioso, para sua expressão sincera. Olhou para Mele, que parecia menos um frequentador de bordéis do que o cão de Flégon. E franziu as sobrancelhas, e depois fingiu voltar ao presente, com um sobressalto.

— Deves perdoar-me — disse. — Mas sou um admirador de opalas, e vejo em tua mão, Turbo, uma delas, e maravilhosa.

Turbo, durante um momento, ficou perplexo, pois era evidente que sua mente estúpida não se movia com grande agilidade. Depois, seus olhos pequenos brilharam de orgulho e ele estendeu a mão para que Lucano pudesse admirar a joia.

— É muito antiga e tem grande tradição — disse ele. — Minha esposa descende de respeitada linhagem de eruditos. Seus antepassados receberam este anel do próprio Péricles. — Suspirou: — Não sou homem culto. Mas respeito este anel de todo o meu coração, e vou deixá-lo a meu filho quando morrer. Não queria aceitá-lo de minha esposa, mas nós nos amamos ternamente, e ela o colocou à força no meu dedo.

Sérgio falou, pela primeira vez, e sua voz enferrujada mostrava tratar-se de homem de poucas falas. Disse a Turbo, afetuosamente:

— Foi no décimo aniversário de teu casamento que tua esposa te deu esse anel, meu irmão. Fica-te bem, embora não sejas um erudito. Teu filho, contudo, há de trazer honra a teu nome.

Turbo suspirou:

— Ainda assim, meu pai deseja muito este anel. Muitas vezes fico pensando se não sou um filho desobediente por não o dar a ele de presente.

— É teu, e de teu filho — disse Mele, também falando pela primeira vez. — Tua esposa ficaria magoada se desses o anel a meu pai. É preciso ter consideração para com as mulheres.

Lucano sentou-se no banco, mergulhado em seus pensamentos. Turbo corou profundamente, de súbito, e bateu as mãos.

— Deves perdoar-me, Lucano — disse ele. — Eu deveria ter mandado vir vinho para ti, mas estava pensando apenas em meu pai.

Um escravo apareceu e ele ordenou-lhe que trouxesse vinho.

— Meu pai vai ficar zangado — disse Mele. — Tu mandaste vir o melhor vinho.

Turbo falou, e agora havia nele uma dignidade nova:

— A adega de meu pai pode ser pequena, mas é uma das melhores de Atenas, e eu a mantenho bem abastecida. Ele pode fornecer um pouco de vinho a Lucano. Mas ainda não me disseste, Lucano, qual é a terrível moléstia que aflige meu pai.

O médico falou:

— Sabe-se que a doença de um homem não pode ser separada daquilo que ele é e de seu ambiente. Primeiro preciso fazer-vos algumas perguntas, que desejo me sejam respondidas com toda a sinceridade.

— Perguntas! — exclamaram os irmãos, em coro, e Lucano viu, pelas suas expressões, que não era fingida a ansiedade de seus rostos, e que a afeição dedicada ao pai mostrava-se neles profunda e sem afetação. O rosto do rapaz tornou-se, de certa forma, tristonho.

O escravo trouxe uma bandeja de prata com quatro taças, e Turbo serviu o vinho, observando ansiosamente Lucano para ver se ele o apreciaria. A bebida era deliciosa, e Lucano foi sincero em sua apreciação. Os três irmãos rodearam-no e beberam com o que aparentemente esperavam fosse o mais aristocrático dos gestos de apreciação... e com comedimento.

— Vosso pai — disse Lucano, depois de uma série de sinceros cumprimentos — deve ter herdado muito dinheiro — e indicava o jardim e a casa.

Os irmãos relancearam os olhos uns para os outros e hesitaram. Turbo então ergueu a cabeça:

— Há pessoas que escarnecem dos humildes — murmurou ele. — É privilégio delas, embora estejam erradas. Somos pessoas humildes, mas ganhamos bem e fizemos nossas fortunas. Meu pai era muito pobre, embora livre. Teve uma pequena fazenda, seca, e de terra má. Meus irmãos e eu não nos podemos recordar de um dia, em nossa infância e adolescência, em que nos sentíssemos bem alimentados, embora todos trabalhássemos pesadamente com nosso pai. Nossa mãe morreu quando éramos crianças.

Turbo corou e tossiu.

— Tu nos pediste que fôssemos sinceros. Meus irmãos e eu demos esta casa a nosso pai, cinco anos atrás. Ele jamais tinha morado numa casa que não fosse humilde e marcada pela pobreza. Tomamos para o trabalho os melhores arquitetos. Desejávamos dignificar a velhice de nosso pai, recordando-nos de seus sofrimentos; do telhado cheio de goteiras de sua casa e do piso sujo. Desejávamos que ele tivesse os deleites e luxos que merecia.

— Nada achávamos que fosse bom demais para ele — disse Mele, o rosto simples iluminando-se. — Mandamos buscar tesouros de todos os pontos da terra, a fim de ornar esta casa. Nunca em sua vida ele tivera nada de seu, em particular, nem a dignidade de um lar que não se mostrasse cheio de crianças e de animais. Bastava que ele dissesse o que desejava, e nós lhe dávamos imediatamente, pois é nosso pai e sofreu muito.

— O mobiliário — disse Sérgio — custou-me dois anos de rendas. Tive orgulho de poder dar a meu pai essa satisfação.

— Estou vendo — falou Lucano, compassivo. — Vosso pai não teria preferido morar com um de vós?

— Não. É homem orgulhoso e não gosta de crianças, e temos muitas. Queria uma casa sua. — E Turbo sorria, compreensivo.

— E fazeis fortunas? — perguntou Lucano, que estava intensamente interessado.

— E honestamente — afirmou Turbo, bem depressa. — Os deuses nos foram muito bondosos. Fazemos sacrifícios, regularmente, em sua honra. As coisas aconteceram assim: quando eu era jovem e trabalhava na fazenda, percebi que corria o perigo constante de passar fome, até mesmo miséria. Tinha grande admiração pela boa cerâmica, que era exposta nas lojas. Assim, aprendi com um ceramista, famoso pelos seus belos vasos e estatuetas, bandejas e trabalhos em camafeus, feitos em branco, sobre o mais profundo tom vermelho, ou azul. Depois de alguns anos, ele expressou sua admiração pelo meu trabalho, declarando que eu tinha a mão mais segura e sentimento de arte e beleza. — Olhou para Lucano, desafiante: — Não acreditas nisso?

Lucano estendeu a mão, tomou a de Turbo, e examinou delicadamente os seus dedos. Maltratados como estavam pelos infinitos anos de uma juventude dedicada a trabalhos pesados, os dedos tinham a forma espatulada que marca o verdadeiro artista.

— Sim — respondeu, respeitosamente. — Acredito em ti.

— Obrigado — falou Turbo, com uma humildade que era, em si mesma, inocente orgulho. — E aqui estão meus irmãos. Eu consegui que o ceramista os empregasse. Sérgio revelou extraordinário poder para produzir formas, invariavelmente perfeitas, quase sem perdas. Ele ainda faz girar o torno, pois não confiamos em outro para isso. E Mele inventou um polimento que é nosso segredo.

"O ceramista, que não tinha filhos, deixou-nos sua fábrica. E nossa mercadoria é procurada no mundo inteiro, mesmo em Roma. Temos uma frota de navios que nos pertence, e empregamos muita gente e muitos escravos. Se pudéssemos produzir o dobro do que produzimos, poderíamos vender todas as bandejas e vasos e objetos de arte, mas com isso sacrificaríamos nossa alta qualidade. Preferimos manter a fábrica do menor tamanho possível de forma que nosso produto não deixe de receber inspeção pessoal nossa, pois todos levam nosso nome, e ninguém, em parte alguma, deve ficar desapontado.

Estava em pé, e parecia ainda mais alto.

— O palácio de César está cheio de trabalhos nossos. Os vasos têm preços iguais aos das joias, e urnas funerárias são compradas pelos grandes patrícios de Roma.

— Infelizmente — disse Mele, com tristeza — nosso pai escarnece de nosso trabalho e não permite que sequer a cabeça de um deus feita por nós apareça nesta casa.

— Mas os egípcios declaram que só seus antigos artistas podem comparar-se conosco — falou Sérgio, os olhos iluminados. — Têm nos mandado objetos que estimam muitíssimo, a fim de que os copiemos para eles. Nossas estatuetas de Ápis[1] e cabeças de Ísis estão nos mais resplandecentes de seus templos. Mas é Turbo quem as desenha, quem produz o pergaminho de onde eu as copio. E é Mele quem lhes dá o polimento.

— Sem o polimento, e tua magistral compreensão do meu desenho, o que faço não tem valor — disse Turbo. Suspirou: — Meu pai nos considera tolos inúteis — continuou —, embora as grandes damas de Roma, do Egito e de Atenas usem nossos medalhões ao pescoço, em correntes consteladas de pedrarias, ou os mandem incrustar em braceletes de valor inestimável. Certo senador famoso compra nossos vasos e jura que os prefere às mais belas de suas escravas. Deves perdoar-me se pareço estar lançando gabolices, Lucano.

Este nada disse.

— Talvez — continuou Turbo, timidamente — tu me permitisses mandar-te de presente alguns de nossos trabalhos.

O jovem grego ficou emocionado e disse:

— Eu ficarei em débito para convosco. — Depois, ergueu a cabeça: — Preciso fazer perguntas grosseiras, e peço-vos que as respondais. Por que amais vosso pai?

Os homens ficaram a olhá-lo, boquiabertos, com espanto sincero, durante alguns momentos. Então, Turbo gaguejou:

— Por que nós o amamos? É uma pergunta estranha! Não foi ele quem nos deu vida e nos tornou possível termos o que temos, nossas

---

[1] Boi sagrado, que os egípcios consideravam expressão da divindade sob a forma animal.

adoráveis esposas e nossos filhos amorosos? E não está recomendado que um homem deve honrar seus pais?

Lucano recordou-se do Mandamento dos judeus: "Honra teu pai e tua mãe..." Mas, ainda assim, havia pais que não mereciam ser honrados.

Turbo, calorosamente, falou:

— Meu pai também não sofreu bastante? Bem pouco é que possamos aliviar e tornar mais alegres os dias de sua velhice, pois ele nunca pôde satisfazer o estômago, quando era jovem, e nunca usou senão andrajos.

Lucano meditou na estranheza e na inocência do amor, e como o amor pode ser explorado pelos indivíduos brutais. Levantou-se.

— Preciso dizer de novo uma palavra a vosso pai. Dei-lhe um remédio. Mas isso eu vos posso dizer: quando eu tiver terminado a consulta e feito a prescrição, a saúde dele estará recuperada por muitos anos, pois é um homem forte.

Os irmãos chamaram sobre ele muitas e jubilosas bênçãos, e Lucano deixou o jardim. Dirigiu-se até o dormitório de Flégon. O velho estava consideravelmente calmo, encostado tranquilamente em seus travesseiros, e quando viu Lucano levantou de leve a cabeça e deu ao médico um sorriso quase agradável.

— Minha dor passou — disse ele. Depois, o rosto modificou-se, fez-se mais uma vez enigmático e desconfiado. — Falaste com meus filhos?

Lucano sentou-se deliberadamente e serviu-se de um cacho de uvas, fixando durante todo o tempo seus brilhantes olhos azuis no rosto de Flégon. Depois de alguns momentos o rosto do homem tornou-se sombrio e estúpido.

— Eles te mentiram — acrescentou, com algo de monótono na voz alta.

— Acho que não — disse Lucano. — Há muitos anos sou médico, e os médicos adquirem um sentido a mais que os possibilita perceber mentiras. — Seus olhos estavam cheios de ressentimento. Apesar disso, também tinha pena de Flégon, que podia invejar os filhos, ressentir-se de seus sucessos, posição e fama, pois fora apenas um pobre camponês analfabeto. Além disso, era bem evidente que ele sabia ser amado pelos filhos e por isso os atormentava.

— Vai embora — disse Flégon, abruptamente, virando a cabeça no travesseiro, erguendo seus ombros poderosos. — Sou um velho fraco, abandonado, enganado, solitário. Deixa-me com os meus deuses, pois pelo menos eles são os únicos consoladores dos homens.

— É verdade — disse Lucano. — Mas eu duvido que acredites nos deuses. Vou dar a teus filhos alguns bons conselhos, antes de deixar esta casa. Vou dizer-lhes quem na realidade és tu, e o que honestamente pensas deles. Sugerirei, também, que te levem de volta à tua pequena fazenda, e nunca mais te visitem, pois acredito que isso será melhor para eles, para sua paz de espírito. Há ocasiões em que os filhos devem abandonar os pais, por amor deles próprios.

Flégon teve um impulso, erguendo-se da almofada; os dentes apareceram entre os lábios barbudos, e os olhos faiscaram com o mais selvagem medo, com ódio.

— Tu me destruirás! — bradou, amaldiçoando Lucano numa linguagem tão expressiva que o médico admirou seu sabor e imaginação. Esperou, pacientemente, até que Flégon se exaurisse, e explodisse em lágrimas verdadeiras. Depois disse com bondade:

— Não farei isso, não desiludirei teus filhos a teu respeito, se me obedeceres imediatamente, e continuares a me obedecer.

— Maldito sejas — gritou Flégon. — Possam os abutres dilacerar teu fígado!

Parou, percebendo que Lucano não se mostrava impressionado, antes um tanto entediado. Depois, choramingou:

— Dize-me o que devo fazer. Mas, bom médico, tem piedade de um velho! Seria capaz de mandar-me de volta para aquele miserável retalho de terra, que está cheio de pedras e espinhos, para viver de novo meus dias na miséria?

— Farei isso, com certeza — afirmou Lucano. — A não ser que obedeças. O primeiro passo é saltar agora mesmo dessa cama, vestir-te com tuas melhores roupas, pendurar um ornamento ao pescoço. Então, irás para o jardim comigo, para cumprimentar teus filhos como um pai amoroso, beijando-os e abraçando-os. E irás fazer-me um juramento, aqui em segredo, de que jamais tornarás a mentir a teus filhos, nem os censurarás falsamente, e nunca mais fingirás estar doente para despedaçar-lhes o coração.

— Parou, depois rematou, com severidade: — O juramento que te peço é o mais sério dos juramentos pois, embora não acredites nos deuses, há magia nele e, se o violares, alguma desgraça monstruosa tombará sobre ti.

Flégon arregalava os olhos para ele, tomado do mais completo terror, e Lucano ria interiormente, mantendo os lábios apertados para evitar uma gargalhada.

Flégon atirou para o lado a colcha e saltou da cama, pálido e trêmulo, nu e grande, como um Hércules ancião, seus músculos morenos movendo-se como seda. Com mãos tiritantes vestiu-se, usando uma túnica do mais fino linho, comprida, presa à cintura esbelta com um cinturão de ouro, e colocou braceletes de ouro nos braços. Pendurou um ornamento ao pescoço. Penteou os compridos caracóis grisalhos e a barba. Ficou magnífico.

Então, Lucano administrou-lhe um juramento fantasista, que inventou na hora, chamando os deuses para ouvi-lo, enquanto Flégon se ajoelhava diante dele. Finalmente, aspergiu o velho com algumas gotas de vinho e tornou a adverti-lo severamente. Ajudaria o velho a erguer-se, mas Flégon saltou sobre os pés como um atleta, e apertou seu grande punho nodoso contra o peito.

— Sou algum inválido? — perguntou, com voz trovejante. — Posso ter idade para ser teu avô, médico dissimulado, mas poderia partir-te a espinha com minhas próprias mãos.

— Acredito — disse Lucano. — Toma cuidado, daqui por diante, para não partires o coração de teus filhos, pois sobre ti cairia imediatamente a desgraça.

Deu a Flégon o frasco que continha as pílulas brancas.

— Isto te acalmará por algumas noites, durante as quais — disse Lucano, virtuosamente — poderás refletir com serenidade sobre teus pecados.

Flégon caminhou através da casa em grandes passadas, seguido por Lucano. O velho parava aqui e ali, a fim de chamar orgulhosamente a atenção do médico para alguns objetos inestimáveis, que Lucano admirava com a devida atenção.

— Observarás — disse Flégon, estufando o peito — que meus filhos não são para serem desprezados.

Seu rosto largo resplandecia; subitamente, ele se libertara da inveja e do ressentimento, e Lucano ficou a meditar em quanto seriam felizes os homens se se libertassem da baixeza, do ódio e da malícia.

Entraram no jardim e os filhos ficaram estupefatos e emocionados quando viram seu vigoroso pai apressando-se em direção a eles. Seus olhos encheram-se de lágrimas e nem puderam falar. Tombaram aos pés dele, humildemente, e ele os ergueu com grandes gestos, como se os perdoasse, mas, na verdade estava perdoando a si próprio, como Lucano bem compreendia. E abraçou e beijou um por um, gozando seus abraços que o perdoavam.

— Que médico, este! — exclamou Flégon, os braços a rodear os filhos. — Que presente lhe poderemos dar por ter-me restituído imediatamente a saúde?

Antes que Turbo pudesse responder entusiasticamente, Lucano, o rosto sério, disse:

— É uma bênção quando aquele que foi aliviado pelo seu médico lhe dá um presente de suas próprias mãos.

Flégon, com um sorriso jubiloso, pensou um pouco. Mas ainda era um camponês, com a sovinice do camponês. Então, como se chamasse toda a gente a testemunhar um ato de supremo sacrifício, tirou um bracelete do braço, peça ricamente ornada de pedras preciosas, e meteu-o nas mãos de Lucano. Seus olhos pestanejavam, cheios de lágrimas.

— Que os deuses te abençoem! — disse, em voz rouca, e com toda a sinceridade.

34

Lucano foi reconduzido a casa na liteira de Turbo, e viu-se sorrindo, satisfeito. Cogitava em quantos de seus pobres pacientes estariam à espera de seu tratamento. Ramo trataria bem disso, pois tinha a mais terna das piedades e as mãos muitíssimo hábeis. Era amado, apesar da sua cor, da qual os gregos desconfiavam. Lucano refletia sobre os gregos modernos, que viviam das passadas glórias de seu país, e exaltavam-no, embora não estivessem agora produzindo grandes homens. Por quê? O poeta Ésquilo[1] escrevera: "Deus nunca é um anteparo. Não há defesa para aqueles que desprezam o grande altar da justiça de Deus!"

---
[1]Chamado o pai da tragédia grega. Pensador e poeta lírico (525-456 a.C.).

Ficou surpreendido ao perceber o silêncio que reinava em torno de sua casa, quando despediu a liteira. A porta do jardim estava aberta para trás, estalando ao vento áspero e seco, e parecia o eco de certa e incompreensível desolação que viesse da casa. O jardim mostrava-se vazio; não havia pacientes à espera, ali. Uma como que mudez suspendia-se sobre tudo, tal como o faria uma ausência. De súbito, Lucano sentiu que seu coração batia muito depressa, e correu para o jardim, chamando pelo nome de Ramo. Então, viu que algum mal havia tombado sobre seu pequeno e bonito jardim: a pequena estátua de Eros,[2] que enfeitava o tanque cheio de lírios, fora derrubada na água e esmagada. Os canteiros foram pisados brutalmente, galhos arrancados das árvores e frutas espalhadas. As moitas de jasmins estavam atiradas ao chão, e agora ele via uma grande mancha negra nas paredes de sua casa como se um fogo se tivesse elevado ali, logo apagado.

Correu para dentro da casa, a cabeça trovejante com um ruído interior. Também ali reinava a destruição. Poucas cadeiras, a mesa, sua cama, e a cama de Ramo tinham sido atiradas e despedaçadas. Os quadros, que ele próprio pintara e pendurara nas paredes brancas, haviam sido arrancados e pisados, as molduras, inutilizadas. Suas vasilhas e panelas estavam destruídas. O armário onde guardava a maior parte de seus instrumentos cirúrgicos fora aberto, e não havia instrumentos ali; os frascos conservados tão cuidadosamente estavam quebrados, seus sacos de ervas abertos, as ervas espalhadas. E, sobre tudo, suspendia-se abandono e desolação.

Atônito, Lucano pôs a palma das mãos na cabeça e ali ficou estático. Olhava em volta de si sem acreditar no que via, pestanejando. Por que aquele vandalismo? E onde estava Ramo, seu amigo, seu auxiliar? Começou a correr pela casa, gritando, as pernas trêmulas. Pensava, confusamente, que os médicos de Atenas, sempre ciumentos dele, e desprezando-o, tivessem feito aquilo, mas seus pensamentos espalhavam-se, num emaranhado desespero. Ramo não estava na casa. Mais uma vez correu para o jardim, depois para os muros, tão maltratados. Foi ali, finalmente, caído e sangrando, que encontrou Ramo, inconsciente. Ajoelhou-se ao lado dele, chorando alto, pois viu que Ramo não só fora espancado da maneira mais selvagem, mas algum instrumento agudo chicoteara a parte superior de

---

[2] O deus do amor, Cupido.

seu rosto, e de seus olhos corria sangue. Estava cego. Aqueles olhos, inconscientes e cegos, voltavam-se para o céu ardente de luz.

De início, Lucano pensou que ele estivesse morrendo. Levantou-o contra seu peito, e febrilmente examinou-o, tateando-lhe o pulso. Estava muito fraco e irregular, mas o negro ainda tinha vida. Lucano, a cabeça girando como num pesadelo, deitou delicadamente o amigo de novo no chão e correu para dentro de casa, em busca de seu estojo médico, com o qual voltou. Deu estimulantes a Ramo, mantendo sob seu nariz uma garrafa de cheiro pungente, forçando líquidos entre seus lábios entreabertos. Trabalhava febrilmente, em nada mais pensando senão em salvar seu amigo. Repetia baixinho para si mesmo, uma e muitas vezes: "Isto é um sonho! Isto não aconteceu! Ninguém maltrataria uma alma tão boa! Ninguém faria uma coisa destas à minha casa!"

Não ouviu passos que se aproximavam, e levou um susto violento quando uma voz rude e assustada falou a seu lado:

— Senhor, eu fugi quando eles fizeram isto... tive medo... estavam tão furiosos... Perdoa-me... Oh! que fizeram a este pobre homem?...

Lucano levantou os olhos azuis, que estavam selvagens e dilatados. Viu que seu visitante era um pobre camponês de cuja esposa estava tratando com bons resultados.

— Síton! — disse ele, a voz rouca. — Que é isto? Quem fez isto?

Síton acocorou-se junto dele, as lágrimas correndo pelo rosto queimado de sol. Mas, respondendo, mantinha o olhar assustado por cima do ombro.

— Senhor, se eles soubessem que eu voltei para te contar, também me matariam. Procuravam-te... teriam te assassinado... era uma mulher, Gata, que disse ter Ramo olhos maus... há muito tempo ouvira dizer isso na cidade... ela teve um aborto, e seu marido levantou o povo contra ti.

Agora Lucano, fel em sua garganta, compreendia. O marido de Gata era um camponês próspero, com muitos e excelentes vinhedos, um homem mau, hipócrita e mentiroso, que se lamentava constantemente, dizendo-se oprimido pelos ricos e poderosos de Atenas, que não lhe pagavam o justo preço pelas suas uvas. Entretanto, era o mais rico de todos os camponeses, em muitas milhas ao redor, e sua avidez fizera-se bastante conhecida. Ele, com a esposa e filhos, vivia em aposentos que porcos teriam desdenhado, embora suas contas de ouro nos bancos da cidade fossem a inveja dos advogados, dos médicos, dos legisladores e dos escribas. Duas semanas antes trouxera sua esposa desleixada, de olhos suínos, para que Lucano a tratasse, declarando-se inteiramente pobre, impossibilitado de pagar qualquer quantia pelo parto de seu quinto filho. Acreditara que, vivendo tão longe dele, o médico nada soubesse da sua fortuna, mas um paciente sussurrara aos ouvidos de Lucano, e este dissera friamente ao homem que ou ele pagaria uma quantia muito modesta ou teria de ir a um outro médico da cidade, cuja cobrança pela consulta seria dez vezes maior. Os dois tinham ido embora, guinchando ameaças e sacudindo os punhos fechados, chamando Lucano de ladrão e opressor.

— Veio aqui hoje, em tua ausência, senhor — chorava Síton, ainda olhando medrosamente por sobre o ombro. — Sabes que ele tem os camponeses à sua mercê, pois que lhe devem muito dinheiro. No ano passado apenas os vinhedos dele produziram, e os dos outros deram pobre colheita. Aparentemente, estivera vigiando para arranjar uma ocasião em que não estivesses em casa... Veio logo depois que partiste, e declarou aos pacientes que estavam à espera que tu usavas a eles todos para experiências maldosas, que eras um feiticeiro, que eras homem muito rico desejando a morte dos pobres, pois sabes que os médicos de Atenas têm estado pleiteando o controle dos nascimentos entre os miseráveis. Compreendes quanto são inflamáveis os homens estúpidos e ignorantes de mente, como acreditam depressa no mal e na malícia, embora tu os tenhas ajudado tantas e tantas vezes durante estes anos e os tenhas curado. O marido de Gata disse que havia em tua casa ouro de procedência escusa, que pertencia ao povo...

Síton olhou para Ramo, que estava começando a gemer, em agonia. O camponês fungou, limpou o nariz e os olhos com as costas da mão, enquanto Lucano se conservava ajoelhado, estupidificado.

— Eu estava aqui, senhor, por causa dos meus furúnculos, que estavas fazendo desaparecer. Que podia eu fazer diante daquela turba que gritava, que pedia a tua morte ou o teu banimento? Atacaram Ramo e deixaram-no como morto... Senhor, precisas ir embora daqui imediatamente. Eles voltarão e hão de matar-te.

Lucano respirou profundamente.

— Ajuda-me a levar Ramo para dentro e arranja-lhe a cama. Preciso pensar.

— Senhor, deves partir imediatamente!

— Ajuda-me. E enquanto levo Ramo para casa, corre já, se tens alguma misericórdia e gratidão, até a casa de Turbo, o ceramista, e dize-lhe que Lucano, o médico, suplica-lhe que lhe envie uma liteira para meu amigo, e que nos dê abrigo em sua casa.

Por trás do remoinho trovejante e da angústia de sua mente, um pensamento frio surgiu. Não tinha amigos entre os miseráveis que socorrera. Não se associara com os homens ricos, educados e inteligentes de Atenas. Turbo era sua única esperança.

Síton hesitava. Levantou-se torcendo as mãos. Choramingava:

— Senhor, se eu te ajudar eles se vingarão em mim!

Lucano levantou-se. Ficou de pé, mais alto do que o camponês, e seus olhos ardiam de ódio e nojo.

— E eu te digo, Síton, que, se não me ajudares, um mal maior cairá sobre ti!

Síton olhou para ele, meio acocorado diante do médico, vendo a luz terrível no rosto do outro, e não duvidou do que Lucano dizia nem por um só momento. Soluçando, ajudou Lucano a erguer Ramo e a levá-lo para dentro de casa, depois fugiu. Lucano meteu uma adaga aguda em seu cinturão, apertou os punhos, e sentiu-se cheio de ódio. Voltou sua atenção para Ramo, esparramado na cama. O homem moreno gemia, tornava a gemer, e agitava-se levemente. Lucano examinou-lhe os olhos, e tornou a chorar. A córnea estava dilacerada e sangrando, as pupilas torcidas e apertadas. Ramo ficaria cego da mesma maneira que era mudo. O coração de Lucano torcia-se e latejava, mas suas frias mãos de médico iam tratando dos olhos arruinados enfaixando-os. De novo administrou estimulantes, embora pensasse: Seria melhor que ele morresse do que acordasse para saber que os homens são animais que só merecem a morte. Os homens ricos, poderosos e privilegiados, não são maiores em sua maldade do que os oprimidos escravizados e sem lar. Fui um ingênuo!

Sentia-se destituído de tudo, vazio e seco como o pó. O ódio era nele como um poço escancarado, esperando para devorar a maldade que era o homem, e escondê-lo para sempre. Sentou-se ao lado de Ramo, segurando-lhe a mão fria, as lágrimas rolando-lhe pelas faces. Sara escrevera-lhe, alegremente, dizendo-lhe que seu nome era abençoado em todos os portos e que os pobres o adoravam. Lucano riu alto, amargamente.

A mão de Ramo foi se aquecendo na sua, os lábios mudos moveram-se sob as ataduras brancas dos olhos. Lucano curvou-se sobre ele, e disse, delicadamente:

— Tu me ouves, querido amigo?

A cabeça moveu-se, em resposta; os gemidos roucos continuavam, e Lucano reparou, pela primeira vez, que Ramo, afinal, podia articular alguns sons, embora fossem apenas gemidos.

— Vamos receber auxílio, Ramo. Fica tranquilo. Seremos levados para um lugar seguro.

Procurou seu estojo e dele tirou um frasco com xarope de ópio. Ramo devia dormir, não devia começar a pensar no que lhe acontecera, e nas pessoas que o espancaram. Levou o frasco aos lábios de Ramo e disse:

— Bebe um gole.

Ficou a pensar no porquê de não lhe dizer: "Bebe tudo!" Mas seu treinamento de médico advertia-o, embora seu espírito se sentisse amargurado para além de qualquer apreciação. A morte seria misericordiosa, mas ele era constrangido a evitá-la. Depois que Ramo bebeu e se tornou sonolento, Lucano ainda ficou sentado, segurando-lhe a mão, e o outro finalmente adormeceu, um leve sorriso de paz em seus lábios grossos.

Pareceu a Lucano que demasiado tempo se passara. Teria o acovardado e ingrato Síton tido receio de obedecer-lhe? Não duvido disso, pensou Lucano. São cães, ovelhas e chacais, por natureza. Não mais terei piedade deles, e lhes voltarei as costas pelo resto de minha vida. Minha vida terminou. O que restar eu devotarei ao meu pobre e afetuoso amigo, e serei seus olhos e sua voz. Tocou em sua adaga, e teve desejo de usá-la, como uma outra adaga fora usada em Ramo.

O imenso e brilhante silêncio envolveu a casa. Lucano colocou os dedos, ternamente, sobre os olhos enfaixados, e sussurrou:

Eu Te escarneci e Te odiei porque fazias sofrer os homens, e não tinhas piedade deles e os deixavas nas trevas. Mas agora sei que és severamente justo e que não merecemos senão o que temos, e ainda menos do que temos. Se Tu rejeitaste o homem, é porque ele não merece aceitação. Dá-me alguma sabedoria. Deixa-me raciocinar o porquê de teres criado este mundo, o porquê de seres onisciente, e de teres sabido o que o mundo seria, e quão detestável seria. Como podes Tu, que lançaste as constelações radiosas sobre as trevas, perdoar-me pelas minhas blasfêmias contra Ti? Ilumina-me! E tem piedade deste bom, deste querido amigo, que tem estado à Tua procura e chorado por Ti, até perder a voz. Tem piedade! Piedade!

Seus dedos, sobre os olhos enfaixados, começaram a vibrar misteriosamente. Desejou retirá-los, temeroso de renovar as dores de Ramo. Mas parecia estar paralisado, e o delicado estremecimento de seus dedos permanecia sobre as faixas. Finalmente, depois de longos momentos, pôde levantar as mãos. Havia nelas uma fraqueza estranha, um entorpecimento, que começou a correr pelo seu corpo como se o sangue dele se estivesse esvaindo.

Houve súbita movimentação no pátio e no jardim, o pisar de pés decididos, e Lucano saltou e puxou a adaga para fora da bainha. Sentia o desejo apaixonado de matar, como fome em suas entranhas. A cortina despedaçada viu-se posta de lado e foi Turbo quem entrou, Turbo, de rosto transtornado e manchado de lágrimas. E atrás dele estavam escravos armados. Ao vê-lo, Lucano começou a soluçar, soluços sem lágrimas. Estendeu os braços e cambaleou em direção do ceramista, e Turbo tomou-o nos braços, apertando-o contra o peito.

— Não te aflijas, querido senhor — disse o ceramista. — Estou aqui para levar-te, e também ao teu servo, a minha casa. E sinto-me honrado!

35

O procônsul romano em Atenas era um homem jovem, ambicioso e expedito. Jamais fora soldado, e sua família era grande em Roma. Lá ele cometera consideráveis indiscrições, o que tornara necessário que a família usasse dinheiro e influência para tirá-lo de Roma por algum tempo. Fora educado para as leis e era muito inteligente.

Lucano, durante toda aquela semana, estivera atirando o nome de seu pai adotivo ao rosto do procônsul, quando pedia justiça. O procônsul, embora admirasse a aparência, o intelecto e a força de Lucano, achava o grego muito tedioso. Lucano era, evidentemente, um cavalheiro, e o procônsul, que também o era, estava inclinado a se mostrar indulgente e grave. Mas o assunto era tão insignificante! O procônsul reclinava um cotovelo elegante sobre a mesa e ficava a olhar bondosamente para Lucano. Atrás dele, em seu gabinete de trabalho, as flâmulas de Roma pendiam majestosamente, e os soldados perfilavam-se com as faces que as águias imperiais rematavam.

— Meu caro Lucano — dizia o procônsul, melifluamente. — Compreende-se, como te disse, tua indignação. O camponês rico de que se trata está arrependido e disposto a pagar os reparos da tua casa. Que mais desejas? Está disposto a pedir-te perdão em público, e confessa que sua mulher tentou pessoalmente o aborto. Ajoelhará diante de ti. Chorará a teus pés. Sejamos razoáveis.

Lucano olhou-o com toda concentração possível de seus furiosos olhos azuis.

— Eu quero que ele seja punido. Quero que seja sentenciado a um longo período na prisão. Que adianta o arrependimento dele para meu amigo Ramo, que ficou cego? As lágrimas do camponês lhe restituirão a vista e removerão seus ferimentos e contusões?

— Tu és tão inexorável — suspirou o procônsul. Ofereceu-lhe vinho, mas o grego o recusou com um gesto de desdém. — Consideremos, Lucano. Teu servo, um negro escravo...

— Já te disse, milhares de vezes, que ele não é um escravo! — gritou Lucano. — É verdade que o acusaram erradamente de uma tolice qualquer e ele foi aprisionado. Comprei-o, e já te mostrei os papéis de sua liberdade, liberdade que lhe dei! Como podes pedir-me que aceite o arrependimento do camponês por ele? Se tivesse injuriado minha pessoa, talvez eu chegasse a perdoá-lo. Mas não tenho o direito de oferecer perdão em nome de meu amigo, que não só é mudo, mas agora está cego. Onde está a justiça romana? — continuou ele, amargamente. — Toda a minha vida ouvi falar na justiça romana, e meu pai adotivo a reverenciava: "Justiça igual para todos os homens!" Que falsidade! Que mentira!

O procônsul tornou a suspirar:

— Teu servo não é apenas um negro, mas um bárbaro. O camponês é um cidadão da Grécia, embora eu pense, particularmente, que os gregos são superestimados. Estou falando dos gregos modernos, que se alimentavam da reputação dos seus antigos grandes homens como as bancarrotas se alimentam do seu capital. Deixa-me ler-te uma regra e um regulamento. — E apanhou um manuscrito, do qual leu: — "Um cidadão de Roma, ou um cidadão de qualquer país que esteja sob a jurisdição da Pax Romana, tem certos direitos de dignidade, recurso à lei e à justiça de seus pares." Mas teu servo bárbaro não é homem de origem clara, nem mesmo é egípcio. Não tem categoria. É homem de cor; não é um homem branco. E tu me pedes que condene um rico cidadão grego, que envia seus impostos para Roma, que é amigo de políticos gregos, mandando-o para a prisão! Precisamos analisar o assunto dentro de um quadro de referências, sem preconceitos, e com senso comum. Já imaginaste o que os cidadãos de Atenas julgariam de uma sentença de prisão imposta a um simples camponês, que honestamente acreditava ter Ramo olho mau?

— Malditas sejam tuas regras e regulamentos! — berrou Lucano, enquanto batia duramente com a mão aberta sobre a mesa elegante. — O que vem a ser a lei quando esta se opõe à justiça? Advogados e juízes são asnos abomináveis e deveriam ser suspeitos. Peço justiça para Ramo. É um homem, e foi injuriado quase mortalmente por outro homem; se eu não tivesse chegado a tempo, ele teria morrido. Não tem ele os direitos de um homem, seja qual for a sua origem? Sua qualidade de homem deve ser desprezada? — Respirou profunda e furiosamente. — Que vem a ser Atenas para mim? Jamais voltarei aqui, onde misericórdia foi paga com ódio.

O procônsul sorriu, um sorriso quase coquete.

— Isso não será desagradável para os médicos atenienses, que estão extremamente revoltados contra ti. Os médicos dizem que tu os privas de pacientes que lhes pagariam consultas. Sentem que os prejudicaste com teus tratamentos gratuitos e que os clientes esperam pela tua volta.

— Eu só ajudei os que não podiam pagar...

O procônsul ergueu os ombros:

— Quem se importa com esse rebanho irresponsável? Além disso — e ele tossiu —, dizem-me que aceitaste pacientes ricos, cujos casos eram perdidos, e que pagariam quantias elevadas.

— Curei muitos daqueles que os médicos consideraram casos sem esperança. Se provei que os médicos estavam errados, e humilhei-os em sua ignorância, não é culpa minha.

Lucano batia os punhos sobre a mesa, e seu rosto mostrava-se vermelho e colérico.

O procônsul tossiu mais fortemente:

— Não te disse isso antes, mas os médicos escreveram-me queixando-se de que praticas a magia e a feitiçaria, e isso é uma séria acusação.

Lucano estava perplexo:

— Estás tentando dizer-me que os médicos da Grécia, esses médicos modernos, dão ouvidos a tão bárbaras superstições?

— Oh! Deves saber que eles vão ao oráculo de Delfos, e que todos os homens são supersticiosos, Lucano! Mesmo os médicos. Uma queixa em particular, fala de um comerciante rico que sofria de câncer e que tinha apenas um mês de vida. E tu o curaste.

— Conheço esse comerciante. Seu nome é Cálias. Isso se passou há dois anos. Eu lhe disse que os médicos tinham razão, mas dei-lhe uma poção para aliviar-lhe as dores. Morreu. Tenho certeza disso!

— Não morreu. Está vivo e são, e retirou-se para suas propriedades em Cós.

Lucano estava incrédulo:

— Então os médicos estavam errados, e eu estava errado. Veio procurar-me com o corpo cheio de feridas. É provável que se tratasse de alguma moléstia de pele que se pudesse confundir com câncer, todos nós nos enganamos.

O procônsul sacudiu a cabeça.

— Não. Os médicos estavam certos e tu também o estavas. Por alguma forma de magia tu o curaste, e os mágicos são vistos com profunda suspeita, acreditando-se que estão ligados às forças mais trevosas do inferno!

— Já ouvi antes coisas ridículas, mas esta é a pior! Os médicos apenas se ressentem da minha presença. E os que não podem pagar a consulta? Devem morrer por falta de auxílio?

— Faço honra à tua compaixão, Lucano, embora a deplore. Devo dizer-te, agora, que o camponês fará penitência, mas deves esquecer os danos sofridos pelo teu servo. Para mim, punir o camponês será colocar toda Atenas em torno de meus ouvidos, e é da política de Roma, da explícita política de Tibério César, nosso divino Imperador, manter a paz nas províncias.

— Jamais chegaste a pensar que um ato de justiça romana inspiraria respeito à Grécia, que inventou a democracia? Já ouviste, como eu tenho ouvido, o povo zombar de Roma? Eles não praticam a democracia, mas, como todos os hipócritas, fingem venerá-la. Declara-lhes que todos os homens têm recursos iguais perante a lei...

— Mesmo um antigo escravo, um negro, um servo, que foi estupidamente machucado por um grego? Que é teu servo?

Lucano rangeu os dentes. Aquela discussão perdurava, e sempre terminava daquela maneira. Relanceou vagamente os olhos pelas mãos. Usava sempre o anel de Diodoro e o anel que Tibério lhe dera. Jamais tornara a pensar neles. Mas agora seu rosto corou, e ele se excitou. Tirou do dedo o anel de Tibério e fê-lo rodopiar sobre a mesa.

— Olha para este anel! — exclamou ele. — Eu te juro, por todos os deuses, que o próprio Tibério, que honrava meu pai e me honra, deu-o a mim para que eu usasse sempre! Duvidas disso? Escreve a Plócio, o bem-amado comandante dos pretorianos, no Palácio Imperial, que é meu amigo, e pergunta-lhe! Tibério ama-o como a um filho, e confia nele acima de todos os homens. E ele é como um irmão para mim.

O anel magnificente jazia sobre a mesa, brilhante e reluzente, e o procônsul, que adorava anéis, ao notar o enorme valor daquele, ficou mudo de espanto. Estava assustado. Apanhou o anel respeitosamente, e examinou-o com reverente temor.

— Se não fizeres justiça no que se refere a esse camponês — disse Lucano, que desprezava os que usavam nomes e influência — eu mandarei este anel a César e lhe pedirei sua própria justiça, pois ele não permitirá que eu seja humilhado e meu pedido seja rejeitado desdenhosamente.

O procônsul manteve o anel entre os dedos, como quem segura um objeto sagrado e disse, a voz trêmula:

— Por que não me falaste nisso antes, nobre Lucano?

— Não pensei em tal coisa. Não pensei que um funcionário romano precisasse do nome de César para cumprir com seu dever! — O rosto de Lucano brilhava de escárnio. — Meu pai adotivo era um nobre, um tribuno justo, mas os de sua espécie se extinguiram. Ele jamais precisaria de uma quinquilharia vinda das mãos de César para agir!

O procônsul umedeceu os lábios com a ponta da língua. Levantou-se, ainda segurando o anel, curvou-se diante de Lucano e, suplicando-lhe perdão, recolocou-lhe o anel no dedo. Depois, voltou-se para seus soldados e disse-lhes em voz que retinia de cólera:

— Prendei imediatamente aquele canalha, e atirai-o na prisão, a fim de esperar o que me parecer melhor. Deve um romano sofismar diante de seu dever? Ide! O nobre Lucano foi imperdoavelmente insultado por um mero camponês, e eu o vingarei!

— Tu não ficarás sem a tua vingança — disse Lucano a Ramo, preparando-se para remover as ataduras de seus olhos cegos. — Tenho a palavra do procônsul romano, dada ontem, de que prenderia o marido de Gata e o entregaria à justiça.

Estendeu as mãos, delicadamente, para as ataduras, mas Ramo afastou a cabeça daquele toque delicado, e sua grande boca retorceu-se. Lucano recuou, e ficou apavorado quando viu uma lágrima rolar de sob o pano.

— Que é isso? — interrogou, consternado. Ramo agarrou-lhe a mão, articulando silenciosamente, mas em desespero. — Não chores — falou Lucano, assustado. — Magoarás o que resta de teus olhos.

O belo quarto que Turbo destinara a seus hóspedes brilhava com a luz do sol. Lucano, sacudindo a cabeça diante de sua própria falta de consideração, puxou as cortinas sobre as janelas. Depois recordou-se, sentindo o coração abater-se, de que Ramo jamais tornaria a ver o sol. Voltou-se para o servo, e viu as lágrimas que corriam. Pôs a mão na testa dele:

— Não chores — tornou a dizer, em voz sussurrante. Depois, mais alto, falou: — Pensas que me dá prazer imaginar que mesmo aquele camponês, que destruiu teus olhos, deve sofrer pelo que fez? Compreendes que eu só desejei que ele aprendesse que não se podem fazer essas coisas aos inocentes; que ele não pode, impunemente, devastar o lar de um homem, que não pode prejudicar os que não o prejudicaram? Ele será homem melhor depois de levar alguns açoites, depois de passar algum tempo atrás das grades. A lei é a lei.

Voltou para Ramo, que mais uma vez agarrou-lhe a mão. Turbo, humildemente animado, entrou no quarto.

— Ah! As ataduras vão ser retiradas hoje — disse ele, dando, ao passar, pancadinhas amistosas nas costas de Ramo. Olhou significativamente para Lucano e inclinou-se. Parecia oprimido. — Senhor — continuou num murmúrio —, o próprio procônsul, o procônsul romano, espera aí fora, para dizer-te uma palavra.

— Trá-lo aqui — respondeu Lucano. — Quero que ele veja por si mesmo o que pode ser feito sob a sua jurisdição, e o que pode ser consertado só depois de insistentes pedidos!

Seu tom autoritário fez com que Turbo tornasse a se curvar.

— Mandarei meu melhor vinho! — exclamou ele, ansiosamente. — E vinho para seus centuriões, no pátio. — Parou: — Achas que o nobre procônsul honrará esta casa?

— O procônsul romano — disse Lucano, ambiguamente — apreciará qualquer coisa de valor.

Lucano quase esquecera o procônsul. Com um toque tão leve como o de uma pluma começou a remover a espessa atadura dos olhos feridos. Tentava ignorar o lento escorrer das lágrimas que deles vinham. Esperava apenas que a ferida estivesse curada, que não existisse infecção. Mas suspirava, sabendo que a luz diminuída revelaria olhos afundados, pálpebras murchas e pupilas para sempre destruídas.

— Ah! — murmurou — se eu pudesse dar-te um dos meus olhos, meu querido Ramo! Eu o arrancaria de sua órbita para colocá-lo na tua! Peço apenas que não sofras dores daqui por diante, e que consigas te resignar.

— Resignação, com uma fortuna, mesmo sem olhos, pode ser uma recompensa — disse uma voz suave junto de Lucano. E ele voltou-se, para ver o procônsul, que ali estava, sorrindo agradavelmente. — Cumprimentos, nobre Lucano! Trago-te excelentes notícias!

— Bom — falou o médico, as sobrancelhas franzidas e voltando ao trabalho. — Poderás ver que isto é coisa das mais delicadas. Estou com esperança de que os olhos de Ramo estejam cicatrizados, e que não exista qualquer inflamação.

O procônsul quedou-se numa atitude elegante e apertou os lábios, enquanto olhava para o negro. Todo aquele ardor por causa de um miserável, de um desgraçado sem nacionalidade, que pouco mais era do que um escravo! Esses gregos... era impossível entendê-los. Naturalmente havia a lembrança de Tucídides, de Xenofonte, de Ésquilo, que consideravam todos os homens valiosos e, Deus, Todo-misericordioso, amando todos os

Seus filhos. Mas aquilo não passava de filosofia. Os homens lidavam era com a matéria bruta da vida, e só durante o repouso, com um vinho como aquele, é que se poderia falar nesses nobres assuntos, virtuosamente, e congratular-se consigo mesmo pela sua sensibilidade.

— Ah! Sim — disse ele —, entreguei o camponês à justiça, meu caro Lucano. Os magistrados informaram-me hoje que, quando ele lhes for apresentado, ordenarão sua execução. Além do mais, e isso alegrará o teu servo, suas terras e seu dinheiro serão confiscados e entregues à vítima em recompensa.

Lucano teve um sobressalto violento, e Ramo, deitado em sua cama, sentou-se de repente, torcendo as mãos.

— Execução! — exclamou Lucano. — Eu te pedi justiça, não assassinato!

O procônsul não estava acostumado a ouvir ninguém falar-lhe dessa maneira, e muito menos um grego. Fechou o rosto, furioso, para Lucano.

— Não me fales dessa maneira, filho adotivo de Diodoro Cirino — disse ele, a voz fria. — Podes ser um médico e cidadão de Roma, o herdeiro de uma fortuna romana, pois disso me informaram ontem, mas eu... eu sou um romano!

— E eu sou um homem! — exclamou Lucano, o rosto sombrio. — E que é um romano, afinal, senão um homem também? Ah! Terei que aparecer diante dos magistrados. Então direi o que devo dizer: que a justiça deve ser temperada pela misericórdia.

O procônsul sorriu, e tornou a bebericar o seu vinho.

— Foste tu, caro Lucano, quem me perseguiu como uma sombra, pedindo o castigo do camponês. Agora, recuas.

Lucano apertou as mãos e olhou, angustiado, para os olhos zombeteiros do procônsul.

— Sim — disse ele —, pedi justiça, acreditando que se tratasse de alguns açoites e umas tantas semanas na prisão. Isso porém, é monstruoso.

O procônsul levantou as sobrancelhas, cuidadosamente depiladas, sob o remate de seu elmo bem trabalhado.

— Vê o que deseja o teu servo — disse. — Não sentes que ele está puxando teu braço? Com toda a certeza não queres ignorar alguém que te é tão precioso.

Recostou-se a uma coluna de ônix, os olhos faiscantes de jovialidade. Lucano ainda contemplou-o por um momento, depois voltou sua atenção para Ramo, que forçou a se deitar novamente.

— Acalma-te — falou, severamente. — Não deves debater-te. Isto pode causar-te dores, mas a dor será de curta duração. — Relanceou os olhos para o procônsul, por cima do ombro: — Peço-te que esperes até que eu complete este trabalho.

— Eu tenho apenas vinte gregos insistentes à minha espera — disse o procônsul. — Isto não tem importância, naturalmente. Uma casa encantadora. Estive observando-a. Ah! Quando chegará o dia em que escravos e camponeses e homens de trabalho pesado consigam adquirir maravilha igual!

Lucano não lhe deu resposta. A última atadura manchada de sangue estava agora em seus dedos suaves. O procônsul, de súbito interessado, esticou o pescoço. Lucano aspirou profundamente o ar, depois retirou o derradeiro pano. Fechou os olhos, para não ver a horrorosa ruína no mesmo momento.

O silêncio rodeava-o, e sua testa porejava suor. Ninguém se moveu, e então o procônsul disse:

— Ora, mas o escravo nada tem de mau nos olhos! Que tolice é esta?

Imediatamente, os olhos do médico abriram-se. Olhou para Ramo, que lhe sorria, radiante. Os grandes, límpidos e negros olhos estavam perfeitos, brilhantes e sem qualquer cicatriz. Lucano, trêmulo, curvou-se para o negro, pestanejando para afastar o enevoado de seus próprios olhos. Estava incrédulo. Não podia acreditar numa coisa daquelas. Agarrou o queixo de Ramo em seus dedos suados e movimentou-lhe a cabeça de um lado para o outro. Correu a abrir para trás as cortinas. Seus joelhos estremeciam. Voltou para o leito, e ficou a olhar os olhos que se levantavam para seu rosto, sem poder acreditar no que via.

A habilidade médica não podia ter realizado tal coisa. Mais uma vez ele se enganara! Recordou-se da peste, do câncer de Cálias, de outros casos estranhos que atendera, e agora havia aquilo. Gritou para Ramo:

— Podes ver-me? Em nome de Deus, podes ver-me, meu amigo?

Ramo confirmou com um movimento de cabeça. Estendeu a mão e tocou a de Lucano, e uma luz pura irradiava de seu rosto. Ergueu então a barra das vestes do médico e beijou-a, como quem beija a barra da veste de um deus, encostando a cabeça à anca de Lucano, como uma criança.

— Eu te digo — falou Lucano, através de lábios gelados — que vi os olhos dele! Sou médico. Aqueles olhos estavam diminuídos, rasgados, sangrando; a pupila se havia retraído, desaparecendo; o fluido vital se escapara deles. Ele estava cego!

O procônsul deixara de sorrir. Recuou alguns passos e olhou com medo para Lucano. O médico estava frenético:

— Ele estava cego! — gritava. — Conheço a cegueira, quando a vejo! Isto não podia ter acontecido!

— Feitiçaria! — murmurou o romano, recuando um pouco mais. Tossiu. Relanceou os olhos para o anel de Tibério, na mão de Lucano, e parou. Depois, disse: — Meu caro Lucano, bem sabes quanto os gregos são sensíveis à feitiçaria. Aconselho-te que deixes Atenas o mais discretamente possível. Eu, como romano, estou acima de superstições, mas tenho que administrar este maldito país e não quero transtornos.

A cabeça de Lucano remoinhava, com ruídos confusos e relances de luz. Correu para o procônsul, levou a mão ao braço dele, mas o romano, assustado, recuou.

— O camponês! — disse Lucano. — Que vai ser do camponês, depois de eu me ter enganado desta maneira terrível?

— Tratarei de que seja solto, depois de passar um mês na prisão, por assaltar o servo de Lucano, prejudicar-lhe a casa e incitar levantes — disse o procônsul. E fugiu dali. O som de suas sandálias apressadas levantava ecos. Turbo entrou, timidamente:

— Senhor — disse ele —, o nobre procônsul correu para fora desta casa como se as Fúrias estivessem a persegui-lo. Tê-lo-ei eu ofendido, de alguma forma?

— Não — disse Lucano, abstraído. Apontou para Ramo. — Tu vês que ele não está cego, Turbo. Eu tinha me enganado de uma maneira terrível. Não sou um bom médico; engano-me demais. Contudo, estou feliz por me haver enganado...

Turbo aproximou-se de Ramo e olhou para os olhos sorridentes dele. Fixou então os seus em Lucano. Ramo ergueu-se da cama, levantou as mãos acima da cabeça, as palmas juntas, trouxe-as ao peito e prostrou-se aos pés de Lucano.

— Meu pobre amigo — disse o médico, em voz trêmula. — Dei-te tantos dias de sofrimento, por dizer-te que estavas cego. Peço-te que me perdoes.

36

Em anos posteriores, Lucano pensou com frequência na época que se seguiu à sua rápida fuga de Atenas — embora para ali voltasse, quase sem ser notado, muitas vezes depois — como um período "árido". Movimentava-se através do Império sussurrante, fulgurante, efervescente, e ia desatento, embora a habilidade e a delicadeza, como médico, aumentassem. Nunca tendo sido loquaz, tornou-se ainda mais silencioso. Sua vida pessoal fez-se mais sóbria; era semente em sua casca, esperando a primavera e as águas da primavera, a fim de se transformar em árvore. A semente, que era ele próprio, não se moveu durante aqueles anos, não lançou gavinhas verdes, antes manteve-se ressecada e sem muitos pensamentos ou emoções. Cada vez se tornava menos comunicativo. Apenas quando Sara aparecia inesperadamente em algum porto, seus olhos azuis brilhavam, e seu belo rosto iluminava-se. Mas via Sara somente uma ou duas vezes por ano. Ramo não podia falar com ele. Tinham organizado um eloquente código de sinais, que lhes convinha melhor do que a palavra. Andavam como espíritos benevolentes, mas silenciosos, através dos portos fervilhantes, e sentavam-se calados nas pequenas casas e jardins de Lucano, bem como ficavam encostados às amuradas dos navios, observando as estrelas e a lua, as auroras e os crepúsculos. Lucano preferia chegar à noite às suas casas para evitar cumprimentos da multidão, como acontecera algumas vezes. Quando visitava Atenas, tinha que inventar algumas pequenas mentiras para recusar a hospitalidade de Turbo. Milhares de pessoas amavam-no, milhares olhavam-no como a um deus. Ele evitava-as, a não ser quando o procuravam angustiadas ou cheias de dor. Sua sensibilidade aumentou e havia nele uma espécie de melancólica expectativa. Esperava ansiosamente as cartas vindas de sua casa, e deleitava-se especialmente com as de Prisco e Aurélia, mas as poucas cartas com que as respondia eram breves. Parecia alguém que morresse de fome, e ainda assim tivesse tremenda aversão pelo alimento. Ia a Roma uma vez por ano, e de cada vez pretendia demorar-se mais tempo. Invariavelmente, porém, depois de poucos dias, uma inquietação se apoderava dele, e partia, entre exclamações de lástima, de censura e de amor.

Certa vez disse à mãe:

— Não me perguntes o que há de mau comigo, pois não sei. Quando procuro em minha mente, nada acho a não ser pó, e mesmo nesse pó encontro sempre o movimento da dor. Tenho medo de me aventurar mais profundamente.

Às vezes, ele relia a vasta quantidade de escritos que Keptah lhe deixara. Um escrito, especialmente, ele lia e relia, franzindo as sobrancelhas, em perplexidade, mas sentindo que palpitava aquela dor sufocada. "O que procura no homem a significação da vida procura uma desilusão, pois os homens nada são exceto em sua relação com Deus. Não centralizes teu coração na humanidade, pois que ela é quimera, miragem. Houve os que glorificaram o homem, os que elevaram a humanidade como um absoluto em si própria; eles declararam, com veemência, que o homem só tem valor em suas manifestações externas. Este ensinamento alcançou quase todos os países civilizados, para mal deles, pois a lei de justiça e misericórdia não tem raízes nos homens, mas em Deus, e sem Ele os homens realmente não podem existir, sem Ele que os fez. O homem é apenas o receptáculo da graça; não é a própria graça."

Quando Lucano lia aquilo, era como se portões antigos e enferrujados rangessem, em seus gonzos, implorando dentro dele, desejando serem abertos. Mas ele se afastava. Não sentia mais a cólera apaixonada contra Deus, pois agora bem raramente Nele pensava. Se Deus se introduzia em sua mente, ele encolhia-se, cansado, pois Deus era realmente um grande enigma para Lucano, e não devia ser despercebido, nem cogitado, nem levado ao combate, nem olhado apenas de forma abstrata, pela fé, ou racionalizado através da ciência. Às vezes, pensava nas épocas inúteis passadas antes dele, nas épocas de sombra que tinha diante de si, e uma fadiga imensa dominava seus sentidos. Fitava as estrelas e recordava-se das conjeturas dos astrônomos egípcios, que perguntavam se aquelas poderosas constelações não seriam planetas infinitos, girando em torno de sóis, e se novas constelações, com novos mundos e novos sóis, não estariam sendo constantemente criadas. Aquele pensamento intensificava a exaustão espiritual de Lucano e trazia-lhe uma sensação de futilidade.

Uma vez, em Corinto, um velho sacerdote, muito pobre, muito humilde e muito sensível dissera-lhe:

— Quando estou deitado em meu catre, durante a noite, uma estranha segurança se apodera de mim, como se eu tivesse recebido uma mensagem. Deus nunca está ausente dos negócios dos homens, embora com muita frequência nós não estejamos conscientes da presença Dele. Mas agora eu sei que uma tremenda revelação está próxima, mas a forma ainda não é clara para mim. Deus se manifestará poderosamente a Seus filhos, de novo, como fez em épocas passadas, e a própria terra lateja em expectativa. Sinto isso! Sei isso! Porque o mundo inteiro perdeu a visão de Seu rosto, e de novo Ele a revelará, talvez em cólera, mas, seguramente, também com amor.

— Por que essa folha amarelecida numa floresta infinita? — perguntara Lucano, cinicamente. — Por que esse grão de areia numa praia sem fronteiras? Por que esse fragmento insignificante num vendaval? Isso é fantasia!

Estavam sentados no empoeirado jardim do sacerdote, no qual os frangos ciscavam esperançosos. O sacerdote sorrira e apontara para uma galinha rodeada de muitos pintos. Eles seguiam-na, às vezes, escondendo-se sob suas asas, às vezes perambulando a distância.

— Eles conhecem-lhe a voz — dissera o sacerdote. — Aquela pobre galinha não sabe contar, mas conhece o que lhe pertence. Se um dos pintos se perde, o menor, o mais sujo, o mais fraco, ela o procura e o encontra. Talvez aquele pequenino pense na razão de sua mãe se preocupar com ele, com sua plumagem reles, com sua absoluta inutilidade como ave, e com sua insignificância. Como pode ela, talvez pergunte a si próprio, saber onde estou, se tem tantos filhos; e que lhe importa que eu tenha minha parte de alimento, que receba proteção e afeto? Digo-te, meu caro Lucano, que para o amor nada é inútil, nada é demasiado, nada é quantidade exagerada, nada é muito pouco. O amor jamais abandona. Para Deus, esse fragmento insignificante em que nos encontramos é tão caro quanto a Sua mais vasta coroa de estrelas, no espaço que fica para além da nossa compreensão.

E acrescentara:

— Tu raciocinas com a tua mente, que é a escrava cega de teus cinco e incertos sentidos. Os maiores filósofos gregos, que adoravam a razão, finalmente tiveram de voltar ao Misterioso, ao Desconhecido, e sempre com relutância, pois Ele está para além de sua razão, essa minúscula, pequenina faísca numa caverna escura e inexplorada. Deus só pode ser compreendido pelo espírito.

Lucano, contudo, entorpecido pelo cansaço, levantara-se e saíra dali. Não desejava revelação alguma. Havia ocasiões em que anelava a morte.

Quando recebia cartas de sua irmã Aurélia pensava nela como numa criança. Ao voltar a Roma, em uma de suas raras visitas, ficou perturbado ao vê-la atingindo a idade adulta. E agora, que ela estava para se casar, Lucano devia assistir ao casamento dela com Clódio Flamínio, filho de antiga e aristocrática família. A moça tinha dezenove anos, ultrapassara de muito a época normal do casamento, o que preocupara Íris, sua mãe. Pretendentes não faltaram, em profusão, pois a filha de Diodoro Cirino, com seu dote, era um bom partido além de ser extremamente bela. Aurélia, entretanto, não mostrara urgência de se casar aos quatorze, dezesseis, ou mesmo dezessete anos. Sorria da ansiedade de sua mãe e não se preocupara quando Íris lhe dissera:

— As moças da tua idade já são esposas e mães há anos. Estás pensando em te tornares uma Virgem Vestal?

Lucano, porém, sabia que sua irmã não tinha devoção especial para os deuses, embora os aceitasse serenamente. Suspeitava, também, que ela não fosse de inteligência acima do comum, pois ouvira o velho Cusa queixar-se de sua falta de gosto pelos livros.

— Não é companheira para um Péricles! — resmungou ele, certa vez, para Lucano. — A filosofia fica além de suas possibilidades. Não se interessa por política, ações, leis e bancos, como todas as outras mulheres de Roma. Nem sabe da existência do mercado de ações, negócios, casas de corretagem na parte norte do Fórum, como as outras mulheres romanas de sua idade sabem muito bem. Mesmo suas amigas, jovens matronas, sentam-se com ela, tagarelando sobre seus investimentos e discutindo casos sensacionais dos tribunais, ou se gabando de suas próprias contas bancárias, ou das de seus maridos, antecipando acontecimentos sociais, viagens de inverno ao sul, as modas mais recentes, jogos e gladiadores, e ela ali fica, sorrindo agradavelmente, mas bocejando.

— Parece nada desejar — disse Íris, cujo cabelo maravilhoso era agora uma cascata de pura prata. — Mas até quando uma mulher que já não é jovem pode contentar-se com uma lareira, sem desejos?

Certa vez, Lucano, persuadido por sua aflita mãe, conversou com Aurélia, quando ela tinha dezoito anos, uma solteirona já. Fez aquilo com relutância, pois acreditava que não se devia interferir na vida dos outros. Mas disse:

— Por que, minha irmã, não te preocupas com o teu futuro? Nossa mãe é muito velha, e viveu para além do tempo normal de vida, pois tem cinquenta e quatro anos. Como podemos esperar que viva muito mais tempo, para proteger-te? Teu irmão, Prisco, é um soldado de Druso, e é pai de família; nosso irmão mais novo está metido entre seus livros, e deseja ser professor. Provavelmente jamais se casará. Esperas viver teus dias nesta terra, como a irmã indesejada de Prisco, quando nossa mãe morrer e ele trouxer sua esposa e sua família para esta casa, como herdeiro que é?

Mas Aurélia dera-lhe apenas um profundo e lento sorriso, chamara-lhe a atenção para um bando de borboletas amarelas que flutuavam sobre as rosas. Fora inútil. Ainda assim, estava para se casar, com grande alívio para Íris, e o jovem tinha a idade de Aurélia. Lucano devia ir de novo a Roma para o casamento.

Agora, enquanto Lucano se apoiava na beirada do pequeno mas veloz galeão romano que o apanhara em um porto africano perdido, pôs-se a pensar insistentemente em Aurélia. Íris, que conhecia tão fortemente o amor, não arranjara o casamento para a filha; ao contrário de outras mulheres, acreditava na necessidade do jubiloso consentimento da noiva, no que se referia ao matrimônio que ia contrair. Sua amiga, a esposa de Plócio, embora muito mais nova do que ela, organizara um encontro entre a família de Clódio Flamínio e Íris, e Clódio e Aurélia. À primeira vista, haviam, aparentemente, sentido amor um pelo outro, embora o jovem pudesse ter escolhido noiva mais adequada, de quatorze ou quinze anos, e não uma mulher de dezenove. Àquela altura, Lucano percebera certa nota enigmática nas cartas de Íris. Tal fato o deixara perplexo e nada explicara. Íris deveria mostrar, sem dúvida, mais felicidade e alívio com a expectativa do casamento entre um membro de tão distinta família patrícia e sua filha. Embora a inquietação de Lucano reaparecesse a cada vez que tinha necessidade de pensar nos que o amavam, e em seus negócios pessoais, forçou seu interesse por aquele caso.

Toda uma sequência de quadros levantou-se diante dele, mostrando-lhe a irmã em sua infância e idade adulta. Via seus tranquilos olhos castanhos, cheios de luz, ouvia-lhe o riso delicado. Via-se correndo para apanhar um pássaro caído, mantendo-o contra o peito; via os cães da propriedade seguindo-a com olhos de adoração e orgulho, e mesmo os touros mostrarem-se calmos quando ela se aproximava deles. Os cavalos veneravam-na e os servos não sabiam mais o que fazer por ela. Observando o porto quente e abarrotado, com suas turbas veementes movendo-se nas docas, e ouvindo os gritos intermináveis do Oriente, farejando seus odores, fétidos ou aromáticos, Lucano pensava naquilo. Ali havia um enigma que lhe aguçava o interesse.

Ramo estava ao lado dele e observava o carregamento do navio. O rosto, africano e majestoso como de costume, tinha um ar de busca ansiosa, e ainda assim de confiante espera. Seu cabelo negro e crespo estava agora entremeado com mechas de um cinza carregado, mas seu corpo não mostrava sinais da idade, retendo sua força muscular e sua agilidade. Os olhos úmidos observavam cada rosto que se aproximava. Por instinto, através de todos aqueles anos, sabia quando Lucano se voltava para ele, e quando começava a pensar nele, e relanceou os olhos para Lucano, sorrindo com amor. Depois, recomeçou a estudar a turba das docas.

O navio saiu, e pareceu imobilizar-se, sem navegar, sobre a seda azul e plana de um mar tranquilo. A praia ficou para trás como se se retraísse. O sol olhava lá de cima, de um céu branco de tão ardente, e as velas mal se enfunaram. O próximo porto de escala era o mais acima, no continente, onde um carregamento de especiarias estava à espera. Ali chegariam dentro de duas horas. Lucano sentou-se sob o toldo de listras brancas e vermelhas da coberta. Havia alguns outros passageiros, pois o navio era correio e cargueiro. O grego começou a pensar em sua vida; todo o seu temperamento, até então, fora objetivo pois que se forçara a ser assim, temendo o subjetivo, sabendo que se se desse à introspecção ficaria reduzido ao desespero. Olhou para trás, para a sua vida, como alguém que, de pé na montanha mais alta, pudesse olhar para as planícies onde estão as cidades, os rios distantes, o oceano longínquo, os campos e as aldeolas. Ainda assim, quando agora olhava para sua vida, era como se tudo fosse obscuro, sem sentido, infrutífero, desprovido de cor. Esqueceu os incontáveis milhares de pessoas que curara e consolara, ou que guiara com misericórdia para a morte inevitável, mas tranquila. Jamais pensara assim em si próprio, e aquilo perturbou-o, aquela sua falta de raízes fora escolha própria, e ele fizera sua própria vida. Agora, via-se diante de si mesmo, e via-se como alguém que nada dera e nada recebera, alguém que jamais faria falta. Sua melancolia tornou-se em sua boca sabor pesado de metal, pedra sobre seu peito. Ramo olhou para ele, da amurada em que se apoiava, e pensou: Meu Senhor está desgostoso. Procura, embora não saiba o quê e quem procura.

Antes do arrebol o navio atracou no porto seguinte, e um centurião subiu a bordo, acompanhado de seis soldados. O centurião também trazia consigo a sua família; era um homem moreno, de tipo aduncto, como a maior parte dos soldados romanos, mas sua expressão mostrava-se delicada e paciente, e aquilo atraiu o interesse errante de Lucano. Era coisa pouco habitual um oficial romano falar bondosamente com seus soldados e mostrar um aspecto de tão tolerante compreensão. Quando falou com os escravos que traziam os pertences de sua casa — via-se que retornava a Roma, pois não era jovem — sua voz rascante revelava estranha profundeza e compaixão. E ele sorria aos escravos, encorajando-os. Ainda assim, a atitude era meio arrogante, o corpo, largo, forte e poderoso, apesar da idade; e o rosto queimado de sol, embora curtido, conservava linhas de uma intolerância passada. Caminhava com firmeza, e olhava em torno de si com o ousado escrutínio de um romano. Quando seus olhos divisaram Ramo, encostado à balaustrada, Ramo vestido com a roupa pobre de um escravo ou de um liberto sem recursos, não os desviou, embora por um instante hesitassem. Depois, sorriu para Ramo, como um homem sorri para seu irmão, e Ramo sorriu, em retribuição.

Instalou a família numa coberta mais abaixo, com o auxílio de seus escravos e servos, e voltou sozinho para a coberta superior. Olhou para o mar, satisfeito, e depois para o céu, sorrindo. Abriu as pernas grandes e morenas e equilibrou-se contra o leve balanço do navio, os polegares metidos no amplo cinto de couro onde ficava sua espada curta. Removeu o elmo e enxugou o rosto suarento. A expressão tornou-se jovial, e ele relanceou os olhos para Lucano. Era evidente que desejava companhia, e o médico levantou-se polidamente convidando o soldado a tomar com ele um pouco de vinho. Ramo desceu e trouxe para cima o vinho e três taças, servindo o líquido vermelho. O médico esperou um olhar de surpresa ou de afronta no rosto do romano, pela presença tão natural do negro, e pelo seu espanto ao ver que sua participação no vinho era tolerada por Lucano. Mas o centurião aceitou o vinho de Ramo, com um sorriso bondoso, e depois sentou-se junto de Lucano, que se apresentara enquanto esperavam pelos serviços de Ramo.

— Deixei a Judeia há três semanas — disse ele — para reunir-me à minha esposa e minhas duas filhas que estiveram gozando o ar seco do deserto. Minha família não está muito bem — suspirou ele, mas imediatamente o ar de paz voltou a seu rosto. — Agora, fui reformado, tenho uma pequena propriedade perto de Nápoles e ali pretendo viver o que me resta de vida, sem remorsos nem mais ambições. — Seu nome era Antônio, e ele continuou: — Houve um tempo em que acreditei que para mim não houvesse outra vida a não ser a de soldado e guardião de Roma. Houve um tempo em que fui o mais orgulhoso dos homens e, envergonha-me confessá-lo, o mais impaciente.

Lucano mostrou-se interessado. Orgulho e impaciência não eram sentimentos vistos como censuráveis pelos romanos, mas como parte mesmo do caráter nacional.

O centurião deu um olhar tímido, hesitante, e Lucano ficou muito intrigado. O olhar tinha algo de infantil, uma certa candura. Ramo, que estava de pé ali perto, aproximou-se mais.

— Mas tudo isso não te deve interessar, Lucano — disse o soldado, como quem se desculpa. — Deves perdoar os devaneios de um velho. — Bebericou seu vinho e olhou sonhadoramente para o céu. — Ainda assim, sinto-me impelido a falar com quem quer que deseje ouvir. — Levou a taça aos lábios e ainda ficou contemplando o mar que subia, e um ar de exaltação e candura brilhou em seus olhos altivos.

— Realmente, estou muito interessado — disse Lucano, fazendo sinal a Ramo para que servisse mais vinho. Antônio agradeceu a Ramo e o médico tornou a espantar-se.

O centurião afastou os olhos do mar e ficou a olhar para a taça que mantinha nas mãos morenas. E disse:

— Durante muito tempo vivi em Cafarnaum. Ali estive em meu posto, até que a meu pedido volto para Roma. Deves compreender, Lucano, que os judeus se parecem muito aos romanos. Têm o mesmo orgulho, a mesma tenacidade e amam seu país; também são astutos, embora sejam igualmente muito religiosos. Negociam. E rezam. São excelentes negociantes. E dão esmolas aos pobres.

— Sim — disse Lucano com um sorriso afetuoso. — Compreendo. Meu pai adotivo era assim. Ele também costumava dizer, com frequência, que os romanos e os judeus eram muito parecidos.

Antônio confirmou com um movimento de cabeça. Estava muito sério, como um velho soldado.

— Os judeus detestavam-me, como detestam todos os romanos... e irmãos não detestam uns aos outros?... e ainda assim, com a passagem dos anos, tornamo-nos excelentes amigos. Aprendi, não só a vulgata e o aramaico, mas também o hebraico dos sábios, e às vezes eles me visitavam, embora sem grande frequência, e falavam de muitas coisas comigo. Eu cooperei, há alguns anos, na construção de uma sinagoga que, sendo as de Cafarnaum muito pobres, fazia-se muitíssimo necessária. Não sou homem pobre, e dei dinheiro meu, com generosidade, para a sinagoga. Sim, éramos amigos, gostando uns dos outros, os judeus e eu. Minha filha mais velha casou-se com um jovem e erudito judeu, e vive com ele em Jerusalém. Têm três filhos, que são belos — acrescentou, os olhos umedecidos.

Lucano ouvia, cortesmente, mas começava a se entediar. O centurião tinha um ar muito grave, e o médico lembrou-se de que os antigos soldados são às vezes muito cansativos e dados a divagações que eles acham, em retrospecto, verdadeiramente portentosas.

— Deixei meu servo com minha filha e sua família — disse Antônio, sempre olhando para sua taça. — Devo falar-te acerca desse servo, pois que é importante. Foi meu companheiro de infância e era escravo. Éramos como irmãos. Quando entrei para o exército, meu pai deu-me aquele escravo, e eu o libertei, pois queria-lhe um grande bem. Seu nome é Crético, e ele tem cinquenta anos, dois mais do que eu. Jamais foi um escravo para mim, Lucano — disse o centurião, levantando os olhos para desafiar o outro.

— Homem algum é realmente escravo — respondeu Lucano. O sol estava descendo rapidamente e o mar tornara-se púrpura, o céu uma conflagração.

Antônio fixou no grego um olhar penetrante.

— Deves lembrar-te de que os gregos têm uma tradição. Fazem a libação ao Deus Desconhecido, antes de beberem.

— Sim — disse Lucano, o coração apertado e sentindo-se cheio de uma dor amorfa, ainda assim impaciente. — Meu pai fazia isso.

Antônio ergueu a taça para que Ramo lhe servisse mais vinho. Mas, quando servido, não chegou os lábios à taça. Olhou para o espaço, diante dele, para o escarlate glorioso do céu.

— Eu vi o Deus Desconhecido — disse, num tom muito calmo.

Lucano franziu as sobrancelhas. O homem se estava fazendo tedioso. Sabia existirem entre os romanos essas superstições, embora eles insistissem em se dar como realistas. Não havia santuário algum em todo o mundo, dedicado que fosse a qualquer obscuro deus do Oriente, da Grécia ou da África, que eles não tivessem visitado, afetando sempre desprezá-los. Mas estavam sempre ali e deixavam dinheiro para os templos e enchiam-se de amuletos.

— Sim — disse Antônio, cuja voz tremia. — Eu vi o Deus Desconhecido. Mas agora Ele não é desconhecido! Meus olhos viram-No a distância, há apenas alguns meses. Precisas acreditar em mim — acrescentou, implorando, percebendo o desinteresse de Lucano.

— Não duvido que acredites nisso — falou Lucano, voltando o rosto para o centurião. O cabelo dourado, agora prateado nas têmporas, fazia halo para sua nobre cabeça, e o arrebol refletia-se em seus olhos de um azul de gelo.

— Eu acredito! — exclamou o centurião, com voz de poderosa exaltação! — Precisa ouvir; não deves duvidar! É imperioso que acredites, que todos os homens acreditem!

Lucano, algo desgostoso, murmurou. Mas a dor aumentava em seu coração, desabrochando como flor imensa e vermelha, e ele não sabia por quê. Desejava desculpar-se; nunca tendo sido emotivo, a não ser na cólera, ficava embaraçado diante da impetuosidade, diante da ansiosa imaturidade e insistência. Moveu-se, constrangido, em sua cadeira, mas não podia sair dali, não seria decente. Olhou para Ramo, cujo rosto escuro — ele notou — estava iluminado, como que arrebatado. O grego disse:

— Conta-me sobre esse... sobre esse homem...

O centurião estendeu a mão e agarrou o braço de Lucano, e os olhos dele luziam como um fogo escuro.

— Isto devo eu dizer a todos os homens; que vi Deus, que estive em Sua presença, embora não ousasse me aproximar demasiado Dele.

— Compreendo — disse Lucano, penosamente. — Eu próprio estive no Pátio dos Gentios, em várias sinagogas. Mas não fui admitido no pátio interno, onde estão os manuscritos, e os altares. Teus amigos judeus admitiram-te ao santuário, embora isso seja proibido aos Gentios?

A mão que agarrara seu braço tornou-se mais forte, e o centurião inclinou-se para ele, trêmulo. A luz carmesim brilhava em cada ruga de seu rosto bronzeado, nas suas órbitas, ao longo da linha de seu nariz aquilino.

— Precisas ouvir! — disse. — Não, não fui admitido diante do altar nem diante dos manuscritos. Mas vi Deus, e isso há apenas alguns meses. — Levantou a mão, em solene gesto de juramento: — Juro-te que O vi, com estes olhos, e que Lhe ouvi a voz.

O homem é louco, refletiu Lucano.

O centurião tocou seus próprios olhos com os dedos.

— Com estes olhos! — exclamou e, de súbito, havia uma lágrima em seu rosto. Ramo estava de pé, ao lado dele, e a respiração do negro vinha forte, seus próprios olhos reluziam. — Lucano — disse o centurião, em voz de profunda urgência —, tu deves recordar que os judeus ensinam, há muitos séculos, que um Messias nasceria entre eles, um Rei. E nasceu, e está agora na Terra de Israel. Eu O conheci antes que chegasse a Cafarnaum. É jovem, na carne de um homem, e talvez não seja assim tão jovem. Há muitos falatórios. E Ele tem realizado muitos milagres.

A boca de Lucano comprimiu-se até que dela desaparecesse toda a cor. De súbito, sentia-se esclarecido. E disse, friamente:

— Penso que compreendo. Tenho uma amiga, uma mulher, que me falou nesses milagreiros judeus, nesses místicos. Muito antes que os médicos gregos compreendessem que a mente doente pode infeccionar o corpo, os judeus sabiam disso. E assim, os milagreiros, libertando e curando a mente enferma, podem restaurar a saúde do corpo. Isso não é novo, Antônio. Nem mesmo é milagre, embora não saibamos, naturalmente, o que vem a ser a mente, nem possamos explorar seus mistérios com um escalpelo ou uma sonda.

Sentiu-se, de repente, tomado de estranho terror. Não queria ouvir mais nada. Antônio, porém, agarrara de novo seu braço, e o rosto do soldado estava trêmulo, cheio de uma profunda emoção.

— Lucano, eu tudo sei sobre as tradições e as crenças dos judeus. Vivi na Judeia muito tempo, e meus amigos confiaram em mim. Esse Homem não é um simples milagreiro. Ele é o Messias. Ele é Deus. Pensas que só eu acredito nisso? Não, multidões de judeus acreditam nisso, desde que Ele apareceu pela primeira vez entre Seu povo para exortá-lo.

— Os judeus são pessoas excitáveis — murmurou Lucano. Sentia o coração pulsar nos ouvidos, e quadros e lembranças tentavam formar-se diante de seus olhos, que se fechavam para aquelas visões. Acrescentou, desesperado: — Quando a mente está dominada pela histeria, o corpo torna-se doente. Todos os médicos compreendem isso.

O centurião sorriu, e aquele sorriso era infinitamente doce.

— Ele não é um médico. Seus seguidores O chamam rabi, isto é, mestre. Conheci muitos desses rabis, homens devotos, que podem curar através de orações, e que passam seus dias ensinando o povo e confortando-o.

O sol intumescido e vermelho mergulhou no mar e marinheiros apareceram com lanternas, pendurando-as pelo convés. Levantou-se um vento fresco e as velas inflaram e fizeram o navio deslizar mais depressa pelo mar de púrpura.

— Mas esse rabi não é um daqueles que vieram antes Dele — disse Antônio, numa voz trêmula. — Ele é o Deus Desconhecido dos gregos, dos egípcios antes deles, e dos babilônios e caldeus antes dos egípcios. Ele é o Messias. Como sei? Quando ouvi falar Nele através de meus amigos que me visitavam em Jerusalém e Cesareia, soube, instantaneamente, quem Ele era! Precisas acreditar em mim!

— Como soubeste? — perguntou Lucano, abstraído.

O centurião bateu no peito com o punho fechado.

— Como pode qualquer homem sentir a verdade, a não ser conhecendo-a? Ele conheceu-a através de seu coração.

Deixou cair o punho sobre o joelho, e suspirou:

— Falei-te de Crético meu amigo, meu liberto. Ele caiu doente, não da mente, mas do corpo. Chamei para ele os melhores médicos, não poupei dinheiro, não poupei esforços. Sentei-me à sua cabeceira durante muitos dias, e ele não me conheceu. Vomitava sangue, excretava sangue, e o sangue marcava sua pele. Seus olhos nadavam em sangue, e o sangue formava crosta em seus lábios. Sua carne murchava a cada dia, até que ele ficou semelhante a uma sombra.

Lucano teve um sobressalto. A doença branca! A assassina, incurável e temível moléstia, para a qual não havia lenitivo, a doença que matara Rúbria e, matando-a, matou o espírito dele próprio! Olhou fixamente para o centurião, e umedeceu os lábios com a língua, os lábios que estavam frios e rígidos.

— Disseram-me que Crético ia morrer — continuou o centurião —, que não havia remédio para a sua enfermidade. A qualquer hora, dia ou semana, ele tinha de morrer.

— Não há cura — falou Lucano, em voz monótona.

O centurião confirmou com um movimento de cabeça, e seus olhos iluminaram-se e encheram-se de lágrimas à luz das lanternas balouçantes. E disse baixinho:

— Mas Crético curou-se, instantaneamente.

— Impossível! — exclamou Lucano.

— Impossível para o homem, Lucano, mas não para Deus. Crético foi curado de um momento para o outro, levantou-se de seu leito, as faces coradas de vida e saúde, abraçou-me e disse-me: "Ele tocou minha mão enquanto eu dormia e disse-me que me levantasse e deixasse meu leito!"

— Quem! — perguntou Lucano. — Que é isto que estás me dizendo?

— É o que estou lhe dizendo. Foi o Deus Desconhecido. Perdoa-me, sou apenas um rude soldado, não tenho eloquência, e conto mal a minha história. Eu disse que meus amigos judeus tinham me falado do Messias, e um dia Ele veio a Cafarnaum. Meus servos correram a contar-me que o estranho rabi judeu vinha à nossa cidade, e que se dizia ser Ele o Messias. Três dos meus amigos, anciãos judeus, estavam sentados a meu lado, consolando-me, pois Crético morria. Só conseguia arrancar do peito um vagaroso hausto depois do outro, e havia um rumor em sua garganta. Tinha os olhos voltados para cima e vidrados. O tiritar gelado da morte estava sobre ele, que gemia nas profundezas de seu corpo. O médico acabara de sair, sacudindo a cabeça.

A lembrança daquelas horas fazia estremecer a voz do centurião. Cobriu o rosto com as mãos e continuou:

— E pedi aos meus amigos, aos anciãos judeus, que fossem ter com Ele e Lhe suplicassem que curasse meu servo, meu querido Crético. Foram procurá-Lo. Ele estava pregando ao povo. Disseram-Lhe que viesse até a minha casa. Os anciãos Lhe disseram que eu construíra uma sinagoga para eles, e era seu amigo. Assim, rodeado pelos seus seguidores e por algumas pessoas do povo, e acompanhado pelos anciãos, Ele se aproximou da minha casa.

As lanternas balançavam-se no escuro frescor da noite, a lua navegava sobre as velas altas, como uma inundação de água prateada. Lucano esqueceu Ramo, esqueceu tudo, menos aquela história incrível.

— Eu os ouvi chegar — disse o centurião, e agora sua voz se fizera rouca e lenta. — Sabia que Deus vinha à minha casa e sabia que não era digno de que Ele se aproximasse do meu limiar. Corri do quarto de dormir, fugi da casa. O sol estava alto e quente, e ali eu O vi! Com estes olhos eu O vi!

"Lucano, tu precisas acreditar em mim. A poeira envolvia o povo e Ele, que estava no centro, era de um amarelo dourado. Ele era alto, entre os outros, um jovem de rosto belo, e a poeira amarela ficava luminosa em torno de Seu corpo. Vi-Lhes os olhos, como o céu, vi Seu sorriso, e de novo senti que Ele era Deus.

"Minhas pernas tremiam e parecia-me que a terra e os céus se tornavam incandescentes em torno Dele. Atirei meus braços para a frente, a fim de impedi-Lo de se aproximar, pois eu não o merecia. Baixei a cabeça, pois era sacrilégio fixar os olhos Nele. E disse: 'Senhor, sou homem de autoridade, um romano, tenho soldados às minhas ordens, e se eu disser a um deles Vai e se eu disser a outro deles Vem, eles me obedecem. Tudo quanto ordeno é feito quando eu o ordeno. Portanto, Senhor, dize apenas uma palavra, e meu servo ficará curado.'"

Lucano estremeceu e apertou as mãos uma contra a outra. A brisa da noite estava parecendo gelo contra seu rosto. Mas ele disse, consigo mesmo: "Não! Não! Isso é impossível!"

— Então — continuou o centurião, quase num sussurro — eu O ouvi falar e Sua voz parecia vir do céu e da terra ao mesmo tempo, e Ele disse às pessoas que o rodeavam: "Jamais encontrei fé tão grande em Israel!" E Lucano, quando eu abri os olhos, Ele se fora, e as pessoas com Ele, e só meus amigos ali estavam. Entramos na casa e encontramos meu servo curado.

Acima dos sons da noite e do trovejar das velas, Lucano ouviu a mais leve das exclamações, como que um eco. Assustou-se e olhou estonteado em torno de si, vendo que Ramo já ali não estava. Levantou-se, e teve que agarrar-se à cadeira, pois seus joelhos sentiam-se fracos. Ficou a olhar para o centurião, sem dizer palavra.

— Precisas acreditar — repetiu o centurião. — Olha para mim e vê que não minto. Sei que não minto! Ele curou meu servo e Ele transformou minha alma!

Lucano virou a cabeça e afastou-se dali.

37

Lucano e Ramo comeram juntos, na cabina, uma ascética refeição. O grego estava mais silencioso do que de costume e mal podia comer. Ramo estava sentado a seu lado, e Lucano via que o rosto do negro irradiava contentamento, e que seus pensamentos o absorviam por inteiro. Falou-lhe, então, lenta e cuidadosamente:

— Ramo, deves lembrar-te de que não há médico que saiba tudo o quanto há para se saber. O homem é muito misterioso. Filósofos e médicos, bem como sacerdotes, têm em vão tentado explorar o seu mistério. A magia, a necromancia e a feitiçaria talvez não sejam o que têm parecido ser. É possível que elas operem através de leis naturais ainda desconhecidas para nós. Uma vez, meu professor, Keptah, disse-me que nos livros sagrados da Babilônia estava escrito que um dia os homens se moverão através do oceano, sem velas, que um dia voarão como pássaros através dos continentes. E que algum dia, em sua incontinência, destruirão a terra em que vivemos. Todos os filósofos conheceram essas profecias, mas temeram contá-las ao populacho. Hás de recordar Sócrates, que foi forçado a morrer por causa de seus pensamentos e ideias.

"Se alguém hoje, neste moderno mundo romano de força, poder e materialismo, proclamasse o que os babilônios e judeus há séculos sabem, seria chamado louco, idiota ou mágico, e tratariam de eliminá-lo. Apesar disso, acredito que todas essas coisas acontecerão. A história que ouvi esta noite, dos lábios do centurião Antônio é, sem dúvida, verdadeira... do ponto de vista dele. Talvez o rabi judeu, o mestre, conheça alguns segredos que parecem sobrenaturais para nós, mas que são parte de leis naturais que ainda não descobrimos. E, como já disse... e isso parece muito razoável para mim... os médicos que tratavam do servo de Antônio cometeram algum erro. O servo não estaria mortalmente enfermo e, de qualquer maneira, teria recuperado a saúde.

Lucano partiu um pedaço de pão, ficou a olhar pateticamente para ele, depois pousou-o sobre a mesa.

— Vi que te comoveste muito com a história do centurião. Pensaste que o rabi judeu é o que tens esperado. Não te iludas.

Olhou para Ramo, cujo rosto continuava radiante, com firmeza:

— Eu te disse que podes falar, que não há nada de organicamente errado com tua garganta ou teu aparelho fonador. Estás tomado pela histeria. Um destes dias, entretanto, falarás e não será um milagre.

A cabeça de Lucano doía, e pequenos tremores, que pareciam de água gelada, corriam sobre sua pele. Suas juntas doíam. Levantou-se da mesa, e disse:

— Tenho frio. Vou deitar-me.

Puxou o biombo para junto de sua cama, entre ele e Ramo, e apanhou seu estojo médico. Apalpou o próprio pulso, que parecia normal. A pele estava quente, mas normal. Examinou-se, e nada encontrou de errado. Ainda assim, sentia-se dominado pela sensação de estar profundamente enfermo. Disse consigo mesmo: Não sou homem influenciável mas, por qualquer idiota razão que seja, as palavras daquele centurião me impressionaram.

Foi para a cama e ouviu Ramo fazer seus preparativos para deitar-se na sua. Quando Ramo olhou por trás do biombo, Lucano fingiu estar adormecido. O negro apagou a lanterna com um sopro e tudo ficou silencioso, a não ser pelos murmúrios e estalidos do navio, pelo som distante dos remos batendo na água quando o vento tombava, e algumas vozes longínquas dos vigias. Depois de algum tempo Lucano adormeceu, mas agitadamente, tomado de pesadelos em que predominava o terror.

Estava num vasto quarto cavado, cujas paredes e forro pareciam nuvens, sem começo nem fim. Estava sozinho, dominado por uma sensação de inanidade universal e medo. Então, diante dele, uma grande cruz ergueu-se, branca como a neve, e sombras rosadas corriam por ela, de alto a baixo, e através. Seu topo erguia-se até o infinito, e seus braços envolviam o universo. Lucano estava ao pé dela, e começou a chorar, dizendo consigo mesmo: "Fiz o possível para não me lembrar!" E exclamou, em voz lacrimosa: "Senhor! Vem a mim!"

Mergulhou no espaço profundo, negro como a noite, e sem-fim. E então, da mesma vastidão, dos confins da criação, ouviu alguém chamá-lo ternamente: "Eu não me esqueci de ti, ó Meu servo! Desde o início dos tempos. Eu te conheço, e tu ouvirás a Minha voz."

Lucano acordou num sobressalto violento, em plena escuridão. O navio gemia e murmurava consigo mesmo. Ele começou a dormitar de novo, tremendo ao pensamento de seus sonhos. Chegou a pensar que via uma faísca de luz, mas ela desapareceu. Remexia-se na cama, inquieto. Sua carne parecia quente como fogo, e Lucano disse consigo mesmo, vagamente, que tinha febre. Tombou adormecido, de novo, e de novo a desolação impregnou seus sonhos agitados numa sensação de perda e de busca. Estava num deserto fulgurante e ardente, de areias que pareciam imensas ondas do mar. A sede consumia-o. Errava daqui para ali, procurando um oásis, ou um sinal de vida, ou uma palmeira, ou uma linha de camelos contra o horizonte em chamas. Tombou de borco na areia ardente e disse consigo mesmo: Agora devo morrer, pois em torno de mim há a inutilidade da minha vida, como um deserto, e nada existe para estancar a minha sede. Instantaneamente, água fresca correu contra seus lábios, e ele bebeu sofregamente, sem poder se saciar. Seus olhos estavam cegos pela luz que o envolvia, e ouviu, então, uma voz que dizia, suavemente: "Eu sou o único que pode saciar tua sede, ó Meu servo, Lucano!"

Agora estava tropeçando numa estrada estreita, juncada de pedras lisas, que subia para a montanha altaneira, cujo topo desaparecia entre nuvens. A montanha não tinha árvores, nem relva, nem vegetação. Suas rochas e rochedos de tons amarelados e esbranquiçados pareciam nadar em fogo. Monstruosas cabeças feitas de pedra, como as de uma Medusa, ou as cabeças das Fúrias, avançavam dentre os rochedos, ou empinavam-se à sua passagem. Lucano tinha as costas curvadas, com uma carga terrível, que ele não podia ver, e seus ombros gritavam de dor sob aquele peso. Tombou contra o lado de um rochedo, e arquejou desesperadamente, dizendo consigo mesmo que não conseguiria ir mais adiante. E alguém falou, com uma voz que enchia todo o espaço: "Vinde ter Comigo, todos os que estais sobrecarregados, e eu vos darei repouso!"

Lucano acordou de novo, empapado em suor. O navio gemia, balançando. A escuridão era sufocante, e ele fez um movimento para se levantar, para procurar água, mas tornou a tombar, adormecido. E agora estava com fome, uma fome para além de todas as existentes, como jamais conhecera ou imaginara. Dentro dele havia um poço retumbante de angústia e desejo. Mordia as mãos e gemia. Então, no meio da dor, viu duas mãos que partiram pão e deram-lhe um pedaço que ele devorou e que o satisfez. E uma voz disse: "Esta é a Minha verdade, e só ela pode aliviar a tua fome."

Encontrava-se, depois, entre a destruição das cidades. Via a curva do mundo, e ela estava envolvida em fumaça. Caminhava entre as ruínas, de horizonte a horizonte, sob um céu tenebroso. Não havia lua, nem estrelas, nem sol, nem esperança. As cidades lançavam fumaça, como esqueletos incendiados. Então, bem para longe e para cima, Lucano viu a estrela que vira quando criança, e ela se movia. Começou a segui-la, correndo furiosamente. E, ao fazer isso, ouviu um coro de vozes poderosas, cantando de dentro de toda a eternidade, como se multidões incontáveis se regozijassem. E gritou: "Esperai por mim! Estou perdido!"

Os sonhos tornaram-se mais confusos, mais insistentes, correndo um atrás do outro, emergindo, separando-se, espiralando-se até desaparecer, para retornarem mais clamorosos, mais confusos, mais carregados de temor e profecias. Ele debatia-se para acordar e, através da vigia, um feixe de luz solar se derramou em seu rosto contraído. Alguém mantinha uma mistura de água e vinho junto de seus lábios, dizendo:

— Estás doente. Bebe e repousa!

Tornou a adormecer, mas era como se jazesse num leito de fogo, e gemia. Mãos moviam-se sobre ele e seu corpo empapava-se como que inundado.

Ouviu vozes preocupadas em torno, depois do que lhe pareceu um tempo infinito. Olhou, mas nada pôde ver senão as luzes das lanternas, embaçadas como arco-íris. Algo quente e ácido estava em sua boca, e ele engoliu, e toda a sua garganta inflamou-se. Uma frialdade úmida envolveu-o, e Lucano suspirou grato. Sentiu que lhe erguiam a cabeça, e que lhe deitavam água entre os lábios. Apareceram lanternas e retraíram-se; o sol veio e se recolheu; a lua brilhou através da vigia, mas quando ele estava olhando já eram as estrelas que ali apareciam. Auroras vinham atrás de crepúsculos e ele disse, em voz alta: "Estou morto?" Ninguém respondeu. Lucano sentia-se exausto, seu corpo não tinha peso. Sua cabeça era um globo de vidro flamejante. Desejava repousar, mas os pesadelos saltavam sobre ele.

Então, certa manhã de um dia fresco e aperolado, acordou e viu um estranho vestido de branco, que sacudia a cabeça num movimento afirmativo, junto a seu leito. Não se podia mover, mas ouvia o navio e o lamento das velas. Uma chuva cinzenta atirava-se contra a vigia, e ouvia-se o som das cortinas batendo. O estrangeiro, em sua cadeira, movimentava a cabeça e dormitava. Mas Ramo não estava ali.

Lucano, com súbita e calma lucidez, soube que estivera perigosamente doente durante muito tempo. Ficou deitado, quieto, exausto, sua carne úmida e entorpecida, a mente clara. Mas que febre era aquela que o assaltara? Não tivera premonição dela, não sentira qualquer sintoma se avolumando. Virou-se na cama e viu que havia nas cobertas a umidade de seu próprio corpo. Pensou em seus sonhos, e a lembrança deles oprimiu-o.

O estranho gemeu e moveu-se, sacudiu a cabeça e abriu os olhos. Vendo Lucano desperto, debruçou-se sobre o doente e disse bondosamente:

— Estiveste doente durante quatorze dias, senhor, mas estás recuperando a saúde. Sou o médico do navio. Durante muitos dias não acreditei que pudesses viver. Mas, graças aos deuses, tua vida te foi devolvida.

Lucano tentou falar, mas sua voz era apenas um sussurro:

— Foi malária, sem dúvida.

— Não senhor. Foi uma doença misteriosa. Tomei conta de ti desde que teu servo desapareceu, e os passageiros te ouviram gritando entre estas paredes.

Lucano ficou imóvel, olhando para o outro homem. Molhou com a língua os lábios secos, e o médico deu-lhe água, bocejando e sorrindo com o contentamento de quem devolveu a vida ao seu paciente. Então, Lucano disse, num sussurro rouco:

— Ramo? Foi embora?

— Sim, senhor. Mas que podemos esperar de servos, que são desleais e egoístas e só pensam neles mesmos? Quando o navio atracou, à meia-noite, na primeira noite de viagem, ele deve ter saído, abandonando-te, pois que desde então não mais foi visto. Ah! Deixou-te uma carta nessa tabuinha aqui sobre a mesa.

— Lê essa carta para mim — pediu Lucano, enquanto sua fraqueza o envolvia.

O médico, erguendo os ombros, pegou a carta e começou a lê-la. A luz aperolada estava agora impregnada de rosado e ouro, e o navio balançava levemente.

Ramo escrevera: "Perdoa-me, senhor, pois devo deixar-te quando o navio atracar, esta noite. Preciso ir encontrar aquele que estive procurando e sobre o qual o centurião nos falou na hora do crepúsculo. Olhei para ver se estavas acordado, mas estava dormindo, então vi que seria melhor não esperar, pois se me tivesses pedido eu não poderia deixar-te. A busca de toda a minha vida está em Israel, e quando eu O vir, Ele levantará a maldição do homem sobre os filhos de Cam, e eu tornarei a falar, adorando-O. Deixo-te com preces e lágrimas, pois eu te amei mais do que a meu pai e meus irmãos, e foste, não meu senhor, mas, meu amigo."

Lucano pensou com desespero naquele homem solitário, negro, mudo e indefeso, andando a pé para atingir sua esperança. Seria um estranho, pois só podia fazer gestos. Haveria florestas que teria de atravessar lutando, desertos, montanhas para galgar, cidades e aldeias hostis. Haveria, sempre, homens hostis. Ele iria morrer de sede, ou de fome, ou atacado pelos animais selvagens, ou mesmo poderia ser de novo agarrado e vendido como escravo. As lágrimas vieram, fracas, aos olhos de Lucano e ele voltou a cabeça no travesseiro sem nada dizer. Finalmente adormeceu, e quando acordou, ao crepúsculo, sua força voltara a ele não podia compreender. Tornara-se quase emaciado, mas estava novamente forte.

Mandou chamar o centurião naquela noite, e mostrou-lhe a carta de Ramo, dizendo, amargamente:

— Não duvido que acredites teres contado a verdade, e que tudo corresse, para ti, exatamente como descreveste. Eu mesmo, como médico, tenho uma explicação própria para o caso. Mas tua história despropositada, Antônio, enviou meu amigo para sua morte certa.

O centurião disse, gravemente:

— Não. Eu o enviei para a sua verdadeira vida.

38

— Não está na hora, meu filho, de dizeres algo? — perguntou Íris, sentada com Lucano nos jardins outonais.

— Não há nada a dizer — replicou ele em voz melancólica. Sua lassitude, que era de espírito e não de corpo, não o abandonava. A irmã, Aurélia, estava casada havia seis meses e já esperava um filho, no lar de seu marido.

— Eu devia me sentir feliz por não nos teres deixado desta vez — disse Íris, com um suspiro meditativo. — Talvez não devesse insistir pelas tuas confidências, pois podes ficar aborrecido e de novo partir.

Ele tentou sorrir para a mãe, mas tudo era um esforço. Íris estava a seu lado, à luz fria do sol, e seus olhos fixavam-se nas árvores de folhas caducas, cujos ramos despidos eram como que ouro áspero contra o azul do céu. Uma fragrância de vinho, maçãs, louro, tâmaras maduras soprava docemente no ar irisado, e as colinas distantes mostravam-se cor de ameixa. Lucano pensou que o rosto da mãe pouco mudara através dos anos, e que sua translúcida aparência era como a de um rosto de criança. Tinha o corpo ainda esbelto, os olhos continuavam a possuir a coloração viva de sempre, as mãos eram claras e castas.

— Quando eu for, Prisco e sua família ficarão contigo, nesta casa, e há também meu irmão, Gaio Otávio. Não estás feliz com tua nora e as crianças que estão agora contigo? A casa ressoa com o riso delas.

— Esqueces algo importante — falou Íris. — Tu foste o filho da minha juventude. Tenho agora cinquenta e cinco anos, e já ultrapassei os anos de expectativa, portanto estou velha, e minha memória volta para Antioquia, e vejo-te como um bebê, num cobertor a meus pés, tomando sol, enquanto eu ficava na minha roca. Nem Prisco, nem Aurélia, nem Gaio são tão queridos para mim, meu primeiro e sempre lembrado filho.

Lucano, sentado com ela no pórtico externo, estendeu a mão e colocou-a sobre as dela. Íris sorriu-lhe com lágrimas nos olhos.

— Se ao menos estivesses casado — murmurou, levantando a mão dele até o rosto por um momento. — Se estivesses casado com Sara bas Eleazar. Cheguei a amá-la como a uma filha, desde que ela veio no verão e permaneceu conosco até se restabelecer de sua febre pulmonar. Vê-te e ama-te como eu via e amava Diodoro. Que maior tesouro pode existir do que o amor? Ela te seguiu em muitas cidades e muitos portos. Por que a repeliste sempre?

— Já te disse, minha mãe. Não há lugar na minha vida para o amor de uma esposa, de filhos, de uma lareira tranquila. Uma vez tu me disseste que eu era egoísta. Talvez tivesses falado a verdade. Nada sei além disso; sou como a casca de um coco, flutuando sem rumo no mar, sua parte vital removida, e sendo atirada de um lado para o outro pelas marés. Outrora tive uma batalha... já não tenho batalhas, pois meu próprio espírito está cansado de morte, e nada me parece ter qualquer importância. Não deixei esta casa porque me faltou vontade para deixá-la. Magoei-te e peço-te perdão. Mas tu és aquela para a qual a verdade tem de ser sempre dita.

Voltou o rosto para o outro lado, e ela o viu de perfil, severo e pálido, como pedra, gasto pelos anos até uma finura ascética. Lucano falou:

— Outrora eu sabia o que queria, e estava cheio de esperança. Houve um tempo em que, a cada manhã, levantava disposto para a luta. Mas, aproximando-me agora dos quarenta anos, pode ser que minhas forças vitais estejam sendo drenadas, e que a hesitação da idade venha tomando conta de mim. Lembro-me de que José ben Gamliel citava-me suas Escrituras, embora não me recorde das palavras exatas. Era uma advertência aos jovens para que não se esquecessem de seu Criador nos dias de sua juventude, antes que os maus dias de invalidez e cansaço os envolvessem, quando eles dissessem: "Não tenho prazer nos meus dias." — Lucano sorriu de leve e penosamente: — Jamais me esqueci de Deus. Ele perseguiu minha vida, até alguns anos atrás, quando, de súbito, se afastou de mim e deixou o campo onde batalhávamos diariamente. Sinto falta do meu velho Adversário — e pela primeira vez, em meses, Íris percebeu um divertimento ambíguo na voz dele.

— Mas Keptah me disse que Deus jamais abandona os homens — falou Íris.

Lucano ergueu os ombros.

— Pois eu te digo que a mim Ele deixou. Há um grande silêncio onde outrora Ele estava, e não mais discutimos. Talvez seja porque Ele sabe que venceu, e que eu não valho mais nada como adversário. Minha vaidade está ferida — acrescentou, com um ligeiro sorriso.

Íris, porém, sabia que seu filho não estava tão fraco como acreditava estar. Ouvia-o, à noite, na grande biblioteca de Diodoro, andando de um lado para o outro. Sentia-lhe a fervente inquietação, como se ele estivesse procurando algo. Muito tempo depois de estarem todos adormecidos, a lâmpada de seu quarto ainda ardia, às vezes até a madrugada. Um homem totalmente desprovido de interesse, ou de ardor, afrouxaria, tornar-se-ia apático. Entretanto, os olhos de Lucano mostravam-se exaustos, atormentados.

— Que desejas tu, meu filho? — perguntou Íris, cheia de dor e piedade.

— Nada desejo. Posso dizer, verdadeiramente, que nada desejo. E esse é o meu terrível transtorno.

A conversa entediava-o, e Íris sabia disso. Ambos observavam as folhas caírem, as pontas dos ciprestes tornarem-se tocadas de luz, e as colinas escurecerem em sua coloração. Depois de prolongado silêncio, Íris falou:

— Eu tive receio de que visses Clódio.

— E eu fiquei horrorizado quando o vi, o jovem aleijado desde sua infância pela paralisia e que não pode andar sem o auxílio de dois fortes escravos. Por que minha irmã, que é tão bela, desejou esse homem? Mas tal pergunta me fiz antes de compreender.

Ficara aterrorizado quando Clódio viera àquela casa para vê-lo, e à sua noiva e família. O jovem tinha um rosto simples e gentil com olhos sinceros e feições delicadas. O perfil aquilino, típico dos patrícios romanos, era mais suave nele, e sua expressão mostrava-se sonhadora. Lucano esperara, ansiosamente, que pelo menos ele possuísse um pouco de intelectualidade, algum poder interior, certa força de espírito e caráter. Clódio, porém, era tão transparente quanto Aurélia, e da mesma forma sem complexidade, embora da mesma forma impenetrável.

Do que eles falavam? Lucano ouvia, sem qualquer sensação de que invadia a intimidade de ambos. Desejava saber. A autêntica e simples verdade lhe foi então revelada: eles amavam todas as coisas, sem malícia, sem hipocrisia, sem medo, fosse um escravo ou uma folha, um cão ou um cavalo, a relva ou uma árvore, um homem ou um pequenino animal fugitivo. De início, Lucano ficou aterrorizado. O mundo os roubaria, com o tempo, daquele amor absoluto; era infantil e estúpido acreditar que viveriam num jardim brilhante e adorável, onde o mal jamais entraria. Pensou em quando a morte entrasse na casa deles, eventualmente para atingir um filho amado ou um servo querido, ou um deles próprios. Pensou na doença que lançaria sombras sobre o aconchego de sua lareira, ou na natural ansiedade de viver, na petulância, na irritação, ou em alguma longa e irremediável moléstia. Que seria, então, do jardim e do amor?

Um dia, encontrou sua irmã sozinha, brincando com alguns gatinhos no jardim, e sentou-se ao lado dela, tentando falar-lhe daquelas coisas. Falou como a uma criança, e ela ouvia, sorridente, os lábios rosados entreabertos, seus grandes olhos castanhos suaves e translúcidos. "Ela não me compreende, absolutamente!", disse Lucano, consigo mesmo, impaciente. Aurélia então dissera:

— Eu te compreendo, meu irmão. Clódio e eu conversamos sobre isso muitas vezes. Sabemos, certamente, que o mundo está cheio de dor, de morte, de injustiça e de miséria. Não temos olhos? Somos crianças? Temos ouvido e visto tudo isso.

Levantara nas mãos um gatinho branco e beijara-lhe a cabeça pequena. Lucano podia ouvi-la murmurando palavras de afeto ao animalzinho, que saltou para o ombro da moça e pôs o focinho contra o queixo dela, mostrando-se contente.

— Mas — continuou Aurélia — sabemos também que o amor é inexaurível, que sempre haverá algo para amar; o mundo está cheio de coisas para amar! Uma existência não é bastante para o amor.

Lucano pensara, alucinadamente: Como é incrível, como é lastimável essa inocência!

Aurélia sorrira-lhe com ternura.

— Pensas que somos crianças, sem razão ou compreensão. Pensas que somos vulneráveis. Esperei por Clódio, embora não soubesse da existência dele, até o dia em que ele veio com seus pais a esta casa. Mas eu soube que era ele imediatamente. Não temos medo de viver, Lucano.

Aquilo deixou Lucano mudo. Procurara o núcleo brilhante dos olhos da irmã, não como homem, mas como médico. E uma luz pura o enfrentara, delicada e forte. Aurélia, sentada na relva como uma criancinha, junto de seu irmão, encostou a cabeça nos joelhos dele em completa confiança.

— Não sou uma erudita, Lucano, pois os livros são velhos e o mundo é jovem e cheio de glória. Mas, quando vi Clódio, lembrei-me do que Keptah me dissera um dia: "Sócrates disse que um homem bom não precisa temer nem esta vida nem a morte."

— O mundo está tão cheio de males quanto de beleza — falou Lucano, rudemente.

— É porque o mundo odeia, e não ama — respondeu Aurélia.

Um cachorro entrou no jardim, correndo e latindo, e Aurélia chamou-o, saltando sobre os pés e correndo a consolá-lo e a brincar com ele. Lucano ficou sozinho, inteiramente imóvel. Quando se levantou para entrar na casa, meditativo, sentia-se vulnerável e sensibilizado.

— Eles serão felizes sempre — disse ele, agora, à mãe. — Jamais haverá um fim para sua felicidade e para seu amor. E eu confesso que isso é um grande mistério para mim, que já não sou um jovem.

Íris sorriu-lhe, e Lucano teve a revelação de que sua mãe era semelhante a Aurélia.

— Estou contente — murmurou ela. — Sim, estou contente, porque um dia, e eu o sinto em meu coração, encontrarás também esse amor e essa felicidade.

Sara bas Eleazar veio ao jardim e encontrou Lucano sozinho. Caminhava vagarosamente, pois estivera doente durante muitos meses, e era hóspede naquela casa, onde todos a amavam pela sua delicadeza e caridade. Estava com trinta e cinco anos, já não era jovem, mas seus olhos cor de violeta pareciam tão radiantes como se fossem os de uma criança, e o rosto doce, e tão bem-talhado, dava-lhe certa serenidade, tocada de melancolia. O corpo delgado escondia-se sob um traje de lã da cor de seus olhos, que Íris fizera para aquecê-la, para afagar seu corpo que se recuperava, e ela usava um xale branco sobre os ombros. O cabelo escuro, com camadas grisalhas, era usado, simplesmente, numa coroa de tranças sobre a cabeça pequena, e a linda boca recurvava-se em leve sorriso. Havia em suas faces um rubor constante, e aquilo — quando ela se aproximou de Lucano, que se levantou para recebê-la — era a primeira coisa que o médico, inevitavelmente, via nela, em especial ao cair da tarde. A mão da moça mostrava-se de um calor fora do comum.

Lucano recordou-se de que Hipócrates advertia os médicos que jamais tratassem pessoalmente das pessoas amadas, pois podiam fechar os sentidos contra a verdade que suspeitavam, ou que eles confundiam desastradamente, pela sua frenética ansiedade.

— Tossiste muito hoje, minha querida Sara? — perguntou, conduzindo-a até a cadeira onde Íris estivera sentada, e envolvendo-lhe os ombros frágeis bem aconchegadamente no xale, a fim de protegê-la contra a frescura do ar da tarde. Ela sorriu-lhe docemente.

— Não. Tossi muito pouco estes últimos dias, Lucano.

— Recusas a atenção dos melhores médicos de Roma, Sara! Precisas deixar que eu chame alguns deles para examinar-te — disse ele.

Ela apertou o rosto contra a mão pousada em seu ombro:

— Eu estou muito bem. Não te alarmes. Bastas para mim, como médico. — Olhou para as colinas, calmamente, e com paz. — Terei pena de deixar tua casa, mas preciso voltar a Jerusalém, para os dias santificados. Vou embora depois de amanhã.

— Mas não estás boa de todo! A viagem será exaustiva demais, Sara. Sabes que fiquei aqui por tua causa?

De novo ela sorriu, pois sabia que aquilo apenas em parte era verdade.

— Não fiques aflito — murmurou ela. — Sinto falta do meu povo.

Lucano sentou-se ao seu lado, debruçado para ela, estudando-lhe o perfil frágil, um camafeu puro, na luz dourada da tarde. Se Sara, disse ele consigo mesmo, estivesse doente, não teria aquela calma; o corpo, quando cheio de pressentimentos de sua própria calamidade, manifesta seu constrangimento no repuxar de um olho, na distensão de uma narina, na contração de um lábio. Seus penetrantes olhos de médico nada disso encontravam no rosto de Sara. A expressão dela, como sempre, era de tranquila alegria, de esperança realizada.

Ficou sentado em silêncio ao lado dela, sentindo os ossos fracos da mão de Sara, a maciez de sua pele acetinada. Olharam ambos para as colinas e vales, durante muito tempo. E Lucano pensava: Por que não me caso com ela e mantenho-a comigo, a esta querida que há tantos anos amo? Tenho perambulado por todo o mundo, pois não possuo um lar, e sempre fugi do amor. Mas agora já não sou jovem, e é possível que minha lassitude, meu vazio, meu desespero torturante sejam resultado da falta de raízes, da sensação do que perdi, ou jamais atingi, da significação da vida. Se me casar com Sara, então terei um lar, uma lareira, uma companheira amorosa para o resto dos meus dias. Posso comprar uma pequena propriedade, uma vila, onde tivéssemos nossos próprios vinhedos e pomares, e embora agora já seja muito tarde, talvez um filho. Eu me privei do que os homens sempre procuram em suas vidas.

Moveu-se com um acesso da antiga inquietação. Disse para Sara, inclinando-se junto dela, ignorando o triste estremecimento que de novo se apoderara dele:

— Sara, minha bem-amada, queres casar-te comigo e permanecer em Roma, construindo uma casa comigo?

O tranquilo perfil dela manteve-se tão imóvel, tão inalterado, enquanto a moça olhava para as colinas, que Lucano pensou não ter sido ouvido, por estar Sara mergulhada em seus pensamentos. — Estou me sentindo vazio — disse ele, levando a mão dela a seus lábios.

Sara então disse:

— Ficaste vazio para que possas ser cheio de alegria e paz para além de tua imaginação, Lucano. O amor conta-me isso, mas não me conta como. Não, Lucano. Não posso casar contigo, pois casando contigo eu te afastaria do teu destino, que não encontrarás em meus braços. Deus chama os homens das cidades, de suas lareiras, de suas esposas e filhos, de tudo quanto eles amam, e Sua voz não pode ser ignorada. Ele te chamou.

— Isso é tolice — disse Lucano. — Estou vazio porque tenho recusado amar por medo do que o amor pode fazer a um homem. Tenho tido medo de viver, Sara, e peço-te, agora, que vivas comigo como minha esposa.

Ela sacudiu a cabeça, leve mas firmemente.

— Não pode ser, Lucano. Outrora, quando deixaste Alexandria, acreditei que fosse possível. Mas, durante estes anos, eu vi que era impossível, pois pertences a Deus. Tu O desejas com um desejo terrível, e ele será satisfeito, pois tu Lhe pertences.

Sara tinha ido embora e Lucano estava sozinho com sua família. A velha e dolorosa inquietação se apoderara dele novamente. A casa estava cheia, mas não havia ali ninguém com quem pudesse falar, e isso o espantava. Havia seu irmão solteiro, Gaio Otávio, eternamente ocupado com seus livros, jovem sério, que vivia uma existência absorvente e secreta que lhe pertencia por inteiro. Lucano sabia que ele tinha grande intelecto, mas, estranhamente, sentia-se menos capaz de conversar com aquele Gaio sem sorriso do que com qualquer outro membro do pessoal doméstico. Havia uma grande formalidade e cortesia entre os irmãos, porém Lucano não podia penetrar na reserva do jovem. Esses pedantes!, dizia ele, consigo mesmo. São mesquinhos e egoístas. Teimosos e veladamente arrogantes. Vivem acastelados numa torre de marfim, onde imperam sozinhos.

Prisco, o feliz e alegre soldado, voltara a casa de suas campanhas com Druso, ao qual jamais criticava por suas loucuras patentes e sua falta de organização, comentando-as, apenas em tom humorístico. Entre todos os filhos da casa, era aquele que Lucano mais queria. Entretanto, ficava a pensar, às vezes, se Diodoro o teria achado satisfatório, pois Prisco aceitava tudo com uma pilhéria; com simples contentamento, e nunca se mostrava sério, fosse a propósito do que fosse. O rosto redondo e moreno e os olhos castanhos faziam Lucano recordar Rúbria, agudamente. Tinha as maneiras joviais dela, seu humor, seu riso fácil e a faísca nos olhos. Gostava da guerra e gostava da paz; gostava de seu dever e gostava de sua família. Nunca se sentia mais feliz do que quando tinha hóspedes em casa. Possuía muitos amigos e visitava-os em sua volta. Era evidente que gozava a vida, não lhe fazia exigências despropositadas, amava os jogos, o teatro, os dados, todos os gladiadores, as noitadas de bebidas com companheiros, gracejos e alegria bem-humorada em geral. Adorava os filhos. Quando Lucano falava de política sentia-se tão entediado quanto Aurélia, e punha de parte o assunto com um forte piscar de olhos e um sorriso, saindo para inspecionar a grande propriedade agrícola. Lucano suspeitava de que Prisco, que o amava, também o achava tedioso.

Apesar disso, Prisco era o chefe da família, e Lucano sentia a urgente necessidade de fazer o exuberante capitão olhar com seriedade o mundo em que vivia. Tinha uma grande fortuna, influência política e militar, tinha filhos, e isso era o mais importante. Assim, certa noite, Lucano chamou Prisco em seus aposentos, e o soldado entrou gingando, com suas pernas fortes e morenas, vestindo uma túnica simples. Estivera brincando com os filhos antes que eles se recolhessem, e seu cabelo áspero e preto mostrava-se despenteado. Em seus lábios grossos e vermelhos havia um sorriso. Cumprimentou afetuosamente Lucano, mas seu coração abateu-se quando viu a expressão grave do mais velho.

Prisco tentou evitar o que temia fosse uma conversa pesada, fazendo vários comentários enérgicos sobre a colheita de uvas, as condições dos pomares, seus planos para reabastecer o rio com maior número de peixes, suas observações sem maldade quanto à frouxidão dos escravos e libertos, suas suspeitas sobre a honestidade de seus capatazes. Tinha a voz feliz, o rosto sem rugas, as maneiras sossegadas.

Lucano disse:

— Como sabes, Prisco, logo irei embora. Deves ter tolerância para comigo; és o cabeça desta casa, e o que pensas e o que dizes é da maior importância não só para a tua família mas para o teu país.

— Oh! Certamente! — disse Prisco, servindo-se de um cacho de uvas purpúreas, de um prato que havia sobre a mesa. Suspirou. Era paciente, e gostava de Lucano. — Eu sempre cumpro meu dever. Acho fácil, devo confessar.

Sentou-se e comeu suas uvas com prazer, cuspindo as sementes na mão e colocando-as em uma pequena pilha, sobre a mesa, pois era muito ordeiro.

— Teu verdadeiro dever — disse Lucano — não é fácil.

— Já me disseste isto muitas vezes — falou o soldado. Esfregou uma maçã na manga curta da túnica. — Mas eu nunca entendo e tu não podes perdoar isso.

— Desconfio que entendes bem demais — disse Lucano, sombriamente. Prisco mordeu a maçã e ofereceu a Lucano o prato, que ele recusou impaciente. Prisco ergueu os ombros.

— Talvez tudo seja bastante verdadeiro — disse —, mas estou vários séculos atrasado, penso. Que posso fazer a propósito de Roma, agora, em minha geração? Sejamos razoáveis, Lucano. — Os olhos castanhos estavam, de súbito, privados de riso, e se mostravam duros quando os fixou no outro homem.

— Teu pai morreu fazendo o que podia — falou Lucano.

As espessas sobrancelhas de Prisco franziram-se, encontrando-se.

— Sim — disse ele —, e, como disseste, morreu. Que proveito tiveram suas advertências, sua morte? Moveu uma polegada algum homem? Tornou algum senador corrupto menos corrupto? Inspirou um Cícero, um Cincinato? Fez César menos do que ele é? Lembro-me de que me disseste que os césares não arrebatam o poder. Que o poder lhes é imposto por um povo degenerado que perdeu sua virtude e sua força, e que prefere segurança à varonilidade, facilidade ao trabalho, e circos ao dever. O que meu pai disse no dia em que morreu despertou a consciência de algum homem? Ficou inscrito para os tempos vindouros? Não. Ele não pôde, nem mesmo durante a sua existência, fazer uma só coisa que fosse para deter o curso da História.

— Tu não me entendeste bem, Prisco. Sei que era inevitável que Roma se tornasse o que é. As repúblicas decaem para democracias, e as democracias degeneram em ditaduras. Isso é um fato imutável. Quando há igualdade... e as democracias sempre trazem igualdade... o povo torna-se descarado, perde o seu poder e a iniciativa, perde o orgulho e a independência, perde o esplendor. As repúblicas são masculinas, e assim geram as ciências e as artes; são orgulhosas, heroicas e viris. Dão ênfase a Deus, e O glorificam. Roma, porém, tombou numa democracia confusa, e adquiriu traços femininos, tais como materialismo, avidez, anseio de poder e utilitarismo. A masculinidade nas nações é demonstrada pela lei, idealismo, justiça e poesia, e a feminilidade pelo materialismo, dependência de outros, sentimentalismo flagrante, e ausência de gênio. A masculinidade é visão, a feminilidade ridiculariza a visão. Uma nação masculina produz filósofos, e respeita o indivíduo; uma nação feminina tem o desejo insensato de controlar e dominar. A masculinidade é aristocrática, a feminilidade não tem aristocracia e é feliz apenas quando encontra uma porção de rostos que a ela se pareçam exatamente, e uma porção de vozes que façam eco para seus próprios e insignificantes sentimentos, desejos, medos e loucuras. Roma tornou-se feminina, Prisco. E nações femininas, como homens femininos, morrem, inevitavelmente, ou são destruídas por povos masculinos.

Prisco tentou tornar o assunto mais leve. Disse, gracejando:

— Meus soldados, as legiões de Roma, não são mulheres, Lucano! — Mas franziu as sobrancelhas, pensando. Que devia um homem fazer? Ele estava absolutamente impotente onde o povo preferia, unanimemente, a escravidão à árdua liberdade.

Ele disse então:

— Consinto em afirmar que tens razão. Mas eu já te disse que meu pai nasceu tarde demais. Morreu com o coração despedaçado. Eu nasci ainda mais tarde. Não pretendo morrer com o coração despedaçado. Que adiantaria a minha tentativa para chamar um só homem que fosse à sobriedade e ao heroísmo? Nada resolveria.

— Mais uma vez me entendeste mal, Prisco. Compreendo que não podes deter a História, pois podridão e morte são inevitáveis nas repúblicas. A única sociedade que pode durar no mundo, com grandeza, é a sociedade aristocrática, governada por homens sábios escolhidos, sacerdotes, cientistas, heróis, artistas, poetas, filósofos. As repúblicas geram políticos exigentes, e esses políticos criam sempre, infinitamente, democracias e morte. Se os homens quisessem ao menos vigiar atentamente, de forma que a masculinidade não se separasse de uma nação! Mas isso nunca acontece.

"Prisco, tu, como esposo e pai, e mais particularmente como pai, podes cultivar a masculinidade de homens nobres e livres em teus filhos; um homem deve começar sempre por sua própria família, e então estender sua atividade aos seus vizinhos. Pode fracassar, mas pelo menos tentou. O homem não é julgado pelos seus fracassos, mas pela ausência de esforços. Pelo menos, o homem é julgado separadamente, nunca é julgado como a massa.

Prisco estava irritado.

— Eu não fiz este mundo, Lucano. Não posso modificá-lo. Devo bater a cabeça contra a parede e esmagar meu crânio? Vivo minha vida o mais utilmente possível, servindo minha pátria, fechando meus olhos para seus defeitos fatais, que não posso eliminar, gozando minha existência, minha família, meu lar, meus amigos. Perdoa-me, mas com toda a tua filosofia jamais gozaste a vida. Quem, então, é mais feliz?

— E isso é tudo, no que se refere a viver, Prisco? — indagou Lucano, melancolicamente, sabendo muito bem que seu irmão compreendera. — Apenas gozar a vida? Seguramente, o homem deve ter maior destino do que esse. Sua vida tem uma significação maior, além deste mundo.

Prisco levantou-se, esticou os braços sobre a cabeça, bocejou.

— Deves dizer-me, Lucano — e havia em sua voz robusta uma leve zombaria.

Lucano ficou silencioso. De repente, pensou em Keptah, em José ben Gamliel, em todos os filósofos e devotos que conhecera. Disse, com hesitação:

— É possível que o destino do homem esteja além de sua morte, e o que ele faz aqui decida esse destino.

— Tu não acreditas nisso! — falou Prisco, rindo. — És o mais cético dos céticos. Já te ouvi falar muitas vezes nesta casa.

Lucano ficou em silêncio outra vez, desprezando a si próprio. Viu a terrível responsabilidade dos adultos, sejam pais ou irmãos. Viu que devem estar sempre ensinando aos jovens que eles são mais do que animais; que suas vidas têm uma significação mais sutil e maior do que superficialmente parecem ter. Lucano pôs a cabeça entre as mãos, pois, subitamente, sentiu pequenas fisgadas e a sensação de que a comprimiam. Prisco, contemplando, apertava os olhos.

— Não te acuses, Lucano. Sempre falaste de acordo com a tua convicção, embora falasses amargamente. Poderias tu me ter feito diferente do que sou? Não.

Sim, pensou Lucano, com fel na boca. E disse:

— E estás satisfeito, Prisco? Não desejas nada mais além daquilo que possuis?

Seria possível que Prisco estivesse hesitante? Lucano levantou os olhos, esperançoso. Prisco estava sério, agora, e coçava o queixo, enquanto flexionava, abstraidamente, um braço musculoso. Depois falou, como para consigo mesmo:

— Ouvi rumores em minha última campanha. Rumores loucos, talvez. Vinham da Síria, ou talvez da Armênia, ou Egito, ou Israel. Não me recordo. Mas o boato diz que Deus se está manifestando em algum lugar, e que bem depressa modificará o mundo.

Olhou para Lucano e riu meio encabulado.

— Claro está que são falatórios loucos. Nossa religião está cheia de manifestações de deidade; como sabes, os deuses estão sempre se envolvendo e interferindo com os homens, ou discutindo acaloradamente entre eles próprios. Ainda assim — e ele fez uma pausa — esse rumor parece ser inteiramente diferente. Uma grande revelação está para vir, segundo dizem. E o mundo será regenerado. — Deu uma palmada nas costas de Lucano: — Portanto, anima-te, meu irmão. Talvez nem tudo esteja perdido.

E lá se foi, cantarolando. Se Lucano tivesse prestado atenção, perceberia que os passos de Prisco não eram tão enérgicos quanto de costume; que, de certa forma, arrastavam-se como se o soldado estivesse pensando. Mas Lucano não ouvia. Um grande terror, uma grande fome, uma grande inquietação se apoderaram dele, e o médico recordou, embora tentasse não recordar, seus sonhos horríveis de quando estivera doente, tomado pela febre.

39

— Não podemos descer em Creta, senhor Lucano — disse o comandante do navio.

— Por quê? — indagou preocupado. — Tenho quatro pacientes lá, e prometi ir vê-los nesta época. Eles estão sob meu tratamento.

— Senhor, está amanhecendo — disse o comandante, significativamente. — Se me quiseres acompanhar eu te mostrarei a razão.

Lucano acompanhou-o para o convés superior. O mar, calmo e azul, riscado com o vermelho e ouro da aurora, desenrolava-se em torno deles. Não estavam longe de Creta, verde e iluminada pelo primeiro sol, rodeada por um halo esbatido de espuma. Um grande navio de guerra romano estava próximo do porto, suas altas velas brancas sacudindo-se ociosamente à brisa matinal, suas flâmulas drapejando contra o céu. Circundando-o, como pequenos peixes em redor da mãe, havia uma atividade febril de barcos pequenos, que pareciam densamente aglomerados de gente que estava para subir a bordo do navio de guerra, sob um chuveiro de chicotadas. Suas vozes lastimosas, fracas e distantes, ecoavam através da água.

O capitão debruçou-se à amurada e ficou a palitar os dentes pensativamente. Era um levantino velhaco e moreno, de bigodes pretos.

— Houve uma insurreição — disse ele, observando com interesse. — O povo desta cidade, inspirado pelos jovens, ousou desafiar Roma e pedir sua liberdade! Não é ridículo que uma ilha tão pequena... e a ilha inteira está fervendo... desafie o poder e a força de Roma? Que ganharam com isso? Suas ruas estão empilhadas de corpos jovens; homens, mulheres e crianças, aos montes, foram apanhados e escravizados, e agora estão sendo levados a Roma, a fim de serem vendidos. Tolos mesquinhos! Nunca houve para eles a menor esperança. Mas, segundo ouvi, enquanto lutavam, chamavam pelos gregos, pelos egípcios, pelos sírios, a fim de que se reunissem a eles na batalha pela liberdade! Receberam apenas expressões de simpatia ou silêncio. Disseram-me que mandaram mensageiros com tochas, correndo, durante meses, através do mundo, pedindo um levante geral contra o tirano de Roma. Mas os outros preferiram lançar expressões de apoio moral em seus tribunais de leis, e saíram para jantar. Outros países, segundo ouvi, apressaram-se a assegurar aos procônsules romanos, e aos tribunos, que não tinham a intenção de se unir "à desordem", e desejavam apenas uma oportunidade de continuar a coexistir amistosamente com Roma. — O homem riu asperamente.

Mais barcos pequenos carregados com rebeldes iam correndo ansiosamente em direção do navio de guerra, como que para aplacá-lo. Lucano via agora nuvens de fumaça e pequenas línguas de fogo erguendo-se da cidade. Pensou nos cretenses que haviam lançado um golpe furioso contra o Império, suplicando e rezando para que as nações submetidas a eles se juntassem. Mas estiveram sozinhos, como todos os homens que lutam pela liberdade estão sozinhos. E os povos pusilânimes, soluçando sentimentalmente por eles, preferiram não ser valentes. Os homens oferecem sua escravidão, sua sujeição, seu sofrimento, foi o que Lucano pensou com amargura. Nunca são realmente oprimidos. Permitem a opressão.

Mas talvez o amor instintivo da liberdade vivesse em toda parte, severamente abafado e ainda assim existindo, embora numa ilha tão pequena, num povo tão pequeno, que ousara levantar mãos valorosas contra a Roma Imperial. Lucano sacudiu a cabeça. Sempre era tarde demais. Não podia suportar os gritos e lamentos e brados dos homens, mulheres e crianças escravizados, e desceu. Sua porta abriu-se sem que batessem, e o comandante entrou, sentou-se junto dele numa cadeira e ficou a olhá-lo.

— A morte — disse o comandante — é sempre o preço que o homem deve estar preparado a pagar pela sua dignidade.

— Quando ele perde sua dignidade como homem, já não é mais homem — disse Lucano. — Os cretenses, que parecem ter sido esmagados, tiveram seu homem de glória. Que Deus esteja com eles.

— É evidente que ninguém mais estará — disse o comandante, com um riso sufocado. — Mas é possível que eles não tenham sequer a simpatia dos deuses, que achem os homens deploráveis.

O navio fez a volta e afastou-se. No porto seguinte, Lucano recebeu cartas de sua casa, mas nenhuma, conforme esperava, de Sara bas Eleazar. Prisco fora reunir-se a Plócio em Jerusalém. Escrevera: "Acho os judeus muito interessantes. Atualmente, toda a Judeia ressoa com o nome de um mestre judeu, um Jesus de Nazaré, que prefere falar com a plebe a se reunir aos homens sábios da cidade. Corre o rumor, entre a populaça fervilhante, de que Ele é o seu Messias, aquele cuja vinda foi profetizada nos velhos tempos, e que os livrará de Roma! Não é ridículo? Os sacerdotes desprezam-No, como camponês de pés descalços. Vive rodeado de seus seguidores, tão destituídos de tudo quanto Ele próprio. Naturalmente, ninguém de importância O leva a sério. Alguns de nossos soldados declaram que Ele realiza milagres como um verdadeiro deus. Precisamos descontar os exageros dos ignorantes, e nossos soldados são supersticiosos. Gosto da Judeia; o clima é salubre; o povo de fisionomia franca. Além disso, não se precisa ter medo de comer em suas tavernas, mesmo na mais humilde, porque tudo quanto se refere a alimento é manejado com a mais escrupulosa limpeza. Na noite passada os oficiais foram convidados a jantar com Herodes Antipas, que é homem cauteloso, e que parece, a esta altura, andar muito preocupado. Ouvi dizer que é abstêmio em seus hábitos, o que possivelmente será falso, pois bebeu mais do que nós, depois se debulhou em lágrimas e falou de um João que tinha mandado matar por causa de sua selvagem rebelião, que agitava o povo. Isso aconteceu há quase dois anos; ainda assim parece perturbar Herodes. O país está fervendo."

Lucano leu e releu aquela carta, e pensou no centurião Antônio. Sacudiu a cabeça. Um rabi judeu, obscuro, iletrado, miserável! Riu, levemente. Seria ele o Deus Desconhecido a que se referia o centurião? Deus se manifestaria, sem dúvida, na pessoa de um grande rei, de um poderoso sábio, de um nobre, de um patrício! Mas aquilo, sem dúvida, estava de acordo com a natureza mística dos judeus, que viam Deus em toda parte. Então, Lucano pensou em Sara e no que ela lhe escrevera, havia anos, sobre o jovem que dela se aproximara, chamando-a pelo nome e a consolara.

Ficou pensando naquilo. Disse consigo mesmo que em todos os países há sempre boatos sobre milagreiros, sobre rápido aparecimento de deuses vestidos de luz, de estranhos acontecimentos. Um mundo reduzido à subserviência e sujeição, sob os romanos, voltava-se para os mitos e superstições.

Apesar disso, terrível inquietação apossou-se de Lucano. Sentiu a Judeia puxar por ele, como se fosse irresistível maré. Começou a pensar em fazer uma visita a seu irmão, em Jerusalém, e então encolheu-se interiormente. Não desejava saber daquele perturbador misticismo dos judeus; estava farto de homens como José ben Gamliel.

No porto seguinte recebeu numerosas cartas, não só de sua casa, mas de Sara, e de estrangeiros em Jerusalém. E quando leu a carta de Sara, fez-se imóvel e frio como pedra, e toda a emoção entorpeceu-se nele, pois agora sabia que Sara tinha morrido. Ela escrevera:

"Quando esta carta chegar às tuas mãos, meu bem-amado, meu muito querido Lucano, eu terei ido reunir-me a meus pais, pois estou morrendo. Não sofras, não chores. Regozija-te comigo por ter sido eu chamada por Deus, que jamais esteve ausente de mim num só momento de minha vida. Reza por mim, se quiseres. Quando deixei Roma, sabia que levava a morte comigo e estava feliz. Voltei para Jerusalém a fim de morrer em meu lar, sem remorsos, sem anseios, sem desejos mundanos, pois que me ia reunir a meus pais e a outros que me amaram. A morte não é uma calamidade, quando morremos; só é uma calamidade para aqueles que ficam, pois a morte é libertação, alegria, paz e beatitude eternas. Os dias dos homens são curtos e cheios de perturbações. O que há no mundo que nos ofereça consolo? Não te desgostes. Estarei sempre contigo e rezarei por ti. Nossa separação será breve. Deus esteja contigo, e possa Ele trazer-te Sua abençoada paz. Dos céus olho para ti, quando tiveres esta carta nas mãos, e rezo para que não chores. Encontrarás meu irmão, Arieh. Antes de ficar confinada ao leito eu vi Aquele que estás procurando, misturei-me com as multidões pelas ruas, e toquei-Lhe as vestes. Ele voltou-se e sorriu-me compassivamente, dizendo-me que não desanimasse; que minhas preces já tinham sido ouvidas. Traze meu irmão para casa, pois agora sei, sem a menor dúvida, que o encontrarás. Adeus, mas só por pouco tempo, meu Lucano. Beijo teus lábios e teus olhos."

Lucano não chorou, como Sara temera. Nada sentia, a não ser um grande vazio e silêncio, um abandono de toda a sensação. Leu, calmamente, as cartas dos estranhos de Jerusalém, amigos de Sara, cartas grandiloquentes assegurando-lhe que ela morrera sem dores; que seu corpo fora levado à sepultura de seus pais, e que Sara lançara seu último suspiro com um sorriso cheio de paz. Havia cartas dos advogados que eram os curadores da fortuna da família de Sara, fortuna reservada para o filho de Eleazar ben Salomão, que agora devia ter mais ou menos vinte anos. Eram homens céticos, aqueles advogados. Apesar disso, Sara os convencera, e eles expressavam sua confiança em que Lucano poderia encontrar o filho de Eleazar, o irmão de Sara, e devolvê-lo a seu povo.

Lucano pôs de lado as cartas e serviu-se de um pouco de vinho. Bebeu lentamente, cogitando, de maneira vaga, no porquê de nenhum vendaval levantar-se nele, no porquê de não ter paixão ou desgosto por alguém que amara com tanto carinho. Então, como médico, soube que estava misericordiosamente entorpecido pelo choque. Bebeu mais e mais, até que as paredes de sua cabina enviesassem. Tornou a beber, e tombou sobre o leito, onde passou vinte e quatro horas sem acordar. Quando voltou a si, teve violentos vômitos, e sentiu-se vagamente grato pelas náuseas e pelo corpo dolorido, pela cabeça estrondejante, pois, preocupado com sua miséria física, não podia pensar.

Dias depois, enquanto o navio fazia seu caminho, sentiu-se como se se movesse num mundo vazio. Trabalhava em silêncio. Não sorria mais, nem mesmo um pouco. Temia adormecer, pois via em sonhos os rostos dos que amara e perdera. Ouvia suas vozes amorosas. E disse a eles:

— Não me consoleis, pois estais mortos e na sepultura não há recordações.

Os meses monótonos e descoloridos se passaram, gotejando uns sobre os outros, como turvas poças dágua. Escrevia cartas breves à família. Receava perdas novas, outras notícias dolorosas. Tinha medo e tremia quando recebia cartas. Mas Aurélia teve um belo filho, e estava de novo grávida. Cusa tinha dois netos. Gaio pensava em casar-se com uma virtuosa donzela de velha e sólida família, mas pobre. "Ela me agrada", escrevia Íris. "É muito erudita. Era inevitável que Gaio, se um dia chegasse a casar, o fizesse com uma jovem assim. Há quase um ano que aqui estiveste, meu filho. Compreendo que em teu desgosto por Sara não desejes ver nossa felicidade, nem ouvir as vozes de teus sobrinhos e sobrinhas, nem mesmo a voz de tua mãe. Mas estou ficando muito velha. Volta para a tua casa, nem que seja por alguns dias, a fim de que eu te possa ver outra vez."

Lucano, porém, não podia ir para casa. Encolhia-se à ideia de viver, e dos rostos deles, temia seu amor e seu consolo, e sua ternura. Podia agora recordar Rúbria sem dor. Mas não podia recordar Sara sem agonia, uma agonia que jamais o deixava. Em cada porto, quando o navio atracava, ele procurava entre a multidão o rosto dela. Quando chegavam cartas, procurava uma que fosse dela. Caminhava, em sua desolação, tratava dos enfermos, sentava-se nos jardins de suas pequenas casas, lia, comia, dormia. Vivia como um espectro. Uma vez, muito calmamente, abriu sua bolsa de médico e olhou para um remédio que havia preparado, e que, dado numa taça de vinho, aliviaria a dor, mas tomado em quantidade traria morte rápida. Esteve com o frasco na mão até que ele ficasse quente entre seus dedos. Depois, colocou-o de lado. Mas sempre pensava nele, em sua horrível solidão, em seu frio desespero.

Soube, num porto, que apenas por uma hora não encontrara com seu irmão Prisco. Este lhe deixara uma carta, antes de partir para Roma, onde iria passar algumas semanas de licença. Escrevera sobre o entusiasmo com que ia ver sua família e censurara o irmão por negligenciá-la. Mandava a Lucano uma mensagem de Plócio, e depois passava a discorrer sobre Jesus de Nazaré, o mestre judeu mendicante, cuja influência crescia na Judeia. Escrevia superficialmente, mas era bastante claro que estava profundamente impressionado: "Falei muitas vezes com os que dizem terem sido curados por ele instantaneamente, pelo toque das mãos. Na verdade, havia um mendigo aqui, que eu conhecia de vista, sentado contra a parede do templo, e que era cego de nascença. Em certa ocasião dei-lhe esmolas, pois seu rosto era nobre e possuía considerável conhecimento. Depois, um dia, encontrei-o rodeado de muita gente excitada, e seus olhos estavam abertos, e ele enxergava! Eu não podia acreditar naquilo, meu caro Lucano! O homem não era um mistificador, eu o juro, contudo olhava para mim, com olhos abertos e vivos e, quando eu lhe falei, correu para mim, agarrou minha mão, e exclamou: 'O Filho de Deus abriu-me os olhos, quando eu Lhe implorei que o fizesse!'

"Na verdade, meu irmão, isto eu mesmo vi, e não o posso duvidar. Contaram-me que aquele mestre fez viver um morto, tirou a loucura da mente de homens, e que todos, ao som de sua voz, sentem êxtase e alegria. Vai de cidade em cidade, de aldeia em aldeia, curando, dizem, e quando o povo fala nele é como se estivesse tomado de arrebatamento divino. É ele Apolo, aparecendo sob o disfarce de um pobre carpinteiro judeu? Ou Mercúrio? Ou Eros? Haverá proximamente alguma grande revelação? Os eruditos, e uma casta daqui, que se dá o nome de fariseus, riem em voz alta, ou se encolerizam. Sentem-se ofendidos ao saber que um homem, sem nada possuir, sem erudição, sem família, sem poder pessoal, sem recomendações de homens distintos, pode atrair para si multidões, no momento em que aparece. Receiam que ele venha a advogar um levante contra os romanos, por parte dos judeus, e aqui o medo é legítimo, pois sua influência entre o povo é estupenda. Nesse caso, se houver um levante, haverá muito derramamento de sangue, e eu não gosto de pensar nisso, pois cheguei a admirar os judeus e visito as casas dos que não pensam que a presença de um gentio e, pior, de um oficial romano, é insultuosa. Mas Israel é um país muito pequeno, e não tem importância. Só quando ali estou é que tenho a impressão de que algo de portentoso está para acontecer. Não é estranho? Voltarei dentro de três meses para lá."

Prisco escrevia a respeito de Pôncio Pilatos, o procurador.

"É homem pacífico, mas vacilante, e prefere sua biblioteca e a companhia de sua esposa aos banquetes e à política. Gosto de conversar com ele. Os judeus aborrecem-no. Declara que vivem com um pé neste mundo e outro no próximo, e que sua piedade é incompreensível. A Herodes, ele despreza como a um tolo efeminado, a um tempo cheio de superstições gregas e de profecias judaicas. Disseste-me, certa ocasião, que Roma fora profundamente tocada pelo Oriente, e se influenciara demasiado por ele. E que a mente ocidental jamais poderá compreender a oriental. Isso é verdade no caso de Herodes. O encontro do Oriente e do Ocidente, nele, desordenou-lhe o espírito e criou confusão em sua mente.

"O procurador não deixou de ser tocado pelas histórias do mestre judeu. Mas não se perturbou com a agoureira profecia de que Jesus incitará os judeus contra Roma. Declarou que um dos seus soldados lhe dissera que quando os fariseus, que são mercadores emproados, e advogados e médicos muito orgulhosos, desafiaram Jesus a trair sua missão real e perguntaram-lhe se era certo os judeus prestarem homenagem a César, Jesus replicara que se deve honrar as leis do mundo, que são de César, em vez de honrar as do mundo sobrenatural, que são de Deus. Não é isso sofisma? Mas muito inteligente, deves confessar. Pôncio achou muito divertida essa história. Disse que o homem deveria ser advogado, pois faria fortuna."

Depois, Prisco acrescentava algumas palavras estranhas.

"Recordo-me de nossa última conversa, em casa, e quando me recordo, penso nesse mestre judeu de pés descalços, miserável. Os pensamentos vêm simultaneamente. E isso é muito esquisito."

Lucano ficou sentado muito tempo com a carta de Prisco na mão. De vez em quando estremecia. Sua fria mente grega o censurava, mas não podia conter-se, e lia e relia a carta. Por mais de uma vez o suor porejou de sua fronte, acompanhado de um anelo desesperador. Então destruiu a carta, como quem destrói algo que o está atirando a um turbilhão.

— Superstição! — exclamou, em voz alta. — Histórias idiotas!

Quando chegou a Atenas soube, por uma carta de Íris, que Prisco voltara a Jerusalém. A esposa de Gaio estava para ter um filho. Cusa andava adoentado, lamurioso. Lucano pôs a carta de lado, desatento. Havia uma outra, que lhe era dirigida em caligrafia estranha, e vinha de um lugar do qual jamais ouvira falar, na África.

"Querido e bem-amado amigo! Esta carta é de Ramo, que pensa em ti constantemente e reza por ti sem cessar."

Lucano não podia acreditar naquilo. Ficou a olhar para a carta, incrédulo, e depois sentiu a primeira alegria, desde há muito tempo. Ramo estava vivo! Não morrera, não se perdera, não fora vendido como escravo.

— Ó Deus! — exclamou em voz alta, encantado. Apertou a carta contra o coração, e lágrimas subiram-lhe aos olhos.

A carta continuava: "Só agora voltei para minha gente, trazendo paz e felicidade comigo. Depois que te deixei — e ainda suplico que me perdoes — fiz meu caminho, através de meses de lutas e esforços, até a Terra de Israel. Das minhas privações não falarei, pois agora elas nada são. Eu esperava hostilidade, por ser o que sou, mas em toda parte, embora não falasse, encontrei a bondade que é oferecida aos peregrinos que se dirigem a um lugar sagrado. Fui alimentado e abrigado sem que me fizessem perguntas, e assim compreendi que Deus me estava protegendo. Nenhum lar humilde se fechou para mim, em parte alguma, e em cada oásis deram-me água, vinho e alimento, junto das caravanas solitárias. Minha cor não foi desprezada. Mas essa é a menor das maravilhas, e eu não falarei dela.

"Cheguei a Israel, e imediatamente procurei por Ele, Aquele que eu vinha procurando. E encontrei-O na cidade de Naim. Não ousei aproximar-me, pois a multidão era muito grande, e eu era um homem de pele escura, sem lar, os pés esfolados, sem dinheiro. Posso falar Dele? Que palavras pode usar um homem para dizer que esteve em presença de Deus? Como foi que Ele me apareceu? Como o sol? Estas palavras não O descrevem. Eu O segui, atrás da multidão, desejando aproximar-me mais. Podia ouvir-Lhe a voz, embora estivesse tão distante; era como um trovão abafado e muito bondosa. Soube que Ele vinha com frequência àquela cidade, onde o povo é povo é pobre e vive oprimido pelos romanos e desprezado pelos eruditos. São agricultores miseráveis e pequenos comerciantes, gente muito humilde.

"Ele aproximou-se das portas, de Naim, e um homem morto, o único filho de uma viúva, ia sendo levado para fora. Um grande grupo de amigos dela a acompanhava. O Senhor, vendo-a, teve compaixão dela, pois a mulher chorava desconsoladamente, e depois de um longo e carinhoso olhar para a mãe, Ele dirigiu-se à padiola e fixou os olhos nos que a carregavam, e estes imediatamente, ficaram imóveis. Ele levantou Sua mão e disse ao filho morto: 'Jovem, levante-te, eu te digo!'

"Lucano, precisas acreditar nisto, pois eu o vi, e jamais te disse uma mentira! Declaro que o morto sentou-se e começou a falar em voz vaga e confusa, como alguém que é acordado subitamente de um sono profundo em que tivera sonhos agradáveis. Mas o Senhor tomou-lhe delicadamente a mão, ergueu-o da padiola e deu a mão dele à mãe, que se agarrou ao filho, abraçando-o, depois atirou-se aos pés Daquele que lho restituíra. O povo recuou, aterrorizado, e então alguém glorificou a Deus com gritos muito fortes, exclamando: 'Um grande profeta ergueu-se entre nós e Deus visitou o Seu povo.'

"Lucano, eu O vi. Com estes meus olhos, com os olhos que tu me devolveste, eu O vi.

"Deslizei atrás Dele, pensando comigo mesmo: 'Se Ele não me devolver a minha voz, não terei pena, pois eu O vi, e que mais necessita um homem?' Queria, entretanto, aproximar-me mais Dele; queria ver Seus olhos brilharem sobre mim, embora eu seja um homem de pele escura. Seguramente, pensei, Ele não me desprezará, Ele, que me fez; seguramente Ele anulará a maldição de Noé sobre meu povo. Ele estava conversando com os Seus seguidores, jovens como Ele próprio; então, subitamente, parou, olhou por sobre o ombro, e Seus olhos iluminaram-se sobre mim. Sorriu, e pareceu esperar. Então, de repente, senti algo mover-se em minha garganta, tremer em minha língua e imediatamente minha voz estava em meus lábios, e eu exclamei: 'Abençoado sou, que vi o senhor nosso Deus!'

"Devo ter caído desmaiado no chão, pois quando acordei estava sozinho sob o crepúsculo ardente e poeirento, e quando levantei sabia o que devia fazer. Devia voltar para a minha gente e trazer-lhe a mensagem de vida e alegria, pois eu tinha visto Deus, eu O conhecera, e a maldição fora afastada de nós.

"Que a paz esteja contigo. Possa a Sua paz descer sobre ti, e possa Ele chamar-te para Si. Pois Ele é O que tens estado procurando. Adeus, mas nós nos encontraremos outra vez, onde os homens não se odeiam nem se desprezam mutuamente, mas compreendem mutuamente seus corações."

Lucano pôs a carta de lado, e de novo sentiu a pesada náusea do coração, e a depressão, o imenso repúdio. Ele, como médico, acreditava saber o que acontecera a Ramo. O homem vira o que desejava ver, a histeria que o silenciara fora de súbito libertada e ele tornara a falar. Era muito simples.

Mas e o jovem que se erguera, o que estava "morto"? Também aquilo era simples demais. O homem sofrera um ataque de catalepsia. Estivera em estado de animação suspensa. Felizmente para ele não tinha sido fechado numa sepultura, para acordar com a boca sufocada pela terra! Aquele mestre judeu devia ser uma espécie de médico, que percebera não estar o homem realmente morto.

Eu tenho muitas explicações, Lucano começou a pensar. Depois parou, impressionado. Preciso sempre raciocinar?, pensou, de súbito. Preciso sempre afobar-me para explicar as coisas à luz da razão? Que me trouxe a razão, a não ser desgosto? Entretanto, tudo quanto não é lógico me parece revoltante, infantil, mesmo profano.

E, sem saber por quê, começou a chorar.

40

Lucano voltou a Atenas. Era um dia quente de início de primavera, e mesmo aquele ar seco e adstringente tinha vida, uma alegria. As mulheres que vendiam flores sentavam-se em suas barracas com pequenas montanhas de louro, violetas, rosinhas, anêmonas e papoulas diante delas. E apregoavam, com vozes roucas. As ruas deixavam escorrer a vida. Jamais fazia muito frio, e ali, ainda assim, quando vinha a primavera, com florações e uma atmosfera azul e brilhante, o povo tornava-se animado de uma espécie de júbilo e prazer. As pequenas lojas ecoavam com as vozes dos compradores e havia por toda parte o cheiro de salsichas e alhos que se coziam. Crianças corriam e gritavam, lutando pelas sarjetas. Velhos sorriam uns para os outros, cofiando suas barbas, e conversavam com vozes eruditas. As colinas mostravam-se viçosas, cobertas de um verde puro. Sobre a Acrópole, o Partenão era uma coroa de luz gelada. A poderosa estátua de Atena recortava-se contra o céu. Em toda parte havia uma aceleração, uma espécie de senso de antecipação. Moças e moços andavam de mãos dadas, sorridentes. Bebês riam no colo das mães. Os soldados romanos encostavam-se às paredes dos edifícios, bocejavam, sorriam, coçavam o queixo e olhavam entusiasmados para as mulheres. Os cavalos, puxando bigas, empinavam-se. Cães ladravam. Advogados e homens de negócios tinham parado em seu alvoroço e caminhavam calmamente, esquecendo de discutir seus problemas.

Lucano sabia que aquilo era o início da Páscoa dos judeus. Havia uma sinagoga ali perto, mas o médico desviou-se dela. Tinha a sensação de estar fugindo, alvoroçado, de alguma coisa, a cabeça baixa. Mas aquilo era ridículo. Havia descido a terra à meia-noite, e fora para a sua casinha solitária. Tinha muitos antigos pacientes a visitar, e faria isso no dia seguinte. Não era pessoa que caminhasse calmamente, pelo simples prazer de caminhar, e não sabia por que fora levado, naquele dia, a andar pela cidade. Mas havia nele uma sede em ver seu próximo, e não se fartava de olhar. Não sou jovem, pensava. Nunca fui pessoa de se misturar com outras para gozar-lhes a companhia. Por que me sinto mal assim? Sorriu para uma velha florista e comprou-lhe um pequeno ramalhete de lírios brancos. Caminhou, mergulhando o nariz nas flores, cuja fragrância quase o estonteava.

Resolveu voltar a sua casa e escrever cartas que de há muito devia à sua família. O jardim estava silencioso e cheio de sol. Tudo tinha uma pátina de luz, tal como ele jamais vira antes. Cada folha nova era recoberta com aquela luz, cada flor nela se mergulhava. Ela faiscava na fonte e iluminava cada grão de terra. As paredes da pequenina casa brilhavam, como se fossem polidas. Lucano olhou para o céu. Jamais ele estivera tão claro ou mais brilhante. Nem uma só nuvem se via ali.

Comeu sua refeição, parca e frugal, e bebeu seu vinho. Ouviu o silêncio de sua casa. Era como se algo tivesse retido uma respiração poderosa e a estivesse mantendo assim. Nada se movia. Agora, tudo refletia radiosidade, mesmo sua taça simples de prata, mesmo seu garfo e sua colher, mesmo os lados de suas mãos, mesmo o piso de madeira branca, bem esfregada. Os olhos de Lucano começaram a arder com tanta luz. Sentiu um cansaço dominador e pensou: Vou deitar-me e repousar.

Deitou-se e fechou os olhos. Esperava dormir durante o calor das primeiras horas da tarde. Mas havia um resplendor, uma iridescência, atrás de suas pálpebras. Sentiu que começava a suar. Todo o seu corpo parecia esticar-se em agonia. Não podia repousar. Levantou-se; sentia-se muito fraco. Seria de novo a febre?, perguntou-se alarmado, pensando nos pacientes que devia visitar no dia seguinte e nas turbas que se reuniriam à sua porta. Não podia faltar-lhes, pois que esperavam por ele. Foi, tropeçando, pela casa, naquela tremenda inundação de luz, e apanhou o estojo. A mão tateante chegou ao fundo e fechou-se sobre algo frio e metálico, e ele retirou dali a cruz que Keptah dera a Rúbria e que Rúbria lhe dera. Olhou-a, brilhando ofuscantemente em sua palma, como se ardesse ao sol. E agora lhe queimava a carne.

Pestanejando, pousou a cruz e ficou a contemplá-la, e todos os seus sonhos, tudo quanto ouvira, voltaram-lhe em trovejante clamor. Mas que tinha aquela cruz a ver com o miserável mestre judeu, na Israel distante que, segundo diziam, levantava os mortos, realizava milagres e arrastava consigo as multidões? Que tinha aquela cruz dos caldeus, dos babilônios, dos egípcios, a ver com alguém tão distante, alguém tão humilde e desconhecido no mundo dos homens?

Não havia repouso naquela casa; não havia repouso em parte alguma para quem estava tão embaraçado, tão acossado e tão desolado. Lucano foi para o jardim, arquejante, procurando sombra. Mas não havia sombra, não havia proteção contra o sol. Tudo estava dentro de uma luz sem sombras, reunido em flamejante cristal. Então, de súbito, uma escuridão tombou sobre a face da terra, engolindo toda a luz, extinguindo-a, levando-a pela frente como uma maré, e banindo-a. Ah!, pensou Lucano. Teremos um temporal, um temporal que refrescará o ar! Olhou para o céu, e o céu muito escuro.*

Onde estava o sol? Contemplou o céu negro, buscando. Tudo se mostrava inteiramente imóvel. Nenhum grilo erguia sua voz. Os pássaros silenciavam, embora tivessem estado murmurantes durante toda a manhã.

O médico olhou para a cidade. O Partenão era um contorno apagado, de prata pura. A cidade imergia na escuridão. Foi quando ele ouviu um

---

*Ocorreu nessa hora um grande terremoto em Niceia. No ano IV da 202ª Olimpíada, Flégon escreveu que uma *grande escuridão* inexplicável aos astrônomos cobriu toda a Europa. De acordo com Tertuliano os relatórios romanos registram uma *escuridão completa e universal* que afligiu o Senado então reunido e lançou a cidade em tumulto, pois não havia tempestade nem nuvens. Os relatórios dos astrônomos gregos e egípcios registram que a escuridão foi tão intensa que até mesmo os cientistas se alarmaram. O povo gritava em pânico pelas ruas, os pássaros abrigaram-se nos ninhos e o gado procurou os estábulos. No entanto não existe registro de eclipse que, aliás, não era esperado. Era como se o sol se houvesse retirado de seu sistema. Os relatórios maia e inca também anotam essa ocorrência, levando-se em conta a diferença de tempo.

som abafado, como do mar, e soube que era a voz da cidade, cheia de pânico e interrogações. Correu para o seu portão. A estrada que por ele passava estava vazia. Olhou para longe e viu, vagamente, o gado deitado na relva, como que adormecido.

O ar mostrava-se tão claro como água e, como água, límpido e fresco. Portanto, pensou Lucano, não é uma tempestade de poeira. Sentou-se num banco e sentiu a frialdade da morte correr por sobre seu corpo. Recordou-se dos velhos mitos que falavam da cólera dos deuses. Haveria um dia em que os deuses, nauseados com os homens, retirariam o sol e mergulhariam a terra em trevas eternas e na morte. Moveu o corpo, inquieto. Levantou-se e caminhou, dando voltas e voltas pelo jardim. Um aroma de rosas e lírios ergueu-se no ar, como se as flores tivessem sido esmagadas sob um pé gigantesco. A cidade começou a brilhar e faiscar com lanternas e tochas rapidamente acesas. Lucano percebeu que, muito provavelmente, um imenso rio de seres humanos estaria começando a correr para o Partenão, a fim de suplicar aos deuses ali que levantassem de sobre a terra aquela terrível e inexplicável escuridão. Quanto a ele próprio, estava consumido, não de ansiedade por si mesmo, mas por uma interrogação apaixonada.

Como alguém que fora instruído pelos maiores cientistas do mundo, começou a fazer conjeturas. Acreditava-se que um dia o sol consumiria a própria força, e este planeta, a terra, rolaria pelo espaço, reunindo gelo e frio mortal, e toda a vida se extinguiria nele. Mas isso, diziam os astrônomos, levaria idades e idades para acontecer. O sol morreria devagar, ficaria avermelhado, apagar-se-ia pestanejando, como lava. Isso ocorreria depois de milênios, jamais ocorreria instantaneamente. Mas o que se passava, então, ocorrera num abrir e fechar de olhos, entre uma respiração e outra. Lucano procurava novamente o sol, o sol que se retraíra. Seria possível que ele se tivesse atirado para longe de seus filhos e se tivesse ido reunir a seus irmãos radiantes?

Uma enorme sensação de excitamento correu de súbito por ele todo, e também um terror que antes jamais conhecera. Onde, entre as constelações ardentes, estava agora o sol? Que caos estava causando entre a fraternidade bem organizada, aquele intruso que vinha de um canto do universo? Que planeta iria devorando em sua passagem chamejante?

Então, sentiu que não estava sozinho. Firmou os olhos em torno, no luar, na luz das estrelas. Havia sombras pálidas movendo-se em torno dele, no jardim, ou era apenas ilusão de seus olhos cansados? Seu coração saltou. Sombras passavam junto dele, e pensou ver os rostos de Rúbria, Keptah e Sara, sorrindo nebulosamente. Flutuavam, como flocos de neve, e então — de súbito! — ali estava Diodoro, jovem, forte, valoroso, sua mão levantada em cumprimento. Havia José ben Gamliel — oh! aquilo era loucura! — com um olhar carinhoso. Entre as muitas sombras femininas, mulheres que ele socorrera, estava Aurélia, animada e sorridente. Uma multidão passou por ele, parou diante dele, cumprimentando-o, com silêncio e afeição. Lucano sacudiu violentamente a cabeça, arquejou, fechou os olhos.

Então, a terra ergueu-se como um vagalhão, estremeceu, convulsionada, e deslizou sob os pés. Um retumbar profundo subiu, como que de suas entranhas. Levantou-se um vento, um furacão, que tombou rapidamente, recomeçou, uivando, de tal forma que a respiração do médico abafou-se em sua garganta. Agora, ele já não era o médico, o filósofo ou o cientista. Era um homem, e estava dominado pelo medo. Levantou-se, tremendo, os dentes castanholando.

Caminhou pelo jardim, que parecia espectral. Sua carne tremia, como em acesso de febre intermitente. Foi até a fonte, e ouviu sua água que saltava. Entrou na casa. Forçou-se a acender uma lâmpada. Ficou ali, de pé, olhando estupidamente para ela. Apanhou um livro e tornou a pousá-lo. Sua cabeça latejava.

Em dado momento tentou falar razoavelmente consigo mesmo. Recordou a astronomia que estudara. O sol não se podia destacar dos "perambulantes" seus filhos, os planetas. Aonde ele fosse, os planetas também iriam. "Certamente, certamente", disse ele, em voz alta, para o silêncio pesado que o envolvia, e sacudia a cabeça em aprovação, como que satisfeito. Mas sabia que aquela era uma reflexão idiota. O sol se fora, e o céu, lá em cima, estava muito escuro. Todas as razões do homem, suas reflexões mais profundas, não podiam alterar aqueles fatos. Ele não conseguia ligar um nome, uma teoria, ao que era impenetrável, não podia ajustar o desconhecido ao que conhecia. Apesar disso, a mente de Lucano disparava, como pássaro estonteado, tentando, febrilmente, explicar o que não podia ser explicado. De novo a terra trovejou sob seus pés e um longo gemido derramou-se pelo ar frio.

Teria o mundo se inclinado por trás de outro planeta? Mil soluções rodopiavam em sua mente, e ele as rejeitava imediatamente, como absurdas. Então, pela primeira vez, pensou em sua família de Roma, com um tremor. Pensou em Prisco, que estava em Jerusalém. Se o mundo estava sendo destruído misteriosa e inexoravelmente, então todos os homens deviam morrer juntos. Pânico, egoísmo, medo, terror, ansiedade, amor — tudo isso nada poderia afastar a fria mão do destino. Acendeu outra lâmpada, depois outra, até que a casa ficasse cheia de luz. Sentou-se e fixou os olhos à frente.

Voltou a si com um sobressalto, consciente de que tombara num sono doentio, dominado pela coisa horrorosa que viera sobre o mundo. Suas lâmpadas estavam piscando, quase apagadas. Levantou-se para reabastecê-las. Então, reparou que uma luz acinzentada aparecia nas portas e janelas, como luz da madrugada. Correu de novo para o jardim. A luz tornou-se mais forte, mas muito lentamente. A terra já não deslizava, estremecia ou roncava; estava firme. Lucano olhou para o céu. Ampla extensão rosada ali se via, como se o crepúsculo se estendesse de horizonte a horizonte. A terra perdeu seu ar espectral, e a cor veio voltando, de momento a momento. Os pássaros piavam ou tagarelavam excitadamente, nas árvores. A fonte cantava mais alto, como que liberta. A voz da cidade chegou a Lucano e tinha som de regozijo, embora com uma nota mais alta de histeria. Então, o colorido rosado separou-se, como uma cortina, e o sol saltou no céu, como um guerreiro com seu escudo de ouro.

Lucano respirou profundamente. Nunca o mundo, nunca nem mesmo em seus tempos de criança, parecera-lhe tão claro, tão querido, tão precioso, agora que fora libertado da morte. E da morte ele fora sem dúvida libertado, como um pássaro é libertado de mão raivosa e próxima. As fundações da terra tinham sido sacudidas, e o sol se perdera. Mas agora o terror e a cólera se tinham ido, e uma doçura erguia-se das flores e da relva, como se a terra exalasse a respiração que retivera por demasiado tempo, apavorada. Lucano apertou os dedos contra o rosto e suspirou profundamente.

Com certeza, pensava agora, há uma explicação científica para isto. O fato de eu não conhecer a causa do fenômeno não significa que ele esteja fora de uma explicação. A tarde ia terminando e ele tinha fome. Sentou-se e comeu um pouco, e jamais o vinho tivera tão agradável gosto, jamais o pão e o queijo lhe tinham parecido antes tão saborosos. Escreveu cartas, e uma delas se dirigia a um astrônomo de Alexandria, comentando a escuridão, perguntando-lhe se ela fora observada ali, qual seria a causa e se poderia acontecer de novo.

Quando dormiu, naquela noite, foi como se tivesse tido suspensão de uma sentença, e com aquela suspensão tivesse vindo não só o perdão, mas vida, paz e tranquilidade, como no primeiro dia que o mundo conhecera e em que o homem acabava de nascer.

41

Vários dos pacientes que vieram procurar Lucano no dia seguinte lhe eram desconhecidos. Estavam em estado de choque, muito pálidos, e alguns tinham perdido a voz. Ele os tranquilizou, sorridente, dizendo que nada do que ocorrera no dia anterior deixava de ter explicação por parte dos homens da ciência. Era bem provável que se tratasse de um eclipse. E só as crianças tinham medo de eclipses. Os astrônomos egípcios, muito tempo antes, não tinham mostrado possibilidade de predizer eclipses, não só para o futuro imediato, mas também para épocas ainda não concebíveis? Podiam ter confiança nos letrados, nos homens que compreendiam, que podiam fazer o mapa dos céus, marcar as fases da lua, o movimento das estrelas com precisão. Lucano, com seus pacientes aglomerados em derredor, demonstrou um eclipse com uma maçã e uma noz. Eles ficaram muito interessados, seguindo suas explicações boquiabertos e com olhos alargados e, como tinham feito na véspera, sacudiam a cabeça, sensatamente, uns para os outros, e declaravam que durante todo o tempo tinham sabido que se tratava de uma coisa daquelas. Eles não sabem mais do que eu, pensou Lucano secamente.

— Tudo isso está muito bem — disse um velho, sacudindo a cabeça e olhando com ar astuto para o médico. — Mas tu nada explicaste. Isto é coisa que fica para além das explicações dos homens. — Os outros riram-se alegremente dele, chamaram-no de barbudo grisalho, mas Lucano não riu. Os olhos fortes e agudos do velho o transpassaram. E ele disse:

— Bem, vamos ver teus tornozelos reumáticos outra vez, meu amigo. Tenho um novo unguento que, acredito, irá aliviar-te.

— Tive esperança, ontem — disse o velho —, que se tratasse do fim do mundo, pois não somos todos perversos, um insulto para o céu?

Os outros riram-se dele ainda mais alto mas fixavam-lhe, de certa forma, olhos maldosos. Os homens, meditava Lucano, não gostam de ser chamados maus e de afronta para os deuses, e que tenha cuidado aquele que lhes disser a verdade.

Além da família de Turbo, havia apenas uma outra família rica de Atenas, da qual Lucano tratava. O nome do pai era Cleonte, e ele se gabava de descender da família de correeiro, célebre no tempo de Péricles. Ele e sua esposa, bem como uma filha viúva, moravam em esplêndida vila próxima da Acrópole, cujos jardins eram rodeados de altos muros e vigiados por escravos armados com espadas ou cimitarras à moda do Oriente. Lucano não gostava de ninguém daquela família, mas Cleonte era portador de uma doença ainda não conhecida que interessava o médico. Periodicamente, rebentava-lhe enorme erupção de pele, que se tornava lívida, depois empalidecia e ao fim de alguns dias estourava em furúnculos horríveis. O médico jamais vira uma coisa assim e estava escrevendo um tratado sobre o assunto. Eliminara as fontes habituais das erupções de pele como causa. A dieta do homem fora restringida de maneira severa. Tratando-se de pessoa de forte gênio e tendo sua esposa igual temperamento, tudo isso acompanhado da fama péssima de usurário, era detestado por todos quantos o conheciam, inclusive por Lucano. O médico estava começando a formular uma teoria, segundo a qual o próprio temperamento do homem era o causador das crises. A carne dele mostrava-se esburacada como uma pedra velha, e um dos olhos ficara inutilizado para sempre. Não se tratava de coisa nova, isso de se dizer que os maus humores mentais podiam atuar somaticamente, mas aquela demonstração era tão extraordinária que intrigava Lucano.

Naquela tarde, ele foi à luxuosa mansão de Cleonte. Cobrava ao velho, invariavelmente, uma quantia elevada, mas dava-lhe, também invariavelmente, alívio temporário. Foi recebido imediatamente nos compartimentos emparedados onde Cleonte passava o tormento de seus dias. A erupção chegara havia uma semana, e já estava supurando. Lucano tratou dos furúnculos, enquanto Cleonte se queixava, batia as pálpebras e blasfemava. Era homem minúsculo, de corpo intumescido, uma vesguice onde sofrera a doença no olho, e um rosto pequeno, tão enrugado quanto uma noz.

— Depois que estiveste aqui pela última vez, meu bom Lucano — disse ele lastimosamente —, eu tive um alívio de muitas semanas e pensei estar curado. Se não tivesses chegado agora, tenho certeza de que morreria dentro de pouco dias.

Mostrou a Lucano uma erupção nova, em uma das nádegas, mas essa intumescência tomara o tamanho de um punho de homem. Lucano passou um pouco de unguento ali, depois de banhar o local em água muito fria.

— Tu não vens com a necessária frequência — disse o velho, zangado.

— Acrescentei um novo médico ao pessoal da minha casa, mas ele não é melhor do que os outros. Mandei açoitá-lo em várias ocasiões pois ele tem boca violenta e blasfema, quando se zanga, embora, quanto ao resto do tempo, seja um miserável de temperamento carrancudo, frio e reservado.

— E que te disse ele? — perguntou Lucano, abstraidamente. Dentro de poucos dias a erupção degeneraria num formidável furúnculo, que teria de ser lancetado.

O velho saltou na cama e sacudiu o punho fechado.

— Da última vez que tive essas erupções, chamei-o, ele me examinou, e então disse, ousou dizer, o cão, que não era minha carne que adoecia e sim meu espírito! Eu devia tê-lo mandado para a prisão, ou açoitado até morrer, ou vendido para as galés. Mas paguei dinheiro demais por ele.

— Um médico? Um novo médico? — Lucano levantou a cabeça, alertado.

O homem era, então, consideravelmente esperto.

— Comprei-o no mercado, por uma soma esplêndida, posso dizer-te! Dizem que foi educado em Tarso, mas eu juraria que recebeu o pouco que sabe de alguma parteira ou de um açougueiro! Sabes o que aconteceu ontem? Quando o sol desapareceu, e compreenderás que não sou um ignorante, tive consciência de que se tratava de um eclipse. Ouvi minha mulher e minha filha se lamentando; os escravos tinham fugido para as adegas.

Então, aquele velhaco, aquele meu novo médico, veio até meu quarto, olhou-me com olhos que pareciam de fogo. E nada disse. Apenas ficou ali durante um bom pedaço de tempo, olhando para mim, até que eu pensei enlouquecer. Ah! Quando ficar bom de novo, vou usá-lo para qualquer serviço! Preferivelmente, é natural, para cuidar da pocilga.

Recostou-se em seus travesseiros e deu a Lucano a melhor imitação de um sorriso agradável.

— A dor já está cedendo, meu Lucano. Eu te sou grato.

Lucano deu ao escravo assistente um jarro do unguento e indicou como devia usá-lo a cada duas horas, dias e noites. Caminhou então para o vestíbulo e chamou o vigilante.

— Gostaria de conversar com o novo escravo — falou, em voz baixa. — Penso que posso deixar ao médico algumas instruções relacionadas com o tratamento, quando não estou aqui. Como se chama ele?

— Seu nome é Samos, pois dizem que nasceu lá, senhor — falou o vigilante, respeitosamente. — É um cão rabugento. Não duvido de que outrora fosse ladrão, pois foi ferreteado de uma forma bastante desagradável.

Mandou buscar vinho para Lucano, que se sentou numa cadeira confortável, no vestíbulo cheio de sol, e então mandou chamar Samos. O escravo voltou com um rapaz alto e moreno, cabelos pretos e profundos olhos azuis, ombros largos fortes, e a atitude de um rei. Caminhou em direção a Lucano, silenciosamente, e seus movimentos eram solenes. Então, parando diante do médico, levantou a mão, ergueu o cabelo da testa e mostrou, desdenhosamente, a marca do ferrete. Era de um violeta escuro, empolado e repelente. Deixou cair de novo o cabelo e disse, a voz mal-humorada:

— Que desejas de mim?

A compaixão cresceu em Lucano. Pediu ao vigilante que saísse dali e fez sinal a Samos para que se sentasse a seu lado. Este, porém, disse, com sua voz amarga:

— Não. Sou apenas um escravo, sempre fui um escravo. Não sejas magnânimo comigo. Não desejo a amizade dos homens nem a sua bondade. Sou inimigo de todos os homens.

— É assim? — perguntou Lucano, com um pequeno sorriso, embora sua compaixão aumentasse. — Então, fica diante de mim, de pé, como um escravo, se acreditas que és. Como a um colega médico, quis fazer-te algumas perguntas. — Parou, e acrescentou, em voz mais baixa: — Acredito que estás bem certo em teu diagnóstico da erupção e dos furúnculos de Cleonte.

O rosto de Samos modificou-se; sua boca ampla e sensível moveu-se, os grandes olhos azuis pestanejando, como se evitassem lágrimas. Não era velho: Lucano imaginou que ele não teria mais de vinte e dois anos. O jovem hesitava. Depois, com uma blasfêmia abafada, puxou uma cadeira para a frente e sentou-se diante de Lucano, fixando nele olhos furibundos.

— Estou certo — disse, e sua voz era desafiante. — Mas que pode um homem fazer com alguém como Cleonte, a não ser chamar padres e pedir que exorcizem seu demônio? E é possível que ele próprio seja um demônio.

Lucano riu baixinho.

— Quem sabe? — murmurou. — Mas, dize-me. Foste, realmente, educado em Tarso?

Samos olhou para o lado. Seu perfil era forte e clássico, com as faces finamente cinzeladas, e excelente queixo. Lucano sentiu um abalo dentro de si próprio; o médico, mais novo do que ele, lembrava-lhe alguém, vagamente, e a recordação era dolorosa. Então, o escravo disse:

— Nasci em certa casa de Samos. Tinham ali um esplêndido médico, e eu seguia-o sempre, e finalmente fui seu assistente. Aquele médico, que estava ficando velho, recomendou-me a meu senhor, que era quase tão cruel e perverso quanto este Cleonte, e a um comerciante internacional, para que ele me mandasse estudar em Tarso. E eu fui. Passei ali três anos e diplomei-me com coroa de louros, e meus professores foram todos homens bons, gentis e aqueles anos foram toda a felicidade que conheci.

Uma lágrima deslizou pelas suas pálpebras e ele pestanejou furiosamente, retirou um lenço do cinto e assoou o nariz. Depois, ficou a olhar, abstraído, para o piso branco e polido.

— Enquanto estive em Tarso percebi que não mais poderia ser um escravo. Devo libertar-me ou morrer. Assim disse a um dos meus professores, mas ele me aconselhou paciência. Médicos não se suicidam. Se eu ganhasse bastante, em presentes dados pelo meu senhor, poderia, eventualmente, comprar minha liberdade. Mas ele não conhecia meu senhor que era menos generoso do que Midas. Não recebi presentes, nem mesmo esperava presente algum. Depois de um ano, fugi. — Parou e reteve o fôlego:

— Fui capturado e mandado de volta. Esperava a morte ou, no mínimo, ser mandado para as galés. Mas meu senhor gastara muito dinheiro comigo, de forma que me mandou marcar com o ferrete. Então, tornei-me um lobo selvagem, segundo ele, até que me vendeu. E assim vim ter a esta casa, que é igual à dele.

Lucano olhava para ele com uma compaixão tão vívida que chegava a doer fisicamente:

— Gostaria de ficar comigo? — perguntou. — Gostarias que te comprasse? Se o conseguir, liberto-te, pedindo apenas que sejas meu companheiro, pois sou solitário e não tenho amigos.

Samos teve um sobressalto e virou-se sobre as nádegas para encarar Lucano, com expressão incrédula. Viu os olhos radiantes e azuis do médico, o sorriso delicado, o cabelo dourado que se tornava grisalho, e percebeu que Lucano não estava gracejando. Lançou um grito abafado, baixo, e caiu de joelhos diante do outro homem, descansando a cabeça em seus joelhos, sem uma só palavra. Então começou a chorar, não com lágrimas, mas com os soluços secos do homem que, encarando a morte, vê lhe prometerem a vida. Passou os braços em derredor da cintura de Lucano e agarrou-se a ele, sempre mudo.

Lucano pôs a mão na cabeça que repousava em seu joelho. O cabelo de Samos era fino como seda, muito espesso e ligeiramente crespo. Lucano suspirou e deixou que ele ficasse a seus pés, agarrado ao seu corpo como uma criança, até que se controlasse um pouco mais. Então, disse, com a máxima delicadeza:

— Fica aqui, enquanto eu falo com Cleonte. E reza.

Soltou os braços que o prendiam, e que eram macios, embora musculosos, e voltou ao quarto de Cleonte. Este estava meio adormecido, seu sofrimento aliviado, mas quando viu Lucano levantou a cabeça dos travesseiros.

— Ah! — disse ele — que tesouro és tu, meu Lucano. Há muitas noites que não durmo, e agora estou como uma criança num berço macio.

— Eu quis examinar a erupção de tuas nádegas mais uma vez — falou Lucano, fingindo estar de novo interessado. — Está cedendo e é possível que não chegue a supurar. É um lugar difícil para ter tal tormento, pois pode estender-se perigosamente.

Sentou-se e encarou Cleonte com uma expressão que — tinha esperança! — era bondosa.

— Estive conversando com teu escravo, Samos. Acredito que foste roubado. Isto é, o jovem nada poderá fazer por ti ou pela tua família.

Cleonte gritou de raiva e bateu seu punho fechado nos travesseiros.

— Eu sabia disso! — exclamou. — Maldito seja aquele mercador, aquele abutre imundo! Eu nunca devia ter confiado nele. Tinha péssima reputação. Ah! mandarei Samos para as galés. — Sugou suas gengivas desdentadas e seus olhos reluziam de prazer: — Será uma felicidade para mim, pensar nele ali! Mas fui roubado, depenado! Qual será a minha vingança! — Inclinou-se para Lucano, astuciosamente: — Não me podes dar uma carta dizendo que o miserável tentou envenenar-me? Então poderei mandar executá-lo. — Uma gota de saliva apareceu no canto de sua boca, e ele lambeu-a.

Lucano fingiu considerar o assunto judiciosamente. Depois, sacudiu a cabeça:

— Lembrei-me de que preciso de um escravo para minha casa. Queres vendê-lo a mim? Ele é muito orgulhoso e arrogante.

Os olhos duros e agudos de Cleonte interrogaram o rosto do médico. Tornou a reclinar-se, grunhindo:

— Bem, vamos, ele me custou um dinheirão.

O médico assentiu com a cabeça:

— Solidarizo-me contigo, Cleonte. Quanto pagaste por ele?

Ele apertou os olhos astutos. Cleonte sabia tudo sobre Lucano; sabia tudo quanto se dizia na cidade. Aquele tolo, mas talentoso médico, era rico. Se era louco bastante para tratar da plebe de graça, adquirindo assim a reputação de um deus, deveria pagar por aquela loucura e por aquela reputação. Assim, Cleonte falou numa soma tremenda, além dos recursos imediatos de Lucano. O médico ficou, ao mesmo tempo, zangado e preocupado.

— Ora essa, esse é o preço do médico mais qualificado, para além de todo o preço. Isso é o resgate de um príncipe!

Cleonte ergueu os ombros. Estava outra vez sonolento.

— Então — disse — conservo-o, faço dele o que quero, mando-o açoitar todos os dias, neste quarto, para gozar a cena.

Lucano conhecia sua obstinação. Levantou-se:

— Se não me venderes Samos, jamais voltarei aqui, e então, com toda certeza, morrerás. Estou falando sério, Cleonte — acrescentou, severamente.

Cleonte abriu os olhos, assustado.

— Tu não abandonarias um velho!

— Com toda certeza abandonarei. Não duvido de que tenhas pago um preço alto por Samos, mas não o que dissestes. Ofereço-te, agora, e pela última vez, trezentos sestércios de ouro, cunhados recentemente. Toma-os, ou procura outro médico.

— Tu me condenarias à morte!

— Sem dúvida alguma.

— Por que queres Samos, aquele cão!

— Já te disse. Ele tentou meu capricho. Em minha juventude domei cavalos selvagens.

Cleonte calou-se, arquejante, furioso e despeitado. Desejava que Lucano fosse um escravo. Mandaria açoitá-lo regularmente, mandaria ferreteá-lo com ferros quentes até que a carne dele torrasse. Gritou:

— Dá-me o dinheiro, e que o Hécate persiga teus sonhos!

Lucano sorriu:

— Retira tua maldição, ou não será possível minha volta amanhã para continuar teu tratamento. — Atirou uma bolsa sobre a cama: — E, agora, assina um recibo de venda para mim.

Alguns minutos depois voltava ao vestíbulo onde Samos estava à sua espera. Samos olhou-o com olhos azuis e selvagens, os olhos torcendo-se desesperadamente. Lucano tomou-lhe o braço.

— Vamos para casa — disse, como dissera a Ramo havia muito tempo.

Lucano colocou todas as lâmpadas que tinha sobre a mesa, na qual pusera seus instrumentos agudos e brilhantes. Samos estava sentado numa cadeira, ao lado da mesa, rígido e na expectativa, olhos fixos, com amor e devotamento, no outro homem. O médico misturou uma poção numa taça de vinho e entregou-a a Samos.

— Isto aliviará tua dor — disse. — Não sei até aonde terei sucesso na diminuição desta marca terrível do ferro, mas farei o melhor possível.

— Terás sucesso — afirmou Samos. — Caro senhor.

— Não me chames senhor — disse Lucano. — Chama-me pelo meu nome.

— Ficarei sempre contigo, queira tu me dês ou não a minha liberdade, Lucano.

— Amanhã eu te levarei ao pretor romano, e terás tua liberdade. Poderás não gostar da vida que levo. És jovem, e na altiva expressão de teu rosto vejo ambição. Não faças juramentos dos quais poderás te arrepender.

Lucano sorria, e ainda estendia a taça.

— Como poderia jamais me arrepender? — perguntou Samos, apaixonadamente. — Tu me trouxeste para tua casa como um amigo, o único amigo que conheci! Tu te ofereceste para me libertar a mim, que preferia morrer a continuar escravo! Só peço para te servir eternamente.

— Ainda assim — disse Lucano — és jovem; és excelente médico. O mundo será teu. Como homem livre, serás cidadão de Roma. A fortuna pode vir a tuas mãos. Primeiro, antes de todo esse brilhante futuro, e eu não te manterei ligado à tua promessa, a marca deve ser removida. Bebe isto já.

Samos, a mão tremendo, tomou a taça. Olhou para sua profundidade sombria.

— Ópio — murmurou. Olhou para os olhos de Lucano, depois colocou devagar a taça sobre a mesa, tomou um grande fôlego, e falou: — Não.

Lucano examinou-lhe o rosto e depois fez um movimento de aprovação.

— É doloroso tornar-se um escravo, mas é mais doloroso tornar-se livre. Compreendo. Preferes tomar tua liberdade com sofrimento, pois assim limparás o coração. Contudo, advirto-te de que será angustioso.

Samos agarrou-se aos lados da cadeira e ergueu o rosto.

— Estou pronto — disse.

— Fecha os olhos para que o sangue não pingue neles.

Lucano ergueu uma lâmina afiada e estreita. Examinou de novo a marca. Feia como era, não se tratava de cicatriz antiga, e a pele, em derredor, estava ainda fina e flexível, pois Samos era jovem. Podia retirar cuidadosamente a marca, sem magoar os tecidos que ficavam abaixo dela, e poderia puxar as margens intocadas, reunindo-as. Quando a ferida cicatrizasse, haveria apenas uma ruga comprida e fina, da linha dos cabelos até as sobrancelhas, e dentro de poucos meses aquela ruga estaria branca e passaria despercebida. Lucano explicou ao outro o que ia fazer, e Samos aprovou com um gesto de cabeça. Sua boca empalideceu, em antecipação, e ele se tornara rígido.

Lucano correu a lâmina de alto a baixo, com um toque delicado, e o corte abriu como uma boca, sangrando. Mas não havia grandes vasos sanguíneos abaixo. Samos não pestanejou; estava bem imóvel. Lucano limpou o sangue que pingava e recortou a marca. Samos fez-se branco como a morte e suas falanges cresceram nas mãos apertadas. Mas ele não se moveu. Lucano começou a suar, em sua rapidez de trabalho; lágrimas de sangue corriam da ferida e rolavam em gotas vermelhas pelas faces de Samos. Algumas juntavam-se, em pequenas poças, aos cantos de sua boca. As lâmpadas crepitavam e se debatiam contra uma brisa ligeira que vinha da janela.

O médico, preocupado com a dor que estava provocando, relanceou por um instante os olhos para o rosto tenso de Samos. De novo a sensação de um rosto familiar lhe veio.

— És muito corajoso — disse, com voz trêmula. — És um homem bravo e nobre, Samos.

A marca jazia sobre um pequeno pires, má como o olho de um demônio, e já encolhendo. Lucano apanhou agulha e linha. Samos tinha o ar exausto e o médico só desejava que ele desmaiasse. Mas a orgulhosa expressão da boca do jovem não afrouxava. Lucano começou a suturar habilmente, e falava em voz suave do trabalho que fazia entre os pobres, dos casos estranhos que tinha encontrado. Samos sorria levemente. A pele macia e jovem tinha que ser esticada para se encontrar. A cicatriz, porejando pequenas gotas de sangue, já não sangrava.

— Abre teus olhos, Samos — disse Lucano, e deixou-se cair numa cadeira, limpando o suor com as costas da mão. Samos abriu os olhos e sorriu para ele com orgulho e alegria. Depois de alguns instantes, Lucano cobriu o ferimento que já parara de sangrar.

— Ah! — disse ele — estou contente com isto. Ficará melhor do que eu esperava. Mas agora deves beber uma taça de vinho comigo, pois estou exausto!

Rindo, com a voz trêmula, serviu duas taças de vinho. Samos estendeu a mão para uma, a sua mão esquerda. Lucano colocou a taça naquela mão, e então parou, abruptamente. Seu coração também pareceu parar, e houve um trovejar em seus ouvidos. Seu rosto tornou-se mais branco e mais imóvel do que o rosto de Samos.

O moço olhou para ele e ficou assustado.

— Lucano! — exclamou. — Isto foi demais para ti! Parece que vais desmaiar!

Levantou-se, cambaleante, e passou os braços em torno dos ombros de Lucano. A boca do médico abriu-se silenciosamente, e então ele arquejou. Seus olhos encheram-se de lágrimas. Levantou-se e ficou de pé ao lado de Samos, tentando falar, e conseguindo apenas crocitar. Depois, olhou para Samos e disse na mais calma das vozes:

— Tu não és Samos. Esse não é teu nome. Teu nome é Arieh ben Eleazar, e és um judeu, que eu estive buscando há vinte anos!

Levantou a mão esquerda do jovem, que estava estupefato, e voltou-a para a luz. O dedo mínimo era torcido e dobrado fortemente para dentro, na direção dos outros dedos. E Lucano olhou nos olhos de Arieh, vendo ali os olhos de Sara. Estalou em choro abafado.

— Deus é bom — gaguejou ele. — Acima de todas as coisas, Deus é bom!

42

Imediatamente, Lucano escreveu aos advogados de Sara bas Eleazar, em Jerusalém. Disse a Arieh:

— Deves partir pelo próximo navio, que chegará depois que minha carta alcance os advogados. Eu te acompanharia, pois isto é uma coisa muito cara para meu coração, mas tenho contrato de dois meses com outro navio e não posso romper minha palavra. Mas irei encontrar-me contigo mais tarde, em Jerusalém, talvez.

Arieh, porém, disse-lhe:

— Não me peças que te deixe. Não tive muita experiência, e quero ser teu assistente durante esses dois meses.

Lucano sorriu; sabia que Arieh dera aquela desculpa para não se separar dele. Assim, Lucano concordou, e Arieh, caminhando com a altivez e agilidade de um jovem que está libertado, foi com ele. Lucano, que se sentia como se um horrível abscesso tivesse sido finalmente lancetado nele, purificando-o, começou então a ensinar a Arieh sua antiga religião, nas vigílias noturnas. Arieh fora educado, indiferentemente, na religião greco-romana da casa de seu primeiro senhor, e depois em Tarso, por seus professores. Ouvia Lucano com a mais profunda atenção, e fazia perguntas pertinentes:

— É estranho descobrir que sou judeu — disse, certa vez, sacudindo a cabeça. — Meus senhores odiavam os judeus, diziam-nos avarentos e astutos, sendo, eles próprios, os homens mais perversos, ávidos e espertos do mundo! Meu primeiro senhor, em particular, não podia dormir, por causa de seus planos, e jamais eu o vi regozijar-se, a não ser quando tinha arruinado um outro homem.

Quando Arieh andava, Lucano recordava o que Eleazar ben Salomão dissera de seu filho: "Ele é um jovem leão!" Perguntou a Arieh sobre lembranças que pudesse ter do passado.

Arieh franziu as sobrancelhas, tentando lembrar-se.

— Disseram-me que eu tinha nascido em Samos, e que por isso deram-me esse nome. Eu tinha dois anos de idade quando fui comprado para ser um brinquedo nas mãos dos filhos do meu primeiro senhor; fui comprado de um bloco de escravos. Isso é tudo quanto sei. — Fez uma pausa, e depois continuou: — Tive um sonho que me perseguiu durante toda a minha infância, e que às vezes ainda tenho. Eu estou num jardim, grande e belo. Vejo colunas brancas, mas não vejo estátuas como mais tarde vi em outras casas. Vejo uma profusão de flores em toda parte, e fontes brilhantes. Tenho um cãozinho branco, que é meu. Muito belo e muito sossegado. Um jovem aparece no jardim, atira-me no ar e beija-me. Há uma jovenzinha, também, com cabelo preto, que brinca comigo.

Arieh passou a mão pela testa que ia cicatrizando:

— O sonho mistura-se. Era no mesmo dia ou em outro? Estou com duas mocinhas no jardim, e elas correm e brincam comigo. O jardim está muito silencioso e muito brilhante, ao sol. Meu cãozinho não está ali e eu sinto falta dele. De repente, dois homens escuros, quase nus, aparecem. Olho para eles sem medo, embora não os reconheça como reconheço os que me guardam. Eles atiram-se sobre as mocinhas e levantam em suas mãos algo que brilha ao sol. As mocinhas tombam de borco. Eu rio e bato as mãos, pois penso que se trata de uma brincadeira. Então, sou agarrado por um dos homens, que se movem como sombras. Uma mão é posta sobre a minha boca e eu começo a me sentir sufocado. Não posso respirar. Então, algo preto tomba diante de meus olhos. Isso é tudo do que me recordo. Minha lembrança, a seguir, é de uma casa estranha, crueldade, e pancadas. Quanto mais tarde foi isso eu não saberia dizer. Deve ter sido um sonho — rematou Arieh, sacudindo a cabeça.

— Não — disse Lucano —, não foi um sonho.

Arieh mostrava um desejo intenso de tudo saber sobre a família, seu pai, sua irmã. Lucano jamais se cansava de falar em Sara. Uma vez, enquanto estava falando, percebeu que Arieh o contemplava com uma expressão impenetrável.

— Ela era a mais adorável, a mais doce e a mais bondosa das mulheres — dizia ele, numa voz que acreditava ser desapaixonada. Lucano bateu amistosamente no ombro de Arieh: — Sinto-me como se fosse teu pai — disse — e, verdade, podias ser meu filho, pois não sou jovem. — Sentia-se confortado.

Pintou para Arieh um pequeno retrato de Sara. O rosto claro, os olhos sinceros e o belo sorriso irradiavam da madeira, como se fossem de carne, e o pescoço branco era altivo.

— Ela parece uma divindade — disse Arieh.

Aquilo fez rir Lucano.

— Não fales como um grego ou um romano! — exclamou. — Teus concidadãos olharão para ti ofendidos e revoltados se chamares uma divindade a qualquer ser humano. Sentemo-nos e estudemos de novo Moisés, que libertou teu povo dos egípcios. Acho que a história te fascina. E, como filho de Eleazar ben Salomão, é melhor que te apliques mais às tuas lições de hebraico.

Cresceu entre eles um apego que era como o profundo devotamento do homem que tem um filho único, e cujo coração fala a esse filho. O misterioso senso de consolo e realização crescia em Lucano dia a dia. Era como se tudo quanto ele amara estivesse corporificado em Arieh, a quem ensinava como se ensina uma criança. Jamais se cansavam de conversar. Lucano, falando de sua própria vida, vivia-a de novo, contando-a a Arieh. Quando pararam num porto, um mensageiro veio a bordo, entregando a Arieh uma grande bolsa de ouro e alegres mensagens dos advogados de Jerusalém. "Esperamos a chegada do filho de Eleazar ben Salomão", tinham eles escrito. "Ele será purificado no Templo e devolvido a seu povo. Louvado seja Deus porque Ele te encontrou."

Arieh distribuiu o dinheiro entre os membros da miserável tripulação. Foi às galés e deu a vários escravos ouro bastante para que comprassem sua liberdade. Durante dias e noites, depois disso, o pequeno navio atroava com gritos jubilosos e saudações aos deuses. Marinheiros beijavam as mãos de Arieh quando o moço passava por eles, e o jovem ficava embaraçado.

Lucano agora podia falar integral e amorosamente de Deus, com Arieh. Seu espírito estava liberto. Ele se parecia a alguém que espera por um chamado que virá, com certeza, e espera com serenidade. Foi franco com Arieh, e explicou seu ódio antigo por Deus.

— Entretanto, durante todo o tempo eu estava secretamente enraivecido, pois Ele não se manifestava a mim, mas parecia ignorar-me. Desafiava-o e não tinha resposta. Isso foi imperdoável!

Contou a Arieh tudo quanto Keptah e José ben Gamliel haviam contado, e quando Lucano assim falava era como se seus queridos professores ali estivessem, a seu lado, sorrindo e aprovando com movimentos de cabeça. Falou a Arieh das profecias babilônicas e egípcias. Falou também no estranho mestre judeu sobre o qual Prisco escrevera, e que Ramo vira:

— Não ouvimos mais falar Dele — disse Lucano. — Outrora, contavam-se muitas histórias, até dois meses atrás. Desde então, só existe silêncio. Perguntei a várias pessoas, em vários portos, pedindo mais notícias, porém recebi apenas sorrisos de mistificação. Escrevi a meu irmão Prisco, várias vezes, pedindo mais notícias, entretanto, nenhuma veio. Ele não me tem escrito. Terá voltado para Roma? Escrevi a minha mãe, há dois dias.

— Encontraremos o rabi judeu em Jerusalém — disse Arieh, intensamente interessado. — Ele invade meus pensamentos. Repete-me de novo a profecia de Isaías.

Quando encontravam uma pequena sinagoga judaica nos portos, Lucano levava Arieh a visitá-la. Mas não podiam penetrar além do Pátio dos Gentios.

— Compreendo que não me possa aproximar do Santo dos Santos enquanto não for purificado — dizia Arieh, olhando em derredor, com curiosidade. — Mas por que proíbem os gentios de entrar? Deus é o Deus de todos os homens. Meu povo deve ser uma raça orgulhosa e obstinada.

— Se não fosse assim, não teria sobrevivido à passagem dos tempos — disse Lucano. — Um homem deve preservar o que há de melhor nele e em seu povo. Ainda assim, como dizes, Deus é o Deus de todos os homens. Entretanto, prestei atenção nas cerimônias dos templos gregos, romanos e egípcios. Apenas os sacerdotes, os eleitos, podem partilhar dos mistérios. Apenas os sacerdotes bebem os vinhos dos sacrifícios e comem os animais sacrificados. Há coisas que devem ser afastadas dos vulgares e dos estúpidos, pois eles podem corromper. Os sacerdotes ordenados abençoam e realizam seus atos mas deves recordar que para isso foram ordenados.

— Meu povo é um povo sacerdotal — dizia Arieh. — E só tem ordenado que os homens amem-se mutuamente e façam-se mutuamente justiça, não como assunto filosófico, mas como ato de fé. É um mandamento estranho.

Contemplou Lucano com movimento solene de cabeça. Tocou com a mão o ombro do outro.

— Sim, Ele chamou-te.

Um grande temporal armou-se certa noite e o navio foi forçado a recolher-se a um pequeno porto que já estava repleto de navios que para ali tinham corrido diante do mugido do vento e do assalto das vagas. Quando o dia amanheceu, incendiando o céu, o mar ainda estava tumultuoso, e os navios maltratados oscilavam em seu ancoradouro e receavam partir de novo. Lucano e Arieh estavam de pé no convés agitado de sua embarcação, e viam que seu vizinho mais próximo era um navio magnificente, de esplêndida madeira. Suas velas forradas jaziam como montanhas de seda lustrosa no convés. O comandante era, aparentemente, homem sem prosápia, embora estivesse agora andando de cá para lá, com expressão preocupada, e os dois amigos vissem-no morder os lábios.

— É um navio particular, o brinquedo de algum homem muito rico — disse Lucano. Fez sinal ao comandante, que veio relutantemente até a amurada de seu navio incrustado com ébano, madrepérola e dourado. O médico reparou que o navio não tinha figura de proa representando uma cabeça de mulher ou uma sereia.

— Há alguma coisa que não vai bem a bordo? — indagou Lucano, em grego. O capitão sacudiu a cabeça. Lucano tentou o aramaico e o capitão fez ansioso sinal afirmativo, respondendo:

— Sim, há algo que vai muito mal. Meu glorioso senhor, o dono deste navio — e olhou em derredor, com orgulho —, está de cama, doente. Nosso médico morreu ontem à noite, no temporal; foi atirado contra uma parede e teve a cabeça esmagada.

— Que doença tem teu senhor?

O comandante sacudiu a cabeça:

— Quem sabe? Há mais de dois meses está assim deitado como quem foi tomado de doença mortal. É de Jerusalém. Seu médico era muito famoso. Há dois meses meu senhor recolheu-se ao leito, chorando violentamente, e não quis ver a esposa nem os filhos, nem a mãe nem o pai. O médico ficou estupefato. Então meu senhor disse que sairia pelos mares para esquecer, mas o que estava tentando esquecer ninguém sabe. Não saiu da cama, e está morrendo de momento a momento; torce as mãos e não fala.

Lucano disse a Arieh, em voz baixa:

— Ao que parece o homem está mentalmente enfermo. — Olhou para o comandante e disse, com certa hesitação: — Sou médico. Gostaria de ver teu senhor.

O rosto do comandante iluminou-se; era evidente que amava seu amo.

— Espera, senhor! Eu arranjarei para receber-vos a bordo, pois receio, verdadeiramente, que a morte se esteja aproximando.

Foi difícil para Lucano e Arieh a passagem para o outro navio, pois os dois barcos jogavam sem cessar, mas não em ritmo um com o outro. O comandante recebeu-os como se fossem reis.

— Oh! Deus é bom — exclamou. — Meu amo não morrerá agora!

Jamais Lucano vira navio tão maravilhoso; um augustal romano, ou mesmo um César, teria se sentido orgulhoso de possuí-lo. As cobertas eram de teca, as paredes de ébano incrustado com artístico desenho de flores e folhas em pérolas, ouro e prata. Brilhavam ao sol ardente. Lucano disse ao comandante:

— Sois judeus, pelo que vejo, pois não há aqui estátua de deuses nem murais de animais. Qual é o nome de teu amo?

— Hilell ben Hamram — disse o comandante, e olhou para Lucano e Arieh esperando um ar de respeitoso temor. — Conheceis, sem dúvida, a família dele, não só a mais rica de toda a Judeia, mas famosa por seus médicos, advogados e eruditos. E meu amo é amigo do próprio Pôncio Pilatos. O Rei Herodes Antipas lisonjeia-se de recebê-lo como hóspede.

Lucano sorriu levemente. O jovem Arieh ouvia com interesse. O médico dirigiu-lhe um aceno:

— Vamos ver o nosso paciente.

Foram levados para duas cobertas abaixo, cada qual mais esplêndida do que a outra, cheias de luz, tecidos, madeiras e mobiliário preciosos.

— Sabei que meu amo não tem escravos — disse o comandante, adoração na voz. — É contra os princípios de um judeu devoto.

Lucano não pôde evitar de dizer, um gesto indicando Arieh:

— Tu sabes muito, meu comandante, sobre os nomes importantes de Israel. Com certeza reconhecerás o filho de Eleazar ben Salomão, que tem estado dando a volta ao mundo a fim de se aperfeiçoar nas artes da medicina?

Arieh corou; Lucano se estava divertindo com aquilo. Os olhos do comandante arregalaram-se e ele olhou para Arieh:

— O filho de Eleazar ben Salomão! Mas o filho dele foi roubado, em criança, e ficou perdido.

— Estava perdido, mas foi encontrado — disse Lucano. — Vamos. Esta é a porta do teu amo?

Silencioso, sem retirar os olhos de Arieh, o comandante abriu uma porta escondida atrás de uma cortina de brocado de ouro, e os médicos entraram num aposento tão luxuoso em sua magnificência oriental que eles ficaram deslumbrados. Cortinas de brocado de prata pendiam das janelas, tapetes persas cobriam o piso. O navio jogava e oscilava, mas o grande leito dourado estava parafusado com firmeza ao chão. Nele, sob cobertas ricas, jazia um homem que não teria mais de vinte e nove anos. O rosto parecia de mármore antigo. O cabelo preto espalhava-se em leque por sobre os travesseiros bordados e suas feições mostravam-se finas e austeras. Quando Lucano e Arieh se aproximaram, ele não se moveu.

— Hilell ben Hamram — disse Lucano, delicadamente, curvando-se sobre ele —, sou Lucano, um médico, e vim para ajudar-te.

— E eu sou Arieh ben Eleazar, também médico, e teu concidadão — disse Arieh, com profunda compaixão em sua voz.

O enfermo não se moveu. Era como se já tivesse ultrapassado a capacidade de ouvir. Arieh então pareceu escutar algo. Colocou a mão sobre a fronte fria de Hilell e disse:

— Ouve, ó Israel, o Senhor Nosso Deus é Um!

Hilell manteve-se imóvel. Os dois médicos observaram-no ansiosamente. Lucano levantou a mão dele, fraca e gelada, e tateou-lhe o pulso. Colocou o ouvido sobre o peito quase sem arquejo. O coração revelava-se lento e fraco. Quando Lucano tornou a endireitar o corpo, viu que lágrimas lentas filtravam-se de sob as pálpebras fechadas. Arieh sentou-se ao lado de Hilell, tomou-lhe a mão na sua, mantendo-a com força, e Lucano ficou impressionado com a beleza do quadro que formavam aquele belo rapaz e seu irmão, que ele confortava silenciosamente. O sol derramou-se através da janela e repousou nos rostos deles.

— Não chores — disse Arieh, carinhosamente. — Deus está contigo, e Ele te ajudará com o Seu poder.

As lágrimas correram mais depressa de sob as pálpebras do outro, e Arieh teve a impressão de que os dedos do enfermo apertavam-se contra os seus. Disse, então:

— Eu estava perdido, e Ele encontrou-me. Eu era um escravo, e Ele libertou-me. Eu era um estranho e Ele trouxe-me para meu povo. Louvado seja Ele, Rei dos Reis! Pois nada está fora de Seu poder, e Ele não silenciará quando Seus filhos chamarem por Ele.

Hilell gemeu, e foi como se o som não viesse apenas de sua carne, mas de seu espírito. Não abriu os olhos, mas sussurrou:

— É tarde demais. Ele me chamou, e eu Lhe voltei as costas. Não O esqueci, e um dia soube que não poderia viver sem Ele, embora o que Ele me pedia fosse árduo. Por isso, fui procurá-Lo novamente. Era tarde demais. Os romanos O haviam matado, O haviam cravado na cruz como a um criminoso.

Lucano teve um violento sobressalto. Agarrou os ombros emaciados de Hilell em suas mãos e a seda macia rangeu sob seus dedos:

— Quando se passou isto? — exclamou.

Durante alguns momentos Hilell não respondeu, e foi como se tivesse tombado no sono da morte. Então, disse baixinho:

— Foi na Páscoa, quando a terra escureceu.

Lucano sentou-se abruptamente. Seu coração estava saltando e havia em seus ouvidos um som trovejante. Apertou a mão contra eles, a fim de aclará-los. Depois de alguns instantes estendeu mecanicamente a mão para seu estojo e tirou dali um frasco que continha um estimulante. Suas mãos tremiam enquanto punha um pouco daquele líquido na taça de vinho que estava sobre uma mesa de limoeiro, ao lado do enfermo. Levou a taça aos lábios de Hilell e exclamou, peremptoriamente:

— Bebe isto! Então, deves contar-nos, pois essa é a história que temos estado a procurar!

Hilell bebeu sem abrir os olhos, e Lucano tornou a deitar-lhe a cabeça no travesseiro. O mar, radiante, atirava relances de luz e sombra dentro do aposento; gaivotas gritavam junto das janelas e as vozes de muitos marinheiros ecoavam ao vento. O cheiro quente de alcatrão, do sal e do peixe misturava-se a um odor aromático, que se assemelhava ao da mirra. Lucano e Arieh esperavam que Hilell falasse. Um leve colorido começou a insinuar-se em suas faces de marfim; seus lábios cinzentos foram tomando um tom de coral, e o suor secou em sua fronte. O homem então abriu olhos trágicos, escuros e atormentados.

— Vós O procurais? — murmurou. — Mas Ele está morto. Vi as três cruzes, minúsculas, diminuídas, no distante Local dos Crânios, contra um céu turbulento, de nuvens róseas e lilás, imenso e fervente, e dali vinha para a terra uma luz horrenda. E as pessoas me contaram, ali onde eu estava, que Um dos que estavam nas cruzes era Jesus de Nazaré, que Ele fora condenado por escarnecer da Lei e ser causa de insurreições contra Roma. E enquanto ali fiquei, uma sensação de morte e perda tombou sobre mim, o sol retirou sua face radiante e a terra estremeceu. As pessoas tombaram de borco, com um grande grito de terror e luto. Era tarde demais, tarde demais para sempre, e não Lhe pude dizer que eu O seguiria.

— E então? — perguntou Lucano, quando Hilell silenciou, virando a cabeça para o outro lado, angustiado.

O enfermo fez um gesto fraco.

— Não sei. Fugi daquele lugar maldito, naquela noite, e fui para Cesareia, onde passei uns dias sem propósito. Depois, fugi para o mar, pois nada mais para mim tinha qualquer valor.

— As antigas profecias dizem que Ele tornará a erguer-se — falou Lucano. Curvava-se sobre Hilell, que sacudiu a cabeça.

— Como é possível? — murmurava ele. — Sim, ouvi de meus servos que aqueles que O seguiam tinham dito isso. Mas Ele era apenas um homem. — Olhou para Lucano, e seus olhos imploravam: — Ele morreu! Precisas dizer-me, por amor da paz de minha alma, que Ele era apenas um homem, afinal, e que eu não O traí, verdadeiramente, que eu não O feri!

— Os homens não O têm traído sempre? — perguntou Lucano, com tristeza. — E não o trairão sempre, neste mundo sem fim? Não O traí eu próprio, embora tivesse visto a estrela de Seu nascimento e ouvisse falar Dele desde a minha infância? Tu te arrependes, a penitência é tudo quanto Ele pede.

Hilell chorava.

— Então não estou perdido e Ele me perdoou?

— Ele não desprezará um coração arrependido — disse Lucano, limpando o rosto do enfermo com uma toalha molhada em água fria. — Mas, conta-nos.

Passou-se algum tempo, antes que Hilell pudesse falar. Torcia seus dedos finos e olhava para as janelas brilhantes, como se visse algo para além delas.

— Eu estivera visitando Herodes, que é amigo de minha família, em seu palácio de Cesareia. Deveis saber que isso se passou há quase um ano. Eu, minha esposa e meus filhos, que estavam também comigo, mas como o Dia da Expiação se aproximava eu não podia permanecer com Herodes, que em parte é grego, e homem caprichoso, que a um dado momento é grego, e logo depois judeu. Não sou homem piedoso, nem observo a Lei estrita. Ainda assim, não pude suportar por mais tempo a conversação de Herodes, nem suas maneiras. Ele sacrifica em templos romanos, depois vai a Jerusalém para purificar-se e atira cinzas à cabeça, pede perdão e empilha ouro nas mãos dos sacerdotes. Assim, mandei caladamente minha família para Jerusalém, e depois de um ou dois dias para lá também fui.

Fez uma pausa, e Lucano tornou a refrescá-lo com o vinho e o estimulante.

— Deveis saber que eu ouvira falar muito no rabi judeu que estava ensinando o povo, na poeira das cidades e atalhos. Herodes falou dele com um riso constrangido. Havia muitos que o acusavam de incitar os judeus à rebelião contra o opressor romano. Herodes, porém, estava constrangido por causa da morte de João, o Batista, conforme o chamava o povo, pois de certa forma Herodes é homem erudito e pensava ser João o Elias, tendo, de início, poupado a vida dele. João o denunciara, a ele, o tetrarca,[1] por se ter casado com Herodíades, a esposa de seu irmão.

"Compreenderás, Lucano, que estas coisas estavam muito vagas em minha mente, pois o que era um pobre rabi judeu, vindo da Galileia, em relação aos ricos e poderosos? Sempre há profetas, pois os judeus geram profetas como os gafanhotos, filhotes. Um a mais ou a menos não tem importância. Eu nem sequer teria dado atenção àquelas histórias se Herodes não me tivesse parecido caprichoso e perturbado, de uma forma pouco comum, e não se tornasse imprevisível e selvagem desde que mandara executar João.

"Compreende-se que Herodes pudesse ter esquecido João como se esquece um sonho violentamente colorido depois de certo tempo, se aquele rabi judeu não tivesse aparecido na trilha dos passos do outro. Herodes disse-me que João lhe falara Dele. Então, contou-se que o rabi estava realizando grandes milagres, e todo o palácio ecoava com as notícias. Dizia-se que era Ele O Messias. O estranho é que só os escravos e os miseráveis libertos é que falavam Dele com tal expressiva paixão e excitamento. Mas os governantes ouvem o que dizem os escravos e, assim, os boatos sobre o Messias chegaram aos ouvidos de Herodes e ele ficou fora de si.

Lucano enxugou o rosto do homem. Arieh conservava-se em silêncio e Hilell não largara a mão dele.

— Estava quente aquele dia em que deixei Herodes e guiei minha biga, rodeado de meus servos, a cavalo e a pé. A poeira parecia fogo branco, e eu enrolei um pano sobre meu nariz e meus olhos. Então, à beira da estrada, vi um pequeno grupo de homens sentados em pedras, sobre a terra, junto de uma pequena aldeia, e crianças que, timidamente, se aproximavam deles.

---

[1] Governador de uma das quatro partes em que se dividiam alguns Estados, fossem elas províncias ou governos (tetrarquias).

"Por que parei? Um dos meus homens cavalgou até a minha biga e disse-me, com veemência, que ali estava o humilde rabi, com Seus amigos, e tive curiosidade de ver o homem que indignara Herodes de tal maneira, e sobre o qual contavam-se histórias tão incríveis. Assim, guiei a biga até junto Dele e de Seu pequeno bando de seguidores e crianças e ouvi, com um sorriso, o que dizia Aquele que parecia tão pobre e humilde quanto um mendigo, comentando comigo mesmo: É Deste que estão falando?

"Ele estava contando uma história, uma parábola, e os judeus vivem tão cheios de histórias como uma romã de sementes. Seu sotaque era tosco pois tratava-se de um camponês da Galileia, um carpinteiro, segundo me disseram. Relatava muito bem a sua história, com muita eloquência. Olhei para Seu rosto empoeirado, para Suas vestes simples e para Seus pés, enquanto Ele ali estava, sentado na pedra, e fiquei impressionado com o que dizia. Ele falava de um fariseu... e os fariseus são homens muito devotos e rigorosos, que defendem a Lei como as Legiões defendem Roma... que ia ao Templo para rezar, e ao lado dele estava um publicano[2] sem importância, que, sem dúvida, o fariseu considerou insuportável. E o fariseu, melindrado e contrariado com a presença do publicano, puxou a ponta de seu turbante sobre o nariz para não ser ofendido pela proximidade do outro e pela sua mesquinha ocupação.

Os olhos de Hilell modificaram-se, tornaram-se ansiosos e quentes ao olhar para Lucano:

— Era uma história muito interessante, e eu não gosto dos fariseus. Eles me aborrecem com sua piedade excessiva, que está só na letra e não no espírito da Lei. Queria divertir-me, e divertia-me ver aquele homem, pobre e andrajoso, falar assim dos fariseus, que são o terror da Judeia, com suas constantes acusações aos padres, a propósito de o povo não observar convenientemente todo o ritual. São cansativos e perigosos aqueles fariseus, sempre farejando heresia.

O enfermo arquejou um pouco, e mais uma vez Lucano refrescou-o. Ele recostou-se em seus travesseiros e seus olhos fizeram-se sonhadores:

— Uma história excelente. O rabi disse que o fariseu rezava a Deus, dizendo: "Graças, Senhor, pois não sou como os outros homens, adúlteros,

---

[2] Cobrador de rendas públicas em Roma.

ávidos, injustos e nada sabendo sobre a Tua Lei. Não sou como esse miserável publicano, que não deveria profanar Teu Templo com a sua presença. Eu jejuo em todos os jejuns e pago escrupulosamente os dízimos." E o fariseu estava muito contente consigo mesmo. O publicano, porém, batia no peito, chorando, e não levantava os olhos, exclamando apenas: "Senhor, tem piedade de mim, que sou um pecador!"

Hilell estava tão melhor que pôde rir baixinho.

— E o rabi disse aos que O seguiam: "Digo-vos que aquele publicano valia mais do que o fariseu, e Deus o confortou mas não confortou o fariseu. Pois o que se exalta será humilhado, mas o que se humilha será exaltado."

"Preciso contar-vos sobre aquele rabi. O sol estava vívido mas no rosto Dele mostrava-se ainda mais fulgurante e intenso, pois Sua emoção era mais do que a emoção de um homem. Sentava-se como um príncipe em seu trono e a gente se esquecia de que se tratava apenas de um membro do Amuratzem[3] sobre uma pedra, e que Seus pés estavam lavados pelo pó. Sorria como um pai. Olhava para seus seguidores com olhos azuis e carinhosos, e eles ouviam reverentes. Sua barba era dourada, e Suas mãos descansavam em Seus joelhos. Falava como quem está coberto de autoridade.

"Foi então que as crianças, andrajosas e descalças que se tinham mantido afastadas, aproximaram-se timidamente Dele. Enquanto eu estivera ouvindo o rabi, suas mães se juntaram a elas, pobres mulheres que se vestiam de farrapos, com jarros aos ombros. Empurravam os filhos para Ele, olhando em derredor, humildemente, como que implorando perdão. E Seus seguidores disseram: 'Não perturbeis o Mestre, e levai daqui vossos filhos, pois Ele está cansado e não deve ser interrompido quando fala com Sua sabedoria.'

Hilell suspirou profundamente e fechou os olhos.

— Mas o rabi chamou as crianças, abriu-lhes os braços e disse aos Seus seguidores: "Deixai vir a mim as criancinhas, e não as censureis, pois destes pequeninos é o Reino do Céu." E as crianças rodearam-No, subiram-Lhe ao colo, envolveram-Lhe o pescoço com os braços, rindo e beijando-O. E Ele as mantinha contra Seu corpo. E eu vos juro que tornei a emocionar-me, pois sou pai e conheço a doçura dos beijos do amor das crianças.

---

[3]Casta pouco versada nas coisas da religião, de cultura limitada.

O rabi disse a Seus seguidores: "Quem não receber o Reino de Deus como uma criancinha, não entrará para além de suas portas."

Hilell abriu os olhos, que estavam de novo atormentados.

— Compreendi o rabi, embora antes jamais tivesse compreendido. Desci de minha biga, aproximei-me Dele, e meus servos disseram ao povo que abrisse passagem para mim. Ele observava-me, enquanto eu ia chegando, e sorria-me como a um irmão que reconhecesse. E esperava. Meus servos gritavam: "Fazei caminho para Hilell ben Hamram, que é homem poderoso em Israel, pois dirige uma cidade e sua família é famosa e tem muito ouro!" E o rabi nada disse, e só esperou por mim, embora o povo recuasse, assustado.

"Parei diante Dele perto o bastante para tocar-Lhe o ombro, e Ele fixou-me em silêncio. Disse-Lhe: 'Bom Mestre, o que devo eu fazer para merecer a vida eterna?' Ele tornou a sorrir para mim, e disse, com sua voz que se fizera sonora: 'Por que me chamas bom! Ninguém é bom, apenas Deus. Conheces os Mandamentos, e não deves matar, roubar, dar falso testemunho ou cometer adultério. Deves honrar teu pai e tua mãe.' Eu Lhe disse: 'Desde a minha juventude respeito os Mandamentos.'

"Ele ficou silencioso por tanto tempo que eu pensei ter sido dispensado de ali ficar, isso da parte Dele, um pobre rabi ignorante, com seu sotaque vulgar. Então Ele levantou os olhos e disse-me, em tom meditativo: 'Falta-te uma coisa: vende o que tens, pois és rico, e dá o resultado aos pobres. Então, terás os tesouros do céu.'"

Hilell ergueu-se em seus travesseiros e olhou para Lucano, os olhos implorantes:

— Médico! Compreendes quanto aquilo era incrível! Por que teria Ele de pedir-me que também eu fosse um mendigo?

Lucano olhou para o oceano, que podia ver através da janela, e disse baixinho:

— Ele pede a cada homem que Lhe entregue o que mais ama no mundo, e é evidente que tu colocavas teu dinheiro acima de todas as coisas.

Hilell gemeu, e tornou a deitar-se:

— É verdade. Agora, compreendo. Afastei-me Dele, horrorizado. Ele viu minha agitação, e disse-me, muito suavemente, em voz baixa: "Vem, segue-Me."

Hilell passou a mão pelo rosto:

— E pedia-me que O seguisse, que me tornasse um de Seus seguidores sem lar, a mim, Hilell bem Hamram! Disse-Lhe que aquilo era loucura. Então, Ele voltou-se para seus seguidores e disse muito tristemente: "Como é difícil aos ricos entrarem no Reino do Céu!" E levantou-se. Começou a falar, de novo, para os que O rodeavam, e eu voltei para a minha biga e me afastei dali.

Lucano e Arieh não falaram. Hilell olhava de um para o outro, suplicante.

— Fui educado em Atenas e em Roma. Sou homem de erudição, de poder, influência e fortuna. Sou um homem do mundo. Sou Hilell ben Hamram e Ele me pedira o impossível.

— Compreendo. Compreendo quanto aquilo te deve ter parecido incrível — disse Lucano, com um suspiro. — Pois eu próprio não O censurei e odiei, quando Ele levou a querida de meu coração, e não jurei vingar-me Dele? Eu não sabia, como tu não sabias, que Ele toma apenas para dar, priva e logo oferece Seu conforto, cega, para que possamos ver a Sua luz. Quem sou eu para censurar-te, Hilell ben Hamram?

Indicou Arieh, com um gesto da mão:

— Quem pode conhecer os mistérios de Deus? Ele entregou este jovem em minhas mãos, depois de mais de vinte anos de procura, e agora sei que quando Ele me deu Arieh foi para me libertar de meu ódio e levar-me para Ele.

Hilell fixou os olhos em Lucano, viu como Arieh encostava a cabeça ao ombro do amigo, e dizia:

— Abençoados somos nós, pois Ele nos visitou.

Lucano estendeu sua mão a Hilell:

— Vejo bem que nunca O esqueceste, que Ele está em tua vida e em teus sonhos, que não poderias fugir Dele. Repousa, consola-te, pois sofreste muito e Ele te perdoou e apenas pede que tu o sigas e jamais O deixes. Vem conosco para Israel, onde nós o encontraremos outra vez, porque, com toda a certeza, Ele não está morto, mas vive.

43

Hilell ben Hamram levantou-se da cama, animado e jovem novamente. Não permitiu que Lucano e Arieh o deixassem. Eles, em seu navio, atendendo à tripulação, seriam seguidos pelo seu barco magnífico, até que terminasse o contrato de Lucano. Este e Arieh então passariam para bordo do outro navio e iriam todos juntos para Israel.

— Eu estava morto, e tu me chamaste à vida! — exclamava ele para Lucano, abraçando-o.

Quando paravam rapidamente nos portos, Hilell insistia em compartilhar das casas de Lucano, com ele e Arieh. Deitava-se numa esteira, no chão, comia as refeições frugais que Lucano arranjava, e seguia-os aonde quer que ele e Arieh fossem fazer tratamentos e visitar pacientes que os esperavam. Mas sua atitude, como a atitude de Arieh, enchia de respeitoso temor os pacientes humildes. À noite, sentados em torno da mesa e comendo à luz da lâmpada, Hilell contava aos companheiros o que sabia e o que ouvira sobre Jesus de Nazaré. Seu rosto de fino marfim resplandecia, seus olhos escuros faiscavam e a alegria morava neles.

— Dizem-me meus servos que os seguidores do Mestre espalharam-se, depois de Sua crucificação, temerosos dos romanos, pois tinham sido proscritos como arruaceiros. Eu os levarei para a minha casa de Jerusalém, e nós nos sentaremos entre eles e falaremos Dele!

Lucano ouvia com profunda atenção as histórias de Hilell. Quando estava sozinho, durante a noite, começou a escrever aquelas histórias. Escrevia com a força e precisão translúcidas de um erudito grego, e também com a calma, com a clemente eloquência desse erudito. Parecia-lhe ter testemunhado tudo aquilo com seus próprios olhos; enquanto escrevia, via as cenas, ouvia as vozes das pessoas. Começou, assim, seu Grande Evangelho, escrito para todo o mundo e para o mundo dos homens, pois sabia, embora Hilell não o soubesse, que Deus se revestira de humana carne, não só pelos judeus, mas também pelos gentios.

— Como sabes, Lucano — dizia Hilell —, de há muito temos uma profecia que diz que o Messias seria da casa de Davi, e dizem que Jesus é dessa casa. Ouvi contar que Sua Mãe foi visitada pelo Anjo Gabriel, que lhe falou no nascimento do Messias que viria. Mas em Israel deves verificar por ti mesmo essas coisas.

Lucano pensava na Mãe do Messias, cujo nome era desconhecido de Hilell. Uma noite, ele se recordou do que José ben Gamliel lhe contara a respeito dela, quando seu Filho era menino e visitara os anciãos e doutores do Templo. A mais doce e terna das emoções apoderou-se de Lucano. A mãe de Jesus começou a corporificar, para ele, todas as queridas mulheres que conhecera: Íris, sua mãe, Rúbria e Sara, e sua sensata e infantil irmã Aurélia, que amava todas as coisas que tinham sido criadas.

Esperava ardentemente estar na presença de Maria, embora não lhe soubesse o nome. Desejava ouvir dos próprios lábios dela a história do nascimento Dele, Sua infância, juventude, e idade adulta. Seguramente, ela poderia contar-lhe mais do que qualquer de Seus seguidores. Guardara o Filho em seu ventre, alimentara-O em seu seio. Ensinara-O a andar, lavara Suas roupas, tecera-as, cosera-as. Afligira-se com as doenças de que O tratara, e sentara-se junto do leito Dele, à noite, vigilante. Quando Lucano pensava em Maria, uma sede apaixonada de sua presença e de sua voz se apoderava dele, e ele a amava. Ela era o grande Mistério, e era uma mulher, e as mulheres sempre lhe confiavam seus mais profundos mistérios.

— Quando soubermos o que ela pensou, o que ela fez, saberemos tudo — disse ele a Arieh e Hilell.

— Ela foi apenas um instrumento de Deus — falou Hilell.

— Foi Sua Mãe, e as mães não sabem tudo a respeito de seus filhos? — perguntou Lucano. — E por que aquela mulher foi escolhida para ser Sua Mãe? Há uma razão para que todas as mulheres sejam escolhidas, e ela pode dizer-me.

— E os homens não amam suas mães? — perguntou Arieh. — Ele não a amou acima de todas as outras criaturas? Não a ouvia ternamente, quando pequenino, quando jovem, quando homem? Sim?

— Ela é, sem dúvida, a abençoada de todos os tempos — disse Lucano.

Registrou a história do centurião Antônio e de seu servo. Registrou a história de Ramo, que vira o Messias erguer um jovem de entre os mortos e dá-lo de novo à sua mãe. Mas a primeira parte de seu Evangelho ele deixou aberta para quando visse Maria. Uma coisa o perturbava. E disse a Hilell:

— Quando o Messias veio pela última vez a Jerusalém, disseste-me que o populacho judeu margeava seu caminho, juncando-o de folhas de palmeiras, que o asno em que Ele montava ia pisando. E que aquele povo o saudava como o Altíssimo, e se aglomerava em derredor Dele para beijar-Lhe as vestes, erguendo seus filhos a fim de que Ele os visse e os abençoasse. E quando Ele foi levado ao local da crucificação, Seu povo encheu o caminho e chorou e uma mulher enxugou-Lhe o rosto, quando Ele tombou sob o chicote romano, e um pobre e miserável judeu carregou-Lhe a cruz. Por que, se assim O amavam, permitiram Sua morte, e denunciaram-No, e espalharam Seus seguidores, depois de tudo quanto, em Sua misericórdia, o Senhor fizera por eles?

Hilell respondeu:

— As relações entre os judeus e os romanos são precárias, e os altos sacerdotes e sábios de Israel fizeram bem o seu trabalho. Agiram como mediadores entre seu povo e Roma, prometendo que não haveria revoluções sangrentas contra Roma, que não permitiriam agitadores entre o povo, pois temiam que, se tais coisas acontecessem, Israel fosse destruída pelos romanos como outras nações o foram. E há os jovens chamados essênios, que são muito devotos e passam meses no deserto, rezando pelo Messias e pela libertação de Israel, do poder de Roma. Dizia-se que Jesus era um deles, embora eu não saiba se isso é ou não verdade.

"E há os fariseus sombrios, rostos azedos, que se colocaram como guardiães da Lei. São mercadores, banqueiros, advogados e doutores. Não vivem alegremente, nem permitem que os outros assim vivam. Desprezam os pobres, os humildes, os sem lar, os Amuratzem e os camponeses. Sugeriram, mesmo, que se devia proibir que um Amuratzem se aproximasse demais do altar, pois são iletrados e vestem-se rusticamente!

"E há a turba, a turba da praça do mercado, que não ama nem seu país nem Deus... a turba petulante, ignara, que aflige todas as cidades e todas as nações, sempre exigindo, ávida, ansiosa por diversões com lascivos apetites animais, desordeira, desenfreadamente inquieta, incapaz de aprender seja o que for, disputadora e dependente. Não tendes turba assim em Roma, e Roma não morrerá dela, e dos impostos que ela impõe aos que lhe são superiores, a fim de mantê-la na ociosidade?

"Agora, quando o Messias causou tal comoção através de toda a Judeia, falando com os delicados, os trabalhadores e os humildes, prometendo-lhes que Deus jamais os abandonará, antes ama-os, curando-os carinhosamente, e dizendo-lhes que embora não tivessem dinheiro não eram desprezados por Deus, como os fariseus os desprezam; assegurando-lhes que são tão valiosos aos olhos do Todo-Poderoso como qualquer imperador, ou rei, ou padre vestido de seda, ou fariseu... isso originou a cólera destes. Além disso, pareceu aos fariseus que o Messias não era muito rigoroso quanto à Lei, interpretando-a para Seus seguidores como nenhum fariseu a interpretaria. Aos olhos deles, Ele estava rebaixando Deus ao nível dos mais humildes, lançando heresias que destruiriam a força espiritual de Israel. Quando Seus seguidores O aclamaram como o Messias, os fariseus ficaram enfurecidos, pois não era crença deles que o Messias viria para os judeus como o mais poderoso dos reis, vestido de glória, altivez, e poder, circundado por uma hoste angélica, e que expulsaria imediatamente os romanos, fazendo-os fugir para sempre? Ainda assim, ali estava um Homem humilde, membro do Amuratzem, da Galileia, desconhecido de todos, a não ser pelos três últimos e curtos anos, um Homem anônimo, de sandálias de corda e vestes grosseiras, falando a língua comum dos camponeses... e diziam, abertamente, que Ele era o Messias! Não era aquilo uma blasfêmia contra Deus, contra a profecia?, perguntavam os fariseus. Pior: Ele não negava ser o Messias!

"Os seguidores, e também o povo, sentiam-se confusos. Ali estava o Messias, e contudo não falava com ódio de Roma, condescendia, mesmo, em curar alguns romanos. Entretanto, os seguidores e o povo, que através Dele tinham tido alegria e alívio, amavam-No e conheciam-No. E aceitavam-No. Eram eles os que O aclamavam na estrada de Jerusalém, e choravam quando Ele levava Sua cruz ao Calvário. Esperaram, até o último instante, que quando um romano batesse um cravo através de Seus pés, os céus se abrissem e a cólera descesse sobre a terra.

"E havia os sacerdotes, muitos deles membros da classe dos fariseus, honestamente horrorizados com os Seus ensinamentos. Receavam, também, que os romanos usassem o Messias e suas palavras como uma desculpa para a retaliação, para o derramamento de sangue, para leis opressoras... depois de tudo quanto os sacerdotes haviam feito para acalmar Roma e manter certa liberdade para seu povo.

"Assim, tens os sacerdotes, assustados por seu povo e por sua fé; tens os que fizeram de si próprios os guardiães da Lei, os fariseus, que detestam os humildes; tens a turba guinchadora, sempre em busca de uma vítima. E tens Roma, vigiando constantemente os sinais de rebelião contra seu poder. Considerando tudo isso, o que espanta é que Lhe tenham permitido viver tanto! Eventualmente, Ele veio a ser denunciado aos funcionários romanos, e isso foi o fim. Ou o começo — acrescentou Hilell.

Suspirou, e continuou:

— Contaram-me que muito antes de Sua morte Ele a profetizou. Disse que nascera para morrer como morreu. Deus desejara que assim fosse, desde o início dos tempos, para reconciliar Seu povo com Ele; para mostrar que Ele jamais o abandonara, que o amava e desejava perecer por ele a fim de que esse povo pudesse ver a verdade, a luz e a vida, a vida eterna e a misericórdia sem limites. Envolveu-se a si próprio em carne para demonstrar que nada era impossível, com Deus. Os homens que O mataram, foram, finalmente, apenas seus instrumentos instituídos. Sem sua morte, como sem Sua vida, não haveria a realização das profecias.

Lucano ficou silencioso durante muito tempo. De vez em quando sacudia a cabeça, em aprovação. Depois disse:

— Não sabes o que aconteceu depois?

Hilell hesitou:

— Não. Mas Seus seguidores disseram que Ele se ergueria dentre os mortos, no terceiro dia, pois que lhes havia dito isso.

Lucano sorriu:

— Ele levantou-se — falou. — Podes animar-te, meu querido amigo. Levantou-se! Sei disso em minha alma.

O júbilo e a clara e brilhante segurança enchiam seus dias. Era como um jovem, repleto de palavras e envolto por mensagens. Olhava em derredor e era como se nada tivesse visto antes, como se pela primeira vez lhe tivessem sido dados visão, ouvidos e compreensão. A treva e o desgosto o haviam deixado, como temporal que passa. Quando sorria aos amigos ou àqueles que tratava, o sol parecia brilhar em seu rosto. Tocava a cruz, que usava sempre em seu peito. E escrevia seu Evangelho.

Eles tinham a intenção de descer em Jopa, mas um temporal surgiu e foram levados para fora de sua rota, até Cesareia. Lucano, Hilell e Arieh estavam juntos, na amurada do navio, observando a aproximação da costa da Judeia, e Lucano pensava: Aqui está meu lar, do qual fugi sempre. O porto de Cesareia era um comprido contraforte negro de pedra, que avançava pelo mar adentro, e Hilell explicou que de um lado os galeões romanos carregavam e descarregavam a carga, e que do outro desembarcavam passageiros ou os tomavam a bordo. Disse, sorrindo:

— Tenho um amigo querido, um oficial romano, que foi designado para esta região há três anos. Gostareis dele: um tipo mordaz e oblíquo, sem ilusões.

Por trás do maravilhoso navio de Hilell imensa nuvem negra formava torre enorme, sublinhada pelo ouro refulgente do sol que descia; o mar fluía, como rubi líquido. Marte, uma joia de âmbar, levantava-se contra o edifício enevoado. O navio deslizou pelo contraforte movimentado que era o porto; vários galeões e embarcações menores estavam ancorados, suas velas frouxas manchadas de escarlate pelo poente. Uma lombada baixa de colinas era vista para além do porto, bronzeada e despida, e o ar pungia, com os odores do Oriente.

Hilell apontou para as colinas, e disse, com certa amargura:

— Os romanos arrancaram do nosso chão nossos ciprestes escuros para fazer seus navios. — Os olhos azuis de Arieh estavam agudos e penetrantes ao olhar para a terra de seus pais. E seus lábios fremiam de emoção. Vendo isso, ele pôs a mão no braço do jovem, apertando-o afetuosamente. Tinha uma irmã jovem e bela, Lea, de quinze anos, pronta para o casamento. Começou a planejar o matrimônio entre ela e Arieh, o filho de Eleazar ben Salomão, um nome nobre em Israel.

O navio, habilmente manobrado, deslizou para dentro do porto, todas as suas alegres flâmulas adejando, suas velas inclinadas contra o temeroso céu do poente. Foi saudado por outros navios, e Hilell cumprimentava, seu rosto bonito sorrindo. Os marinheiros gritavam lá do mastro. As docas agitavam-se, movimentando-se com a aproximação da noite;

lanternas começaram a aparecer no crepúsculo que descia rapidamente. Certo número de soldados romanos estava de pé, ociosos, observando o trabalho, e o oficial veio correndo, com passo leve, até o cais onde ancorou o navio de Hilell.

— Hilell! — chamou ele, a voz forte e satisfeita. — Cumprimentos!

O elmo reluzia como fogo, refletindo o sol que desaparecia depressa e que brilhava, em tons vermelhos, sobre seu rosto masculino bem marcado. Começou a rir, de pé no cais, os polegares metidos no cinturão largo, as pernas nuas separadas, a túnica batendo ao vento ligeiro. Então, o pranchão saiu do navio e ele correu, subindo e rindo para bordo. Hilell caiu-lhe nos braços, e ambos abraçaram-se.

— Como sabias que chegaríamos aqui? — perguntou Hilell. O romano deu uma vasta piscada, fingindo não ver Lucano e Arieh, que estavam ali perto.

— Como sei? — perguntou ele. — Gostaria que acreditasse, seu judeu místico, que um anjo inclinou-se e sussurrou aos meus ouvidos, ou que um oráculo me disse, ou que um sacerdote mencionou tal coisa ao examinar as entranhas de um animal sacrificado. Mas não. Minha obrigação era saber, exatamente, onde estiveste navegando nestes últimos dois meses, e quem tinhas a bordo.

Já não sorria. Voltou-se abruptamente para Lucano, que olhava atentamente para ele.

— Não me conhece, Lucano, filho de Diodoro Cirino? — perguntou ele, em voz grave e desapontada.

Lucano teve um sobressalto. Retirou os cotovelos da amurada.

— Não! — exclamou. — Não pode ser! Plócio!

E, agarrando o braço de Plócio, não podia falar.

Hilell olhava espantado para os dois. Plócio lhe disse:

— Esses gregos! São muito emotivos, embora finjam não o ser. — Segurou Lucano, afastando-o para vê-lo melhor, e seus olhos de soldado estavam úmidos. — Bem, aqui estás, finalmente; mais uma vez nos encontramos. Eu estava em Jopa, há dois dias, e ali ouvi dizer que o navio não atracaria. — Parou, depois disse, como alguém que está profundamente comovido: — Lucano, jamais nos escrevemos, mas eu sempre soube onde estavas, pois César tinha-te sob sua proteção.

— Não posso crer — disse Lucano. — Estou muito feliz! És realmente tu, Plócio, meu querido amigo, depois de todos estes anos! — Riu um pouco, para esconder quanto estava emocionado, mas as lanternas desabrochavam em luz e as tochas carmesins dançavam diante de seus olhos.

— Juro por Castor e Pólux que não mudaste! — disse Plócio. Pousara as mãos nos ombros de Lucano, e ele se inclinava para a frente, a fim de observar-lhe o rosto. — Ainda és um jovem e no entanto tens idade bastante para mostrar barba grisalha. — Olhou para Hilell, e disse: — Este é o nosso querido Hermes, que fugiu dos braços de Júlia e do qual eu te falei. — E ria.

— Também tu não mudaste — disse Lucano, de certa forma mentirosa, pois Plócio estava mais gordo e mais robusto do que ele se recordava, e tinha a estrutura pesada de um homem de quarenta e seis anos. As sobrancelhas, abaixo do elmo, estavam misturadas com fios brancos.

— Ah! — disse Plócio. — Os deuses não me deram o segredo da juventude eterna, como te deram, meu querido Lucano. Sob este elmo tenho a cabeça calva. Poucas vezes o tiro, pois tenho receio de que, como aconteceu com Ésquilo, uma águia pense ser minha cabeça uma pedra e atire sobre ela uma tartaruga. Prefiro, entretanto, recordar que também Péricles era calvo e mantinha o elmo na cabeça por essa mesma razão. — Riu de novo, e seu riso ressoou por sobre a água. Abraçou Lucano mais uma vez, depois deu-lhe palmadas nas costas.

Lucano apresentou-o a Arieh.

— Sim, sim, compreendo — disse Plócio, cordialmente. — Ouvi falar em Arieh ben Eleazar, pois os advogados zumbem a respeito dele, em Jerusalém. Sabia que estava contigo nesse navio. Hilell, estou contente por ver que não estás doente, como me haviam informado.

— Estou muito bem — respondeu o outro. — E agora deves nos arranjar alojamento para a noite, Plócio, pois pretendo permanecer aqui alguns dias.

O rosto de Plócio modificou-se, tornou-se sombrio e impenetrável. Voltou-se para o lado e não olhou para Lucano, quando disse:

— Está tudo arranjado, pois que sabia que chegaríeis aqui; Pôncio Pilatos ofereceu bondosamente a casa dele para vosso uso, pois estará em Jerusalém algumas semanas. Acredito que deseja retornar a Roma, pois sua esposa tem estado... perturbada... há algum tempo.

— Tua própria casa seria muito boa — disse Hilell. Franziu ligeiramente as sobrancelhas. — Prefiro não ser hóspede de Pôncio Pilatos.

— Minha casa — disse Plócio — foi vendida recentemente. Estou agora adido ao pessoal da casa de Pôncio Pilatos. Não deves ficar na ofensiva, meu querido Hilell! Sei que nunca tiveste simpatia pelo procurador...

— Não gosto de Herodes, que construiu para ele aquela bonita casa! — disse Hilell, em tom veemente.

Plócio estudou-lhe o rosto, astutamente, e falou:

— Queres dizer que não gosta mais dos romanos. Bem, então vai para uma taverna, saduceu[1] de pescoço duro! E goza as pulgas e os cães.

Hilell hesitou. Olhou para Lucano e Arieh. Depois, ergueu os ombros.

— Bem, se meus amigos não fazem objeção, iremos para a casa de Pilatos... sem prazer.

— Eu prefiro ir para onde fores — disse Lucano.

Plócio olhou para ele estranhamente.

— Acho que não, quando te disser que teu irmão adotivo, Prisco, está na vila de Pilatos, naquelas colinas que ficam lá adiante, e espera por ti.

— Prisco! Há tanto tempo não tenho notícias dele! Pensei que estivesse em Jerusalém! — e Lucano mostrava-se de novo encantado.

— Estava até algumas semanas atrás — e o tom de Plócio era estranho e reservado. — É amigo de Pilatos, e esteve em visita a ele. — O soldado parou, depois disse: — O ar aqui é mais salubre do que em Jerusalém e ele tem estado ligeiramente doente.

Hilell percebeu, na voz de Plócio, a reserva e o tom de quem deseja evitar algo, mas Lucano, dominado pela alegria de ver seu velho amigo e pela notícia da presença de seu irmão na cidade, não percebeu. Os três foram para a grande biga de Plócio, puxada por quatro cavalos pretos. A última luz tombava sobre a terra, e, quando a biga saiu, Lucano olhava ansiosamente em derredor.

Havia pouco para ver naquela escuridão, a não ser o faiscar ocasional de uma luz em vasta e distante fortaleza, ou uma lâmpada numa casa pequena, ou um bosque de ciprestes que pareciam lanças, recortando-se contra a lua amarela que se ia erguendo. Moças e rapazes, soltando gritos roucos

---

[1] Membro de uma seita judaica que negava a imortalidade da alma.

e guturais, corriam na frente da biga e de seus cavalos, tocando para casa seus rebanhos, ou um bando de cabras, ou ovelhas marrons com focinhos pretos. Lucano imaginou, pelo cheiro da poeira, que a terra era seca, arenosa e friável. À medida que subiam as colinas baixas, a cidade ficou abaixo dele, com seus telhados rasos reluzindo, suas ruas estreitas inquietas com suas luzes e com seus portais dourados. Havia tão pouco para ver naquela rápida escuridão, e no entanto Lucano estava profundamente excitado, como nunca estivera em sua vida. Não eram os odores intensos e profundos, pungentes e quentes sobre a brisa do mar, pesados com uma sugestão de incenso, de especiarias, exalados pela própria terra, o que o comoviam. Não era o cheiro picante das árvores e da relva ressecada, nem da poeira. Ele conhecia bem o Oriente. Os odores ali apenas eram mais insistentes do que em Alexandria ou no Cairo, em Tebas ou na Síria. Nenhum daqueles odores comovia Lucano, mas apenas a ideia de que ali tinham vivido os sábios e os profetas, os patriarcas e os homens poderosos, os homens de Moisés, Davi, Saul, Elias, que aquela era a terra de Golias, de Gaza, de reis e guerreiros, de Samuel e Salomão. Ali tinham retumbado os trovões dos tempos. Ali Deus caminhara, como um terremoto. Ali o Sinai mugira, trovejara e ficara entorpecido pelos coriscos. Ali os Mandamentos tinham sido dados aos homens. Ali se havia erguido a concepção de que o homem podia ser mais do que homem, e que lhe ordenavam que assim fosse. Ali, naquela pequena região, os gigantes, os Titãs,[2] tinham realmente saltado da terra e o retumbar de suas vozes ecoara mesmo no silêncio. Ali havia mais sabedoria do que a Grécia concebera, mais grandeza do que Roma conseguira sob o sol. Não existia ali uma polegada de terra que não fosse abençoada, não havia uma árvore que não se erguesse em maravilha. Ali os heróis espirituais tinham tido o seu ser, e suas sombras caminhavam em cada estrada. Ali, uma jovenzinha levara Deus em seu ventre, e ali Ele se manifestara ao homem, ali Ele vivera e ali morrera, e ali preferia falar como homem.

Estou em meu lar, pensou Lucano, e nele havia profundo arrebatamento, porque Deus, naquele pequeno pedaço de terra, fizera Seu próprio lar, entre os que escolhera para ouvi-Lo.

---

[2]Filhos do Céu e da Terra que, revoltados contra os deuses, tentaram alcançá-los amontoando montanha sobre montanha, sendo fulminados por Júpiter. Daí a expressão "trabalho titânico", para algo que exige esforço imenso, quase sempre infrutífero.

Os que cavalgavam diante da biga levavam tochas, como flâmulas escarlates. Refletiam uma árvore ocasional, uma pedra, um caminho apedregulhado, rostos, lombos de cavalos. Lucano viu que se iam na direção de dois palácios impressionantes. Plócio apontou para um deles.

— Pilatos — disse. — Apontou para o outro: — Seu querido amigo, o tetrarca de Jerusalém, Herodes Antipas. — Os edifícios brancos, de colunas, brilhavam à luz do luar. O palácio de Herodes era rematado por um domo dourado. Legiões romanas começavam a margear a estrada, saudando.

A cidade jazia lá embaixo, toda em telhados rasos, prateados, tocada de fogo pelas tochas e pelo pálido fulgor das lanternas. De algum lugar vinha o lamento de uma mulher.

— Amanhã eu vos mostrarei um dos nossos grandes templos — disse Plócio, orgulhoso. — Duas vastas estátuas, uma de Zeus e outra de Apolo, de frente uma para a outra, Zeus de mármore, Apolo de pórfiro vermelho. Esta é uma região muito estranha! Os judeus desprezam nossos templos em toda parte, desviam o rosto deles e são o povo mais religioso que existe! Eu vos digo, não há meios de compreender os judeus. Os piores, entre eles, cospem, quando passamos. Muitos dos nossos soldados casaram-se com bonitas donzelas judias, mas só depois da mais dolorosa circuncisão, e só depois de prolongado choro por parte das mães e de escândalos por parte dos pais. Até parecem selvagens da mais negra África.

Ele ria.

— Desejam manter-se e à Lei, sem eiva alguma — disse Hilell, rigidamente.

Plócio piscou um olho para Lucano.

— É como vos digo — continuou —, são muito estranhos. Detestam Herodes, mesmo quando ele fica de pé em seu Templo de Jerusalém e espalha cinzas na cabeça e faz sacrifícios. Olham suas lágrimas com desdém. Ah! Mas como são emproados! — Animou os cavalos com um estalido de chicote. — Mas esta terra tem para mim uma curiosa fascinação. Prisco terá muito que contar-vos. É preciso descontar muita coisa, ele não está realmente bem.

— Por que não? — perguntou Lucano, com o primeiro alarma, levantando a voz sobre o ruído da biga.

Plócio ergueu os ombros.

— Esteve de serviço na crucificação de um miserável rabi judeu, e parece que lhe fizeram algum feitiço. Os judeus têm encantações próprias, e eu já te disse que odeiam os romanos. Estou feliz por ver-te aqui. Conseguirás afastar com risos as superstições de teu irmão. — Mais uma vez sua voz mostrava-se estranha.

Lucano relanceou os olhos para Hilell ben Hamram, e os dele olhavam silenciosamente para a dança das tochas contra o vento.

— Como sabes — continuou Plócio, guiando habilmente seus grandes cavalos —, a família de Prisco não está com ele, e até a crucificação Prisco era o mais alegre e o mais robusto dos homens, o meu oficial predileto. Frequentava também as prostitutas mais elegantes e fanfarronava pelas tavernas. Entretanto — acrescentou —, lembro-me de que ele tinha frequentes crises de melancolia e tornava-se meditativo, mesmo antes dessa crucificação, e discutia comigo a respeito de Roma, desejando se convencer de que a nossa nação não era verdadeiramente depravada, perdida e corrupta. Não recorda meu tio, o senador, que verdadeiramente morreu por sua pátria, como qualquer general numa batalha, e sem razão alguma? Mas agora devo dizer-te que Prisco mudou.

— De que forma?

A voz de soldado de Plócio tornou-se evasiva:

— Sou médico, por acaso? Trouxe-o para Cesareia, pois que o amo como a um filho. Não te alarmes — disse Plócio, bondosamente. — Pode ser coisa sem importância. Tanto Pilatos como Herodes mandaram-lhe seus melhores médicos, a meu pedido, e dois estão agora com ele e poderás conversar com ambos. A mim dizem muito pouco. Prisco passa o tempo em sua cama e parece ter alguma dificuldade para comer. Estoura, às vezes, em lágrimas misteriosas, mas os médicos não permitem que se façam perguntas. Esses médicos são arrogantes e tomam liberdade mesmo com soldados. — Tocou o braço de Lucano, amistosamente, com o cabo de seu chicote: — Ah! Eu te deixei preocupado! Sossega. Garanto-te que Prisco está sendo tratado, por seus amigos, como um sátrapa da Pérsia. Como irmão, e médico, curarás logo o rapaz, com lógica e razão.

Lucano estava alarmado com a maneira evasiva de Plócio, mas sabia que este também era obstinado e não desejava continuar discutindo Prisco. Disse então:

— No dia daquela crucificação houve trevas, não houve?
— Houve. E dizem, também, que muitos viram os mortos pelas ruas e pelas casas. São pessoas muito supersticiosas! O sol realmente escureceu, e ficou perdido durante muito tempo. Mas foi apenas um temporal de poeira.
— Hesitava. — Prisco pode contar-te, se o persuadires a falar. Chorou como uma mulher quando eu lhe falei, nas poucas ocasiões em que me deixaram aproximar-me dele.
— E por que chora ele? — indagou Lucano, obstinadamente.
Plócio sorriu-lhe com exasperação.
— Tenho receio de te falar, meu querido amigo, pensando no teu riso. Ele declara que foi Deus, ou talvez Zeus, ou Hermes, ou Osíris, ou Apolo, que morreu naquela cruz de criminosos! Não rias de mim, eu te imploro. Estou repetindo apenas o que teu irmão me disse.
Lucano ficou silencioso, e Plócio olhou para ele, divertido.
— Não te preocupes — disse, tornando-se de certa forma aflito. — Estou certo de que ele não está louco, mas é apenas vítima de algum encantamento ou de sua própria imaginação.
— Por que está ele aqui? — perguntou Lucano, em voz baixa.
De novo Plócio hesitou:
— Eu sugeri isso, pois, durante muito tempo, ele andou estonteado em Jerusalém e os soldados repararam nisso e na sua palidez, nas maneiras abstraídas, nas súbitas explosões de lágrimas. Queria eu, por acaso, que esse escândalo fosse relatado em Roma, e a Tibério, que mudou selvagemente para pior, e agora odeia todo mundo? Não podia deixar que Prisco caísse em desgraça, que voltasse a Roma para ser punido por um comportamento que falasse em detrimento de sua fama como soldado romano. Isso é muito mau em Jerusalém, eu te digo! Desde aquela crucificação houve muita turbulência ali, e muitos soldados são parte da loucura histérica. Pilatos foi forçado a banir os seguidores do rabi crucificado, a fim de restabelecer a paz, e finalmente eles fugiram da cidade. Mas as coisas ainda andam muito agoureiras por lá. A ralé bate-se com frequência contra os que murmuram ser realmente o rabi o Deus judeu. Bem sabemos o que é, em toda parte, o populacho do mercado, em nome de Marte! Nada mais quer do que arranjar levantes e conflitos, pois seus componentes têm almas de animais e amam a excitação, seja qual for a causa. São anônimos, o tumulto lhes dá

oportunidade de assumirem a postura de homens e tornarem-se importantes, mesmo que seja apenas diante da lei, que eles odeiam, naturalmente.

A voz de Plócio expressava uma irritação mal-humorada, e Lucano não tornou a falar. Compreendia que aquela cólera não era dirigida contra ele, mas contra as turbas universais da plebe. Plócio resmungava, furiosamente:

— Ah! Se ao menos nós, soldados, tivéssemos permissão para reprimir a ralé! Outrora era permitido, e era salutar. Mas, agora, a ralé, em toda parte, tem de ser bem tratada, instalada, alimentada e divertida, pois tornou-se um terror. Contudo, quem a fez assim? Os estadistas venais, que desejam seu apoio, malditos sejam!

Lucano percebeu que agora subiam através de jardins luxuriantes, pois odores suaves prevaleciam em toda parte, bem como a fragrância resinosa das árvores. Viu fontes luminosas, distantes, à luz do luar, como náiades dançando na solidão contra as trevas da noite. Ouviu o monótono bater dos pés dos soldados e em cada portão brilhavam elmos e espadas nuas. A cúpula dourada da casa de Herodes rivalizava com a luz da lua. Os cavaleiros e as bigas entraram pelo último portão e a casa de Pilatos estava diante deles, luzindo como se fosse feita de alabastro.

Uma vez no magnificente vestíbulo iluminado, cheio de estátuas, de flores e de lindo mobiliário, Plócio sugeriu que seus hóspedes se retirassem para os quartos que os esperavam e descansassem até a hora do jantar. Lucano percebeu que seu amigo estava constrangido e sombrio, tomado de pensamentos secretos e desejoso para se livrar dele por algum tempo. Pôs-lhe a mão no braço e disse-lhe:

— Plócio, eu não estou cansado. Gostaria de conversar com os médicos de Prisco, pois estou muito ansioso. E também há muito tempo que não vejo meu irmão.

— Certamente, meu querido Lucano! — falou Plócio, cordial. — Considera esta casa como tua, na ausência de Pilatos. — Sorriu a Hilell e deu-lhe uma palmada no ombro: — Senti falta de ti! — declarou. Olhou para Arieh e piscou um olho. — Não há nada como uma fortuna para trazer ao lar os que se perderam! Os escravos vos levarão aos vossos apartamentos, meus caros amigos, e mais tarde, ao jantar, ficaremos à vontade e falaremos de muitos lugares. — Meteu os polegares no cinturão, depois tirou o elmo.

Realmente, estava calvo, mas sua calvície aumentava-lhe o aspecto viril. Tocou no cotovelo de Lucano, evitando-lhe os olhos. — Vem — disse. — Os médicos estão agora com Prisco e podem dizer-te muita coisa que não sei.

44

Ele não falou, enquanto conduzia Lucano através de aposentos cada qual mais belo do que o outro. Escravas estavam cantando em alguma parte, acompanhadas pelos sons feiticeiros de flautas e harpas. Riso macio vinha de detrás das cortinas. Luzes de lâmpadas iluminavam colunas de mármore multicolorido. As paredes cobertas com murais brilhavam com tais coloridos que as criaturas ali pintadas pareciam mover-se numa vida secreta, mas absorvente, que lhes era própria. Os pisos de mármore fulguravam e toda a casa tinha sido recentemente perfumada. Lucano refletia que Herodes realmente construíra uma casa esplêndida para seu amigo, o procurador de Israel. Havia relances de ouro e prata por toda parte e as lâmpadas eram de vidro de Alexandria. Conforme os dois amigos, silenciosos, passavam de um aposento para outro, o vento agudo e pungente do mar soprava em torno deles. Em certo momento Lucano viu, de passagem, o zimbório dourado da casa de Herodes, através de colunas lisas, e ouviu o som de vozes distantes e a monótona troca de senha das sentinelas. Fora disso, uma atmosfera pesada de silêncio jazia sobre todas as coisas.

Chegaram a uma alta porta de bronze, e Plócio bateu nela de leve. A porta foi imediatamente aberta por um escravo armado, que se inclinou. Plócio disse:

— O nobre Lucano, que é hóspede de Pôncio Pilatos, deseja conversar com os médicos do capitão Prisco. Trazei-os até ele.

O escravo saudou ligeiramente Lucano, sorriu um pouco e apressou-se a sair, como que perseguido. Lucano observou aquilo, as sobrancelhas cerradas. O escravo conduziu-o a uma antecâmara e indicou-lhe uma cadeira estofada em tecido de ouro, entre muitas outras. Trouxe-lhe vinho numa salva de prata. As taças eram incrustadas com pedras preciosas de várias cores. Lucano bebeu, agradecido, pois descobriu que o vinho tinha um delicioso odor e um gosto de mel de rosas. As lâmpadas, muito trabalhadas, crepitavam ao vento leve e os pés de Lucano enterravam-se no rico e colorido tapete da Pérsia. Ali uma pessoa podia deslizar para certo langor, tão gracioso e adorável era o ambiente e tão forte o vinho. Mas Lucano estava ansioso demais. Olhou para as portas de teca, intricadamente esculturadas, e esperou os médicos, com impaciência.

Chegaram finalmente, e inclinaram-se com dignidade e, como colegas que eram, Lucano se levantou e inclinou-se também para eles. Eram homens de meia-idade e Lucano percebeu que um deles era judeu e o outro grego. Apresentaram-se. O grego disse:

— Chamo-me Nícias, e este é o médico Josué.

O grego tinha uma atitude sutil e fria, que indicava natureza impessoal. O médico judeu era menor e havia uma vivacidade e uma inteligência inquietas em seus olhos negros e brilhantes. Ambos estavam vestidos formalmente, de togas azuis, barradas de ouro. Ambos usavam anéis de médico, trabalhados com pedras preciosas e fulgurantes. Era evidente serem homens de muita honra e importância e estarem surpreendidos diante das vestes humildes de Lucano.

Sentaram-se ao lado dele, puxando suas cadeiras para mais perto do visitante, no gesto imemorial dos médicos que estão para entrar em conferência de muita importância, a propósito de um paciente de valor. Beberam o vinho que o escravo trouxe e olharam para a frente, com ar meditativo. Lucano ainda esperava. Médicos de posição não deviam ser apressados de maneira vulgar. Tinham sua dignidade a manter e, assim, sentiam-se portentosos.

Nícias fez perguntas sobre Atenas e Lucano foi forçado a responder cortesmente. Nícias mencionou Isócrates,[1] que era seu filósofo predileto, e Lucano respondeu com erudição. O grego ficou satisfeito. Josué inclinava-se para a frente, a fim de ouvir:

— Consta-me que foste educado em Alexandria, nobre Lucano — disse Josué, com ar de leve condescendência. — Acredito que Alexandria perdeu um pouco de sua fama nestes últimos cem anos. Eu próprio fui educado em Tarso. Qual é a tua opinião sobre os méritos rivais das escolas que citei?

---

[1] Orador ateniense, que pregava a união de todos os gregos contra a Pérsia.

Lucano, devorado pela ansiedade, ainda assim respondeu com forçada calma. Percebia que aqueles homens o estavam sondando para ver se lhe faltava cultura, antes de confiarem nele e antes de decidir se mereceria ou não sua confiança integral. Era, pensava ele cheio de impaciência, como uma dança majestosa e sagrada, na qual um estrangeiro se introduziu, e durante a qual deveria ser determinado se ele poderia ser admitido ao ritual.

— Eu vos asseguro, meus nobres colegas — disse ele, com imensa exasperação, finalmente —, que sou capaz de compreender vosso jargão médico e que tive muita experiência e conheço a maioria dos tratamentos modernos! Portanto, suplico-vos que considereis minha natural ansiedade! Falai-me de meu irmão.

Ambos os médicos deram a impressão de se sentirem ofendidos, por um momento, embora os olhos do judeu não pudessem reprimir um faiscar divertido. Lucano, espantado, pensou ter visto Josué piscar, mas não podia ter certeza, pois o rosto dele permanecia grave e retinha a atitude do médico, clássica através dos tempos: cabeça pensativa e projetada para a frente, o cotovelo direito no braço da cadeira, o dedo indicador da mão direita em parte escondendo a boca sensível. Nícias debatia solenemente. Então, Josué, depois de relancear rapidamente os olhos para ele, decidiu, ao que pareceu, que já tinha havido formalidade bastante. Deixou cair a mão e disse, imediatamente:

— É verdade que estás ansioso, Lucano. Deixa-me pôr-te ao corrente com rapidez.

Nícias lançou-lhe um olhar gelado, que não pareceu desconcertá-lo.

— Teu irmão tem câncer no estômago; a doença invadiu amplamente também o fígado. Pediste que falássemos. Não acredito em frases vagas, por isso contei-te. Compreendes que, em tais condições, ele não pode viver. Fizemos quanto nos foi possível. Demos-lhe comida altamente temperada, para despertar-lhe o apetite, que é fraco, e todo o vinho que ele deseja, além de anódinos para suas dores, que são tremendas.

Lucano ali ficou, transfixado, o coração doente de desespero. Josué olhava-o compassivamente. Nícias cruzara os dedos brancos sobre o regaço.

— Pode viver um mês, talvez dois meses, mas, com certeza, não durará muito.

Era como se ele estivesse polidamente discutindo o tempo com dois amigos aristocráticos e que o assunto não tivesse importância pessoal. Lucano, lutando contra seu abatimento, odiou-os, de maneira desarrazoada e, por isso, concentrou-se em Josué, no qual pressentira mais calor humano, mais bondade.

— Há quanto tempo meu irmão está doente? — perguntou, com voz trêmula.

Josué encolheu os ombros, eloquentemente.

— Já estava doente quando foi trazido para cá. Imagino que a doença esteja nele há uns oito meses. E é a responsável pelo seu abatimento, sua abstração, sua perda de carnes, o acinzentado do rosto, sua aversão pela carne, suas raras, mas copiosas hemorragias de estômago, seu andar vacilante, seus tornozelos inchados. Está nos últimos estágios de sua moléstia. Nada podemos fazer por ele a não ser aliviar-lhe as dores e tranquilizá-lo. Soubemos, também, que a doença causou instabilidade de gênio, acessos de choro, pois embora ele não saiba que está mortalmente doente, seu corpo envia ao cérebro sinais de angústia e o pressentimento da morte.

Nícias disse, a voz calma e reprovadora:

— Isso é uma teoria tua, não aprovada, Josué. Isso de que o cérebro chega a receber qualquer mensagem. Estou firmemente convencido de que o coração é a sede das emoções e pressentimentos. Prefiro as teorias de Aristóteles, embora, por alguns, eu seja considerado antiquado.

Os "alguns" eram aparentemente, o próprio Josué, e os olhos dos médicos cruzaram-se por alguns momentos, em rápido combate.

— Oh! — exclamou Lucano, quase fora de si. — Precisamos discutir as várias teorias? Disseste, Josué, que meu irmão tem câncer. Isso é certo?

— Absolutamente certo — falou Josué, ofendido. Seus olhos mostravam simpatia e ele continuou: — Desejas examiná-lo pessoalmente?

Os três médicos levantaram-se. As pálpebras pálidas de Nícias ergueram-se ao ver o estojo rústico e barato de Lucano, onde os frascos produziam rumor, como acontece com os médicos mais simples. Nícias abriu a porta de teca, com ar de altaneira resignação diante de homens menores e importunos. O dormitório que ficava ali era magnificente, repleto do mais belo mobiliário e com um leito dourado. Quatro escravos estavam às ordens, vestidos de túnicas brancas. Lucano, porém, correu para o leito, exclamando:

— Meu querido Prisco! Aqui estou, finalmente!

Agarrou uma lâmpada que estava sobre a mesa de mármore, e levantou-a sobre a cama. Prisco ali jazia e Lucano ficou atônito até o coração diante de seu aspecto e quase incapaz de reconhecer, naquele homem cinzento e magro, seu jovem e querido irmão. As pálpebras, como que feitas de pedra, desciam sobre olhos abatidos, a boca se contraíra, apertando-se contra os dentes. Durante um terrível momento Lucano pensou que o irmão já estivesse morto, pois não parecia respirar.

— Ele dorme, sob influência das nossas drogas — disse Josué, cheio de piedade. Pôs a mão no ombro de Lucano: — Assim, pelo menos, tem uma paz temporária e por isso devemos agradecer a Deus misericordioso. Ele sofre muito.

Lágrimas inundaram os olhos de Lucano, enquanto ele contemplava o irmão, à luz da lâmpada que erguera. Ali jazia um jovem que lhe era mais querido do que seu irmão e sua irmã pelo sangue, pois ele dera vida a Prisco, que estava morto. Ali estava o irmão da bem-amada Rúbria, e morrendo como ela morrera. Ali estava o querido do coração de Íris. Ali estava o filho de Diodoro, aquele guerreiro virtuoso e valoroso, cujo nome jamais fora esquecido. Ali jazia a casa de Diodoro, o filho mais adequado e mais valioso para o nome do soldado morto do que o erudito e melindroso Gaio, que estremecia ao ver espadas e flâmulas. Ali estava alguém que fora alegre e moreno como uma noz, inocentemente alegre e altivo, alguém que se regozijava por viver, que amava seu país e seus deuses. Lucano recordava-se do temperamento de Prisco, afetuoso, considerado, bom, ainda assim forte, jubilosamente ativo e animado, amável, solícito e cheio de risos. Lucano não podia suportar aquilo. Pousou lentamente a lâmpada, apertou os dedos contra os olhos, para fechá-los contra aquela visão extremamente dolorosa.

— Sim, é triste — disse Josué, suspirando.

Nícias aproximou-se do leito, caminhando, como um dos mais solenes dos deuses, fixou os olhos em Prisco, como os fixaria num teorema.

Prisco moveu-se. Lucano, os olhos ainda cobertos, ouviu a voz mais fraca, animada por um frágil encantamento:

— Lucano! És tu! Eu tenho esperado...

Lucano tombou de joelhos e agarrou a mão magra e diminuída do outro nas suas. Estava fria, seca ao seu toque, e o pulso mostrava-se erradio. Viu os olhos de Prisco, toldados pela dor e pela exaustão, embora eles se tivessem iluminado pela alegria de vê-lo.

— Querido Prisco — gaguejou Lucano, lutando para controlar a agonia que se apoderara dele. — Sim, eu aqui estou. Tens dores?

Os dedos magros apertaram-se nas mãos de Lucano, como os dedos de uma múmia. Prisco umedeceu os lábios ressecados, depois olhou resolutamente para Lucano:

— Dor — disse ele, em sussurro, e com esforço — é tudo quanto um homem suporta. Isso tu me disseste um dia, Lucano. Um soldado compreende a dor, está habituado a ela. Mas há a dor do espírito... Tiveste notícias de casa recentemente?

Disse a palavra "casa" em tom de desesperado anelo.

— Tudo vai bem — falou Lucano, engolindo o bolo amargo que sentia na garganta. Prisco nunca mais voltaria para casa, nunca mais faria saltar os filhos em seus joelhos, nunca mais veria sua esposa nem se deitaria com ela, acariciando-lhe os compridos caracóis escuros e roçando a boca pelas suas faces onde havia covinhas, pelos seus seios. Nunca mais veria os pomares, seu gado e seus cavalos. Nunca mais nadaria no cristal verde do riacho, nem beberia vinho de suas uvas. As adoráveis e simples coisas que davam alegria e prazer, que os homens recebem como naturais, jamais seriam dele outra vez. Porque Prisco estava morrendo e Lucano imediatamente compreendera isso. O coração do médico apertava-se. Então, instantaneamente, sorriu, pois Prisco o observava com ansiedade.

— Tudo bem? — perguntou o jovem soldado.

— Tudo bem — respondeu Lucano. Prisco suspirou e fechou por um instante os olhos, contente.

Lucano começou a examiná-lo, delicadamente, e sua última esperança de que tivesse havido um diagnóstico errado veio a morrer. Na região direita do estômago havia uma grande massa palpável, que podia ser facilmente tateada através da delgada camada de carne que expirava. Os dedos de Lucano moveram-se para o fígado e ali também havia aquela massa. As glândulas linfáticas periféricas estavam muito intumescidas, especialmente a supraclavicular. O exame custou a Prisco as dores mais insuportáveis, apesar de ter sido delicadíssimo, mas, como soldado, ele se manteve rígido e calado. Os olhos ansiosos não se afastavam do rosto de Lucano, não para buscar ali uma expressão de alívio mas pela alegria de vê-lo. Sabia, em sua alma, que não viveria muito mais.

Disse, em voz fraca:

— Minha mãe. Minha esposa, meus filhos. Deves contar-lhe... — Não pôde controlar um gemido, quando Lucano encontrou um ponto particularmente doloroso, mas continuou: — ...que eu morri em paz... de um acidente, talvez. E rapidamente. Eles não devem saber... Ah!... — suspirou, quando Lucano retirou as mãos tateantes. — Tu compreendes, Lucano...

— Sim — disse Lucano. — Eu compreendo.

Pôs a palma da mão contra o rosto febril, como um pai; seu peito ergueu-se. Tentou sorrir:

— Mas não está tudo perdido — acrescentou, em tom consolador, e na forma mecânica de um médico.

Prisco rolou a cabeça no travesseiro.

— Tudo está perdido — disse ele, calmamente.

— É preciso ter esperanças — falou Josué.

— Não desejo mais viver — disse Prisco, com simplicidade. — Tu falas de meu corpo, bom Josué. Não me importo com o meu corpo. — Pôs sua mão na de Lucano, como uma criança exausta. — Preciso falar com meu irmão, sozinho — disse ele. — Há muito a dizer, antes que eu parta para a minha longa viagem.

— Compreendo — disse Josué, sentindo seu próprio desgosto, pois viera a tomar-se de carinho por Prisco, como todos quantos o conheciam. — Mas não deves cansar-te.

— A não ser que me alivie da minha carga, não conseguirei reunir-me em paz a meu pai, minha mãe e minha irmã — disse Prisco. — Disponho de pouco tempo.

— Só os deuses sabem disso — falou Nícias, friamente. Inclinou a cabeça e Josué o seguiu, saindo ambos do quarto, de onde saíram também os escravos. Prisco ficou a olhá-los enquanto saíam, e depois, forçando-se a algum vigor, disse a Lucano:

— Ergue-me sobre os meus travesseiros, querido irmão, de forma que eu possa falar mais facilmente.

Lucano ergueu-o e ficou apavorado com a leveza do corpo do soldado, com a ausência de carne. Contudo, obrigou-se a sorrir, confortadoramente. A cabeça de Prisco tombou sobre os travesseiros erguidos, e ele arquejou, enfraquecido, por alguns momentos. Fechou os olhos.

— Devo falar — disse, com algo da maneira imperiosa de Diodoro. — Não me digas que não me canse. O que tenho a dizer, devo dizer, Lucano.

— Sim — disse Lucano. A mão de Prisco procurou a sua, e o jovem sorriu, levemente.

— É uma história terrível — falou, depois de alguns momentos, e seu rosto modificou-se, tornou-se cadavérico, como se tivesse morrido atormentado naquele momento. Então começou a sua história.

As lâmpadas crepitavam ou aumentavam de intensidade à brisa marinha que vinha através das colunas, lá fora. Os odores do Oriente corriam com o vento e os sons das fontes sonoras. Prisco falou com firmeza, com a urgência da derradeira força, e Lucano não o interrompeu nem uma só vez.

Plócio fora designado para Jerusalém e ali estava havia bastante tempo. Achara a cidade fascinante e cheia de excitamento. Os judeus eram um povo estranho, mas nunca monótonos ou fracos. Olhavam para os romanos friamente e evitavam-nos, mas não quando se tratava dos comerciantes ricos, dos políticos e dos proprietários de navios cargueiros. O povo inferior, mais humilde, desprezava-os, a não ser quanto aos altos sacerdotes, cujas famílias estavam ligadas ao comércio e tinham fortunas a fazer.

— O povo é ao mesmo tempo tão realista e tão materialista quanto nós, romanos — disse Prisco —, e ainda assim cheio de devoção e misticismo. Mesmo o mais grosseiro e exigente dos comerciantes, mercadores e manufatureiros põe de parte as preocupações mundanas nos dias santificados e torna-se tão pouco ligado ao mundo quanto as sombras, esquecendo tudo. O Templo está repleto de fumaça dos sacrifícios e do cheiro do incenso, e há choro e lamentos em certos dias santificados, e regozijo e dança em outros. Os judeus choram eternamente mesmo quando sorriem. E falam de um Messias que os libertará de Roma, e que colocará Seu pé sobre o peito prostrado de Roma, jamais permitindo que ela torne a levantar-se.

Prisco, jovem e cheio de curiosidade, ouvira muita coisa sobre aquela religião dos judeus, pois desejava ser amigo dos que rejeitavam sua amizade.

Ninguém, entretanto, queria discutir religião com ele, nem mesmo os mercadores e comerciantes que conhecia. Nesse assunto eles se encolhiam e seus rostos gordos e corados pelo vinho se tornavam sombrios e desviavam-se. Começaram a surgir rumores de um rabi estranho, vindo do campo, sem erudição, descido das colinas da Galileia, pertencente a um povo desprezado em Jerusalém, pelos mundanos e pelos cultos. Era homem sem nome de família e sem fortuna. Nada tinha, a não ser a roupa pobre que o cobria e as sandálias de corda que trazia nos pés. Não possuía cavalo nem liteira, nem sequer o mais insignificante dos asnos. Ainda assim, quando veio a Jerusalém, foi rodeado pelas multidões, que se moviam para onde Ele se movia, ouvindo-O. Dizia-se que Ele curava os enfermos, levantava do túmulo os mortos. Os sacerdotes riram-se, de início, depois se encolerizaram. Aquilo nada significava para Prisco, que jamais pudera entender os judeus, suas muitas seitas rixosas, sua insistência em certos rituais, suas constantes e veementes discussões sobre as belezas da significação dos antigos profetas — mesmo a turba das ruas discutia essas coisas! Viam a religião com severidade e devoção e observavam-na meticulosamente. Nem tinham dúvidas cínicas a propósito dela, como tinham os gregos, nem as mundanas superstições dos romanos. Aquilo explicava, sem dúvida, a excitação no que se referia ao rabi que diziam erguer os mortos, curar os doentes e realizar muitos outros milagres. Explicava também o ódio dos altos sacerdotes patrícios, que detestavam o povo comum e achavam indignos seus sacrifícios pobres. O rabi estava invadindo suas sagradas atribuições e desviando o povo de seus deveres. E, o que era quase tão ruim quanto isso, dizia-se que Ele incitava o povo contra Roma. Tal coisa era perigosa.

Disseram, finalmente e com imensa excitação, que Ele era o Messias. Viria salvar Seu povo de Israel do poder de Roma, com suas hostes de anjos que expulsariam as legiões romanas para fora dos muros de Jerusalém. Pela primeira vez, então, Pôncio Pilatos, que jamais interferia nas questões judaicas, pois era homem discreto, ficou preocupado. Que os judeus brigassem entre eles, como faziam, interminavelmente, a propósito de uma doutrina ou outra, desde que suas brigas não afetassem a autoridade de Roma. O tetrarca, Herodes, meio grego meio judeu, recebeu a visita dos altos sacerdotes, que declararam estarem os judeus em perigo por causa dos ensinamentos daquele miserável rabi, que não apenas afirmava ter vindo para fazer cumprir as leis dos profetas e dizer que os sacerdotes estavam enganando e oprimindo o povo, como também estava causando confusão e separação inamistosa nas relações pacíficas entre os judeus e seus senhores, os romanos. Herodes discutiu o assunto com Pilatos, que visitava Jerusalém, lugar do qual não gostava, sentindo-se contrariado por lhe ter sido imposta aquela visita. Chamou Plócio e Prisco para interrogá-los. Plócio ergueu os ombros e declarou que os padres estavam sempre frenéticos e que não se devia levá-los muito a sério. Prisco falou a Pilatos dos boatos sobre os milagres, e Plócio riu. Pilatos estava mais preocupado com um possível levante de judeus do que com o rabi como Pessoa.

— Não sei ao certo o que aconteceu depois — continuou Prisco, voz fraca, mas insistente e olhando fixamente para o irmão, os olhos vívidos e estranhos. — Os assuntos dos judeus nada representavam para mim. Consta-me, entretanto, que os altos sacerdotes pediram a morte do rabi errante, de pés machucados, e que Ele foi levado diante de Pilatos para julgamento. Pilatos não o encontrou em falta, mas a ralé uivava, pedindo-Lhe a morte, não porque particularmente o detestasse, mas porque desejava excitação. Era na Páscoa judaica, e eu estava ali, e tive ordem para manter a paz. Durante a Páscoa os judeus se nos dirigem chamando-nos egípcios, e isso é incompreensível e insultante. Meus amigos judeus se afastam de mim durante esse período.

Foi na véspera da Páscoa. O excitamento na cidade, a propósito do rabi, foi crescendo até uma altura insuportável. Grupos brigavam pelas ruas e amaldiçoavam os soldados que os separavam. Então Prisco recebeu ordens para executar o rabi, causador dos distúrbios, com dois ladrões que tinham sido condenados à morte. Era apenas mais uma tarefa desagradável, e Prisco cumpriu suas ordens.

Era costume, segundo a lei romana, que os condenados à mais vil das mortes, na cruz, fossem chicoteados antes da execução. Prisco ordenara a dois de seus oficiais inferiores que tomassem a si a tarefa. O rabi estava na prisão, aguardando o castigo final. Ele próprio esperou pela hora em que levaria os soldados e os carrascos ao lugar de costume, um monte conhecido como Gólgota, ou Local dos Crânios.[2] Ficou montado em seu cavalo, entediado a ponto de sentir fadiga, pois passara horas em sua taverna favorita na noite anterior; sentia-se impaciente por lhe ter sido dada aquela tarefa mesquinha. O criminoso não passava de um miserável judeu, abatido pela pobreza e indigno da atenção de um alto oficial como ele. Olhou em derredor, para a multidão turbulenta e excitada, com olhos levemente curiosos. Mas os judeus estavam sempre excitados, e com frequência pelas coisas mais insignificantes. Ouviu maldições abafadas que lhe eram dirigidas, enquanto estava ali em seu cavalo, entre seus oficiais também montados, mas os judeus, principalmente quando se aproximavam seus dias santificados, frequentemente amaldiçoavam os romanos, embora nos outros dias pudessem tratá-los de forma amistosa. Nada daquilo tinha importância. Chegou a rir, bem-humorado, a gracejar com seus oficiais, e a bocejar.

A multidão ia se reunindo ao longo da passagem estreita que levava da prisão ao Local dos Crânios. Prisco ficou subitamente interessado pelas expressões de muitas daquelas pessoas. Os volúveis judeus rapidamente ficaram silenciosos, de maneira pouco comum. Centenas de mulheres choravam abertamente e outras levantavam seus filhinhos ao alto, como fazem as mães que desejam dar a seus rebentos a visão de um alto potentado ou de um príncipe que se aproxima. Muitos homens torciam as mãos e choravam em silêncio, ou batiam no próprio peito. Uma estranha atmosfera de fatalidade pairava sobre a cidade e sobre o povo. Uma luz quente e misteriosa banhava a terra; era como se o sol, perdendo sua natural coloração dourada, se tivesse tornado violentamente incandescente. E as vestes das pessoas tomavam colorido vivo. Vermelhão e azul, listras vermelhas e brancas, amarelas e pretas, cor-de-rosa e esmeralda reluziam como se fossem estalar em chamas. Os rostos fizeram-se avultados, cada linha, cada desenho de nariz ou boca, cor de olhos, brilho de fronte ou queixo, mesmo os mais distantes, adquiriam selvagem nitidez e veemência. O cheiro do suor impregnava o ar escaldante. Não havia sacerdotes naquela multidão aglomerada, e ainda assim estranhamente silenciosa. Eles tinham feito seu trabalho e estavam no Templo, preparando-se para a Páscoa. Prisco

---

[2] A denominação de Local dos Crânios deve-se à palavra calvário (caveira) depois usada como calvário, nome que se ligou ao monte Gólgota onde se faziam as execuções dos criminosos.

relanceou os olhos inquietos para o céu. Ali, sobre as montanhas cor de bronze, o firmamento mostrava uma cor peculiar. Era como se uma caldeira invisível fervesse para lá do Local dos Crânios, atirando para cima seu vapor que se condensava, em tons de vermelho pálido e roxo. O vapor queimava e movia-se. Prisco chamou para aquilo a atenção do oficial que estava mais perto dele. O oficial era jovem e supersticioso e olhou com desânimo para aquele movimento colorido e maligno.

— Quem vai ser executado? — indagou.
— Apenas três criminosos — respondeu Prisco.

O jovem oficial tocara um amuleto e sacudira a cabeça, murmurando:
— Não gosto disto. Há coisas sinistras aqui.

Prisco rira-se dele, mas mudou o cavalo de posição. Espirrou. O ar violento, tão flamígero, estava cheio de um pó quente amarelo, e ele suava sob a armadura.

Houve, então, uma turbulência diante dos portões da prisão. Um grito trovejante assaltou os ouvidos, e depois um profundo gemido, seguido de lamentações. Prisco e seus oficiais cavalgaram até mais perto dos portões. Um homem estava sendo arrastado para fora por soldados a pé. Era alto, tinha cabelos dourados e barba igualmente dourada. Parecia prostrado. Usava uma veste rasgada, branca, e sobre ela um manto carmesim, de tecido grosseiro. Em Sua cabeça erguida havia uma coroa de espinhos, que ali fora enterrada, e Seu rosto branco estava riscado de sangue.

— Que é isto? — murmurou o jovem oficial a Prisco, mas este não podia responder.

Porque vira o rosto do criminoso, o qual, apesar do sangue e da sujeira, era nobre para além do que se pode imaginar, e calmo, delicado, parecendo irradiar luz que lhe fosse própria, maior ainda do que a claridade furiosa do sol. Tinha a atitude de um rei, majestoso e sagrado, e faltava-lhe qualquer medo. Um horror frio, que ele não podia explicar, apoderou-se de Prisco. Aquele homem não era um criminoso, e sim pessoa do mais alto sangue. Suas vestes tomavam a majestade da púrpura dos reis e a coroa de espinhos era uma coroa de ouro. O horror cresceu em Prisco. Era aquele miserável rabi, na verdade? Era aquele o camponês sem família e sem fortuna? Parecia incrível. Ele tinha o aspecto de um imperador, embora os soldados O empurrassem e batessem Nele, rindo-se Dele, como fazem todos os grosseiros subordinados, e cuspindo-Lhe no rosto.

— Saudações, Rei dos Judeus! — gritavam os soldados, e a ralé do mercado uivava. Mas centenas de mulheres soluçantes tombaram de joelhos e estenderam seus braços para a frente e centenas de homens se lamentaram, o rosto sulcado de lágrimas, e centenas de crianças choraram. A cena era caótica demais para um simples par de olhos, e os olhos de Prisco ficaram frenéticos, na tentativa de abarcar todas as coisas. Finalmente, só podia ver o condenado, que estava cambaleando sob as pancadas dos soldados.

Prisco esporeou o cavalo e as mãos tremiam segurando as rédeas. Fez sinal aos seus oficiais e começaram a trotar largo em direção às portas da cidade, que já estalavam, ao se abrirem. Prisco disse para si mesmo: Quem é este que está para morrer? Olhou para trás, por sobre os ombros. Uma cruz fora atirada aos ombros do enfraquecido rabi, e ele oscilava desesperadamente sob ela, tentando manter o passo sob o peso e sob as pancadas dos soldados. O horror aprofundou-se em Prisco. Levantou a mão à armadura, procurando seu amuleto, um talismã contra o mal. O metal, porém, queimou-lhe os dedos e ficou molhado com o seu suor.

Em volta e junto dele, ouvia os uivos mais ensurdecedores, berros, gritos e lamentações. A luz estava insuportável; era como se dezenas de sóis se tivessem reunido ao seu ardente irmão. A claridade feria as pálpebras e inflamava a fronte. A fedentina da humanidade e o gosto ácido do pó levantado nausearam o jovem romano. Sua cabeça doía violentamente e era como se os ossos, dentro dele, estremecessem e fremissem. Todas as cores reluziam selvagemente demais para ele, que entrecerrou as pálpebras para escapar à fúria da luz e da violenta coloração. Os edifícios próximos e distantes dançavam desvairadamente ao seu redor, ondas de calor estremeciam sobre todas as coisas, dando-lhes aspecto de loucura e instabilidade. E além do Gólgota as nuvens vermelhas e roxas derramavam-se pelo céu como línguas faiscantes, espalhando-se sobre o firmamento aquecido ao branco, saltando de detrás do cobre da montanha.

Um grito maior assaltou o ar temível e de novo Prisco olhou por sobre os ombros. O criminoso tombara no chão; uma jovem, o rosto coberto de lágrimas, estava enxugando o rosto Dele. Um soldado gritara peremptoriamente com uma pessoa que estava de lado, e o homem, de pele escura e imenso de corpo, veio imediatamente, e ergueu a cruz dos ombros do condenado. Com a assistência dos soldados, colocou a cruz sobre seus próprios ombros, levantou-se de sua posição curvada, e um sorriso profundo espalhou-se em suas feições. Olhou para o céu, e de sua carne queimada de sol porejavam lágrimas e suor. Moveu-se, docilmente, como alguém que está em sonho extático e com forças, sem desfalecimento. Era como se levasse aos ombros a liteira de um rei, orgulhosamente. E atrás dele tropeçava o criminoso. Seus lábios movendo-se. A populaça seguia, como um rio multicolorido, gritando ou gemendo, sacudindo os punhos no ar ou chorando. E sobre tudo aquilo derramava-se aquela claridade fragmentada e irreal.

Então Prisco ouviu uma voz que falava um aramaico confuso, mas puro, seguro e forte, como a voz de um governante:

— Filhas de Jerusalém! Não choreis por mim, mas por vossos filhos. Pois, atendei, os dias estão se aproximando em que os homens dirão: "Abençoados são os estéreis e os ventres que jamais conceberam e os seios que jamais amamentaram!" Então, eles começarão a dizer às montanhas: "Tombai sobre nós!" E às colinas: "Escondei-nos!"

Prisco ficou estonteado com aquela voz e com as estranhas palavras que ela articulara. Era como se milhares de oráculos tivessem falado, era como se Apolo, comovido com a agonia dos homens, tivesse chorado por eles. Era como se Zeus houvesse atirado coriscos e trovões pelo céu. E o povo, tão ruidoso, tão insistente, tão choroso, tão despedaçado pela dor, ficou silencioso por um momento.

— Quem é Ele? — exclamou o jovem soldado, dirigindo-se a Prisco. E este não lhe podia responder.

A estrada que subia quente e íngreme estava diante deles, erguendo-se para o Gólgota. E Prisco disse consigo mesmo, em terrível e inominável desespero: Não devo olhar para trás outra vez! Mas não podia fugir à consciência das tremendas lamentações que se misturavam àquela luz de fatalidade, lamentações que seguiam o condenado como se fosse maré de dor e desespero. E acima daquela maré estridulavam os guinchos da plebe do mercado, refocilando-se, como sempre, em seus instintos de ódio, de ameaça e de ansiedade para obter uma vítima.

As paredes amarelas da cidade, recortadas de ameias, ficaram para trás, e o caminho estreito ergueu-se fortemente para o Monte do Gólgota, cujo topo cor de cobre parecia lançar fumaça, de um fogo infernal que lhe fosse próprio. Pedras saltavam sob os cascos do cavalo de Prisco e caíam atrás, rolando. Ele ouvia o ruído dos cavalos, daqueles que o seguiam, e suas maldições abafadas, assustadas. Estonteado, olhou para a paisagem rural, batida de calor, para as colinas em terraços, com sua carga de ciprestes e oliveiras, seus recortes de hortas verdes. Mas tudo mostrava aquele clarão sinistro de pesadelos, movimentado e sem substância. O suor corria pelo rosto de Prisco e ele retirou o elmo para enxugar a cabeça e as faces. A respiração vinha pesada e com enorme esforço. Não devo pensar!, exclamava ele, para si próprio. Estou doente, estou vendo com olhos de doença. Isto não tem significação, isto é apenas a execução de alguém que se tornou um criminoso aos olhos de Roma, um incitador das multidões contra nossa autoridade.

Mas o terror e o horror cresceram nele como uma explosão, comprimindo o coração, a mente, os órgãos e a carne. Estava apavorado com o céu que via sobre o monte. As flamas coloridas levantavam-se mais altas, devoradoras. Poderia, realmente, sentir-lhes as palpitações. Seu espírito supersticioso de romano acovardou-se. As lamentações enchiam o ar funesto.

Prisco disse, ao oficial que estava mais próximo:

— Mantende a multidão a distância. Que não cubra o topo do monte. Deve ficar embaixo! Quem sabe o que nos fará? Somos poucos, e ela se compõe de milhares, aumentados pela excitação e pela emoção.

Os oficiais deram a volta com seus cavalos indóceis e cavalgaram contra a multidão, mas Prisco não olhou para trás. Arquejando, deixou tombar a cabeça no peito e esperou. Depois de algum tempo pareceu-lhe que os gritos e lamentações diminuíam ligeiramente, à proporção que seus oficiais e soldados voltavam a pé para o povo a fim de impedir que subissem pessoas ao último ponto. Então Prisco viu que duas cruzes estavam sendo agora levantadas contra o céu agoureiro e violáceo, deixando um lugar entre elas. Podia ver claramente os homens nus, embora estivesse ainda a alguma distância e mais abaixo. Tinham os rostos escuros e contorcidos; seus braços estendiam-se na cruz em agonia. Um deles gritava.

Agora os oficiais estavam novamente em derredor dele, e o mais jovem disse:

— Nós os mantivemos para trás. Não se farão intrusos, pois nossos homens estão de espadas desembainhadas.

Agora Prisco sentia-se impelido a olhar para trás. O povo cobria as extensões mais baixas do monte como turbulenta floresta de muitas cores. Moviam-se constantemente, sacudindo e estremecendo em todas as suas partes. E diante deles a pequena procissão daquele que conduzia a cruz chegou com o condenado e alguns soldados. O rabi subia, com movimentos fracos, a cabeça curvada. Ainda assim, seu aspecto era régio; rei cativo aguardando a execução. Prisco contemplou-o com terrível intensidade, e naquele momento Jesus levantou o rosto e o azul de Seus olhos luziu em Sua face. Seu manto vermelho arrastava-se de Seus ombros e era um ornamento real.

Apesar das precauções havia um grupo esperando no topo do monte, algumas mulheres silenciosas, um ou dois jovens vestidos pobremente e, para cólera indescritível de Prisco, alguns fariseus e escribas, que ele reconheceu. Reunindo toda a sua força, Prisco cavalgou pelos últimos e mais difíceis alcantilados e disse aos fariseus, em voz velada:

— Que estais fazendo aqui, numa execução romana de humildes criminosos?

Um deles fez uma altaneira cortesia e replicou:

— Estamos aqui como testemunhas, pois há um tolo rumor de que esse estúpido miserável, Jesus, não morrerá, mas descerá vivo da cruz e levará o povo à anarquia e ao levante contra a paz. Diremos ao povo, mais tarde, o que tivermos testemunhado e assim tudo terminará.

Prisco não soube por que disse em voz alta:

— Não, não terminará! Isto nunca terminará! — Bateu com o punho contra a espada e o suor rolou-lhe pelo rosto.

Os fariseus franziram as sobrancelhas, consultaram-se uns aos outros, levantaram os ombros e os escribas escarneceram. Prisco, porém, a respiração audível no silêncio temeroso do topo da montanha, voltou sua atenção para as mulheres. Entretanto, realmente só viu uma esbelta mulher de idade não determinada, pois seu rosto liso e pálido tanto poderia ser a face de uma jovenzinha como a de uma mulher madura, serena, mas rígida de dor. Pensou consigo mesmo: Ela é Sua esposa, Sua irmã, Sua Mãe? Não, não é possível que seja Sua Mãe, pois tem um ar de eterna juventude, é muito bela, mais bela ainda do que minha mãe adotiva, Íris, ou que minha irmã Aurélia. A mulher olhou para ele, como se lhe ouvisse os pensamentos, voltando para Prisco a profundeza azul de seus olhos. Alguns caracóis de seu cabelo, dourado como o sol, tinham escapado do turbante azul-escuro e se agitavam sobre sua fronte branca, ao sopro do vento árido. Sua boca era suave e descolorida, cheia de ternura. Mas foi sua imobilidade que impressionou Prisco, a imobilidade de seu corpo jovem, a imobilidade de sua notável beleza. Estava vestida de linho branco e rústico e trazia um manto azul, do mesmo material. Prisco desejou falar-lhe, pois tinha nobre atitude naquela atmosfera de calado desgosto. Não soube por que desmontou e aproximou-se dela. A mulher observava-o, vendo-o chegar, e sua face dolorosa estava voltada para ele.

O homem tentou fazer áspera a voz:

— Quem és tu, e quem são esses que contigo estão?

Ela disse, delicadamente:

— Sou Maria, Mãe Dele, e estes são nossos amigos.

Prisco teve vontade de ordenar-lhe que descesse. Hesitou. Ela continuava a olhar tranquilamente para o moço e seus olhos transpassavam-no. Tinha as mãos cruzadas frouxamente; duas mulheres estavam de pé ao lado dela, como aias junto de uma rainha. Choravam, mas ela não chorava. Uma profunda dignidade envolvia-a.

— És Sua Mãe — disse Prisco, desajeitadamente. Pensou em Íris, e na mãe que jamais conhecera, e teve uma piedade imensa por todas as mães do mundo.

Maria inclinou a cabeça e seus olhos continuavam a implorar. Prisco fez um gesto incerto.

— Não é uma visão agradável para uma mulher — falou ele.

— Mas de há muito eu sabia disto — respondeu ela. O homem ficou a olhá-la, pestanejando. E ela sorriu um pouco, e Prisco tornou a pensar, outra vez, incoerentemente, no sorriso compassivo de Íris. Como era possível que aquela pobre mulher sentisse piedade dele, o executor romano de Seu Filho? Desejou falar mais com ela, mas os olhos o haviam deixado para ver o Filho, agora chegando ao topo. Um tremor, como de reflexo na água, correu sobre seu rosto e ela deu um único passo, as mãos estendidas, na eterna atitude de uma mãe. As mulheres abraçaram-na e mantiveram-na afastada. As cores do céu sulcado de rosa e púrpura flutuaram em seus rostos.

Os oficiais de Prisco olhavam, espantados, para seu oficial desmontado, que se dignara aproximar-se e falar com uma pobre judia. Viram a expressão de desespero, a ansiedade, os olhos apavorados e ficaram ainda mais pensativos e constrangidos. O jovem oficial resmungou algo, baixinho, suas encantações contra os acontecimentos maléficos. Os fariseus e escribas mantiveram-se afastados, aqueles de aspecto frio e sem falar, e estes escarnecendo e gracejando entre si.

Prisco, olhando para o prisioneiro silencioso que estava de pé junto dele e vendo as gotas de sangue que rolavam pela Sua face sem palavras, sangue que vinha dos espinhos da coroa, vendo Seu absoluto sofrimento, exclamou:

— Vamos acabar com isto, em nome dos deuses! — Voltou-se para um lado, com um gesto desordenado e hesitante: — Onde estão o vinho e a taça? — perguntou a um de seus oficiais, que ficou a olhá-lo estupidamente por alguns momentos e depois procurou em seu alforje e retirou dali um frasco de vinho de soldado e uma taça grosseira. Desmontou, para vir colocar ambas as coisas nas mãos trêmulas de Prisco. — Ópio também — disse Prisco, desejando dar ao condenado alguma espécie de entorpecimento contra sua dor. Sem falar, o oficial polvilhou um pouco de ópio, de uma sacola de lã, sobre a superfície do vinho que servira.

A luz temerosa e estupenda aumentara, como um olhar furioso e ameaçador do Olimpo. Prisco aproximou-se do condenado e tudo silenciou naquele momento. As mulheres cessaram de chorar. Agora, diante de Jesus e olhando bem de frente para Ele, Prisco não conseguia levantar a voz, presa em sua garganta. Os olhos, que pareciam os de um deus, olhavam-no diretamente, como que sondando sua própria alma, e Prisco pensou, com terrível estupefação: Quem é Ele?

— Bebe — gaguejou. — Isto Te ajudará...

Mas Jesus sacudiu levemente a cabeça, em negativa. Contudo, inclinou aquela cabeça, com gratidão. E agora o olhar que derramou sobre Prisco era suave para além de toda a suavidade que se possa imaginar e da maior, da mais incrível bondade e delicadeza. Prisco recuou diante daquele olhar, ainda mais aterrorizado e temeroso do que antes, até esbarrar contra seu cavalo.

— Que seja consumado! — gritou. — Que acabemos com isto! — E apertou o rosto contra o pescoço do cavalo, que tremia.

Agarrado ao animal, os olhos fechados, ouviu, vindo lá de baixo, o som de um mar doloroso, o ímpeto das lamentações e dos prantos. Mas, acima deles — Prisco não conseguia forçar-se a olhar — veio o som das marteladas. Por que estava tudo tão silencioso ali? Por que aquele condenado não gritava, quando os cravos lhe eram introduzidos na carne?

Então, Ele falou, em voz alta:

— Pai, perdoa-lhes, porque eles não sabem o que fazem.

Prisco sentiu um arrepio horrível correr-lhe pela carne, e seu cavalo assustou-se com o aperto de suas mãos. Está Ele implorando a Seu Deus, perguntava Prisco a si mesmo, na trovejante confusão de sua mente. Por que devem os deuses perdoar e a quem devem perdoar? A mim? Ao povo? Aos carrascos? Que loucura é esta? Por que deve qualquer homem perdoar seus inimigos ou implorar aos deuses que os perdoem, quando está sofrendo agonias e tem a morte sobre si?

O jovem soldado desejava que as trevas descessem sobre ele, que pudesse desmaiar e nada mais ver. Mas a luz horrenda atravessava suas pálpebras e ele levantou a cabeça, afastando-a do pescoço do cavalo, e foi compelido a ver. Os carrascos tinham terminado seu trabalho; o condenado fora despido, a não ser pelo pano que lhe rodeava os rins. Os homens começavam a levantar a cruz entre os dois ladrões, contra o céu temeroso. A cruz era maior do que as outras e, em contraste com a madeira escura e áspera, o corpo do homem suspenso parecia branco e macio como o alabastro, dando a impressão de refulgir. Ele parecia inconsciente de Sua angústia; seus olhos calmos observavam a mulher, Sua Mãe, e Ele sorria amorosamente, como para consolá-la e tranquilizá-la. Então, aqueles olhos a deixaram e olharam para as turbas inquietas que estavam nos planos mais baixos da montanha, varreram a cidade lá no fundo, suas retorcidas paredes amarelas banhadas naquela claridade terrífica, seus telhados e cúpulas iluminados. Ergueu o peito num grande e tempestuoso suspiro e, por um momento, fechou Seus olhos.

Ali, o silêncio era pavoroso. Maria sentara sobre uma grande pedra, o rosto nas mãos, duas mulheres ajoelhadas a seu lado, confortando-a. Os amigos Dele, pobres como Ele próprio, estavam juntos, sem afastar os olhos do homem condenado. Eram jovens obviamente humildes, e suas barbas pequenas moviam-se em seus queixos ao mais leve sopro de vento e em seus rostos as lágrimas rolavam.

O jovem centurião tocou o ombro de Prisco, como quem se desculpa:

— Os soldados estão esperando o sinal, nobre Prisco — murmurou. — Como sabes, a lei permite-lhes dividir os pertences dos que são condenados à morte.

Prisco olhou para ele, confuso, pois tudo nadava diante de seus olhos. Fez um gesto abrupto. Os soldados impacientes dividiram as vestes de Jesus, queixando-se entre eles, de serem elas de tão pobre material e de não haver ali bolsa de dinheiro ou qualquer outra coisa que representasse valor. Descontentes, e depois de bocejar, afastaram-se um tanto e se ajoelharam, começando a jogar dados. Demorariam um pouco para descer, pois os crucificados morriam lentamente. Era entediante. As mulheres pareciam estátuas. Então, Prisco viu que sobre a cabeça do moribundo um escrito fora cravado, e ali estava, em letras gregas, romanas e hebraicas.

"Este é o Rei dos Judeus!"

Uma explosão de cólera atordoante invadiu o coração de Prisco diante daquela zombaria. Fechando os punhos, forçou-se a aproximar-se da cruz e levantou os olhos para o homem suspenso. Seus lábios tremiam. Tentou falar. Os olhos misteriosos voltaram-se para baixo com um sorriso complacente que continha ao mesmo tempo agonia e compaixão. Prisco pôs a mão contra a parte mais baixa da cruz e sentiu-se cheio de desejo de entregar-se e chorar. Voltou-se e viu que sua mão estava manchada de sangue, e ficou olhando para aquele escarlate brilhante, estupidificado. Como o estalido alto de ossos, podia ouvir o ruído dos dados dos soldados e a excitação de suas apostas.

Um grupo de escribas e fariseus também se aproximou da cruz. Um dos fariseus levantou os olhos para o moribundo e disse, severamente:

— Ele salvou outros! Que salve a Si próprio, se é o Cristo, o Escolhido de Deus!

A atenção dos soldados jogadores foi atraída por aquela voz, e eles explodiram em risos. Um deles, muito jovem, veio até a cruz, uma taça de vinho na mão. Seu sorriso era incerto, não maldoso, antes estúpido. Levantou a taça para Jesus, quase que amistosamente, e disse:

— Se és, realmente, o Rei dos Judeus, salva-Te!

Mas o moribundo não falou. Seus olhos começaram a empalidecer, a vidrar, e Ele dava a impressão de ter mergulhado em insondável meditação.

Um dos ladrões gemeu de maneira terrível. Voltou sua cabeça hirsuta e torturada para Jesus, as feições brutais retorcidas. Tentou cuspir naquela face heroica, mas sua saliva caiu no chão e ali ficou, reluzente. Ele gritou:

— Se és o Cristo, salva-Te e salva-nos! — e voltou a gemer e a blasfemar com escárnio.

Prisco moveu-se, convulsivamente. Desejou levantar a espada e golpear a boca do ladrão. Mas, antes que pudesse arrancar a arma, o outro ladrão disse, em voz apagada e de censura:

— Não temes sequer a Deus, vendo que estás sob a mesma sentença! E nós aqui estamos com justiça, realmente, pois recebemos o que nossas ações mereciam. Mas este homem nada fez de mal!

Prisco estava transfixiado. Sua mão tombou da espada. O segundo ladrão voltou a cabeça para Jesus e suas feições grosseiras estremeceram, as lágrimas fluindo de seus olhos atormentados. Seu peito ergueu-se, e seus braços torceram na cruz.

— Senhor, lembra-Te de mim, quando entrares em Teu Reino.

E esforçava-se para o lado de Jesus, como se sua miserável alma fosse impelida por uma força tremenda, como se todo seu espírito estivesse sendo atraído para seu companheiro.

Jesus, durante alguns momentos, não pareceu ter ouvido as palavras dele. Depois, ergueu Sua cabeça, deixando Sua serena contemplação da cidade lá embaixo, das turbas chorosas, e falou. Sua voz ainda estava forte, clara, ainda delicada. Contemplou o segundo ladrão com uma compaixão que não era deste mundo, e sorriu:

— Em verdade eu te digo que ainda hoje estarás comigo no Paraíso!

De novo olhou para Sua Mãe e de novo uma luz correu sobre seu rosto lívido, no qual o sangue rolava como rubis. Como se tivesse ouvido uma ordem, ela ergueu a cabeça tombada e Mãe e Filho olharam-se, como se comungassem as palavras que não deviam ser ouvidas por ninguém. Prisco observava-os e seu coração se descompassava de medo e de um curioso anelo.

Passou-se tempo sem conta. Prisco tombara num estado de devaneio. Pensava que sempre estivera assim, a cabeça contra o pescoço do cavalo, aquela doença sempre dentro dele. Pensava que jamais tinha conhecido nada em sua vida a não ser o brilho dos elmos dos soldados ajoelhados, que jogavam e suas mãos reluzentes, a luz dançando em suas armaduras. Eternamente, ele vira aquelas nuvens que ferviam, coloridas, como vapor, subindo para o céu aquecido ao branco. E eternamente, sua visão havia fixado as três cruzes. E eternamente ele contemplara a branca figura contra a madeira escura, os tendões forçados e latejantes, os pés alvos como a neve. Estava gelado dentro da eternidade e nunca mais deixaria aquele lugar, e nunca mais saberia de outra coisa!

Os jovens amigos de Jesus se haviam arrastado até a cruz e tinham tombado contra ela, como que abatidos por um raio, sua postura abandonada na imobilidade da dor, suas cabeças encostadas ao lenho. As mulheres estavam sentadas à parte. Maria olhava para a frente, como se contemplando os tempos, sua nobre cabeça erguendo-se entre as das duas mulheres.

O jovem centurião tornou a aproximar-se de Prisco. Estava muito pálido, e murmurou:

— Prisco, não gosto disto! Há algo horrível aqui!

Prisco umedeceu os lábios febris.

— Dá-me vinho — pediu. O centurião deu-lhe vinho, servindo cautelosamente. Mas seus olhos fixavam o céu, assustados. Prisco tomou a taça e bebeu sofregamente; era um vinho pobre e ácido e nauseou-o. Atirou o resto no chão e estremeceu.

Era a sexta hora. A luz apavorante latejava mais cegadora do que nunca, como se se reunisse para uma imensa conflagração. Prisco passou a mão pelo rosto e encontrou riachos de suor. Os dois ladrões, crucificados antes, estavam tombando na inconsciência da morte. Jesus, entretanto, ainda olhava para a cidade e para os outros montes, como se estivesse pensando, como se estivesse inconsciente de que estava morrendo.

Então, a luz desapareceu. Desapareceu tão completamente como se meia-noite tivesse caído sobre a terra. Os soldados ajoelhados, que jogavam, levantaram-se num salto, com um grito de terror. O centurião, com pavor renovado, agarrou o ombro de Prisco, procurando proteção. Da multidão, lá embaixo, veio um gemido poderoso. Nesse momento, o chão ergueu-se como um navio sobre gigantesco vagalhão e estremeceu. Um som de trovoada rasgou as trevas. A terra balançou e sacudiu, e de algum lugar veio um vasto gemido, ao mesmo tempo da terra e do céu.

— É verdade, é verdade! — gritou Prisco, mas não sabia o que queria dizer com aquilo. Agarrou o pescoço de seu cavalo, para se manter de pé. Um pensamento vago lhe veio de que devia tranquilizar seus homens, mas as pernas tremiam sob seu corpo.

Então o ar ficou impregnado de uma voz poderosa, sonora, forte, e cheia de exultação:

— Pai, em Tuas mãos entrego o Meu Espírito!

As trevas acentuaram-se e os soldados gaguejavam, incoerentemente, juntos. Os fariseus e escribas recuaram pela montanha abaixo, articulando silenciosamente e agarrando-se aos braços uns dos outros. Prisco, porém, olhou para a cruz do meio com olhos desolados. A Figura que ali estava era a única luz na escuridão temível, e que parecia de fogo branco, dando a impressão de que se esticava e alcançava o próprio céu acima da montanha. A terra, que fugia trêmula e ofegante, parou, ficou imóvel.

Prisco ouviu seu jovem oficial, o centurião, falando em voz velada e trêmula:

— Na verdade, esse homem era um justo!

E tombou de joelhos, depois prostrou-se e os outros soldados, igualmente transidos, tombaram em torno dele, implorando a seus deuses auxílio e salvação.

Uma imensa náusea apoderou-se de Prisco. Afastou-se de seu cavalo e com alguns passos fracos aproximou-se da cruz do meio e de sua fulgurante Figura. Jesus estava morto e Sua cabeça tombara para Seu peito. As gotas de sangue pingavam, escuras, sobre Sua carne, naquela treva profunda. Prisco olhou para as figuras silenciosas dos amigos de Jesus, e sua cabeça doía, uma dor lancinante. Tornou então a encostar a mão na cruz e, dessa vez, chorou.

Lucano inclinava-se bem perto do irmão, mantendo na sua a mão fria e latejante dele. Não tivera consciência do tempo que se passara. A luz da lâmpada continuava a queimar no rosto desbotado de Prisco, do qual corriam rios de suor. Muito tempo se passara. Prisco fechou os olhos velados e houve silêncio. Lucano olhou em derredor, como quem está sonhando.

Nem ele nem Prisco tinham percebido que os servos se haviam introduzido caladamente no aposento, para anunciar o jantar. Não sabiam que Plócio terminara por se alarmar, e viera; mas depois, vendo os dois com as cabeças juntas, e ouvindo que Prisco estava falando e não quisera deter-se, afastara-se, franzindo as sobrancelhas e apertando os lábios.

Lucano ergueu a cabeça. Estava cheio de respeitoso temor, de desgosto, e ainda assim sentia-se repleto de júbilo e segurança. Tocou a fronte de Prisco com a mão, e este abriu os olhos.

— Não há nada mais — disse o soldado, a voz moribunda. — Houve rumores de que no terceiro dia Ele se ergueu dentre os mortos, mas os rumores foram abafados e Seus seguidores banidos. Fugiram da cidade, tomados de medo. Foi então que eu fiquei muito doente e estonteado. A dor começou no estômago, e eu sabia que Ele me condenara à morte, pela parte que tomei na Sua execução.

Lucano, porém, sorrindo alegremente, colocou a palma da mão contra a face acinzentada e murcha do irmão.

— Não! — exclamou ele. — Como poderia Deus condenar-te? Está profetizado, desde tempos imemoriais, que Ele morreria dessa maneira, pela salvação de todos os homens, não só pelos judeus. Eu sempre soube isso. Ele te odiou? Não. Ele te amou! Falaste de Seu olhar compassivo sobre ti, e de Sua compreensão. Ele deseja que te aproximes mais, que repouses em Seu coração, e que sejas um com Ele. Ouve! Eu te digo que Ele te ama, e que está sempre contigo!

Os olhos abatidos de Prisco iluminaram-se. Encostou a face na mão de Lucano e lágrimas correram ao longo das pálpebras.

— É verdade? — indagou, aflito. — É verdade?

— Sim, é verdade. E Ele ergueu-se! Oh, verdadeiramente, Ele ergueu-se dentre os mortos!

— E é Deus, com certeza?

— Verdadeiramente, Ele é Deus.

Lucano inclinou-se para a frente e beijou a testa do irmão. Seus olhos estavam próximos, os escuros e os azuis. Lucano sorria amorosamente e com força. Prisco murmurava, aconchegando o corpo murcho mais junto do irmão e adormecendo subitamente, em absoluto estado de abatimento.

Não parecia respirar, sequer. Uma expressão de paz e contentamento instalou-se em suas feições agonizantes. Era como alguém que tivesse chegado ao lar, depois de uma viagem terrível, onde encontrara monstros ameaçadores. Era como alguém que tivesse sido exilado no deserto ardente, e então fosse chamado de volta.

Lucano levantou-se e olhou para o homem abatido, que dormia. Juntou as mãos e murmurou:

— Ó, Tu que me trouxeste dos espaços vazios, das trevas, da esterilidade, por Teu amor e por Tua misericórdia eterna! Ó Tu que és compassivo para além do que se possa imaginar! Tu, que obcecaste a minha vida para me trazer a Ti! Tu, que conheces os sofrimentos dos homens, porque os sofreste! Oh! santificado és em minha alma, e Te imploro que aceites a minha vida a fim de que Te possa servir! Sempre Te amei, mesmo quando discutia Contigo pela minha falta de compreensão! Tem piedade de mim, um pecador, um homem sem importância! Ouve minha voz que Te chama.

"Tem piedade de meu pobre irmão, a quem foi outorgado o mérito de ver-Te em nossa carne. Ele Te ama, e Te conhece. Dá-lhe paz, dá-lhe alívio para suas dores. Se ele tem de morrer, concede-lhe, então, morte tranquila, sem mais angústia. Não és Tu compassível para com Teus filhos? Chamam eles por Ti em vão? Não, jamais eles chamam por Ti sem Teu auxílio e Teu consolo! Aqui está meu irmão, que Te ama. Sê misericordioso para com ele, e conduze-o para Ti!

Prisco dormia como criança cansada. O suor secava em seu rosto. Lucano curvou-se e beijou-o, a voz sussurrante e carinhosa. Então, apagou as lâmpadas e saiu do aposento.

Entrou na sala de jantar, onde estavam Nícias, Josué, Arieh, Hilell e Plócio. Não o sabia, mas sua pessoa brilhava como a lua, e os outros espantaram-se, fixando os olhos nele. Lucano olhou para Arieh e Hilell, e exclamou:

— Durante todo este tempo estive ouvindo meu irmão! E eu vos digo que ele conheceu Deus, e O viu crucificado, e é abençoado por isso! E, com certeza, conforme foi dito, Deus ergueu-se dentre os mortos! Ergueu-se, louvado seja Seu Nome.

Os outros ficaram sentados, como estátuas, e empalideceram. Então, Josué levantou-se e estendeu a mão a Lucano. Disse:

— Eu sabia. Desde o princípio eu sabia!

Arieh e Hilell levantaram-se, estenderam suas mãos a Lucano, e sorriram. Lucano via-lhes as lágrimas. Plócio perturbou-se, franziu as sobrancelhas e apertou os lábios.

45

Muito depois de estarem todos dormindo, a não ser os vigilantes do vestíbulo e os guardas, Lucano escrevia seu Evangelho da Crucificação. As portas de seu quarto estavam abertas para a voz marinha do vento e para os odores aromáticos dos jardins. Às vezes, como que em meio de um sonho, o estilo na mão, levantava sua cabeça dourada para ouvir o canto selvagem e doce dos pássaros noturnos e o incessante murmúrio das fontes. Em derredor dele ardiam lâmpadas de ouro, prata e vidro e, com frequência, sem os ver, o médico fixava os olhos nos murais.

Quanto, pensava ele, tinha Prisco contado, e quanto tinha ele visto, espiritualmente, através dos olhos moribundos do irmão? Prisco não era um jovem de grande poder descritivo, entretanto conduzira Lucano através daquelas horas de grandiosidade e terror do Gólgota, de uma forma tal que era como se o médico tivesse testemunhado tudo com seus próprios olhos. Era como se ele próprio tivesse tocado a cruz, tivesse visto nela o Homem, tivesse recebido seu esplendente e misericordioso sorriso, tivesse olhado para Maria e se sentido despedaçado de dor por ela, tivesse ouvido os uivos e lamentações do povo. Qual era aquele grito que Deus lançara da cruz, em hebraico, e que Prisco recordava, mas não podia traduzir? Lucano parou, pensativo. Como grego, era preciso no que escrevia e nada colocaria em seu Evangelho a não ser o que Prisco vira e recordava e o que, através dos olhos do irmão, misteriosamente, ele próprio discernira. Enquanto Lucano escrevia, os olhos frequentemente enchiam-se de lágrimas e o coração intumescia de amor. Às vezes, não podia suportar a própria emoção e, levantando-se, caminhava em seu quarto, inquieto de cá para lá. Não havia cansaço nele. Ocasionalmente, bebia um pouco do doce vinho judaico ou comia uma tâmara e um pedaço de pão. E, agora, também não havia nele desgosto por Prisco. O jovem oficial estava seguro; vira Deus com seus próprios olhos. O desgosto que Lucano sentia era por sua mãe, por Íris, e por aqueles que amavam Prisco e chorariam por ele. Mas eu não posso chorar por ele, pensava Lucano. Ele foi abençoado.

Os pássaros noturnos silenciaram e, então, subitamente, o ar frio da madrugada foi rasgado pelos cânticos de outros pássaros e as fontes soaram mais próximas. O Evangelho da Crucificação estava terminado. Haveria outras partes a acrescentar, depois de conversar com Maria e os Apóstolos. Feixe rosado de sol, fino e tênue, entrou através de uma coluna branca e Lucano levantou-se e caminhou para a colunata que ficava além de sua porta.

Jamais tivera vista tão bela e tão pacífica, ali do alto daquela colina. O mar, para o ocidente, estava da cor das uvas maduras, fluindo para leste, onde as luzes subiam. O porto agitava-se com altos galeões, seu mais alto mastro branco apenas tocado de um tom róseo e fugitivo. O céu ocidental arqueava-se em púrpura e em seus pontos mais baixos as estrelas continuavam a brilhar de leve à proporção que desciam para o horizonte arredondado da terra. Como cansada Ártemis, a lua pálida as seguia, mergulhando para repousar. Cesareia mal acordara; a cidade ficava entre o mar e a colina em que se erguia o palácio de Pilatos, aglomeradas massas de telhados rasos e brancos rebrilhando como neve. Junto daquele monte erguiam-se montes similares, argênteos pelas oliveiras, murmurantes pelas palmeiras e ciprestes, embora alguns fossem despidos, como que de bronze. Os jardins, porém, que desciam levemente, afastando-se dos palácios gêmeos de Pilatos e Herodes, estavam viçosamente verdes, cheios de passagens de pedregulhos brancos ou vermelhos, encantadores, com seus frescos caramanchões e canteiros, fragrantes pelas árvores resinosas. O ar puro fluía sobre tudo aquilo clarificando-se e fazendo-se iridescente à proporção que a terra se iluminava, e as estátuas brancas, disseminadas através dos jardins, começavam a brilhar ligeiramente.

Lucano suspirou, com prazer e realização. Vento limpo elevou-se do mar e a crista da água faiscou, num delicado tom de rosa. O médico olhou para o céu do oriente, amplo e puro, fremindo com luz escarlate, e acima daquele lago de fogo trêmulo o firmamento tomara um tom de jade, insondável e intenso. Lucano deixou a colunata e voltou para o palácio, caminhando sem rumor sobre o caminho apedregulhado. Franziu então as sobrancelhas. Não havia janelas dando para aquele lado da colina e, em consequência, ela era despida e amarela, cheia de saliências sulfurosas. Mesmo a luz que estava começando a aparecer ali era de uma tonalidade limão, como o deserto, e o ar que dela se levantava mostrava-se entorpecido e quente. Lucano passara, instantaneamente, da beleza para a fealdade. Teve consciência, pela primeira vez, de estar cansado, e seus olhos arderam. Desceu um trecho da colina, sentindo o desmoronamento da terra amarela e seca sob suas sandálias, ouvindo o retinir dos pedregulhos que saltavam sob seu passo. Ali, tudo era desolado, e a desolação fora criada pelo homem.

Sentou-se numa das saliências, suspirando e esfregando os olhos. Fixou-os, depois, na ondulação dos montes vizinhos, que se iam iluminando de momento a momento. Dentro de alguns minutos o sol saltaria sobre o monte que ficava mais para leste, como um guerreiro em armadura de ouro.

Ouviu, então, um ruído e um rolar de pedras e, baixando os olhos, deparou com um cão amarelo, da própria cor da terra. O cão, vendo-lhe o olhar, parou e olhou também para ele. Era um animal de tamanho médio, e cada pelo de seu bonito pelame crespo brilhava no ar agudo e despido. Havia-lhe algo de estranho e sinuoso, algo de selvagem e tímido, muito prudente. Sua cabeça rasa adiantava-se, olfateando, e seus olhos luziam como rubis selvagens. Lucano sentiu-lhe a desconfiança e sorriu. Não se tratava de um cachorro de alta raça, elegantemente tratado e mimado, alimentado com acepipes das mesas patrícias. Aparentemente, fora maltratado, já que olhava irado para Lucano e o médico podia ver-lhe o rápido movimento das costelas, pois que ele arquejava um pouco.

O médico era muitíssimo amigo de animais. Assobiou de leve, estendeu a mão e estalou os dedos. O cão saltou para trás alguns passos, sem retirar dele seus olhos selvagens. Então, de repente, ficou inteiramente imóvel, a cabeça ainda avançada, os olhos fixos nele, como que espantados. Atrás dele havia uma moita de arbustos empoeirados, ressecada pelo pó amarelo. Lucano sorriu ao ver uma ninhada de quatro filhotes, meio crescidos, saindo dali, gemente, e juntando-se em torno do cão maior que, ao que parecia, era a mãe deles.

— Vem — murmurou Lucano, estendendo a mão e estalando os dedos para tranquilizá-los. A cadela ergueu as orelhas, e de sua garganta veio como que uma interrogação esperançosa. Então, sua boca abriu-se mostrando os dentes, num sorriso quase humano de alegria e afeição, e ela saltou para Lucano, subindo a ladeira e atirando-se, malcheirosa, pungente e empoeirada, contra o peito dele. As patas de unhas agudas plantaram-se nos ombros do médico e o animal farejou-lhe o pescoço e o rosto, lambendo-lhe depois as faces em beijos frenéticos.

Ele não se sentiu revoltado pelo seu cheiro de carniça. Manteve-a nos braços e falou com ela como um pai. Pobre criatura! Lembrava-se de que Deus abençoara os animais da terra, bem antes de ter criado o homem. O coração selvagem batia contra o de Lucano como num anelo e num amor febris. Os filhotes subiram desconfiadamente a ladeira, observaram estupefatos o que fazia sua mãe e examinaram Lucano, cheirando-lhe os tornozelos. Ele continuava a afagar a mãe e a falar com ela, e o animal a ele se agarrava como se desejasse fundir-se em seu corpo. De sua garganta vinha um sussurro inefável de desolação e súplica.

Como os animais eram consoladores! Nunca se mostravam maus e viviam sem hipocrisia, de acordo com suas naturezas. Caçavam, não por prazer, e sim para conseguir alimento. Tinham inocência selvagem, adorável espírito brincalhão e sua lealdade era segura e sem malícia. Os gregos declaravam que eles não tinham almas. Mas aquilo, com certeza não era verdade. Tinham almas de crianças, simples e sem astúcia, e mesmo suas paixões eram infantis e não corruptas, como as paixões dos homens. Conheceriam Deus? Quem poderia responder tal coisa com segurança? Incapazes de virtude, eram, portanto, sem verdadeira culpa. Mesmo o tigre audacioso, o leão terrível, o pesado elefante, as serpentes multicoloridas eram incapazes da verdadeira perversidade, da qual o homem era capaz. Portanto, por que Deus não os amaria?

A cadela enrijeceu de súbito nos braços de Lucano. Ergueu a cabeça, tensamente, rosnou, afastou-se bruscamente dele, saltou para o chão com um uivo que pareceu ao médico, de repente, muito familiar. Ouvira-o na Síria, nas redondezas de Alexandria, nas colinas prateadas da Grécia. Ficou atônito. A cadela uivou para seus filhotes, que saltaram dos pés de Lucano, rodearam a mãe e fugiram com ela para dentro das moitas, onde desapareceram instantaneamente. Eram chacais, o mais odiado e mais odioso dos animais, os transmissores da raiva, os comedores de carniça, os desprezados pelos homens e pelos animais! Lucano jamais os vira antes, pois eram criaturas da noite, os espoliadores. Olhou para suas mãos, que realmente tinham acariciado chacais, e para seus pés, sobre os quais se haviam deitado chacais, e sentiu-se tomado de estonteante estupefação, pois sabia que eles tanto odiavam quanto temiam o homem e o evitavam como a própria morte.

Olhou para trás, e lá em cima da colina, amarela, quente e empoeirada, viu um grupo de soldados petrificados, entre eles Plócio e Josué, o médico, bem como um homem que ele jamais vira, mas no qual reconheceu um romano. O homem vestia uma toga branca, tinha rosto pálido e severo e nariz aquilino. Era calvo, e só possuía, em torno das orelhas, uma franja rala de cabelos escuros. Seus braços nus traziam braceletes de ouro e anéis brilhavam em seus dedos, ao primeiro sol. E todos aqueles homens estavam absolutamente silenciosos, com expressões apavoradas. Lucano levantou-se. Achava ligeiramente tolo aquilo de ser encontrado naquela horrível ladeira. Começou a subir. Então Plócio deu um passo para a frente, com um aspecto estranho.

— Eram chacais, Lucano — disse, em tom esquisito, olhando profundamente para os olhos do outro homem.

— Sim, eu sei — disse Lucano, sorrindo. — Preciso lavar já as mãos. Eles são portadores de raiva.

A expressão estranha de Plócio fez-se mais acentuada.

— Eles ficaram sentados em derredor de ti — disse. — E a mãe beijou-te. Jamais ouvi falar de uma coisa destas. — Estremeceu, e ainda olhava para Lucano com olhos maravilhados.

— Eu não percebi logo de início que se tratava de chacais — falou Lucano, como que compelido a desculpar-se. Então, viu que havia lágrimas nos olhos do soldado. Teve um sobressalto. — Prisco! — exclamou. — Prisco!

Plócio sorriu, um sorriso peculiar.

— Não, ele não está morto Ele... está muito melhor.

Parecia abstraído, enquanto acabavam de subir juntos a ladeira. Então Josué, destacando-se do grupo, desceu ao encontro deles. Seus olhos buliçosos estavam úmidos e ele estendeu a mão a Lucano, ajudando-o a subir a montanha, em silêncio. O estranho esperava, e olhava com curiosidade para o médico.

Josué disse uma coisa misteriosa.

— Não me espanto dos chacais. Não me espanto de não terem fugido dele, de o terem beijado.

— Nem eu — falou Plócio.

Lucano riu.

— Pobres criaturas — disse. Desejava ir ver, imediatamente, se seu irmão precisava de assistência. Mas agora estava face a face com o estranho. Plócio dirigiu-se a ele:

— Nobre Pôncio Pilatos, este é nosso querido e bem-amado médico Lucano, filho de Diodoro Cirino.

Pôncio Pilatos, então o altaneiro procurador de Israel, fez uma coisa sem precedentes. Levantou os braços, descansou-os nos ombros de Lucano e beijou-lhe o rosto. Os outros observavam, estupefatos, pois aquele homem frio e imperioso, habituado a adulações, jamais falava, a não ser de maneira impessoal, rapidamente, fosse com quem fosse, como se homem algum fosse digno de sua consideração.

E Lucano pensou: Aqui está o homem que tentou salvar Jesus, mas a plebe do mercado, assassina como sempre, não consentiu que ele o fizesse. Também teria ele se emocionado, como Prisco? Pilatos sorria-lhe, os pálidos sulcos de suas faces se aprofundando.

— Ouvi César falar muito de ti — disse ele. — Uma vez César me disse: "Um dia encontrei um homem justo, incorrupto e bom, sem artifício nem avidez. Seu nome é Lucano, e ele é médico. Recordo-me dele nos meus momentos mais tenebrosos."

Lucano corou, embaraçado.

— César me honra muito — disse —, mas isto não é verdade. Eu fui o mais cego dos homens, o mais amargo, o mais irredutível e sem mérito.

Pilatos tomou-lhe a mão e examinou o anel de Tibério.

— Há muito tempo o possuis, mas nunca o enviaste a César e nunca lhe pediste nada. Só isso já é maravilhoso. — Examinou, então, o anel de Diodoro. — Usas este anel com dignidade, Lucano. — Suspirou: — Mandei minha esposa para Roma, pois está doente do espírito. — Parou e depois recomeçou: — Mas tive um sonho, duas noites atrás, dizendo-me que devia voltar para cá. Acredito em sonhos. Minha mulher teve um, dos mais estranhos, bem antes, e eu devia tê-la ouvido mas não ouvi.

— O sonho falou a verdade, nobre Pilatos — disse Josué. Tomou o braço de Lucano, delicadamente: — Vem, vamos ver teu irmão, que deseja falar contigo.

A ansiedade de Lucano retornou e ele esqueceu de maravilhar-se ante as palavras de Pilatos.

— Ele dormiu durante a noite? Está sentindo dores?

— Dormiu durante a noite e não está sentindo dores — falou Josué, num tom ambíguo. Olhou longamente para os olhos de Lucano, como se ali procurasse algo.

Lucano começou a andar depressa e agora somente o médico judeu o acompanhava, o qual disse, enquanto subiam os degraus de mármore branco que levavam à casa:

— Nícias está junto de teu irmão. Não fala, e chora.

— Por quê? — exclamou Lucano, tomado de pressentimentos funestos.

— Tu verás por quê. Eu te digo, teu irmão está muito melhor.

Lucano começou a correr, e Josué bufava atrás dele, exclamando:

— Já não somos jovens e eu não sou um atleta como tu, meu querido Lucano!

Mas este corria como o vento, através dos brilhantes aposentos iluminados pelo sol, e chegou ao apartamento de Prisco. Quando um escravo abriu a porta, Lucano atirou-a para trás, precipitadamente, meteu-se pela antecâmara e depois no dormitório. Correu para o leito de Prisco, esperando ver ali um cadáver, mas viu, para sua completa estupefação, que Prisco estava sentado, recostado em seus travesseiros, comendo com prazer sua primeira refeição. Ao lado dele, sentado em silêncio, estava Nícias, a cabeça baixada para o peito, como que em meditação.

— Bem-vindo sejas, bem-vindo sejas! — disse Prisco, pousando uma grande taça de leite de cabra. — Querido irmão Lucano! Tu me ajudaste; dormi como uma criancinha a noite passada e acordei sem dores, apenas esfaimado.

Lucano fixou os olhos nele, estupidificado. O rosto magro de Prisco estava liso e colorido com um rosado levíssimo. Seus olhos fundos irradiavam mocidade. Ele estendeu os braços:

— Eu poderia sair agora mesmo desta cama, pois estou bem! — disse ele. — Olha para mim. Tenho o aspecto de um doente? Mas preciso ficar aqui, é o que esses doidos médicos dizem, quando a saúde lateja, alta e forte, em meu corpo!

Nícias levantou-se e fez uma profunda reverência a Lucano.

— Ó Esculápio! — murmurou o médico. — Realizaste um milagre. — Apanhou a mão frouxa de Lucano e beijou-a, humildemente. Tinha os olhos cheios de lágrimas.

— Eu nada fiz, a não ser rezar por ele — gaguejou Lucano.

— Isto foi o bastante — disse Nícias. — Deus nega alguma coisa a Seus irmãos?

— Isso foi o bastante — disse Josué. — Deus nega alguma coisa aos Seus escolhidos?

O peito de Prisco ergueu-se num profundo soluço seco e ele encostou a cabeça no braço do irmão.

— Em meus sonhos disseram-me que quando meu irmão chegasse ele me libertaria da dor.

Lucano levou a mão à fronte, esfregando-a, estonteado:

— Não compreendo — murmurou. Então, afastou num repelão as cobertas de sobre o corpo do irmão, apalpou-lhe o estômago, o fígado e as glândulas. Os funestos tumores tinham desaparecido. A carne estava delgada e emaciada, mas firme, e o pulso mostrava-se forte.

Lucano endireitou o corpo:

— Não é possível! — exclamou ele. Olhou para Nícias e Josué e seus olhos imploravam. — Estávamos enganados!

— Não — disseram eles, sorrindo-lhe.

— Através de ti Deus realizou Seu milagre, para que nós o testemunhássemos — disse Josué. — Ele curava homens, tocando-os ou com a Sua palavra; assim curou teu irmão, a teu pedido. Bem-aventurado és tu, Lucano, pois és um dos Seus, e vimos com nossos olhos e ouvimos com nossos ouvidos, e glorificamos o Seu Nome.

Lucano sentou-se abruptamente e ficou de olhos fixos à frente. Depois, tornou a levantar-se e examinou Prisco, minuciosamente. Não havia tumor algum fazendo resistência a seus dedos. O soldado levantava um cacho de uvas e comia-as com satisfação. Os olhos estavam pousados com suavidade em Lucano.

— Eu sabia que tu me podias ajudar — repetia ele. — Conhecia minha doença, e ela era mortal. Tu, porém, me curaste.

Lucano sentou-se e desviou o rosto, onde as lágrimas corriam. Oh! Que me tivesses escolhido, a mim, que Te odiava!, exclamava ele, consigo mesmo. Oh! Que condescendestes comigo, quando eu Te rejeitava, através de todos os anos de minha vida! Perdoa-me, Pai, pois eu não sabia o que fazia!

Voltou o rosto para os médicos, e disse:

— Não fui eu quem curou meu irmão, mas apenas Deus. Não sou eu quem tem o mérito, mas apenas Deus. Louvado seja Ele, porque é bom e misericordioso, e ouve Seus filhos e não os aflige sem razão.

Josué mergulhou os dedos em vinho e traçou a figura de um peixe sobre o mármore da mesa.

— Em grego, o que é isto, se arranjado como anagrama? — perguntou ele a Lucano.

— Cristo — disse Lucano.

— Este é o sinal dos cristãos — falou Josué. — Tu os encontrarás por este sinal.

46

Embora Pôncio Pilatos, um romano de categoria Equestre,[1] fosse invariavelmente cortês para com Hilell ben Hamram e Arieh ben Eleazar, era evidente, para o supersensível Lucano, que ele não amava os judeus. Aquilo ficou bastante aparente na expressão de alívio que teve quando ambos os jovens judeus partiram para Jerusalém a fim de reunir notícias para Lucano, sobre o paradeiro dos cristãos que se haviam espalhado. Pilatos disse a Lucano:

---

[1] Referência à descendência dos habitantes da colônia (*Julia equestris colonia*) estabelecida por César na Helvécia.

— Sou amigo de Herodes, mas ele é grego pela metade. Quanto aos judeus, não os compreendo. Quando construí um aqueduto, muito necessário para uso deles, e não havia dinheiro no Tesouro, confisquei os fundos do Templo. Os deuses, mesmo esse Deus Judeu, devem curvar-se diante das necessidades humanas. Pois, ao que parecia, com aquela confiscação eu cometia o mais vil dos crimes. Houve levantes, que fui obrigado a abafar asperamente, e muitos morreram. Nós, romanos, aceitamos nossos deuses com realismo, e também com alguma ironia. Mas sorri sarcasticamente a um Deus onipresente e os judeus se atirarão à tua garganta, mesmo que sejam teus amigos! Eles não gracejam com o seu Deus, como gracejamos, civilizadamente, com os nossos. Sua Lei está acima de qualquer sensata lei humana! Tenho dez anos de convivência com judeus e estou desesperadamente cansado de seu fanatismo, de sua devoção ao seu Deus. Falam Dele, discutem por causa Dele, estão cheios de seitas onde mantêm suas diferenças de opinião.

"Vamos tomar os judeus intelectualmente — continuou Pilatos, impaciente. — Discutem eles as filosofias do mundo, a história, as artes, as ciências? Gostam de boatos? Não! Eles são eruditos. Entretanto, juro-te, meu bom Lucano, que suas discussões se centralizam quase que no que um de seus comentaristas particulares quer dizer quando interpreta a mínima Lei de Deus! São loucos, totalmente loucos. Desprezam nossos deuses, chamam-nos maus espíritos, e a nós denunciam como adoradores de ídolos. Não tenho reverência particular pelos nossos deuses, mas sinto-me pessoalmente insultado, pois trata-se de uma afronta feita a Roma. Se o Deus deles é tão poderoso, por que não os liberta de nossa mão? Eu, com um sorriso, tenho feito esta observação aos sacerdotes e eles me olham com olhos furiosos, conservando-se em silêncio.

Lucano ouvia e nada dizia. Pilatos tornou a suspirar, repuxando, inquieto, as dobras de sua toga.

— Eu tenho pedido a Tibério que me chame de volta a Roma, e espero ser atendido. Minha pobre esposa, Prócula, agora está lá, quase fora de si. Teve um sonho sobre o Homem cuja execução ordenei. Um rabi judeu ou um mestre, que estava levantando o povo contra Roma. Não o considerei culpado, mas Herodes estava frenético. Ele e os altos sacerdotes asseguraram-me solenemente que o rabi incitava o povo, que havia muitas testemunhas de outra seita judaica, os fariseus, que são homens de respeitabilidade. Eu próprio acredito que Ele estava apenas zombando dos sacerdotes, aos quais ofendeu com alguma liberdade em Sua própria interpretação da Lei. Que Lei, a deles! Estão realmente dispostos a morrer por seu Deus, a abandonar tudo por Ele, e isso é uma coisa que causa loucura.

— Não te preocupes — disse Lucano, calmamente. — Estava nas profecias, desde o início dos tempos, que Ele morreria assim. Tu foste apenas Seu instrumento.

Pilatos fixou os olhos nele, curioso. Depois, sacudiu a cabeça.

— Meu querido Lucano, tu não deves ouvir esses judeus! Esta não passa de mais uma das suas numerosas e rixentas seitas, esses homens que se dão o nome de cristãos. Há apenas duas semanas fui forçado a ordenar o massacre de alguns galileus que, quando ofereciam sacrifícios, pediam a seu Deus que destruísse Roma e livrasse dela a terra santa! Temos nossa própria lei e ela deve ser mantida.

— Um massacre? — Lucano olhou para ele com horror.

Pilatos ergueu os ombros.

— Já te disse que esses judeus são loucos. E tresandam insurreição. Acredito, integralmente, que aquele seu rabi, que eu tive de mandar executar, lançou um encantamento sobre minha esposa e por isso ela teve aquele sonho.

— E agora, que há com os cristãos? — indagou Lucano, em voz baixa.

Pilatos mexeu-se, encolerizado, em sua cadeira esculpida.

— Eu os exilei de toda a Judeia. O povo olha carrancudo para mim, em Jerusalém, por causa de sua nova seita e de seu chefe executado, e sacode os punhos às minhas costas e profetiza-me coisas más. Dei ordens para que seus seguidores, que agora se chamam cristãos, declarando-O Cristo, o esperado através dos tempos, sejam caçados, aprisionados e destruídos. São um perigo para Roma.

Lucano levantou-se e foi até as colunas, e através delas olhou para Cesareia, rebrilhante ao sol ardente, e para além de Cesareia, para o mar purpúreo, com suas enceguecedoras cristas de luz. O porto estava muito movimentado. Mas aqui, como nos jardins lá embaixo, tudo era frescor, e as abelhas zumbiam sobre as flores, enquanto as fontes dançavam.

— É um alívio — disse Pilatos, bebendo um pouco de vinho, e depois esfregando fatigadamente as mãos sobre o rosto pálido e marcado de rugas — falar com um homem sensato, que não seja um judeu. Ouvi falar do milagre que realizaste a favor de teu irmão, a quem muito carinhosamente quero. Estou doente, Lucano, e minha carne pesa sobre meu corpo. Minha alma está agitada, embora não consiga saber qual a razão disso. Que valem os deuses para os homens? É presunçoso pensar de outra maneira. Além disso, sinto-me certo de que Apolo tocou-te, deu-te o seu misterioso poder de curar.

— Queres que eu te cure? — perguntou Lucano, sem se voltar para ele. Pilatos riu, meio encabulado.

— Eu te digo que já não durmo. Não rias de mim! Mas vejo o rosto daquele rabi, que me pareceu um homem delicado, sem maldade particular, a não ser o fato de incitar o povo. Terá Ele lançado um encantamento também sobre mim, quando olhei para o Seu rosto?

Lucano voltou para junto de Pilatos, sentou-se ao lado dele e contemplou-o com compaixão:

— Eu te darei uma poção, nobre Pilatos, que te fará dormir esta noite. Alegra-me saber que vais voltar para Roma, pois algo aqui te oprime.

— É isso mesmo — suspirou o procurador. Depois, fez-se um pouco mais animado, e continuou: — Mas chega de judeus e de seu Messias! Falemos de assuntos mais importantes e mais eruditos. Sabes há quanto tempo não tenho uma conversa inteligente com alguém? Estive estudando a teoria aristotélica da origem espiritual de todas as coisas. Aquela teoria diverte-me, pois nossos deuses não são tudo quanto há de menos espiritual, embora sejam imortais? Os romanos, que são realistas, preferem a teoria dos epicuristas, com sua explicação mecânica do universo. Sua teoria de Demócrito,[2] a teoria atômica da origem de toda a matéria, é mais realística e atrai a mente racional. Nossa *virtus* romana é uma qualidade moral e social. Recordarás que nosso Imperador Augusto disse: "Quem ousará comparar a estes poderosos aquedutos as ociosas pirâmides, ou os famosos, mais inúteis, trabalhos dos gregos?" Concordo com ele. Como romano, prefiro a nossa *virtus* ao incompreensível *aretê*

---

[2]Filósofo grego do quarto século a.C. que ria constantemente da loucura humana. Dizia que o Ser consiste numa porção de átomos movendo-se no vácuo.

dos gregos, que procuram e exigem uma excelência mental e de espírito que fica para além da capacidade humana.

Lucano sorria, abstraidamente:

— Devo discordar, pois sou grego. O homem é mais do que um animal. Os romanos são realmente materialistas, epicuristas, e assim inventaram a democracia, que leva consigo a semente da destruição.

Os olhos exaustos de Pilatos faiscaram com interesse novo. Entusiasmou-se:

— Mas dizem que foram os gregos que inventaram a democracia, meu caro amigo!

Lucano sacudiu a cabeça:

— Não a espécie de democracia dos romanos. Era a democracia da mente, a reunião ilimitada de homens de intelecto e não a simples e grosseira reunião de corpos físicos da turba para seu próprio interesse e para exploração dos que se lhe avantajam intelectualmente. Não concordo com Platão, mas tu recordas suas advertências de que a cidade cairá quando um homem de bronze lhe guardar as portas. O mundo romano está guardado por homens de bronze. Muito depois de Roma ter caído, o *aretê* dos gregos continuará a iluminar a mente dos homens, porque as coisas do espírito são mais importantes para ele do que as coisas do corpo.

Pilatos olhava para ele, incrédulo:

— Não estás falando sério, estás?

— Estou, com toda a certeza. Entretanto, não temas por tua Roma — e Lucano sorria ambiguamente. — Haverá sempre nações materialistas seguindo-a através dos tempos, e sua *virtus* continuará a dominá-las: a crença de que aquedutos e departamentos sanitários, edifícios públicos e pão, ciência, circos e estradas podem satisfazer os anseios da alma humana. A luta iniciou-se séculos atrás entre homens de mentalidade que reverenciam o espírito humano e homens grosseiros que não só declaram que o espírito não existe como afirmam que esgotos, encanamentos, negócios prósperos e comércio são o único significado da vida.

Pôncio refletia. O brilho pálido do constrangimento estava refletido em seu rosto. Bebeu um pouco mais de vinho, e disse:

— Não sou um obtuso, um homem completamente materialista. Acredito na mente humana, embora ela pereça com o corpo. Acredito mais no bem-estar físico do povo.

Seu constrangimento crescia. As feições finas enrijeceram, enquanto ele pensava.

— Não posso afastar aquele Homem da minha mente — disse, desassossegado, como se ele e Lucano não tivessem falado de outra coisa. — Tuas poções serão recebidas por mim com alegria, Lucano. — Olhou de esguelha para o médico. — A cura de teu irmão, feita por ti, não se enquadra, certamente, na maneira formal e aceita dos médicos inteligentes. Podes curar-me sem poções, Lucano?

Lucano debruçou-se para ele, e havia um faiscar de luz tão vívido em seu rosto que Pôncio encolheu-se supersticiosamente e tateou um amuleto, que trazia sob a túnica.

— Sim! — exclamou Lucano, sentindo em si um poder arrebatador. Estendeu ao elegante romano o anel de Tibério. — Deves cancelar o banimento dos cristãos, imediatamente!

— Estás louco! — exclamou Pôncio, fitando os olhos no magnífico anel. — Eu te digo, tu não conheces esses judeus enlouquecidos pela ideia de Deus! Nem sabes quem se tornou Tibério. Agora, é um homem temível e selvagem. Deu-me apenas uma ordem: manter ordem na Judeia. Eu te digo: ele é apavorante!

— A ralé corrompeu-o, tal como ele disse que aconteceria — falou Lucano, severamente, ainda oferecendo o anel.

— Se eu cancelasse o banimento dos cristãos judeus, então haveria de novo desordem, levantes, e Tibério me trataria com severidade. Que representa essa gente para ti, um grego, o filho adotivo de um nobre romano?

— Contar-te, exigiria toda uma existência — disse Lucano. — Mas sinto que algo doloroso está sobre ti. Disseste que aquele Jesus obceca teus sonhos e que não te deixa em paz. Achas que terás paz enquanto não abandonares a perseguição a Seu povo e a Seus seguidores? Eu te digo que não! — Tirou o anel do dedo e apertou-o contra a palma da mão de Pilatos. — Envia isto a César. Escreve-lhe que eu te pedi que tuas ordens contra os judeus fossem levantadas. Dize-lhe que te supliquei, e que tu, diante deste anel, não tinhas o direito de recusar minha solicitação.

Pilatos, amedrontado, girou reverentemente o anel na palma da mão. Estava perplexo. E disse:

— Se esses judeus promoverem novos levantes e eu for acusado por isso... — Hesitou, e depois disse: — Entretanto, esse é o teu pedido, embora incompreensível para mim! E quem sou eu para ousar desobedecer os desejos de César, implícitos neste maravilhoso anel?

Pôs o anel na bolsa e o alívio levou-o a diminuir a tensão, do mesmo modo que um doente se sente aliviado depois de ter tomado um remédio excelente.

— Francamente — disse ele — não me sinto feliz a propósito das ordens que dei contra os cristãos. Não gosto dessas discussões sobre religião, que é coisa insignificante. Os deuses romanos riem. O Deus judeu jamais ri.

Endireitou o corpo:

— Já estou aliviado! Minha depressão está desaparecendo, bem como a minha melancolia. E, por antecipação, estou gozando a decepção de Herodes.

Falava de Herodes com maliciosa alegria.

— Houve um judeu miserável que foi a Jerusalém. Chamavam-no João, o Batista, e ele gritava ser o mensageiro que vinha antes de Deus. Gritava estar anunciando o Messias judeu. Herodes ouviu falar naquilo, seu espírito judaico vibrou, excitado, embora ele seja tudo menos religioso, sendo antes um realista. Interrogou João. Ao que parece, houve caloroso desentendimento entre ambos, entre Herodes, o culto tetrarca de Jerusalém, e aquele selvagem e iletrado habitante do deserto! Por que Herodes chegou sequer a interrogá-lo está além da minha compreensão, a não ser por ter ele superstições judaicas na cabeça. Seja como for, mandou destruir João prudentemente. Eu estava em Roma, nesta ocasião, e Herodes, até hoje, recusa-se a discutir João, o que me diverte. Compreendi, entretanto, que Herodes ficou desapontado, mais tarde, com Jesus, embora também a ele interrogasse. Seu desapontamento alcançou alturas de raiva frenética. Sabes o que penso? Herodes esperara, na parte judaica de sua alma, que ali realmente estivesse o Messias judeu, vindo para libertar a Judeia das mãos de Roma e levantar Seu povo como reis sobre todo o mundo!

Pilatos estava agora em muito boa disposição. Sentia a saúde voltar a seu corpo, a tranquilidade à sua alma. Serviu uma taça de vinho a Lucano e fez-lhe um brinde.

— Foi um belo dia aquele em que nos visitaste, Lucano — disse. — E agora sei por que tive aquele sonho.

— Também eu sei — falou Lucano, com um sorriso enigmático.

Hilell ben Hamram escreveu a Lucano, de Jerusalém.

"Encontrei Maria, a mãe de Jesus. Ela mora fora das portas de Jerusalém, com um jovem chamado João, que é como seu filho. Ouvi dizer que há um Pedro, o seguidor de Jesus de Nazaré, em Jopa, escondido. Vem.

"Ficarás contente ao saber, meu querido Lucano, que Arieh ben Eleazar viu com bons olhos minha linda irmã, Lea. Há muitas festividades aqui, pois Arieh recebeu o patrimônio de seu pai. Vem ter conosco, vem ser feliz conosco."

47

Lucano permaneceu na casa de Pilatos até ter certeza de que seu irmão estava completamente restabelecido. A saúde de Prisco voltava rapidamente; o corpo emaciado consumia alimento em proporções enormes. O rosto tomou sua velha e risonha tonalidade bronzeada. Estava resplandecente de entusiasmo. Ele e Plócio esgrimiam no pórtico externo, e o jovem não se furtava àqueles jogos atléticos. Lucano sentia-se repleto de felicidade. Prisco voltaria à sua propriedade e à sua família, e Íris se regozijaria.

— Não tenho muita confiança em meus vigilantes — dizia Prisco, sombriamente. — Ficarei lá pelo menos um ano, se César permitir, antes de me aventurar em outra campanha.

Tentou persuadir Lucano a voltar com ele, mas este sacudiu a cabeça:

— Tenho muito que fazer aqui — disse. E não explicou o quê, embora Prisco e Plócio ficassem a olhar, curiosos, para seu rosto.

Quando Prisco, um dia, insistiu para que Lucano pelo menos voltasse a Roma com ele por um pequeno espaço de tempo, o irmão mudou de assunto. Ele, Prisco e Plócio estavam gozando o ar brilhante da tarde, frio e vivo naquela montanha. Lucano levantou-se e disse, rindo:

— Estou cansado de ver-vos lutar, gladiadores desajeitados.

Atirou para o lado o manto e ficou de pé, vestido apenas com a túnica, e flexionou os músculos. Embora muitos fios grisalhos se mesclassem ao dourado de seus cabelos e houvesse linhas ascéticas em seu rosto grego, no corpo ele era um jovem. Prisco vaiou-o e dirigiu-se para ele na posição do lutador, enquanto Plócio observava, sorrindo. O jovem se aproximou de Lucano e estendeu o braço para agarrá-lo. O médico esperou até que os dedos apertassem seu ombro, então curvou-se rapidamente para trás e Prisco voou por cima de seu ombro e foi cair duramente na relva. Plócio estava estupefato e nem mesmo podia aplaudir. Prisco ficara deitado no chão, pestanejando e sacudindo a cabeça enquanto Lucano ria.

— Um corisco me atirou aqui! — exclamou Prisco, levantando-se. Correu de novo para Lucano e este, quase sem se mover, atirou-o mais uma vez ao chão. Aquilo excitou Plócio, que era vigoroso e robusto. Pediu uma luta com Lucano e voou também pelos ares. Ambos estavam agora muito excitados.

— É muito simples — explicou Lucano, como quem se desculpa. — Nem vos posso dizer quanto isto me ajudou a manter-me em vantagem quando atacado por desordeiros e ladrões, nas cidades. Aprendi a lutar assim com o meu professor chinês, em Alexandria, sob juramento de que manteria o segredo.

Contudo, podia revelar o segredo do arremesso do disco, o do boxe, o da esgrima, e do salto em distância. Chegou, mesmo, a derrotar na esgrima o habilíssimo Plócio.

— Ufa! — exclamou este, enxugando o suor do rosto com seu grande braço. — Tu pareces um rapazinho!

— Não se trata de força — disse Lucano, que se estava divertindo. — Trata-se de usar a força habilmente, gastando a menor quantidade possível dela.

Prisco e Plócio queriam levá-lo ao circo próximo a Cesareia, mas Lucano não gostava dos jogos nem da brutalidade dos gladiadores. Quando Pilatos anunciou que devia voltar para Jerusalém e se ofereceu para levar o médico em sua companhia, Lucano aceitou animadamente. Chegara a ocasião de partir. Abraçou o desconsolado Prisco e deu-lhe recados amorosos para a família, em Roma. Então, acompanhando Pilatos e Plócio, despediu-se de Cesareia e de Josué, o médico, que ele viera a amar não apenas como a um colega, mas como a um irmão.

Plócio insistiu para que Lucano visitasse o templo de Zeus e Apolo da cidade, quando a caravana de cavalos e bigas deixou a montanha. Herodes construíra o templo, imenso e magnífico, para seu amigo Pilatos, e o procurador orgulhava-se dele. Comprida colunata dupla, de colunas gigantescas, conduzia ao templo, alternando o mármore branco com pórfiro vermelho-escuro, o que dava ao todo uma aparência exótica. O forro alto da colunata era pintado em afresco, com deuses e deusas às cambalhotas, centauros, ninfas, dríades e náiades, sátiros[1] e Pãs, seus membros lisos e voluptuosos entrelaçados, seus rostos risonhos e maliciosos. O ar brilhante dava-lhes aparência de movimento e vida. O piso era feito de mármore multicolorido, em círculos vermelhos e azuis sobre fundo branco. Mas o templo alto, largo e imponente, mostrava-se estranhamente austero, e ali ficava revelado o inquieto espírito grego de Herodes, pois não havia afresco e nem baixos-relevos nas reluzentes paredes brancas, bem como nos forros. Duas estátuas enormes defrontavam-se, em posição sentada, três vezes maiores do que o tamanho natural de um homem, Zeus, com sua barba, feito em mármore branco, e Apolo, em mármore vermelho. Olhavam um para o outro, com rostos frios e sobrenaturais, as mãos sobre os joelhos como em desafio. Diante deles havia altares, onde o incenso fumegava. E havia um altar raso, no qual brilhava uma lâmpada de ouro e onde havia a inscrição: "Ao Deus Desconhecido."

Lucano ficou parado, meditativo, diante daquele altar despido de ornamentos, que a lâmpada iluminava. Pilatos colocou um dedo nos lábios, pensativo, e ficou a olhar para a pedra grande e simples. Plócio deixou cair algumas moedas numa caixa de bronze que estava aos pés de Zeus. Cada respiração ou movimento voltava em eco das paredes e do forro, e até o leve silvar da lâmpada podia ser ouvido. Lucano virou a cabeça e olhou para a poderosa figura de Zeus, com sua barba, suas feições severas, seus olhos profundos. O grego recordou-se de Moisés e sorriu, tristemente, ao pensar em Herodes, homem que se despedaçava entre dois mundos, entre

---

[1] Ninfas eram as divindades das águas e florestas; dríades, as divindades menores das florestas; náiades, as das fontes e rios; sátiros, semideuses de pernas e pés de bode, que habitavam as florestas.

duas religiões. O rosto de Apolo, embora divagante, tinha uma expressão mais inquieta: as órbitas cavadas davam um aspecto de inconstância às suas feições, bem como de desafio. Era como se mesmo na escultura de suas vestes, no posicionamento de sua cabeça tremenda, ele estivesse para erguer-se e solicitar uma luta a Zeus, pelo controle da humanidade. E Zeus, numa atitude de repouso olímpico, ali estava em divina segurança e grandeza. Lucano teve a certeza de que, naquela luz mutável e radiante, um sorriso ligeiro pairava nos lábios barbados do deus.

O grupo tomou um caminho estreito, próximo ao velho mar, cuja coloração cerúlea era tal que seduzia os olhos. Muito calmo, o mar jazia como um piso azul estendido até o horizonte, no qual os navios, suas velas brancas flutuando, deslizassem majestosamente. Os cavalos apressaram o passo na estrada, pois até Jerusalém a caminhada seria longa. O ar mostrava-se límpido e agradável, embora a poeira amarela se levantasse em nuvens, pois ali o chão era arenoso. Para a esquerda dos viajantes levantavam-se as montanhas, baixas e retorcidas, algumas bronzeadas e nuas sob o sol incandescente, outras marcadas com terraços curvos de pedra, fechando trechos de terra cultivada, esmeraldina e fértil. Olivais, que pareciam de prata velha, atiravam para cima seus galhos retorcidos; carneiros pastavam ou dormiam sob aquelas árvores, deixando seus excrementos para fecundá-las. Moitas de tamareiras subiam pelas encostas, e entre suas frondes poeirentas era possível enxergar o ouro quente dos cachos de suas frutas. Vinhedos banhavam-se de sol, nos terraços em degraus, e árvores frutíferas recortavam-se contra as pedras amarelas. Ciprestes formavam grupos em sentinela, escuros e vigilantes, suas lanças sem tremores. Nas encostas mais baixas das montanhas, frescas e luxuriantes, o gado pastava e pequenas nascentes surgiam da terra, borbulhando como o mercúrio. Crianças guardavam, preguiçosamente, aquele gado. Um bando de gansos comia o grão espalhado e seus componentes brigavam entre si. Aqui e ali uma casa baixa aparecia dentro de seus recortes verdes de chão, circundada por vinhas e flores. Mulheres ficavam, à porta, sentadas nos degraus, e levantavam a cabeça para ver o grupo de viajantes com o seu estrépito. Alguns cães ladravam. A manhã era nova e os pássaros estavam silenciosos, no calor.

Lucano estava em paz naquela pacífica região rural, o mar à direita, a montanha à esquerda. Ia sentado na biga de Plócio, os homens montados cavalgavam na frente, levando os fasces, as águias e os estandartes de Roma, suas espadas largas à cinta, os elmos reluzindo ao sol. Plócio começou a cantar cantigas libertinas de soldados. Pôncio Pilatos ia em sua própria biga, esculpida em bronze, palidamente silencioso, a cabeça baixa, como que pensando. Um escravo mantinha-se de pé, ao lado dele, segurando um para-sol de seda purpurina. Camponeses descalços, vestidos com roupas suarentas, em preto, laranja-escuro ou azul-escuro, caminhavam ao longo da estrada, levando cestas de frutas na cabeça, ou legumes em outras cestas que carregavam nos braços. Moviam-se para um lado, silenciosamente, para deixar passar o grupo importante, e ficavam a olhá-lo, depois, com olhos violentos e ressentidos. Um homem ia espicaçando um burro obstinado, que seguia as bigas com zurros escarnecedores, como uma fieira de rudes blasfêmias. E o camponês sorria, sombriamente.

Espalhadas aqui e ali, estavam as fortalezas de pedra de Roma, nos telhados das quais havia soldados que faziam sua saudação. Estandartes pendiam, sonolentamente, no ar quieto e ardente. Um odor forte erguia-se dos pinheiros que os camponeses sangravam para obter resina. Moças fofocavam junto aos poços onde enchiam suas jarras. E aqueles homens olhavam para as bigas e para os cavalheiros com olhos sombrios, de repúdio, as dobras de seus turbantes cheias de poeira iridescente, seus pés morenos descalços e flexíveis. Então, pensou Lucano, isto não é tão pacífico quanto eu pensava. O povo odeia os romanos, essa gente simples da terra, ao contrário de seus irmãos mais sofisticados das cidades, que fazem negócios com o inimigo, e riem e bebem com ele. O grupo parou para comprar figos e tâmaras de um camponês, que, silenciosamente, vendeu-os em grandes folhas verdes, e para beber água de uma nascente fresca e esticar o corpo. Mais tarde, os viajantes sentaram-se num arejado bosque de pinheiros para comer excelente carne fria de aves, de vaca, azeitonas, romãs, língua de cordeiro em conserva e beber vinho.

— Eu detesto viajar — queixava-se Pôncio Pilatos, limpando cuidadosamente as mãos num guardanapo branco, de linho. — E, principalmente, nesta terra estrangeira. O vinho é odioso.

Mas o vinho parecia doce, melífluo e suave aos lábios de Lucano. O rosto de Pilatos mostrava-se avermelhado e ele suspirava. Disse a Lucano, com um olhar afetuoso:

— Dormi como uma criança, graças a ti, meu querido Lucano, e embora às vezes meus pensamentos sejam pesados, já não me sinto deprimido. Mandei a César o anel que te deu, e ele devolverá a ti por um mensageiro.

Continuaram seu caminho. As montanhas ferviam com o calor. Passaram por aldeolas de casas feitas de barro amarelo, protegidas por moitas de ciprestes escuros. A terra dançava, em ondulações quentes, e o mar faiscava como fogo azul. Aqui e ali as montanhas tomavam curioso aspecto quadrado, sulfuroso e áspero. Paredes brancas, ao longo da estrada, derramavam para fora flores arroxeadas ou cor-de-rosa. Em certo momento ouviram o trovejar brando de uma catarata estreita, numa encosta de montanha. Pequenos vales, de um verde vívido, metiam-se como dedos entre as elevações dos montes.

Aqui, ao longo desta estrada, indo para Jerusalém, vindo de sua terra, Ele deve ter caminhado muitas vezes, pensava Lucano. Ele conheceu esta poeira, estas aldeolas, onde parava para se refrescar, estes ciprestes, estas flores, estes pequeninos prados. Terá Ele sentado naquela pedra que ali está, falando com seus cansados seguidores? Terá Ele levantado a mão para um cacho de tâmaras, naquele grupo de tamareiras que ali está? Terá Ele comido um punhado dessas pequenas azeitonas pretas, pingando salmoura? Terá sorrido a estes carneiros? Terá fixado os olhos neste mar cintilante? Terá apreciado o sabor de uma romã vermelha? Há um poço ali, como um espelho azul. Terá Ele banhado naquela água Seus pés cansados? E que terá Ele dito, em sua delicadeza, àquelas moças que estão junto da cisterna? E que pensou Ele das fortalezas redondas ou quadradas de Roma, levantadas no chão de Seu país? Deve ter olhado para os estandartes e para os soldados, pensativo. O ar é aqui tão luminoso e cheio de silêncio. Terá Ele ouvido o ruído dos cascos dos cavalos romanos e das rodas das bigas romanas, como eu o ouço agora? Lucano sentia-se cheio de humildade e respeitoso temor.

Fizeram a volta a um flanco de montanha, que avançava, e uma planície rasa, onde rebrilhavam papoulas vermelhas, ficou à direita deles, mostrando igualmente estranhas flores amarelas, todas ardentes sob o sol. E havia um campo de trigo, ouro puro, levemente recurvo, com ceifeiros ao trabalho, gritando uns para os outros em rústico aramaico. Pararam em sua tarefa durante alguns momentos, para ver o grupo passar, ruidosamente. E seu silêncio era agoureiro. O céu flamejante arqueava-se sobre as montanhas e a luz refazia-se terrível sobre as colinas bronzeadas. Pilatos aprovaria sua nudez evidente, pois não precisavam os romanos dos seus ciprestes para os navios que construíam? O fato de com aquilo fazerem desoladas as colinas não era importante.

Então, ouviram o que lhes pareceu o mais doloroso lamento ou cântico:

— "O Senhor é o meu pastor!" — gritavam vozes rudes, em hebraico. — "Nada me faltará. Ele me faz repousar em pastos verdejantes. Leva-me para junto de águas, de descanso...!"

Ali, a terra era ressecada e friável e no ar rodopiava a poeira. As montanhas despidas, que iam escurecendo lentamente, levavam a pequena distância suas cabeças sombrias.

— Um funeral judaico — disse Plócio, apontando para a direita, com seu chicote.

— Vamos ver — pediu Lucano, e Plócio fez parar sua biga imediatamente, pois nada podia negar a Lucano, nem mesmo aquela tolice. Os cavaleiros retardaram o ritmo de sua marcha, depois frearam os animais e esperaram, tomados de curiosidade. A biga de Pôncio Pilatos emparelhou-se com a de Plócio, e ele disse:

— Que aconteceu?

— É um funeral judaico — respondeu Plócio. — Lucano desejava observar.

As sobrancelhas de Pilatos juntaram-se, incrédulas.

Homens barbudos e fatigados, vestidos de preto e cobertos de pó, levavam um ataúde preto, e mulheres, vestidas com roupas de cor cinza, seguiam-nos, chorando. Um deles ia ao lado, cantando o Salmo de Davi, um gorro preto na cabeça, as mãos postas, os olhos levantados para o céu. A cena, naquele lugar poeirento e seco, naquele pobre cemitério e naquele silêncio ardente, era infinitamente dolorosa. Os carpidores não tinham notado que os romanos se haviam detido para observá-los. Estendiam-se sobre a terra crestada, em fileira patética.

O cantor exclamava:

— "Ele refrigera minha alma! Guia-me pelas veredas da justiça por amor de Seu nome! Ainda que eu ande pelo vale da sombra da morte, não temerei mal algum, porque Tu estás comigo, e Tua vara e Teu cajado dão-me coragem!"

Outros homens reuniam-se a ele, em voz mais fraca; os que levavam o ataúde curvavam-se sob o peso dele, pois eram velhos. As mulheres ergueram vozes agudas e desesperadas, em desgosto, e seguiam os homens batendo no peito. E então Lucano viu que havia um outro homem separado do cortejo, um jovem que não olhava para o céu e sim para o chão, e que não juntava sua voz às vozes dos cantores. Seu rosto estava terrivelmente pétreo. Parecia inconsciente de todas as coisas. Os poucos que estavam presentes não olhavam para ele, a não ser o cantor, o rabi, que relanceava para o jovem olhares de censura e elevava ainda mais sua voz.

— "Bondade e misericórdia com certeza me seguirão por todos os dias da minha vida!"

O jovem sobressaltou-se, olhou em torno de si alucinadamente, e levou as mãos ao rosto. Um grito horrível escapou de seus lábios, súbito e agudo, depois ele tornou a ficar imóvel.

Lucano não saberia dizer por que desceu da biga e ficou de pé no chão e por que começou a caminhar em direção ao grupo que realizava o funeral.

— Que acontece com ele? — perguntou Pilatos, com certa petulância. Os soldados montados, reunidos em grupo, observavam Lucano, os olhos fixos nele.

O rabi cantor agora murmurava preces e então viu Lucano que se aproximava, vestido com sua leve túnica branca bordada, debruada de ouro, e com o rosto severamente belo, a cabeça amarela. O velho rabi pestanejou, olhando confuso para ele; seus olhos orlados de vermelho estavam injetados pela poeira e pela dor. Então, um ar de fria afronta passou sobre seu rosto moreno e ele viu os outros na estrada, os odiados e arrogantes romanos com seus fasces coroados de águias, suas bigas ricas, seus belos cavalos, seus elmos, suas espadas e seus estandartes.

— Precisas ser aqui um intruso? — perguntou o rabi a Lucano. As feições contorciam-se desesperadamente. Exclamou: — Deixa-nos, vós, romanos, vós, adoradores dos maus espíritos! Vós poluís este lugar onde nossos mortos sagrados dormem sob a terra!

Lucano ergueu a mão e disse, muito delicadamente, em aramaico:

— A paz seja contigo, rabi.

Ouvindo aquela saudação judaica, o rabi ficou silencioso. Olhou bem para o rosto de Lucano e só viu ali amor, bondade e simpatia para com seu sofrimento. Seria aquele homem também um judeu, tocado no coração por aquele pequeno funeral de pobres? Os olhos do rabi encheram-se de lágrimas. Olhou para os que conduziam o ataúde, que tinham parado junto da sepultura recém-aberta na terra ocre.

— A paz seja também contigo — disse em voz trêmula o rabi. Depois, murmurou: — É minha filha, minha única filha, que morreu. Minha pequenina, o cordeirinho da minha velhice e tão bela. Morreu esta manhã, de parto, e ali está o marido dela, que não se quer conformar e que maldiz Deus em seu coração.

Lucano olhou para o jovem marido, tão abalado, tão silencioso, com as mãos sobre o rosto. Estava de pé, sob a luz cegante, vestido de preto, alto e esbelto, e tão só como apenas aqueles que sofrem a morte do amor podem estar sós.

— Ele está desolado, rabi — disse Lucano, que pensou em Rúbria.

O rabi bateu no peito e as lágrimas rolaram pelo rosto sulcado de rugas.

— E não estou eu desolado, senhor, eu, o pai, um viúvo, que não tem senão um neto fraquinho? Ainda assim, louvo a Deus e inclino-me diante de Sua vontade, e sei que Ele dá e que Ele tira. Mas para o marido de Rebeca há esperança, pois é jovem e tem seus pais, e se casará de novo, apesar de seus juramentos, de seus gritos de ódio contra Deus e de todo o seu desespero.

Lucano, porém, não acreditava naquilo, pois na atitude do enlutado esposo ele via agonia ilimitada. Hesitou. Depois, lentamente, aproximou-se do jovem e pôs a mão no ombro dele. O moço não se moveu, mas murmurou, incoerentemente:

— Oh! Se ao menos Ele estivesse aqui, Ele que parou para falar conosco e que fazia erguer os mortos! Ele chamaria minha esposa, e ela se levantaria e voltaria para os meus braços!

Lucano olhou em derredor, na luz ofuscante. Os que carregavam o ataúde o tinham colocado à beira da sepultura, e esperavam. Todos eles fixavam agora o rabi, Lucano e o esposo, na estonteada imobilidade da dor.

Lucano disse ao jovem marido:

— Ele não está morto, mas vivo. Ele não é surdo, mas ouve. Ele não se foi, mas está entre nós.

Sua cabeça começou a girar, no calor e na luz, mas um arrebatamento vagaroso se ia desdobrando em seu coração.

— Vamos até a sepultura — disse, tomando o braço do esposo. Mas o jovem resistia, como se fosse de pedra.

— Eu te disse — falou o rabi — que ele não se quer conformar, que não se curva à vontade de Deus. — E o velho chorava alto. — Conforma-te, Davi!

— Tem esperança, Davi! — disse Lucano, e de novo puxou o braço do marido. Davi deixou cair as mãos e voltou para Lucano um rosto seco como a própria poeira, abatido e pálido, ainda assim bonito. Seus olhos reluziam como fogo.

— Esperança! — gritou, com voz horrenda. — Eu não amava senão minha esposa, e éramos como crianças, juntos, e agora ela nada mais é senão barro e seu espírito fugiu para longe de mim!

Lucano estava tremendo, e não sabia por quê. Tudo pareceu expandir-se e contrair-se diante dele, e todas as coisas tinham uma aura cristalina a seus olhos, e havia nele uma ordem, como uma grande voz imperiosa.

— Vamos até a sepultura — repetiu.

Os lábios mordidos de Davi tremiam, seus olhos fixavam-se, vazios de expressão, no rosto de Lucano. E agora não resistia. Caminhava ao lado do grego, a cabeça baixa. Os outros observavam-nos vir, seguidos pelo rabi, que rezava. Então, pararam ao lado da sepultura e do ataúde.

Lucano estava silencioso. Fixou os olhos no ataúde e sentiu subir em si um tumulto, e a ordem mais alta, a tal ponto que seus ouvidos nada mais distinguiam a não ser ela. Então, disse:

— Abri o ataúde, para que eu possa ver a moça.

Os outros ficaram imóveis, absolutamente imóveis, como estátuas brancas e cinzentas, e olharam para Lucano com olhos desvairados e úmidos.

A voz de Lucano ergueu-se, fortemente:

— Abri o ataúde! Quero ver a moça!

As lágrimas correram, de repente, pelas faces de Davi. Encostou-se ao ombro de Lucano, e disse, em voz rouca:

— Vós o ouvistes. Eu sou o marido dela. Abri o ataúde. Eu Lhe verei o rosto pela última vez.

Os homens barbudos olharam, desalentados, para o rabi, cujos velhos lábios contorciam-se. Então ele disse, com voz fraca:

— Ele é o marido, eu sou apenas o pai. Abri o ataúde, pois antes ele não lhe queria ver o rosto.

Eles abriram o ataúde, forçando sua tampa frágil, coberta de preto. Os pregos guincharam, em protesto. Mas a tampa abriu-se. Lucano inclinou-se para o ataúde e viu, nas profundezas de sua madeira nova, uma jovem, que não teria mais de quinze anos, jazendo, amortalhada, as mãos cruzadas sobre o peito. Lucano ergueu o pano de sobre seu rosto e um odor de ervas e óleos fragrantes ergueu-se no ar aquecido. Davi tombou de joelhos, soluçando alto, e agarrou o lado do ataúde, olhando para a esposa morta.

A moça era muito bonita. O rosto mostrava-se distante e sereno como se ela dormisse. Tinha a carne pálida e translúcida como alabastro. O cabelo preto derramava-se em torno dela como um manto, e os lábios inocentes sorriam de leve. Era impossível acreditar que estivesse morta. Lucano ficou pensativo. Os judeus enterravam seus mortos antes do pôr do sol, no dia em que morriam. Curvou-se ainda mais para o ataúde; o seio jovem não tinha respiração, os lábios eram frios e imóveis, as narinas estavam rígidas. O médico sentiu em si um imenso tremor. Seria possível que aquela moça não estivesse morta, mas apenas em estado de catalepsia? Seus olhos de médico estudaram ansiosamente as feições calmas.

Levou a mão ao rosto suave e branco. Estava gelado como o alabastro, mas não rígido. A verdade é que ela morrera naquela mesma manhã e o calor do dia retardara a rigidez. A voz imperiosa soava cada vez mais alto dentro dele, e agora Lucano ouvia as palavras: "Toma essa mulher pela mão e levantava-a!"

— Sim, Senhor — disse ele, em voz alta. Tomou a mão da moça, gelada demais naquele calor feroz. Lucano tornou a hesitar. Então, segurando a mãozinha flácida, sentiu o escoamento de forças, a fraqueza familiar que se apoderava dele, como se as energias lhe abandonassem o corpo. Como que de uma imensa distância ele ouvia os gemidos de Davi e o pranto das mulheres. Porque algum poder se estava concentrando nele, e esse poder mantinha apartados o mundo e tudo quanto nele havia.

Lucano disse:

— Acorda, Rebeca, pois não estás morta, apenas adormecida!

Diante dessas palavras profundas e misteriosas, os outros cessaram de chorar e Davi, ajoelhado junto do ataúde, deixou tombar as mãos dos lados do corpo e olhou para Lucano. Uma enorme radiosidade brilhava no rosto dele.

A mão que estava imóvel na de Lucano ia aquecendo-se rapidamente. As narinas dilataram-se, os lábios moveram-se. Os seios jovens ergueram-se, num hausto profundo. Os olhos dela abriram-se, escuros e úmidos, fixando-se confusos, em Lucano. O médico sorriu-lhe carinhosamente, puxando-a pela mão, fazendo-a erguer-se em seu ataúde, e ela sentou-se, atirando o cabelo para trás, como uma pessoa que fosse acordada em meio de seus sonhos.

Vendo aquilo, os enlutados ergueram a voz, num grito de pavor, e recuaram. Mas o rabi e Davi permaneceram junto do ataúde, sem voz, o velho curvando-se como um junco sobre sua filha. Foi só Davi que se atirou aos pés de Lucano e apertou a fronte contra ele, cobrindo-o de lágrimas e beijos.

O rabi desatou num hino arrebatado, de mãos postas, erguendo o rosto barbudo para o céu.

— Ela estava morta e Tu a ressuscitaste! Ó Rei dos Reis! Ó Senhor do Universo! Louvado seja o Nome do Senhor!

Lucano curvou-se e ergueu Davi, pondo-o de pé, e o jovem agarrou-se a ele.

— Ele mandou-te para nós — exclamava. — Oh! bem-aventurados somos porque tu nos visitaste, em Seu Nome!

— Louva a Deus, porque Ele fez isto e não eu — falou Lucano. — Porque Ele é a Ressurreição e a Vida.

Voltou-se, sorrindo, arrebatado de alegria, mas fraco em todo seu corpo. Só olhou para trás uma vez. As mulheres estavam ajudando a moça a sair de seu ataúde e o marido beijava-lhe as mãos. O velho rezava. Agora, o ar atroava com exclamações confusas de regozijo.

Os homens do grupo de viajantes tudo tinham visto, e observavam Lucano aproximar-se com terror em seus rostos. Ele sorriu-lhes, tranquilizando-os.

— A moça não estava morta. Dormia, apenas — disse, subindo de novo para a biga. Lá se foram eles, com o ruído das patas dos animais e das rodas dos carros, mas em silêncio.

Então, Pilatos, inclinando-se de sua biga, disse a Lucano, e havia uma nota aguda e trêmula em sua voz altaneira:

— Os judeus enterram seus mortos antes do pôr do sol. Ela não estava morta, então?

Era como se fizesse uma súplica.

— Ela não estava morta — disse Lucano. Plócio, porém, olhou-o longamente, e seu rosto de soldado mostrava-se profundamente emocionado e reverente. Lucano tombou adormecido, de súbito, como alguém que estivesse esmagadoramente exausto.

Lucano acordou quando foi feita a muda de cavalos. O ar da tarde refrescara, e Plócio o cobrira com seu próprio manto áspero de soldado. Para a direita, o mar era uma planície imensa e resplandecente de luz, brilhante demais para que nela se pousassem os olhos, e descolorida. O céu se fizera um arco côncavo e o colorido cerúleo queimara-se e desaparecera, tomando a pureza de uma chama branca. A região se modificara; contra os céus pálidos e ardentes erguiam-se montanhas vazias, de coloração quase preta, feitas de dobras e dobras de pedra. Cactos altos orlavam a estrada, apresentando frutos escuros e espinhentos, e os emaranhados cardos, cobertos de poeira, como sebes mortas, espalhavam-se sobre campos sombrios, tão sem vida como os campos da morte. Mesmo os ciprestes tinham desaparecido e não havia oliveira ou palmeira que redimisse a terra ou as montanhas. Aqui e ali, as montanhas mais escalvadas mostravam projeções de pedras esbranquiçadas e rompidas. Casas de telhados rasos, da cor da terra ressecada, erguiam-se no silêncio e no abandono.

As estradas, porém, viam-se cheias de pessoas ruidosas, montadas em camelos ou burros, a caminho de Jerusalém. Levantavam-se ecos de todos os lados. O grupo de viajantes desviou-se do mar e apressou o passo, com os novos cavalos. Lucano olhava para a desolação provocada pelos romanos com a retirada dos ciprestes e pensou que ali a própria terra fora amaldiçoada. Mesmo os tanques ocasionais de água salobra, onde as cabras bebiam, pareciam sem vida e cor de chumbo. Aquele era o progresso de que Pôncio Pilatos falara, aquela selvagem devastação, aquela solidão, aquele deserto invasor. Onde os homens caminhavam, ávidos e rapaces, a morte se seguia e a terra se crestava.

— Uma região medonha — disse Pôncio Pilatos. E Lucano respondeu:

— Não era medonha enquanto o homem aqui não chegou. Fealdade segue sempre o passo do homem, que deforma tudo quanto vê ou toca.

Pilatos franziu as sobrancelhas, diante daquela resposta áspera. Depois disse:

— Não encontrarás em Jerusalém nenhum encanto e vais achá-la peculiar. Lamento que não venhas ficar comigo, em minha casa. Disseste que vais ser hóspede de Hilell ben Hamram, que espera por ti. Meu querido Lucano! Os judeus sabem contar as histórias mais estranhas! Tu te banharás em misticismo.

Lucano respondeu:

— Tenho estado a cogitar no porquê de Deus ter escolhido o povo judeu para nele nascer, em vez dos gregos, com sua cultura, ou dos romanos, com seu poder. Mas agora eu sei.

Estremeceu, sob o manto que Plócio colocara por cima dele, e dormiu de novo, pois sua exaustão era enorme. Mas, enquanto dormia, sua mente estava movimentada e triste. Pensava nos dois mil judeus da Síria, que o legado Varo mandara crucificar por pregarem rebelião contra Roma. Pensava nos terrenos de execução, perto de Cesareia, onde os judeus eram frequentemente crucificados, "por incitação contra o Império". Pensou nas miríades, nos incontáveis crimes que o homem cometia contra o homem, através dos tempos, e nos gemidos que incessantemente chegavam aos ouvidos de Deus, e perguntava a si mesmo, em sua sonolência, por que Deus não destruía esta raça humana de devastadores, aquele horror que estava sobre a terra brilhante, aquele inimigo de seu irmão e inimigo de todas as coisas inocentes, aquele pária do qual os animais sem pecado fugiam apavorados, cheios de medo e horror, aquele arrasador de cidades e de civilizações, aquele saqueador, fazedor de guerras e o mais vil dos criminosos, aquele hipócrita e mentiroso, aquele assassino e traidor, aquele inquieto espírito mau que caminhava, como Lúcifer, para baixo e para cima, na terra, vendo o que poderia destruir. Mas também eu não tenho mérito, pensou Lucano pois houve um tempo em que pensava ser o homem o injustiçado e não o pecador.

Abriu os olhos. A biga na qual viajava ia subindo um monte pedregoso, de um tom negro-azulado. Ali parou, e Plócio apontou com o chicote.

— Jerusalém — disse ele.

Ali estava Jerusalém, no Monte Sião, para o ocidente, a sombra da terra, naquele entardecer, um azul vago e empoeirado contra o horizonte que se avermelhava, curvando-se sobre a cidade. Em derredor do Monte Sião erguiam-se outros montes de um tom castanho-esbranquiçado, recortados em pedra ou cobertos de estreitos terraços que pareciam degraus caprichosos nos quais cresciam ciprestes, louro, oliveira, palmeira, vinhedos, romãzeiras e alfarrobeiras, e árvores amarelas, verdes, ou cor de ameixa, por causa das frutas. Alta em seu monte próprio, Jerusalém parecia fazer parte dele, uma parte de tom castanho pálido, que dava a impressão de ter sido convulsivamente expulsa da terra, e não feita pelo homem. Os muros tortuosos e cheios de seteiras, recortados e assustadores, torciam-se protetoramente em derredor da cidade, seus portões e torres guardados, os estandartes de Roma flutuando nas alturas maiores. Ladeiras de um tom castanho-acinzentado subiam até os muros, fervilhantes de poeira. Caravanas já tinham acampado, para passar a noite; abaixo dos muros, fogueiras já estavam acesas e havia movimento inquieto de lanternas por ali. Ninguém podia entrar na cidade depois do pôr do sol. Os que eram apanhados pela noite armavam suas tendas, fervilhavam em torno de suas pequenas aldeias provisórias, cuidavam de seus cavalos e camelos, e esperavam pela manhã. As portas estavam fechadas e os caminhos alcantilados, bem como as escadarias, encaminhando-se para os muros, mostravam-se desertos.

 Enquanto Lucano observava, a noite rápida começou a inundar a cidade e as montanhas circundantes, como água escura, e o relampejar vermelho das tochas saltou dentro dos muros, e as lanternas brilharam em seu interior. Uma lua cúprica ergueu-se sobre um monte daquela mesma cor, e Marte parecia um topázio junto dela. As cores deixaram as montanhas que ainda eram férteis e estavam plantadas e o cenário todo ficou de um castanho-amarelado puro, sob o céu que se ia fazendo púrpura acima de um lago de desolado fogo carmesim. Lucano pensou que jamais vira paisagem tão desprovida, tão contida, tão sombria, tão sem vida, a não ser pelas fogueiras, tochas e lanternas. Um vento frio da montanha, que não trazia odores nem fragrância, tocou-lhe o rosto. Habituado às cidades que acordavam à noite e ressoavam de vozes altas e risos, Lucano percebeu o silêncio pesar sobre aquela cidade, como se ela tivesse engolido todos os ecos e clamores. Daquela altura, podia ver sobre os muros e observar as ruas estreitas e tortuosas a que as tochas conferiam sombras avermelhadas, e que se mostravam cheias de uma turba sem voz. E ali, alto e impressionante, estava o Templo de mármore amarelo, silencioso, com suas torres douradas, rodeado de jardins imóveis e cercado além dos jardins por uma infinidade de casas de telhados planos, todas construídas com as tonalidades impregnantes de castanho-amarelado, que se repetiam na terra e nas próprias montanhas. Apenas ocasionalmente alguns maciços de ciprestes negros apareciam na cidade aglomerados como para proteger.

— Compara isto com Cesareia, que construímos — disse Pôncio Pilatos, em voz fria e enojada. Lucano, porém, compreendia que a cidade se havia recolhido em si própria a fim de se proteger contra o conquistador, e que se muitas de suas colinas estavam mortas, os romanos é que tinham feito aquela coisa maldosa e ávida. A antiga cidade repudiara seus senhores e seu ar pensativo era o do desespero.

O grupo dos viajantes movimentou-se pela montanha rapidamente, os legionários cavalgando à frente, com seus estandartes e seus fasces. A acritude da poeira dos tempos estava nas narinas de Lucano. Brechas de luz faziam brilhantes as ameias dos muros, que agora se levantavam diante deles. As bigas e cavalos passaram rudemente através dos acampamentos, e ao clarão das tochas que ficavam perto das tendas era possível apanhar a súbita brancura furiosa de olhos taciturnos e observadores. Burros, cavalos e camelos desviavam-se para lhes ceder lugar, gritando e protestando. Crianças reuniam-se em grupos para observar-lhes a passagem. Agora, das montanhas cheias de ecos, vinha o uivo dos chacais, fantástico e sobrenatural. A lua era um crânio amarelo no céu escuro.

Os cavaleiros e as bigas tiveram alguma dificuldade na subida da colina que levava à cidade, e pequenas pedras escorregavam atrás deles. Um portão se estava abrindo e uma corneta romana soou sua saudação, acordando ecos agudos e saltitantes. Entraram na cidade através de fileiras de soldados que os saudavam. E então estavam nas ruas estreitas e empoeiradas, cujas lojas se viam fechadas e cujos moradores mostravam-se silenciosos. Eles se foram, com estrépito, sobre as pedras lisas e pretas. Grupos de famílias apareceram nos telhados planos e viraram o rosto aos romanos. À luz das lâmpadas, portais resplandeciam, dourados, contra a escuridão pegajosa, e as janelas empalideciam. Era uma cidade sitiada, silenciosamente raivosa, orgulhosa em sua poeira. Para Lucano, habituado ao colorido Oriente, Jerusalém não parecia oriental, pois não tinha alegria, riso, música, pés apressados e vozes jubilosas. Teve a impressão de que o tempo se havia instalado ali, como uma sepultura de pedra, e não poderia jamais ser retirado. E que as tochas metidas em seus soquetes antes diminuíam do que aumentavam a vida confinada da cidade. As sombras vermelhas moviam-se nas paredes como as sombras de uma conflagração que queimasse nas habitações dos mortos.

— Durante o dia há mais vida aqui — disse Plócio, como que surpreendendo os pensamentos de Lucano. — Os judeus não folgam durante a noite; são um povo sombrio.

Viraram numa rua mais larga, cheia de tochas iluminadas e de luar cor de limão, guardada por paredes mais altas. Agora, Lucano podia sentir a fragrância dos jardins e a frescura das fontes, podia ouvir vozes ocasionais e, uma vez ou outra, o som de um alaúde ou de uma lira arpejando timidamente contra a quietude da noite. Ali moravam os administradores romanos e os judeus ricos que colaboravam com os romanos, e tomavam alguns dos costumes romanos para seu uso. Os viajantes pararam num portão, e Plócio disse:

— Hilell ben Hamram, teu hospedeiro, mora aqui! Nós vamos seguir como o nobre Pôncio Pilatos para sua casa.

Um portão preto, de ferro, abriu-se e Hilell apareceu, sorridente e bonito, em suas vestes brancas.

— Saudações, amigos — falou ele. — Eu vos esperava mais cedo.

— Lucano teve de parar para ver um funeral judeu — disse Pilatos, secamente. — Felizmente pôde evitar que uma mulher fosse enterrada viva. Como vós, judeus, tendes pressa de vos livrar de vossos mortos, antes do pôr do sol!... Eu muitas vezes penso nos muitos infelizes que acordam na terra, e penso em seu terror antes que morram, sufocados na escuridão.

O rosto de Hilell modificou-se sutilmente, àquele insulto, mas ele continuou a sorrir. Lançou um olhar afetuoso a Plócio e convidou todos para tomar vinho. Pilatos, porém, disse estar cansado, e movia-se inquieto em sua biga. Hilell estendeu a mão a Lucano e ajudou-o a descer. Seu aperto era quente e cheio de advertências, pois percebera a cólera no grego. Plócio deu um sorriso alegre para Hilell e o saudou, pondo-se o grupo em movimento. Ainda segurando a mão de Lucano, Hilell conduziu-o a um grande jardim, cheio de fontes e da fragrância dos jasmineiros e das flores que desabrochavam pela noite. A grande casa de mármore no meio do jardim refletia o luar, como ouro. Lucano suspirou de prazer, consciente de seu cansaço. Agora, era Arieh ben Eleazar quem descia correndo os degraus de mármore, em direção a eles, estendendo as mãos e gritando o nome de Lucano. Encantados, abraçaram-se.

Os dois jovens levaram Lucano para um grande salão, e o médico olhou em derredor, com interesse. Hilell era um cosmopolita; as paredes de mármore, de muitas cores, tinham sobre elas as mais finas e coloridas tapeçarias, brocados, sedas, tecidos constelados de pedras preciosas, reluzindo e faiscando à luz de muitas lâmpadas altas e candelabros de bronze coríntio, instalados em mesas esculpidas de mármore, ébano e limoeiro. Grandes vasos persas e vasos vindos de Cataio erguiam-se ao longo das paredes e nos cantos, e deles levantavam-se altos e odorosos lírios, rosas, galhos de jasmins e lustrosas folhas de um verde profundo. Exóticas gelosias orientais decoravam as janelas, incrustadas em ouro, prata e marfim, e deixavam passar o frescor perfumado dos jardins. Cadeiras cobertas com brocados e sedas tingidas mantinham-se em torno de pequenos tapetes persas. Lucano entrara em muitas belas casas, antes, mas achou que aquela era a mais repousante. Não via estátuas em parte alguma. No centro do vasto salão uma fonte prateada jorrava água numa bacia redonda, e enchia o ar de perfume. Os três homens sentaram-se em um macio divã romano, cor de romã, e um servo lhes trouxe vinho romano, um prato de tâmaras e figos rolados em nozes, e outros doces delicados.

Lucano, fatigado, estendeu os ombros com prazer. Seus amigos olhavam para ele, afetuosamente. Arieh disse:

— Minha casa, que era de meu pai, é mais humilde do que esta, mas dentro de alguns dias deves também ser meu hóspede. — Sua mão ainda segurava a de Lucano, como faz um filho.

— Não estou aqui para tagarelar — disse Lucano. Mas sorria. — Deves lembrar-te de que já não sou jovem, e que ainda tenho muito que aprender e fazer. — Hilell o observava preocupado. — Outrora — continuou Lucano — eu não tinha esperança. O mundo era inteiramente corrupto e sem Deus. Vivia na amargura e no desespero. Como me disse meu irmão Prisco, porém, a Revelação foi dada ao homem por Deus, e jamais o mundo tornará a ser o mesmo. Esperança e júbilo foram outorgados ao mundo, uma era nova iniciou-se, cheia de grandes acontecimentos. Eu fui chamado para ajudar essa era em seu desenvolvimento e levar as boas-novas a todos que encontrar.

Hilell hesitava:

— Estive em Jopa, vi Pedro, um dos apóstolos de Cristo, o mais destacado entre eles. É homem de seus trinta e quatro anos, impetuoso e impaciente, de certa forma dogmático. Sua maneira de falar é rude e direta. Deves lembrar-te de que ele não teve, ou teve pouco contato com os gentios. É um pescador da Galileia, homem do campo. Judeu muito devoto, de poucas luzes sobre o mundo. Apesar disso, impressiona e é cheio de ardor. Está escondido numa pequena casa de Jopa e passa o tempo no telhado, olhando para o mar e rezando.

Hilell tornou a hesitar, depois riu, um pouquinho:

— Quando cheguei, ele não me olhou com bondade. Durante muitos dias recusou ver-me, desconfiado. Depois censurou-me, em seu idioma galileu. Eu era um judeu corrupto, foi o que me disse em pleno rosto. Tinha relações familiares com gregos e romanos e outros povos abomináveis. Que achava eu dos Livros Sagrados? Era evidente, declarou, olhando escarnecedoramente para as minhas roupas, que eu vivia para o prazer, e que era muito possível serem os Mandamentos apenas palavras para mim. Eu era homem de fortuna; como me seria possível compreender os pobres e os humildes? O Senhor não viera morrer pelas pessoas como eu. Sua mensagem seria incompreensível para mim. Apesar disso, depois que eu o deixei dizer tudo quanto de repressivo e desdenhoso quis, ouviu minha história, embora não deixasse de reparar nos meus anéis e nas minhas sandálias de prata. Amaciou, finalmente, e recordou-se de mim como do rico que falara ao Senhor. Então, começou a chorar, e disse: "Por que te estou censurando, eu que O neguei três vezes e fugi quando O levaram e O crucificaram?"

Hilell serviu mais vinho a Lucano.

— Depois, em tons vacilantes continuou: "Quando Ele voltou, para nós, e esteve conosco, disse-nos que devíamos dar as boas notícias a todas as nações. Confesso que fiquei horrorizado. Somos poucos, e somos judeus, não temos amigos nem dinheiro. Fomos banidos pelo procurador romano. Que podem os gentios compreender sobre Ele, e que lhes podemos dizer? Não os conhecemos! Para nós eles têm sido abominações. A Lei diz que devemos ficar de parte e não nos deixar corromper pelos gentios. Os não circuncisos estão fora da Lei, são imundos, e seus hábitos não são os nossos. Fracos e sem poder, devemos ir entre os estrangeiros, com seus ídolos e seus deuses vis e seus costumes indizíveis! Devemos falar-lhes de nosso Messias, que acreditamos ter vindo só para este povo. Vim a Jopa não só para me esconder da cólera dos romanos, que nos declarou insurretos, mas para rezar e tentar compreender. Todas as noites fico neste telhado, pensando. E então tenho visões. Devo fazer conforme Ele ordenou, mas ainda há uma náusea em meu coração e eu me encolho diante dos gentios e de todos os seus trabalhos, crueldades e abominações."

Hilell sorria, divertido:

— Embora jamais eu tenha olhado os gentios com o ódio e o terror daquele homem humilde e enfático, compreendi. Falei de ti. Disse-lhe que tinhas vindo para falar com ele. És um grego, um pagão! Adoraste falsos deuses, falas língua estranha e não és circunciso. Então ele recomeçou a chorar, e censurava-se, confessando estar de novo cometendo o pecado de orgulho e rejeição. Consentiu em ver-te. Antes que eu o deixasse, batizou-me. Não é o mais amável dos homens, e hás de encontrá-lo rude e mesmo insultuoso, com a língua áspera de um homem do campo.

"Encontrei também mais dois apóstolos, Tiago e João, irmãos, filhos de um tal Zebedeu, também galileus. São chamados os Boanerges, filhos do trovão, e isso os descreve exatamente. Vivem fora de muros. A Mãe de Cristo mora com eles, como sua mãe, pois assim Deus ordenou. São muito jovens e possuem uma espécie de violenta e fanática dedicação. Há neles, mesmo, uma sugestão de vingança. Ouvi dizer que desejavam ver Cristo enviar o fogo do céu sobre a aldeia samaritana que mostrou pouca vontade de ouvi-Lo. Mesmo quando censurados por Ele, ainda respiravam chamas. Não te olharão com bondade, embora eu os tenha persuadido a ver-te.

Hilell suspirou:

— Mesmo entre os santos, entre os que caminharam com Ele, comeram e dormiram junto Dele, e ouviram diariamente a Sua voz, há dissensão. Alguns deles insistem, com veemência, em que antes de um homem se tornar cristão deve passar pelo judaísmo e precisa ser circunciso. São os mais velhos que se agarram ferozmente à Lei dos velhos tempos. Os mais jovens dizem que não é necessário; têm sua própria interpretação. Os anciãos acreditam que quando Cristo falou na missão das "cidades de Israel" quis dizer, literalmente, tal coisa. Os mais jovens acreditam, com firmeza, que Ele quis falar em todos os homens. Não só estão separados, escondidos, por causa do decreto de Pôncio Pilatos, mas estão separados também pelas suas opiniões. Eu me senti muito pessimista.

— Eu não — disse Lucano, com firmeza. — Deveis recordar, meus amigos, que os apóstolos são apenas homens, e os homens diferem uns dos outros. Irei ver Pedro o mais depressa possível.

Uma jovem entrou, deslizante, para o salão, vestida com uma *palla* branca, um véu de gaze na cabeça. Teria mais ou menos quinze anos e era extremamente graciosa, corpo amadurecido e gentil, belos olhos escuros sob sobrancelhas finas, pele branca como a neve. O pescoço era uma esbelta coluna, a boca uma rosa, e sob a gaze que trazia na cabeça pequena tombava a massa de ondas e caracóis escuros. Tinha uma expressão tímida, mas coquete, e era, ao que se deduzia, bem consciente de sua beleza. Hilell levantou-se e tomou-lhe a mão.

— Ah! Lea! — disse ele, afetuosamente. Trouxe-a até junto de Lucano, e disse: — Esta é minha irmã, que dei a Arieh como noiva. Não é ele um jovem de sorte?

Sorria a Lea, com orgulho. Muitos braceletes incrustados de pedrarias tilintavam nos pulsos da moça, e um colar pesado de gemas rodeava-lhe o pescoço. Suas sandálias eram de prata. Lucano ficou ternamente divertido. Lea, embora jovem, querida, e guardada cuidadosamente, mostrava um ar bastante mundano. Respondeu-lhe baixinho em grego, que falava com perfeição. Arieh ficou em pé ao lado dela, seus olhos azul-escuros brilhantes de amor. Ela fingia não lhe perceber a presença, embora suas faces proeminentes mostrassem certo rubor. Falou com o irmão arrogantemente, como fazem os jovens mimados.

— Por que nosso hóspede não está em seus aposentos, repousando? Estás em falta, Hilell!

— Estou, sim — concordou. Bateu as mãos e o vigilante do salão entrou imediatamente. — Tu conduzirás o nobre Lucano aos seus aposentos, Simão — disse ele. Pensou um momento, depois acrescentou: — Conhecerás minha esposa na hora do jantar. As crianças estão deitadas. Meus pais — e ele hesitava — não jantarão conosco, pois são velhos e tiveram febre.

Lucano compreendeu, imediatamente, que os pais de Hilell não aprovavam que seu filho recebesse gentios sob seu teto. Fez um gesto de assentimento gravemente:

— Espero que tenham melhorado — falou. E não pôde deixar de acrescentar, com certa malícia: — Gostarias que eu os examinasse e, e se necessário, receitasse para eles?

Hilell disse com certa rapidez:

— Obrigado, meu querido amigo. Mas eu não gostaria de me impor assim. Além disso, eles confiam apenas nos médicos da família. Precisamos ter paciência com os velhos. Eles têm suas peculiaridades.

— São muitos cansativos — disse Lea, petulantemente. — Nunca me falam sem desaprovação ou censuras. Pensam eles que vivemos nos velhos tempos, quando as moças ficavam segregadas e mantidas de longe, vestidas antiquadamente e escondiam os cabelos depois que se casavam. — Sacudiu seus bonitos caracóis, e continuou: — Este é um mundo moderno, e devemos ter maneiras modernas, que são mais agradáveis e esclarecedoras.

Hilell riu, e puxou um de seus caracóis, carinhosamente:

— Lembra-te de honrar teus pais, Lea — disse ele.

Ela arrebatou-lhe o caracol das mãos, exasperada.

— Isso é muito bom para ti, meu irmão — falou. — Não tens que passar a tarde ouvindo reprimendas, como eu. Não sou modesta; não sou versada nas leis dos profetas; não tenho consideração para com os patriarcas; sou ignorante dos costumes piedosos; graves dúvidas são expressas a meu respeito; serei uma esposa como as dos romanos, e meus filhos ficarão negligenciados e não lhes ensinarei os deveres sagrados. E quanto à tua esposa, Débora, ela é quase tão má quanto eu, com seu cabelo escondido e seus olhos baixos e seu silêncio em presença dos homens! Se tu não insistisses, ela não apareceria em tua mesa e comeria sozinha, humildemente. Para todos eles, eu sou uma Jezabel.[2]

— Vai embora, pequena — disse Hilell. — Já falaste bastante.

---

[2] Figura bíblica, mulher de Acabe, rei de Israel, assassinada e devorada por cães.

— Tu não sabes como eu sofro! — exclamou Lea, batendo o pezinho bonito. — Além disso, és um homem, não uma moça!

— Tuas maneiras são deploráveis — falou Hilell, tornando-se severo. — Bem se vê que és muito maltratada, e com isso nos solidarizamos. Estás cansando nosso hóspede.

Lea saiu correndo do salão, sacudindo a cabeça. Hilell explicou a Lucano, desculpando-se:

— Ela é filha da velhice de meus pais, e foi excessivamente mimada. Só eles são culpados. Deleitam-se com a beleza dela, e só temem pela sua alma. Ela se tornará uma matrona judia como deve ser, assim que se casar, e sem dúvida fará aos próprios filhos as censuras que agora ouve, e se afligirá por eles.

— Ela é uma alegria para meus olhos — disse Arieh. — Tem estado a me dar instruções sobre a Lei, e suspira por causa da minha ignorância. É a mais doce das mulheres.

Quando chegou aos aposentos que lhe tinham sido destinados, Lucano olhou com prazer em derredor. Saiu para uma sacada e lançou o olhar para Jerusalém, que brilhava com lanternas e tochas. Lavou as mãos em água perfumada e recebeu de um servo guardanapos brancos. Belos trajes novos, de fino linho, foram preparados para ele com muito tato. Lucano despiu as vestes grosseiras que usava, e que estavam empoeiradas e manchadas pela viagem, e calçou as sandálias feitas com o mais fino couro. Relanceou os olhos para a cama rica, com grande desejo de repousar. De algum lugar, na casa, ouvia-se uma harpa distante, e ele suspeitou que aquela música alegre era tocada por Lea, como um desafio. Por uma razão que não sabia qual, ouvindo aquela música de dança, seu coração se animou. Havia nela uma inocência, uma afirmação. Ela acreditava na vida, e abraçava-a animadamente.

Um servo levou-o através de salas luxuosas até o salão de jantar, onde Hilell, Arieh e Débora, a esposa de Hilell, o esperavam. Débora era uma mulher jovem e gorducha, vestida muito modestamente, com um traje azul. Um tecido azul cobria-lhe completamente o cabelo. Seus braços e pescoço estavam escondidos. O rosto redondo da senhora fez Lucano lembrar o de Aurélia, e seus olhos castanhos, que ela levantou rapidamente, uma vez, para o rosto dele, baixando-os a seguir, eram vivos, apesar da sua atitude. Uma covinha esboçava-se no canto de sua boca empertigada, e falava de uma capacidade de rir que ela guardava, provavelmente, para o esposo. Não usava joias. Sentou-se ao pé da mesa luxuosa, junto de Lea, e não falou uma só vez. Lea relanceava os olhos para ela, impaciente, mas acabou por ignorá-la. A moça reuniu-se impudentemente à conversação, discordou, riu, gracejou e comportou-se realmente como uma jovem de mimada beleza, da maneira moderna. Débora porejara desaprovação, e Lea fungava, atirava seus caracóis e fazia tilintar seus braceletes.

— Tens um excelente cozinheiro — disse Lucano, descobrindo que tinha fome. Os bolinhos de peixe estavam temperados e suculentos, o cordeiro assado bem coberto de molho e os legumes e saladas bem condimentados. Havia bolos folhados, recheados com passas, ameixas secas e tâmaras cobertas com sementes de papoulas. O vinho era romano, da melhor qualidade. Velas em candelabros de prata brilhavam sobre a toalha branca, na qual corriam fios de prata. Colheres e facas eram pesadamente trabalhadas com recortes e ornamentos, as taças de ouro maciço incrustadas com pedras preciosas, os saleiros também de ouro e com pedras, o mesmo acontecendo aos pratos.

— Vivemos como camponeses — disse Lea, descontente. — Não é que eu deseje o que não é apropriado. Mas gostaria de maior elegância e variedade. A mesa da minha melhor amiga é encantadora.

— Cala-te, menina — disse Hilell, automaticamente. — Lucano, eu às vezes desejo que se tivesse conservado o velho costume que excluía as mulheres da mesa de refeição dos homens.

— Ela é jovem — disse Arieh. Voltou-se para sua prometida esposa e perguntou, gravemente: — Disseste que sou ignorante, e sou mesmo. Repete-me algumas das leis de Moisés em relação a templos e sacrifícios.

Lea ergueu altivamente a cabeça, e com voz severa começou a instruir Arieh. Lucano ouvia com divertido afeto, e Arieh com respeitosa humildade. Débora não falou, mas uma ou duas vezes Lucano percebeu-lhe uma covinha no rosto. A felicidade daquela jovem família impressionou profundamente Lucano. Ouvindo Lea e percebendo a sua inocência, as faces rosadas e o faiscar dos olhos, bem como a flexibilidade daquele pescoço e daqueles braços nus, pensava em Rúbria e Sara, as mortas que ele amara com tamanha ternura, e dizia consigo mesmo que na realidade não existia a passagem dos anos, a fadiga, a dor, o desespero, a separação, a morte. O mundo e os planetas, os sóis incontáveis, vibravam de eterna mocidade, e as constelações e galáxias regozijavam-se com isso. Uma sensação jubilosa invadiu-o. Tudo quanto amara estava com ele para sempre.

Naquela noite, antes de adormecer, ouviu o uivo dos chacais dentro dos portões, e pareceu-lhe que aqueles uivos eram vozes bradando na solidão, esperando conforto, aguardando serem admitidas na companhia dos bem-aventurados.

48

Lucano recebeu um convite para jantar com Pôncio Pilatos, e estava para recusar, impaciente, quando Hilell lhe disse:

— Foste seu hóspede na casa de Cesareia. E, seja lá pelo que for, tu o impressionas. Ele se sente muito inquieto, desde a crucificação de Cristo. Custa-te dar-lhe algum conforto?

— Sim, pois meu hospedeiro não foi convidado. E isso é uma grande descortesia.

Hilell sorriu:

— Digamos que seja. Os romanos, porém, pouco observam a cortesia em relação àqueles que conquistaram. Ia dizer que ele não gosta de judeu. Seríamos intolerantes se fôssemos intolerantes para com a intolerância.

— Isso é sofisma — disse Lucano. Mas aceitou o convite. Hilell vestiu-o de maneira elegante.

— Os romanos, tão materialistas, deixam-se deslumbrar pelos trajes ricos e apropriados — disse ele. — Desprezam a simplicidade e gostam de uma exibição de riqueza.

Lucano vestia uma túnica azul e sobre ela uma toga do linho mais delicado, embora pesado, debruado de ouro. As sandálias eram douradas, trazendo lingueta de couro com incrustações de pedras preciosas sobre o peito do pé. Nos braços dele Hilell colocou braceletes ornados de gemas.

— Estás realmente magnífico — disse, bondosamente. — Pareces uma das mais nobres estátuas gregas.

Deu ordem para que à hora do crepúsculo uma liteira levasse Lucano à casa de Pôncio Pilatos, casa grande, instalada dentro de altos portões e de jardins ricamente floridos, animados pelas fontes que dançavam ao ar avermelhado pelo sol poente. Soprava, entretanto, uma brisa vinda da região da Rua dos Queijeiros, que todas as fragrâncias das árvores, da relva e das flores não conseguiam dominar. Pilatos disse, torcendo o nariz:

— A fedentina é abominável.

Lucano, recordando que devia ser polido, absteve-se de comentar as fedentinas de Roma, e especialmente os odores que emanavam do Trans-Tibre, quando o vento mudava. Pilatos mostrava-se preocupado, ao levar Lucano para um salão ainda mais suntuoso do que o salão de Hilell. Lucano ficou estupefato com aquele esplendor, que parecia excessivo e de mau gosto. A fonte central era pesadamente perfumada, e o perfume revelava-se enjoativo. A casa parecia repleta de bonitas escravas, sentadas em almofadas sobre o chão branco e reluzente, tocando harpa, alaúde e flauta, atirando para trás seus longos caracóis de cabelos.

— Iremos para o telhado — disse Pilatos —, onde há frescor e de onde temos bela vista para a cidade. Estou esperando outros hóspedes. — Seu rosto remoto sorriu, friamente. — Nada menos do que o próprio Herodes Antipas e seu irmão. Ele deseja falar contigo, e deves compreender que tal coisa é uma condescendência! Houve um tempo em que não gostávamos um do outro, mas agora somos excelentes amigos. Foi uma questão de diplomacia.

— Falaste de mim a Herodes? — perguntou Lucano, perturbado.

— Sim. E, a propósito, ele enfadou-se comigo por eu ter cancelado o banimento da seita daqueles que se dizem cristãos. Está inclinado a não gostar de ti.

Pilatos ria-se com um bom humor súbito e conduzia Lucano por vários lances de escadas, cujos degraus de mármore, muito largos, estavam cobertos com tapetes persas. Durante aquela subida Lucano teve relances de ricos apartamentos. A música seguia-os. O telhado era amplo e comprido, com parapeitos de altas pedras perfuradas em desenhos complicados; o piso mostrava tapetes espalhados, e havia cadeiras baixas e divãs cobertos com toldos listrados de seda, em várias cores, as mesas instaladas com lâmpadas que aguardavam. As escravas seguiram-nos e recomeçaram a tocar.

Lucano interessou-se pela vista da cidade, observada daquelas alturas. O vermelhão ardente do crepúsculo atingia os montes pedregosos ou desenhados em terraços, montes que rodeavam a cidade, dando-lhe um aspecto ardente. As paredes tortuosas e recortadas em ameias de Jerusalém tinham um ar melancólico. Um colorido fosco e avermelhado recobria as ruas apertadas e estreitas como reflexo de fogo. Um som monótono e sussurrante subia das ruas, abafado e murmurante. Lucano podia ver o fórum romano, suas paredes e colunas brancas brilhando como neve contra a luz ardente; o teatro romano, como taça dentada; os palácios erguendo-se acima da infinita e interrompida planície de casas menores com seus telhados iluminados pelas pinceladas vermelhas do sol. Dominando tudo, via-se o Templo, alto dentro de suas próprias muralhas, as torres douradas em incandescência, as paredes rosadas. Como ficava voltado para leste, visto daquele ponto do terraço de Pôncio Pilatos, o céu que ficava por trás dele mostrava um tom profundo de azul-pavão, contrastando com o firmamento flamejante do ocidente. A distância, havia um grande maciço de ciprestes escuros, amontoados ou espalhados por um jardim verde.

— É o Getsemâni[1] — disse Pilatos, notando o interesse de Lucano. Havia em sua voz uma nota peculiar. Sentaram-se os dois sob um dos toldos e beberam vinho. Pilatos tornou-se silencioso, como que pensativo. A música erguia-se em torno deles e uma das jovens cantava docemente. Lucano ouvia. A cadência não lhe era familiar, parecia-lhe dolorosa e obcecante. Aramaico era a língua da canção:

Quanto é misericordioso o Senhor nosso Deus!
Sua misericórdia é mais ampla do que o mar.
Sua afetuosa bondade envolve a terra e o céu,
E Suas palavras são júbilo para meu coração.
Quem pode conhecer o Senhor e Seus sagrados pensamentos?
As colinas O conhecem, ou as cinzentas montanhas?
Ou a vasta região inculta onde o homem não chega?

---

[1] Aldeia próxima de Jerusalém, onde ficava o Monte das Oliveiras, no qual Jesus teve sua última vigília.

Ou o tigre em seu caminho, ou as árvores solitárias em sua majestade?
Ou a mulher que adormece com um infante ao seio,
Ou o moribundo sozinho em sua dor? Ou os rios dourados
Que correm para os oceanos, ou os jardins de madrugada?
Nos lugares mais secretos Ele é conhecido!

Lucano olhou para a moça, e os grandes olhos negros dela pareciam cismados sob as sobrancelhas e seu rosto mostrava-se liso e pálido. O médico surpreendia-se com as palavras da canção e relanceou os olhos para Pilatos, que, aparentemente, não estava ouvindo. O cotovelo do romano descansava no braço de sua cadeira, e seus dedos encobriam-lhe em parte o rosto. Estava absorvido em seus pensamentos, esquecido de seu hóspede. Então, disse, sem retirar a mão do rosto, como se falasse consigo mesmo:

— É impossível que Ele se tenha levantado dentre os mortos! Seus seguidores levaram-No embora, curaram-No, pois Ele foi retirado da cruz depressa demais.

Lucano esperava, sem falar. A música desceu para um tom mais baixo, que nada interrompia. Pilatos disse, então, a voz ainda mais distante:

— Eu não me surpreenderia se aquele velho patife devoto, José de Arimateia, tivesse tido interferência nisso. É conselheiro, e dizem que justo e bom. Conheci-o, e apesar do meu ceticismo, não pude apanhá-lo em sofisma ou futilidade. Foi José quem suplicou o corpo Dele e o colocou na sepultura. Ouvi falar muito daquele Homem, que, confesso, não mostrou a meus olhos qualquer culpa verdadeira! Foi o alto sacerdote, Caifás... E não nos podemos opor aos sacerdotes sem correr perigo... eles podem usar de muita malícia. E eu tive ordem para manter a paz nesta região, a qualquer custo. Posso ser censurado por isso?

Agora, olhava agudamente para Lucano.

— Não — disse o grego, um tanto hesitante.

Pilatos continuou:

— José é um homem rico. É possível que o suborno tenha entrado em algum lugar e Jesus possa ter sido retirado da cruz ainda vivo, e levado para a casa de José, a fim de que ali o tratassem e curassem. — O romano movia-se, inquieto. — Por causa dos rumores de que Ele se ergueria dentre os mortos, ao terceiro dia, coloquei guardas junto ao túmulo, para que não se fizesse qualquer chicana. O grande sacerdote me havia pedido isso.

Parou. Desviara a cabeça, de forma que o médico não podia ver-lhe o rosto. Lucano tornou a esperar. Então, o procurador suspirou:

— Os homens são muito supersticiosos, e também histéricos. Meus guardas vieram depois falar comigo, e eu os ouvi, incrédulo. Estavam quase incoerentes. Tinham mantido fogueiras acesas junto ao túmulo, bebido vinho, jogado dados e contado galhofas. Teria sido o vinho misturado a alguma droga por aquele onipresente patife, o velho José? Ele jurou-me, solenemente, que não houve tal coisa. Ainda assim, meus homens declararam, com juras e temerosos olhares em derredor, que antes da madrugada do terceiro dia uma grande luz brilhou em torno da sepultura e eles tombaram ao chão, sem sentidos. Quando acordaram, a pedra maciça e pesada fora retirada para trás e ali no sepulcro nada mais havia a não ser roupas, um banco de pedra vazio, e o cheiro das especiarias e unguentos!

Olhou para Lucano, suplicante:

— Como pode um homem sensato acreditar que tal coisa seja sobrenatural? Foi um gracejo sombrio, realmente, com a intenção de enganar e lançar o temor no peito dos simples, uma simulação para dar como realizada a profecia feita. Tu, Lucano, és homem educado, de família nobre. Esperas que eu acredite em tal tolice referente a um miserável e iletrado rabi vindo da Galileia? Quem podia inspirar menos os deuses?

— Que desejas que eu diga? — perguntou Lucano, em voz baixa.

— Dize-me o que pensas dessa tolice.

E Pilatos inclinou-se para ele. Lucano pôde ver que o homem estava perturbado, e colérico por se sentir perturbado.

Tateando entre suas vestes, o médico encontrou e mostrou, à luz vermelha do sol, a cruz que trazia pendente do pescoço. Pilatos fixou os olhos nela.

— Séculos atrás — disse Lucano — aquele Homem foi profetizado. Os rumores a respeito Dele espalharam-se por todo o mundo civilizado. Os egípcios decoraram suas pirâmides com este Signo. Os gregos ergueram altares ao Deus Desconhecido. As Escrituras dos judeus, escritas anteriormente, falam Dele, de Sua missão, de Seu nascimento, de Sua vida, e de Sua morte.

Pilatos estava aterrorizado. A luz escarlate do último sol refletia-se em cheio sobre seu rosto. Olhava para Lucano com olhos penetrantes:

— Acreditas nisso? — indagou, a voz apavorada.

— Sim. Acredito. Sei que é assim.

Pilatos ficou silencioso durante algum tempo. Depois disse, a voz alterada:

— Então, que será de mim, que O entreguei à morte?

— Foste apenas um instrumento.

— Os deuses são vingativos...

— Ele não é vingativo. Não temas.

Pilatos meditou:

— Curaste teu irmão, que estava morrendo...

— Não. Deus curou-o. Eu também fui apenas um instrumento.

— Dize-me o que devo fazer! — exclamou Pilatos, subitamente desesperado. Olhava para Lucano, tomado de temor. — Pensei demais nisto. Aquela mulher que ia ser enterrada... não estava morta?

— Eu te disse: ela não estava morta. Não há mortos.

— Tu falas por enigmas, como os oráculos de Delfos.

— Os homens fazem das coisas mais simples enigmas e mistérios, Pôncio.

— Estou perdido — disse Pilatos, em tom desesperado. O coração do supersticioso romano batia depressa. — Quem és tu, Lucano? — perguntou.

Lucano franziu os sobrolhos.

— Sou o que sabes que sou.

— Mas tens poderes misteriosos.

— Não. Não tenho poder, nem mérito. Só Deus os tem.

— Então Ele permitiu que os tivesses.

Lucano sacudiu a cabeça. Mas naquele momento um escravo chegou, anunciando a presença de Herodes Antipas, o tetrarca de Jerusalém, e de seu irmão, Herodes Filipe. As escravas tocaram música triunfal, e outras jovens correram pelo telhado, atirando cestas de pétalas de rosas pelo piso enquanto outras pulverizavam perfumes no ar. Pilatos foi ao encontro de seus convidados e, enquanto as lâmpadas do telhado eram rapidamente acesas, Lucano olhou com curiosidade para os dois homens. Antipas levou-o a recordar, imediatamente, uma raposa vermelha: tinha rosto estreito e irritado, e seus movimentos eram impacientes, bruscos. Usava barba curta avermelhada, e Lucano lembrou-se de que Antipas deixava crescer a barba para os próximos dias santificados dos judeus, mas depois a retirava. Filipe, porém, o mais jovem, era mais alto, de aparência mais nobre, belos olhos negros e líquidos, o rosto clássico de estátua, e maneiras tranquilas e dignas. Parecia estar absorvido em sombrios pensamentos. Antipas retribuiu o cumprimento de Lucano, e a sua inclinação, com uma palavra rápida e um relance de desagrado nos olhos cor de avelã. Filipe, entretanto, sorriu-lhe e perguntou-lhe pela saúde, indagando cortesmente quais as suas impressões de Jerusalém.

Os homens sentaram-se e beberam mais vinho, enquanto a noite fluiu sobre a cidade e as tochas arderam e as lanternas reluziram lá embaixo. Antipas estava de mau humor, era evidente, e confinou sua conversação caprichosa a Pilatos. Outrora tinham sido inimigos, mas agora eram amigos. Filipe relanceava os olhos para ele, ocasionalmente, e suas sobrancelhas pretas franziam-se. Conversava bondosamente com Lucano, e disse-lhe que muito ouvira falar nele. Ouvindo aquilo, Antipas olhou por sobre o ombro, ameaçadoramente, para Lucano, e disse, num tom agudo e matreiro.

— Sim. E precisamos falar sobre isso.

Deu um repelão com o ombro vestido de brocado azul e coçou a barba. Antes de se voltar de novo para Pilatos lançou um olhar venenoso para o irmão, que o recebeu, imperturbavelmente.

Um gongo soou e todos se levantaram para descer à sala de jantar, que reluzia de mármores, tapeçarias bordadas, pedras preciosas e ricas lâmpadas. A refeição era luxuosa. Antipas pouco comeu, e bebeu vinho com parcimônia. Queixava-se ao poderoso romano de uma porção de assuntos insignificantes. Nada lhe era agradável em Jerusalém, nem em seus negócios particulares. Seu rosto suavizou-se um pouco apenas quando falou de sua esposa, Herodíades. Ouvindo aquilo, Filipe endireitou-se em sua cadeira e olhou para o irmão com olhos acesos, e sua boca tomou linhas duras e amargas.

— Como eu gostaria de morar em Roma! — exclamou Antipas. — Ali temos apenas civilização e realidade. Mas aqui tudo é Deus, tudo é observância religiosa, tudo é entediante discussão religiosa! Mesmo o alto sacerdote só sabe falar de comentários. Para os judeus nada mais existe, a não ser Deus.

Lucano disse:

— Demócrito escreveu, há mais de quatrocentos anos: "Se alguém escolhe as coisas da alma, escolhe a porção divina; se escolhe as coisas do corpo, escolhe o que é simplesmente mortal."

— Isso está muito bem — falou Antipas em tom desagradável, com um sorriso de escárnio. — Mas o homem também é mortal, e os mortais devem ser alimentados. — Fez uma pausa, depois disse, quase ameaçadoramente: — Ouvi coisas estranhas a teu respeito, Lucano! Dizem que realizas milagres!

Deu um breve sorriso, e Lucano respondeu, sentindo em si um movimento idêntico de desagrado:

— Não. Não realizo milagres. Só Deus os realiza.

As faces dele estavam coradas, pela afronta.

— Ah! — disse Antipas. — Isto é excelente. Já tivemos bastantes milagreiros na Judeia! Ou charlatães! Confio em que não estás aqui para incitar o povo. Ou para proclamar que trazes uma única missão de Deus.

— Estou aqui apenas para descobrir a verdade e registrá-la — disse Lucano, encolerizado. Pilatos começou a sorrir. Filipe ouvia, com a taça de vinho junto aos lábios, apenas o olhar estava alerta, brilhando sobre Lucano.

— E eu aqui estou para manter a paz e a ordem entre meu povo — disse Antipas. — Serei impiedoso para com os desordeiros.

Seus olhos rebrilhavam, ameaçadores.

— Estas azeitonas judaicas são deliciosas, se posso dizer isto em minha própria mesa — falou Pilatos. — Que é isso, Lucano? Pareces ter pouco apetite. Meu cozinheiro é excelente, e o leitãozinho assado está ótimo.

— Talvez nosso digno visitante não goste de carne de porco — falou Antipas, com um sorriso maldoso. Lucano recusou-se a responder àquela agulhada e permitiu que a jovem escrava o servisse de um pouco de leitão.

Começava a cogitar na razão de se mostrar Antipas tão evidentemente agitado e irritável. O tetrarca pôs um punhado de azeitonas judaicas na boca, mastigou-as sombriamente, depois cuspiu os caroços.

— Então — disse ele — estás aqui para descobrir a verdade e registrá-la. Dize-me, és cristão?

— Fui cristão desde o dia em que Cristo nasceu — disse Lucano.

Antipas quase deixou cair a taça, em seu espanto. Ficou boquiaberto.

— Que disseste? — indagou, incrédulo. Filipe inclinou-se para a frente, em sua cadeira, e o sorriso sutil desapareceu do rosto de Pilatos.

— Estás louco? — exclamou Antipas, batendo com a mão na mesa. — Ninguém ouviu falar em Cristo até quatro anos atrás! Foi então que aquele galileu apareceu pela primeira vez!

— Entretanto, eu O conheci desde o dia em que nasceu. Foi minha própria falta de mérito que me levou a esquecê-Lo durante muitos anos, foi a minha própria obstinação e cólera.

Lucano olhava de frente para Antipas, que estava estupidificado.

— Deixe-me explicar.

Tirou a cruz de sob as vestes mais uma vez e mostrou-a a Antipas, que recuou, subitamente. Lucano falou-lhe em Keptah, nos caldeus e babilônios, nos egípcios e nos gregos, em suas antigas profecias. Falou-lhes nos Magos, na grande cruz de seu templo secreto, em Antioquia. Falou-lhes na Estrela que vira quando menino e no movimento dela para leste. Muitos dos escravos que se alinhavam ao longo das paredes inclinavam-se ansiosamente para a frente, a fim de ouvi-lo, e entre eles havia os que tinham os olhos cheios de lágrimas.

— Eu estava em Atenas no dia da Sua crucificação — disse Lucano, em voz baixa e urgente. — O sol desapareceu e houve sons e gemidos de terremotos. Ouvi, em minhas caminhadas, rumores de que a mesma coisa aconteceu em todo o mundo conhecido. Achais que foi uma coincidência?

O vermelhão do rosto estreito de Antipas desapareceu e foi substituído por uma tonalidade lívida. Ficou silencioso, mas seus olhos corriam de um lado para o outro, como se buscassem um ponto de evasão. Lambeu os lábios. Pôncio estava meditabundo, brincando com a taça que tinha na mão. Filipe sorria, e erguia a cabeça como se tivesse tomado uma profunda resolução.

Antipas, subitamente, começou a tremer, como que tomado de cólera interior. Disse, finalmente, em voz contida e furiosa:

— Tudo isso é tolice. Eu próprio falei com Jesus. Esperava que Ele fosse o Messias. Desejei ver pessoalmente os milagres que Lhe atribuíam. — Atirou um furioso e furtivo olhar para Pilatos: — Conheço as profecias do Messias. Toda a minha vida eu as ouvi. — De novo lambeu os lábios e relanceou os olhos para Pilatos: — O Messias deveria livrar os judeus do...

do opressor. Tu me perdoas, Pôncio? Essa era a verdadeira profecia! Mas esse Jesus declarou que Ele não era deste mundo; que as coisas de César não Lhe diziam respeito. Eu fiz com que O trouxessem até mim.

Fez uma pausa, e seu tremor se tornou evidente:

— Apesar do alto sacerdote, que o acusava não só de perturbar a Lei como de incitar o povo e provocar levantes, em detrimento da segurança do povo judeu, eu O mandei chamar para interrogatório. Se Ele fosse o Messias, ter-se-ia revelado diante de mim em glória e milagres, e se teria transformado diante de meus olhos. Mas, para meu grande desapontamento, Ele era apenas um camponês galileu, miserável, vestido rusticamente. Fiz-Lhe perguntas. Implorei-Lhe que se revelasse, se era o verdadeiro Messias. Mas ele ficou em pé diante de mim, em silêncio, e não respondeu. Eu, o tetrarca de Jerusalém! Só ficou a olhar para mim, como se não me tivesse ouvido. Eu fora bem informado de que Ele me chamara "aquela raposa". Estava disposto a perdoá-Lo, se Ele fosse de verdade o Messias, pois os deuses não têm reverência pelos homens, nem mesmo pelos reis.

Pela primeira vez, Antipas bebeu sofregamente seu vinho, estendendo a taça para que lhe tornassem a encher. Sacudia e tornava a sacudir a cabeça.

— Um miserável galileu! A imprudência Dele, asseverando ser o Messias de todos os tempos! Ali estava, e só fixava os olhos em mim, sem responder. Por que não respondeu? Falava bastante entre seus seguidores e ante o povo! Cheguei a uma conclusão, apenas: diante da majestade da autoridade, e cheio de medo, Ele não podia falar. Perdera a língua. Portanto, não era o Messias, mas apenas um insurreto. Era somente um camponês tomado pela pobreza, que iludira as pessoas ignorantes, de mentalidade simples. Fiquei indignado, tanto contra a blasfêmia como contra a insurreição que Ele tinha instigado. E disse-Lhe, portanto: "Não és o Messias. És uma falsidade, um mentiroso." Não posso descrever minha cólera e meu desapontamento, e aquele Seu olhar fixo em mim. Assim, entreguei-O à justiça, e para zombar de suas pretensões atirei-Lhe sobre os ombros um manto vistoso e mandei-O embora.

Filipe falou:

— Também te encolerizaste contra o chamado João Batista. Ele invectivou-te por causa de tua esposa, Herodíades. Permitiste sua morte, a pedido de tua mulher.

Os olhos dos irmãos chocaram-se visivelmente, como espadas que se cruzassem.

Então, Antipas olhou para o irmão com ódio, e disse:

— Não sejas ambicioso. Eu sou o tetrarca de Jerusalém e o amigo de Pôncio Pilatos.

Filipe ergueu os ombros:

— Falas dos que são crédulos. No entanto, pensaste que João era Elias renascido.

Antipas virou-lhe o rosto e dirigiu seu olhar avermelhado e malévolo para Lucano.

— Portanto, devo advertir-te, embora sejas hóspedes de meu querido amigo, Pôncio Pilatos, e cidadão romano, que não permitirei mais desordem entre meu povo, nem mais incitamento. Procura a verdade, se assim o queres, mas não entre os ignorantes e os iludidos. Falei-te a verdade. Contenta-te com ela.

— Não há nada mais louvável do que a franqueza — falou Pilatos, sorrindo.

— Lucano, como todos os gregos, é supersticioso — disse Antipas, com outro olhar de ódio.

— Ainda assim, procurarei a verdade — afirmou Lucano, olhando friamente para Herodes. — Quem me pode impedir isso?

As narinas de Antipas dilataram-se e ele respirou audivelmente.

— Sou homem civilizado. Conheço meus deveres como convidado de Pôncio Pilatos. Mas tenho uma disputa contigo, muito nobre Lucano. — Teve um riso zombeteiro, e prosseguiu: — A meu pedido, Pôncio baniu os cristãos. É homem justo, um administrador da Lei Romana. Agora, tu o influenciaste para que cancelasse o banimento, apesar das minhas solicitações e dos meus argumentos. Isto dará início a novos conflitos e a desordens perigosas. Estou preparado para enfrentá-los.

Pôncio sorria:

— Eu presto obediência a César. Tibério deu a Lucano um anel magnífico. Lucano pediu-me que cancelasse o banimento e colocou o anel em minha mão. Tibério tem grande consideração por ele, e eu não podia deixar de obedecer ao seu pedido. — Parecia estar divertido.

Herodes Antipas disse, então:

— Eu venero César. Mas mesmo os Césares podem ser iludidos.

— É verdade — falou Pilatos, brincando ociosamente com a haste de sua taça. Lucano apertou os lábios. Ia falar, quando viu que Pilatos e Herodes Filipe trocavam olhares significativos, e que a mão de Filipe fechara o punho sobre a toalha de seda da mesa. Então, Pilatos sacudiu a cabeça levemente, como que negando, e ergueu a palma da mão, num gesto de quem pede paciência.

Antipas falou diretamente com Lucano:

— Eu te disse a verdade. Que podes aprender de outra maneira, a não ser através de Pilatos e de mim, senão mentiras? A quem farás perguntas? Aos desprezíveis seguidores de Jesus? Vieste armado de superstições. As criaturas imaginam muitas coisas, e o que nos falaste te foi ensinado em tua infância e pode ter sido fantasia de tua parte, ou imaginação de criaturas anônimas, cheias de crenças na feitiçaria e na magia. Lembro-me de quando também eu era criança. Sonhei que veria o Messias com meus próprios olhos!

— E assim O viste — disse Lucano.

Antipas tornou a bater com a mão na mesa, em completa exasperação. Apelou para Pilatos, com seus olhos movimentados, como a dizer: "Que se pode fazer com um louco destes?" E falou:

— Compreendo que és um homem culto, maravilhosamente dotado na arte de curar. Sem dúvida, encontraste sábios e eruditos. Ainda assim, tu, que nunca viste aquele galileu, para aqui vens trazendo uma crença obstinada. Verdadeiramente, isso é demais para que o suporte um homem de inteligência! — Voltou-se para Pilatos: — Suplico-te que restabeleças o banimento contra os que se dizem cristãos, em nome da paz do Império, em nome de César.

— Não tinha alternativa — disse Pilatos, calmamente, abrindo as mãos num gesto de quem se rende. — Havia o anel de Tibério. A significação do anel é de que o possuidor pode usar o nome de César, como se fosse o próprio César a falar. Compreendes isso, meu querido Antipas?

Antipas pensou no caso, seus pequenos dentes amarelados mordendo o lábio inferior. Os olhos faiscavam, aprofundavam-se, reluziam. Finalmente, falou com Lucano, num tom modificado, suplicante:

— Perdoa-me se pareci ameaçar-te. Tenta compreender. Ouvi dizer que amas profundamente o povo judeu. Desejas que esses conflitos e desordens voltem, e com eles a morte dos inocentes? Desejas ver a mão de Roma descer com violência sobre esta pequena região, que suportou tanto, sofreu tanto? Que tens a ver com Israel, para que assim a destruas?

— Não vim destruir — disse Lucano. — Vim apenas em busca da verdade.

— Sim, sim — falou Antipas, impaciente. — Eu não estava falando disso. Mas quando conseguiste que Pôncio Pilatos cancelasse o banimento dos ignorantes e desordeiros cristãos, que têm considerável violência e fanatismo abriste, outra vez, a porta dos transtornos desesperadores. Os judeus são povo amigo de discussões e combatem-se mutuamente por uma interpretação da Lei. Discordam furiosamente. O banimento espalhou os cristãos, e os manteve separados, evitando que discutissem com seus companheiros judeus. Agora, aparecerão de novo, e estará tudo perdido.

— Espero que não — disse Lucano, sério. — Seguramente, Ele é um homem de paz. Com o tempo, Seus seguidores compreenderão isso.

— Não — disse Antipas. — Tu não conheces os judeus.

Então, Filipe falou:

— Nem tu — disse, calmamente. — Não foste amigo de teu povo. Foste um inimigo.

Um grande silêncio pairou sobre a mesa. Todos ficaram parados, como estátuas. Antipas olhava apenas para o irmão, e Lucano e Pilatos olhavam apenas para ambos. Então, depois de um longo momento, Antipas disse, baixinho:

— Filipe, tu ousas falar assim comigo?

— Sim, ouso — disse Filipe, em voz suave. — És um homem pequeno, mau. Digo-te isto em plena face. Não tens estatura, nem honestidade, nem dignidade, nem presença.

E fixava os olhos em seu meio-irmão, com aversão.

Antipas explodiu numa gargalhada, atirando a barba para cima.

— Oh! — exclamou. — Ele não me perdoou por lhe ter tomado sua esposa, Herodíades! Insultaste-me em presença de meu amigo, mas eu te perdoo tua falta de compostura. Chamaste-me "pequeno". Se fosses de maior estatura eu não poderia ter arrebatado de ti a tua esposa. Quem é, portanto, o homem maior?

Seus olhos dançavam sobre Filipe, zombeteiros e malignos.

Os lábios do outro ficaram lívidos, mas ele falou, em voz baixa:

— Não te tenho ódio por causa de Herodíades. Se eu a amasse e se ela me amasse, não terias possibilidade de seduzi-la. Não me sinto diminuído, porque ninguém pode diminuir outro homem sem consentimento dele. Falas de compostura. És tu quem não a tens.

Lucano estava embaraçado. Não se habituara a tão crua discussão, a tais insultos, especialmente entre homens aparentados.

Então, Pilatos interveio, falando agradavelmente:

— Tu erraste, Antipas, quando procuraste uma coroa. Ninguém procura uma coroa com César. Estás em más graças com ele. Ainda hoje recebi uma carta dele sugerindo que te removesse discreta e espontaneamente. César nem sempre sugere, e sim ordena. Por que esperar uma ordem?

Antipas ficou tão branco quanto a morte e sua barba ruiva fez-se destacada contra a coloração estranha que tomou sua carne.

— Estás gracejando — sussurrou.

— Não — falou Pilatos, ainda agradavelmente. — César olha com simpatia para teu irmão. — Bebericou algum vinho, enquanto Antipas agarrava-se à beirada da mesa e inclinava-se para ele, arquejante. — Chamei-vos aqui esta noite para contar-vos isso, a ti e a Filipe. Tens tua Herodíades, tens tua fabulosa fortuna. Sugiro, portanto, que deixes a Judeia. Será mais agradável para todos.

Lucano quase teve compaixão do desesperado Antipas, e desviou os olhos. A humilhação não devia ter sido infligida diante de um estranho como ele.

— Eu apelarei para Agripa — disse Antipas, em voz guinchada e confusa.

— Não o faças, advirto-te. Tua atitude não será bem-vista.

— Pensei que fosses meu amigo, Pôncio.

— É como teu amigo que te transmito esta mensagem. Se fosse teu inimigo, mandaria uma ordem peremptória e te removeria publicamente diante dos rostos zombeteiros de teu povo.

Antipas virou-se para seu irmão e a mão saltou para a adaga que usava. Filipe fixou os olhos nele, com altaneiro desdém.

— Tu fizeste isto! — exclamou Antipas. — Tu me traíste, tu conspiraste contra mim, para te vingares!

— Sugiro — disse Pilatos — que nenhum mal venha a Filipe. Na verdade, designei meu oficial-chefe, Plócio, para guardar a casa de Filipe, no caso de seres indiscreto bastante para violar os desejos de Tibério e fazer com que a Filipe aconteça... um acidente.

Lucano levantou-se e disse, friamente:

— Estou cansado. Devo implorar da tua generosidade, Pilatos, que me desculpes.

Antipas voltou contra ele sua cólera. Apontou para Lucano, com um dedo que tremia:

— Foste tu, usando o anel de César, que não só induziste Pilatos a cancelar o banimento dos cristãos como sugeriste meu exílio para proteger teus andrajosos amigos!

Pilatos ergueu uma das mãos, em admoestação:

— Ninguém te traiu, Antipas, nem teu irmão nem eu próprio. Acabemos com estas acusações.

Fez sinal a um escravo e mandou vir uma liteira para Lucano. O grego inclinou-se para os que ficavam à mesa, e deixou a casa.

— Sugiro também — disse Pilatos a Antipas — que nada aconteça a Lucano. Ele está sob a proteção de Tibério, e sabes em que homem sanguinário o César se tornou.

49

Lucano contou a seus amigos, Hilell e Arieh, o que se passara na casa de Pilatos. Eles ouviram com profundo interesse, depois Hilell disse, jubilosamente:

— Agradeçamos a Deus a remoção de Herodes Antipas!

— Apesar disso, Pilatos não o deveria ter humilhado diante de mim.

— Ele é um homem inescrutável, e teve suas razões.

E Hilell continuou, para dizer que Maria, a Mãe de Cristo, havia voltado a seu povo para uma visita a Nazaré. Houvera morte entre seus parentes.

— Eu a visitarei ali — disse Lucano. Hilell comentou que a viagem era demorada.

— Entretanto — disse ele — poderás ver a Galileia, onde Ele primeiro ensinou. É um lugar belo! Mas há ali uma pequena cidade, chamada Tiberíades, construída por Herodes em louvor de César. Os judeus a veem como uma abominação, e não a visitam. Nem o Cristo a visitou. Falou num monte próximo, na sinagoga, que é simples e humilde, como é o povo. Mas não há pressa. Fica conosco até o casamento de Arieh e Lea.

— Devo ir tratar dos meus assuntos — disse Lucano, pesaroso.

— Então, esperaremos até que regresses.

Naquela noite, ao ficar sozinho, Lucano escreveu o que ouvira de Pilatos e de Herodes Antipas sobre Jesus. Seu Evangelho crescia. Nada colocou ali de suas próprias opiniões, apenas as informações que lhe eram dadas. Às vezes, vinha-lhe um desejo dominador. Se ao menos tivesse visto pessoalmente o Cristo, se ao menos tivesse podido falar com Ele, olhar para Seus olhos maravilhosos. Eu não o teria desertado quando seus seguidores o abandonaram em pânico, pensava.

Na manhã seguinte, bem cedo, foi de liteira até a casa de Tiago e João, fora das portas. Hilell mandara uma mensagem aos dois jovens irmãos, que concordaram, embora um tanto mal-humorados, em receber Lucano. Hilell escrevera-lhes dizendo que, se não fosse Lucano, a ordem de banimento teria sido mantida. Uma vez fora das portas, e descendo a colina de Sião, Lucano olhou através da quente e ardente poeira. Embora a manhã fosse nova, as paredes amarelas de Jerusalém reluziam com uma luz terrível. Deslumbradora e sinistra incandescência iluminava as pedras das paredes e as montanhas onduladas e pedregosas. Mesmo as colinas cultivadas mantinham-se rígidas, desdobrando-se em amarga desolação.

As casas amontoadas fora das muralhas subiam pela montanha, de um tom cinza-amarelado e ardente à luz. A maior parte delas era pobre, com pequenos retalhos de jardins empoeirados, palmeiras, pinheiros, oliveiras e árvores frutíferas a arquejar em torno delas. Jamais Lucano vira terra tão ressecada, tão árida, tão cheia de pó. Os servos que levavam a liteira começaram a arquejar quando subiam uma das colinas, e pararam, finalmente, aliviados, diante de uma pequena casa amarelada, ainda mais pobre do que as outras. Um jovem estava de pé nos degraus, a expressão sombria, esperando em silêncio, a fronte carregada. Deveria ter feito algum comentário, porque veio ter com ele outro jovem com o rosto muito estreito e pálido, sobrancelhas negras e exuberantes, boca cheia, porém dura, e uma quantidade de cabelos encaracolados, castanhos, tombando de sua cabeça alta. O primeiro homem estava vestido de cinzento, e trazia por cima desse traje um manto verde. O segundo usava um traje de tom amarelo-fosco. Ambos pareciam muito pobres. Nada disseram, quando Lucano desceu da liteira. Apenas ficaram a olhar para ele, ali, de pé.

— Sou Lucano, médico, e hóspede de Hilell ben Hamram — disse Lucano, tentando sorrir diante do olhar formidável, combinado, que os outros haviam fixado nele. — Vós me esperáveis?

Os dois entreolharam-se. O mais velho não tinha o rosto tão estreito quando o do irmão, porém mostrava um nariz longo e fino, barba, cabelo escuro e boca mais delgada. Aparentava ar mais moderado do que o do outro, que era de indômito fanatismo e gelada selvageria. Disse, em aramaico, empastado pelo sotaque galileu:

— Nós te esperávamos.

Não fizeram outra saudação a Lucano.

— Eu sou Tiago, filho de Zebedeu de Cafarnaum, e este é meu irmão, João — e Tiago indicava o irmão mais moço, o do rosto intimidador e grandes olhos vingativos, que tinha a fixidez de um temperamento arrebatado. "Filhos do trovão!" Como a descrição estava bem aplicada àqueles dois homens. Lucano sentiu-lhe a intensa hostilidade, sua relutância em falar com ele e sua apaixonada desconfiança.

— Sou cristão — disse, caminhando para ambos, e esperando abrandá-los. Mas eles não lhe responderam. Com um movimento de cabeça, Tiago indicou a Lucano que os seguisse, e levaram-no em silêncio para o fundo da casa, pequena e miserável, onde as paredes lançavam alguma sombra dentro da luz violeta. Havia ali um jardim, apenas poeira amarela e pedras; dois bancos de madeira ficavam perto da parede da casa. Os irmãos sentaram-se em um e tornaram a pregar olhos perscrutadores em Lucano, que se sentou no outro banco. Suspirou. Aqueles homens iam ser difíceis. Ele era o estrangeiro, o incircunciso, o imundo. Se tivessem vinho ou pão não iriam oferecer-lhe, nem mesmo iriam agradecer-lhe tê-los redimido.

Pensara em falar-lhes de Keptah, dos caldeus, dos babilônios, de José ben Gamliel, dos gregos e de seu Deus Desconhecido e de todas as profecias que tinham vindo com o correr dos tempos, não só dos judeus, mas de outros. Mas viu, imediatamente, que não só eles não poderiam entender, mas ficariam incrédulos e ainda mais ressentidos do que antes. Olhando gravemente para eles, cogitou no porquê daqueles que haviam caminhado com Jesus serem tão pouco hospitaleiros, tão sem caridade para com o estrangeiro, tão duros e violentos.

Sob o duplo e inamistoso olhar, Lucano falou com hesitação do Evangelho que estava escrevendo. Disse-lhe que em suas viagens ouvira falar muito no Messias. Desejava apenas que eles lhe contassem o que tinham sabido, de forma que ele pudesse continuar seu trabalho.

— Eu nunca O vi, mas amei-O durante muitos anos — disse ele, delicadamente.

João falou pela primeira vez, a voz firme:

— Nós te diremos o que vimos com os nossos olhos.

Respirou profundamente, e o arrebatamento frio e selvagem de seus olhos tornou-se mais concentrado.

— Mas tu não compreenderás. Viste-O? Ouviste-O? Sem isso nada podes saber.

Sim, pensou Lucano, vós O conhecestes e O ouvistes, mas Sua delicadeza e amor não estão em vós, nem Sua caridade. Sereis bons evangelistas, mas haverá pouca misericórdia ou ternura, ou bondade no que dizeis ou fazeis.

Tiago disse, a voz contida:

— Se ao menos Ele tivesse fulminado esta cidade, quando ela ousou rejeitá-Lo! Por que não trouxe Ele a fúria do céu contra esta cidade?

Lucano não respondeu. Descansou as mãos nos joelhos, e esperou. Os irmãos trocaram outro olhar. Não eram gêmeos, mas via-se que se faziam inseparáveis. Conversavam um com o outro através de olhares eloquentes, e tinham pouca necessidade de palavras. O calor terrível penetrava mesmo aquela sombra empoeirada e Lucano enxugou a testa e as faces com o lenço. Os outros recomeçaram a contemplá-lo, e agora, pela primeira vez, aparecia curiosidade em seus rostos abrasados. A calma de Lucano, sua gravidade, a beleza de seu semblante, o azul sereno de seus olhos tinham começado a impressioná-los e a diminuir um tanto sua animosidade natural pelo estrangeiro.

Foi João, o mais jovem, que começou a falar em frases curtas e relutantes. Mas, depois de algum tempo, foi tomado por um arrebatamento incontrolável. Seus olhos adquiriram luz vívida e interior, e ele fixou-os no céu ardente. Eloquência surgiu em sua voz.

— No princípio era o Verbo, e o Verbo estava com Deus, e o Verbo era Deus! Louvado seja o Seu Nome! Nele estava a vida, e a vida era a luz dos homens!

João falou dos milagres de Cristo, de Seus ensinamentos, de João Batista. Quando estava falando sobre a selvagem veemência de João Batista, sua voz tomou uma qualidade lírica e enfática. Ali estava alguém que falava de cólera e vingança de Deus contra os incréus, do julgamento que viria, de proclamações apavorantes. Ali estava um que advertia, que não falava de misericórdia! O apaixonado cidadão do deserto, o comedor de mel agreste e gafanhotos, o vociferante, barbado, seminu diante de Deus, estava próximo do coração de João. Ele apertava as mãos finas contra os joelhos e estremecia de deleite e júbilo.

— Eu tive grandes Revelações! — exclamou ele, batendo nos joelhos com os punhos. — Do Dia do Julgamento, das tremendas coisas que acontecerão, dos ferventes poços do inferno dentro dos quais as almas perversas cairão como flocos de neve, de querubins e serafins vingadores, dos bons e dos maus que serão separados pela eternidade, da cólera de Deus e dos condenados perpetuamente! Eu próprio escreverei sobre essas coisas!

— Sim, sim — disse Lucano, abrandando-o. — Mas eu vim para saber das palavras Dele e de Seus milagres.

Não gostava do fulgor terrível nos olhos do jovem João.

As narinas dilatadas de João estremeceram. Ele estava tendo as mais pavorosas visões com seus olhos interiores, e regozijava-se com elas, vingativamente. Teve um sobressalto ao ouvir a voz de Lucano, e olhou para ele como um cego. Tiago disse:

— Nosso visitante perguntou sobre as palavras de Deus e sobre Seus milagres entre os homens. Fomos testemunhas. Continua.

Assim, João, cujos gestos tornaram-se mais eloquentes, mais arrebatados, disse a Lucano o que ele desejava saber. O tempo passou, sufocante, com o calor e a poeira irritante, e Lucano ouvia com toda a sua alma. A voz de João tomou tonalidades triunfantes de júbilo. Quando outros, falando de Cristo, tinham palavras de amor e terna alegria, João falava com crescente exaltação e poder. Às vezes, não se podia conter e levantava-se, pondo-se a andar de cá para lá, o rosto estreito flamejante. Parecia crescer em estatura e força, caminhando da sombra de um tom violeta forte para a ainda mais forte fulguração da luz, de forma que suas feições mostravam-se iluminadas e ensombradas, alternativamente, suas mãos a um momento obscurecidas, e a outro momento assemelhando-se a mãos feitas de chama. A despeito de si próprio Lucano estava fascinado, tanto pela maneira estranha do jovem evangelista como pelas histórias que ele relatava. Às vezes, Tiago interrompia, quando João, cansado, parava por um momento para esclarecer uma parábola ou uma história. E João o contemplava, impaciente, os olhos profundos. Durante as pausas, Lucano escrevia, rapidamente, com seu estilo, para que as informações fossem precisas. Uma ou duas vezes pensou: Este homem apenas desanimaria os considerados, os delicados, os compassivos. Mas será um pilar de pavoroso fogo para os lânguidos, os apagados, os egoístas, os indiferentes, os céticos, os apáticos, e para os que são capazes de visões e escarnecem dos exatos. Será o terror dos materialistas. Atrairá as paixões, e pode acender paixões mesmo nos mais complacentes.

Quando João relatava o que vira e ouvira, não era com o deslumbramento, a felicidade e o desgosto expressos pelos outros a Lucano. Contava a história com ar de furioso desafio, como que reptando a incredulidade, e pronto a esmagá-la.

Contou sobre a crucificação, sem a dor, o medo, a melancolia de Prisco, mas com raiva e agonia, o seu rosto vingativo tornou-se ainda mais acentuado. Às vezes, Tiago movia-se, constrangido, não em desacordo com o irmão, mas pela visão dos seus olhos furibundos e pelo tom de sua voz. E, às vezes, João olhava para Lucano com uma violência que indicava acreditar quase que o próprio Lucano se incumbira de transpassar com os cravos a carne sagrada. Eu estou aqui condenado como os perversos gentios que destruíram o Corpo de Cristo, refletiu ele, e está claro que ele me acredita consignado ao mais fervilhante inferno.

A hora do meio-dia veio com luz intolerável sobre a pequena e pobre casa, e a sombra diminuiu. Agora, João estava exausto; tombou no banco e cobriu com as mãos o rosto suarento, soluçando alto. Murmurava, continuadamente:

— O Dia do Julgamento Eterno! Eu o vi em minha alma e minha alma estremece de medo, contudo está exaltada!

Duas cabras aproximaram-se do lado da casa, procurando sombra, mais cardos e relva seca. Tiago entrou na casa e trouxe um balde de bronze, passando a ordenhar os indiscretos animais. Levou o balde para dentro e retornou trazendo três canecas de barro e um prato com pão preto e um pouco de queijo. Colocou tudo no banco, a seu lado, bondosamente, para o irmão.

— Vamos repousar e comer — disse.

— Aproxima-se o dia em que não mais haverá o que comer e o que beber — disse João, a voz trêmula. Apesar disso, deixou tombar as mãos. Seu rosto pálido estava manchado pela pressão desesperada de seus dedos. Olhou para as três canecas onde espumava o leite de cabra, e sua boca abriu-se, como que para protestar. Ainda não estava preparado para comer e beber sem constrangimento com o gentio, ou para aceitar sua presença com equanimidade. Tiago, porém, tomou uma das canecas e deu-a a Lucano, apresentando-lhe o prato de estanho onde estavam o pão e o queijo. Lucano sorria-lhe, com gratidão, e o rosto de Tiago tomou um aspecto de incerteza encabulada.

— Compreenderás que a alma de meu irmão ainda não se conformou com os acontecimentos — disse ele.

João franziu as sobrancelhas, implacável. Em silêncio, tomou também uma caneca, mas recusou o alimento.

— Temos ordens para levar as notícias a todas as nações do mundo — disse ele, como que litigiosamente.

— Eu sou uma "das nações do mundo" — disse Lucano, que ao mesmo tempo sentia piedade e algum constrangimento diante daquele homem orgulhoso, maltratado e arrebatado. João bebia o leite, sombriamente. Seus pensamentos já haviam abandonado Lucano e era como se conversasse apenas consigo mesmo, agora, e intimamente rezasse com crescente fervor. Tiago, entretanto, olhava para Lucano, cada vez mais incerto, como se sua opinião se estivesse modificando e ele se arrependesse de se ter mostrado pouco hospitaleiro, de início. Falou, finalmente:

— Não pense que somos ingratos em relação ao que fizeste por nós.

João levantou a cabeça, e disse, escarnecedor:

— O Senhor não permitiria que fôssemos perseguidos durante muito tempo!

Lucano não fez comentário algum. Sua liteira chegou, e ele levantou-se para sair, agradecendo a Tiago o bom leite e o alimento. Tiago levantou-se e seguiu-o até a frente da casa, mas João permaneceu em seu banco, a cabeça baixa e o peito arquejante. Quando Lucano entrou na rica liteira e ergueu a mão em despedida, Tiago hesitou, depois ergueu desajeitadamente a própria mão, saudando-o. E voltou-se rapidamente. Lucano sentiu piedade maior pelos irmãos. Tinham sido exortados a realizar uma tarefa gigantesca entre estrangeiros; seus espíritos temiam-na, mas mesmo assim precisavam obedecer.

Quando os portadores da liteira subiram os quentes degraus brancos que levavam às portas de Jerusalém, pararam para descansar por um momento, e daquela altura Lucano podia ver a pequena cidade de Belém, a distância, toda ela de reluzentes casas quadradas, amarelas, com seus telhados planos. Ali Jesus nascera, naquele lugar empoeirado, e ali, nas montanhas próximas, brilhara a grande Estrela e os pastores tinham ouvido as vozes dos anjos trazendo a mensagem dos tempos. Uma região de portentos, uma região das mais estranhas e constrangedoras!

Hilell esperava, nos jardins, onde as fontes irradiavam frescor. Lucano olhou em derredor, com satisfação. Os muros transbordavam de flores, que se espalhavam em nuvem de púrpura. Passagens calçadas com lajes retorciam-se em torno de tanques quebrados, em cuja água nadavam peixes dourados, e moitas de um amarelo brilhante mostravam-se consteladas de flores. Os oleandros floridos exibiam corolas róseas em sua espessa folhagem verde. Canteiros de rosas vermelhas e brancas eram rodeados de passagens pequenas, avermelhadas ou cor de castanha, cuidadosamente rasteladas. Tamareiras, altas e esbeltas, ricas de frutos, lançavam sombras, como as alfarrobeiras. As fontes tagarelas e fulgurantes atiravam água sobre a relva, que reluzia vividamente, num verdor quase impossível. Lucano bebeu um pouco de vinho gelado e contou a Hilell o que fora sua visita a Tiago e João.

— Há homens que fazem a vida difícil para os pacíficos — comentou Hilell, sacudindo a cabeça bonita.

— Amanhã sigo para Nazaré e Galileia — disse Lucano.

— O cancelamento da proscrição dos cristãos causou muito excitamento em Jerusalém — disse Hilell. — A propósito, Pôncio partiu subitamente para Roma, esta manhã, e mandou-me um recado animador, cheio de satisfação. Ele jamais gostou da Judeia. E um grupo de centuriões veio, com toda a importância, trazer para ti uma mensagem de Tibério, com o teu anel.

Deu a Lucano o maravilhoso anel, que este colocou no dedo. Depois, abriu a carta de César.

"Saudações ao nobre Lucano, filho de Diodoro Cirino:

"Foi com alegria que recebi o anel que te dera, e que estou devolvendo. Sou agora um velho, e muito cansado. Muitos anos atrás esperava, cinicamente, receber este anel em muitas ocasiões. Mas os anos se passaram e havia silêncio. Quando o anel finalmente chegou, por intermédio de Pôncio Pilatos, com o pedido que lhe fazias a respeito de certa proscrição lançada sobre pequena seita judaica, e que devia ser cancelada por ele e, por consequência, por mim próprio, fiquei surpreendido. Nada pediste para ti próprio. Meditei. Tenho pensado muitas vezes em ti, meu caro Lucano. Ouvi muito a teu respeito, notícias vindas da casa de Diodoro Cirino. Ficarás satisfeito ao saber que tua família vai bem. Teu irmão, Prisco, foi chamado a Roma para uma longa licença. Ouvi dizer que o curaste de moléstia monstruosa. Ficarás surpreendido se te disser que não sou cético a esse respeito? Aceitei integralmente a história. Nas minhas horas mais difíceis volto meus pensamentos para ti. Às vezes, sinto-me tentado a ordenar que voltes a Roma, para poder conversar contigo e olhar teu rosto. Entretanto, sei que não desejas isso, embora obedecesses ao chamado. Não devo dar ordens a homens como tu, nem mesmo para meu próprio prazer. Vejo-os como outrora os romanos viam os seus deuses: não são para receberem ordens sequer de Césares.

"Ouviste, sem dúvida, as histórias mais horríveis sobre as minhas crueldades e opressões, nos últimos tempos. Não as negues, mesmo para ti próprio. São verdadeiras. Estou repleto de ódio, e o meu ódio cresce com o tempo. Vingo-me naqueles que me corromperam — no povo de Roma, em suas criaturas, nos senadores e tribunos, e nos políticos, e em todos os ávidos e desavergonhados abutres que me rodeiam. Houve um tempo em que sonhei fazer Roma novamente Roma, cheia de virtude, paz, justiça e honra, como teu pai sonhou. Que César pode prevalecer contra seu povo? Ele o profana. Arrasta sua púrpura pelas sarjetas. Ensurdecem-no com suas esfaimadas exigências. Desonram-no com seus apetites. Enferrujam-lhe a espada com suas línguas babosas. Estou perdido. Pensa em mim com bondade, se quiseres, pois te amo como um pai."

Lucano não pôde evitar as lágrimas, lendo aquela carta, e deu-a a Hilell para que a lesse. Hilell, que começou a ler friamente, terminou bastante comovido.

— Pobre homem — murmurou, finalmente. — Como deve ser amargurado e sofrido, para confiar assim em alguém.

E continuou:

— Apesar da advertência de Pilatos, Herodes Antipas apelou para seu cunhado Agripa, em Roma. Agripa tem muita influência. Portanto, haverá um adiamento na partida de Antipas de Jerusalém, até que se veja qual o poder de Agripa junto de César. Adiamentos são as armas formidáveis dos príncipes. Não haverá imediato recomeço de perseguição aos cristãos, aqui, mas nada se pode dizer quanto ao futuro. Tudo dependerá da própria discrição deles, que, como se trata de homens fervorosos, é coisa que lhes falta. O alto sacerdote está furioso, e manda mensagens constantes a Antipas. Quem sabe o que trará o futuro? De uma coisa podemos estar seguros: trará modificações, para bem ou para mal.

"Tenho amigos em muitos pontos do mundo. Os judeu-cristãos tentam fazer proselitismo em Damasco, e há ali muita cólera. Isso disseram-me hoje. Parece que alguns dos mais jovens e mais fervorosos discípulos de Jesus chegaram àquela cidade, e pregam e exortam constantemente levando suas notícias aos mais piedosos judeus em suas próprias residências. Recebi esta manhã uma carta de meu bom amigo, Saulo de Tarso, cidadão romano, membro de nobre casa judaica, advogado de grande magnitude e oficial romano. Vai a Damasco para abater a insurreição e as desordens naquela cidade. Toma a sério seus deveres romanos. Pretendia visitar-me aqui, mas trabalhos de último momento, no tribunal de leis, o impediram. Saulo é homem de poder bastante grande, e severo. Receio pelos cristãos de Damasco.

Lucano ficou pensativo e ansioso. Então, depois de ter meditado, de súbito se sentiu aliviado, misteriosamente consolado.

— Não te aflijas — falou, espantado com suas próprias palavras. — Tudo correrá bem.

— Não gosto de premonições — disse Hilell, sorrindo — pois sou homem de mentalidade lógica e não muito dado ao otimismo. Mas quando dizes que tudo irá bem, sinto que falas com a língua dos anjos, e não com a língua dos homens.

50

Hilell desejava fornecer uma escolta a Lucano, até Nazaré e Galileia. Este, porém, recusou, com gratidão. Necessitava apenas de um cavalo forte e robusto, com resistência suficiente para aquele longo e acidentado percurso. Passaria muitas noites na estrada, em tavernas. Hilell ficou horrorizado. Mesmo conhecendo Lucano como conhecia, parecia-lhe incrível que um cidadão romano, de família nobre, médico de fortuna considerável, amigo de César, pudesse viajar como homem comum.

— Não estou tentando mostrar-me humilde — disse Lucano, sorrindo. — Só desejo viajar mais depressa, sem nada que me preocupe, e ver a região.

O cavalo que Hilell forneceu a Lucano era um árabe de tranquila disposição e habituado a longas viagens no pó e nas montanhas. Lucano prendeu à sela seu estojo de médico, um cobertor, e seu material de pintura; Hilell insistiu em acrescentar uma cesta com comidas finas e vinhos. Lucano envolveu a cabeça num turbante, contra o sol ardente, e cobriu as pernas com um manto pesado. Com apreensão, Hilell despediu-se dele, acenando com a mão para o amigo.

Era pela manhã, bem cedo. Lucano deixou Jerusalém, e o ar já estava quente. O cavalo, descansado, trotava energicamente. Cruzaram o rio Cedron sobre uma ponte de pedra. O céu mostrava um profundo tom dourado, que se refletia em veios e sombras sobre as águas estreitas e quietas, com suas ondulações de colorido mais brilhante. As margens eram guardadas por ciprestes de pontas negras. Hilell aconselhara o itinerário através de Betânia e Jericó, de forma que Lucano chegasse ao rio Jordão, seguindo-o até a Galileia, que visitaria em primeiro lugar. Depressa o viajante encontrou-se em região erma, desolada, de um tom castanho-esverdeado, despida de árvores, a terra emaranhada de cardos, toda rodeada de colinas baixas e rasas, cor de bronze, e reluzentes sob o calor. A estrada rústica e estreita mostrava-se vazia, pois era pouco frequentada, os demais preferindo o caminho mais longo da Via Mare, próximo do mar.

Às vezes, Lucano passava por uma fortaleza romana solitária, de cujo topo os soldados, com curiosidade, olhavam para ele. Certa ocasião foi detido e interrogado informalmente por um oficial, que não compreendia como um homem vestido tão humildemente podia ter cavalo tão belo, em tal estrada. Quando Lucano revelou sua identidade, o oficial ficou mais perplexo que nunca, mas tornou-se respeitoso. Convidou Lucano a tomar vinho com ele, e o médico, que tinha sede, aceitou e entrou no interior mais fresco da fortaleza, sentando-se num banco de pedra para beber o vinho com o jovem oficial. Depois de algumas perguntas indiscretas, Lucano respondeu dizendo que ia visitar Tiberíades. O oficial reparou nos esplêndidos anéis do médico e disse:

— Embora judeu algum tentasse roubar-te, nem mesmo os bárbaros samaritanos, haverá caravanas mesquinhas, pobres, pelas estradas, que não hesitarão em cortar-te o pescoço por esses anéis.

Assim, Lucano guardou-os em seu estojo.

Ao continuar o caminho encontrou, de fato, uma ou duas pequenas caravanas de camelos, burros e homens de rostos violentos, que fixaram os olhos em seu cavalo. Lucano, porém, olhou também para eles. Era homem de alta estatura, trazia uma espada à cinta e seus olhos mostravam-se frios e desassombrados.

Chegou a Betânia, trotando sob ondulantes vagas de calor. As ruazinhas apertadas eram forradas e encobertas por uma poeira flutuante, amarela, e o povo movia-se ruidosamente, tagarelando e discutindo, as faces severas escuras pelo sol, as cabeças protegidas com turbantes pretos, brancos ou marrons, acompanhando roupas empoeiradas das mesmas cores. As lojas minúsculas ferviam de gente, todos parecendo irritados, e cães ladravam, crianças brincavam nos degraus das ladeiras, e as mulheres, com seus jarros à cabeça, paravam para trocar mexericos. Cheiro forte de carne assada, vinho ácido, ervas, alho, entranhas de animais suspendia-se sobre a pequena cidade, e Lucano sentiu-se satisfeito por sair dela dentro de pouco tempo. Então, veio de novo a região erma. As montanhas modificaram-se, tornaram-se monótonas, cor de terracota, com projeções de vilarejos amontoados, recobertos de uma tonalidade cinza-esbranquiçada. As planícies que rodeavam Lucano eram abandonadas, com ar infinitamente solitário e deserto, crestadas e vazias. Uma palmeira ocasional, que mais parecia um bastão empoeirado, lutava pela sua miserável vida, num chão escuro e friável, onde se espalhavam grandes pedras redondas e negras. Moitas raquíticas, semimortas, abafadas pelos cardos que tudo submergiam, e pelas altas massas de cactos, só aumentavam a melancolia daquele cenário selvagem. E o sol, como um orbe esbraseado, despejava para baixo suas cataratas de insuportável luz.

Era meio-dia quando Lucano chegou, de súbito, a um tanque de água intensamente azul, naquela tarde abandonada, mantido por uma nascente subterrânea. Para seu deleite, salgueiros novos, de um tom verde-amarelado, sacudiam seus galhos em derredor dele, deixando que sua ramagem delicada se balançasse ao ar quente. Amarrou o cavalo, depois que o animal bebeu o quanto quis daquela água fresca, e deu-lhe um saco de aveia. Então sentou-se à sombra dos salgueiros e abriu sua cesta de comida. Comeu uma porção da deliciosa ave assada, recheada com miolo de pão, ervas e cebolas, alguns bolos de aveia, que cobriu de mel, e dois deliciosos pastéis. Bebeu o excelente vinho de Hilell, que tivera o cuidado de mergulhar antes na água fria. Era como se estivesse sentado no centro de uma miragem, com a terra selvagem e estéril a rodeá-lo, as colinas pedregosas fumegantes pelo calor e pela poeira a pequena distância. Em parte alguma via criatura viva; imenso silêncio jazia sobre a terra e as colinas. Sentiu sonolência, sacudiu a cabeça e tornou a montar.

Teve cuidado de manter-se na estrada que passava por fora de Jericó, mas pôde ver a cidade propriamente dita, toda aglomerada, casas marrons, de dois andares, separadas por maciços de ciprestes, abatidos sob o calor. E, mesmo àquela distância, pôde ouvir o clamor de vozes. Agora, encontrava rebanhos de carneiros pastando na relva crestada, e pastores de rostos sombrios. Ou numerosas cabras guardadas por meninos suarentos e ruidosos. Acelerou o passo de seu cavalo na direção do rio Jordão, pois a noite caía subitamente naquela região e Hilell lhe falara numa taverna próxima ao rio. Quase imperceptivelmente, a terra começava a fazer-se mais fértil. Um monte ocasional mostrava terraços que fechavam pequenos tratos de relva ou de palmeira e oliveiras, mesmo de alguma fruta. Vinhedos atiravam sua fragrância ao ar ardente. Lucano subiu uma montanha despida, as pedras rolando em torno dele, ruidosas naquele silêncio. Alcançou o topo, e ali, abaixo dele, estava o estreito e tortuoso Jordão, de um verde incrível, margeado de salgueiros e de altas árvores refrescantes. Sentindo o cheiro da água, o cavalo desceu rapidamente a montanha, e aumentou sua velocidade.

Alcançando os altos barrancos do rio, Lucano desmontou, e homem e cavalo deslizaram e desceram com dificuldade pela terra quente e úmida, até a água. O cavalo bebeu, sofregamente, e Lucano banhou a cabeça, o rosto e as mãos. A doçura da fertilidade estava no rio esmeraldino, que se dobrava fortemente, a distância. Pequenas granjas erguiam-se próximo dele, as casas brancas, claras sob o sol, ou abrigadas sob ciprestes e outras árvores. Daquele lugar, mesmo as montanhas que estavam em toda parte mostravam aspecto menos impressionante e terrível. Uma criança, com um bando de gansos, aproximou-se de Lucano, olhando-o curiosamente, com grandes olhos negros. Lucano cumprimentou bondosamente a menininha. Ela hesitou, depois respondeu em aramaico, com o sotaque dos samaritanos. Ele fez-lhe sinal para que se aproximasse, desejando dar-lhe um dos doces de sua cesta, mas ela não se chegou mais. Pensava que ele fosse um judeu, e os samaritanos estavam sempre em conflito com seus companheiros judeus, considerando-os demasiado cultos, demasiado superiores e pregando-lhes peças durante os dias santificados, tal como acender fogueiras nas montanhas, para embaraçar os sacerdotes. De súbito ela deu um riso estridente, pôs a língua para ele com atrevimento, e correu, fugindo com seus gansos, que silvavam e grasnavam atrás dela.

Lucano, tornando a montar, seguiu o rio, incrivelmente tortuoso, e arejou seus sentidos com as pequenas granjas, os sons vindos do gado e dos carneiros, o chilrear de muitos pássaros nas árvores de um verde-escuro, os campos dourados de cevada, aveia e trigo, sob a luz que descia, e com as agradáveis casas das granjas, brancas e quadradas, com seus alegres jardins.

As vertentes das montanhas eram ali cultivadas, e pareciam ter sido recobertas com imensos, gigantescos tapetes persas, multicoloridos. Agora, a luz descia mais depressa. O rio modificava-se, correndo, dourado, entre seus barrancos. O céu tomou rubor escarlate e fez-se cor de jade sobre as montanhas. O ar tornou-se mais frio.

Lucano então encontrou a taverna próxima do rio, com um pátio cujo piso era de pedras lisas, reluzentes e negras. Era uma taverna pequena, mas limpa. O taverneiro recebeu Lucano com prazer, reparando em seu cavalo. Nem mesmo o aramaico corrente de Lucano o incomodou, ou esfriou seu coração samaritano. Não era sempre que abrigava viajantes com cavalos tais, e as maneiras de Lucano, pelo menos, asseguravam ao taverneiro que ali não estava um homem abatido pela pobreza. Ficou tão satisfeito com aquele visitante que resolveu não lhe cobrar mais do que três vezes o preço da tabela, pelo alimento e pelo quarto. Levou Lucano para um pequeno aposento, limpo, de frente para o rio, e garantiu-lhe que o leito era confortável, nele não existindo pulgas ou piolhos. Lucano olhou para o piso nu, de madeira branca, e confirmou com um movimento de cabeça.

Sentou-se cansado à beira da cama, bocejando. A taverna enchia-se com as vozes rudes dos homens e seu riso alto. Cavalos batiam com as patas no estábulo. Pés roçavam nas pedras do pátio, e algumas das moças que serviam soltavam risadas alegres. Através das gelosias rústicas que cobriam uma janela pequena, um aroma de terra fértil, uvas e esterco invadia o quarto, acompanhado pelo bom cheiro de cabrito assado e do pão que cozia, bem como da sopa espessa e temperada. Uma arrumadeira, sem bater na porta, trouxe para Lucano um jarro de água quente, bacia, e toalha de linho áspero. Ele deu-lhe uma moeda, e a moça ficou tão surpreendida e encantada que o surpreendeu com um risinho amplo, examinando-o mais de perto. A aparência dele agradou-lhe, embora a pele clara do médico estivesse quente e vermelha, queimada pelo sol. A moça lhe fez uma mesura e deixou-o, descendo para a cozinha, a fim de falar sobre o cavalheiro estrangeiro que lhe dera tão valiosa moeda.

Lucano abriu as gelosias e olhou para o céu alaranjado sobre as montanhas. Ouviu as vozes sussurrantes do rio, que falava consigo mesmo entre suas árvores e salgueiros. Lavou cuidadosamente o rosto, fazendo careta, e passou óleo na pele queimada. Desceu, então, um lance curto de degraus de pedra, entrando na sala de refeições comum, onde pelo menos dez viajantes já estavam sentados. Uma imensa lareira de pedra estava com o fogo de lenha e, num espeto, a carne girava lentamente, tendo ao lado uma jovem que a ia banhando com a gordura que dela pingava. O piso da sala era de lajes, as paredes caiadas. Os outros viajantes silenciaram ao ver Lucano, seus rostos morenos tornando-se vigilantes, enquanto tentavam identificá-lo como judeu, galileu ou samaritano. Tinham retirado seus turbantes, e mostravam cabelos rusticamente penteados. Aqueles olhos luziam à luz misturada da lareira e das lâmpadas.

Lucano saudou-os, cautelosamente, em aramaico. De início, não lhe responderam. Ergueram os ombros e trocaram olhares. Depois, responderam, com voz cansada. Os galileus eram quase tão louros quanto ele, assim como muitos dos judeus. Mas Lucano não tinha aparência judaica, apesar da perfeição de sua linguagem. Agora, os olhos que reluziam tornavam-se desconfiados. Lucano sorriu para todos, mas eles não lhe retribuíram o sorriso. Então o médico pensou, com ansiedade, em seu estojo lá em cima, com seus anéis. Tinha fechado a chave a sua porta, mas ladrões jamais se deixam deter por uma porta fechada a chave. Lembrou-se de Cusa e de sua habilidade e tornou a sorrir. Os homens durante algum tempo não falaram; sentiam uma presença estranha. Relanceavam os olhos para os trajes pobres de Lucano e ficavam perplexos. Ele tinha um ar de segurança e calma, apesar de suas roupas, e os viajantes já haviam tido conhecimento de seu belo cavalo. Ele era misterioso, com suas maneiras principescas, e aqueles homens não gostavam de mistérios.

Ao redor da mesa, havia pouco vociferante, caiu um silêncio cismarento. A sopa era espessa e boa, carregada com especiarias e ervas, e com pedaços de carne cozida e farinha. Os viajantes comeram, em silêncio pesado, olhando ocasionalmente para Lucano, que estava apreciando a refeição. Os criados, tendo tido notícias de sua generosidade, serviam-no em primeiro lugar, com deferência, na esperança de maior largueza. Ele recebeu os pedaços mais macios do cabrito assado, e a ração mais suculenta da ave cozida. Do vinho, execrável, sua taça era mantida cheia. Seu prato via-se constantemente renovado com as tâmaras mais maduras e muitas azeitonas salgadas e legumes cozidos. Uma das criadas, com floreio, abriu a fruta de um cacto e, requintadamente, retirou-lhe a polpa com uma colher, para que ele não se machucasse com os espinhos da casca. Tudo aquilo os viajantes notaram, com mescla de ressentimento e aumentada hostilidade e desconfiança. Lucano comeu com apetite. Terminando a refeição, abriu a bolsa e depositou o que era considerado uma gratificação enorme, ao lado do seu prato. Os viajantes remexeram-se em seus lugares, entreolhando-se.

Um deles, homem arrogante, barbado, olhos coléricos, falou, grosseiramente:

— Quem és tu, senhor?

— Eu? — perguntou Lucano, surpreendido. — Sou médico, e chamo-me Lucano.

— Romano? — foi a pergunta, repleta de desprezo.

— Não. Grego. — E Lucano sorria.

— Falas o aramaico muito bem, senhor.

— Falo muitos idiomas.

Pela primeira vez, Lucano teve noção da hostilidade reinante.

— Usas espada. Os médicos costumam usar espadas?

— Numa região pacífica? — indagou outro.

Lucano olhou para sua espada, depois para os rostos ameaçadores.

— Sou excelente espadachim — disse, calmamente. — Fui o melhor atleta de Alexandria.

Ninguém lhe respondeu, mas todos eles olharam-no ferozmente. Um deles falou, finalmente, constrangido diante da firmeza azul dos olhos de Lucano:

— Somos gente pacífica. Não gostamos de armas.

Lucano ergueu os ombros.

— Eu durmo com a espada na mão — disse ele, levantando-se.

Pensara em sair por ali a pé, depois do jantar. Desistiu da ideia. Foi para o quarto e trancou cuidadosamente as gelosias e a porta. Tirou a espada da bainha e colocou-a na cama. Subitamente, sentia-se exausto. Deitou-se e adormeceu instantaneamente. Conservou a lâmpada acesa.

Levantou-se logo depois do amanhecer, e tornou-se depressa querido do estalajadeiro por não protestar contra a vergonhosa soma de sua conta. O homem despediu-o com bênçãos e as criadas reuniram-se no pátio para guinchar-lhe adeuses. Seguiu o rio, tanto quanto lhe era possível, mas às vezes a estrada se afastava dele, e de novo era o ermo, durante algum tempo. Agora, muitas das altas colinas mostravam-se interrompidas e bronzeadas, da cor da terra, contra o céu embranquecido e flamejante. Faziam voltar, em eco, o ruído do trote do cavalo. Lucano sentiu-se sozinho, num mundo de vasta desolação; às vezes, via casas sombrias nas colinas, com um ou dois ciprestes poeirentos, e ficava a cogitar em como era possível um ser humano morar em lugar tão terrível. Quando a estrada voltava de novo para junto do rio brilhantemente verde, ele se regozijava, e descia as suas margens para banhar seus braços e pernas aquecidos. Era meio-dia quando comeu o que vinha embrulhado no guardanapo de sua cesta e bebeu algum vinho, arquejando sob o calor insuportável. Recortes do rio reluziam, esmeraldinos, em trechos que ficavam entre as árvores. Mas em suas mãos havia frescura, claridade e calma.

Lucano cavalgou entre minúsculas aldeias, e os cães seguiam-no, ladrando e saltando aos cascos de seu cavalo. Agora estava na província de Decápolis, e notou que o povo se ia fazendo mais louro e mais alto, de olhos azuis ou cinzentos e cabelos e barbas de um tom castanho-claro. Quando passou por um rebanho de cabras, na estrada, o camponês levantou os olhos para ele, sorriu agradavelmente, e saudou-o com o chicote. Cavalgando através da aldeia, passou pela pequena casa de um carpinteiro; o homem estava rodeado por seus quatro filhos e tagarelavam enquanto iam trabalhando na madeira crua, amarelada, que tinha odor resinoso. Lucano pensou em Jesus e em Seu pai adotivo. Assim Ele trabalhara, com martelo, plaina e serrote, fabricando o mobiliário simples da zona rural. Assim, José O advertira por ter entortado um prego mal batido. Lucano sentiu-se mais próximo de Cristo junto daqueles carpinteiros do que se sentira em Jerusalém, ou com João e Tiago. Uma mulher saiu da casa com um balde de leite e algumas tigelas, e pai e filhos pararam de trabalhar para beber longamente. A mulher tinha na mão uma roca e sorriu para Lucano. A Mãe de Cristo teria aparecido assim, para refrescar seu Filho e seu marido?

Naquele crepúsculo ele passou para a província da Galileia, e teria continuado até o próprio mar da Galileia, mas encontrou uma pequena hospedaria exatamente quando a noite caiu. Estava na região de Jesus, e quando se envolveu no cobertor, naquele lugar pobre, sentiu que tinha chegado à sua pátria.

51

Continuando o caminho, na manhã seguinte, Lucano ficou impressionado pela grande modificação na paisagem e no povo da Galileia. Passou por um vilarejo de pequenas casas brancas, brilhando com luz enceguecedora sob o sol do amanhecer, rodeadas de reduzidos jardins férteis e de granjas, tendo, para além, montanhas de um negro especial, brilhante, interrompidas e ásperas, todas contra um céu descolorido, de ardente radiosidade. Tanto as roupas dos homens quanto as das mulheres, que passavam por ele na estrada ou eram vistos atendendo a rebanhos de carneiros de focinhos pretos, eram ali mais alegres. Entre as vestes de um tom roxo-escuro ou preto, via outras, amarelas, vermelhas e azuis. As pessoas ali eram mais altas do que as de Decápolis ou da Judeia, e excessivamente louras, com cabelos dourados ou ruivos, e olhos brilhantes, azuis ou de um cinzento-claro; suas peles mostravam-se pálidas ou rosadas. Os homens usavam foices nos cardos e cactos, preparando a terra recoberta para trigo e árvores, e havia neles um ar animado, simples, bondoso e rústico. Crianças tomavam conta de carneirinhos e de aves domésticas, junto de pequenos riachos ondulantes que fugiam do verde Jordão, e riam-se, patinhando na água ou atirando pedras nelas. Mulheres estavam sentadas no limiar das portas, amamentando crianças ou fazendo girar o fuso, ou repreendendo crianças que começavam a andar, cambaleantes. Uma paz profunda e tranquila se espalhava sobre aquela região rural, que as montanhas de basalto e o calor não conseguiam abalar.

Lucano deixou o rio para seguir a estrada, que subia por um monte escuro e dentado, coberto de saliências de pedra da mesma cor. Alcançou o topo a fim de dar ao seu cavalo um espaço para respirar e olhou em derredor e para o que jazia lá embaixo. Instantaneamente ficou atônito e tomado de respeitoso temor pela cena. Era como alguém que tivesse lutado penosamente para subir montanha escura e nua, vindo do inferno, e subitamente se visse defrontando o Paraíso, imbuído de inefável radiosidade. Porque, numa taça de montanhas que se desdobram, pálido heliotrópio amarelado, estava o mar da Galileia, brilhante e inteiramente imóvel, celestialmente azul e fulgurante, com sombra de um azul mais escuro riscando sua lisura incandescente. Ali havia não apenas calma, mas uma paz que não era da terra, mais do que completo silêncio. Mesmo quando observava, a taça de montanhas clareou, e pareceu enroscar-se em torno do mar, como píton protetora, suas concavidades cheias de luz dourada, crespa. As silenciosas sombras purpúreas, sobre o mar, aprofundavam-se por cima da expansão azul.

O rio Jordão retorcia-se afastando-se do mar, e era verde-esmeralda, rodeado pela fertilidade rica dos salgueiros e das árvores, da sombra e da terra quieta e fecunda. Nenhuma voz e nenhum movimento interrompiam a abafada quietude, embora na vertente escura, abaixo de Lucano, estivessem plantados palmeiras e olivais, bem como vinhedos e árvores frutíferas. A folhagem das oliveiras tinha o aspecto de prata cinzelada; as palmas verdes não oscilavam no ar puro e sem vento; as romãs deixavam-se pender dos galhos, como pedras preciosas. Os carneiros dormiam em torno das oliveiras, sua lã de um tom de ouro pálido. Não havia ali grito de pássaro, rompendo a aurifulgência. A paz que ficava para além da compreensão, a luz que não pousava na terra nem no mar estavam como que colhidas em cristal radiante, eterno e imutável.

Lucano ficou sobre seu cavalo, como uma estátua, durante muito tempo, respirando o ar brilhante e banhando-se naquela paz que infundia respeitoso temor. Então viu Tiberíades à beira da água, a cidadezinha construída por Herodes Antipas em honra de Tibério, amaldiçoada e evitada pelos judeus, pois fora erguida no local onde ficava o velho cemitério que se chamara Rakkath. O basalto negro da montanha fora usado para construir as fortalezas romanas que guardavam a cidade, e também muitas das casas, embora as do centro fossem brancas e cor de açafrão, com telhados rasos e brilhantes.

Lucano pensou: Aqui está o que Ele conheceu, e foi aqui que Ele caminhou, e ensinou e trouxe os homens para Si, sem discussão. Ele conheceu este mar de turquesa e estas montanhas de âmbar sombreadas de violeta.

Começou a lenta descida para o vale e para o mar, sobre a pequena e rústica estrada. Chegara exatamente ao fundo quando ouviu ruído de cascos, e seis soldados e um centurião vieram a meio galope da fortaleza, dirigindo-se a ele, de armadura e elmos, com espadas nas mãos, refletindo a luz como se fossem de fogo. O centurião vinha à frente e saudou-o, com um sorriso sombrio:

— Saudações ao nobre Lucano, filho de Diodoro Cirino — disse, em latim, gozando a surpresa do outro. Era homem robusto, de meia-idade, com o rosto aquilino dos romanos, olhos ásperos e pele tisnada de sol. — Sou Aulo, o comandante da fortaleza.

— Saudações, Aulo — disse Lucano. — Mas como soubeste que eu vinha?

— Teu amigo, Hilell ben Hamran, escreveu-me e pediu-me que te prestasse todas as honras e conforto.

Lucano, embora dizendo a si próprio quanta solicitude havia em Hilell, de certa forma ficou desgostoso. Tinha esperado encontrar uma pequena hospedaria onde pudesse permanecer por alguns dias, meditando naquele lugar sagrado, e perambulando por onde entendesse, explorando o território. Mas não podia fazer outra coisa senão sorrir agradecido a Aulo, que o observava. E o soldado disse, seu rosto áspero suavizando-se:

— Fui um jovem subalterno sob o comando do heroico Diodoro, e amava-o como a um pai, pois era um grande homem, cheio de virtudes. Agrada-me, agora, atender seu filho adotivo.

Os soldados circundaram Lucano e o centurião, e trotaram na direção da pequena cidade, passando através dos portões da fortaleza. Levaram o hóspede para dentro da fortaleza, para uma pequena sala onde era servida uma refeição simples. Aulo puxou cerimoniosamente uma cadeira para seu hóspede. Havia ali uma sombra azul, e um frescor se mantinha dentro das paredes de pedra escura.

— Não posso oferecer-te asas de avestruz ou pontas de línguas de flamingos, como se come em Roma — disse Aulo. — Temos, porém, bom peixe do mar, pão escuro umedecido, um ganso, frutas e vinho da região. — Parou e piscou um olho: — Tomarias primeiro uma taça desta excelente aguardente síria? É forte e faz com que um homem esqueça suas mágoas.

Lucano pensou que ainda era cedo para a aguardente, mas aceitou, polidamente. O licor parecia âmbar, na taça, mas ácido e ardente na língua e na garganta. Apesar disso, depois de alguns goles Lucano sentiu-se animado, riu e gracejou com o centurião. Seu rosto queimado do sol enrubesceu, os olhos azuis faiscaram. Parecia de novo um jovem. Aulo contou-lhe que tomara aposentos para ele na melhor hospedaria de Tiberíades, à margem forrada de basalto do mar, onde o médico estaria confortavelmente instalado.

— És hóspede de Roma — disse o centurião. — Todos sabem que estás sob a proteção de César.

Aulo fez uma pausa. Em sua carta, Hilell apenas mencionava que Lucano desejava dar a volta à região, que o interessava como viajante e como médico. Estava interessado, também, na medicina judaica. Depois da assinatura, Hilell desenhara o contorno de um peixe. As linhas de sol em derredor dos olhos enérgicos do centurião aprofundaram-se. Tornou a encher a taça de Lucano com mais aguardente e fingiu fazer o mesmo na sua. Tinha observado a reserva inicial de Lucano, e não havia nada melhor para soltar a língua de um homem do que uma boa aguardente. Lucano teceu elogios a propósito dos pequenos peixes frescos, que tinham sido grelhados sobre o carvão de lenha; encantou-se com o ganso bem cozido que fora recheado com farinha de pão, ervas e cebolas; a salada, a fruta e os queijos mostravam-se simples, mas de excelente gosto. O profundo silêncio plácido em derredor deles e depois a aguardente e a comida diminuíram um tanto a maneira naturalmente taciturna de Lucano. Olhava para Aulo, afetuosamente:

— Jamais tive tão esplêndida refeição — disse ele, recostando-se no banco para bebericar seu vinho e gozar a sensação de bem-estar.

Aulo sorria, cogitando em qual seria a verdadeira razão que levara Lucano a visitar aquele lugar. Lucano fora hóspede de Pôncio Pilatos, daquele áspero e altaneiro patrício, tinha jantado com Herodes Antipas. Era protegido de Tibério. Rico, filho adotivo de uma casa nobre. Aulo não acreditava que o simples desejo de passeio o impelisse, nem que ele viesse procurar ali qualquer interesse em medicina. Podia bem ser que fosse um belo e muito perigoso espião. Aulo coçava o queixo e refletia. Não tinha apenas de proteger a si próprio, mas a muitos de seus soldados, que o amavam.

Como quem o faz distraidamente, mergulhou um dedo em sua taça, e devagar correu o dedo molhado sobre a mesa, desenhando um tosco peixe. Então levantou rapidamente os agudos olhos negros para Lucano. Este viu o desenho úmido, riscado com vinho. Seu rosto modificou-se, tornou-se delicado, embora surpreendido. Devolveu o olhar de Aulo. Depois, deliberadamente, molhou seu próprio dedo e desenhou a mesma imagem. Aulo franziu as sobrancelhas, ainda desconfiado, e muito surpreendido, disse:

— As coisas tornaram-se mais tranquilas em Jerusalém depois da crucificação daquele judeu galileu, Jesus? Ouvi dizer que tinham corrido muito mal durante algum tempo.

Lucano olhou pensativamente para a parede. Também ele estava desconfiado. Abriu a bolsa e tirou seus anéis, colocando-os nos dedos. Eles cintilaram ao crepúsculo frio, na pequena sala de refeições, e Aulo olhou-os com admiração:

— Este anel — disse Lucano — me foi dado por César quando eu era jovem. Jamais o usei, até três meses atrás, quando o dei a Pôncio Pilatos e ele o enviou a César. — Esperou um momento, depois disse: — Pilatos tinha banido os cristãos, que são homens inocentes. Pedi-lhe que cancelasse o banimento, e isso foi feito. Ouviste falar que o banimento foi cancelado?

— Sim — disse Aulo. Cruzou os braços musculosos sobre a mesa e seus olhos encontraram-se diretamente com os de Lucano. — Eu não sabia que estava na causa, Lucano. — Olhou para os dois desenhos dos peixes, que tinham secado, em vermelho, sobre a madeira branca. — Posso perguntar por quê?

Mas Lucano disse:

— Quando Jesus esteve aqui na Galileia, tu O ouviste pessoalmente?

— Sim. — O rosto do centurião era inescrutável.

— Eu ouvi falar Dele quando era criança, no dia em que Ele nasceu. — E Lucano contou, rapidamente, a Aulo, o que soubera, observando-o cautelosamente enquanto falava. O rosto de Aulo se foi iluminando lentamente, abrandando-se, e um vagaroso clarão exultante brilhou em seus olhos. Quando Lucano terminou de falar e mostrou-lhe a cruz na corrente de ouro que lhe pendia do pescoço, Aulo ficou muito tempo em silêncio. Depois, murmurou:

— A paz seja contigo, Lucano.

— E contigo, Aulo.

Observando a expressão de Lucano, viu que não mais precisava temer. Levantou-se, e fez sinal ao médico para que o seguisse lá para fora, para a luz deslumbrante. Apontou para um monte não muito distante, no qual havia uma pobre sinagoga, feita de basalto, com portas pintadas de branco e um telhado raso, de lajes.

— Ali Ele falou, frequentemente. Eu não podia entrar, é natural, mas ouvia da porta. Seguido de Seus discípulos, Ele ficava de pé na praia e falava ao povo. E, certo dia, eu O ouvi pregar ao ar livre, sobre o monte, e fiquei entre o povo, homens e mulheres pobres da região. E ouvi. — Aulo parou. O sol tombava com vivacidade sobre seu rosto sereno. — Digo-te, Lucano, que era impossível ouvi-Lo sem sentir o coração comovido. Quem é Ele?, perguntava eu a mim mesmo. Que deuses falaram assim, nossos deuses venais, caprichosos e cruéis? Que esperança de paz e alegria trouxeram eles aos homens em sua corrupção e em sua abstração, gozando de divinos prazeres? Mas este Homem fala da misericórdia e do amor de Deus por Seus filhos, de Seu desvelo permanente, da vida eterna em beatitude, da piedade de Deus e do desejo de que os homens vão ter com Ele, não apenas para louvá-Lo e se prostrarem diante Dele, temerosos, mas para regozijarem com Ele através da eternidade, partilhando de Sua própria felicidade.

"Que espécie de homem é este?, perguntava eu a mim mesmo, estupefato. Por que fala Ele com tamanha autoridade, como quem traz mensagem de um grande Rei? Por que o povo olha para Ele com tanta alegria e amor, e queda-se em silêncio, de forma que nem uma só de Suas palavras se perca? Por que seguem-No como um séquito, e aglomeram-se em derredor Dele para olhar-Lhe o rosto e tocar-Lhe as vestes? As crianças, nos braços maternos, riam-se de prazer, e Ele lhes sorria, com um rosto que se parecia ao próprio sol. Ainda assim, o que podia impressionar alguém em Sua aparência? Usava as vestes de um camponês galileu, com pobres sandálias de corda, e não tinha dinheiro, nem servos. Caminhava a pé.

"Este lugar é tranquilo, Lucano, mas desde a hora em que Ele apareceu por aqui veio com Ele esta paz que observas, esta profunda e santa paz, e nunca mais daqui saiu.

"Um dia, meu amigo, eu estava à beira da multidão, ouvindo, e Ele falou ao povo numa oração que devia ser dita: 'Pai, abençoado seja Teu Nome! Venha o Teu Reino! Dá-nos nosso pão cotidiano e perdoa nossos pecados, pois também nós perdoaremos a quem quer que tenha dívidas para conosco. E não nos induzas em tentação.' A voz Dele ressoava sobre as montanhas como trovoada de verão, e o povo rezava com Ele. E quando terminaram a oração, os olhos Dele de súbito me encontraram, pensativo e embaraçado, e Ele me sorriu por sobre as cabeças do povo. Daquele momento em diante pertenci-Lhe, e teria morrido por Ele, alegremente. Mas não posso explicar por quê, já que sou um romano, e Ele era apenas um judeu galileu, um carpinteiro.

"Tal milagre não se deu apenas comigo. Vários de meus homens também O ouviram, e Ele tomou-lhes o coração com Suas mãos.

Aulo suspirou.

— Eu estava transformado. O mundo de Roma não era importante para mim. Minhas ansiedades e perturbações desapareceram. Eu tinha paz. Senti-me repleto de exultação. A terra já não era povoada por inimigos, mas por amigos. Eu só tinha um desejo: aperfeiçoar-me de forma a me tornar digno de deitar-me a Seus pés e olhar para Ele, eternamente. Como se pode explicar tal coisa? É preciso ter a própria experiência. Mas isto eu posso dizer: vejo agora todas as coisas como se delas irradiasse uma luz que lhes fosse própria. A lua jamais brilhou com luz tão prateada, antes, nem jamais o sol foi tão radiante aos meus olhos. Os homens, para mim, já não têm uma categoria, e não acho que devam ser reverenciados pela simples posição e fortuna mas somente pela virtude. Portanto, todos os homens são agora meus irmãos, mesmo os mais baixos entre eles. Às vezes, digo comigo mesmo: Mas és um romano, o senhor do mundo! E isso nada significa para mim. De novo advirto a mim mesmo: Temos a liderança da terra toda. E uma voz em meu espírito responde: A nação que procura a liderança da terra está fadada à morte, pois é uma nação má, sejam quais forem as suas altaneiras pretensões. Os homens procuram liderança apenas para dominarem e escravizarem os outros homens.

Aulo e Lucano olharam para a paisagem que os rodeava. A luz se modificara. As montanhas estavam lavadas por um violeta profundo, em várias tonalidades. O mar havia tomado a cor de uma água-marinha, riscada de cobalto, e o céu era de esmalte azul. Lucano sentiu que daquilo tudo vinha emanação espiritual, profunda, vasta, imutável, como se seres invisíveis e celestiais estivessem suspensos sobre todas as coisas, com asas de sol.

— Um dia — disse Aulo, em voz baixa — trouxeram dez leprosos até Ele, mulheres, homens e crianças que choravam. Gritavam para Ele, pedindo misericórdia, e as pessoas afastavam-se, medrosas. Mas Ele os tocou e levantou Suas mãos sobre os doentes, que ficaram instantaneamente curados. E a grande multidão regozijou-se, e os que tinham sido doentes tombaram-Lhe aos pés, beijando-os. Vi isto com meus próprios olhos! Deves acreditar em mim.

— Eu acredito em ti — disse Lucano, delicadamente.

Naquela noite, Lucano escreveu tudo quanto o centurião lhe contou durante um período de longas horas, todas as parábolas que Cristo contara na Galileia, todas as coisas gloriosas que Ele dissera. Lucano recordou-se da pedra que fora misteriosamente removida da sepultura onde O haviam colocado depois da crucificação. Assim como a pedra fora removida, sem que o fosse por mãos humanas, assim a pedra que fecha um coração morto pode ser removida para o lado, apenas pelo amor de Deus, e o coração tornará a viver.

— Faze-me digno de escrever a Teu respeito, digno de seguir-Te, e lança sobre mim a Tua graça, ó Pai! — rezou ele humildemente.

Quando Herodes construía Tiberíades em louvor de Tibério, os judeus não entravam no local da profanação. Mas Herodes mandara apanhar muitos galileus e os obrigara a trabalhar e a ter casas na cidade. Eram miseráveis que tinham visto, conhecido, e amado Jesus, bem como os de Caná, Magdala e Cafarnaum, cidades próximas do mar. Que alívio e júbilo devia Ele ter levado àquelas vidas pobres e lutadoras! Fizera suportável sua sorte, a sorte dos que se esfalfavam contra o chão negro e ríspido, e moviam as pedras escuras da região, e eram oprimidos pelos romanos e pelos seus próprios senhores.

A hospedaria à qual Aulo levara Lucano era muito grande e agradável, e o hospedeiro homem bondoso, que se sentia orgulhoso de sua mesa simples, mas farta, e da limpeza de seus quartos. O edifício levantava-se na praia, juncada de grandes pedras de basalto, pesadas e negras, que despencavam pela inclinação ligeira que se dirigia à água azulada. Diante dela havia um terraço de piso de lajes, e grandes salgueiros com troncos esbranquiçados, marcados de castanho, inclinavam-se para as vagas pequenas, levemente onduladas. Lucano sentou-se no terraço, numa cadeira confortável, sozinho, embora em torno dele viajantes bebessem em mesinhas e comessem doces, conversando com grande gesticulação e vozes animadas. Muitos deles eram simples negociantes. Lucano ficou satisfeito quando eles se levantaram e entraram na hospedaria para a refeição da noite. Agora, podia observar as montanhas acentuarem ainda mais o violeta profundo de sua coloração, e o mar refletir-lhes a imobilidade. Momento a momento, a paisagem se tornava mais silenciosa ainda, mais vasta, mais envolvente. O céu escureceu para um violeta intenso, e a água modificou-se com ele. O sol deixou a terra. A lua crescente, de um branco ardoroso, levantou-se acima de uma das montanhas e olhou a própria imagem nas águas; as estrelas dançaram, não apenas no céu, mas no mar. Da pequena sinagoga do monte, à esquerda de Lucano, veio o cântico dos sacerdotes, quebrando a quietude.

Deus tinha visto e ouvido tudo aquilo. Tinha rezado naquela pequena sinagoga. Tinha fixado os olhos naquela mesma lua, naquela água cor de jacintos, tremeluzente de estrelas, naqueles salgueiros, naqueles ciprestes negros, naquelas moitas com suas flores amarelas, que se assemelhavam a lírios, naquelas romãs junto do rio verde, naquelas palmeiras e oliveiras que rodeavam Tiberíades, naquele vale tão verde.

Bem-aventurado sou, pois que me deste vida para Te conhecer, disse Lucano, em seu coração. Sou indigno; tem misericórdia de mim, um pecador.

52

Lucano permaneceu poucos dias apenas em Tiberíades. Durante esse tempo perambulou pelo vale e pelos montes, ficou em pé à porta da sinagoga e ouviu as preces dos que estavam lá dentro. Ficou em pé onde Cristo ficara, e dali olhou, lá embaixo, o mar da Galileia, sempre mutável, sobrenaturalmente azul e tranquilo. Depois, partiu para Nazaré, à procura de Maria. Desejava vê-la, àquela que dera à luz Deus, e O amamentara e O embalara em seus joelhos, e O levara aos mestres e ao Templo, e O amara acima de tudo o mais, e O vira morrer da morte odiosa dos perversos. Pensando nela, Lucano a reverenciava em seu coração e o fato de nela pensar era uma alegria. Bem-aventurada era ela acima de todas as mulheres de todas as gerações.

Aulo separou-se dele com tristeza.

— Se não nos tornarmos a encontrar na terra, então nos encontraremos no céu — disse ele, abraçando Lucano.

Enquanto seu cavalo subia a colina pedregosa, Lucano olhava para trás, para o mar, e pensava que só no Paraíso devia existir paz assim, vasta e azul tranquilidade, tão envolvente calma. Então, no topo da montanha, ele olhou para Nazaré, a distância, sobre as colinas ressecadas e escuras, com suas projeções de pedras quebradas. As casas de telhados planos eram da cor circulante, brilhando ao sol e rodeadas, espaçadamente, por espessas árvores verdes e ciprestes pontudos, que pareciam sombrios contra o céu ardente. A cidadezinha empoleirava-se ali, como se colocada pela eternidade, para não ser movida de novo, para não ser perdida. Para além dela, as montanhas distantes se iam desdobrando uma após outra, em profunda tonalidade castanha, como uma barreira. Ondas de calor estremeciam sobre o cenário amplo, dando-lhes aparência sobrenatural. Lucano desceu o monte, para um pequeno vale juncado espessamente de enormes pedras de basalto negro, entre as quais havia relva esparsa, pálida e crestada à luz do sol. Ali, carneiros pastavam, guardados por pastores sentados nas pedras. Os homens olhavam fixamente para Lucano, seus turbantes abrigando-lhes os rostos queimados de sol. Ele saudou-os, e os homens retribuíram-lhe a saudação, cheios de curiosidade. Olhando para eles, Lucano pensava: Eles O viram, conheceram-No, falaram com Ele e talvez muitos tenham brincado com Ele, em sua infância.

Uma grande sensação de entusiasmo ergueu-se nele, ao deixar o vale, pondo-se a subir o monte para Nazaré. Nuvens de poeira branca e ardente seguiam-no, rodeavam-no, sufocavam-no, forçando-o a tossir. Ele, porém, conservava os olhos em Nazaré e esporeava o cavalo, desejando sombra. As montanhas devolviam o eco do galopar e do tropeçar do cavalo, e do rolar de pedras à sua passagem. Então, finalmente, estava na periferia de Nazaré, nas pequenas e alcantiladas ruas estreitas, onde a poeira rodopiava e onde fervilhavam crianças brincando. As ruas eram margeadas por minúsculas lojas abertas, que vendiam cordeiro e carneiro assados, salsichas, vinho barato, artigos domésticos, sandálias e tecidos de cor. O ruído foi quase um alívio para Lucano, depois do silêncio das montanhas e, enquanto cavalgava através de mais ruazinhas, espessa e purpúrea sombra era atirada ocasionalmente por um carvalho, uma alfarrobeira, pinheiro alto ou um cipreste, uma acácia, murta, ou grupo empoeirado de tamareiras. No centro de uma praça redonda, pavimentada de pedras lisas, feitas, principalmente, de basalto preto, havia um poço, e moças ali estavam enchendo seus jarros e tagarelando; as cordas rangiam e os baldes deixavam pingar gotas brilhantes ao sol. As donzelas olharam para Lucano e sobressaltaram-se; seus olhos, azuis, cinzentos ou de um castanho-claro mostraram-se curiosos sob os véus coloridos. Era um lugar pobre. Não havia casas bonitas, nem jardins ornados de fontes, nem paredes altas de onde cascateassem flores vermelhas ou rosadas. Não se viam liteiras, nem bigas, nem homens ou mulheres bem-vestidos. Atrás de algumas das casas cresciam pequenos retalhos de verduras, ou vinhedos que se apoiavam em estacas. Todas as ruas mostravam-se ruidosas, com cães e burros, estes últimos pacientes e pesadamente carregados com produtos para as lojas. Lucano parou junto à cisterna e perguntou às moças se poderiam indicar-lhe onde ficava a casa de Maria, Mãe de Jesus.

Elas olharam para aquele homem alto e louro, em seu cavalo preto, e o aprumo dele tornou-as tímidas e prudentes. Deram risinhos abafados, olharam-se umas às outras, e então uma delas, sem dizer palavra, apontou para uma rua que saía da praça. Lucano seguiu, deixando as moças sussurrando alvoroçadamente. Aquela rua ainda era mais pobre do que as outras, e havia poucas casas nela. Eram casas excessivamente baixas, com escadas curtas que levavam aos terraços planos, onde as pessoas se podiam reunir depois do crepúsculo, em busca de frescor. Através de portas abertas Lucano podia ver os degraus de pedra que desciam, em forte declive, para as frias adegas subterrâneas, onde as famílias passavam as horas quentes do dia e faziam suas refeições.

Lucano parou o cavalo e olhou em derredor, hesitante. O animal movia-se, impaciente, e sacudia a cabeça e a cauda para livrar-se da multidão de moscas. Na luz enceguecedora do meio-dia a pequena rua alcantilada tinha ar de infinita desolação, e a poeira ondulava sobre ela. Não havia ninguém por ali. Lucano escolheu a casa mais próxima, apeou, chegou à porta aberta, e olhou para dentro, depois para os degraus que desciam para o aposento abaixo, tipo adega, mas fresco. Havia poucos e pobres artigos de mobiliário no quarto minúsculo, acima dos degraus. Uma ou duas cadeiras feitas em casa, um banco, uma mesa. As paredes eram caiadas e reluziam com os reflexos do sol lá fora. Da adega vinha um grugulejar agradável de água. Lucano chamou e, não recebendo resposta, entrou pela porta estreita e olhou para os degraus; pôde ver um pequenino poço no piso da adega, um piso de pedra, algumas panelas de ferro, e uma chaminé preta. Tornou a chamar. Agora, ouviu-se o roçagar de roupas e uma mulher apareceu no fundo, levantando os olhos para ele, silenciosamente.

— Estou procurando Maria, a Mãe de Jesus, senhora — disse Lucano. — Fiz uma longa viagem para falar com ela.

Sem responder, ela subiu os degraus, e Lucano viu, pelo reflexo da luz, que era jovem e flexível, vestida com um tecido barato, azul-escuro, e usando véu branco. Enquanto ia subindo os degraus, o rosto levantou-se para o médico, e ele percebeu que a mulher era extremamente bela, de faces lisas e pálidas adelgaçando-se no queixo onde havia uma covinha. Tinha o nariz delicado, os lábios de um rosa suave e os olhos azuis mais encantadores que o médico já vira. Um caracol de cabelo dourado escapara de seu véu. Seu corpo e sua esbeltez eram os de uma jovenzinha, e seus pés, descalços, muito brancos.

Então, em pé diante dele, cheia de simples dignidade, ela disse:
— Sou eu.

Lucano estava estupefato. Segundo tudo quanto ouvira, Maria devia ter agora quarenta e oito anos, e ainda assim mostrava o aspecto e a juventude de uma jovem princesa, gentilmente nobre e infinitamente suave. Não havia rugas marcando-lhe o rosto, e ela sorria, indagadora, para Lucano, mostrando dentes pequenos, que pareciam pérolas perfeitas. Contudo, olhando-a, ele percebeu que ela sofria uma sutil modificação, tornava-se mais velha, enchia-se de desgosto e tristeza, curvava-se um pouco. Então, de novo, estava misteriosamente jovem e ereta, calma como uma estátua, com a fronte lisa e branca.

Lucano, sem saber por quê, começou a tremer. Estava dominado pela reverência e pelo amor. Desejava ajoelhar-se diante dela e beijar-lhe as mãos que o trabalho gastara. Entretanto, Maria fixava nele um olhar sem curiosidade, e seus olhos azuis pareciam transpassar-lhe a alma.

— Sou Lucano, médico grego, senhora — murmurou ele. — Vim de longe para ver-te pois amo e sirvo teu Filho, embora nunca O tenha visto, a não ser em meus sonhos.

Ela não se mostrou surpreendida. Sorriu-lhe ternamente, e falou, com voz sussurrante como a de uma harpa que fosse suavemente tangida:

— Sentemo-nos atrás da casa, na sombra, Lucano.

E conduziu-o para trás da casa, onde havia um banco contra a parede. Todos os seus movimentos eram cheios de graça, flexíveis como os de um salgueiro, e havia nela uma alta majestade. Sentaram-se, lado a lado, e Maria olhava para a distância, sonhadoramente. Imediatamente, Lucano teve certeza de que ela tudo sabia a seu respeito, mas ele não podia dizer como isso se dava.

Duas ou três cabras ocupavam-se em mordiscar alguns cardos baixos, na relva pálida. Algumas aves domésticas ciscavam no pó. E, para além delas, os vinhedos subiam em estacas e enchiam o ar quente e seco com o seu perfume. Maria, sentada, tinha as mãos cruzadas no regaço adorável, com seu perfil delicadamente tranquilo.

Lucano começou a falar. Disse-lhe de sua longa amargura, depois de sua longa busca. Contou-lhe as histórias de Jesus, que ouvira, e falou de sua visita a Tiago e João. Ela nem uma só vez lhe dirigiu qualquer pergunta, nem mesmo o interrompeu. Seu perfil adoçava-se com suas visões. A pequena sombra azul aumentou; uma cabra veio farejar os joelhos de Maria e os franguinhos alvoroçavam-se em torno de seus pés. Os montes pálidos a distância tornaram-se de um castanho-dourado, sob um céu também dourado.

Então, tendo terminado sua história, Lucano ficou silencioso. Olhava para o perfil de Maria, e ele parecia-lhe concentrar as feições de todas as mulheres que amara: sua mãe, Íris, Rúbria e Sara. A tranquilidade dela invadiu-o e ele sentiu-se repleto de paz. Esqueceu que ali estava uma pobre mulher Galileia, a viúva de um pobre carpinteiro. Ela mantinha os tempos em suas mãos imóveis, e era rainha entre as mulheres. E outra vez a modificação misteriosa apareceu, movimentando fluidicamente as feições dela, dando-lhe a um momento um aspecto envelhecido e sofredor, e então, imediatamente, fazendo dela uma jovem, uma virgem, um ser puro e intocado.

— Queres saber a meu respeito — disse ela muito docemente — e sobre meu Filho. Eu te direi. Mas primeiro deves refrescar-te — acrescentou, em tom maternal. Levantou-se, caminhou até os vinhedos e apanhou um cacho de uvas e trouxe-o a Lucano. Eram uvas grandes e redondas, ambarinas, com riscos vermelhos e roxos, reluzentes como pedras preciosas. Ele as tomou da mão dela e começou a comê-las. O suco era tépido e doce, e sua sede acalmou-se. Olhou com gratidão para Maria; era como se com aquelas frutas ela lhe tivesse dado vida, e Maria sentou-se, sorrindo-lhe, o rosto luminoso dentro da sombra.

Começou a falar, e todo o ar ardente em derredor encheu-se com sua voz delicada e musical. Falou de sua velha prima, Isabel, cujo esposo era Zacarias, um sacerdote. Não tinham filhos, o que para eles era muito doloroso. Viviam numa cidade pequena da Judeia, e gostavam muitíssimo da jovem Maria, que tinha apenas quatorze anos e que os visitava com frequência, quando a caminho de Jerusalém para os grandes dias santificados. E eles a acompanhavam, e a seus pais, pelo resto da viagem. Sempre, com seus pais, vinha seu noivo, José, um carpinteiro, homem bom e amistoso.

Um dia, enquanto Zacarias oficiava como sacerdote no templo de sua pequena cidade, um anjo apareceu diante dele, junto do altar onde o velho queimava incenso sozinho, em sua sala sacerdotal. O povo esperava lá fora, rezando, àquela hora. Zacarias, vendo o anjo, ficou muitíssimo perturbado e cheio de medo, mas o anjo lhe disse:

— Não temas, Zacarias, pois tua petição foi ouvida e tua esposa Isabel te dará um filho a quem chamarás João. Deverás ter alegria e júbilo, e muitos se regozijarão com o seu nascimento, pois que ele será grande diante do Senhor. Não beberá vinho nem bebidas fortes, e será repleto do Espírito Santo, mesmo desde o ventre materno. Levará de volta ao Senhor muitos dos filhos de Israel, e ele próprio irá ter diante de Deus no espírito e poder de Elias, a fim de voltar o coração dos pais para seus filhos e dar aos incrédulos a sabedoria dos justos, preparando assim para o Senhor um povo perfeito.

Mas Zacarias exclamou, em voz alta:

— Como saberei de tal coisa? Sou velho, e minha esposa vai avançada em anos!

O anjo respondeu-lhe:

— Sou Gabriel, que está na presença de Deus, e fui mandado para falar contigo e trazer-te as boas-novas.

Então, Gabriel parecia encolerizado diante da dúvida de Zacarias, e continuou:

— Ficarás mudo, incapacitado para falar até o dia em que essas coisas aconteçam, porque não acreditaste nas minhas palavras, que a seu tempo serão confirmadas.

O anjo ficou ali por um momento, palpitando na luz, suas poderosas asas dobradas. Desapareceu então e Zacarias se viu sozinho diante do altar cheio de fumaça, e em seu espírito havia terror e espanto. Quando saiu da sala não podia falar, e as lágrimas rolavam pelas suas velhas faces, sabendo assim o povo que ele tivera uma visão. Visões não eram coisa rara para aquele povo simples e piedoso. Lendas sobre aparecimentos de anjos e presságios corriam através de suas conversações. Fizeram perguntas a Zacarias, excitadamente, mas ele apenas podia fazer gestos mudos e maravilhados.

Zacarias era homem pobre, apesar de ser sacerdote, e voltou a sua miserável casa e olhou para sua esposa, chorando silenciosamente. Mais tarde, para grande e incrédula alegria dela, Isabel concebia, em sua velhice, e escondeu-se durante cinco meses, dizendo:

— Isto é a graça que o Senhor me fez, nos dias em que se dignou retirar meu opróbrio entre os homens!

Maria parou e olhou para Lucano, e seus olhos azuis estavam brilhantes e sorridentes, entre lágrimas. Era como se de novo se regozijasse com sua prima Isabel, naquele milagre, e recordasse com ternura e compreensão as palavras dela.

Ia aproximando-se o tempo para seu próprio casamento com José, que ela amava, e de quem era noiva. Tinha quatorze anos, estava preparada para o casamento, mas às vezes perturbava-se, sem saber se poderia ser uma excelente esposa para aquele bom homem. Era a única filha de seus pais, e fora carinhosamente mimada por eles, e o pouco de que eles dispunham lhe tinha sido dado com devotamento e amor. Sua mãe poupava-lhe muito trabalho, e ela não tinha, como as demais jovens, todo o conhecimento da vida de uma esposa e dona de casa. Sabia fiar e costurar, cozinhava um pouco, e tratava de um pequeno jardim. Seus pais se haviam preocupado mais com sua piedade do que com deveres humildes, pois eram muito devotados ao Senhor seu Deus e falavam sempre Dele, e não apenas nas orações.

O rosto de Maria transformou-se enquanto ela falava, olhando para o céu, com tranquilo êxtase. Desde o tempo em que era muito pequenina, mal sabendo andar, amara e conhecera Deus. Ele enchia seus dias como o sol. Maria conversava com Ele quando se deitava em seu catre pobre, seu coração regozijava-se Nele com apaixonada fé e júbilo. Raramente podia pensar em outra coisa, e sua vida inteira ficava absorvida em adoração. As árvores e a terra falavam-lhe Dele. Ele estava em cada flor da primavera que via, e Sua presença irradiava-se do céu e no âmago dos frutos. Via Sua sombra à noite, quando a lua era cheia, e vivia, respirava com o pensamento Nele. Às vezes o arrebatamento tomava-a, de maneira quase insuportável, e ela fugia de junto de seus pais, amigos e parentes, para meditar sobre Ele. Cada pedra, cada estrela, cada árvore tinha um halo de ouro, pois Ele estava ali. Muitas vezes ela chorava sem saber por quê, e seu coração tremia. Seu espírito expandia-se e crescia, e Maria desejava apenas servi-Lo, e passar sua vida refletindo sobre Ele.

Mas dos deveres domésticos conhecia muito pouco, e às vezes a mãe censurava-a docemente, e censurava-se também por não ter sido melhor mestra daquela jovenzinha. Maria, finalmente, ficava também perturbada, pensando na bondade de José, e cogitando em se poderia ser uma boa matrona judia, como ele devia esperar, abençoando as velas, observando cada pormenor das leis sanitárias e dietéticas, fazendo-se uma honra para a casa do esposo.

Assim, certa noite, subiu a escada que levava ao telhado daquela casa, onde ela nascera, a fim de rezar ao Senhor seu Deus e pedir-Lhe consolo e orientação. O céu estava da cor de ameixas maduras, o calor da cidadezinha cedera um tanto, e havia paz sob as estrelas. Uma grande lua dourada tremeluzia sobre todas as coisas, atirando sua luz amarela sobre muros e árvores, e formando no chão desenhos dourados e complicados. Vento fresco soprava, vindo das montanhas, e no ar havia o perfume dos jasmins. Maria ficou a cogitar naquilo, pois o tempo estivera seco e quente e as flores haviam murchado. Então a brisa encheu-se do perfume de lírios e rosas, erguendo-se como incenso em derredor dela. A lua cresceu, as montanhas banharam-se em cobre, e os telhados, em torno de Maria, estremeciam sob a luz dourada. Ela não sabia por quê, mas seu coração contraiu-se e a moça reteve o fôlego.

Momento a momento o ar foi ficando mais esplendente, sob a luz. Maria estava de pé, as mãos postas, rezando inocentemente. Uma sensação de algo sobrenatural invadiu-a. Poderia ter gritado, em sua alegria temerosa. Voltou a cabeça, e um anjo poderoso estava a seu lado, mais brilhante do que a luz. Suas vestes brancas agitavam-se como faíscas luminosas, suas asas deixavam tombar fagulhas prateadas e seu rosto era mais belo do que qualquer rosto mortal. O coração de Maria estremeceu, num misto de veneração e temor, e seus lábios gelaram. Pensou que ia tombar desmaiada ali no telhado. Teve um movimento para cobrir o rosto, pois o anjo irradiava uma luz ofuscante.

Então ele disse, muito suavemente:

— Ave, cheia de graça! O Senhor é contigo. Bendita és tu entre as mulheres!

As mãos de Maria pararam a meio caminho, paralisadas por aquela saudação. Sua cabeça rodava e seu corpo tremia. Que queriam dizer aquelas palavras? Sua respiração prendia-se na garganta, e conseguiu libertar-se, finalmente, num alto soluço seco. Era muito jovem; sonhara com anjos, e agora um estava a seu lado e ela se sentia tomada de terror.

Ele disse, na mais bondosa das vozes:

— Não temas, Maria, pois achaste graça diante de Deus. Eis que conceberás em teu ventre e parirás um Filho, e dar-lhe-ás o nome de Jesus. Ele será grande, e será chamado Filho do Altíssimo, e o Senhor Deus Lhe dará o Trono de Seu pai, Davi, e reinará eternamente na Casa de Jacó. E o Seu Reino não terá fim.

Maria, aquela jovenzinha, não podia falar. Olhava vaga e estonteadamente em derredor. Pensou que estivesse sonhando e que suas meditações tivessem imaginado tudo aquilo. Mas a pequena cidade jazia em torno dela, em sua luz alaranjada, e a fragrância das flores intoxicava seus sentidos. Podia sentir sob os pés o piso áspero, e a mais leve das brisas tocava-lhe o rosto jovem. Não estava dormindo; com um canto dos olhos podia ver aquela palpitante presença ali perto, e seu coração estremecia. Pensou no que o anjo dissera. Ela conceberia em seu ventre, e pariria um Filho... Sua cabeça moveu-se lenta, em humilde negação.

— Como se fará isso, pois eu não conheço varão?

O anjo sorriu, e aquele sorriso era como um relance de sol. Maria, involuntariamente, recuou e fechou os olhos.

— O Espírito Santo descerá sobre ti e a virtude do Altíssimo te cobrirá com a Sua sombra. E por isso mesmo o Santo que há de nascer de ti será chamado Filho de Deus.

Maria umedeceu os lábios frios. Pensou nas profecias referentes ao Messias. Levantou as mãos pequenas e ficou a olhar para elas, vendo as marcas produzidas pelo trabalho. Olhou para a rusticidade de suas vestes, recordou-se de que era uma jovem de apenas quatorze anos, e filha de um camponês da Galileia. Como poderia ela ser a escolhida, e não uma princesa de Israel, rodeada de trombetas e de colunas de mármore, de fontes perfumadas e servidores? Sua mente entorpecida lutava com as reflexões que lhe acudiam. Olhou para o anjo e cogitou, estonteadamente, no porquê de estar ele a contemplá-la — uma jovenzinha iletrada, sem importância alguma — com tanta reverência. E por que mantinha as mãos postas diante dela, como diante de uma rainha? As lágrimas corriam-lhe dos olhos.

O anjo inclinava a cabeça, como perante a majestade.

— Vê Isabel, tua parenta, que até concebeu um filho em sua velhice; e este é o sexto mês da que se diz estéril. Porque para Deus nada é impossível.

Maria ficou pensativa. E foi como se uma grande onda de luz a envolvesse, afogando-lhe o ser por completo, e tudo se fez claro para ela.

Em voz alta e jubilosa, exclamou:

— Eis aqui a escrava do Senhor! Faça-se em mim segundo a tua palavra!

O anjo dobrou o joelho diante dela, e enquanto Maria o contemplava ele desapareceu. Mas ali, onde ele estivera de pé, permaneceu uma luz, como que do reflexo da lua, luz que refluiu, girou, tal um farrapo de névoa, durante alguns momentos, antes de se extinguir de todo.

Maria cobriu o rosto com as mãos e chorou. Não sabia se chorava de medo ou de alegria, pois ambas as sensações se mesclavam nela. O primeiro pensamento foi para seus pais. Desceu a escada e entrou na casa minúscula.

Joaquim e Ana estavam adormecidos e ela podia ouvir-lhes a respiração tranquila, na escuridão. Desejou acordá-los e falar-lhes da visitação. Suas faces estavam quentes e ruborizadas. Eles acreditariam? Compreenderiam? Ou sorririam para ela, com delicadeza, e diriam de novo, como tantas vezes antes o tinham feito, que tudo fora apenas um sonho? Pensou em José, seu noivo. Teve um impulso de correr até a casa dele, com sua estranha revelação. Todo o seu espírito, então, recuou. Encostou-se contra a parede escura e ficou a pensar. Devia ir ter com Isabel e imediatamente. Aquela velha prima, tão estranhamente grávida, devia ser a primeira a saber. Com pés que não se moviam mais pesadamente do que a respiração, Maria passou pelo quarto dos pais e foi ter ao seu pequeno aposento, onde lhes escreveu um rápido recado, dizendo que ia imediatamente ver Isabel e que eles não deviam temer, pois retornaria em segurança.

Sozinha na cidade adormecida, onde todos dormiam, menos ela, partiu a pé para a longa viagem, sem hesitação, sentindo-se guardada e protegida com carinho. Jamais tinha saído à noite, a não ser acompanhada. Mas cada ruazinha brilhava com luz amarela, e ela podia ver as portas claras dos ciprestes contra a luz e o movimento suave da sombra protetora das árvores na escuridão macia e aveludada. Sentia-se repleta de paz e segurança. Os cães não ladravam à sua passagem pelas casas sem luz. Uma ou duas vezes, em ímpeto de sua juventude, ela saltava ou corria um pouquinho. Havia força a encher-lhe o corpo. Como poderia, sem dinheiro ou comida, encontrar seu caminho distante para Ain Karim, na Judeia? Tratava-se de uma viagem de vários dias e noites, mesmo cavalgando sobre burros. Ela sabia, apenas, que chegaria lá, que era querida, que nada de mal lhe aconteceria. Confiantemente, deixou Nazaré, e a estrada estreita que corria para o sul estava diante dela, suas pedras britadas surgindo, agudas, à luz do luar.

Caminhou longamente, sem exaustão, e não encontrou quem quer que fosse. Às vezes, via os pastores adormecidos nas vertentes das montanhas pálidas, descansando entre seus carneiros. Passou através de uma ou duas aldeolas, onde não havia movimento algum. Colinas despidas e escuras apertavam-se contra o céu incandescente. Subitamente, Maria teve sede e olhou em torno, pela vasta e silenciosa região rural; ali, as colinas eram cultivadas, e ela viu bosques de oliveiras filigranados em prata sob a luz, e palmeiras adejando suas frondes ao ar tépido da meia-noite. Então ouviu o rumor de um pequeno regato, e encontrou-o, correndo dourado entre as pedras negras. Ajoelhou-se à margem dele e bebeu no côncavo das mãos, profundamente, e era como se bebesse um vinho confortador. Levantou as mãos para o tronco de uma tamareira jovem, alcançando um cacho quente de tâmaras maduras, e satisfez sua fome. Então recomeçou sua jornada, cantando baixinho, seus pés de criança brilhando sob as vestes pobres, e a poeira erguendo-se atrás dela. De vez em quando mal podia controlar seu júbilo, e de outras vezes meditava, em seu coração simples. Toda a dúvida desaparecera. Algo latejava em seu corpo, forte e firme, e era como um coração novo e vigoroso, e ela, inocentemente, cogitava no que poderia ser.

Resolveu descansar, embora não sentisse fadiga. Encontrou um maciço de fresco carvalho e deitou-se na relva que ficava embaixo deles, adormecendo instantaneamente, enroscada como uma criança protegida, a face encostada à palma da mão. Quando acordou, o céu nadava em escarlate e pérola, e as montanhas de ocre refulgiam. Encontrou outro regato e lavou as mãos e o rosto, bebendo água depois. Saiu da estrada para um pomar de romãzeiras e comeu com prazer alguns frutos. Encheu a bolsa com dois ou três para comer mais tarde, e continuou seu caminho, cantando agora em voz alta.

Algumas horas mais tarde, quando o sol estava alto, uma caravana alcançou-a, uma pobre caravana de dois camelos e alguns burros, carregados com mercadoria para as cidades. Os três homens da caravana tinham as feições grosseiras dos montanheses de lugares remotos. Ainda assim, um deles, vendo-a, instantaneamente desmontou do burro em que viajava e sem dizer palavra ajudou-a a subir para as costas do animal. Tudo pareceu natural e justo para Maria, que de vez em quando dormitava. Quando acordava, sempre encontrava a mão escura do homem mantendo-a firme sobre a sela. Ninguém lhe fez perguntas. Quando a caravana parou para repousar, os homens taciturnos partilharam com ela seu pão, queijo e vinho. Tratavam-na com grande cortesia. Seus olhos inquietos não tinham interrogações nem espanto diante daquela jovenzinha, tão clara e tão sorridente, assim sozinha e desprotegida. Dormiram na estrada, aquela noite, e os homens estenderam no chão, para Maria, um cobertor grosseiro. Ela ficou deitada, sem dormir, ouvindo os queixumes dos camelos ajoelhados, o bater dos pés dos burros, os uivos distantes dos chacais. Uma pequena fogueira crepitava no centro do acampamento. Acabou por adormecer, tomada de grande júbilo.

Assim seguiram. Às vezes os homens sombrios cantavam orações, e ela, montada no burro, reunia-se a eles, timidamente. Às vezes ficavam os homens a olhar-Lhe para o rosto tranquilo e infantil, e sorriam como pais. Traziam-lhe cabaças cheias de água fresca, davam-lhe frutas. Passaram através de uma região selvagem, e os poucos que encontraram pensaram que ela fosse uma filha, viajando com seus parentes.

Chegaram finalmente a Ain Karim, aquela pequena aldeia, e como se soubessem os homens ajudaram-na a descer do burro e, hesitante, um deles tocou-lhe o rosto quente, ternamente, com as costas da mão. Maria desejava agradecer-lhes, mas os homens acenaram-lhe um adeus e partiram. Ela tomou o caminho da casa de Isabel e Zacarias, uma pobre casa cor de argila, empoleirada num recorte da vertente da colina, entre ciprestes e outras árvores. Mal amanhecia. Maria bateu à porta fechada da casa, depois entrou. A velha Isabel já estava acordada, cuidando das tarefas domésticas. Fixou os olhos em Maria, tomada de absoluta estupefação, depois um grande tremor apoderou-se dela, que estendeu as mãos para sua jovem prima, exclamando, em voz alta e estranha:

— Bendita és tu entre as mulheres e bendito é o fruto de teu ventre! E de onde vem a mim esta dita, que me venha visitar a Mãe do meu Senhor? Porque assim que chegou a voz de tua saudação aos meus ouvidos o menino deu saltos de prazer no meu ventre! Bem-aventurada és tu porque creste, porque se hão de cumprir as coisas que da parte do Senhor te foram ditas!

O rosto enrugado dela estava transformado e seus olhos ardiam. Estendeu os braços a Maria, e ambas abraçaram-se, como mãe e filha, cheias de compreensão, sem perguntas. Beijaram-se e sussurraram ternamente contra as faces uma da outra. Encantamento as tomava todas, arrebatamento umedecia-lhes os olhos. Então Maria recostou-se nos braços de sua prima e olhou para o rosto dela, jubilosamente.

Em sua voz inocente e pura, o êxtase elevou-se, como um cântico:

— Minha alma engrandece ao Senhor e meu espírito se alegrou por extremo em Deus, meu Salvador! Por Ele ter posto os olhos na baixeza de Sua escrava; pois eis aí, de hoje em diante me chamarão bem-aventurada todas as gerações. Porque me fez grandes coisas, que é Poderoso; e santo é o Seu Nome. E Sua misericórdia se estende de geração em geração sobre os que O temem. Ele manifestou o poder de Seu braço; dissipou os que no fundo de seus corações formavam altivos pensamentos. Depôs do trono os poderosos, e elevou os humildes. Encheu de bens os que tinham fome; e despediu vazios os que eram ricos. Tomou debaixo de Sua proteção a Israel, Seu servo, lembrado da Sua misericórdia! Assim como tinha prometido, a nossos pais, a Abraão e à sua posteridade, para sempre!

Lucano ouvia-a, sem se mover em seu banco. A voz de Maria, ao recordar aqueles dias, elevara-se como o cascatear de sinos suaves. E, como acontecera entre ele e seu irmão Prisco, o médico ficou a pensar em quanto aprendera através das palavras de Maria e quanta visão mística interior lhe fora concedida, através dos olhos e das falas dela.

O rosto de Maria, que olhava para o céu, mostrava-se vívido de júbilo, e ela levantou as mãos, de forma que as palmas ficassem douradas pela luz. Lucano olhava-a com amor e respeito temeroso, olhava aquela mulher que trouxera Deus sob seu seios de criança, e que O dera à luz num estábulo. Inclinou-se para ela, que deixou tombar as mãos, e olhou-o, sorridente, o que levou o médico a pensar que jamais vira semblante tão gracioso e tão nobre, nem conhecera ninguém assim dotado de uma beleza que não era terrena. Hesitou, depois tomou-lhe as mãos e beijou-as, dizendo:

— Feliz sou eu por ter ouvido estas coisas de teus lábios, Senhora. Não mereço tal felicidade.

Contemplava-a com reverência, e pensava: Realmente, ela é a que não tem pecado, a que nasceu e viveu sem pecado, a que suportou o mal sem jamais ter sido tocada por ele. Ela conheceu a dor, mas não a culpa. Ela chorou, mas não por transgressões próprias. Ela amou, mas seu amor era puro como o luar. Ela caminhou entre o terror e o desgosto. Mas não há sombras em seu espírito, nem impureza em suas mãos. Ela é bendita entre as mulheres.

— Só Deus pode julgar se um homem merece ou não a felicidade — disse Maria, docemente. — Tu sofreste muito, e Ele te trouxe para junto de Si.

As sombras da tarde alongavam-se rapidamente, e um vento árido e quente movimentava a poeira. As cabras berraram. Maria levantou-se e disse:

— Vou ordenhar estas cabras e, se quiseres, comerás e beberás comigo.

— Deixe-me ajudar-te — disse Lucano. E ambos ajoelharam-se no chão terroso e ordenharam as cabras, o líquido tépido espumando nos baldes. Então Maria trouxe pratos com pão e queijo, pequenas azeitonas pretas, alguns bolinhos que tinha cozido mais cedo e uma bandeja de madeira com frutas. Sentaram-se, em silenciosa satisfação comendo.

E Maria começou de novo a falar. Contou a Lucano que permanecera com Isabel até o nascimento do pequeno João. Este, desde o instante em que nascera, era animado e emitia enérgicos gritinhos de contentamento. E contou que, no instante em que a criança saíra do ventre materno, a fala fora devolvida a Zacarias.

O velho sacerdote erguera as mãos para o céu, enquanto seus amigos vinham ter com ele, um por um, beijando-lhe a barba, em congratulação, e o velho exclamava, em voz alta:

— Bendito seja o Senhor, Deus de Israel, porque visitou e redimiu Seu povo e porque nos suscitou um Salvador poderoso, na casa de Seu servo, Davi. Segundo o que tinha prometido por boca de Seus Santos Profetas, que viveram nos séculos passados: que nos havia de livrar de nossos inimigos, e das mãos de todos que nos tivessem ódio; para excitar a Sua misericórdia a favor de nossos pais e lembrar-se de Seu santo pacto, segundo o juramento que Ele fez a nosso pai, Abraão, de que Ele nos faria esta graça; para que, livres das mãos de nossos inimigos, O sirvamos sem temor, em santidade e justiça diante Dele, por todos os dias de nossa vida!

Exaltado, e cheio do Espírito Santo, ele tornou a exclamar, enquanto seus amigos agrupavam-se em derredor dele, boquiabertos e pensativos:

— E tu, ó Menino, tu serás chamado o Profeta do Altíssimo, porque irás ante a face do Senhor, a preparar os Seus caminhos. Para dar ao Seu Povo o conhecimento da salvação, a fim de que ele receba o perdão de Seus pecados, pela bondade e misericórdia de nosso Deus, com que lá do alto nos visitou nesse sol do Oriente, para alumiar os que estão nas trevas, e na sombra da morte, para dirigir nossos pés no caminho da paz!

Maria contou como voltara para seus pais, e para José, que estava grandemente perturbado. Contou seu casamento com José, e o decreto de Augusto César de que todos os seus súditos, através do mundo, deviam ser contados, e sua viagem, com José, para Belém. Hesitando agora, e narrando em voz baixa e trêmula, contou o nascimento de seu Filho, falou dos anjos que apareceram aos pastores das montanhas e que estavam cheios de medo por terem visto a Estrela. E como foram conduzidos ao estábulo onde seu Senhor estava deitado em Sua manjedoura. Muito daquilo Lucano ouvira por outros, mas ouvia agora com a absorção de quem escuta pela primeira vez. Porque a voz doce e modulada de Maria era música para ele. As colinas em derredor de Nazaré tornaram-se da cor dos limões maduros e o céu fez-se dourado por sobre elas. O ruído da cidadezinha penetrava agora naquela pobre e miserável rua.

Maria se estava fatigando; uma sombra pálida aparecia em seu rosto liso, e seus olhos azuis escureciam de cansaço. Assim, quando o sol começou a desaparecer abruptamente, lavando toda a terra com uma luz súbita e violenta como a de uma conflagração, Lucano levantou-se e beijou a mão de Maria.

— Deixa-me voltar amanhã, por alguns momentos — suplicou. — Desejo saber como foi a infância de teu Filho. Nesse entretempo, vou procurar uma hospedaria.

— Há apenas uma na cidade — disse Maria, suas roupas movimentadas pelo vento da tarde. — É muito pobre.

— Não faço questão de luxo — disse Lucano.

Maria acompanhou-o até a frente da casa, e ele tornou a ficar abalado pela empoeirada desolação da ruazinha, onde cabras erravam sobre pedras pequenas e crianças gritavam dentro das casas fechadas, enquanto abutres cortavam o céu ardente. Maria ensinou a Lucano onde encontraria hospedagem, e ele desceu a rua. Olhou para trás e ela levantou a mão, sorrindo-lhe.

A hospedaria, conforme receara Maria, mostrava-se realmente abominável, uma casinha rústica, com um poço aberto no pátio pavimentado com pedras pretas. Lucano era o único hóspede, e o hospedeiro, homem de barba cinza-avermelhada, recebeu-o com gratidão, mostrando-lhe o melhor dos quatro quartos existentes, um aposento minúsculo, o piso coberto de junco, com cama estreita e uma cadeira, a lâmpada pendurada na parede de madeira. Mais tarde, Lucano estava sozinho no miserável refeitório comum, mas o dono da casa apresentou, orgulhosamente, cerveja fria, vinho, um prato de carneiro, morno e muito oleoso, metade de uma ave assada, dura e cheia de gordura amarela, alguns nabos machucados e uma tigela com romãs, tâmaras e uvas.

— A cerveja vem do Egito — disse o estalajadeiro, de pé ao lado de Lucano. — Eles fazem a melhor cerveja do mundo; os romanos são pobres imitadores.

Tossiu, como quem se desculpa.

— Não sou romano — falou Lucano, sorrindo. — Tomarás comigo um copo de cerveja? Tem excelente aspecto.

O estalajadeiro disse, alegremente, colocando um dedo ao longo do nariz:
— Ah! Eu ainda tenho coisa muito melhor do que isto! — Piscou, como um conspirador, e disse: — Tenho uma aguardente esplêndida!

Lucano pensou com desconfiança naquela mistura de cerveja com aguardente. Mas estava cansado, e também repleto de um estranho sentimento de exultação.

— Se tomares comigo — falou, polidamente.

O estalajadeiro ficou encantado, mas, sendo homem honesto e notando as vestes simples de Lucano, hesitou:

— O preço da aguardente é muito alto. Talvez não o possas pagar, meu bom senhor. Custa três siclos[1] a garrafa. Por causa dos impostos altos que os romanos colocam sobre essa mercadoria. Eles, com seus impostos infernais! Um homem não pode viver, é o que te digo! Se exportamos, a alfândega aí está, de mão estendida e com muitas folhas de papiro. Se importamos, e somos gente pobre que precisa importar muito, aí está de novo a alfândega, com a papelada burocrática, a mão estendida e suas estampilhas.

— Os burocratas não deixarão de estar sempre conosco — disse Lucano, com um suspiro de solidariedade. — Mas tomemos um pouco de aguardente e esqueçamos o governo, seus impostos e seus funcionários que se apropriam do trabalho do povo.

---

[1] Moeda usada entre os hebreus, também como peso (6 gramas).

O estalajadeiro trouxe, reverentemente, uma empoeirada garrafa de aguardente.

— Precisamos importá-la da Síria — disse ele — porque nossa gente não vê com bons olhos as bebidas fortes. Mas ficarias estupefato se soubesses quanto é importada e bebida! Olha para os selos e para os carimbos sobre eles. É aguardente autêntica, e não ilícita, feita nas colinas por homens furtivos.

Lucano examinou cortesmente o selo, e aprovou com um movimento de cabeça. O hospedeiro trouxe dois cálices pequenos, e Lucano encheu-os. O estalajadeiro sacudia a cabeça contra a quantidade, mas não disse uma só palavra de censura ou protesto. Sentou-se ao lado de Lucano, e os olhos velhos reluziam. Falou:

— Aguardente é o sangue da velhice, e eu sou um velho e preciso de calor, mesmo neste clima. Já que estamos próximos da Síria, muito mais próximo do que Jerusalém...

Tornou a tossir.

Lucano sorriu:

— Já te disse que não sou romano. Sou grego, e, como grego, admiro contrabandistas.

— Burlar um governo opressor não é burlar — disse o hospedeiro, com ar sensato. — Como é possível fazer outra coisa? Além disso, quem ganha o dinheiro que ganhamos: o governo, ou nós? Devíamos recordar aos governos um dos grandes Mandamentos: Não roubarás! Mas, em toda a história do mundo, houve outra coisa a não ser governos ladrões?

— Nunca — concordou Lucano. — Os governos, por sua natureza, são ladrões.

Bebericou cautelosamente sua aguardente. Não era da melhor qualidade, e pareceu queimar e cauterizar o estômago. O estalajadeiro bebeu com satisfação e disse:

— Ah! — Mas tanto ele quanto Lucano beberam apressadamente um grande gole da cerveja. O velho tinha uma mancha num olho e aquilo dava-lhe uma aparência muito maliciosa.

— Se não houvesse impostos não haveria dinheiro para soldados — disse ele — e se não houvesse soldados não haveria guerras nem conquistas, e se não houvesse guerras nem conquistas os homens poderiam aprender a viver juntos em paz. Mas não é isso que os governos querem! Fazem guerra por cobiça, para ter proveitos!

Tinha trazido, prudentemente, outro prato, e servia-se da refeição de Lucano, que o médico não achara particularmente apetitosa. O velho continuou a investir contra os governos e comentou que Samuel tinha advertido o povo que nunca pusesse um rei sobre ele próprio, pois dessa maneira vinha o desastre. O estalajadeiro não era apenas velho, mas pobre, e apesar disso tinha mente aguda, fazendo com que Lucano o ouvisse com interesse. Os simples, pensou ele, são muitas vezes uma fonte de sabedoria, e os intelectuais da cidade poderiam ouvi-los com proveito.

— Meu nome é Isaque — disse o hospedeiro, expandindo-se, suas faces murchas enrubescidas. — Também sou viúvo. Não é sempre que tenho hóspedes, e às vezes chego a fatigá-los. — Ajustou à cabeça o barrete preto, de algodão.

— Tu não me fatigas — disse Lucano, que bebeu um pouco mais da aguardente. Dessa vez ela não lhe pareceu tão atroz. Seu ventre aqueceu-se e as poucas lâmpadas do aposento pareceram mais brilhantes. Ambos tragaram mais cerveja. Lucano resolveu que um pedaço da ave, um bolinho, algumas azeitonas e um cacho de tâmara eram o bastante. Depois de provar a ave, decidiu concentrar-se nos bolinhos recheados com sementes de papoulas e passas, nas azeitonas e nas frutas. Estava começando a sentir-se bastante tranquilo. A aguardente tomara, agora, um sabor verdadeiramente estranho. Lucano já não acreditava que aquilo viesse da Síria; fora destilada perto de Nazaré.

Isaque comia com satisfação o carneiro.

— Tens o estômago delicado, senhor? — indagou ele.

— Muito delicado — respondeu Lucano, gravemente. — Carneiro não me faz bem.

Bebiam com gosto, e Isaque passou a contar alguns gracejos judaicos, maliciosos e picantes, e Lucano ria. O médico viu-se observando, fascinado, duas compridas rachaduras na caiação das paredes. Davam a impressão de rios tortuosos, e as manchas de cada lado tomavam o aspecto de aldeias férteis. Abruptamente, pousou seu cálice de aguardente.

Isaque se tornara muito conversador. Seus gracejos aproximavam-se do obsceno, tal como acontece com os velhos.

— Ah! — disse ele, como quem se desculpa —, quando um homem já não é potente deve divertir-se com palavras maliciosas. Isso ilude quem ouve, e pensa que realmente ali está um homem libertino. Davi procurou esposa jovem para mantê-lo aquecido. Eu prefiro a aguardente.

— Um bode é muito potente — disse Lucano. — Mas um bode tem a mente sã, em sua velhice? Não; ele vai para a panela ou para o espeto.

Isaque começou a gostar de Lucano. Seus olhos ficaram enevoados e ele colocou a mão nodosa no braço do médico.

— Como és compreensivo! — disse.

Lucano bebeu um pouco de cerveja. Pousou os cotovelos sobre a mesa rústica e escalavrada.

— Estou fazendo algumas pesquisas — disse, com ar despreocupado. — Estou interessado num certo Jesus, que era filho de Maria e de José, o carpinteiro. Podes falar-me deles?

Instantaneamente, o rosto de Isaque tornou-se fechado e vigilante. Fixou os olhos em Lucano, desconfiado. Depois disse, assumindo indiferença:

— Oh! Maria e José. E Jesus.

— Não sou espião — falou Lucano. — Não sou romano.

Isaque não estava tão animado quanto Lucano esperava, nem sua língua se soltara suficientemente. Apertou os olhos, fixando-os no médico, e disse, em tom espantado:

— Quem falou em espiões? Por que viriam espiões a esta obscura cidade, e a que propósito? Uma família judia, humilde, a de Jesus, Maria e José! Que importância teriam eles para o mundo? O pai e o filho... eram carpinteiros, simples, gente honesta, como são todos em Nazaré. — Cofiou a barba, olhando cada vez mais agudamente para Lucano, e acrescentou: — Disseste que Maria mandou-te a esta hospedaria? Preciso agradecer-lhe, quando a vir, pois é ela uma das minhas primas muito distante e deseja-me bem.

Subitamente, bateu com força na mesa, com a mão, e um bonito rapaz aproximou-se, imediatamente, dizendo:

— Que desejas, avô?

Isaque falou num hebraico tão perfeito e culto que Lucano ficou surpreendido. Percebeu que aquilo era para que ele não entendesse, ele, um médico grego que viajava, e que não podia, com certeza, compreender a linguagem erudita. Isaque disse:

— Ezequiel, vai imediatamente à casa de nossa prima Maria e pergunta-lhe se é verdade que mandou este estrangeiro para cá, este grego, e se ele merece confiança, o que deseja que lhe digamos. Ele pode estar mentindo. Olha-o bem, de forma que o possas descrever para ela. Seu nome, segundo declara, é Lucano, e ele é médico. Está, também, de posse de um belo cavalo árabe e parece que dinheiro não lhe falta. Temos que ser muito cuidadosos, precisamos nos lembrar de Pilatos e Herodes.

Ezequiel estudou com firmeza os traços de Lucano, guardando-lhe as feições de memória, e o médico bebeu mais cerveja e comeu um punhado de uvas, fingindo não entender o hebraico. O moço falou:

— Ele tem anéis belíssimos e maneiras civilizadas.

Lucano sorriu consigo mesmo. O jovem deixou o aposento e Isaque falou de maneira desarmante:

— Como eu disse, somos gente simples. Falei com meu neto em um dos nossos dialetos, sugerindo que, já que as noites esfriaram, ele pusesse mais um cobertor na tua cama.

— És muito bondoso — respondeu Lucano. — Meu cavalo está instalado?

— Ah! Sim, senhor. Também disse a Ezequiel que lhe levasse água fresca.

Beberam sua cerveja em confortável silêncio. Isaque terminou, abstraidamente, o prato de carneiro. Depois, disse:

— Tenho um quarto onde durmo e vivo. Gostaria de mostrá-lo ao senhor.

Levantou-se, suas vestes solenes arrastando-se como mantos reais, apesar de sua pobre qualidade. Levou Lucano a um pequeno quarto atrás das instalações do refeitório, e acendeu uma lanterna na parede. O quarto estava mobiliado com simples cadeiras, uma grande mesa, uma cama estreita, uma cômoda, e tudo era brilhante. Isaque disse:

— Observarás que esta mobília não é esculpida, nem dourada, nem especialmente fina. Mas é excelentemente trabalhada, lisa e polida. José e Jesus fizeram para mim estas coisas, e não havia melhores carpinteiros na Galileia. José, ai de nós, morreu, e também Jesus, infelizmente. Agora teremos de comprar mobílias de artesãos bem inferiores.

Lucano pousou a mão nos móveis, e pensou: Então Ele fez isto, Ele, o Senhor de tudo! Ele não desdenhou ser um carpinteiro, Ele que criou as galáxias, e as constelações, e os sóis que ardem pela eternidade. Aplainou esta madeira para que ela brilhasse como seda, fez esta cama, esta mesa. E, sem dúvida, Ele teve tanto orgulho deste trabalho quanto da criação das Plêiades![2]

O médico desejava não só colocar as mãos, mas os lábios, naquela mobília calma e simples que conhecera as mãos de Deus. Seus olhos umedeceram-se. Sentou-se numa cadeira. Isaque o observava. Viu a emoção de Lucano e franziu as sobrancelhas, perplexo.

— Havia outros homens deste lugar — disse Lucano. — Conversei com Tiago e João. E logo verei Pedro.

— Oh! Sim — falou Isaque, descuidadamente. — Eu os conheci bem.

Também ele sentou-se. Dentro de alguns momentos Ezequiel voltava, os olhos brilhantes de excitamento, dizendo:

— Avô, Maria declara que podes falar livremente com este homem pois ele amou Nosso Senhor e está escrevendo a respeito Dele, e fez uma longa viagem para ouvir falar Dele!

— Maria nunca se pode enganar — disse Isaque, suspirando de alívio, e despedindo o neto. Voltou-se para Lucano e falou animadamente: — Pergunta o que quiseres sobre Jesus. Maria é uma prima distante, que eu amei desde que ela era uma criança. Um bebê tão adorável, uma jovem tão adorável! Ela tem uma inocência eterna e uma sabedoria sobrenatural. Conhecê-la é sentir a alma repleta de doçura, como que de mel. Não disse eu à minha esposa, quando Maria nasceu: "Ela foi concebida e nascida sem pecado! Basta olhar-lhe o rosto para saber isso"?

Pôs as velhas mãos engelhadas sobre os joelhos e deixou o rosto barbado tombar contra o peito.

— Maria e José eram da casa de Davi. As profecias conhecidas sobre o Messias falam nisso, e elas declaram, também, que o Redentor de Israel nasceria em Belém, e que morreria como Ele morreu, em Jerusalém. Isto foi conhecido durante séculos. Ainda assim, quando as profecias se realizaram, as pessoas recusaram-se a aceitá-las, a não ser os muito humildes e desamparados.

---

[2]Constelação do hemisfério boreal. A Mitologia dá esse nome às sete filhas de Atlas e Plêione, que se mataram de desespero e foram transformadas em estrelas.

Isaque falou longamente. Muito do que ele disse Lucano também sabia, mas havia muito que lhe era desconhecido. A lâmpada faiscou na parede; insetos, com seus sons estridentes, meteram-se pelo quarto e dele tornaram a sair. Havia lá fora o cricrilar dos grilos e, às vezes, a voz de uma ave noturna. Isaque contou a Lucano sobre o tempo da purificação de Maria, depois do nascimento de seu Filho, segundo a Lei de Moisés, e de como ela O levara a Jerusalém, a fim de apresentá-Lo a Deus. José era um homem pobre e delicado, e tinha pouco dinheiro para o sacrifício habitual, e tudo quanto pôde pagar foi um par de toutinegras que levou numa gaiola a Jerusalém.

— Ele não podia pagar os preços daqueles que estavam no Templo — disse Isaque, com alguma amargura. — Como é possível que homens sejam tão ávidos a ponto de fazerem dinheiro com assuntos sagrados?

Falou no velho Simeão, que tinha sido muito devoto e que, quando no Templo, por ocasião da apresentação, olhou para o infante Redentor e sentiu-se instantaneamente tomado pelo poder do Espírito Santo. Tinha-lhe sido revelado que ele não morreria sem que visse o Cristo do Senhor. Tomara a criança nos braços, chorando, rezando, e exclamara:

— Agora é, Senhor, que despedes Teu servo em paz, segundo a Tua palavra, porque meus olhos já viram o Salvador que nos deste, o qual aparelhaste ante a face de todos os povos, como lume para ser revelado aos gentios, e para glória do Teu povo de Israel!

Simeão abençoara depois Maria e José, e dissera então à jovenzinha:

— Eis que aqui está posto este Menino para a ruína e para a salvação de muitos em Israel e para ser o alvo a que atire a contradição. E será essa uma espada que transpassará tua própria alma, a fim de descobrir os pensamentos que muitos terão escondidos no coração.

— Eu estava ali — continuou Isaque, abrindo as mãos. — Ouvi essas palavras com meus próprios ouvidos. Pois Maria ficou espantada ou assustada? Não. Ela parecia saber de tudo, embora seu rosto jovem se tornasse triste diante das palavras de Simeão.

— E quando os três voltaram para Jerusalém? — perguntou Lucano, suavemente.

— Tornaram-se o que o povo percebeu. Uma boa mãe e dona de casa: era Maria. Um consciencioso carpinteiro: era José. Um menino tranquilo e bonito: era Jesus. Eram um só, com seus vizinhos. Ouviste falar nos Zelotes? Sim. Eles apenas queriam livrar sua terra sagrada da mão dos romanos. Havia muita conversa secreta sobre insurreição, e sobre a expulsão dos romanos de nosso país, os romanos com sua arrogância e seus impostos. A Galileia teve um entusiasmo particular por esses assuntos, pois para os simples tudo é simples. Os galileus não pareciam conscientes de que Roma era a senhora do mundo, de que tinha centenas de legiões armadas e poderosas. Para os galileus, que viam poucos romanos, o sonho de expulsar as legiões para o mar e libertar a terra santa não tinha complicação alguma. Bastava que se tivessem algumas facas afiadas, pedras, e vontade. Os judeus tinham sido libertados da Babilônia e do Egito. Podiam, com o poder de Deus, ser libertados de Roma.

"Todos os nossos Zelotes eram jovens. Tentaram incluir em seu meio Jesus, nosso jovem carpinteiro. Mas Ele não se interessou. Seus olhos olhavam sonhadoramente para a distância. Aquilo aborreceu os patriotas. Como podia um jovem não se preocupar com a expulsão dos ateus daquela região de Deus, purificando os lugares sagrados? Jesus tornou-se pouco popular. Houve alguns que disseram, escarnecedoramente, que Maria, tendo apenas aquele Filho, nutria ambições por Ele. Ela O mandara à Escola de Shammai. Uma vez Jesus disse aos mais obstinados, que foram vê-lo na casa de Maria e de seu pai adotivo, José: 'Meu Reino não é deste mundo!' Aquilo era incompreensível. Um reino para um galileu? O jovem estava louco! Os Zelotes fizeram-se escarnecedores e os anciãos sacudiam a cabeça. Maria estava educando aquele jovem para além de Seus desertos e de Seu destino. Ele era muito estranho; perambulava pela região rural e sorria às flores, aos animais e aos pássaros. Às vezes sentava-se numa grande pedra lisa e meditava sob o sol. Digo-te, Lucano, que não há homem mais detestado do que o homem que se mostra diferente de seus vizinhos. Sentem-se violados e ameaçados se alguém ousa ser o que eles não são. Quando ele está numa comunidade, deve conformar-se com suas ideias e costumes. De outra forma, é um cão pária, que ofendeu mortalmente o que é aceito. Deve pentear o cabelo e a barba da maneira habitual, deve falar como os outros falam. Indiferente ao que é aceito, torna-se um inimigo. O povo é muito estúpido, não é mesmo, senhor?

— Mais crimes se realizaram pela estupidez do que através dos exércitos — disse Lucano. — Poderíamos ter piedade dos estúpidos, se eles não fossem tão invencíveis, tão vociferantes, tão positivos. Mas eles são terríveis em seu poderio universal.

— Mas é possível ter pena deles, senhor?

Lucano refletiu, depois sacudiu a cabeça:

— A não ser que tenha nascido com um defeito mental, o homem não pode ser perdoado por ser um tolo, um descarado, ou tão completamente igual ao seu vizinho quanto possível.

Isaque cofiou a barba.

— Não foi Jesus quem violou qualquer das leis cerimoniais levíticas ou aborreceu Seus professores com perguntas heréticas, ou expressou dúvidas sobre os regulamentos dos fariseus. Ainda assim, mesmo para os olhos mais estúpidos, Ele não era como os outros, daí a mortificação de muitos dos vizinhos. Recitava as preces e salmos, na sinagoga, com fervor e devoção, as lágrimas correndo-Lhe pelas faces. José ensinou-Lhe coisas de Sua tribo e de Sua casa. Ensinou-Lhe o ofício de carpinteiro, pois os judeus antiquados acreditam que não é bastante cultivar a mente. Devemos aprender a usar também as mãos, pois é uma coisa bela conhecer um ofício tão bem quanto os livros. Em tudo isto Jesus observou meticulosamente os costumes. Talvez fosse o olhar distante de Seus olhos, as Suas maneiras. Seus silêncios, Seus sorrisos, a maneira pela qual Ele caminhava. Como criança, Ele brincou tal uma criança, e era forte, cordial, e tinha uma risada clara e infantil. Ainda assim, não era como os outros.

"Nós, os muito poucos que compreendíamos as profecias, e como Ele tinha nascido e para que fora destinado, não O achávamos estranho. Mas os vizinhos sentiam-se ofendidos por Ele. Era mais belo do que os jovens de Sua própria idade? Isto é duro de responder. Só sei que olhar para Ele era sentir o coração vacilar, mesmo entre aqueles que não sabiam quem Ele era. Fazia-se perturbador para quantos O observavam, e os homens não gostam de se sentir perturbados.

A luz amarela olhava para dentro do aposento e algum animal de carapaça rija raspava as pedras do pátio. Isaque falou no aparecimento de João Batista no vale do Jordão, exclamando:

— Eu, realmente, vos batizo com água! Um mais poderoso, porém, um de quem não sou digno de desatar os cordões da sandália, virá e vos batizará com o Espírito Santo e com o fogo.

João era homem de temperamento furioso. Jesus sabia que ele era Seu parente. João não usava manto, como os fariseus, trajes de púrpura com longas franjas brancas, nem trazia a cabeça coberta com o gorro pontudo dos levitas. Era homem selvagem, morador do deserto, uma barba que parecia feita de bronze, rosto moreno, voz forte, que inspirava medo. Às vezes mugia como um touro, quando estava encorelizado, e o estava frequentemente. Vestia-se com a pele dos animais. Mas falava com autoridade, e o povo ouvia, mesmo os romanos que encontrava. Seu fervor era impulsionante, como o sol. Falava constantemente no Redentor, que estava para vir. O povo tornou-se excitado! Os dias dos romanos estavam contados! O Cristo atiraria todos os romanos para o mar e libertaria Seu povo de Israel, sentando-se num trono de ouro, e o mundo fixaria os olhos Nele e diria: "Como é poderoso o Rei e como é poderosa Israel!" O Sinai trovejaria e faiscaria novamente e a Lei seria de novo proclamada por toda a terra, e os arcanjos ficariam de pé no céu, acima do Templo de Jerusalém. Os corações das pessoas alvoroçavam-se de esperança e júbilo, quando ouviam João, embora ele nada dissesse do que esperava toda a gente. Acreditavam naquilo em seus espíritos, pois caso contrário, como reconheceriam o Sagrado? Esqueciam-se das profecias.

— Meu neto Ezequiel desceu o Jordão para ser batizado por João — continuou contando Isaque. — Havia grande aglomeração às margens do rio, e acima do murmúrio zumbidor ele pôde ouvir João gritando exortações, enquanto batizava, pedindo penitência e prometendo o perdão dos pecados. Nos intervalos de tais pronunciamentos ele inseria sua opinião da humanidade em geral — que era muito baixa e muito fraca. O último de seus gritos para o povo era: "Raça de víboras, quem vos advertiu que fugísseis da ira que vos está ameaçando? Rezai, portanto, frutos dignos de penitência, e não comeceis a dizer: 'Nós temos por pai Abraão', porque eu vos declaro que poderoso é Deus para fazer com que destas pedras nasçam filhos a Abraão. Porque já o machado está posto à raiz das árvores. E assim, toda árvore que não der bom fruto será cortada e lançada ao fogo."

"As mulheres choravam e os homens golpeavam o peito, e as crianças gritavam, e todos desciam para a margem do rio a fim de serem batizados e confessarem os miseráveis pecadores que eram. Não duvido de que ao mesmo tempo que sentiam um frêmito de santidade e pureza sentiam-se insuportavelmente excitados com a ideia da chegada do Salvador, que faria deles príncipes, em Israel, à sua mão direita. Alguns deles eram de Nazaré, e meu neto estava entre esses.

"João estava no meio de uma condenação ainda mais veemente dos crimes da humanidade, pois era homem que não tinha paciência com o menor dos pecados e pouca compaixão havia em sua alma, quando, subitamente, Jesus apareceu acima dele, no barranco do rio. Que fez o povo levantar instantaneamente a cabeça e olhar para Ele, com súbito silêncio? Estava de pé no barranco do profundo rio verde, e um feixe de luz solar fazia com que brilhassem seu cabelo e sua barba dourados. Olhava para João e para o povo soluçante com Seus piedosos olhos azuis.

"Ezequiel contou-me que Ele tinha a majestade de um rei, o esplendor de um grande potentado, a glória de um profeta, a autoridade de um Moisés, ali, de pé, com Suas roupas de camponês e Seus pés descalços. Sentia-se que uma Visão aparecera, e mesmo os que O conheciam sentiam-se tomados de respeitoso temor, pois nunca O tinham visto envolvido em poder sobrenatural.

"Vendo-O, João parou sua fala de censura, e chorou, estendendo as mãos para seu parente. Então, Jesus, no meio daquele silêncio inexplicável, desceu o barranco e pediu que João O batizasse. João ficou horrorizado. Cruzou os braços sobre o peito, depois de tocar na testa com os dedos. E disse, em voz fraca. 'Mas eu é que devia ser batizado por Ti.' Jesus sorriu meigamente e olhou para o rosto das pessoas que ali estavam. Inclinou a cabeça, entrou na água e esperou, calmamente. O povo tomava completamente os barrancos. Alguns de Nazaré murmuravam para seus vizinhos: 'Mas é Jesus, nosso vizinho, nosso carpinteiro, o filho de Maria e José, que conhecemos!' Ficavam a olhar para os dois homens no rio, um de aparência tão selvagem, o Outro tão silencioso e tão cheio de dignidade. E assim João batizou-O, erguendo a água verde em suas mãos trêmulas, o rosto maravilhosamente humilde, e com lágrimas nos olhos. As árvores espessas e as moitas lançavam sombras esmeraldinas sobre os dois, e ainda assim a barba e a cabeça de Jesus pareciam douradas.

"Foi imediatamente depois do batismo que uma coisa estranha aconteceu, embora tivesse havido certa discussão quanto aos pormenores. Jesus ficou subitamente luminoso, como se as árvores se houvessem afastado bruscamente a fim de deixar passar o sol e sua luz rigorosa, e fosse deslumbrador demais aquele momento para que se pudesse olhar para Ele. Um pássaro branco surgiu, não se saberia dizer de onde, e pousou-Lhe no ombro. E uma grande Voz foi ouvida, saindo do céu: 'Tu és aquele meu Filho especialmente amado e em Ti é que tenho posto toda a minha complacência.'

"Ezequiel jura que isto aconteceu, meu caro Lucano — disse Isaque, enxugando as lágrimas de seus velhos olhos com a manga de sua veste —, e Ezequiel jamais mentiu em sua vida. Voltou para Nazaré muito agitado e contou-me, explodindo depois em soluços. 'Eu ouvi a voz de Deus!', exclamava e tornava a exclamar, tapando os ouvidos com as mãos, como se tentasse reter aquele som. Estava fora de si de arrebatamento e medo, e ele é, habitualmente, um jovem de muita compostura.

"Quando nossos conterrâneos nazarenos voltaram para casa, muitos deles estavam nas condições de Ezequiel. Aglomeravam-se em torno da casa humilde de Maria e Jesus, onde eles viviam sozinhos desde a morte de José. Gritavam que Jesus viesse falar com eles, e finalmente Jesus saiu para o limiar da porta, e as pessoas caíram prostradas diante Dele, que as abençoou, sorrindo, com aquele Seu sorriso bondoso e compassivo. Conhecia Sua gente e sabia quanto eram pobres aquelas pessoas, como eram desprezadas pelos levitas e fariseus, como eram oprimidas pelos impostos romanos, como eram sem defesa. Amava-as; eram sua gente.

"Mas alguns em Nazaré ficaram terrivelmente zangados e escarnecedores. Declararam que não tinham visto nada de milagroso no Jordão. Quê! Aquele carpinteiro com Seus ares e Suas graças! Aquele filho de Maria, que ainda era mais pobre do que eles próprios? Que presunção! Profetas jamais vinham de Nazaré, nem de gente como eles. Se vizinhos mais iludidos declaravam que O tinham visto iluminado e ouvido uma Voz que viera do céu, e se um pássaro branco pousara no ombro Dele, não passava de uma autoalucinação. Era, mesmo, blasfêmia.

"Coléricas discussões surgiram entre amigos e vizinhos, entre pais e filhos, entre mães e filhas, entre vizinhos e vizinhas. Foi logo depois disso que Jesus deixou Nazaré, e disseram que Ele fora para o deserto, em meditação.

"Ele é um Zelote — falavam alguns, sombriamente. — Vai nos causar transtornos com Roma. Nossa vida não é dura bastante como é, sem maiores aflições? Não vos recordais do que nos aconteceu quando os romanos caçaram os Zelotes, apenas alguns meses atrás?

Era muito tarde, agora, e Isaque, embora exaltado, era velho e se fatigara. Lucano poderia ter ouvido durante toda a noite, mas, vendo o rosto exausto de seu hospedeiro, levantou-se, desejou-lhe uma boa-noite e foi para seu quarto.

Sozinho, escreveu seu Evangelho. A luz da lua amarela pousava em seu ombro, e a lâmpada fazia-se mais fraca. Um cão solitário ladrou, e chacais distantes responderam, com suas vozes selvagens. Lucano escrevia rapidamente, sem parar, enquanto não completou a história contada por Isaque. Finalmente, a madrugada deu tom de pérola ao céu e os pássaros cantaram, cumprimentando o sol que ainda não nascera. Lucano deitou-se em seu leito, rezou, e adormeceu tranquilamente. Sonhou que estava de pé na margem do Jordão e que, no rio, Alguém vestido de luz emergia em direção dele, o que o fez tombar de joelhos. Sentiu-se submergido em radiosidade e colocou as mãos sobre os olhos.

53

Pela manhã, o jovem Ezequiel bateu à porta do quarto de Lucano e, abrindo-a, o médico viu que o rosto dele estava cheio de medo e incerteza. Meteu um pacote nas mãos de Lucano e gaguejou:

— Isto chegou de Tiberíades esta manhã, trazido para ti por um soldado romano.

— Não tenhas medo — disse Lucano, bondosamente, tocando o ombro do moço. — São apenas cartas para mim, enviadas pelo amigo de Jerusalém, Hilell ben Hamram.

Sentou-se na cama e leu as cartas que tinham sido entregues na casa de Hilell. Havia uma de Íris, outra de Aurélia, sua irmã, outra de Prisco, e ainda outra de Plócio. Leu-as todas com amor. Às vezes, suspirava. Tornaria a ver aqueles que tinham seu afeto? Sua mãe estava velha. Mas, pela primeira vez, não implorou que ele voltasse a Roma, ao menos para uma visita. Escrevia:

"Caro Filho, deves fazer o que teu espírito ordenar, e eu compreenderei. Tive um sonho no qual me disseram que já não pertences à tua família, e que Deus te chamou e deves obedecer. Lembra-te, porém, com amor, de nós, pois realmente estás sempre em nossos corações."

Havia muitas notícias felizes da família, e Lucano regozijou-se com elas. Mas Tibério César ia declinando, e Roma secretamente esperava que ele morresse, pois se tornara terrível e crudelíssimo, totalmente sem compaixão ou piedade. Seus crimes eram legião. Era como se tramasse contra seu Império e seu povo uma vingança horrenda. Lucano suspirou. Que o povo sentisse a cólera de seus governantes, pensou, pois é ele o culpado de seus excessos.

Agora lia a carta de Hilell, com profundo interesse e excitamento. Antes de mais nada, Hilell estava esperando pela volta de Lucano para realizar o casamento de Arieh ben Eleazar e Lea.

Tivera um visitante em sua casa: "Hás de lembrar-te, meu querido Lucano, que te escrevi sobre Saulo de Tarso, ou Gaio Júlio Paulo, como é conhecido em sua cidadania romana. É um fariseu, e foi antigamente um dos homens de convicções religiosas mais conservadoras e profundo observador da Lei, apesar de sua posição entre os romanos e de sua alta categoria como administrador e advogado. Era, também, homem orgulhoso e arrogante, de língua muito flexível, como acontece a muitos advogados, e das opiniões mais rígidas. Em parte isso correspondia ao seu temperamento. É dado a intensos entusiasmos e dogmatismos, e a acessos de altivez. Jamais deixaria alguém esquecer-se de que ele é ao mesmo tempo cidadão romano e judeu de família nobre e influente. Insolência, para ele, era coisa insuportável, que devia ser punida de imediato. Para um jovem, mostrava-se imensamente rígido, em seu orgulho, e terrivelmente honesto. Nos tribunais de leis, seu gênio forense era muito temido e admirado.

"Acima de tudo, sempre foi um judeu devoto, odiando os que sequer ousavam duvidar da Torá[1] em seu mínimo pormenor. Quando ouviu falar em Jesus, o humilde Nazareno, e nos boatos de que Ele era Filho de Deus, ficou ultrajado e pessoalmente insultado. 'Nada de bom jamais veio de Nazaré', escreveu ele certa vez. 'Quando Deus nos mandar o nosso Messias, Ele chegará como o relâmpago, entre uma companhia de arcanjos, e com as trombetas do Senhor nosso Deus, e todos O conhecerão e as nações do mundo se curvarão diante Dele. Como ousa esse camponês, esse carpinteiro, esse Jesus de Nazaré, ser proclamado o Salvador, pelos ignorantes? Isto é uma blasfêmia diante de Jeová. Estou cheio de indignação e justa afronta. A lei foi violada por massas idiotas e iletradas. Sabes que sempre desprezei os iletrados que cantam suas preces por ouvi-las, e nada sabem da verdadeira Lei e suas implicações. Se eu pudesse fazer o que desejo, confinaria essa gente aos pátios externos do Templo, pois cheiram mal e seus rostos estúpidos são uma afronta diante da glória de Deus! E seus sacrifícios deveriam ser rejeitados.'

"Receio, Lucano, que minhas cartas a ele só tenham aumentado sua cólera. Como podia eu, Hilell ben Hamram, de uma grande família judaica, um erudito, um homem de posição, venerado no Templo, estar tão iludido com os boatos relativos a esse Jesus, a esse Homem das colinas despidas, das ravinas e barrancos de Nazaré? Algum encantamento fora atirado contra mim. Isso era intolerável! E agora, os Cristãos espalhados estavam causando muitos transtornos em Damasco, discutindo com os vizinhos, zombando da lei, declarando que o Messias nascera de uma virgem, numa família humilde, e pregara através de Israel, ultrajando os sacerdotes que são os guardiães da Lei, falando contra os fariseus que administram a Lei e chamando-os de uma geração de víboras e hipócritas. E então Ele fora justamente crucificado por incitar o povo contra Roma, para perigo mortal desse mesmo povo!

"Como administrador romano ele seguira seu dever, segundo as leis, indo a Damasco para abafar o que os romanos chamavam insurreição, mas que ele declarava ser blasfêmia. Cavalgava com sua companhia de colegas advogados, e com um séquito de soldados romanos, cheio de vingança e

---

[1] Nome dado pelos judeus à lei mosaica (Pentateuco).

fúria. Tão inflamado ia que não parava numa hospedaria sequer para passar a noite, mas cavalgava para Damasco como um turbilhão.

"E agora, como meu amigo e hóspede de minha casa, conta-me a mais maravilhosa e estranha das histórias. Está cheio de paixão e excitamento, ao repetir o fato, como se eu fosse um descrente e ele o evangelista que precisa me convencer.

"Estava ele cavalgando à frente de seu séquito, na estrada de Damasco, seus cabelos e suas vestes voejando ao vento provocado pelo seu galope. Subitamente, o animal que ele montava nitriu e empinou no ar, tendo Saulo um trabalho imenso para dominá-lo. Os que o acompanhavam empinaram também, e os homens, lutando contra seus cavalos e blasfemando, fizeram círculos na estrada, estalando os chicotes, enquanto as patas dianteiras dos animais batiam no ar num frenesi e os arreios brilhavam ao luar como prata agitada.

"Então, diante de Saulo, uma luz tremenda apareceu, como sol novo, e no meio dela surgiu uma Figura radiante, coroada de espinhos, e envolvida em luminosidade enceguecedora. E a Figura ergueu as mãos feridas e disse a Saulo, em voz imensa, ainda assim suave: 'Saulo, Saulo, por que Me persegues?'

"Saulo fixou os olhos na Figura, abrigando-os contra a luz. Um tremor horrível apoderou-se dele, e uma sensação da mais devastadora culpa e de poderosa adoração. Não sabia o que fazer, ou o que responder. Sua alma estava estraçalhada e derrotada. Aquele era o Messias que ele estava para perseguir e cujos seguidores ia disposto a destruir! Olhou para a Face gloriosa e seu coração saltou de júbilo, humildemente. A criatura humana de forma alguma poderia suportar a visão. Saulo foi abatido pela vertigem, e tombou de seu cavalo.

"Houve alguns, entre os que o acompanhavam, que nada viram. Outros declaravam ter percebido luz deslumbradora que os enchera de terror. Fosse como fosse, Saulo voltou para Jerusalém homem transformado, elevado, cheio de lágrimas, repleto de alegria e angústia que se mesclavam, e de apaixonado amor. Ele vira o Ressuscitado. Toda a sua natureza veementemente aceitava o que aquela mesma natureza ainda não havia muito rejeitara com desdém e repulsa.

"Agora, está em minha casa. Declara que vai procurar Pedro, em Jopa, imediatamente, para ser batizado e para receber instruções. Irá, então, cuidar de sua própria missão. Disse-me: 'Ele, Nosso Senhor, não veio apenas para os judeus, mas para os gentios! Eu me tornarei uma voz para os gentios, e hei de levá-los à salvação!' Lembra-te que isto estava sendo dito pelo altaneiro Gaio Júlio Paulo!

"Consegui persuadi-lo a esperar até a tua volta, quando retornasses da visita a Maria e à Galileia. Ele ainda é homem muito impaciente, e de início recusou. Não podia adiar por um instante o trabalho que deve fazer. Contei-lhe tudo a teu respeito, meu querido amigo. E agora ele declara que tu e ele ireis juntos até Pedro. Não sei o que Pedro fará com ele, Pedro, o pobre galileu, o humilde pescador. Saulo é um homem impetuoso e mesmo agora não consegue esquecer-se de que pertence a uma nobre família judia e é cidadão romano. Está imbuído de entusiasmo e adoração. Discutirá com Pedro, e Pedro com ele? Saulo acredita ter recebido uma incumbência especial de Nosso Senhor, incumbência que, segundo ele próprio insinua, ainda é superior à dos apóstolos. Será ele arrogante para com Pedro? Humildade é coisa que dificilmente lhe chegará à alma. Pedro viu, e acreditou. Saulo não viu o Senhor em carne, mas agora acredita, com uma exultação que, às vezes, é assustadora. Chega a fazer-me discursos, adverte-me, a mim que há tanto tempo tentei convencê-lo. É como ter um temporal em casa; passeia de cá para lá a noite inteira, murmurando consigo mesmo, e rezando.

"Ontem, disse-me: 'Estou muito interessado nesse Lucano, e nas histórias que a respeito dele me contaste. Mas é um gentio, e deve ser convencido por mim, pois os gentios têm corações endurecidos, e eu tenho ordem para trazê-los à Fé.' Consegui reter o riso. Às vezes ele quase chega a convencer-me de que sou um homem ignorante, e inconsciente da mensagem do Messias.

"E agora, meu querido Lucas, nós te esperamos."

Aquela era a primeira vez que Lucano era chamado pelo diminutivo afetuoso. Leu e tornou a ler a carta de Hilell. E seu excitamento cresceu. Tinha a impressão de que ele e Saulo iriam entender-se, pois nenhum dos dois vira o Messias em carne. Apenas com seus espíritos O haviam visto, e seguramente a visão do espírito era mais pura do que a visão dos olhos mortais. Pensou em Saulo com súbita afeição, que era inexplicável. Sorriu, ao pensar no homem orgulhoso e veemente, cidadão romano como ele era cidadão romano. Saulo realizaria grandes coisas. Falaria com enfática autoridade. Seria um açoite para os apóstolos, que ainda suspeitavam dos gentios e temiam-nos. Seria um açoite para os gentios.

Lucano apanhou seu material de pintura, depois de ter jantado em seu quarto. Queria retratar Maria, para os tempos vindouros. Pensou em suas feições tranquilas e belas, em sua majestade, em sua graça, em seu aspecto sereno e sobrenatural. Pensou nos olhos percucientes, mas suaves, no sorriso heroico, nas maneiras doces. Começou a trabalhar. Mas Maria lhe fugia. Era, ao mesmo tempo, velha e imortalmente jovem, simples, contudo profunda. Como poderiam simples tintas descrevê-la, a ela, a Mãe de Deus?

54

Lucano foi, a pé, ver Maria pela última vez. A rua despida e silenciosa em que ela vivia deprimia-o. A passagem mostrava-se repleta de buracos, nos quais a poeira quente e branca se aninhara. As janelas e portas fechadas, escondendo-se do sol, reluziam à sua passagem. Algumas cabras empoeiradas e alguns frangos corriam ao movimento de seus passos. As colinas cor de sépia dançavam em ondulações de calor, sob um céu esbraseado. Lucano sentia-se satisfeito ao saber que Maria iria depressa para Jerusalém, onde moraria com o jovem João, a cujo cuidado seu Filho a deixara. João falara nela com lágrimas e profunda devoção, a voz faltando-lhe, e por isso Lucano não temia que ela fosse negligenciada pelo moço.

Maria atendeu à batida de Lucano em sua porta, que abriu, sorrindo gentilmente e conduzindo-o a descer o inclinado lance de escada de pedra que dava para o aposento de baixo, parecido a uma adega, onde havia frescura. Preparara uma refeição para seu hóspede, sobre a mesa de madeira; mel em favo, pão fresco, torcido como rosca, frutas e queijo, leite de cabra e vinho. Uma luz fraca, azulada, difundia-se pelo aposento pobre, onde Maria era uma sombra brilhante. Enquanto Lucano comia ela o observava, as mãos cruzadas no regaço, o belo rosto tranquilo. Lucano pintara-lhe o retrato em madeira, mas, fixando agora os olhos nela, sentia-se frustrado. Pensara que tivesse obtido, pelo menos, uma imagem apropriada daquela Mãe. Entretanto, ela mudara, novamente; era uma donzela tímida, digna e correta, os olhos sonhadores, distantes. Parecia lançar luz de sua própria carne, de forma que em torno dela havia uma cintilação.

Lucano disse:

— Senhora, teu Filho sempre soube quem Ele era? Desde Sua infância?

Maria meditou, depois inclinou a cabeça:

— Acredito que sim. Sei que sim. Mesmo em Seu berço, que José meu marido fez tão amorosamente com suas próprias mãos, Ele parecia estar sempre meditando. Foi o mais doce dos bebês. Jamais chorava, nem mesmo quando tinha fome. Parecia conhecer-nos desde o dia em que nasceu. Às vezes, à noite, eu erguia uma lâmpada sobre Ele, para ter certeza de que tudo estava bem, e de que Ele dormia. Abria então Seus olhos queridos e sorria, tranquilizando-me.

"Foi um menino forte e vigoroso, obediente, mas muitas vezes silencioso. Divertia-se com os brinquedos que José fazia para Ele e brincava como as outras crianças brincam. Mas, no meio de seus brinquedos, ficava de súbito imóvel como se pensasse ou refletisse. Era isso que aborrecia as outras crianças, isto, e Seu súbito afastar-se delas para ficar sozinho.

"Não falamos com Ele sobre Seu nascimento e Sua missão. Havia como que um entendimento entre nós todos. Certa vez, Ele me encontrou chorando, pois eu compreendia, vagamente, Seu fado inexorável, segundo as profecias e segundo o que o velho Simeão me dissera no Templo. Sou mãe, Lucano. Meu Filho era mais querido para mim do que a própria vida, e às vezes meu coração quase se despedaçava quando eu ousava pensar se a humanidade seria digna Dele. Quando Ele me viu chorando, e então tinha dez anos de idade, veio ter comigo, abraçou-me e apertou-me contra Seu peito de menino, calado e consolador. Não me fez perguntas. Enxugou delicadamente meus olhos, e eu não consegui aplacar a força dos meus soluços. Finalmente, Ele disse: 'Não deves chorar, minha Mãe, pois eu estou sempre contigo.'

Maria calou-se, e, embora sorrisse, havia lágrimas em seus olhos. Suas mãos tranquilas começaram a tremer.

— Quando Ele me deixou, depois que João o batizou, e retirou-se para o deserto durante quarenta dias, foi como se para mim toda a luz tivesse desaparecido da vida, pois compreendi que já não O tinha mais, que dali por diante Ele pertencia a Deus e ao mundo. José morrera. Segui meu Filho através do país muito frequentemente, e Ele se preocupava comigo, que já não era jovem. Às vezes, quando o povo o rodeava, ouvindo-O, eu ficava à margem da turba, não desejando perturbá-Lo com a minha presença. Mas Seus olhos sempre me encontravam, e às vezes tornavam-se tristes. Houve sempre, entre nós, o maior amor e devotamento. E compreensão. Muitas vezes, quando Ele estava mais longe, aparecia-me em sonhos, cheio de ternura e consolo. Sabia que eu era uma mulher, e mãe, e que sofria por Ele, e que sempre pensava Nele como fruto do meu próprio ventre e o querido de meu coração, acima de tudo.

Fechou os olhos, em dor profunda, e Lucano sentiu que ela pensava na crucificação, pois seu rosto empalideceu e tornou-se rígido. Depois de um momento recomeçou a falar, em voz baixa.

— Houve uma noite estranha, de que me recordo, quando Ele tinha quatorze anos. Durante todo o dia trabalhara na oficina, pois era um carpinteiro maravilhoso, e tinha muitas encomendas. Estava fatigado. Mas, naquela noite, ao crepúsculo, deixou a casa e subiu para a colina que ficava atrás de nossa habitação. Não havia ninguém por ali, pois era a hora da refeição noturna. Eu jamais vira o céu tão vermelho como estava então, como se o firmamento se incendiasse. Mesmo as montanhas flamejavam, como pedras reluzentes. Não sei por que O segui. Fiquei de pé, abaixo Dele, na pequena passagem de pedra, e levantei os olhos para onde Ele estava. Meu Filho vestia uma roupa branca, que eu fiara e costurara para Ele, e parecia uma estátua, de pé, contra a paisagem fulgurante. Não se movia, era como se esperasse. Tão grande e inspiradora de respeitoso temor era a cena, tão flamejante de fogo fosco, que fechei os olhos por um momento. Quando os abri de novo, ele não estava sozinho.

"Um grande anjo escuro, alto e majestoso, estava em pé diante Dele, e eu senti que aquele anjo era só maldade, embora tivesse um rosto sombriamente belo. Parecia estar vestido ao mesmo tempo em flama e noite, e suas asas poderosas refletiam o crepúsculo, como basalto esculpido.

"Ele e meu Filho contemplavam-se mutuamente, em silêncio, e meu coração estremeceu de terror, ao vê-los assim se defrontando. Falaram? Não sei. Embora tudo estivesse silencioso, não ouvi uma só palavra. Meu Filho era muito jovem, mas alto e ereto, e não mostrava receio diante do terrível anjo de rosto belo, que era sarcástico e cheio de orgulho.

"Então, enquanto eu os observava, o anjo abaixou-se e levantou nas mãos um punhado de terra, mostrando-o a meu Filho, e então ouvi um riso leve e escarnecedor. Como compreendi, não sei, mas ele estava mostrando a Jesus a inutilidade do mundo. Atirou a terra e pisou sobre ela, e foi então que ouvi o leve cascatear de trovão, que parecia vir do próprio anjo.

"Então, Jesus também abaixou-se, levantou alguma terra em Suas mãos, e segurou-a ternamente, esfregando-a entre Seus dedos. Era terra seca e sem verdura, mas, quando Ele a segurou, ela subitamente floresceu num ramalhete de espessas folhas verdes de onde surgiam minúsculos lírios, que se curvavam. Pude sentir-lhes a fragrância que o vento trazia.

"O anjo olhou para as flores, recuou e cobriu o rosto com as mãos. Então, com um grito tremendo, desapareceu, e meu Filho ficou sozinho.

"Corri, descendo o caminho da colina, para a minha casa, e logo depois Jesus voltava. Olhou muito para mim, depois abraçou-me, e beijou-me na face. Agarrei-me a Ele. Nada dissemos. Sentamo-nos e fizemos a nossa refeição.

Lucano fixava os olhos naquela adorável mulher que tanto vira e tanto sofrera. Ela sorria de leve, de novo tomada pelos seus sonhos. Então, o médico ajoelhou-se ao lado dela e tocou-lhe os pés com os lábios, trêmulo de respeito e de amor. Ela desceu os olhos para Lucano, e seu rosto mostrava-se iluminado. Pôs a mão na cabeça do homem, e ele pensou em Íris, sua mãe.

Maria tornou a encher o copo de vinho e deu-o ao médico, que, sempre de joelhos, bebeu-o, sentindo-se maravilhosamente revigorado.

— Meu caro filho — disse ela —, não chores. Não sou eu a mais abençoada das mulheres? Regozija-te comigo por Ele ser meu Filho.

Subiram juntos os degraus, saindo para o clarão incandescente do meiodia, que, entretanto, fazia a ruazinha parecer ainda mais desolada do que antes.

— Devo deixar-te agora, Senhora — disse Lucano. — Tenho muito que fazer.

Ela confirmou, com um movimento de cabeça.

— Eu sei. Que a paz seja contigo, Lucano.

Ele deixou-a, caminhando vagarosamente, na descida da rua estreita. Então, chegando ao fim, voltou-se, e olhou para Maria.

Ela estava de pé, contra o cenário de fundo das montanhas ardentes e bronzeadas, e pareceu a Lucano que a Senhora se fizera muito alta, que estava vestida de pura luz, e que seu rosto irradiava luminosidade, como a lua, quando está em seu auge. Tinha o aspecto incrivelmente belo e cheio de paz, intrépido. A rua já não se mostrava desolada.

Ela ergueu a mão, para Lucano, em adeus e em bênção.

Este livro foi composto na tipografia Minion,
em corpo 11,5/15,5, e impresso em papel
off-white na Plena Print.